CALDUCHO
o
Las serpientes de
calle Ahumada

HERNÁN CASTELLANO GIRÓN

CALDUCHO

o

Las serpientes de calle Ahumada

PLANETA

Santa Lucía 360, 7º piso, Santiago (Chile)

ISBN 956-247-204-3

Acuarelas de la portada y dibujos
de páginas interiores: Hernán Castellano G.
Diseños de Patricio Andrade
Composición: Salgó Ltda.

Primera edición: junio 1998

Impreso en Chile por
Andros Ltda.

Esta es una obra de ficción. Todos los personajes, aun los que representan personas vivientes, como el propio autor, miembros de su familia, amigos, conocidos y personajes públicos de ayer y de hoy, por el sólo hecho de aparecer aquí se transforman en habitantes del texto, seres ficcionales.
No hay una relación directa ni mesurable entre ellos y las personas "reales". Lo escrito es aquello rescatado del pozo de la memoria, y animado con un soplo de vida completamente nuevo.

Habiendo abatido el cielo, habiendo destruido toda estabilidad en sí misma, nos hemos revelado a nosotros mismos como un elemento imprevisible, mientras nuestra soledad y nuestra unidad en el cosmos pueden asombrar y aterrar, como puede aterrar este inaudito desencadenarse de nuestra humanidad en un espacio que no se colma de otra cosa que de nosotros mismos.

WITOLD GOMBROWICZ, ***Diario 1953 - 1958***

Ya podrá vislumbrar qué aspecto ofrecen de pronto, aunque sólo sea por cortos momentos, los seres de carne y hueso para quien los considera sólo como un tercio y llena los otros dos consigo mismo y con los ideales sin restricciones. Creo no exagerarle al asegurar que pasan a ser entidades de humo y no de carne, y que varias veces adquiere mayor consistencia, ante los ojos del que así ve, lo que en ellas ha colocado para completarlas que lo que constituye de verdad sus propias personalidades

JUAN EMAR, ***Umbral***

En todo lo que ya no seré
Me reconozco.

ROSAMEL DEL VALLE, «Las heridas pasan por el fuego»
La visión comunicable

Guarderò con chiarezza nel buio di ieri...
PAOLO CONTE, cantautor italiano

... es un contexto esquizoparanoide que se regula en el plano expresivo...
ENRIQUE LIHN

... cada cosa es un abismo, cada ser es un abismo. ..
GONZALO MILLÁN
(comentarios anotados en el taller de escritores
de la Universidad Católica en 1970)

No existe lo bueno ni lo malo, sólo lo posible.
ARISTÓTELES ONASSIS

Calducho* o *las serpientes de calle Ahumada está compuesta de **ámbitos e instancias**.

Los **ámbitos** son cuerpos del espacio y el tiempo donde se desenvuelven momentos narrativos mayores.

Ellos son equivalentes a las secciones de una novela tradicional, pero como es esencial que resuenen de uno a otro en la lectura, mezclándose sin unirse, y fundiéndose sin perder su identidad, los hemos colocado barajados como si fuesen cartas, no de un juego del azar, sino de su propia y particular certeza.

Los ámbitos son:

Calducho —nombre chileno y sobre todo santiaguino de un tipo de fiesta estudiantil, especialmente de los años 50, mezcla de bacanal inocente con exorcismo doméstico donde la palabrota se sublimaba y brillaba como un astro negro— es el espacio del colegio, la historia de nuestro necesario y natural fracaso en el Instituto Nacional, con su larvaria vida académica, distorsionada hacia lo monstruoso y lo sórdido, como si fuera un espejo mágico que perdió todos sus poderes menos el de permitir reírnos por última vez en la propia cara.

El Topacio Caído, es el ámbito familiar, mi universo y refugio en ese espacio-tiempo, y el lugar de mi encuentro ineludible con Rosa de Millantú, cuya gravitación suave pero imborrable en nuestras vidas inspiró este libro. El topacio era una gema sin engastar que pertenecía a mi madre, y que yo perdí jugando, al caérseme en una ranura del piso de la casa de Simón Bolívar 1998 en Santiago de Chile. Símbolos van, símbolos vienen.

Las Mañanitas de Paine reflejan un espacio menor pero muy importante, en el cual nos integramos a un mundo ignoto y en las lindes de lo fantástico por virtud de nuestros ojos, bebiendo fuerzas y dimensiones que estaban ya ausentes del Santiago por demás bucólico de entonces, pero que ya crecía permeado por la muerte y la ausencia.

La protoarcadia de Paine es una forma más de integrarse al trasegado mito de la madre natura chilena, a su candidez original y al disparate viviente que era su más exacta contrapartida.

Las Serpientes de Calle Ahumada son los monstruos ciudadanos encontrados o despertados por nuestros pasos en las calles de Santiago, resumibles en las boas de Chasamán el ayunador, escapando del incendio que destruyó una manzana de calle Ahumada en el centro de la capital, durante los primeros años 50.

Cuanto representaba para nosotros la libertad y su cacareado fantasma, estaba allí, y se deshacía renaciendo, como nuestro entero mundo.

Para identificarlos, los **ámbitos** llevan la siguiente clave para sus diversas **instancias,** que son momentos narrativos cortos y largos, células del *corpus,* cucharadas extraídas al infinito. El lector notará que, además de algunas ilustraciones hechas a objeto de recrear ciertas atmósferas, ciertas imágenes difíciles de expresar con palabras, hay algunas fotografías. Ellas están marcadas también como instancias separadas y constituyen la semilla primera de ***Calducho,*** el primer texto, escrito ya en aquellos años, puesto que todas fueron tomadas en ese tiempo.

CLAVE DE LOS AMBITOS

Calducho: C
El topacio caído: TC
Las mañanitas de Paine: MP
Las serpientes de calle Ahumada: SCA

El lector puede optar por una lectura más bien tradicional siguiendo el orden que sugerimos en el libro, pero ésta no es, ni con mucho, la única lectura posible.

Se puede seguir la historia que cada ámbito ofrece leyendo por separado las instancias marcadas con **C**, **TC**, **MP**, o **SCA**.

Se puede viajar atrás en el tiempo, leyendo en orden revertido el texto completo o cada ámbito en particular, mientras que con la lectura directa el tiempo recobra su curso, apropiado y burlón.

También puede allegarse uno a Calducho como acercándose a una especie de libro interminable cuya lectura en la práctica siempre comienza en cualquier instancia que se la inicie, y de algún modo siempre se continúa, como es interminable el choque de las bolas de billar, en una partida jugada en el vacío y con fuerza de gravedad cero.

HERNÁN CASTELLANO GIRÓN

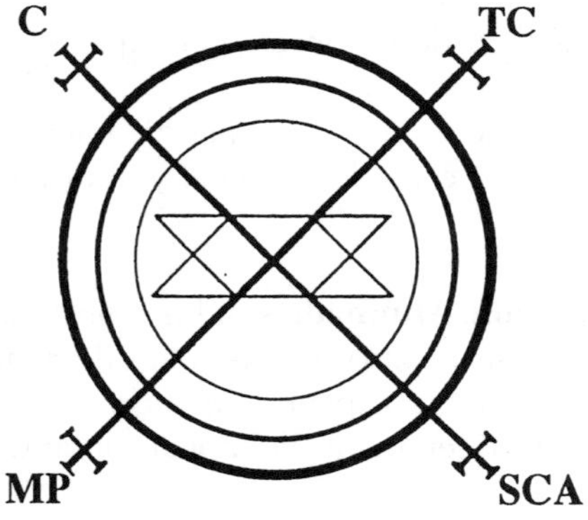

C   *la bienvenida*

Se oyó el restallar de los primeros golpes y todos nos juntamos, apretándonos como los pollos al oír el graznido del peuco.

Era el segundo acto.

El primero había sido escuchar la Canción Nacional tocada por una banda del Regimiento Buin: habíamos bramado, desafinando ampliamente mientras la bandera tricolor ascendía lenta y el desayuno se escurría como un verme por nuestros estómagos contraídos por el calambre del primer día de clases (siete de marzo de 1949) que bajaba hacia las tripas y se suavizaba con el dolor de otro año de escolaridad que se nos abalanzaba encima, y que nos venía torturando por anticipado desde diciembre, un poco más desde enero y cada vez más después.

Cada día que nos acercaba a la hedionda fecha del comienzo de las clases era un pedazo arrancado a nuestro cuerpo, un año menos proyectado a la vejez impredecible, pero el día había llegado y la bandera flameaba ya en el cielo siempre nublado de nuestro civismo de pacotilla junto con la hora de escuchar el discurso de bienvenida a los nuevos institutanos: debíamos estar orgullosos de entrar como alumnos al Primer Foco de Luz de la Nación, donde los grandes hombres de Chile, los Padres de la Patria habían dejado trazas indelebles, y a nosotros se nos ofrecía el privilegio de repetir sus pasos.

Esa vez habló un anónimo capitán o mayor del ejército. Se veía que era de una inteligencia muy limitada pero con algo de socarrón en el mirar de soslayo, algo que anunciaba que de ese tipo se podían esperar sorpresas muy especiales.

Mientras tanto, circulaban otros monstruos por el patio: uno vestido con un traje tan lustroso que parecía tratado con cera de piso; otro chascón con ojos desorbitados que miraba en todas direcciones a gran velocidad; otro, cojo, fumando un cigarro habano que oscilaba de arriba abajo como un platillo volador, los cuales precisamente hacía un par de años empezaban a hacer noticia al reaparecer en los cielos terrestres.

Pregunté a mis compañeros quiénes eran.

—¿Ese?

—Inspector. Le dicen Marmolín.

—¿Y ése?

—Inspector. Le dicen El Loco.

—¿Y ese otro?

—También. Le dicen El Siete Brujas.

—¿Y ese viejo chato?

—Ese es el profesor Latorre...

Era un viejo gordo y retaco, que se desplazaba por el glorioso erial. Desde la Colonia lo había cruzado la crema de la crema: eso quería decirnos el que había empezado a cachetearnos con tanto entusiasmo. Cuando la fila se hizo perfecta, se nos puso delante. Casi me fui de espaldas: parecía un retrato vivo y al natural de Hitler, una figura de cera animada por el soplo de algún diablejo criollo: la estatura esmirriada, chaplinesca, el mechón sobre la frente, el cuesco de pepino, el bigote rectangular, los ojos inyectados y demenciales.

Empezó por mirarnos fijamente, uno a uno, escrutándonos, tratando de infundirnos pavor, para que supiéramos quién era y lo recordásemos siempre: era Poblete (el Doctor Poblete se hacía llamar: había cursado, se decía, hasta segundo año de Medicina) el Führer Redivivo (no faltaba quien te llamaba aparte y en un susurro de voz te aseguraba ***no parece: es***) que habría escapado del *bunker* de Berlín el 29 de abril de hacía apenas cuatro años y se habría fugado hasta aquí por los laberintos subterráneos que pasan por debajo del mar y siguen una ruta abierta al cielo por los volcanes —como lo describió detalladamente Juan Emar en uno de sus cuentos— iniciándonos ahora en su pedagogía particular:

—Los nuevos acá —ordenó Poblete.

Eramos tres, de pie como al borde de un abismo impertinente, hacia donde los bigotes de Poblete y su gomina nos estaban empujando.

El primer alumno era un larguirucho crespo, oliváceo y de rostro avispado. Yo lo conocía bien: veníamos del mismo colegio de preparatorias. Tenía orejas de paila mocha, cuyo ángulo de inmediato aprovechó Poblete para el apretón de su zarpa. La retorció hasta hacerlo chillar y le dijo:

—¿Cómo te llamái?

—Epifanio Estéfane.

—¿Cómo?

—Epifanio Estéfane...

—¿Cóoooooooomo?

—E - pi -f a - nio Es - té - fa - ne —silabeó el Epifanio haciéndose el valiente y en verdad meándose de miedo.

Poblete se retiró dos pasos y lo miró fijamente, repetidamente de arriba abajo. Luego, fulminante, la palmada. Nuestra inquietud iba creciendo y se volvía negra o roja, pero los alumnos viejos, que ya estaban en el Instituto Nacional desde años anteriores, se reían a gritos: ya conocían el ritual y se gozaban el desquite.

—Uno que tenga la desgracia de llamarse así —afirmó Poblete— lo menos que se merece es un tonto cachuchazo...

Y le pegó más fuerte.

—¿Y de qué colegio venís?

—Del United States Academy —la pronunciación de Epifanio era criolla, pero aceptable.

—¿Cóooooomo?

—Del *Yunaited Estéits Acaademii* —Epifanio cargó la pronunciación de modo que parecía el bandido hispano de alguna serie americana por venir.

—¿Qué se ha creído, iñor? —gritó Poblete— ¡Hable en castellano! ¡Aquí estamos en Chile!

Epifanio se quedó con la boca abierta: nunca se había planteado esos problemas de traducción, y menos de traducción de nombres de colegio.

El bofetón no se hizo esperar.

—¿Y cómo es la cosa entonces? —repitió Poblete.

—El United States Academy. Se llama así el colegio, señor.

Esta vez Poblete ni.lo miró, como si súbitamente se hubiera olvidado de él. Se volvió hacia el segundo, un negrito o mulato de anteojos.

—Y vos ¿cómo te llamái?

—Johnny Figueroa.

—Repita...

—Johnny Figueroa...

Reventó el sopapo y los anteojos del pobre negro saltaron. Mientras estaba en cuatro pies por el suelo recogiéndolos, Poblete le acertó unas patadas, haciéndolo alzarse.

—¿Por qué rompe la fila, se puede saber?

—Andaba buscando mis anteojos —dijo el negro.

—Buscando sus anteojos, el tontorrón... ¿Que no tiene nariz para afirmárselos?

—Usted acaba de botármelos —se atrevió a decir el negro.

Otro golpe y los anteojos volaron más lejos.

—Grábese esto en su obtuso cerebro: en este colegio no se miente. Y usted acaba de largar una mentira descomunal, diciendo que le boté los anteojos ¿No le da vergüenza?

—¿Por qué, señor? —el negro se sobaba los labios adormecidos.

—Porque insinuaste que yo les pego a los alumnos. Aquí no se castiga físicamente a nadie: este es el Instituto Nacional, el colegio de los próceres, de los Padres de la Patria. Hay que hacerse dignos de él, como hace dos minutos acaba de decirlo el oficial. ¿Ya se olvidaron los jetones? Y esto va también para usted, que no parece chileno. ¿Es nacido en Chile, iñor?

—No, señor, soy colombiano...

—Ah... eso lo explica todo... ¿Y cómo dijo que se llamaba?

—Johnny Figueroa, señor.

—¡Entonces yo me llamaré Spencer Poblete! —alzó los brazos al cielo como clamando misericordia, y le asestó un bofetón más fuerte—. Te lo mereces por el nombre, además. Pero el señor es colombiano... es tropical... Eso lo explica todo... ¿Y estaban borrachos tus viejos cuando te bautizaron?

—Señor —se ofendió el negro— nadie puede beber en mi familia: somos de religión evangélica.

—Ahhhhhh. Mejor así... ¡Y cuando es tan bueno el tinto! (se oyeron risas chuscas y atemorizadas) ¿Así que el amigo es mahometano?

—No, señor, evangélico...

—Aquí no existe esa religión, para que sepa, iñor. Aquí se llaman canutos. A ver, repita: yo soy canuto.

—No, señor, evangélico.

Otra cachetada.

—Grábese esta otra cosa, iñor: al Doctor Poblete no se le contradice. **Usted es canuto**. Repítanselo ustedes, para que no se le olvide: ¿qué cosa es nuestro amigo el Cholo?

—¡CANUTO! —gritaron muchas voces.

—¿Oyó? Ahora repítalo usted.

El Cholo (que así quedó bautizado para siempre) no dijo nada, bajó la cabeza y empezó a llorar quedamente.

—Ahhh... Es muy sensible el amigo, qué lástima —dijo Poblete empujando al Cholo y a Epifanio Estéfane hacia adentro de la sala.

Ahora me tocaba a mí. Se volvió de improviso y me fijó la mirada todo cuanto le era posible, porque bizqueaba horriblemente.

—¿Y usted, iñor, está adentro o afuera?

—Afuera —le dije.

—Bueno, vaya p'adentro, ¿qué espera?

Me moví hacia la sala. Poblete se quedó afuera adrede y me llamó:

—Oiga ¿adónde va? Le dije que se quedara afuera...

Salí.

—¡Anda p'adentro, jetón! —gritó y me empujó hacia la sala.

Epifanio y el Cholo estaban de pie junto a los pupitres. El Cholo pujaba para retener o evaporar sus lágrimas. Poblete hizo entrar al resto de los alumnos.

—Sentarse —dijo Poblete. Nos íbamos a sentar también nosotros, pero Poblete abofeteó a Epifanio, y agarró al Cholo y a mí de las orejas.

—Les aviso a los jetones que no hemos terminado... ¿y tú cómo te llamái?

—Hernán Castellano...

—Ahhhh... Hernán Inglés...

—No señor, Castellano.

—Ahhh, Hernán Inglés. ¿Y de qué colegio venís?

—Vengo también —para mi desgracia era cierto— del United States Academy.

—¿Cómo es la cosa?

—Del United States Academy.

—¡Repítelo, jetón! —gritó Poblete y me acercó la cara bizqueando. Su aliento olía a perro muerto al sol, en la carretera Panamericana, macerado en vino.

—Del United States Academy — y el palmetazo me llegó instantáneo.

—Vos soi chileno —me dijo, como explicando a un tarado— un roto chileno... ¿Qué es eso de hablar como los gringos? Y te llamas Castellano todavía. Pollo Castellano será mejor... Roto eres y como tal tienes que hablar ¿de dónde venís?

—Del *Unítes Estates Acaémi* —le dije, exagerando una pronunciación o fabla del *lumpenproletariat*. Hubo risotadas. Poblete acercó su cara amenazante, pero no me pegó esta vez. Me oprimió la mollera y me forzó a sentarme en uno de los pupitres.

—¡Apotíncate! —me dijo y se dirigió a grandes zancadas a la puerta: al parecer su misión pedagógica se había terminado de repente y debía trasladarse a otra sala. Después pudimos comprobar que siempre andaba así, se iba y llegaba casi corriendo, para sorprender a los alumnos más fácilmente.

—*¡Apotíncate en mi pico!* —musité por lo bajo. Los alumnos más cercanos me oyeron y se rieron. Poblete hizo un giro militar sobre sus talones y volvió a mirarme fijamente. Hizo ademán de pegarme, pero bajó la mano y me dijo:

—Aquí se pagan todas, todas las deudas, iñor. Y nos queda mucho, mucho tiempo...

Antes de irse se acercó al Cholo, que todavía puchereaba y bufaba por contener el llanto y le palmoteó con suavidad la mejilla.

—Tranquilo, tranquilo... —le dijo.

soñar a la Rosa

***L**a Rosa me cubrió otra vez con su cuerpo, y se cubrió ella de vergüenza porque no éramos nosotros los que nos reencontrábamos, sino la repentina conciencia de sentir toda esa ausencia desmesurada, como para caber en nosotros por viejos y crecidos —o reducidos— que estuviésemos.*

De sentirla nos desangrábamos, de percibirla nos enceguecíamos, de vivirla nos moríamos.

Ahora que después de tantos años he vuelto a soñar con la Rosa he sentido la vergüenza que se siente o se debe sentir al acostarse con alguien a casi cuarenta años pasados desde cuando la viste por última vez. Pero lo que ocurre en el cielo ocurre en la tierra, los burros celestes de las constelaciones siguen haciendo de las suyas en la tierra vuelta plana otra vez para estos efectos, digo que volví a entrar en la casa de Simón Bolívar 1998 hace poco en sueños, pero despierto o más despierto que nunca en ese sueño, y encontré a la Rosa y besé su boca ya completamente desdentada y ella me dijo como aquella vez *que sólo tú me pesques, eso quiero, Nachito.*

Su pieza era tan pobre como siempre, pero lo bello e impagable era que en esos años no veía su pobreza, mi visión estaba vuelta hacia otro lado, y volví a ver sus visillos cagados de moscas, y el cajón de azúcar de su velador, con la palmatoria de color paquete de velas, y el camastro desvencijado se combó bajo nuestros cuerpos como en las noches de los 50.

Nos pareció de pronto que no había techo, sino una especie de escala de Jacob donde no subían ni bajaban ángeles ni arcángeles, más bien patos, los patos panchulos y también los enteramente blancos, gallinas y gallos de todas las variedades: Rhode Island, Wyandotte y Australorpe, y el olor de las plumas de los pollos llenó el aire, dispersado en chamusquina, como cuando después de desplumar el ave muerta se la sollamaba en el fuego y se esparcía un tufo penetrante a grasa, a plumas y piel chamuscadas, por toda la casa.

En la pared, confuso como una alucinación o un deseo, el rostro —suponiendo que haya tenido uno— del gallo negro Cherchito se mostró nítidamente, como en un holograma de rayos laser, porque la memoria es un holograma fabricado por la bioquímica cerebral antes de cualquier invención tecnológica. Cuando por casualidad o deliberadamente ponía una pluma en el brasero, surgía ese olor de combustión animal y planetaria que no podía obtenerse con ninguna otra sustancia.

De verdad parecía que en ese muy triste sueño la Rosa me recibía como siempre con sus muslos bien abiertos hacia el cielo y en esa ausencia de techo de la pieza, como la que ocurre después de un pavoroso terremoto —el terremoto del tiempo— no existía tampoco la pared del gallinero, y nos rodeaban los cloqueos, los olores y la ternura de gallos, pollos y gallinas cluecas y ponedoras, y hasta el caldo de las gallinas que nos comimos en esos años y que murieron con sus pescuezos desmesuradamente estirados y retorcidos entre los dedos centrales de la mano derecha de la Rosa, y el olor de sus vísceras vaciadas, y el olor de las florecillas blancas del hilán—hilán, también tuvieron su parte en el sueño con su catarata azul.

Así me parecía que verdaderamente dormía abrazado a ella en medio de las gallinas. Es más: yo mismo era caldo de ave y lo que yo había comido hacía tantos años al fin me comía a mí, también desapareciendo en ese caldo, donde la Rosa y yo no éramos más que corpúsculos de grasa. O acaso el río de la sangre del pavo colgando cabeza abajo en el hilán—hilán —cuya comba de árbol cansado se prestaba magníficamente para amarrar un pavo de las patas y degollarlo— después de ingresar a las profundidades de la tierra, darle una o más vueltas, entrar en el terremoteado *blackhole* del tiempo, dar la vuelta a ese tiempo y al otro, volvía a la tierra sin ser comido entonces, sólo ahora...

Como en ese mundo todos se conocían, la Rosa llegó un día del fin de la primavera o del comienzo del otoño, ahí por 1949, sé que no era invierno aunque también podía haberlo sido, porque entonces había sol todo el año, todo el tiempo era luminoso, excepto cuando llovía.

Ella se bajó del taxi del gordo Segundo Agurto, un auto negro y brillante como un escarabajo recién saliendo de su escondrijo debajo de una piedra. Yo estaba papando moscas en la acera y ella apareció entre un lío de atados y paquetes: en esa época casi nadie podía permitirse el lujo de una maleta y con su prepotencia de hembra profunda y definitiva me dijo *permiso mi hijito, permiso* palabras que sólo denotaban gentileza y hasta sumisión.

Me pareció más vieja de lo que era, y tenía sólo veintidós años, pero yo con doce era un niño todavía y ella una mujer más navegada que las galeras de la Serenísima después de la batalla de Lepanto. El tiempo después nos fue equiparando, yo agrandándome y ella rejuveneciéndose, como si extrañas contracorrientes o vasos comunicantes moldearan nuestras vidas para hacerlas más cercanas o para facilitar la suma de los años, moneda sucia que no era tampoco infinita. Mentiría si dijera que alguna vez la encontré bella, por lo menos en ese tiempo cuando nos conocimos. Diría que estaba allí porque debía estarlo y no había otro lugar del mundo donde pudiese vivir.

O sea que si mis padres — o mejor dicho mi abuelita que organizaba toda nuestra existencia en la casa— no la hubieran llamado a nuestro lado, habría salido espontáneamente, habría brotado del jardín inculto como una nueva flor o fruta ya crecida.

como si fuera el Sunset Boulevard

Como si fuera el Sunset Boulevard en la parte más descalificada del paraíso, la calle Simón Bolívar se extendía por muchos kilómetros desde su bien modesto nacimiento junto al almacén de don Alberto en la esquina de Manuel Montt hasta llegar a la mismísima cordillera, en la comuna de La Reina, barrios de mansiones que en los atardeceres resplandecían con brillo de astros poniéndose en el horizonte equivocado.

Más aun: la calle en la cuadra larga entre Manuel Montt y Antonio Varas, no se llamaba antes con el nombre del Libertador, sino Teniente Cruz, protagonista menor de la Guerra del Pacífico. Fue después que don Simón desplazó al teniente y su gesta mínima: simplemente lo borró del mapa.

Esta cuadra entre Antonio Varas y Manuel Montt era y todavía es como mi propia mano, mi propio rostro.

Entre Antonio Varas y Pedro de Valdivia nos era familiar, y hasta Villaseca todavía conocida, puesto que ahí vivía don Justo Miranda, el dueño y arrendador de nuestra casa.

Más allá, la avenida era desconocida o extraña, y se volvía otra vez el terreno de nadie.

C *los Tres Huastecos*

Johnny Figueroa, el Cholo, Cholimbo, Cholo-Calambucha, el Canaca, el Soldado de Jesús, el Cabo del Ejército de Salvación, el Menesteroso, purgaba sus culpas que no lo eran, cada día en su propio ego, que no por ser muy sólido llegaba a ser intolerable.

Era de mediana estatura pero muy macizo, especialmente del tronco y brazos. Como estaba indiscutiblemente entre los prohombres, en el último par de años del liceo hasta se compró un equipo de gimnasia. Quería lucirse delante de la clase: durante el verano había seguido el desaforado curso de Charles Atlas, ese atado de músculos cuya propaganda lo mostraba en el *Reader's Digest* tirando una locomotora con los dientes. Cholimbo se propuso con éxito convertirse en un hombre musculoso, para poder así vengarse dando una ejemplar golpiza a los que se burlaban de él por negro.

Era hijo de colombianos, pero residía en el país desde un tiempo imprecisado. Su ancha nariz y boca de mulato equilibraban los anteojos de marco argentado y cristal sabihondo. Una frente calzada, pequeñísima bajo el pelo irreductible, no le forjaba impedimentos para considerarse un intelectual de respeto. Su investidura le había costado vida y sangre, y el Cholo no la dejaba ni para dormir.

Su lectura favorita era el *Reader's Digest,* pero también excursionaba, con la asiduidad del verdadero colegial que era y siempre fue, en la poesía latinoamericana decimonónica, particularmente la de sus compatriotas más patidifusos, sin otra guía literaria que la más bien desconfiable de su madre. Era ya gran cosa que uno de nuestra generación y edad conociese a los modernistas, siquiera su nombre civil o adquirido, aunque no distinguiese la distancia inconmensurable que va de Chocano a Darío o de Amado Nervo a Julio Herrera y Reissig.

Deleitábase en infundirnos admiración o envidia —ya que miedo no le era posible— con sus bíceps y pectorales. Cuando el Chino Quezada, antes de su clase de gimnasia, medía con una huincha de costurera nuestros pechos generalmente escuálidos, y luego nos urgía a inflarlos, anotando la circunferencia pectoral al dilatarse el costillar, nuestra performance variaba de lamentable a discreta, pero la de Cholimbo era monstruosa si se la comparaba con la nuestra, y el pecho aceituno del colombiano se proyectaba como un ariete.

Pese a sus anteojos doctorales, su actitud afectada y su ropa de pobre meticulosa y maniacalmente cuidada, Cholimbo era considerado un canaca, un indígena semisalvaje.

Su condición de protestante o canuto no lo favorecía tampoco: se decía que el Cholo recorría, en la hora boba del crepúsculo, las callejas más descalificadas, rasqueteando una bandurria y cantando a voz en cuello las muy canutas estrofas de

Sin vacilar marchar Soldados de Jesús mientras el grupo de evangélicos se alargaba como criatura del polvo.

El Cholo incorporado a semejante procesión nada ganaba, sólo perdía o disolvía su respetabilidad potencial en la polvareda de los barrios de Chuchunco abajo, donde no sólo no había esperanza de brillo ni decoro, sino tampoco de existencia, si por existencia consideramos el espejo equívoco del prójimo, la palabra de la canalla o el paraíso del lugar común.

Carlos Varela Geldes, o Carlos Varela Celdas, o el Puente de Varolio o Protuberancia —recuérdese que el puente de Varolio se llama también la Protuberancia Anular: herencia de Puchito Castro y sus clases de anatomía cerebral, humana y de las otras— o Varela Bruto o Varolio a secas, era el más bajo de nuestro grupo, diminuto, aunque por naturaleza fuerte y nervudo.

Tenía la tez muy pálida, y la nariz aguzada y larguísima. Una crencha dura le desmantelaba el jopo que siempre se le derrumbaba hacia adelante, hacia esa nariz de pico de ave falaz, ondeando y sacudiéndose. Tenía ojos de color turquesa, insólitos o al menos escasos para nuestra cultura.

Era un individuo tranquilo que no respondía generalmente a las pullas, pero cuando se le drenaba la paciencia, descargaba puñetes formidables, los más violentos que haya nunca visto y, para mi suerte, tampoco experimentado.

Los propinaba con toda el alma, en una forma de molinete de arriba abajo y eran muy temidos, hasta por los más fuertes, los que habían sido criados de Plaza Italia hacia arriba, en el Valle de Santiago, con diversas y mejores proteínas.

Tenía Benvento una cabeza de pepino como muchos, como si los pepinos anduviesen por ahí sueltos en las cabezas adolescentes en vez de prodigarse como hortalizas. Algunos de los cuescos de pepino parecían tener inteligencia destacada, como si la forma aguda del cráneo se proyectara de algún modo en la agudez del pensamiento. Si los mejores alumnos del Instituto Nacional o del Liceo Aplicación donde yo fui a estudiar en 1953 después de salir en forma muy poco honrosa del Instituto eran estupendos ejemplos de la agudeza del cuesco de pepino, como el Taro Marmoleda o un pequeño, frágil mateíto del Liceo de Aplicación, cuyo apellido Moraga cambiábamos a *Mocaga,* había otros como el Vinko Chico de mi colegio de preparatorias, o mi primo Robe de Paine, que no se destacaban especialmente por su inteligencia.

La frenología, ciencia filonazi que nos remite a la conformación del cráneo como medida de todas las cosas, con Benvento no se equivocaba sino parcialmente. Benvento era un excelente dibujante y eso era lo que secretamente nos unía y también separaba. Debido a la habilidad para el dibujo se establece una suerte de cofradía, secreta y pública a la vez, entre los que son reconocidos y a veces envidiados por esta capacidad de hacer retratos, caricaturas o diseños de cualquier cosa.

Benvento era muy minucioso y preciso como dibujante, pero carecía de la genialidad cromática y de diseño de Mermelada —el primer alumno inveterado del curso, en todas las asignaturas, incluido el dibujo— y no tenía la inventiva para crear personajes o hacer caricaturas que yo siempre he tenido. En cambio era inventor de cosas extrañas y diversas, como un signo que parecía un compás con dos rayas y un círculo en el medio y que se suponía era una forma de maleficio, algo que traía mala suerte al mirarla y sobre todo al trazarla en alguna pertenencia de alguien, o en el mismo cuerpo. Esa figura se llamaba *coqueta,* y Benvento me dio la idea de hacer un timbre de papa así

y al estampárselo a los matones del curso como Rodrigo Parro, hijo de españoles y llamado por eso el Coño, al Caballo Salazar, o al Hediondo Vargas, en sus cuadernos, en las manos o en la camisa, y al enterarse ellos de que se trataba de un signo portador de la mala suerte, algunos se asustaban y corrían a lavársela o a borrarla.

Casi siempre yo lo pagaba caro, porque me vapuleaban después.

Fuera de la afinidad por el arte, ese hilo secreto que une y separa a los dibujantes o protoartistas, como si el cuerpo humano de cada uno fuese un ejemplo de lo que puede ocurrirnos a todos, hay un episodio extraño que me hace recordar a Benvento como parte de mi propia historia, precisamente en la encrucijada de la pubertad y del desarrollo.

Una vez que estábamos en los baños del gimnasio llamado el Cambucho, sin bañarnos ya que no había agua caliente y no deseábamos coger una pulmonía, recuerdo que empezamos a hablar acerca de la pubertad, que todavía no me había llegado, puesto que sólo tendría unos doce años. Benvento era mayor que yo —cosa nada rara en la anarquía de nuestros colegios— y casi parecía un viejecillo que hubiese sido comprimido en un cuerpo de niño. Le manifesté que yo todavía no tenía pelos ni me salía chuño y no podía imaginarme cómo era eso, pero que me gustaría ver a alguno que ya fuese púber para entender cómo mi verga y mis cocos irían a lucir después.

Así Benvento se abrió los pantalones para que le viera los genitales, que eran mucho más grandes que los míos en ese momento. Yacía la verga en el fondo de su lecho de calzoncillos y shorts, como un pájaro arrugado en su nido negro de pendejos que eran largos y derechos como una barba de pirata. Su pubertad adelantada o cronológicamente adecuada ponía por el momento una diferencia inmensa entre nosotros, aunque el tiempo la iría a disolver muy luego.

TC *era una pobre casa con chiflones y ratas*

Y ahora es preciso describir minuciosamente, maniacalmente, la casa, como lo haría un verdadero Proust mapochino, y no porque ella sea o haya sido una casa notable por lo bella o rica: nada de eso, era una pobre casa con chiflones y ratas que corrían suaves por los entretechos y los entresuelos. Parecía estar construida encima de un hormiguero que llegaba por lo menos hasta el centro de la tierra, y había en ella más sitios descubiertos de pintura, revoco, papel o estuco, que cubiertos por dichas sustancias o materiales.

Hay que describirla sin demora, ya que todo lo que conformaba esa casa no es más que mi propio rostro o piel, y creo que no existe otro sitio más real o más mío en el mundo que esa casa de la cual no existe ni siquiera una fotografía.

Vibra allí la casa sacudida por el viento hasta la más pavorosa crujidera, como durante los terremotos o cuasi-terremotos (definición de un locutor de la Radio Cooperativa Vitalicia) que sentíamos a cada rato, aunque nunca nos tocó pasar en ella un verdadero gran sismo como los de 1965 o 1971. También quemada bajo la luna, duerme o vela la casa bajo las estrellas de la constelación del Erídano (Achernar, por ejemplo) o bajo Alfa del Centauro, que marcó la hora (y la sigue marcando) sobre sus tejas maltrechas por los años, los temblores y los gatos que corrían sobre ellas en todas sus generaciones.

La casa era pequeña pero siempre me pareció inmensa, ilimitada, y había sitios particularmente misteriosos, como unos huecos o respiraderos junto a la mera tierra que comunicaban con un terreno ignoto, el entresuelo donde vivían arácnidos, roedores, lagartijas, escolopendras y chanchitos de tierra, ésos que forman una bolita al ser amenazados. Esa metrópolis de la entretierra era el sitio negro donde la casa se posaba o mejor dicho navegaba en un agua pesada, densa de sueños y pesadillas del pasado y del futuro.

La vieja casa, su miseria navegable, su estructura que crujía y se deshacía es lo que hay que tratar de fijar aquí describiéndola, y lo que quedará fijo es como un daguerrotipo puesto en ignición, como si la casa fuese quemada sin ser destruida y puesta en el más allá o más acá, con uno de esos convertidores de materia en antimateria que el capitán Kirk usa para transferir a distancia a los sólidos miembros de la tripulación de la *Enterprise.*

Quiero decir que la casa era de color indefinible, no porque nunca hubiera sido pintada, sino porque su pintura la había huido como buscando cubrir otras materias más dignas. Parecía haber sido alguna vez blanca o crema, pero si intento fijar su color tendría que decir que era el color de la nada o de la ausencia, y sus paredes existían o existen ahora más bien como bloques de una forma de mi conciencia. Dicho sea de paso, la casa parecía hecha de un material como la arena de las dunas, y yo había excavado un hoyo con el dedo junto a mi lecho, un hoyo voluptuoso, redondo, donde hundía el índice en las noches buscando el centro de esa oquedad, la perfección de su redondez, y salía de ella una perpetua lluvia, un reguero de arena donde la pared se deshacía, se iba desangrando para siempre y, por lo visto, también misteriosamente rellenándose y reconstituyéndose puesto que el muro nunca se vaciaba, a pesar de los quintales de arena que yo le sacaba. Era un cuerpo vivo la casa, de eso ahora estoy seguro. Al mismo tiempo, mientras ese muro cerca de mi cama se rellenaba y reconstituía, los otros parecían sostenerse sólo por el papel de las paredes, como una cajita de cartulina de múltiples cuerpos y dependencias, y esto también era visible en mi cuarto —donde viví desde 1943 a 1963, pero *veinte años no es nada*— donde el papel tenía un diseño de rombos que se iban multiplicando de modo que siempre era posible encontrar un múltiplo mayor, un rombo que contenía otros más pequeños como en una caja china rombal.

Había rombos pequeños que cabían en los medianos y éstos a su vez en los grandes y los grandes en los gigantes, que apenas se podían distinguir en toda la pared, y en los super gigantes que sobrepasaban la dimensión de la pieza, de la casa, de la tierra, del sistema solar, y de todo el resto, que posiblemente otra vez vuelve a ser infinitesimal.

La entrada de la casa era un gran portón de madera pintada de verde al igual que la verja, que lucía varias caries, como la dentadura de un viejo saurio cuyo último pantano fuese aquél de avenida Simón Bolivar 1998. Por el lado izquierdo había una parra que se discernía a lo largo de todo ese estrecho corredor, cuyo objeto no era claro: como entrada de auto era inútil, como entrada de carro de caballos, también, como pasaje de ánimas, posiblemente. Las uvas de mi querido parrón eran más bien incomibles y seguían los ciclos estacionales de años de uvas flacas y gordas: en muchas partes del parrón brotaban uvillas diminutas, microscópicas, como enanizadas por ese designio anual o quinquenal, pero en la primavera y verano se vestía el parrón de un esplendor adecuado a la casa, al barrio, al Valle Central del Reyno de Chile y al pedazo del cielo austral que nos correspondía, y cuando venían las uvitas, las había de tres clases o hasta cuatro, por ejemplo violetas o negras, raquíticas y que nunca parecían madurar del todo.

El comer cualquiera de esas uvas, era motivo casi seguro para agarrar una diarrea o como decía mi tía, una *cursiadera padre*. Aun así, cuánto me gustaba esperar la madurez de cada racimo, individualmente ubicado en la maraña del parrón, empezando por los más bajos y cercanos a la tierra, para luego ir ascendiendo hacia los más elevados, que eran obviamente los más difíciles de alcanzar y que te dejaban cubierto de un polvo pegajoso, oloroso de arácnidos o de polvos de polilla, como una nieve infecta del verano. Había una sola vid, tal vez una sola rama, que daba uvas rosadas, y sólo un racimo o dos te brindaba por año corrido, como crecidas para la Mistral, que se encontraba niños por ahí y al coger un pámpano tocaba las mejillas de sus infantes imaginarios. Yo también comía los pámpanos de esas vides, me gustaba cortar, seccionar esa pequeña sierpe ácida, y luego escupir el resto. Hay que recordar ese momento, fijar para siempre ese instante en que el pámpano cruje, y luego ese sabor agridulce que se acrecienta en cada chasquido de los dientes al irlo reduciendo de tamaño en tus fauces. Las uvas blancas eran las más feroces provocadoras de colitis, pero también el parrón daba, hacia el fondo que colindaba ya con la pieza de la Rosa, ciertas uvas largas y dulcísimas cuando la madurez las ponía de color ambarino, llamadas algo pretenciosamente, *dedos de dama.*

Hablando del jardín, el nuestro no era jardín sino más bien un terreno baldío donde precisábase la ausencia del pastito cortadito y domeñado que ha pasado a ser presentación o metáfora de la buena casa de buenos burgueses con el alma más negra que el Saco de Carbón: era ese terreno como un pedazo de la piel de la cara de todos nosotros puesta a secar en el lado oriental de la casa. Era la tierra simplemente, como elemento alquímico de los que ignoraban hasta la existencia de la alquimia, con algunos arbolitos, un cedrón en la entrada de la verja y la puerta de calle, un retamo en el medio exacto del frontis, una gran mata de lilas en el otro extremo, junto a un alto y vacío muro que era el mismo cuerpo de la casa vecina, un durazno raquítico, que no producía duraznos sino grandes gomas hialinas como moluscos o mocos vegetales, calugas que concentraban el misterio de la existencia de esos árboles en los patios de Santiago.

Detrás, en el ángulo norte del jardín estaba el grande y viejo ciruelo que se preñaba cada verano, cayéndose las ramas quebradas con el peso de los muchos cientos de ciruelas que las agarrotaban como racimos de uvas gigantes. De improviso el ciruelo se cansó de darnos su riqueza en vano, puesto que nosotros nos olvidábamos de regarlo por semanas o meses: en uno de los años de ese tiempo dejó de producirlas de golpe y se volvió estéril y virginal, y en adelante no dio más que sombra, sombra buena de todos modos, bondadosa. El jardín se fue achicando a medida que pasaba el tiempo y yo crecía o me empequeñecía también, convirtiéndose en un territorio que se recorría a cuatro zancadas, luego en dos y después en nada.

Había por ahí dispersas unas matas de lirios blancos y morados, calas, un jazmín donde mi padre sacaba cotidianamente una flor saliendo para su trabajo, todas las plantas dispuestas como si las hubiera dejado caer el buen dios desde la escotilla de su helicóptero, en vuelo rasante pero temblón. Había también unas matas de perritos blancos y lilas, y unos arbustos como pinillos verde claro que yo llamaba *pinitos de palotes,* porque allí se refugiaban los mantis, buscando el mimetismo, en los días de su breve vida. Otras flores anónimas iban y venían, aparecían en una temporada y luego se iban olvidadas, ofendidas o pisoteadas, y el que las recuerde deberá ser un genio de la memoria absoluta.

Había un muro de ladrillos detrás del ciruelo grande, que rodeba todo el fondo de la casa, y que era una verdadera pasarela para todos los gatos, los nuestros, los de los vecinos y los de nadie, del universo gatuno. El costado de la casa en ese pasillo chico estaba siempre gélido y umbrío, y una puertecilla de reja de alambre y maderas desvencijadas lo separaba del patio trasero.

En el patio trasero había cuatro árboles, un culén (que teóricamente servía para preparar la legendaria aloja de culén), un naranjo alojado en su círculo de tierra rodeado de cemento, una pobre y descascarada acera que delimitaba la casa por detrás, un peral estéril y un árbol chueco, retorcido, el hilán—hilán con racimos o umbelas de diminutas flores blancas de un aroma extraño, que no era ni agradable ni desagradable, acaso un poco ordinario como colonia pobre, y que atraía continuamente enjambres de abejas, avispas y abejorros, en el fondo más remoto de la casa, como quien dice el límite final, el finisterre de mi mundo, y llegar a él era para mí como llegar al fin de todas las cosas.

antes que Paine llegó Carlitos

Cuando mi primo Carlitos nació, no nació en Paine, ni el pueblito de Paine existía, porque lo crearon después para que él allá creciera y viviera sus pilatunadas, descoyuntara matas de choclo, descuartizara sapos y acechara sin descanso los saltamontes y las arañas.

Carlitos nació en 1945 en una calle del oeste de Santiago, no lejos del centro ni tampoco cerca, porque ahí prevalece lo oficinesco, mientras que más allá de San Martín se transforma en pobretón y todavía más allá en prostibulario. Mi primo nació en una de esas casas altas como pajareras y que tenían segundos pisos trepidantes, como construidos a propósito para desplomarse en uno de nuestros muy frecuentes terremotos. De hecho, la casa donde nació Carlitos se derrumbó en el sismo de 1971, cuando él tenía 26 años. Mi padre tuvo una trombosis al día siguiente de ese mediano terremoto, pero creo que su desgracia estuvo más relacionada con otro tipo de dolores que con el susto provocado por el sismo.

Al nacer Carlitos era un niño muy grande, casi un bebé gigante para las estadísticas chilenas y latinoamericanas en general. Su foto de guagua nos lo muestra calato como un pequeño buda mapochino redoblado y multiplicado de papadas, pliegues y contrapliegues de panza y muslos, que eran como pequeños toneles, como se dice de un infante gordísimo de otros tiempos en *Sinuhé el Egipcio*. Hace poco vi una foto del niño más gordo del mundo, una criatura china que parece un barril y que a los dos años ya pesa tanto como un hombre adulto: ella me hizo recordar esa lejana foto de Carlitos en su tiempo terrestre de criatura. Todos se admiraban de esa mole, sin dejar traslucir nada a la tía Mafalda: eso hubiera ofendido gravemente su orgullo de madre madura que había realizado la hazaña de concebir, dar a luz y amamantar a ese único y formidable retoño.

Esa foto de Carlitos representa un hito del tiempo. Es como si perpetuamente quisiera carcajearme de ella sin tener ni motivo ni razón, puesto que Carlitos después no iría nunca a ser un niño gordo. Sólo lo fue de infante, como si el acto de concebirlo y parirlo le hubiese acumulado una cantidad de karma y de grasa al mismo tiempo. Después, comprobando que no somos lo que somos sino nuestra circunstancia, Carlitos se convirtió en un niño flacucho y en un adolescente también, delgado, cerúleo, como preparándose para un largo viaje que nunca emprendió.

En esa casona vaga como la niebla, cuya única característica era un olor a vejez de muebles, enseres y situaciones, recuerdo al abuelo de Carlitos, el legendario don Filemón Díaz, ingeniero de ferrocarriles y también aficionado a las plantas, cuyo huerto de papayos y plantas exóticas era muy famoso en el Norte Chico, y cuya figura alta y barbada se me confunde con la de héroes literarios como Edmundo Dantés, a quien siempre identifiqué con don Filemón, quiero decir con esa imagen tan versátil que se nos fija en el recuerdo.

Su hijo Monzo era como su retrato, algo reducido, con un color tostado y curtido por el sol pampino, porque había desaparecido en las salitreras del Norte Grande por al menos veinte años para reaparecer en los tiempos en que viví mis veranos en Paine y para morir súbitamente después.

El hermano de Monzo, Romualdo, era flaco y moreno y no se le parecía, como tampoco mi tía Mafalda, su hermana, que era gordita y de mofletudas mejillas.

Empezar a capear con Luchoro, empezar una vida nueva, descubrir el tiempo y la ciudad.

Descubrir cómo el tiempo se pierde graciosamente cuando es nuestra única riqueza. Caminar con las manos en los bolsillos y con un libro cualquiera de estudios, el más delgado posible, llevado para despistar a las gentes de mi casa, truco también enseñado por Luchoro: él me enseñó el pasatiempo sibarítico de capear, y me indicó que el día en que se planeaba el capeo no había que llevar libros ni cuadernos, sólo el texto más delgado, que era el libro *Geografía de Chile* de nuestro profesor Fosforito, y así lo hice de ahí en adelante.

Hubo muchos capeos en el futuro de ese año de 1952 y ello fue transformándose en un vicio, el vicio de la libertad diría un sociólogo nonato, o el vicio de aplanar calles, diría un periodista, pero el caso es que había una forma de virtuosismo en la ociosidad de ese caminar que parecía sin rumbo.

Así encontré a Luchoro en la esquina consabida de Arturo Prat con Alameda, en el lado opuesto a la entrada del mediopupilaje, y nos pusimos de inmediato en campaña para seguir el itinerario que él prefería: adentrarse en el centro por alguna calle lateral o secundaria, porque en Ahumada o Estado podía encontrarme con mi padre. Estas calles, por lo demás no importaban, precisamente por lo centrales: se buscaba lo marginal, lo periférico, lo antiguo, lo desastroso y desastrado, lo anónimo, lo inquietante, lo descalificado, y lo apercancado de las calles situadas al oeste del Palacio de la Moneda.

La idea era ésa: esfumarse de los otros, sepultarse, ser olvidados como en la jungla, como fue olvidado el Epifanio y le llegó hasta a crecer musgo en sus verijas podridas en la manigua amazónica que en ese tiempo sí era salvaje, era el cenit de la vegetación del planeta y allí se perdió y se pudrió el Epifanio después de su fuga total de la casa, del colegio, de la ciudad, del país y del mundo. Nosotros, por lo menos, teníamos una ciudad para perdernos y eso hacíamos con entusiasmo, con la *Geografía de Chile* debajo del brazo. Caminábamos por la Alameda hasta encontrar una calle invitante para adentrarnos, Amunátagui o San Martín y por allí nos íbamos hasta Huérfanos y doblábamos a la izquierda, siempre hacia abajo de la ciudad y del planeta, mientras el sol iba subiendo poco a poco, ya serían casi las nueve cuando pasábamos frente a cierta iglesia de un gótico muy falso, una catedral de Milán más rasca que todo lo rasca y típicamente santiaguino que pudiera depositarse justo en la esquina de Huérfanos con Almirante Barroso. Allí, en esa misma cuadra, pasábamos frente a un lugar llamado *Club hijos de Bío-Bío,* una pensión de mala muerte donde hacía poco más de un año me había dado clases particulares un cierto profesor Escalona, para tratar de salvar mis insalvables matemáticas. Sólo ese tiempo había pasado y ese lugar ya se me mostraba increíblemente remoto.

Después no hubo quién salvase mis matemáticas, y ni clases privadas ni públicas pudieron hacerme penetrar en el mundo numérico y numeral. Muerto Pajarito Sepúlveda, nuestro profesor de matemáticas, su reemplazante fue un señor de aspecto gélido y temible al que llamábamos el Siete Viejas o el Siete Brujas, pero que en realidad era amable y justo y mi conflicto con las matemáticas, que se agudizaba con Pajarito igual que con otros pilares de la docencia, se aplacó bastante con él, y consideré innecesario volver a tomar clases particulares. Pero igual mi fracaso en esa disciplina estaba asegurado.

Desde esa vez comenzamos a fijarnos en ciertos hitos, en ciertas casas míseras u oscuras como también altas y ostentosas, y en ciertas figuras o rayas de las paredes, como una que había en Huérfanos a la altura del mil ochocientos, que descubrimos con Luchoro y que bautizamos *el picochucha:* era como un falo con los respectivos huevos muy estilizados e incorporados a la silueta rodeada de cilios que podían o querían ser pendejos.

Ese pasó a ser un sitio fijo de peregrinaje.

Luego se pasaba frente a una casa que tenía gárgolas subdesarrolladas, a la altura del dos mil, cuando seguíamos esa ruta, y otra casa con un reloj increíblemente elegante para el lugar, con números romanos sobre la fachada ruinosa, y vaya uno a saber para qué daban la hora a gente que igualmente parecía estar fuera de todo tiempo posible y mesurable, en el vecindario y también más allá. Después, en Avenida Brasil, en una casa adecuada a su rango, un loro vejete miraba por la ventana junto a un gato barcino y periclitado. Eran dos representantes de sus respectivas especies o dinastías en la ancianidad, y en esos meses en que pasamos casi todas las semanas, con Luchoro y después yo solo, estuvieron siempre en esa ventana, eternamente mirando y como esperándonos, a lo mejor nosotros éramos el único accidente de esa calle, ahora pienso que nosotros éramos la alucinación del *pájaro verde* y psitacósico, igual como él lo era de nosotros. También había muchas casas con aldabas en forma de manos para tocar la puerta. En esas viejas casas abundaban esas manos y eran todas diferentes: algunas de bronce pulido o verdoso, otras negras, de un hierro viejo y extinguido, unas grandes como de boxeador y otras diminutas como si un infante muy delicado hubiese dejado su manita en esas puertas, para mejor siempre cerradas.

Había también una fuente o pileta en la plaza Brasil donde en vano nos esforzábamos por ver o al menos imaginar peces —ese Chile nuestro era tan pobre que carecía de peces para sus piletas públicas, y cuando los llegaban a tener, la gente los sacaba para ver qué les pasaba fuera del agua— pero lo único que había era algún pirihuín solitario, algún escarabajo acuático o alguna babosa extraviada y agonizante en el fondo.

Luego se proseguía ese extraño camino sin caminos tomando la dirección del norte pasando por el extraño monumento al Roto Chileno, que supuestamente nos glorificaba por algún acontecimiento guerrero del cual el roto sería protagonista y por ende todos los chilenos desarrapados en los fundillos. Al fin, se atravesaba el paralelo 38 de la calle Matucana, que para muchas buenas gentes era la última frontera de la civilización, y ya dentro de la Quinta Normal nos gustaba internarnos también hasta la última frontera de ella, cerca del lugar donde había dos altas construcciones de hierro como Torres Eiffel aclimatadas al mundo mapochino.

Allí todo se veía verdaderamente solo y también inquietante y solía haber vagabundos que te seguían esperando sacarte algunas monedas por las buenas o por las malas, y también los zapatos si les era posible, o chalados que hacían visajes de profesionales de muecas y proferían largos y coherentes discursos a los eucaliptos, junto con varias jaurías de perros que provenían de la cercana Escuela de Medicina Veterinaria que formaba parte de la Quinta, donde yo iría a trabajar como profesor quince años después.

Había perros de todos los pelajes y dimensiones, mezclas absurdas como un Lassie-Salchicha, peludo y larguísimo, con patas diminutas que lo hacían parecerse a un reptil o dragón chino arrastrándose por el suelo, y otros muchos tiñosos y sarnosos, tan flacos que más bien parecían esqueletos caninos vivientes, pero que mostraban una feroz alegría de vivir en esa miserable encarnación con tan poca carne para sostenerse.

Muchos de esos perros habían sido llevados por sus dueños, que eran tan miserables o más que ellos, para curarlos en la clínica de la escuela y luego abandonarlos allí enfermos o moribundos, porque no podían o no querían pagar la cuenta. Algunos habían sido sacrificados por inyección letal pero la inyección no había sido lo suficientemente fuerte para matarlos por estar siempre cerca de la dilución mínima para ahorrar el pentotal, y habían resucitado después de algunas horas de estar botados en las tolvas de basura que se retiraban dos veces por semana, y alcanzaban a salvarse de ese modo, después de haber visto el túnel luminoso que separa esta vida de la otra y donde según los diarios americanos especializados en comparar las ventajas de su vida con la de ultratumba, nuestros seres queridos nos esperan para recibirnos mientras Liberace toca en su piano coronado de candelabros. En cambio a estos perros —que no tenían familiares queridos— sólo la jauría pulgosa, mordiente y ladradora estaba para recibirlos de vuelta a este lado del túnel.

A veces tomábamos una Bilz en la Casa de Botellas, imaginando estar en el bar del Hotel Plaza de Nueva York. Después de alguna vuelta en torno a la laguna de la Quinta, ésta sí algo más respetable en volumen acuático y con verdaderos peces, no de colores sino grises, chicos y anónimos que se veían relampaguear y huir, terminábamos en el Museo de Historia Natural visitando el primer piso donde había algunos animales embalsamados apolillados y en estado de desintegración, como el enorme perro gran danés Ulk que había pertenecido al presidente Arturo Alessandri, y un esqueleto de ballena aue parecía quedarle grande al edificio.

Una vez, cuando yo tenía tres o cuatro años, recuerdo al gigantesco Ulk caminando junto al León de Tarapacá, y como al parecer yo arranqué espantado de ese perro que se me aparecía del tamaño de un camello, el León me dijo *no hombre, no te asustes, si éste es muy mansito*. Este es uno de los primeros recuerdos vívidos que tengo de Santiago, luego que mi familia se trasladara desde Coquimbo a la capital en 1939, buscando un mejor destino para mí.

El segundo piso no se visitaba: allí estaban las momias atacameñas y también la horrorosa momia egipcia, al parecer la única que existe o haya existido en Chile, si existir se puede aplicar a una momia. Había sido alguien que vivió en los últimos años del Egipto faraónico, cuando posiblemente ya se había perdido o degradado el arte del embalsamamiento, porque era verdaderamente un desastre en términos de momificación. Las pocas veces que paseé a su lado lo hice mirándola de reojo, y cautelosamente dirigiéndole la vista para ver si lograba soportarla, pero no: el pavor me vencía al ver unos dientes que se asomaban entre el charqui y los huesos, y tenía que seguir de largo mirando hacia el otro lado. Por años representó para mí la encarnación de lo más horrendo y temible, acostada en su perverso linóleo y riéndose de lado, desde cuando en 1947 la vi por primera vez en la visita anual al Museo por parte de los alumnos de preparatorias del United States Academy.

Desde entonces, en el mapa de Santiago, calculé la distancia que separaba mi casa del Museo de Historia Natural, que albergaba el Horror Máximo, así como en 1954 —en la eternidad que en la infancia y adolescencia comportan tan sólo siete años— desplacé la prioridad de mi miedo a la Morgue. En ese año presenciamos la autopsia de un ahorcado junto con los alumnos del sexto de biología del Liceo de Aplicación, adonde yo me había transferido, y ello me decidió a abandonar todo propósito de estudiar medicina. Igual como antes, empecé a medir la distancia de mi casa a la Morgue, para asegurarme de que fuese respetable, que no hubiera posibilidad alguna de estar cerca, por ningún motivo, sobre todo de noche, por equivocación o certeza, ni que íbamos a pasar a menos de un kilómetro de ella. Era preferible medir esa distancia en cuadras, porque ochenta cuadras son una cifra mucho más tranquilizadora que cuatro kilómetros.

Ignoraba que la muerte nos acompaña día y noche, y que es tan imposible como insensato tratar de poner distancia de ella.

A esa hora eran ya casi las once.

Después de visitar el Museo salíamos de la Quinta Normal para tomar una micro Carrascal-Los Leones, que nos llevaba en un viaje más cansino que en carreta de bueyes atravesando toda la ciudad, hasta la plaza de Los Leones en la esquina con Francisco Bilbao, donde nos bajábamos y caminábamos hacia el sur por Los Leones hasta el sitio donde hoy nace la avenida Diagonal Oriente.

Había allí un sitio eriazo, polvoriento como lo era la mitad de Santiago, con un paradero de las micros Los Leones a un lado. Allí podíamos tomar una variante de la misma línea que regresaba hacia el centro y se internaba primero hacia el cerro San Cristóbal dejando a los pasajeros en la plazuela del Funicular del Cerro, o podíamos coger la Ñuñoa-Vivaceta / San José, que nosotros llamábamos *Chivalapeta,* que pasaba también por ahí y luego volteaba hacia Irarrázaval, haciendo su recorrido habitual, y pasaba otra vez por Antonio Varas con Irarrázaval donde yo hubiera podido —puesto que era ya cerca del mediodía— haberme bajado para caminar las tres cuadras que me separaban de mi casa en ese punto. En efecto, al pasar por ahí sentía —cuando la tomaba— un deseo irresistible de bajarme: ¿para qué andaba por ahí vagando? Era mejor estar en casa con mi familia, mis juguetes y libros, con la Rosa, y mis gatos, pollos y gallinas. Pero yo debía estar en el colegio a esa hora, era la ley, y como no podía soportar esa cárcel indigna, debía recorrer y aplanar esas calles más del Diablo que de Dios.

Me había ya formado, primero con Luchoro y luego solitario, un ritual de capeo, y había que respetarlo.

En ese lugar de Los Leones con la plazuela donde años después empezaría la avenida Diagonal Oriente, había un negocito ínfimo de una viejecilla que vendía sólo tres cosas: berlines, cocadas y cuchuflíes. Generalmente cuando capeaba no almorzaba, de modo que siempre le compraba dos cuchuflíes a la viejita. Los berlines no eran recomendables: luego de comerlos daba la impresión de haberse tragado un saco de mercurio o de balines de plomo, tan pesados eran, de sebo y crema rancia. Las cocadas eran tan buenas como obstinadamente relajantes, y lo mejor y garantizado eran los cuchuflíes, de buen barquillo fresco y manjar gustoso. Ese negocio era un lugar muy limpio, con un mantelito sobre el cual estaba la campana con los dulces, y la viejecilla, con su alma blanca, sólo admitía en el recinto, fuera de su mercancía, una gran reproducción de la virgen del Carmen. Ella se sentaba en una sillita al lado de sus dulces, y cuando llegaba y hacía mi pedido, lo entregaba en silencio. Nunca habló una palabra, porque los cuchuflíes, las cocadas y los berlines tenían su precio escrito en tarjetitas paradas sobre un corcho de damajuana.

Después de comprar los cuchuflíes lo más práctico era tomar la Los Leones-Bellavista y encaminarse por ese recorrido hacia el jardín zoológico del cerro San Cristóbal. Se podía subir por el funicular cuyo pasaje incluía la entrada al zoológico, al que se ingresaba por una estrecha pasarela que desembocaba junto a un recinto donde estaban los auquénidos: alpacas, llamas y guanacos que escupían frecuentemente a los visitantes. Muchas veces, para ahorrar el pasaje, subíamos a pie por los gravosos caminos que llegaban a la entrada principal.

Se dice que el zoológico de Santiago es el más singular y espectacular del mundo, por estar situado en una montaña que domina la ciudad. Como muchos otros mitos nacionales, éste no resiste al menor examen, pero de todos modos era una gran experiencia caminar por esos senderos abruptos bordeados de pinos y acacios, sin darnos cuenta de que ese zoológico, si tenía alguna cualidad, era la de ser uno de los más miserables y crueles del mundo, por la estrechez de las jaulas, la falta de cuidado a los animales y la inmundicia general.

Como usualmente entrábamos por el ingreso principal, subiendo por el camino de automóviles, nos encontrábamos de inmediato en el centro de una plazoleta con la gran pila donde unas cuantas focas y lobos marinos nadaban rotando como trompos o hacían picadas en el agua sucia y barrosa de tiempo inmemorial. La alberca de las focas estaba rodeada de jaulas que nada tenían que ver zoológicamente con ellas. Había leones y jabalíes en jaulas pequeñas y también un elefante en un corral donde difícilmente se hubiera sentido cómodo un buey. Además estaba la jaula de mandriles y babuinos, donde los monos chillaban en pleno delirio, y nos divertían con sus peleas, sus carreras desenfrenadas y sus masturbaciones impúdicas. Había un babuino que era notable por lo simpático y que se daba una vuelta de carnero cuando se le hacía una seña giratoria con el índice y luego estiraba su mano en un gesto mendicante tan conmovedor que nada se podía hacer sino darle maní o plátano o lo que fuese. Con el tiempo otros babuinos de la jaula aprendieron ese truco de saltimbanqui.

Afuera del zoológico había varios puestos de maní y turrón en grandes pirámides de las cuales el vendedor picaba a cincel los pedacitos con que llenaba sus cartuchos de papel, y naturalmente también vendía maníes y nueces destinadas al consumo de los cuadrúpedos, cuadrumanos y volátiles, como asimismo de sus ingratos parientes humanos.

No siempre fui solo al zoológico. Algunas veces iba con mis padres, sobre todo cuando estaba más chico. En esa explanada con la pileta de las focas rodeada de jaulas de leones, había un león joven llamado Carlitos. Un día Carlitos lanzó una tremenda meada hacia atrás, como los gatos enteros, y él lo era con toda legitimidad. El chijete botó el sombrero de Panamá de mi padre, y desde esa vez nos cuidamos mucho de acercarnos demasiado a las jaulas de los leones.

Cuando iba con mis padres siempre tomábamos el funicular. Era muy impresionante esperarlo en la estación de piedra, y al subir a él, lleno de nobles maderas y herrajes, me parecía —como lo era efectivamente— estar en un vehículo ideal. Hasta ahora sigo creyendo que el funicular del cerro San Cristóbal es el único medio de transporte que nunca ha fallado en Santiago. Su precisión en la subida y la bajada lo ponía a nivel de los ciclos planetarios. Mientras un carro subía, otro bajaba en la mismísima distancia, perfectamente medida. Las ruedas de hierro, las puertas corredizas, y los inspectores con sus uniformes, contribuían a dar una idea de seguridad y precisión, como funcionarios de una aerolínea del futuro. Y en efecto, al menos para mí, ese viaje tenía mucho de vuelo por la espectacular visión de Santiago que se obtenía a medida que se ascendía con el funicular crujiendo roncamente, en ruidos de maestranzas no de noche sino de día, con grandes tortazos en las cremalleras y el rumor entre empalagoso y sensual del enorme cable engrasado que iba desenrollándose en el ascenso y en el descenso.

Hacia la izquierda de la explanada de las focas partía un camino con jaulas de grandes loros. El más famoso era El Carehuevo, una cacatúa blanca de ancianidad venerable, que de vez en cuando profería el epíteto que le daba su nombre, como también otros insultos. Visitando el zoo con mis compañeros de colegio de la última preparatoria, hacía unos cinco años, nos estacionamos frente a la cacatúa. Estábamos con el profesor de ciencias y el pájaro de pronto gritó un clarísimo *¡huevón!* por lo que fuimos rápidamente alejados de su presencia.

Ahora, capeando podíamos permanecer cuanto quisiéramos, y sin ningún maestro que controlara el lenguaje del pajarraco, y acaso por lo mismo éste permanecía mudo.

El zoo tenía avenidas con nombres ilustres de las ciencias nacionales como don Claudio Gay y el padre Lacunza, aunque fuesen simples caminillos o senderos flanquados por jaulas o corrales de los animales considerados más mansos. Entre ellos estaban los avestruces. Siempre se ha dicho que los avestruces se alimentan de hojas de afeitar por lo que algunos imbéciles les llevaban por merienda toda clase de hojas gillette hasta que un día uno de los pobres pájaros se desplomó fulminado, y le encontraron en el buche un cargamento de hojas de afeitar, tornillos y otros fierros, suficiente como para surtir una ferretería y para rasurar un regimiento.

En la jaula de los monos araña, llamados así por sus larguísimos brazos que eran piernas y viceversa, había siempre un ruido apocalíptico, de cataclismo y batalla total, porque los monos se perseguían y golpeaban las paredes y los alambres de la jaula con violencia inaudita.

En cambio el terrario de las serpientes era el reino del silencio, inquietante y diverso de los otros recintos porque no estaba formado de jaulas sino de grandes casas de vidrio, con piedras, plantas y ambientación tropical. Esta protección les otorgaba una cierta condición cercana al acuario y eso era sin duda fascinante. Las serpientes vivían allí una vida un poco menos miserable que la de los otros huéspedes, ya que los cristales les evitaban ser cubiertas de desperdicios o quemadas con cigarrillos.

En el zoológico santiaguino, al menos en esos años, no había jirafas, cocodrilos, hipopótamos ni rinocerontes, porque nunca Chile se pudo dar esos lujos, y por lo mismo esas especies se salvaron de ingresar a tan miserable zoológico. Uno se pregunta ¿para qué íbamos? ¿qué placer sádico nos movía a ir a semejante sitio? La verdad es que se iba al zoológico así como se podía deambular por cualquier calle del oro o de la mierda.

Luego bajábamos y la ciudad venía a nosotros como una marea de excremento y cielo, como un saco de verduras vaciado de golpe sobre tu cabeza o un paranoico deseo de evacuar mermelada y sangre al mismo tiempo.

Un macabro idealismo nos impedía concentrarnos al caminar, pero nos salvaba de ser aplastados por los automóviles, que ya eran muchos y eran guiados por esqueletos de morsas y también por monjas enloquecidas que babeaban una suerte de pintura azul, como mocos de turquesa.

Puedo decir, o mejor dicho puédese decir que la nariz de la Rosa era delgada, fina, como la de algunas actrices americanas, Ann Sheridan o Susan Hayward por ejemplo, o italianas como la entonces jovencísima Silvana Mangano, y que su piel era limpia y lampiña con descaro. Ella se preciaba de su cuerpo, sabiéndose una como había pocas, más todavía en Chile donde una cara de rasgos humanos vale todo un patrimonio. Se preciaba también de sus axilas inmaculadas, que sólo tenían unos cuatro pelillos de color ambarino y que no merecían la pena de la afeitada ritual mundonovista. Vacilando siempre entre la más extrema desfachatez y el candor más impoluto, ella le hurtaba el cuerpo a las reglas sociales antiguas y nuevas:

Piel de la Rosa

Digo que era naturalmente lisa y vacía de otros accidentes.

Hacía dos años que había aparecido el gran cometa de 1948. Creo que apareció allí por mi deseo, un día que estaba revisando minuciosamente el cielo, como suelo hacerlo desde que tengo uso de la vista, deseando ávidamente encontrar un cometa real y verdadero y no creado por mí, como los que pintaba cuando apenas me habían sacado los pañales. Allí se coaguló, formó algo comparable a la imagen de una fotografía inmensa, revelándose en el cielo del verano, cielo angustiosamente real y amigo, con su leche de luz cayendo para todos los batracios santiaguinos, o simples pirihuines transportados en marzo desde Paine en botellas de agua mineral, como los traje una vez y como lo era yo.

Ahora es la piel de la Rosa la que se me aparece en ese cielo. No hay diferencia entre su piel que olía a la hembra de todos los tiempos, y ese cielo austral donde cabían y acaso todavía caben todas las palabras y los signos. Su presencia comenzó a opacar todas las demás cosas, desde los renacuajos, los patos y las moléculas de luz, y empezó a cambiar lo que no se veía por lo otro, lo visible, y viceversa.

Dále, corazón insensato.

Parece increíble que este corazón viejo resista tantos años de bombeo en cada centímetro cuadrado de piel de la Rosa, de la mía o de cualquier entidad plurimolecular que no sea una ameba o lombriz —que también tienen un corazón agusanado, largo y flexible— y no hay víscera más insana que la que debe estar fatigando, bombeando y bombeando todos los segundos de una vida, y parece serlo de verdad: el enajenado corazón no se da jamás un descanso, ni un sólo latido es omitible, so pena de caer seco y patidifuso o quedar suspendido en el éter, donde ya no es necesario corazón alguno.

La Rosa sí tenía su corazón mayor y tenía piel y me fui concentrando en esa piel, como inquietándome primero, y después viéndola a ella por su piel, toda entera dentro de su piel como si a través de ella —que ni siquiera había tocado para conocerla mejor— se me abriese otro cielo, en el cual todavía no reconocía ninguna estrella.

SCA *el jardín de las delicias*

Capear sí, con Luchoro o sin él, primero con él, que me enseñaba los derroteros, los caminos secretos del capeo dentro de Santiago, en el aprendizaje con calidad de virtuoso de lo que se llama la rabona en los países más cargados a la civilización del superyó, y la chancha en los ambientes más provincianos, y capear o andar capeando en un justísimo uso del progresivo en nuestra jerga colegial.

Primero con Luchoro y después sin él, porque el capeo, según yo lo entendía, era un vicio solitario, un asunto mío con mi alma que se practicaba en la soledad de la multitud, expresión muy engolada ésta que seguramente no refleja la verdadera modestia del acto, que efectivamente transcurría en calles poco transitadas, soñolientas y hasta insignificantes.

Capear sin Luchoro en consecuencia, generalmente inmerso en una patética y radiante soledad, pero a veces también con los otros amigos, Varela, Pabuelo y Benvento. El colegio era intolerable, te robaba el tiempo de la vida y yo quería ver correr ese tiempo dentro de mí y afuera, sin estar sometido a la tortura de las horas de clase y los recreos, las campanas, el almuerzo, las horas de estudio, y luego salir aniquilado por otro día.

Durante mi primer año en el Instituto en 1949, mi padre contrató el taxi de Segundo Agurto para llevarme por la mañana al colegio. Las razones para ese acto descabellado por el costo eran un poco vagas, traspasadas de esa ternura o deseo de protección que puede ser tan dañino como es en esencia generoso, de padres que parecen salidos de una leyenda o romance antiguo.

El taxi de Segundo era un Ford 38, negro y siempre lustroso, con unos asientos mullidos en los que uno, al hundirse, parecía sepultarse en un mórbido animal almizclero. Su rodar de máquina bien aceitada se conectaba a mi vida, desde el momento en que yo subía hasta el momento en que bajaba en Alonso Ovalle con San Diego, generalmente pocos minutos antes de que las clases empezaran a las ocho y media, no obstante que él debía recogerme cada día un cuarto para las ocho en la puerta de Simón Bolívar 1998.

El cruce de Santiago desde Ñuñoa era accidentado y aleatorio. Segundo, llamado el Gordo, era un ejemplo de profesionalidad, la antítesis de los energúmenos que manejaban cualquier vehículo motorizado, pero esto no nos ayudaba a llegar más rápido, aunque sí, seguramente, a llegar. Si el Gordo se aparecía un cuarto para las ocho el camino al centro era expedito y en menos de quince minutos el auto estaba ya en el Instituto. En ese caso tenía que esperar en San Diego, hasta que se abrían sus puertas a las ocho y cuarto. Ninguna de las circunstancias era ideal para mí, porque si llegaba temprano, tenía más tiempo que perder en mis ensoñaciones antes de entrar al matadero, pero debía esperar ahí afuera o en la sala vacía, muchas veces siendo el blanco de las chirigotas o los golpes del Coño o el Caballo, quienes no tenían otro modo mejor para llenar esos minutos. Si Segundo se atrasaba más de la cuenta, corría el riesgo de llegar tarde porque después de las ocho la avenida Irarrázaval se congestionaba de vehículos. En realidad las micros eran el problema mayor, porque el chofer debía manejar el vehículo por muchísimas horas diarias, cobrando una comisión por boleto cortado, que constituía la única entrada de estos verdaderos esclavos del volante. Por eso las micros en las horas de punta se entregaban a una carrera desenfrenada por todas las calles principales de Santiago, mientras que en las horas de baja, uno podía emplear un tiempo indefinido en atravesar Santiago de lado a lado en el carromato que iba a tranco de hombre. Alguno, exasperado, decía al chofer cosas como *oiga iñor no vaya tan rápido mire que la velocidad me marea* o bien *oiga carretero, déle con la picana a los bueyes...* y el chofer, herido por la condición rural que se le adjudicaba, iba a una velocidad de caracol hasta que de repente inexplicablemente despertaba del letargo y se lanzaba otra vez a la carrera desbocada.

El paradero de los taxis estaba en el callejón ciego que formaba la avenida Manuel Montt al otro lado de Irarrázaval, justo enfrente del almacén del papá del Vinko Chico. Había allí un teléfono donde —en un verdadero ataque de modernidad— los taxistas que esperaban podían recibir llamadas. El Gordo estaba contratado para venir a buscarme de lunes a sábado, habiendo clases de media jornada en este día. Se le pagaba semanalmente. Alguna vez muy rara, por razones de fuerza mayor, pana mecánica o enfermedad, Segundo no llegó a buscarme y no fui por ello al colegio ese día, aunque podría haberlo hecho en micro faltando a la primera hora de clase.

Desde la primera vez que Segundo falló, cada mañana esperaba ansiosamente que no apareciera con su taxi que me garantizaba transporte seguro al colegio. Si estaba atrasado, nos encaminábamos con dificultad extrema por Irarrázaval hacia el oeste, sorteando las micros y las carretelas, de las cuales todavía había una apreciable cantidad. Una vez nos tocó ver un horrible espectáculo que parecía una escena de las guerras que entonces creíamos eran el patrimonio de otros países, sin darnos cuenta o poner en evidencia la violencia constante que permeaba nuestra vida diaria. De algún modo, seguramente por falta de cumplimiento de alguna señal del tránsito por parte de uno u otro conductor, incluido el carretonero, una carreta había chocado con una micro o mejor dicho la micro que corría por Irarrázaval había embestido de lleno la carretela y los dos caballos estaban muertos, destrozados junto a los restos del vehículo y una verdadera montaña de verduras, zapallos y frutas pisoteadas y pulverizadas. La micro presidía la carnicería, humeando y echando vapor de su radiador descalabrado. Había también víctimas humanas: dos bultos estaban tirados por el suelo y tapados con diarios tintos de sangre. Al cadáver humano tendido al sol o la luna se le otorgaba el honor de recubrirlo con papel de diario, uso extremo de la función periodística. Los animales muertos, a menos que por su tamaño entorpeciesen el tránsito, como estos caballos, permanecían botados allí donde los dejaban las ruedas o los últimos estertores de su vida. Santiago estaba lleno de perros vagos, pero algunos eran menos nómades y preferían la basura de cierto barrio o calle. Uno que otro muy afortunado era semiadoptado en alguna de las casas por donde merodeaba, aunque con ello su vida no cambiaba gran cosa, excepto por una relativa mayor seguridad de encontrar un hueso para roer. Los autos hacían la vida muy difícil a estos desgraciados vagabundos. Segundo era mesurado en la velocidad y muy cuidadoso en su estilo de manejar, hecho que bastaba para ponerlo a una distancia astronómica de la inmensa mayoría de los conductores de la capital, profesionales o no. No obstante esto, más de una vez atropellamos a algún perro en el camino, en Irarrázaval o en Diez de Julio, al parecer sin consecuencias fatales porque los vimos escapar aullando y cojeando. Otros no eran tan afortunados y si alguno quedaba herido en medio de la calle, era invariablemente aplastado por los vehículos que seguían pasando. Uno puede imaginarse fácilmente que si el conductor chileno no frenaba su vehículo para evitar atropellar a un ser humano, absolutamente ninguno iba a frenar por un cuadrúpedo, ni siquiera de tamaño tan considerable como un caballo. Cabe pensar qué habría ocurrido si el medio de transporte más común hubiese sido el elefante, como un individuo que entrevistaba a Pablo Neruda pensaba que ocurría en Chile. Esas mínimas tragedias perrunas me afectaban mucho, la imagen de los perros aullando o muertos en silencio en la calle me perseguía por mucho tiempo, y en realidad nunca se borró de mi memoria.

Segundo sorteó ese día los restos de esa catástrofe caballar, y tuvo que atravesar una verdadera laguna de sangre, como nunca he visto en mi vida, lo que al mismo tiempo asevera que he visto muy poco respecto de la brutalidad humana. Ningún policía de tránsito había llegado, ni iba a llegar, ni nadie hacía nada excepto mirar con la boca caída, pero ya los muertos humanos tenían su trozo de sudario periodístico.

Mi padre pudo pagar los servicios de Segundo sólo durante un año. Era realmente una locura ese gasto, ya que uno podía viajar dos semanas o más en micro por el precio de un solo viaje en taxi. Segundo nos hacía una tarifa especial por tratarse de un contrato fijo, pero aun así era una tremenda sangría a nuestros recursos.

Sin el taxi matutino me convertí en experto usuario de la movilización colectiva, tanto para las clases como para los períodos de capeo, que cada vez se hacían más frecuentes. Al regresar de cada período de capeo volvía al ritmo normal de asistencia a clases y sentía un alivio miserable, como decir *aquí estoy otra vez, de nuevo estoy protegido por mis buenos actos, en el lugar donde debo estar y donde mis padres y la sociedad y todo el mundo esperan que esté.* Se me despertaba esa conciencia de esclavo y de sometido que se nos inculca desde el momento fatal en que se corta el cordón umbilical y la sangre materna ya no te lleva gratuitamente los nutrimentos, los minerales y las vitaminas, sino que tienes que masticártelos y deglutírtelos en el futuro, y en especial ganártelos con un esfuerzo siempre desproporcionado al premio.

Una mañana en que no tenía presupuestado faltar a clases, al bajarme de la Ñuñoa Vivaceta y dirigiéndome hacia abajo por la vereda norte de la Alameda, me encontré con Varolio y Pabuelo que venían muy excitados, alejándose del Primer Foco de Luz de la Nación, puesto que caminaban o mejor dicho corrían en dirección a Plaza Italia.

—¡Vamos al tiro, Mono! —me dijo Varolio acezando— Parece que cayó un disco volador en el San Cristóbal y tenemos que llegar antes de que los pacos cierren todas las calles porque a lo mejor los marcianos pueden tirar un rayo que deje la mierda repartida por el suelo...

La razón para la capeadura no podía ser más compulsiva: después de haber leído y visto todo lo posible sobre los discos voladores —lo que no era mucho, pero sí excitante al máximo— desde ese día de junio de 1947 cuando Kenneth Arnold vio los famosos platillos volando en formación sobre las montañas de la Sierra de las Cascadas, el tener uno aquí mismo era algo que se podía confundir con la felicidad completa. Nada ha habido más importante para mi generación que el haber nacido en esta especie de alba de la comunicación espacial, el asomarse más allá de esta tierra con su esplendor y también su insignificancia.

Allá por 1948 había visto cruzar por el cielo de Santiago algo que parecía una pelota de ping-pong brillante de color acero, a una altura y velocidad fantásticas, que demoró unos tres minutos en saltar de horizonte a horizonte.

Años después vería luces rojas, extraños meteoros o cosas parecidas, pero nunca una nave espacial aterrizada, lo que después se llamó encuentros de tercera clase. Por eso un platillo caído en el Cerro San Cristóbal era una ocasión milagrosa.

Decidimos cortar camino por el costado del cerro Santa Lucía, para ver si por las callejas al otro lado del río, Purísima o Bombero Núñez, podíamos evitar algún posible bloqueo de los pacos, pero nada extraordinario en el tráfico ni en los transeúntes daba a entender que ese aterrizaje espacial había ocurrido en pleno Santiago. Las mismas viejecillas afanosas con su paquetito de pan o de té aferrado como si fuese el último mendrugo o la última yerba remanente, los borrachos mascullando voces pútridas o visionarias o bien yaciendo en la gélida beatitud de la mañana mapochina, y los perros omnívoros pero siempre esqueléticos, toda esa fauna matutina a pesar suyo pasaba a nuestro lado o nos acompañaba por una o dos cuadras, y ninguno estaba al tanto ni tampoco le importaba que un vehículo de otro mundo portador de algún mensaje de paz, felicidad, o de amenaza mortal, estuviera muy cerca de nosotros.

Pronto nos dimos cuenta de que por el lado de Pío Nono no había nada especial, y la paz soñolienta de la mañana no era compatible con visitas extraterrestres, desde el momento que ni los terrícolas se molestaban en salir a la calle. Ahí Varolio tuvo la idea genialoide de regresar hasta algún sitio donde se viera el cerro desde la distancia, y así nos volvimos por Pío Nono, cruzamos el puente del Mapocho y nos fuimos caminando por el parque Gran Bretaña hasta la gran pila rectangular cerca del puente del Arzobispo.

Y fue desde ahí que, en un claro del cerro vimos algo como un jabón del país de los gigantes de Gulliver, con un color entre el naranja y el amarillo que lo ponía decididamente entre los artículos de tocador, y que estaba sospechosamente cerca de ese camino que desde la Virgen de la cumbre del San Cristóbal lleva hasta lo que todavía era un erial y que ahora es el elegante barrio de Pedro de Valdivia Norte, lo que indicaba que había probablemente llegado ahí por vías terrestres más bien que aéreas. Nos dimos cuenta que lo mejor era volver a cruzar el río por el puente del Arzobispo y aproximarse al cerro por el lado de las callejuelas detrás de Bellavista, por las que se podría tener acceso a los faldeos y trepar buscando un sendero para acercarse al objeto.

Ya desde lejos se veía grupos de gente, algunos trepando con esfuerzo de hormigas y otros parados y oteando hacia arriba. Ese barrio estaba lleno de casas a medio construir que tenían acceso a los faldeos del cerro. Por ahí fuimos buscando un claro hasta que fue posible subir, entre zarzamoras y piedras, por uno de los muchos senderos que se usaban para trepar al cerro y que algunos utilizaban para introducirse al jardín zoológico sin pagar. Estábamos agotados por la larga carrera y también porque a esa hora el sol empezaba a hacerse sentir, ya alto en el cielo de la primavera.

El empecinamiento de subir nos enmudecía, pero también podría asegurar que cada uno estaba embargado del deseo de ver por fin algo manufacturado en otro mundo, que no sólo estuviera hecho en Estados Unidos —sitio originario del progreso por excelencia— y de ser posible, queríamos ver algún hombre con cabeza verde y tentáculos con ojos aunque nos meáramos de miedo en su presencia. El tiempo era más precioso que lo habitual, al ignorar lo que podía suceder cuando había marcianos de por medio, y también con los pacos, que solían aguar las fiestas en todo momento y lugar. Nosotros imaginábamos que en un evento de esa naturaleza irían a andar en pelotones verdes, pero ello extrañamente no había ocurrido ni ocurrió. Los pacos sólo se apersonaban cuando había que castigar a un pobre por rebelarse de su pobreza, y no parecían muy dispuestos a enfrentar a los extraterrestres.

No habíamos trepado la mitad del faldeo del cerro, cuando vimos un grupo de gente que venía bajando de regreso. Entre ellos había varios capeadores del Liceo Lastarria, y les preguntamos por qué se volvían, y si los habían corrido los pacos. Uno de ellos se quejó: *no, huevón lo que pasa es que la huevada ésa de arriba no es disco volador ni es marciano ni de ninguna mierda de planeta espacial, sino que es más chileno y santiaguino que las putas de los callejones, huevón: era un puro truco para hacerle publicidad a esa pasta pa' teñir los zapatos de las viejas, las tintas Nóbel.*

¿Y cómo lo supieron? preguntó Varolio, más desanimado que si le hubieran dado la noticia anticipada de repetición de año, que ya nos estábamos ganando con cada capeo. *Puta huevón, cómo no lo íbamos a saber si cuando ya nos habíamos acercado al disco nos dimos cuenta de que era más fulero que mago de circo, huevón, era hechizo con madera y cartón piedra, y de repente el disco se abrió como un marisco más grande que la concha de la lora, y salió el Raúl Matas trasmitiendo su Discomanía Nóbel porque ya habían dado las diez...*

Ahí se nos acabaron las fuerzas, sobre todo las trepadoras o ascencionales, y desde el momento que los misterios del espacio no se nos iban a revelar esa mañana como tan ansiosamente habíamos deseado, y como ya no valía la pena el esfuerzo de seguir subiendo sólo para ver a Raúl Matas y oir los discos del *ranking* donde él ya trataba de meternos la pomada musical más insulsa, era mejor descender y rodear el cerro hacia los lugares donde habitualmente hacíamos la rabona.

Con el grupo de cimarreros del Lastarria nos fuimos encaminando tácitamente hacia el zoológico: a falta de marcianos bien podíamos pasar el día con los monos.

Lo que pasaba es que el vagabundaje por las calles del barrio alto, y del barrio bajo después, hasta la Quinta Normal y más lejos, no pagaba tanto a la conciencia como el llegar al mismo vientre del monstruo, el centro santiaguino, y allí disolverse, integrarse a los programas que ofrecía tanto a los ciudadanos honestos como a los perdidos, puesto que nosotros éramos las dos cosas al mismo tiempo.

Casi siempre se remataba en el cine, y así en esos años adquirimos o fuimos adquiriendo la única cultura accesible y factible, la cinematográfica. Era una cultura que después se demostró más que válida, así que no me duele por las clases perdidas, porque en la pantalla de cine aprendíamos muchas cosas, era igual que asomarse al mundo o, mejor, poseer por fin un mundo, nosotros que no teníamos ninguno, y que vivíamos con la cabeza recostada como en una verdadera *almohada de piedras o de lana,* ya que apenas sí poseíamos un lenguaje de quinientas palabras en una suerte de castellano amojonado —pese a todos los esfuerzos de don Vicente Mengod, de Rudencindo Ortega, y de Juan Godoy— entrar a un cine era un pasaporte a un mundo diferente, por insectívoro que fuera el dintorno y el umbral: los cines de Santiago eran tan pulgosos que tú tenías que ir a bañarte después de salir, preferiblemente dejando las prendas de vestir en la puerta de calle, y corriendo semidesnudo desde allí al baño, mientras las pulgas todavía ennegrecían tus piernas.

Entre todos los cines, era importante e interesante el rotativo Principal que estaba en la segunda cuadra de Ahumada, una manzana que después ardió en un tremendo incendio de proporciones colosales. Los rotativos eran cines a los que tú ingresabas, posiblemente pagando la entrada una vez, y se podía ver la película todas las veces que uno quisiera. Se podía estar todo el día allí adentro, y de hecho sucedía con gente que iba al cine a dormir, a hacer el amor medio recostados de lado, o simplemente a dejar pasar las horas.

En el hoyo de luz del cine se nos escapaba el alma y volvía a entrar por el mismo agujero. Nada más bello que los colores y las dimensiones de la pantalla, que era chica, más o menos como una estampilla y hubo que esperar bastante para embobarnos literalmente con las pantallas gigantes del Cinemascope o Cinerama, las que se suponía iban a darnos la ilusión perfecta de la realidad.

El sonido estereofónico —que hizo aparición con el Cinemascope— debía dar la sensación acabada de realismo. La primera película en Cinemascope fue *El manto sagrado,* un bodrio espectacular cuyo sonido era tan ensordecedor que tuve que taparme los oídos para poder seguir dentro del cine. No logró dar la impresión de realismo de las películas en tercera dimensión como *Museo de cera,* donde el todavía joven Karl Malden ocultaba a sus víctimas dentro de estatuas de cera. Diversos trucos horripilantes hacían emerger de la pantalla hachas, sogas, cabezas cortadas y cadáveres embalsamados, y la ilusión tridimensional se obtenía con unos anteojos polarizados que eran proporcionados al ingreso y que se entregaban al salir. Los ujieres del teatro cuidaban de que ningún espectador saliera sin devolverlos, sabiendo que la tentación de apropiárselos era tan fuerte en cada compatriota como lo era la de robar, por ejemplo, la ropa o enseres que quedaban a la intemperie, abrir los autos dejados sin llave por descuido, para apoderarse de cualquier objeto dejado allí, aunque no le sirviera para nada. Así, aunque esos anteojos sólo eran útiles para filtrar las imágenes dobles estereoscópicas, eran de por sí un objeto robable, y hubieran desaparecido en un día sin ese registro policial a la salida.

Los rotativos del centro empezaban a las once, y a veces capeando volvíamos ahí sin esperar la tarde, cuando no teníamos gana de vagar por otros barrios, porque el centro era un peligroso lugar de encuentros y desencuentros, con uno mismo y con los otros.

Un día habíamos decidido ir con Varolio a ver *La ronda* en un cine de la calle Matías Cousiño. Esta era considerada la película más pecaminosa que se había filmado hasta entonces y confiábamos en poder sobornar al acomodador con un par de pesos ya que a esa hora todo estaba más relajado en Santiago, que todavía no se resignaba a despertarse. Habíamos decidido llegar temprano para ver la película varias veces hasta aburrirnos, y como faltaba un poco para las once decidimos pasar un rato haraganeando sanamente en los entretenimientos Diana que sólo estaban un poco más allá, pero nos paralogizamos al ver a Poblete que estaba mirando un traje de novia en *La Ville de Nice*, precisamente en la esquina de Moneda con Matías Cousiño.

Como un encuentro semejante no sólo era temible sino absolutamente fatal, nos metimos corriendo al cine, que para nuestra sorpresa estaba abierto y sin boleteros, y no se nos ocurrió mirar ni leer un sospechoso cartel dispuesto en un atril en el foyer. Había unas veinte personas adentro y, pensando que la ocasión era única, nos instalamos en uno de los mejores asientos delanteros esperando gozar las voluptuosidades prometidas (que por lo demás no eran tales) en la película francesa. Debía habernos sorprendido el hecho de que la pantalla estaba levantada y las cortinas de fondo bajadas como para una conferencia, y también había un podio con su correspondiente lucecilla, pero nuestro optimismo era imbatible, especialmente cuando se trataba de introducirse a una función de películas eróticas, y en este caso todo parecía tan fácil. No tuvimos que esperar mucho tiempo, cuando un individuo alto y macizo, muy elegantemente vestido de *tweed* y con bigotes de erizo, subió al escenario y se presentó sin más como el doctor Pincherle, *especialista en Mal Mayor y otras patologías del sistema nervioso.*

Empezó por dirigirse a su auditorio como si todos fuéramos epilépticos declarados: *Señoras y señores, henos aquí reunidos en esta respetable sala del gran Santiago, con el propósito de encarar y también vencer la situación desmedrada en la que os mantenéis, no por vuestra culpa, ni por culpa de vuestro organismo, sino por las equivocadas convenciones sociales, que ven en la epilepsia —es más que pertinente atreverse a señalar con su nombre el mal que os aqueja— el signo de un retraso mental o lo que es peor, le adjudican un estigma que proviene de generaciones menoscabadas, y para el cual no ha existido tradicionalmente la piedad cuando el hombre estaba sumido en la ignorancia de su pasado acientífico, pero tampoco se vislumbra el signo de la esperanza en el presente, cuando la ciencia ilumina todos los ámbitos de la vida...*

Aquí Varolio, que se había teñido de un color más pálido que de costumbre al ver subir al doctor Pincherle al escenario, siendo naturalmente alérgico a ese tipo de individuos, me dijo *vámonos, vámonos al tiro para el Manila, Mono, no estoy para perder mi día de capeo escuchando a un huevón conferencista de mierda...* Yo estaba demasiado bien instalado en esa butaca para moverme así como así no más sin un motivo como incendio o terremoto, y le dije *anda tú primero y espérame en el Manila, quiero descansar las piernas, mira que estamos caminando desde las ocho...* Entonces Varolio se marchó solo.

Vuestro mal —prosiguió el doctor Pincherle— *es el mal de los faraones, es el que padeció Akhenaton, nada menos, y es el que padecieron también ilustres monarcas y estadistas del pasado. Nada que haya la ciencia investigado y encontrado con su método único de presentar evidencias, el método experimental, nada indica, repito, que el paciente del Gran Mal deba considerarse menoscabado o de algún modo postergado respecto de los otros seres humanos considerados estadísticamente sanos. La salud, además, no existe, es un concepto que proviene de la más atrasada raigambre idealista, es un concepto que debemos rebatir desde el punto de vista científico, porque todo lo que existe en el ser humano no es más que una semisuma bioquímica, el equilibrio de las energías de sus sistemas enzimáticos y fisicoquímicos, y ¿quién podría decir que sus ecuaciones bioquímicas son perfectas, cuando la característica de todo sistema como ése es precisamente la imperfección, el cambio, la movilidad perpetua? No, señores y señoras, si hay algo que debéis fijaros en mente-* —como Chacharra, nuestro profesor de francés, el doctor Pincherle usaba el vosotros para dar solemnidad y distancia a su discurso— *es el hecho de vuestra absoluta normalidad humana y funcional. Estamos aquí para sentar conciencia de esta realidad, para resguardarla si es necesario en el plano institucional, y aquí estoy para defenderos y guiaros, para sentar las bases de la Sociedad de Epilépticos Igualitarios para la cual lograremos representación jurídica, como nuestro siguiente paso, y ahora mismo formaremos su directorio... ¡No más miraditas soslayadas, cuchicheos y, sobre todo, no más postergaciones inicuas!*

No bien había dicho postergaciones inicuas, cuando se oyó un alarido y el golpe sordo de un cuerpo que caía en las primeras filas del teatro. Uno de los espectadores de la primera fila había tenido un ataque epiléptico y estaba ahí revolcándose y babeando en abundancia. El doctor Pincherle iba a reiniciar su discurso, cuando otros dos oyentes empezaron a darse tumbos y a revolcarse por el suelo. También un hombre al lado mío empezó a deslizarse debajo de la butaca delantera, y a agitarse y contorsionarse, emitiendo un estertor gutural. Más atrás se sintió un golpe tremendo: un individuo grande y gordo como ropero de tres cuerpos se había desplomado y se estaba costaleando, llegando a elevarse del piso con sus convulsiones, para volver a caer haciendo crujir el suelo del pasillo central. El doctor Pincherle miraba fijamente a todos y a cada uno de los epilépticos, como a una grey sobre la cual sentía responsabilidades pastorales. A los pocos minutos todos esos individuos estaban presos del ataque, rodando por el pasillo, debajo y entre las butacas, dándose golpes en la cabeza que sonaban como zapallazos y mugiendo o quejándose en coro.

Yo era el único que estaba sentado normalmente en medio de esa alucinante escena, y pronto vi que el ojillo del doctor Pincherle se fijaba en mí. Estaba más asustado que ratón de campo en la ciudad, y temiendo que el doctor pudiese bajar a la platea a someterme a alguna manipulación que me provocaría también el ataque, o sin más a castigarme por no haberlo tenido, pegué un grito imitando lo mejor posible a los otros, y me tiré por el suelo, juntando y lanzando gargajos hacia arriba y revolcándome por un buen rato.

El polvo que saturaba el ambiente me hacía estornudar y babear como si ya empezara a contagiarme con el Gran Mal. Me fui gateando por entre las butacas, esperando no ser visto por el doctor Pincherle, y una vez en el foyer, escapé corriendo. Sentí en la mano algo pegajoso, y descubrí que tenía pegado en ella un asqueroso esputo verde. Sacrifiqué mi pañuelo para limpiármelo y me fui inmediatamente al Manila donde me esperaba Varolio. Todavía ese local de billares y *pool* no había recibido orden policial de no admitir a los alumnos de liceo que andaban capeando, lo que ocurrió un par de años después. En el amoniacal baño del Manila me lavé la mano gargajeada, que me parecía y me pareció por largo rato como afectada de una herida invisible. Varolio no me quiso creer al principio lo que había ocurrido cuando él había salido del cine: *puta Mono, no puede ser, me estai puro hueveando*, pero luego le mostré mis ropas llenas de tierra y le conté del epiléptico gargajo, botando el pañuelo a la basura delante suyo como prueba definitiva, y Varolio se retorció el mechón de la frente como hacía cuando estaba extremadamente agobiado por un problema matemático difícil diciéndome *Mono, no sé cómo pueden pasarte esas cosas, parece que naciste para estar siempre metido en las huevadas más raras.*

A nosotros en nuestros capeos y en los fines de semana —donde seguíamos yendo al cine— nos tocó ser testigos de un gran cambio en el modo de leer una película. La diferencia nos hizo posiblemente ser los últimos en apreciar —con la exposición directa y no el estudio escolástico— y darnos cuenta de lo que significaban el talento, la autenticidad y la creación sin trucos, sin el apoyo masivo de la tecnología como ocurriría cada vez más en los años siguientes.

Un ejemplo muy claro es *The Thing From Another World* de Howard Hawks titulada en español *El enigma,* y con letras muy pequeñas, *de otro mundo,* que fue o ha sido posiblemente la mejor película sobre el terror del espacio que nunca se haya hecho. Esas películas, en última instancia, no estaban destinadas a mostrar realmente el terror llegado del cosmos —que no tiene por qué ser tal— sino el horror de la tierra visto con la óptica americana de los años 50, en la cual el peligro verdadero estaba representado por la amenaza comunista al mundo.

Es claro que esta lectura política no estaba a nuestro alcance, pero igualmente *El enigma* cambió profundamente nuestras vidas. El palurdo periodista dice al final de la película *watch the sky, watch the sky*, frase donde resumía toda la amenaza, que para él venía del otro lado del Estrecho de Behring. Nosotros que leíamos literalmente toda metáfora percibimos la verdad resplandeciente de que el hombre no estaba solo en el universo — pero éste no era más que uno de los niveles de lectura de la película— y cuando en el futuro vimos por ejemplo luces y aun aparatos extraños en los cielos, o recordamos la esfera de metal avistada en 1948, no pudimos menos que relacionarla con la película de Howard Hawks, que tenía el mérito de sugerir en vez de abusar con el detalle y el truco.

Una entretención para ocasiones muy especiales, por la preparación que implicaba, era jugar al marciano de *El enigma*. El centro del juego era disfrazar a mi amigo Charly de Taj, porque le habíamos dado ese nombre al extraterrestre de la película. Debía jugarse de noche, con todas las luces de la casa apagadas, incluida la radio, lo que condenaba al resto de la familia a esperar el desenlace del juego en silencio, cosa que ellos aceptaban sin protesta, como parte de mis necesidades que entonces no recibían ese nombre, pero que ellos respetaban sin proponérselo. La estatura y solidez de Charly lo hacían elegible para representár a Taj. El disfraz consistía en una media de algodón pintada de verde que se le ponía en la cabeza, con una masa de papel de diario debajo, para formar la frente protuberante del monstruo. Como era un humanoide vegetal —*una zanahoria ambulante,* dijo el periodista de la película— debíamos vestirlo de verde, y en efecto este color le dieron al monstruo, usando computadores, los que cuarenta años después perpetraron la colorización del video de *The Thing*. También se ponía Charly un mono o mameluco que era remanente de pretéritas actividades jardineras o carpinteriles de mi padre. Tenía un color verde que, si en su tiempo fue indecente, la vejez y el polvo le habían conferido la necesaria dignidad interplanetaria, con unas botas que pertenecían a la vida sureña de mi tío Cochecho en Victoria, donde él tenía que luchar no sólo con la melancolía sino también con el barro. Esas botas realmente parecían hechas para resistir cien inviernos y otros tantos embates de los ríos salidos de madre. El traje de Taj se completaba con las garras, que eran muy importantes y en la película se las veía claramente moverse, hasta cuando los perros del trineo le habían cercenado una, y eran como grandes pinzas de cangrejo de un grosor que las hacía dignas de los antebrazos de Popeye el marinero. Para hacer estas garras preparamos un par de guantes con uñas pegadas, recortadas de un guatero viejo, y para fabricar los formidables antebrazos se hicieron unos tubos de cartón cosidos a los guantes.

Esa escafandra era risible de día pero muy horripilante de noche, porque la noche es la más poderosa de las magias. Charly se la enfundaba y esperaba afuera de la galería, bajo el cielo fragante de madreselvas y de polvo estelar donde quizás cuántos verdaderos Tajs se reían o acaso se enternecían con nuestra parodia, si es que ellos todavía sienten emociones parecidas, y en alguna de las miríadas de estrellas, enanas blancas, gigantes rojas y azules, nebulosas y galaxias con trillones de mundos, estoy seguro que muchísimos ojos se abrían para mirarnos.

Allí se quedaba Charly por minutos que eran en realidad eternos, cargados de la intensidad de la leyenda. Mientras él esperaba afuera, cerca de la puerta de la galería, los que estábamos adentro en la misma y total oscuridad —generalmente yo, la Rosa y otros amigos de mi edad o más chicos— empezábamos a tocar una chicharra que mi padre solía tener en su oficina, un timbre manual que le había servido para llamar a sus empleados cuando los tuvo y que producía un sonido lo suficientemente macabro como para confundírselo con el de un contador Geiger. Como se recordará, el marciano era radioactivo por naturaleza y con ello confirmaba su condición de paradigma de la Guerra Fría. Todos sabemos que en Marte no hay vida, al menos el tipo de vida eventualmente originado y periclitado en ese planeta, y por ello el término marciano está obsoleto. Se prefiere ahora emplear el término más ambiguo y también más justo de extraterrestre o **ET**, pero como también suele suceder, tampoco ha perdido su fuerza ni su magia.

Para el mundo de entonces, ser o estar radioactivo era una gracia por añadidura, algo así como estar en excelente estado atlético. Taj tenía que anunciar su aproximación mediante los intervalos cada vez más breves entre chicharrazo y chicharrazo. Yo hacía de narrador, como si estuviésemos trasmitiendo en una emisora de onda corta, y mis palabras daban sentido al juego, a la vez que encendía una linterna a intervalos, para que solamente se vislumbrara la entrada del monstruo.

Con voz que no dejaba de estar teñida de terror auténtico —no se sabía nunca si Charly iría a transformarse en un verdadero marciano en ese rato incontrolable debajo de las estrellas o si el propio Taj de repente podía llegar a suplantarlo— yo narraba improvisando y siempre variando un poco pero conservando el hilo de la historia y apretándome las narices para darle el adecuado tono de transmisión ártica:

Somos un grupo de esforzados expedicionarios del Ejército Americano, estamos en los hielos del Polo Norte refugiados en una solitaria cabina aislada... CHICHARRA... *dentro de la base científica número 4532 del casquete polar, estamos viviendo la más extraordinaria aventura que le cabe a un ser humano: se trata...* CHICHARRA... *de la primera invasión a la Tierra por parte de habitantes de otro planeta...*

Realmente se trata de un solo marciano, pero tan peligroso es que ya ha despachado a tres bravos compañeros y a cinco perros de trineo, bebiendo su sangre, porque el horrendo ser se alimenta... CHICHARRA... *de la sangre de los mamíferos terrestres y necesita cada día cinco litros de ella, que deberá procurarse donde sea y como sea...* CHICHARRA...

Así el marciano se acerca inexorablemente: desde lejos se siente el ruido de los destrozos que provoca a su paso por las otras dependencias de la base, todos los tripulantes estamos aquí listos para responder al ataque del monstruo venido de otro planeta... CHICHARRA... *aunque nosotros somos los hombres más valientes del mundo, no manifestamos abiertamente el pavor que atenaza nuestros esforzados corazones de soldados americanos...* CHICHARRA... *y no nos queda sino esperar que con nuestra audacia y preparación científica podamos destruir...* CHICHARRA... *al marciano que parece ya estar muy próximo...* CHICHARRA...

Cuando se acercaba el momento, Charly se escabullía del patio a la cocina, y esperaba detrás de la puerta que separaba el pasadizo de la cocina de la galería. Este crescendo iba provocando sus efectos en los que participaban en el juego. Por ejemplo, cuando mis primos de Paine se quedaron a dormir con nosotros, hicimos la representación de Taj pero a la mitad Carlitos se puso a gritar como enajenado y hasta vomitó de terror. De inmediato se tuvieron que encender las luces y la fiesta se nos aguó, pero generalmente seguía hasta el final, y hasta los más firmes estaban tiesos de miedo. A la Rosa la sorprendí varias veces tiritando, porque podía sentir su presencia omnipotente de mujer a mi lado, y su olor suave a magnolias era más inquietante que un batallón completo de marcianos, pero yo proseguía sin más y con la voz más cavernosa posible:

Creemos que el momento crucial se acerca... CHICHARRA... *puede que ésta sea nuestra última transmisión...* CHICHARRA... *sentimos los pasos del marciano en el gélido corredor...* CHICHARRA... *que separa nuestro refugio del invernadero donde el sabio loco...* CHICHARRA... *ha plantado las semillas infernales...* CHICHARRA... *y el monstruo ya está...* CHICHARRA... *muy cerca...* CHICHARRA... *señores...* CHICHARRA... *tal vez...* CHICHARRA... *éstas sean...* CHICHARRA... *mis últimas...* CHICHARRA... *palabras...* CHICHARRA.... CHICHARRA... CHICHARRA...

El sonido continuo de la chicharra señalaba el momento en que Charly debía abrir de una patada la puerta de la cocina emitiendo el ulular que tantas veces oimos junto a la música de Dmitri Tiomkin, y que debe haber provocado más paros cardiacos que cualquier otro arrancacorazones más convencional. El momento de la entrada del engendro debía ser precedida por mi grito:

***—La puerta se desplomó con estrépito y:* ¡ALLI ESTABA TAJ!**

Apagando y encendiendo la linterna, todos veíamos y no veíamos al monstruo, como ocurría en la película, y ése era el momento en que culminaba el juego. Hicimos varios intentos de mejorar todavía la verosimilitud de la puesta en escena. Por ejemplo se me ocurrió que debíamos realmente hacer desplomar la puerta, y mi madre nos detuvo cuando la estábamos desmontando de las bisagras. También tratamos de conseguir un traje de asbesto como los que en incendios graves usaban los bomberos, e infructuosamente lo buscamos en el Mercado Persa. La idea, para hacer la cosa más fiel a la película, era lanzarle a Taj un balde de parafina y realmente prenderle fuego con una antorcha de diarios encendidos, pero al mencionar esa idea a mi familia y no dudando que yo habría terminado por reducir la casa a ruinas humeantes, en ese mismo momento los juegos de Taj quedaron absolutamente prohibidos.

La última vez que jugamos descubrí que la Rosa se había meado de terror y había dejado una pocita sobre el chalón que cubría el arcón de la galería, donde nos sentábamos para esperar la llegada del marcianito.

Cuando ya no pudimos jugar más a Taj, hacíamos una cosa mucho más simple. Charly o yo éramos los locutores de una supuesta trasmisión sobre una invasión marciana. El locutor narraba en inglés con fuerte acento de tunante hispano (cuya connotación perversa para los anglosajones nos era desconocida) y con voz exaltada que se iba extinguiendo: *The Martians, the Martians are coming! The Martians, the Martians are coming! The Martians are approaching the Earth's orbit... The Martians, the Martians are coming!... The Martians are entering the Earth's orbit... The Martians are entering the Earth's atmosphere... The Martians, the Martians are coming! The Martians are entering our continent... The Martians are entering our country... The Martians, the Martians are coming! The Martians are entering our city... The Martians are entering our neighborhood... The Martians are entering our street... The Martians, the Martians are coming! The Martians are entering our building...* (cada vez más rápido y como desfalleciendo) *The Martians are entering our floor... Ohhhh, I can hear them... I can see them... The Martians are entering my room... Ahhhh, they come close to me... Ohhhh, they touch me... Ahhhh, they grab me... Ahhhh... THEY KILL ME!! UAAAAAAAC!!!*

La trasmisión terminaba con un terrible alarido y jadeos de vómito. Charly se prodigaba en esa parte y llegaba a pelarse la garganta imitando el vómito final.

Así las películas, cortas y largas, nos iban formando el alma, como también los libros de aventuras y las novelas que mi madre atesoraba y que yo también leía. Mientras capeábamos era como si creciéramos, pero el sentimiento de culpa, el saber que andábamos fugados por un desierto de arenas movedizas, nos opacaba esa alegría ya de por sí opaca. Había en ella perlas, sí, en medio de una alienación, un autoexilio, un caminar por el páramo, y una sed y hambre interminables de Bilz, de hot-dogs y cuchuflíes, pero también de saber, de saberlo todo, y estábamos seguros de que las respuestas no se encontrarían en los libros ni en el colegio.

El cine suplía al menos parte de esas respuestas, necesarias como el aire respirado. De las películas cortas, mis favoritas eran los *Looney Tunes,* los dibujos animados de la Warner Brothers que rivalizaban con los de Disney y con los que veíamos en el elegantísimo cine Metro donde, como en muchos otros sitios, nos sentíamos casi como robando nuestro lugar aun cuando hubiésemos pagado bien caro el derecho a usar uno de aquellos asientos sensuales de terciopelo.

Un día cualquiera Varela descubrió que había un modo de entrar a un cine sin pagar y era nada menos que el rotativo Principal, frente al café Naturista, metiéndose por un callejón estrecho que terminaba en la breve calle Unión Central, a un costado del Cine Metro. Ese lugar era fétido de orines fermentados desde tiempo inmemorial, como debe serlo todo callejón estrecho en una ciudad chilena. Es más: ellos han alcanzado la categoría de mitema, como el legendario Callejón de los Meados de Valparaíso cerca de Plaza Echaurren, a través del cual de todos modos puede verse un ramalazo o pincelada de mar color de zafiro. El de Santiago era un submundo de cucarachas o animalúculos de las tinieblas que nos llevaban precisamente a la luz: una vez deslizados por una puerta corrediza al costado del cine que nadie se cuidaba de cerrar con pestillo, uno podía introducirse directamente en las bambalinas, pestilentes a creolina y a polvo sin enamorar, y el espectáculo ahí estaba siempre disponible para nosotros.

Varolio, Benvento y yo éramos los más asiduos, y a veces Pabuelo, por razón propia de asociación grupal, pero los más fanáticos éramos los tres primeros y cuando no capeábamos el día entero nos arreglábamos para salir después de almuerzo y así poder pasar unas horas en el rotativo.

Para salir con permiso médico nos poníamos, alrededor de las diez de la mañana, una plantilla de papel secante empapada con agua dentro de los calcetines. Nunca he averiguado por cuál razón termoeléctrica misteriosa la fiebre subía rápidamente con esa triquiñuela, posiblemente era nuestro deseo de que así ocurriese en medio de la ilusión del mundo, los *feedbacks* misteriosos del organismo y de la mente, y si el doctor no se preguntaba por qué eran siempre los mismos que llegaban a la una atacados de fiebre súbita e inexplicable, era debido a que su integridad burocrática no le señalaba ninguna medida especial a tomar, como hacernos sacar los zapatos y los calcetines.

El truco siempre resultó y no fuimos descubiertos, al menos en ese tiempo. Parece que después hubo soplos o delaciones y algunos pagaron con la expulsión el uso de las plantillas de la fiebre. Fuera del colegio nos quitábamos los secantes y la temperatura bajaba, pero esto a menudo no me libraba del resfrío verdadero, porque yo era debilucho y nada comparable a matoncillos compactos y resistentes como Varolio o Benvento. No lo lamentaba: para mí siempre era mejor estar enfermo que sano, ya que así podía estarme tranquilo en casa, jugar en mi cama con la máquina del tren eléctrico, o bien leer los libros de Julio Verne o de Salgari. También por ese tiempo empecé a leer a H. G. Wells: *La guerra de los mundos, La máquina del tiempo,* y *La isla de las almas perdidas* en un tomo de obras completas que pedía prestado a mi tío. También me gustaba mucho hacer pajaritas de papel, en cama, y cada enfermedad tenía su fauna de pajaritas, que a su vez envejecían, amarilleaban y morían con las semanas de la cura, que era siempre larguísima, dos semanas para un resfrío común y hasta un mes o más para una gripe. Alargaba mis enfermedades todo lo humanamente posible, pretextando malestares de convaleciente, debilidades sumas o lo que fuese con tal de prolongar un día o dos mi permanencia en casa, lejos del colegio.

Con fiebre o sin ella, era un placer introducirse en el santiaguino callejón de los meados, las miasmas y los pericotes. Esos tremendos ratones hasta se aventuraban chillando cerca de nuestros zapatos cuando buscábamos la puerta corrediza que comunicaba con las bambalinas de rotativo Principal. Pasada esa puerta no había ratones ni miembros del submundo de las cloacas y los subterráneos, sólo el resplandor intermitente de la pantalla, y atados de sogas y cortinajes, carpas, poleas y garruchas que se perdían en la oscuridad de la altura. Todos esos bultos y aparatajes de teatro nos sumergían en la vida funambulesca del *show-business* criollo, y nos guiaban adecuadamente hacia la ranura de luz donde estaba nuestra diversión. Había que esperar agazapados, detrás del gran marco o biombo de bambalinas que flanqueaba el escenario y comunicaba con el pasillo de puntas de banca, o sea donde comenzaban las butacas. El momento de lanzarse era cuando los acomodadores, salían de la sala. Nos deslizábamos, generalmente uno por uno para no llamar demasiado la atención, hasta las primeras filas de butacas y luego nos movíamos a sitios mejores.

Como el programa podía verse cuantas veces se quisiera, podíamos ir cambiando sitios, si los había, hasta quedar los tres juntos. Después descubrimos que era mejor colarse pocos minutos antes del término de una vuelta, aprovechando el tumulto de la salida y la entrada de los espectadores. Antes que encendieran las luces nos deslizábamos por el espacio a un costado de la pantalla y luego buscábamos asientos mezclados con la gente que entraba.

El programa del rotativo Principal estaba compuesto invariablemente de cortos, documentales, noticiarios y dibujos animados.

Se proyectaba una mezcla de noticiarios añejos: el *Noticiario de Atalaya de la BBC de Londres* cuyo locutor evidentemente era chino, puesto que lo anunciaba *Notitialio de Atalaya de la Bebeté de Londle.* También proyectaban regularmente un noticiario español donde se lo pasaban transmitiendo detestables corridas de toros y visiones majaderas del Caudillo en todas las actitudes permisibles en público a uno de su calaña. También aparecía la famosa estampida de toros de San Fermín en Pamplona, fiesta que parecía recurrir varias veces al año, porque no habían pasado dos meses cuando ¡ya! allí estaban otra vez los cornúpetos negros atropellándose y provocando costalazos por las calles empedradas de esa ciudad. A lo mejor el espectáculo se repetía en otras ciudades, anda tú a saber, pero me sentía muy contento de estar muy lejos de cualquiera de esos lugares. Las principales compañías cinematográficas americanas, como la Metro o la Warner, tenían cada una sus noticiarios, que siempre estaban saturados de los tonos truculentos y la histeria macartista y anticomunista de ese tiempo o de siempre.

Por supuesto que todo lo que estaba más allá de la Cortina de Hierro —¿quién habrá colgado esa cortina, y cuándo, nos preguntábamos?— era siniestro, sórdido, miserable y calamitoso, mientras que en este lado reinaba la libertad, la miseria era un invento o embuste de los comunistas, en todos los países se podía elegir libremente a los gobernantes, y tiranos sanguinarios como Fulgencio Batista o Pérez Jiménez eran calificados de "mandatarios". Generalmente nosotros creíamos en esas babosadas: eran como verdades que no se aprendían sino que se respiraban y nos nutrían o envenenaban desde la luz del cine rotativo, donde la serpiente de las películas se desenrollaba y se volvía a comprimir en un anillo de Moebius que empezaba con los noticiarios, seguía con los cartones animados, los cortos documentales, las comedias y las seriales de fondo, y luego el proceso volvía a repetirse. Los documentales tampoco nos interesaban mucho, por su saborcillo didáctico, de conocimiento que se pretendía inyectar a la fuerza, con un tono rimbombante de locutores que parecían haber aprendido su oficio en alguna academia de corte y confección a la vez que de oratoria. Su discurso se iba pareciendo a la clase de religión con el cura Jofré o de trabajos manuales con Panchulo, en cuanto al rigor aristotélico de lo que no se podía rebatir, pero que olíamos y sentíamos como una mentira de cabo a rabo.

Mucho mejores eran los dibujos animados, por ejemplo algunos que comenzaban a aparecer, como Las Dos Urracas y una especie de pirata enano con bigotes larguísimos que soplaba a cada momento, para quitárselos de la boca. Nos fascinaba también un pájaro que de repente se asomaba en las escenas en que aparecía ese viejecillo. Se oía un ruido como de terremoto y luego, con los acordes de *La gruta del Fingal* de Felix Mendelsohn, un pájaro tristísimo y cabizbajo hacía irrupción, como caminando hacia la derrota final.

El plato fuerte, que esperábamos con ansia, era la comedia semanal de los Tres Chiflados. Eran nuestros ídolos, y eso que nunca llegamos a saber de la existencia de Curly, que ya había muerto. Ellos eran Shemp, Larry y Moe y no sabíamos que se trataba ya del principio de la decadencia del grupo. El inigualable Curly, con su cabeza afeitada de recluso de manicomio provincial, su voz de tiple, sus movimientos espasmódicos y sus ladridos de perrillo asustado, había representado la mejor época del grupo, pero nunca vimos una comedia con él. Shemp, que entró como Chiflado después del infarto de Curly en 1945, era también todo un personaje. En realidad, la figura de los tres nos impactó como una de las cosas o descubrimientos aparecidos en nuestras vidas y recuerdo muy bien cómo, atorado de risa, le describí a mi madre el trío: *son el grupo de cretinos más increíble que nunca se haya visto en una película. Uno es un pelado con unas chalchas crespas a cada lado* —Larry se parecía a Chacharra, por su reluciente calva y su pelo cano peinado en grandes mechones de rizos de los que Moe tiraba despiadadamente— *el otro que se llama Shemp tiene una cara como de papa cocida y a medio hacer el puré, con la expresión más idiota que se puede imaginar y que de repente hace* pí - pí - pí - pí - pí o mí - mí - mí - mí - mí, *con una melena peinada al medio que le cae a los dos lados en mechones aceitosos. El tercero se llama Moe y es el más importante porque se lo pasa pegándoles cachuchazos a los otros dos, más o menos cada cinco segundos. Usa el corte de pelo más ridículo que se pueda llevar en una cabeza de persona con una chasca abundante toda peinada hacia adelante y cortada en modo que parece que le hubieran encasquetado una cacerola y le hubieran cortado el pelo sobrante.*

El corte de Moe, que entonces era perfectamente ridículo, diez años después se haría famoso como el peinado de los Beatles en su primera edad meritoria.

cirujía de alta montaña

***Allá** lejos y hace tiempo* había verdaderas avalanchas de nieve y hielo en esos gigantes de los Andes que mi tío Monzo Díaz Girón solía cruzar en mula por los pasos cordilleranos que don Mariano Latorre había puesto en uso. Me dicen que ese hielo se transformaba en helados, en botes de metal rodeados por una camisa de madera con sal marina que había subido de Carrizal Bajo, Chañaral o cualquier humilde caleta donde el océano cristalizaba su cloruro, su *natrium muriaticum* bueno para curar los propios desbalances salinos, siempre que se le prepare y utilice homeopáticamente en el nivel adecuado de los picogramos cargados de misteriosa energía —como si toda energía en sí no fuese un misterio total— y también para hacer helados, si se le usaba a nivel de puñados o paletadas, como mi abuelita Elvia me contaba que hacían los heladeros que iban con dos botes de helado a lomo de burro en el pueblo de Vallenar con su ambrosía hecha, solidificada y mantenida con el hielo andino, mucho más potente que el de otros procedimientos frigoríficos, por extraño que parezca a los que tienen ahora refrigerador, notoriamente aquellos donde, al jalar de una palanca, una avalancha minúscula de hielo cae para frigorizar la bebida, la *Coke* o el Scotch.

Esos heladeros prehistóricos pregonaban

Helados de rosa
Para las niñas buenasmozas
Helados de canela
Para las viejas que no tienen muelas.

Monzo no lo vivió, pero me contaba de ese mundo pretérito cuando hablaba conmigo en Paine en las pocas semanas en que me tocó verlo vivo y gozar de su amistad y cercanía, en el verano que pasé en la parcela con mi tía Mafalda y mis primos Carlitos y Robe.

Aquél había sido el mundo de mis tías abuelas solteras Nene y Telita, como también de sus dos hermanas muertas y de Aurelia, la que se casó con don Filemón, el padre de Monzo.

Monzo vivió la muerte en cámara lenta de las salitreras en el Norte Grande —de ahí su apodo casero de El Pampino— y su reemplazo por otra industria estratégica, el cobre, pero referirse a su vida en estos términos es caer en la trampa del lugar común del palabrerío socioeconómico. Monzo siempre fue un pampino y también un hombre de las montañas, uno que catea vetas y tesoros y que había vivido desde pequeño en el mundo de las malaquitas, las piritas y los fantasmas de la plata y también del oro, en el corazón mineral del Norte donde mi bisabuelo

Juan Nicanor Olavarría Ossandón había sido un Lavoisier nortino de todas las vetas, tanto las oscuras como las radiantes.

El azar del ordenador universal había juntado a Monzo con otra alma vagamente similar que él llamaba compadre Argandoña, en el mineral de Cerro Blanco (hay como doscientos Cerros Blancos en toda la cordillera chilena) hacía un par de años, digamos el 40 o el 41, lo suficiente como para cimentar una amistad indeleble como la espuma de los días del pampino y del nortino.

Monzo ya casi nunca bajó solo del mineral: su compadre Argandoña lo acompañó en lo sucesivo, pero esta vez era él quien acompañaba al compadre que bajaba por fuerza y no por placer al hospital de Vallenar para hacerse extirpar un tumor desfigurante de la nuca y cuello, hiperplasia que entre chilenos era llamada cotuma, y que en su caso era una anormalidad embrionaria: un hermano mellizo suyo que había desistido de vivir a las pocas semanas de residir en el vientre de su madre.

Todo indica que los doctores se habían apercibido de la naturaleza del tumor mediante las radiografías tomadas durante períodos diversos de su vida, esas placas donde parece que los facultativos podían hasta verificar la semejanza de sus rasgos con los de ese feto momificado, habitante de esa parte poco gloriosa de su cuello que había vivido con el compadre Argandoña toda su vida de músico de fondas y quintas de recreo y después —cuando se le pasó la bohemia y supuestamente le llegó la madurez— de cateador minero y buscón de plata virgen con la ilusión de hallar otro Chañarcillo, quimera que animó la vida de todo nortino en las generaciones de mis tíos, abuelos, tíos abuelos y bisabuelos.

Este hermano no bautizado pero sí calloso, coriáceo como sobrejuanete abusado de vivir, le había hecho la vida un poco difícil al compadre Argandoña. Estaba convencido de que su relativa mala suerte con las mujeres se debía a esa cotuma, no demasiado grande, pero sí lo suficiente como para que las camisas nunca pudiesen abrochársele y su perfil tuviese algo de tortuga vestida o gliptodonte, en una época en la cual se sabía poco o nada de los dinosaurios.

En Chile tener el cuello o la frente deformados por cotuma significa un fatal menoscabo en la vida amorosa de un individuo, pero es bien posible que ello ocurra así en todas partes, porque sólo vemos la silueta de la silueta, el bosquejo hecho por Dios que dispara a mansalva, y ser bien parecido es siempre un regalo de los hados de la vida.

Si bien Monzo era capaz de encontrar y hasta mantener queridas, sabiendo administrarse y administrarlas, el más desfavorecido compadre Argandoña con su cotuma enfríapasiones podía contar solamente con el amor entarifado. Lo que es peor, se había convencido de ello, y cuando se les pagaba en el mineral el último viernes del mes a las cinco en punto, ellos bajaban en mula hasta Vallenar teniendo como mira la bien accesible casa de Doña Irene. Allí, por supuesto, se dedicaban a un par de días de juerga, se acostaban con sus favoritas, tomaban pisco y grandes poncheras de borgoña con duraznos traídos del Valle de Elqui y también bailaban hasta que las piernas se les desmoronaban.

Por esos años el baile de moda era la conga, formándose largas filas de bailarines afirmados por las ancas, y dando al cuarto tiempo una zapateta hacia atrás: *conga—conga ne—grá!!!... conga—conga ne—grá!!!...* En los años de la conga yo estaba muy chico pero bien recuerdo haber visto bailarla en nuestra primera casa de Santiago, en calle Fernández Concha, en una cola de bailarines agitándose como una serpiente atacada de convulsiones.

Bailar conga en casa de putas es cosa seria y así ocurrió que en una de esas tardes gloriosas de sábado en que habían llegado a Vallenar después de una noche y un día de marcha, bailaban la conga Monzo y su compadre en la casa de Doña Irene —la más renombrada de Vallenar por ser la única— Monzo con su curda un tanto pronunciada a esa hora, fecha y lugar, y el compadre Argandoña, en la cola de la *conga—conga ne—grá* espasmódica como dragón chino que hubiese tragado vidrio molido, bien feliz pero ¡ay! siempre con su cotuma estorbando.

En cualquier casa de putas decente, como la de Doña Irene, cada cliente es sagrado y el compadre Argandoña traía bastante dinero, siendo los únicos gastos posibles o significativos suyos el pisco, el cigarrillo y las putas. En cuanto a la alimentación y la vivienda él se conformaba con un plato de porotos y con el jergón y la barraca suministrados por la inmensa generosidad de la compañía minera.

Al menos un fin de semana del mes alojaban donde doña Irene así que todo quedaba resuelto en modo más bien favorable para el compadre, todo excepto el bultito ése que siempre estaba entre él y su camino, como si anduviera con la nuca en lugar de con los pies. Y allí en el baile, en la *conga—conga ne—grá* también era un problema: de la ampolleta de cien bujías, extraordinaria para su época y lugar, pendía y oscilaba, cubriéndola, una pantalla de papel japonés con una increíble red de pajaritos recortados con un primor que no podía ser chileno. Eran seguramente mejicanos, traídos en alguno de los barcos que pasaban por el muy activo puerto de Chañaral. La pantalla de los pajaritos y en especial ése que colgaba más abajo, en cada vuelta de la *conga—conga ne—grá* le tocaba la cotuma con su pico bien recortado, y parecía escarnecerlo señalándosela.

El compadre Argandoña, transportado por la *conga—conga ne—grá,* le había metido la mano por debajo de los calzones a la ninfa que bailaba delante de él, afirmándose en ese peludo y húmedo fruto pendiente, mientras el baile se desceñía y al dar el paso atrás —indispensable para que la conga pudiera existir— aquello se proyectaba en dirección de su mano y su cuerpo más bien macerados en pisco. Era el paraíso, qué duda cabe, o pudiera haberlo sido sin ese pájaro más que majadero que arruinaba muchos de los gloriosos espasmos, de modo que Argandoña, de improviso paró la culebra de la conga, sacó su mano de la popa de la Cuchi—Cuchi— tan famosa era ella que a su llegada a Vallenar, manos anónimas habían tendido un lienzo de lado a lado de la calle Alpatacal donde se leía:

LLEGO LA CUCHI-CUCHI –

y se buscó en el bolsillo su tesoro, el encendedor Ronson comprado por un amigo suyo marinero mercante en Cristóbal de Panamá, lo encendió y con su llamarada que echaba de pronto un tufillo como un suspiro de bencina y que se mezcló en ese momento mágico con el vago perfume a almejas de su mano impregnada de esencias vulvares, lo acercó al pájaro maldito y le dio fuego.

Como Eróstrato atracando fósforos de la época al templo de Artemisa en Efeso, el compadre Argandoña parecía enloquecido pero no lo era ni lo estaba: se trataba sólo de ese picoteo por demás leve como el beso de un hada, que había desencadenado la hoguera que se propagó como en la yesca que usaba para encender fuego antes de que llegara el Ronson a su vida, y en pocos minutos empezó a devorar la tabiquera reseca de los techos, que estaban arriba de las casas más por cortesía y por sentido de la completez, ya que en las áridas regiones del norte de Chile hay casas sin techo, por ser la lluvia desconocida, y sólo tienen paredes, porque de lo contrario tampoco habría casa.

La casa de Doña Irene no ardió hasta consumirse, no porque todos los varones se hubiesen puesto simultáneamente a llorar a raudales y con las lágrimas del dolor de sus cojones hubiesen amoscado el fuego, como habría ocurrido en alguna novelícula llegada a best seller, sino por una razón más simple y directa: que el cuartel de bomberos estaba justo enfrente de la casa de remoler.

Como Chile tiene también sus lados buenos y de ellos uno muy importante es la capacidad de arreglar las cosas de acuerdo con las leyes de la vida y no las escritas en los códigos, todo se resolvió haciendo una vaca, esto es un fondo común en el cual el compadre Argandoña y Monzo y los demás varones que formaban anillo por medio de la serpiente de la *conga—conga ne—grá,* pagaron su parte en la construcción y reposición del techo incendiado y el reemplazo del pájaro ardido por una lámpara chinesca con mayor respeto y distancia de molleras, calvas, pelambreras engominadas y sombreros.

Este episodio del incendio de la casa de putas fue crucial en su decisión de bajar una vez más, esta vez al hospital de Vallenar, para proceder a la extirpación.

La realidad demostró que bajar para una operación quirúrgica era una cosa muy diferente de la otra expedición. A menudo, acercándose la fecha de pagos, el compadre decía ver mujeres desnudas saliendo de los riscos en las montañas, como esa legendaria Llorona que atrae a los hombres con sus formas veladas por un manto negro de musulmana shiíta, para luego mostrar una faz descarnada de calavera al varón espantado. En cambio las mujeres que veía el compadre en sus alucinaciones eran rotundas, blancas, con tetas verdaderas y tremolantes, y nalgas con esa celulitis que vuelve la carne más apetecible, todavía más después de un mes de celibato en las alturas.

Así camino del hospital no hubo fantasmas femeninos mostrándose entre hielos eternos o efímeros, ni tampoco entre los reflejos de los minerales y sus cristales más engañadores que los de la cueva de los enanos de Blanca Nieves. En ese viaje no prevalecía Eros sino Tanatos: en el corazón de Argandoña campeaba un miedo ancestral a la cuchilla, y para animarlo y animarse hicieron acopio de pisco, no sólo la acostumbrada botella por cabeza sino tres botellas extra para pasar esa noche del descenso en que debían pernoctar en el Mirador de los Guanacos donde había una caverna que parecía salida de la literatura por lo confortable.

Allí hacían habitualmente su fogata y dormían calefaccionados de pisco, de deseo y de tarda juventud, porque les tomaba gran parte del día siguiente llegar a Vallenar para sus juergas sabatinas.

—Dígame compadre —dijo Argandoña a poco de dejar el mineral, mientras el aire de las alturas le hacía como pesar doblemente las palabras— ¿es que tengo la obligación de bajar a ese hospital de mierda? ¿Es que no tengo escapatoria?

—Es lo que yo creo, compadre —dijo Monzo— si es que quiere deshacerse de la que usted sabe.

— Y ésta, putas que me ha jodido, compadre.

—Esa es la palabra. Pero le ha llegado la hora no más a la cabrona...

—El destino ha fijado este día, compadre.

—Pura y santa verdad...

—Pero mucho mejor sería yendo a la casa de charcheteo ¿no le parece a usted?

—Claro que sí, compadre.

Puede parecer que Monzo era de pocas palabras y de hecho era así cuando las palabras eran inútiles, cosa que a menudo sucede en las alturas. Por el contrario, Monzo se explayaba en el llano o en el valle, y en Paine me contaba por ejemplo las historias de los trenes en los minerales y en la pampa que constituían parte de su regreso a sus orígenes, odisea al revés, ya que Santiago y Paine fueron para él el verdadero exilio del cual nunca regresaría.

Las mulas seguían el camino del descenso, descansado y plácido, al contrario del otro, el de regreso, que exigiría mucho esfuerzo de sus cascos e ijares. Sólo había que dejarlas hacer para llegar a destino, siguiendo su conciencia de mulas bien cimentada en la ley de gravedad. Se podía así liberar el pensamiento y hasta las manos, para que el descenso se hiciese más entretenido, ahora que abajo no esperaba ninguna negra empelotada.

Cuando vieron un guanaco mordisqueando un matojo, Argandoña dijo:

—¿Sabe qué se me olvidó, compadre?

—No compadre ¿qué fue? ¿quiere que nos devolvamos? No me diga que se le olvidó una muda de calzoncillos y la enfermera lo va a pillar con los cagados...

—Puta la huevá compadre, seré Toribio pero no Cacaseno...

—¿De qué Cacaseno me está hablando, por la rajelchucho?

—De ése que salía en un cuento que me contaron cuando chico y que era más huevón que una manada de cien perros nuevos.

—Ah, claro que me acuerdo, también mi viejo Filemón nos contaba esas historias, pero dígame ¿qué se le olvidó?

—Se me olvidaron las yerbas... Yo quería traerme yerba del platero para limpiarme la herida, y también un tecito de Montesanto.

—Pero si le van a operar el cogote y no la barriga, compadre...

—Precisamente. El agüita de limpiaplata para la cicatriz, y el té de Montesanto pal dolor del cuerpo, porque los doctores te llenan con píldoras que te arruinan la digestión y es mejor, como dicen por ahí, *detosificarse.*

—Claro que sí, compadre. En esto tiene toda la razón. A propósito de limpieza de cuerpo, echémonos el primer toque de pisco: usted sabe que en las alturas hay que andar siempre bien calafateados...

Y como ellos eran caballeros entre los pobres, y sólo los rotos incalificables de cualquier nacionalidad toman en la botella, sacaron unos tachitos perfectamente enlozados de blanco, en los que el pisco brillaba doblemente, y lo deglutieron de la garganta hacia arriba, subiéndoles el vigor con la patadita del geniecillo que mora en la botella.

El pisco en Chile es necesario en las alturas, para compensar el defecto de densidad iónica producido por la altitud en la linfa y para energetizar el meollo; también es necesario en la llanura para atenuar el complejo de Mar Muerto que sobreviene a todos los que viven por debajo del ombligo del mundo, y es necesario también en el litoral, para prevenir los maremotos.

—Con tal que no le pase con las yerbas lo que le pasó al gringo Yamemboy —dijo Monzo.

—¿Y quién era ese Yamemboy, compadre, por la concha de la lora?

—Pues un gringo que llegó una vez a la casa de doña Bella Pantoja en Vallenar, una doña que de cierto no era bella sino fea con alevosía y que no regentaba casa de putas sino de pensión simplemente, pero usted sabe que muchas veces la diferencia es como quien dice insignificante. En este caso no lo era, y ahí llegó el Yamemboy, que no se llamaba así por supuesto, vaya usted a saber cómo se llamaba si todos los gringos son iguales y todos andan a la siga de lo mismo: el billete. El Yamemboy andaba detrás de una veta de plata supuestamente más grande que la de Chañarcillo, nada menos que un cerro inmenso de pura plata virgen compadre, pero se trataba de una pura engañifa inventada por un socio que le había salido por ahí, para robarle al Yamemboy sus dólares. El socio se las arregló para retirar los ahorros de la sociedad, arrancándose con ellos y el pobre Yamemboy se quedó en Vallenar más botado que zapato roto en pleno desierto. ¿Ha visto usted algo más penoso que gringo pobre? Es más lamentable que carnero recién trasquilado, porque un gringo sólo tiene sentido y presencia en este mundo con la faltriquera llena y cuando la tiene llena espera seguírsela llenando indefinidamente a costa de nosotros. Al Yamemboy le sobraba todo, menos la viveza criolla que algunos huevones consideran la máxima virtud humana, así que allí se quedó en Vallenar, pobre y casi patipelado, esperando su remesa de dolarcetes. El Yamemboy le dijo a doña Bella *non si priocoupe sinyorah keh* my money order *llehgahrah ehn poucos diays.*

Su presencia rubia y más o menos tostada le daba prestigio a su casa donde los pensionistas eran más bien cargados a la medianía decentemente afrontada, así que el Yamemboy se instaló ahí a esperar su remesa para volver a ser gringo otra vez, quiero decir solvente, y seguir olfateando montañas de plata.

Cuando le llegaron los quinientos *baks* como dicen ellos, estaba tan contento como cualquiera está en su situación ¿no es así compadre? para qué vamos a estar hueveando de que sólo un gringo se alegra con la llegada de su maniorder, y para celebrarlo se dio un tremendo atracón de erizos en el Club Radical de la plaza donde, usted sabe, uno come hasta que la comida se le sale por la boca, porque ésa es la ley. Sucedió que entrada la noche el Yamemboy empezó a sentirse mal, cada vez más mal y se le ocurrió hacerse un cocimiento de yerbas que los mineros le habían dicho era excelente para todo desarreglo del estómago o del vientre. Pero esas yerbas no eran muy botánicas y le hicieron una desconocida y allí por las tres de la mañana estaba tan mal que se sintió morir...

—Oiga compadre ¿no se habrá comido los erizos con toda la caparazón de espinas el gringo bolas de acero?

—Es más que probable. Así que sintiéndose morir el Yamemboy y después de vomitar una tendalada de erizos con yerbas machucadas en su pieza, en el baño y hasta en la escalera, llegó arrastrándose hasta la puerta del dormitorio de doña Bella y empezó a golpear con mucha menos prosa que la acostumbrada. Doña Bella creyó que quería servírsela de postre de trasnoche, y estaba que saltaba de gusto porque la vieja le tenía unas ganas terribles al gringo, pero no pudo ser mayor su desilusión cuando oyó que le decía *yamemboy señora, yamemboy... yamemboy señora, yamemboy* con voz cada vez más quejumbrosa y queriendo decir que estaba yéndose de este mundo al sentir que esos erizos le estaban robando la poca alma que tenía. Cuando doña Bella se despertó bien y se convenció de que el Yamemboy no tenía intenciones ¿cómo se dice? ¿erópticas? y como él seguía con *yamemboy señora, yamemboy... yamemboy señora, yamemboy* doña Bella le dijo tratando de convencerlo *si es muy temprano míster, no se vaya todavía, quédese hasta después del desayuno, mire que le voy a preparar huevitos con tocino, el* ***jamaners*** *como usted dice, no se vaya...*

—¿Y qué le pasó al Yamemboy, compadre?

—Pues nada, que después lo llevaron al mismo hospital donde usted va a entrar mañana y le hicieron un lavado de estómago porque los erizos estaban más pasados que mi tatarabuela. Apenas se sintió mejor el Yamemboy, creyendo que estaba en su país, hizo la denuncia correspondiente, pero se le rieron en la cara porque estamos en Chile, y Santas Pascuas...

—Bien divertida la historia, pero dígame ¿qué tiene que ver el Yamemboy conmigo, puesto que así comenzó la historia, me puede decir?

—Pues nada compadre, solamente por eso de las yerbecitas. ¿No cree que es mejor confiar en los doctores que para eso han estudiado tantísimos años y para culminar su aprendizaje han hecho el juramento de Hipócrates?

—Sí compadre, de que son hipócritas no me cabe la menor duda...

—Oiga, no sea bruto, se trata de otra cosa, ¿y por qué habla tan mal de los galenos?

—No compadre, si yo a los extranjeros o a los que usted dice los respeto como a todo cristiano. Hablo de los doctores de los hospitales...

—Precisamente a ellos me refería, compadre.

—Bueno está saberlo, yo creí al principio que se refería a los que hablan por radio a galena... Me digo, respecto de los doctores: ellos habrán estudiado mucho el cuerpo humano pero me late que lo han hecho pedazo a pedazo, aquí el hígado y muy lejos los riñones y todavía más las bolas, puesto que no son capaces ni quieren ver al cristiano entero, como persona enferma que es. Ellos nos curan ese pedazo del cuerpo y si no pueden curarlo se lo cortan a uno más que ligero...

—Como a su tutuma, compadre...

—Exactamente. ¿Cómo puede uno curársela? Hay que extirparla como se dice radicalmente, creo yo...

—En esto no se equivoca...

Para esa hora, el paso cronométrico de las mulas los había llevado muy cerca del Mirador de los Guanacos donde estaba la caverna que servía de refugio a todos los que bajaban hacia Vallenar desde la cordillera, los llamase Afrodita, Ares, Hermes o sólo algún otro dios minúsculo y no catalogado.

Empezaron por aligerar de la leña y otros bártulos a la mula de carga, para luego dejarlas a las tres sueltas a ramonear la dura yerba de esos parajes hasta el alba. Eran bestias bien enseñadas y para nada proclives a la odisea o al vagabundaje andino, y capaces también de dormir como hacen los ungulados, roncando de pie sin necesidad de sacos de hojas de maíz o de colchones Super Serta.

Armaron la fogata que serviría para calentarse durante la noche y para cocinar los frijoles, encendiendo el fuego con el mismo Ronson que el compadre Argandoña usara para quemar la casa de Doña Irene. En esas brasas vivas y chisporroteantes, Monzo y su compadre calentaron los porotos y el café de higos, comieron su charqui de guanaco y se prepararon para la noche en la caverna saturada del calor del rescoldo y a la vez ventilada por su amplitud.

Se prepararon para dormir en sus lechos de mantas, sobre el suelo más duro que el alma de un negrero, pero a cuya dureza estaban acostumbrados, y sus miembros se distendían como en una cama ortopédica cuyo colchón, sin exagerar, llegaba hasta la China. Pero el sueño, incluso con el cansancio reiterado en cada viaje, no era fácil esa noche. Quejumbrosamente, y aferrando la primera botella de pisco, que ya estaba a la mitad, el compadre Argandoña dijo:

—Para qué le digo compadre que estoy cagado de susto...

—No me diga que nunca se había operado antes...

—Sólo de las amígdalas, cuando era muy chico, antes de que la crisis de las salitreras nos dejara más pobres que perro del desierto. Aquella operación no cuenta ¿no cree usted? Yo estaba todavía sin uso de razón...

—Parece que todavía lo está, compadre ¿qué tiene que ver la razón con esto?

—Mucho tiene que ver, pues usted sabe que con la razón viene el entendimiento y con el entendimiento viene el alumbrarse de la mollera, y se nos enciende la ampolleta del celebro.

—*Cerebro* será pues compadre, se dice cerebro, con ere de maricón...

—Oiga no me venga a mariconear, compadre...

—No, por favor, si era un ejemplo de la letra no más.

—Así será, si usted lo dice puesto que sabe tantas cosas, pero lo que yo quiero decirle es que con la edad de la razón uno se pone desconfiacho, en especial de esos doctores que en el momento menos pensado, te hacen la del Buey Tapanca...

—¿Y qué historia es ésa del Buey Tapanca, compadre, por las bolas del profeta?

—Pues un buey que se dice fue criado en Copiapó y era parte del *pantrimonio* ¿se dice así? de una de las mejores familias. Ellos lo criaron desde ternero, lo caparon para que se volviera mansito, y se propusieron enseñarle buenas costumbres y modales refinados. La culminación de la educación del Buey Tapanca incluía, por supuesto, su presentación en sociedad, con todas las señoras más fruncidas de la aristocracia copiapina, en un ambiente todo de tecito y pasteles, servidos en fuentes de plata. Cuando ellos consideraron que el Buey Tapanca estaba preparado, fue *intruducido* ¿es ése el concepto? al salón donde ya estaban el cura, el alcalde y el presidente de los Leones y el de los Rotarios, y no crea usted que eso era un zoológico o una reunión de rotos tirillentos, no, el único cuadrúpedo, bovino por así decirlo, era el Buey Tapanca que hizo su entrada en ese salón que tenía una alfombra persa como de media hectárea, compadre no le exagero, con un paso tan majestuoso, con un porte tan admirable, que los grititos y graznidos de las viejas hacían pensar en un gallinero cuando se acerca merodeando el puma. El cura y el alcalde estaban graves, sonrientes y también rosados, como corresponde al ver a tan considerable ciudadano en cuatro patas, pero sucedió que en el momento en que destapaban una bandeja con dulces exquisitos, fresquitos, hechos por las monjitas, y cuando los reflejos de las bandejas de plaqué y de las porcelanas eran poco menos que cegadores, el Buey Tapanca levantó su cola adornada con cintas y lacitos de seda natural, y dejó caer una inmensa plasta, una tremenda torta de bosta, en medio de la alfombra persa del salón ¿puede creerme usted?

—Sí que puedo creerle, sígale no más.

—Bueno, en realidad no hay mucho que seguir. Esta es como quien dice la *anéudota* ilustrativa. Démosle otro poco al pisco, mire que ya está haciendo frío aunque el fueguito está bien bueno todavía, y como que la lengua clama por un poco de lubricación ¿no le parece?

—Sí me parece, compadre, no faltaba más. Acerque el jarrito, mire que tomar sí, pero tomar como caballeros.

Así terminaron la primera botella de pisco y luego destaparon la segunda, de mejor calidad que la primera, porque no era simple Pisco Control sino Pisco Hernández, con color del ácido sulfúrico de grado técnico, lo que en el pisco es señal del mejor licor.

El compadre Argandoña se arrellanó en la madre tierra o madre piedra, como si quisiera dormir, pero sus pensamientos recurrentes se lo impedían. Así preguntó cautelosamente:

—¿Y usted cree que me van a dar de alta inmediatamente?

—No se me había ocurrido pensar en esa eventualidad. Probablemente tendrá que quedarse máximo un par de días. A lo mejor ni le ponen anestesia general, y le hacen sólo una raquídea.

—No me asuste, compadre ¿qué huevada maldita es ésa?

—Es como una inyección muy grande que le ponen a uno en la mitad de la espalda y después el cuerpo se vuelve tieso como de palo.

—Por la rajelchucho, compadre, ahora sí que me metió usted un miedo terrible. ¿Y si se les pasa la mano y quedo tieso para siempre como durmiente de ferrocarril? ¿Y si me atraviesan como anticucho con la mansa aguja y hasta ahí llego no más?

—No compadre, no creo que pueda pasar nada de lo que usted dice. Mejor no hablemos de eso. ¿Es que tenemos que regresar al mineral el lunes? Si no lo dan de alta, tómese unos días, yo lo acompaño, y Santas Pascuas. Los mandamases de la gerencia van a estrilar, pero para eso está el sindicato que defiende nuestros derechos, porque usted bajó de enfermo, y no para ir a darle duro a la culeta donde usted sabe ¿no le parece? ¿Es que tenemos que ser como el famoso macho del mineral de Aguas Blancas?

—No sé por qué nos vamos a comparar a un macho, compadre, ¿qué historia se está inventando?

—Nada de invención, esta historia es la pura verdad ¿no conoce la historia del macho de Aguas Blancas?

—No la conozco, a ver cuéntesela mientras nos tomamos otro jarrito de pisco.

—Cuando yo era más joven tenía una pega en una mina administrada por gringos...

—Cuénteme otra novedad, compadre...

—... que se llamaba Aguas Blancas porque el agua de esas partes era tan calcárea que parecía lechada de cal. No era agua potable, como puede usted imaginarse, pero servía para muchas faenas. En el mismo mineral tenían un molinillo de muelas de piedra para chancar el mineral liviano, y desde varios años se lo hacían dar vueltas a un macho que estaba muy bien enseñado...

—¿Recontrabien enseñado, compadre?

—Exactamente... Y este macho era un trabajador tan bien entrenado, que a las siete clavadas de la mañana ahí estaba en el yugo del molino, con el pecho puesto en la barra, y sólo había que abrocharle el correaje porque el macho no tenía dedos para hacerlo solo. Ahí mismo se ponía a darle vueltas al molino, déle que déle, hasta que a las doce sonaba el pito y el macho iba a abrevarse y a estirar las extremidades como si ya no hubiera caminado tantas leguas, calcule usted cuántas en todas esas horas, pero a las doce y media sonaba el pito otra vez y el macho volvía a colocarse en el molejón y a darle vuelta hasta las seis de la tarde. Sonaba el pito y ahí se empacaba el macho y no había quién le hiciera dar una sola vuelta más, ni dándole de palos o latigazos. Muchas veces así lo hizo Masterson, el administrador gerente de Aguas Blancas: no podía convencerse de que un mulo no siguiera sus órdenes, aunque el macho no hacía más que guiarse por el pito como todos los obreros y empleados. El pobre bruto era así, y cuando llegaba esa hora, se iba al establo con todos los otros mulos que hacían otras faenas, de carga generalmente, ya que los mulos no sirven mucho para dactilógrafos...

—Claro: ¿se figura usted las mansas teclas que tendría que tener una máquina de escribir para la caballada?

—Ni quiero imaginarme semejante monstruosidad, compadre, déme otro jarrito de pisco mejor... Esta es sólo la primera parte de la historia del macho de Aguas Blancas: cuando daban las seis de la tarde del viernes, el macho no iba a pagarse como el resto porque todavía no habían establecido planilla de pago para los mulos, para gran alegría del Masterson. Desde ese momento el macho se perdía, y se quedaba el sábado y el domingo vagando por los contrafuertes cordilleranos. Nadie sabía donde lo llevaba su espíritu de mulo. Hasta un mulo tiene espíritu ¿no le parece a usted? Y ¿me creerá que después de pasar el fin de semana holgando en el cerro, y hartándose de coirón y de cortadera, y hasta su resto de trébol o lupino, el macho estaba puntualmente a las siete del lunes en el molino? Nadie tenía que ir a corretearlo ni a echarle el lazo.

Para qué decirle que el Masterson odiaba al macho de Aguas Blancas y hubiera deseado cambiarlo por otro mulo o caballar al que se le pudiese obligar a trabajar hasta morir reventado. Muy a pesar suyo el macho se había convertido en celebridad por su comportamiento casi humano, si es que trabajar como burro es cosa humana. Masterson llegó a aceptarlo y a pensar que de algún modo la mina ganaba con eso. A veces hasta se reía y nos decía *debehn de aprehndehr del machou ustedehs chilehnos flohjous chouchahs dey sous mahdrehs*... Pero ocurrió que, para su gran desgracia, el macho un lunes volvió del cerro cojeando: no era nada grave, sería alguna espina enconada, el caso es que el pobre bruto hacía su labor con más lentitud, rengueando de su pata derecha trasera. Masterson se dio cuenta porque un grupo nuestro estaba tratando de levantarle la pata, y mientras tanto el molino estaba parado. El macho no se dejaba ver la pezuña y tiraba tremendas patadas con la pata buena. Masterson se puso furioso y le gritó a uno de los operarios *llevehn a ehsteh muhlou deh miehrdah al mahtahdehroh de Coupiahpoh pourqueh yah nou sihrveh a nosotrohs* y no más dijo eso que todos se le fueron encima gritándole que era un gringo hijueputa y muchas otras delicadezas parecidas. Yo le dije que por qué no dejaba libre al pobre bruto que había estado diez años dándole vueltas al molino de su compañía, para que se fuera al cerro a vivir el resto de su vida o por lo menos por el tiempo de sanarse la pata, pero el Masterson dijo furioso *quey seh creyehn los güevounehs queh el Coumpanyiah estah en ehste pays deh miehrdah pahra tirahr así noh mahs sus* assets*? Ehl muhloh ehs* Company's Property *y nau pouhdehmous pehrdehr su vahlohr pourqueh uhnohs güeuvouhnehs* bleeding hearts *quiehrehn ohfrehcehrleh* Social Security *pahra muhlohs, quey nou fahltabah mahs!* y como quiso obligarnos uno por uno a salir para Copiapó, todos le dijimos que tenía que chupárnoslo primero, y hasta nos abrimos el marrueco para que viera que la cosa iba en serio. El muy degenerado, que estaba como fiera, sacó el mitigüesos y sin que pudiésemos impedírselo, como un celaje le pegó un tiro entre los ojos haciéndole un hoyo de este bolado y el pobre macho cayó muerto seco en sus tres patas buenas y la mala. No fue más que hacer eso el hijueputa cuando yo, todavía más rápido que él porque la rabia es lo único que nos hace mover rápidamente a los chilenos, le pegué un tremendo directo en el hocico que le hizo volar los roedores mejor que el doctor Illanes de Vallenar. También le quité el mitigüesos, se lo puse en la frente y les dije a los huevones *¿le vuelo los sesos a este gringo chuchesumadre? ¿Qué dicen compañeros?* y los huevones decían *sí sí compañero vuélele la cabeza para que le salte lo que tiene adentro y así tengamos otro poco de mierda para abonar la tierra...* Créame compadre que realmente estaba por acriminarme, tenía tanta bronca que estaba amartillando el gatillo del mitigüesos cuando llegaron los otros gringos disparando como locos a mansalva. Viera compadre la mansa balacera: dos compañeros cayeron muertos y a mí me llegó un balazo de refilón por la espalda. Tuve suerte de caerme de bruces en ese preciso momento, me caí sobre el Masterson que tenía un tufo asqueroso a tumba podrida. Me creerá compadre que eso es todo lo que recuerdo de ese momento, un olor como a liguana muerta cocinada en whisky, usted sabe que esos huevones no toman pisco como nosotros porque les sabe a algo demasiado simple. Para qué decirle que me cortaron del mineral y todavía pasé dos meses en la cárcel por instigamiento a rebelión y a ellos, que se habían echado a dos cristianos, no les pasó nada. Es más: ellos fueron los acusadores y según sus tinterillos de la Corte de La Serena habían actuado en defensa propia balaceando a los compañeros desarmados, porque se agarraron de la verdad a medias de que yo le había quitado el mitigüesos al Masterson: así se estilan las cosas en nuestra tierra compadre.

—Quién lo hubiera dicho, usted tan mesurado, tan controlado...

—Tiene usted razón, pero uno tiene su genio y algunas veces nos hierve la sangre ¿no le parece?

—Me parece más que correcto, y a este punto hay que echarse otro trago ¿no le parece también?

Los compañeros de viaje o de lo que fuese se quedaron silenciosos, echados de espaldas sobre las mantas. Tomaban pisco y fumaban pitillos prehistóricos: Argandoña fumaba Ideales y Baracoas mi tío Monzo, porque aire había en abundancia en la caverna, ventilada por Dios.

—Es jodido ser uno que va contracorriente —dijo el compadre Argandoña.

—¿Lo dice usted por el asunto del macho?

—Bueno, por el macho y por nosotros. Ser diferente desde adentro. Ver las cosas en modo diverso es lo que nos separa de los otros. En lo demás todos somos iguales, nacemos, comemos, cagamos y morimos cuando llega la hora para cada cosa.

—Esto de la llegada de nuestra hora me recuerda otra historia —dijo Monzo— la del negro Olmos...

—Y cuéntela no más, mire que la noche recién empieza...

—Este era un negro que vivía en un pueblo del Norte, no sé exactamente cuál, mi viejo Filemón contaba la historia, y no era negro sólo por decir, como decimos aquí a los que tenemos el cuero un poco más oscuro que el resto, sino que éste era un negro de verdad, de una de las razas traídas del Africa cuando ya habían matado a todos los indios, especialmente en aquellos países de por allá, llenos de huevones tropicales y de donde vienen los picantes. Aquí fue diferente, aquí nuestras razas fueron mucho más fuertes y resistieron mejor al invasor. Mejor dicho nos mezclamos todos, indios y españoles, para crear la raza de huevones de mierda que en el fondo somos todos. El negro Olmos era uno de los pocos negros que se ven aquí, como usted sabe. Pero no crea que por ser el único en varias provincias a la redonda, era aceptado. Ni siquiera en su tierra original de Africa los negros son considerados personas por los blancos, y el negro Olmos no era excepción a la regla, si bien era respetado en apariencia. Tenía un oficio medio raro pero importante en el pueblo: era un empleado especial que también funcionaba como artillero del municipio. Todos los domingos y las festividades religiosas él disparaba un cañón que había en la plaza. Era muy concienzudo en sus deberes, mantenía siempre el cañón reluciente y cuando le tocaba dispararlo, apisonaba bien la pólvora con un bitoque de madera que tenía una bola de trapos en la punta, para disparar después la salva con tremendo guaracazo. Por varios años se desempeñó en este oficio y era respetado en el sentido que le he dicho antes, pero vivía muy solo en una casita en los márgenes del pueblo y nadie le ofrecía amistad. Menos podía él pensar en amor o matrimonio, hasta que un día, por una de esas razones misteriosas de la vida, un grupo de señoritas daba la vuelta a la plaza en el mismo momento en que el negro preparaba su cañón, y era el cañón de artillería, no se ría usted con esa cara socarrona, que ya sé en cual cañón está usted pensando en la perversión de su cerebro. Y sucedió que sus ojos se encontraron con los de la más linda niña de la sociedad de ese pueblo que, ahora sí me acuerdo, era una de esas ciudades desaparecidas del mapa, un puerto como Cobija o Mejillones ¿Ha oído usted esa canción que dice *En Mejillones yo tuve un amor*? A lo mejor estaba aludiendo a esa niña porque créame usted compadre que verse y enamorarse mutuamente ella y el negro fue algo como quien dice de *ipso fauto*.

—No me diga, compadre...

—Sí le digo, y naturalmente un amor como ése no iba a ser aceptado en la sociedad de cualquier pueblo de ese tiempo, ni de ahora mismo posiblemente. No es que no haya precedentes históricos, pero todos son bien trágicos. De niño leí un libro del siglo pasado que tenía mi viejo Filemón y que se llamaba *Tradiciones serenenses*, donde aparecía un cuento de una criolla lindísima y rica que se enamoró de un esclavo negro de siete pies de alto, que tenía una boca enorme como una sopapa, o sea como uno de esos chupones de goma que se usan para destapar los desagües, y con orejas que le caían sobre los hombros igual que el genio de *Las mil y una noches*... ¿Ha leído ese libro, compadre?

—No compadre, pero vi la película.

—La pura verdad que a veces es mejor ver la película, es más gráfico, las cosas le entran a uno por los ojos. El problema es que lo que se ve no es más que una fracción insignificante de todo, al menos así me parece a mí...

—No me diga compadre...

—Sí le digo, y también se lo repito... Pero déjeme contarle lo del negro Olmos. Lo que no dicen las palabras lo dicen los ojos, así que el negro se las arregló para hablarle y ella no tuvo problemas en confesarle la reciprocidad de sus sentimientos. Así él se armó del tremendo coraje necesario para ir a pedirla, a ella que era hija del más rico comerciante de la ciudad. Cuando el padre lo va recibiendo con tanta confianza y entusiasmo como si trajera una enfermedad contagiosa como el cólico miserere y el negro le va pidiendo nada menos que a su hija en matrimonio, el viejo rico sacó el mitigüesos y lo corrió a balazos, sin disparar para acriminarse sino para pasarle raspando la raja y espantarlo definitivamente o eso él creía. Luego se dirigió a la hija y le preguntó si era verdad que ella quería casarse con ese negro de betún que era artillero en la plaza y ella le dijo que sí, que ése era su mayor deseo. El no la corrió a balazos: tenía fama de ser un caballero sensible, pero sí la echó a patadas y como la hija había cumplido los veintiuno ya la patria potestad no le valía al viejo. Hizo sí lo que le cabía según su conciencia de usurero: desheredarla, y la pobre chica lanzada a la calle con la ropa puesta fue a refugiarse donde el negro Olmos, que la quería como se debe, o sea con respeto. Ambos se fueron inmediatamente a la iglesia para que el párroco los casase, pero el muy bellaco del cura se negó diciendo que no podía consentir un matrimonio contra natura, o sea que para el cura casarla con el moreno era como hacerlo con un cuadrúpedo o un pajarraco, y como el cura persistiera en su negativa pese a todos los ruegos de ambos enamorados...

—¿Y cómo puede ser eso compadre, ¿es que no somos todos iguales frente al Señor que nos crió?

—Eso es lo que cualquier cristiano decente cree, pero ¿es que no sabe usted que la Iglesia Católica, Apostólica y Romana negaba hasta hace muy poco que los indios o los negros tuviesen alma? ¿Puede imaginarse una degeneradez semejante? Negando las mismas Sagradas Escrituras, que nos pusieron a todos como hijos de Noé, que se lo pasaba bien cocido pero al menos no era un cabrón, compadre...

—Abriendo por así decir un paréntesis redondo ¿sabe usted que los negros tienen la mansa penquita? ¿No sería por eso que la linda niña se fijó en el negro cañonero?

—Oiga compadre, ahora sí que se hizo usted en el piano, como dicen los rotos vulgares... ¿Que no le dije que desde el principio ese amor fue muy puro, casi celestial en su pureza? Estoy seguro que ella no sabía nada sobre el tamaño de los chutos, y chutos de negro, todavía menos. ¿Cree usted que el Olmos meaba en público en la plaza para que todos le vieran el negro pájaro?

—Desde luego que no, compadre, porque de haberlo hecho se lo llevaban preso retobado con pájaro y todo. Pero hubiera sido bien difícil distinguir entre el chuto del negro y el cañón de artillería, se lo aseguro...

—¿Me lo asegura compadre?

—Se lo aseguro muy a ciencia cierta.

—¿Es que usted compadre ha andado por ahí midiendo chutos de negro?

—Bueno, tanto como eso no, porque he sido un hombre bien ocupado en esta vida, pero le puedo referir lo que me ocurrió cuando era músico en Santiago...

—No me diga que un negro quiso tirárselo y en la bolina consiguiente pudo medirle la tremenda piola...

—Oiga no me venga a ofender, compadre, usted sabe que de maraco no tengo ni media pizca.

—Por supuesto, digo no más que a lo mejor por allá pudo haberle salido un negro maraco, y de muy mal gusto además...

—No compadre, se trata de lo siguiente, que cuando anduve en Santiago allá por el 34 o el 35, yo tocaba en el Zepelín, porque en ese tiempo tenía dedos para la guitarra y a veces hasta para el piano, cuando estaba sobrio, el caso es que en la orquesta del bailongo había un negro que venía arrancando de los unitestates: allá se había echado a un policía que le había pegado una sarta de palos sólo porque no le gustaba nada su cara de negro. Tocaba el saxofón que era una maravilla y se sabía todos los foxtrots, era increíble ese negro. La cosa es que nosotros todos los días lo hueveábamos para que nos mostrara la penca a ver si era cierto que la tenía al menos el doble del más dotado de nosotros. Tanto lo jodimos que un día se cabreó y la sacó para asustarnos: mansa penquita no he visto en vida mía en un cristiano compadre, sólo un burro o un caballo podían ganarle al negro ése.

—Tomémonos otro trago de pisco, compadre, que se me secó otra vez el gaznate con esta historia que sin duda forma parte de la leyenda negra. ¡Salud! ..

— Y los dos, el negro y la niña rica vuelta pobre, ¿se arreglaron así no más para vivir su idilio?

—No, compadre, ellos partieron al registro y como ambos eran mayores de edad y para la ley chilena el negro era tan persona como ella que era blanca y de buena familia, se casaron por el civil siendo testigos los dos basureros del pueblo. Se fueron a vivir a la casita del negro Olmos, casi en los cerros por lo apartada que estaba. El siguió trabajando modestamente como empleado municipal y artillero, ella cuidó del huerto y de sus animales. Hasta tuvieron dos niños que salieron medio negritos ¡Salud! ..

—¿Salieron rayados los angelitos como las cebras, compadre?

—No iñor, no sea bruto... Salieron un poco más oscuros que usted o yo, que tampoco tenemos la tez demasiado pálida ¿no le parece? y algo motudos los infantes, pero ellos vivieron se puede decir que felices. No les faltaba lo principal, esto es el amor de sus padres, hasta que un día aciago...

—¿Un día aciago, compadre?

—Sí, muy aciago... un domingo de ramos todavía, el negro Olmos había preparado su cañón para dispararlo y ya tenía encendida la mecha y próxima a estallar la carga, cuando se dio cuenta de que el bitoque estaba todavía puesto en el cañón. No vaciló un momento en tratar de extraerlo, porque no deseaba que pudiese herir a alguno de los que llenaban a esa hora la plaza, pero su desgracia fue que no alcanzó a hacerlo con la rapidez necesaria. El cañonazo se disparó con tremenda fuerza y el bitoque se le enterró en el cuello y prácticamente le voló la cabeza, dicen que le quedó como a una cuarta del cuerpo, unida por los nervios y con las venas cortadas, saltando la sangre y el meollo en chorros que se fueron apagando a medida que el negro se moría. Fue tan horrible que la gente se desmayó en masa, hubo dos partos prematuros y un viejo con la presión por las nubes también paró las chalas ahí mismo. La cabeza del negro quedó con los ojos abiertos así, como si todavía no se convenciese de que eso había sido cierto, y que había tardado menos de un minuto en ocurrir.

Argandoña se había quedado mudo, y con los ojos tan abiertos como los del negro la última vez que vio el sol de la plaza.

—No me mire así compadre, que es la pura verdad lo que le estoy contando. Así, con la espantosa muerte del negro Olmos, la vida de la pobre viuda fue todavía más difícil porque, usted sabe, ella sería rica cuando más joven, pero de todos modos era chilena y por lo tanto con los pies bien asentados en la tierra, por lo que supo salir adelante con sus dos hijos. Para qué decirle que su familia nunca quiso verla ni conocer a los nietos. Es más, se mandaron cambiar con negocio y todo a Talca, que es un pueblo donde hay más paqueterías que casas particulares. Créame usted que ella hizo de todo lo que es honesto: lavado, aseo, niña de mano, y si hubo canallas que la despreciaron, también hubo gente buena que la ayudó. Los ricos, sus antiguos amigos, le cerraron las puertas y el cura que ocho años antes se había negado a casarla, todavía se atrevió a esparcir la infamia de que la muerte de su esposo había sido un merecido castigo de Dios, como si nuestro Señor tuviese como cometido castigar a los buenos de corazón y a los que se quieren con cariño inmenso, y fuese a premiar en vez a los ricos sanguijuelas hijos de perra, con perdón de la perra que sí es criatura inocente.

Ella hasta pudo darle alguna educación a sus hijos, que se fueron cuando mayorcitos a la Argentina puesto que todas las salitreras estaban cerrando. Ellos volvían a visitarla con dinero o se lo mandaban desde allá y así vivió la segunda parte de su vida que no fue muy larga, compadre, porque el recuerdo de su negro era demasiado doloroso y ella se murió bastante joven sin razón aparente para los doctores. Usted sabe que el cuerpo se muere cuando es el alma la que se niega a seguir viviendo y así ella ahora descansa junto a su marido en el cementerio de un pueblo que también es un pueblo de fantasmas, porque nada es permanente en este mundo. Ya se me secó la garganta, lléneme el jarrito de pisco compadre por favor...

Mientras le llenaba la choquita, de pronto el compadre Argandoña estalló en sollozos, hipando su pisco y su emoción, y le dijo vehementemente a Monzo:

—¡Esta tengo que tomármela al seco!... ¡Hagamos salud compadre para que esas almas buenas, la de ella y la del negro, estén junto al Señor de los cielos!

Monzo ya no lo oía. Estaba echado de espaldas en su manta y roncaba también como lo hacen las almas benditas mientras tienen pulmones cascarrosos o vírgenes en esta encarnación, y el compadre Argandoña también se fue durmiendo, con el jarrito de pisco en la mano y murmurando frases entrecortadas como... *sí, Dios la tendrá en su reino... era una negra sabrosa, se lo digo yo... viejita huachuchera ¿qué andai buscando en mi pieza?... Papa que se va no vuelve...* y acallando lentamente su voz como un disco de victrola sin cuerda.

Ellos tenían algo así como un reloj sideral conectado al cerebelo, y al aproximarse el alba sacudió Monzo al compadre, que todavía estaba medio borracho pero absolutamente lúcido, y no bien le dijo Monzo que tenían que ponerse inmediatamente en camino para llegar a Vallenar a buena hora y poder pasar temprano los trámites de la hospitalización, Argandoña habló con una voz que se le alargaba en un hilo plañidero:

—Compadre, para qué decirle una cosa por otra... Tengo que pedirle un favor muy grande, algo que jamás le pediría a otro que no fuese usted...

—Como no sea que vaya a pedirme la mano, compadre, todo está bien, hable no más.

—No compadre, es todavía más grave...

—Usted me dirá...

—Usted sabe el temor crecido que le tengo a esta maldita operación...

—Sí, mi compadre, lo sabemos, y si quiere usted nos volvemos al mineral y Santas Pascuas. Pero tendrá usted que resignarse a vivir con su cotuma...

—No, por la misma miéchica, a eso sí que no me resigno. No... el favor que voy a pedirle es... pero no se me vaya a ir de espaldas...

—No me voy, compadre ¿no ve que estoy bien afirmado en la pared de la cueva?

—Mejor así: lo que voy a pedirle, digámoslo de una vez por todas, es que no me lleve al hospital porque no confío en los doctores, pero en usted sí...

—La confianza no da la sapiencia, como dijo Pérez Rosales, ¿qué tengo yo que ver?

—Bueno, lo que haya dicho ese señor no quita que yo prefiera, bueno ¡que me opere usted, eso es lo que quiero! **¡Sáqueme usted mismo la cotuma!**

—Ahora sí que le entró el desvarío ¿tan curado está con una pura botella de pisco entre pecho y espalda?

—Curado estaré, pero más lúcido que nunca y por eso es que se lo pido...

—¿Y con qué operamos, compadre, con qué le desinfecto la herida y se la coso?

—Pues con su navaja del Ejército Suizo, que corta pelos en el aire, y la desinfección corre por parte del pisco con el que he visto hacer maravillas. Después me cose con hilo mercerizado que tengo siempre en mi mochila, pero el secreto es el pisco compadre, que hasta vi operar a uno de apendicitis de emergencia usando pisco come desinfectante, claro que el que lo operó tenía estudios de medicina, pero con una cotuma como ésta más vale el cariño y el cuidado que la ciencia. A usted le sobra lo primero, y la segunda, ésa se aprende en el camino... Nos quedan tres botellas de pisco, una me la tomo desde ya y usted procede cuando yo esté bien curado, y así no me dolerá. Le aseguro que todo saldrá bien y seré su agradecido de por vida...

Monzo no dijo nada, lo que en él significaba asentimiento y disposición a cumplir inmediatamente con lo que se proponía. El compadre Argandoña se empinó la botella y muy luego estuvo rodando por el suelo, borracho como huasca, aunque nunca se haya visto una huasca curada.

Monzo arrastró al compadre fuera de la caverna para tener la luz gloriosa de la mañana que ya empezaba a abrirse, y le dijo de ponerse de rodillas pero como el otro no lo oyera, le acomodó la cabeza entre sus piernas, desinfectó la navaja con el pisco restante de la botella abierta y abrió la otra para tenerla lista, puso otra cuchilla entre los fuegos vivos del rescoldo por si necesitaba cauterizar alguna vena, se santiguó por si las moscas y procedió a palparle ahí donde algo se movía suelto como si el compadre Argandoña tuviese un huevo duro dentro de la joroba deschavetada de su nuca.

Cuando al fin decidió cómo hacer el tajo, Monzo cortó por debajo del bulto, como si quisiera abrir un bolsillo y sintió que el compadre Argandoña se revolvía, y vio que daba vuelta los ojos hacia arriba como los de los corderos degollados, pero este cordero estaba siendo degollado por encima. No había una gran muerte saliéndole de sus venas como habría sido con el tajo en la garganta, sino una infinidad de pequeñas venas como surtidores minúsculos que Monzo se apresuraba a ahogar con chorros de pisco vertidos de la misma choca con que había bebido y luego de la misma botella, en parsimoniosos chorrillos, como si la herida fuese otra garganta sedienta.

Debajo de la piel fue cortando una grasa amarilla, color de flores mataperros, orillando ese centro o núcleo y Monzo sintió que era como sacar el hueso de una palta, un cuesco duro aunque no empedernido que también se iba abriendo, entregándose a la cuchilla bajo el gotear del pisco que iba diluyendo y matando la hemorragia. Cuando hubo asediado bien ese centro o flor de capullo desnudo, deshojándolo y deshollejándolo de su albergue, lo separó con un último tajo dado al pedículo o vena pasmada que a Monzo se le antojó era el viejo cordón umbilical momificado, una cicatriz dentro de ese seno materno duplicado en la nuca del compadre.

El tristemente famoso tumor tenía todavía un remedo de cuerpo y rasgos dentro del retorcimiento de sus lóbulos, circunvoluciones, coágulos y muertes despejadas por la navaja suiza. Le pareció a Monzo como un compadre Argandoña aplastado, jibarizado, entristecido y mascado por su tan lejana muerte, pero también por la vida llevada a flor de piel del otro hermano más afortunado o infortunado porque había llegado al conocimiento, mientras que el otro no más se había quedado en cotuma. El que había llegado a ser compadre había tenido la oportunidad de ensayarse viviendo, pero el otro se había vuelto por donde vino, y por sólo un momento vio la luz, la luz del amanecer en un alto valle de los Andes donde en la Semana Santa pacían los últimos huemules, y muy en lo alto revoloteaba un cóndor, configurando una extraña versión del escudo patrio de Chile.

Allí estaba el segundo compadre con esa cara de pescado que se gastan los fetos que todavía tienen más de pez que de humano y le pareció a Monzo que en la nuca, color de púrpura real y de pasa de corinto, tenía otra pequeñísima excrecencia o mísero lobanillo donde había otro compadre Argandoña aun más pequeño que a su vez tenía otra excrecencia microscópica donde crecían milígramos de Argandoña hasta llegar a un sólo átomo de algo en la grupa de otro algo, o una molécula de DNA-Argandoña, si es que el concepto de lo esencial prevalece o si es que el nombre y la identidad no son más que otro espejismo parriano del espíritu.

Esto pensaba Monzo sin entrar en detalles bioquímicos que le eran más ajenos que el sánscrito, y sin haber leído jamás a Nicanor ni entonces ni después, aunque sí habiendo conocido en vida al verdadero Cristo de Elqui, don Domingo Zárate Vega, y tenía esa idea muy clara en su mente, mientras ponía a su lado el montoncito arriñonado que tenía más o menos el tamaño de un ratón de campo, y le cosía la piel al compadre que roncaba en pleno sopor de pisco y de malas lunas, estirándosela y hasta cortándola con preciosismo con la tijerilla de su cortaplumas increíblemente bien pertrechado para operaciones de emergencia, cauterizando también algunas venillas demasiado recalcitrantes con el fierrecillo candente, cosiéndolo con el primor con que zurcía sus calcetines y remendaba sus calzoncillos, y bañándolo todo con el agua lustral del pisco, del cual le quedó hasta para echarse un largo trago, no digamos el del estribo, ya que todavía pasarían en la cueva un par de días, comiendo huilas de charqui de guanaco y bebiendo agua de vertiente.

Después, el compadre Argandoña se pudo poner en pie y subir al mulo —disipando más la borrachera que la operación misma— con su bella cicatriz que se secaba al sol de la montaña y se confundía con su cuero cabelludo tanto de parecer un simple corte de pelo americano, libre por fin de su cotuma que se había resecado todavía más puesta sobre una roca, transformada en charqui como todo cadáver en el desierto y la altura, libre **pero también con una extraña nostalgia de ella**.

Cuando se fueron ya esa carnita no estaba porque el cóndor o algún zorro merodeador habían cumplido por fin con su deber.

Calducho con Santander significaba una cosa muy precisa: ir más allá de los límites, desfondar lo prohibido, vivir la excitación de proferir lo improferible en público.

En efecto, él era el único de los maestros que permitía la grosería en voz alta, y la ocasión no podía dejar de ser aprovechada. Pero siempre se formaba otro bando, el de los que no cruzaban el río nacional y caudaloso de las *palabras verdes,* y optaban por el silencio acartuchado de los que sólo escuchaban, ya sea por haber nacido exquisitos, en las circunscripciones electorales de Providencia y las Condes, demasiado tímidos y silenciosos, o directamente sin imaginación.

Hay una razón metafísica para todo lo físico y hay una razón terrestre también para lo otro, y el aluvión de la coprolalia corría entremedio, con el Negro Santander oficiando de Caronte o de botero del Mapocho, porque sólo él podía conducirnos allí, entre las luces fluorescentes del laboratorio de química, infinitamente cagadas por las moscas y camufladas como faroles chinescos por nuestro infatigable ingenio juvenil, al que agregábase la fatiga doméstica de madres, tías, abuelas, madrastras o simplemente cocineras, plasmada en el quequito, el sanduchito de paté y huevo molido, la piltrafa de jamón caída de la mano de Dios, y el ponche de Bilz y Papaya arreglado a escondidas con vino blanco servido en vasitos de papel encerado.

El planeta de la Bilz me atraía por sobre todas las cosas. Nada hay como el sabor inefable de la Bilz, combinación indefinible de agua humilde y genuina, con elementos, sabores y colorantes más falsificados que un Judas criollo nacido para vender a pobres Cristos no por treinta dineros sino por treinta centavos o menos. Conocí la Bilz cuando todavía se llamaba *Betty Boop*, cuyo nombre irremisiblemente ajeno se transformó en el no menos hermético de Bilz, delicia mayor de la infancia, buena para la melancolía y para la acidez biliosa del estómago que en las regiones australes acomete a los críos desde la placenta, porque ya la genética empieza a darnos de patadas en el hígado y a deformarlo y debilitarlo de manera que no se pueden soportar más de dos huevos fritos sin enfermarse de cólico biliar, Bilz buena para el flato y para la lombriz solitaria del intestino cerebral, bebida deslumbrante para los pobres más pobres del planeta. Su nombre *bebida de fantasía* era lo más increíble de todo, pero también lo más acertado.

Ahora se mezclaba la Bilz en el calderón del ponche, y despuntaba la ritualidad chabacana y a la vez refinadísima del Calducho.

Todo se efectuaba, como hemos dicho, en el laboratorio de química, o mejor dicho en una antesala de él con escaños para sentarse, lugar donde los otros días se sufría horripilante y estoicamente, con Sintandear detrás del mesón. Allí también, entrando a cada clase suya que dios y diablo nos deparaban, de sopetón el Negro repartía unas hojas chiquititas de un papel marcado de huellas químicas y envejecido como con el vapor de esa atmósfera, y nos tomaba *su pruebita chica,* infaltable prolegómeno a cada clase: un par de ecuaciones, dos o tres problemas que nos partían medio a medio, porque no había otra solución que estudiar muchísimo para poderlos resolver, y así cada vez que íbamos a su encuentro, sólo los más pintados se la podían con esas pruebitas chicas de introito, **había que saber** y por eso el Negro era odiado y temido, no por injusto o arbitrario —que los había muchísimo más injustos y arbitrarios— sino al revés, por justo y equitativo, porque su justicia era como la espada de Damocles, fatal e inapelable:

había

que

saberle

al Negro.

Una sentencia tan dura como ésa se disolvía en el calducho, carnaval o Día del Falso Rey de Babilonia, en el cual se vivía la fantasía de la Bilz por una hora, hora del calducho, inocente o total, hora de las dos horas, Acme, Apex, Animalandia, Babosolandia, Bósforo de los Calzoncillos, Cirenaica de los Batracios, Proteus Mapochinus et Fulgidus, Metaponto Veguino, Oedipus anafórico de *La Lira Popular.*

En los platillos de los sanduchitos se freía una moneda que sólo podía tener dos caras o dos sellos: imposible retar al destino con ella, imposible entorpecerla con el azar, y así comí muchas veces de esos sanduchitos y bebí tanta Bilz arreglada con unos tragos de blanquillo, emponzoñada de ese tiempo y ese espacio, mientras Fernando Larrayán —que después se transformaría en mago profesional con nombre de corredor de comercio— presentaba a los artistas.

El primero fue Burgos, con un chiste delicado como para señoras de ese tiempo, diciendo 'Este era un caballero que andaba con una boina vasca en la cabeza y se iba tranquilo por la Alameda abajo hasta que se encontró con una viejita y la viejita le repetía *oiga señor, ¿usted es vasco?* y el tipo que no le contestaba y la señora déle que insistía *señor, ¿usted es vasco? ¿es usted vasco, señor?* como diez veces seguidas y por otras tantas cuadras hasta que el tipo se detuvo y le dijo *oiga señora, ¿por qué tendría yo que ser vasco, digamé?... Bueno señor, pues porque lleva esa boina vasca, digo yo* y el tipo le dijo *mi buena señora, ¿entonces si llevo un condón en la cabeza soy pico?* y allí se fue Burgos a sentarse en su banco a embucharse los bien ganados quequitos y cuchuflíes y después inmediatamente nos tocó a nosotros.

Yo había preparado varios números, adaptando canciones conocidas por todos, la chusma y la crema, con la letra más inmunda posible. Cholimbo se había marginado, asqueado, dejándonos la tarea de preparar un número en el que debía imitar a Charlot en *Tiempos modernos* cantando la famosa *Titina,* cambiada de letra. Me había conseguido un tongo chaplinesco y me había pintado unos bigotes más parecidos a los de Poblete que a los de Charlot. Todavía no podía sospechar la afinidad astrológica y por ende profundamente existencial que existía entre Chaplin y Hitler y consecuentemente con Poblete, al menos en lo que respecta a su proyección de la mascarita humana, lo que cerraba un círculo familiar. Mi canto decía así:

Titina Salchichina
Voi sei una Pichulina
Titina Pichulina
Voi sei una Pichulá

CORO: juntos con Pabuelo y Varela:
¡Puta la güevá, da— dá!
¡Puta la güevá, da— dá!
¡Da—dá—dadá—dadá—dá
Dadá—dadá—dá
Dadá—dadá—dá
Dadá—dadá—dá—da!

Titina Zorrudina
Voi sei una Conchudina
Titina Conchudina
Voi sei una Conchudá

CORO:
¡Puta la güevá, da— dá!
¡Puta la güevá, da— dá!
¡Da—dá—dadá—dadá—dá
Dadá—dadá—dá Dadá—dadá—dá—da!

Aquí cambié la letra porque no me acordé de las herejías que había inventado poco antes y tuve que —siguiendo el ejemplo de Chaplin, que perdió los famosos puños de collera donde la letra estaba escrita— pronunciar versos improvisados:

Titina Capulina
Voi sei una Coludina
Titina Coludina
Voi sei una Coludá

CORO (desconcertado):
¡Puta la güevá, da— dá!
¡Puta la güevá, da— dá!
.....

Este final no gustó al auditorio puesto que fallaba de la ansiada chanchería y me pifiaron estruendosamente. El Coño aprovechó para pegarme en la cabeza con una regla, levantándome el tongo. Minutos después me vengué poniéndole un pedazo de kuchen de mermelada de mora en el asiento en el momento en que se alzaba para pegarle a otro y al volver a sentarse se embadurnó toda la raja con mermelada.

Empecé a entregarme a la magia del sabor de la torta de mi casa. Había llevado una torta de bizcochuelo simple y con manjar blanco de tarro hervido, ninguna sofisticación de aquellas desplegadas en mis cumpleaños, nada del manjar especial de la tía Ernestina, preparado en la olla vieja con rituales de una prolongadísima paciencia revolvedora, a medida que el azúcar cristalizaba, mientras la mezcla se adensaba después de horas de revoltura, en una cierta arenilla dulce que bruscamente desaparecía debajo de la lengua dejando algo así como un espectro dulce: nada de eso, pero con todo hizo sensación la tortita y tuve que pelearme uno de los últimos pedazos.

Estaba paladeando esa secuencia de sabores, y masticando la textura donde se reconocía y había quedado impresa la mano de mi madre, un cierto estilo de unir la masa y la leche y las yemas de los huevos que reposaban en el bol como pequeños duraznos de oro, de rallar la cáscara de la naranja y de pasar el betún, dejándome el rastrojo para untar el dedo en el final de la ceremonia de nacimiento de la torta. En ese saboreo y recuerdo estaba cuando Corvalán salió a cantar algo especial. Era la versión criolla de *C'est si bon,* que estaba de moda y también usaba un corillo cuyos cantantes ya no recuerdo porque su participación era ínfima, y se limitaba a decir *sí huevón, sí huevón...* a tono con Corvalán, que cantaba:

C'est si huevón...
CORO: ***Sí huevón, sí huevón***

Me dijo un maricón
Cerca de la estación
Me agarró el pichulón

C'est si huevón...
CORO: ***Sí huevón, sí huevón***

Me fui p'al callejón
Cuando de sopetón
Me bajé'l pantalón

C'est si huevón...
CORO: ***Sí huevón, sí huevón***

Pareciá un'hinchazón
Y el maraco jetón
Me aferró el chafalón.

C'est si huevón...
CORO: ***Sí huevón, sí huevón...***

Siguió Corvalán interminablemente en este tono y después de un rato también lo pifiaron: había que dejar sitio para los otros artistas.

Volvió Burgos con su versión del pasodoble *El beso,* transformado en *El peo,* con música de verdad suministrada por un disco con la versión instrumental del pasodoble. Habían llevado un tocadiscos de 78 rpm con una radio. Todos estábamos aleccionados para gritar *Olé,* a su aviso:

En Santiago, bendita tierra
Donde puso su trono el mojón
Sólo en ella, el peo encierra
Armonía suprema en su hedor...

El rotito cuando pea
OLE'!!!
Es que pea de verdad
Y a ninguno le interesa
OLE'!!!
Peerse sin dignidá...

El peo... el peo...
El peo en Santiago
Lo lleva, el roto,
Muy dentro del poto
Le puede a usted cagar en la mano
Y echarle así la culpa a su hermano
Y así se cagará cuando quiera
Porque un peo así de olor
No se lo tira cualquiera!

Es hediondo, yo le aseguro
Y ha de causar la mayor sensación
Ese peo, sin ser impuro
¡Va envuelto en muy mal olor!

El rotito cuando pea
OLE'!!!
Es que pea de verdad
Y a ninguno le interesa
OLE'!!!
Peerse sin dignidá...

El peo... el peo...

[REPETICION DEL ESTRIBILLO]

El guatón Weinstein pretendió interrumpir nuestra sana diversión, introduciendo un paréntesis cultural con los rasquidos de su violín nefando. Las pifias fueron atronadoras, cuando de todos modos y pese a los aspavientos y protestas, se enmejilló su *fiddler* de estudio comprado en la Casa Amarilla, ganándonos por cansancio.

Por la muralla de la casa vecina de Laurita Correa y Rafael Fernández Rodríguez emergía una mata de plumbago con sus florecillas en umbelas celestes.

Esa planta —que en el Norte Chico llaman Estrella de Venus— me encantaba porque tenía algo de carnívora: los tallitos velludos de las umbelas secretaban una forma de miel que atraía pulgones y hormigas que perecían como en la fábula que decía *en un panal de rica miel diez mil moscas acudieron / y por golosas murieron / presas de patas en él*... Siempre quise tener una planta carnívora de verdad, de ésas con hojas dobles que se cerraban como fauces dentadas atrapando la presa de moscas, mariposas, roedores y —si había que creerle a los libros de aventuras— hasta hombres, ya que las plantas carnívoras de las Islas del archipiélago de la Sonda crecían hasta dimensiones colosales.

Don Rafael Fernández Rodríguez era escritor y murió en 1952 de un infarto. Tenía algo de angélico aunque fumaba mucho y ello significa una aspiración definitiva al infierno, con lo cual la semilla de contradicción que todos llevamos dentro se cumplió en él con toda su fuerza. Rafael venía de Colchagua la Vieja, las tierras de Pedro Ramírez, que era el título de su libro más conocido. Pedro Ramírez era una especie de santo laico, producto integral de su tierra, un hombre que representaba para Rafael el nexo con lo más querido de su infancia y su región natal. Estas tierras eran la hoya del Rapel, desde su desembocadura cercana a Navidad y Matanzas, y se extendían hasta los nevados de la cordillera, las Vegas del Flaco, y el volcán Tinguiririca.

Rafael debe ser considerado un pionero de esa conciencia universal que todavía no llega —si alguna vez llegará— y que en esta etapa del desarrollo humano se muestra mediante una forma de compasión imperfecta, que no por ser de hecho inoperante es menos noble y necesaria. Antes de *Tierras de Pedro Ramírez*, Rafael había publicado un libro de versos, *Maitines,* prologado por el modernista menor José Santos Chocano. Puedo darme cuenta de que Rafael estimaba mucho a Santos Chocano, lo que demuestra que en el fondo o mejor en la superficie su mundo poético era decididamente limitado. Sería difícil encontrar en Latinoamérica un poeta más malo que Santos Chocano, al menos entre los que han alcanzado una relativa celebridad, aunque su retórica llena de palabras tremebundas guste a tantos rumiantes de la poesía.

Los valores de Rafael estaban, al menos en lo que a mí respecta, en otra dimensión: su actitud serenamente humana y gentil, de varón dispuesto a dar todo lo posible de sí en cada momento y circunstancia. De muy pocos escritores, vivos o muertos, se puede decir lo mismo y acaso sea éste el secreto de su comunicación conmigo, un lazo que trasciende el tiempo y la muerte. Esta dimensión o cualidad humana de por sí no concede valor artístico al otro yo de su obra, pero tampoco el texto tiene un valor absoluto sin la otra parte. Rafael tuvo una relación de discípulo a maestro con Santos Chocano quien, como es sabido, murió apuñalado por un loco en un tranvía santiaguino, en el acto tal vez de mayor significado poético de su vida, y que paradojalmente puso fin a ella.

Maitines era un libro que no me gustaba o por lo menos no me lograba entusiasmar, pero incluía un poema con un hallazgo que yo era capaz de apreciar aunque no posiblemente entender del todo: *me falta corazón para quererte / pues te quiero ya desde otra vida,* imagen que involucraba el concepto —ahora de dominio común, pero entonces rarísimo— de la reencarnación, inconscientemente negando la ingenua epistemología católica que daba al libro un tono de breviario, de misal, lo que me hacía rechazarlo instintivamente. No había comparación, por ejemplo, con la fuerza y la trascendencia de las imágenes nerudianas, que ya empezaban a incorporarse a mi vida como una referencia poética y existencial verdaderamente mayor.

El mismo Rafael nos había dedicado un ejemplar autografiado del breve *Maitines* y fue realmente un privilegio para mí —aunque entonces no lo supiera— el haber conocido a este escritor en ese contexto doméstico donde el literato, afortunadamente, se disolvía en el hombre y esto permitía comunicarnos en una dimensión más sutil, más germinal y misteriosa que a través del puro *placer del texto.* Nunca pude tener después esa relación familiar con otro escritor: siempre el producto y el oficio estaban de por medio.

Rafael tenía un perro feroz llamado Rapel, como su tierra natal. El Rapel había llegado todavía cachorro y recuerdo de haberlo sentido llamar por un nombre que me pareció *Papel, Papel,* porque no hubiera nunca imaginado ese apelativo geográfico para un perro. Rafael lo había bautizado con el nombre más querido posible, el de su tierra natal o la provincia de su infancia. Es como si yo hubiera llamado Coquimbo a mi gato favorito, aunque en mi caso no tenía la especial iluminación de amar así a mi provincia puesto que la dejé de infante y mi relación con ella ha sido más bien metafórica y adulta, formando parte importante de la transformación gradual de la vida en literatura. No sabía yo que Cesare Pavese había bautizado con el nombre de su pueblo natal Belbo al perro que aparece en su novela *La casa en la colina,* y esto había ocurrido sólo poco antes del nacimiento del Rapel.

Entre los amantes de los perros y los poetas parecen existir esas misteriosas conexiones.

Muchas veces el Rapel gruñía y amenazaba incluso a los otros miembros de la familia, a doña Gabriela, la muy viejita madre de Rafael, a su hermano Lilo, que era un loco a la sazón inofensivo o a la empleada Pancha. Será por eso que don Rafael y Laurita casi no recibían visitas. Para él yo fui de algún modo y por breve tiempo, el hijo que no tuvo o no pudo tener con Laurita. El otro hijo era el perro, que por su ferocidad no era ciertamente un hermano deseable.

En las ventanas abiertas de la primavera y el estío, se sentía el ruido de la Underwood de Rafael, tecleando hasta muy tarde en la noche sus escritos y sus artículos para *El Diario Ilustrado,* diario reaccionario donde él estaba como una perla en el estiércol, y sin tener en absoluto conciencia de ello. Esa era una situación que sólo ahora puede hacerse visible en la perspectiva histórica. De hecho, la fe católica era lo que aglutinaba en el *Diario Ilustrado* a los tipos bien disímiles que allí trabajaban en esos años: un aire de sacristán o de seminarista fuera de estación, o los residuos impalpables de incienso frailuno que se pegan en la carne y en el alma. Rafael era un católico sincero y alejado de liturgias y gazmoñerías, y tomaba mis pullas de descreído con humor bonachón y generoso. Algunos otros escritores colaboraban en ese diario, como el poeta Carlos René Correa, primo de Laurita, Jenaro Prieto, muy a tono con el pasquín y sobre todo el jefe de Rafael, Lautaro García, quien respetaba mucho su investigación folklórica y literaria, una visión que lo acercaba al llamado realismo mágico, y que nuestro amigo había ideado y elaborado varios años antes de que Alejo Carpentier lanzara —no sabemos si para bien o para mal— esa definición tan célebre después, en su prólogo a *El reino de este mundo.* Al releer sus libros como *Estampas del Rapel, Viento de primavera* o el singular *Tierras de Pedro Ramírez,* comprendo como él pudo hacer suya esa visión de la realidad maravillosa que se comunica en el texto, sin tener ninguna noción teórica de ello, solamente operando con un sentido que pocos tienen respecto del poder de la palabra, para penetrar y definir un mundo tan cercano y a la vez remoto.

Nuestro amigo iba al periódico todos los días, siguiendo el itinerario matutino de los vecinos jefes de familia que no tenían auto: caminar por Simón Bolívar hasta Antonio Varas y luego seguir hasta Irarrázaval, donde esperaban la micro que los llevaría al centro comercial y burocrático de Santiago. Mi padre a menudo iba con Rafael, cuando éste tenía turno de día —porque también debía cubrir horarios nocturnos como reportero— y entonces yo aprovechaba para usar su máquina de escribir.

Siempre me interesaron las máquinas de escribir, en especial las de carro grande que mi padre tenía para acomodar sus grandes planillas contables. El ruido del teclear era como un sedante o hipnótico parecido a los ronroneos de gato. El tecleo de una máquina de escribir —fuese rabioso o martillante, con regularidad musical de dactilógrafo o bien espaciado con dedo único y majadero como una gotera de lluvia— era un sonido que me provocaba un claro sentimiento de paz. Quien escribe a máquina, aunque lo haga redactando un libelo o una proclama odiosa, una carta de amor o una factura de cordones de zapatos, en ese momento al menos no está ocupado en asesinar, torturar, desmembrar o eliminar a un ser humano, animal o planta.

El mecanismo articulado preelectrónico pertenece a ese mundo perdido, donde lo visible estaba aliado con lo invisible a través de la materialidad de las cosas, lo que podía tocarse con los dedos, y por lo tanto con el pensamiento. Por ejemplo la máquina de escribir de Rafael tenía en sus teclas redondas y grandes como plataformas el dolor y la belleza del artefacto. Luego los brazos que movían los tipos, el aceite negrísimo que los impregnaba con su olor a entrañas de maquinarias poderosas, el ramillete o semiluna de los tipos descansando, formaban y generaban en la máquina un mundo único, como si ella fuera un animal fabuloso al mismo tiempo dormido y siempre despierto.

Mientras yo usaba esa máquina, generalmente para pasar en limpio las mismas proclamas de la *Sociedad de la Calavera* que escribía en la oficina de mi padre —documentos que necesitaban la oficialidad de la mecanografía— el Rapel se estaba quieto en una silla cercana, acechando todos mis movimientos con los ojos fijos y cargados de ese odio instantáneo y perruno que fácilmente se disipa por ser circunstancial. Ahora entiendo que el perro defendía la propiedad de Rafael, y al fin de cuentas no hacía otra cosa que cumplir con su cometido de guardián *in absentia* de las posesiones de su amo. El Rapel no reconocía otro amo que Rafael, y naturalmente no se le escapaba el importante lugar que la máquina de escribir ocupaba en su mundo. Hubiera querido el animal que Rafael o Laurita se hubiesen descuidado un momento o me hubiesen dejado solo un instante para haber saltado sobre mí, descuartizándome a mordiscos. Yo escribía muy lentamente, oprimiendo las teclas con mucha fuerza o repetidas veces, pues al parecer la cinta de la máquina de Rafael no había sido cambiada nunca, y el Rapel emitía un ladrido de advertencia cada vez que yo estampaba una letra. Era como si el mecanismo articulado de tecla, brazo, palancas, ganchos de acero, tipo, cinta, papel y rodillo terminase precisamente en la ácida garganta del perro.

Cuando sentía que sus ladridos se desmedían en insolencia llegaba Laurita y se llevaba al animal, aunque dejarlo suelto en el patio era todavía más peligroso, ya que me esperaría para atacarme a la salida. Yo sabía esto, así que antes de irme llamaba a Laurita para que me abriese la puerta de calle. El Rapel entonces no atacaba, porque sólo lo hacía a mansalva, pero una vez que yo salía se lanzaba contra la reja a desahogar su rabia y frustración ladrando hasta enronquecer y mordiendo la reja hasta hacer saltar astillas.

Muchas casas del barrio no tenían timbre afuera en la calle, sino en la misma entrada de la casa, y la de Laurita era una de ellas. Así la costumbre muy chilena de entrar a las casas sin llamar se veía frustrada por el Rapel. Por esa misma razón ellos no tenían muchos visitantes, ni antes ni después de la muerte de Rafael. Una vez el perro mordió a Irma Ríos (que era sobrina del presidente Juan Antonio Ríos) cuya familia habitaba en la casa inmediatamente sucesiva a la de los Fernández. El Rapel le infringió a Irma una tremenda herida, en su axila carnosa que todavía tenía cierto atractivo y polaridad erótica, especialmente para mi primo Rogel que había llegado a pasar un tiempo en nuestra casa mientras se instalaba en la Escuela Normal. Irma estaba despotricando contra el perro, explayándose sobre su ferocidad legendaria, y de repente alzó el brazo, descubriendo el sobaco, y se abrió la herida. No había podido afeitárselo desde que fue mordida, — y anda tú a saber por qué y cómo la mordió justamente allí — y tenía esa parte cubierta de una alfombra de cañones que repuntaban buscando sus derechos de selva sometida. Ella mostró la herida que la atravesaba de lado a lado y fue como si una gran vulva roja se abriese de repente para nuestros ojos ya adheridos al morbo de lo visible. A mi madre, que estaba presente, le vinieron náuseas y Rogel y yo nos quedamos con una erección dolorosa y también gratuita.

Cuando me quedaba en casa por enfermedad verdadera o presunta, a eso de las nueve y media de la mañana se sentía un violento taconeo, como si un animal herrado y veloz fuese corriendo por la vereda de enfrente. Era Irma que salía atrasada como siempre y que creía disminuir su atraso con esa carrera absurda, puesto que ya debía estar una hora antes en su oficina, ministerio o lo que fuese, donde había logrado emplearse gracias a la influencia de su tío.

Irma no se puso las inyecciones de suero antirrábico que eran de rigor al ser alguien mordido —con tantísimo perro suelto la rabia era un flagelo siempre latente— porque todos sabíamos que el Rapel era de mala entraña, pero de seguro no estaba contaminado sino de su propia rabia. El Rapel sólo tenía cariño para Rafael porque únicamente de él lo recibía, ciego a las críticas a su perro, que tomaba como chismes malévolos aunque vinieran de su propia familia o de los vecinos amigos.

Nuestro vecino también brindaba su amistad y protegía a ciertos humanos, sobre todo los del tipo desvalido y filosofal que suele abundar en Chile. Entre ellos estaban dos viejitos yerbateros que traían a casa el limpiaplata —una especie de helecho de hojas filiformes del cual mi madre guardaba manojos para sanar sus alergias de la piel— y romero, salvia o albahaca para la cocina. Ellos eran una verdadera enciclopedia de sabiduría botánica pero su misma razón de ser iba desapareciendo, y todavía más cuando se empezó a creer que las drogas o los antibióticos eran la panacea de la salud universal. Mi madre, que tenía asma alérgica entre otros muchísimos males existenciales, fue bombardeada por meses con penicilina en dosis caballunas. Se la inyectaban cada seis horas, implacablemente, por semanas y meses, sin que una mente de mediana inteligencia pudiera comprender qué acción podía tener el antibiótico sobre la alergia, fuera de exacerbarla o volverla incurable. Probablemente lo que recibió mi madre de esa saturación penicilínica de su organismo, fue hacer resistentes en su cuerpo a todos los gérmenes habidos y por haber.

Los yerbateros eran virtualmente dos mendigos, aunque en sus bolsas llevaban las yerbas catalogadas en paquetitos con nombres y funciones, para hacer tisanas, tinturas y decoctos, y más de una vez la Rosa utilizó sus potentes combinaciones de raíces y hojas para hacer llegar reglas atrasadas. Ellos se llamaban Efrén y Lázaro. Efrén era alto y muy flaco, con una gran barba y melena que lo hacía parecerse a un Rasputín de tierras mansas. Pocas veces he visto a un caballero más cabal que Efrén el yerbatero grande. Lázaro era un poco rubio, siempre curtido por el sol y por el vino, porque desgraciadamente bebía mucho más que su cuenta vinícola en esta vida y fue esto lo que lo llevó a su muerte prematura, pero no exactamente de cirrosis: lo asesinaron en una comisaría suburbana donde había sido llevado detenido por ebriedad. Supimos que Lázaro le replicó a un cabo en una forma que fue considerada ofensiva viniendo de un indigente y los guardianes de la ley se ensañaron con él, matándolo a palos y luego botando su cuerpo en una barriada distante. Efrén lo supo todo, pero su misma condición lo imposibilitaba de buscar justicia mediante una denuncia que, por lo demás, habría sido presentada a los mismos asesinos. El pobre yerbatero, hecho precisamente un San Lázaro, fue llevado a la morgue como uno de los tantos muertos anónimos de los arrabales santiaguinos, para los cuales la justicia no sólo era un lujo sino también un imposible.

Por sus modales se veía que Efrén era un hombre de clase acomodada empobrecido en el voltear de su destino, y su continente y sus hechuras no eran las del chileno de clase indigente, condicionado por la pobreza desde antes de nacer. Efrén era un hombre culto en historia, política y literatura, y muchas veces lo escuchaba hablarme de las estrellas y las galaxias con su elocuencia siempre atenuada por el respeto, puesto que jamás levantaba la voz de un susurro, y pienso que si él hubiese estado en el lugar de mis profesores de física o de ciencias, ciertamente hubiera aprendido mucho más, o al menos cosas más significativas. Por varios años llegó a casa con sus yerbas y su modesto apetito, siempre recibiendo un plato de comida, primero de Laurita y después de nosotros.

Cuando Lázaro vivía, ellos tenían también un perro, el Chuma, que los acompañaba en sus viajes por cerros, bosques y matorrales donde encontraban sus plantas apotecarias, y los esperaba durante días enteros en la puerta de las comisarías cuando caían detenidos por ebriedad o vagancia. El Chuma también caía frecuentemente preso en la perrera, y si los pobres tenían el dinero necesario para el rescate, lo sacaban, si no, pasaban a pedir auxilio a Rafael, sabiendo que él no iba a permitir su ejecución. Rafael había hecho varias campañas denunciando la brutalidad de la perrera, que la dirección de *El Dario iustrado* toleraba por ser él muy apreciado como colega y escritor. En ningún caso Rafael se limitaba a atacar los canicidios a través de algún artículo, sino que salía personalmente a enfrentar a los laceadores. La perrera debía hacer mermar los muchos canes vagos que había por todo Santiago, supuestamente para impedir epidemias, enfermedades endémicas, ácaros, vinchucas, hidrofobias y otras encarnaciones del Apocalipsis. Los perreros —que corrían en alpargatas como los ladrones y arremolinando en las manos lazos cubiertos de roña— andaban realmente a la caza de animales con dueño, los cuales eran secuestrados desde los mismos domicilios, si encontraban la verja abierta. Así el servicio cobraba por el secuestro, o los mismos dueños compraban la libertad de sus animales sobornando en el acto a los perreros. Los animales reconocían a estos vehículos a respetable distancia y les huían como lo habrían hecho del diablo, si hubiesen tenido la mala fortuna de conocer el catecismo. Con teología o sin ella, los canes huían con toda la velocidad que les permitían sus cuatro o tres patas —uno de cada dos perros en Santiago es cojo permanente— y sólo los que eran acorralados sin escapatoria, eran laceados, arrastrados y embocados en la trampa del camión.

Rafael tenía mucha razón en rescatar rápidamente al perro de los yerbateros porque sabía la suerte horrible que les esperaba: después de estar unos días en las fosas de cemento de la perrera central de Mapocho abajo, los perros eran sacrificados baldeándoles encima una solución concentrada de cianuro de potasio que les provocaba ardores dé quemadura al llegar a la piel. Los animales empezaban a lamerse desesperados absorbiendo el cianuro que los hacía morir después de una larga agonía, demostrando un cierto grado de progreso o al menos de sofisticación, respecto del método del apaleo en bolsa descrito por Vargas Llosa en su famosa *Conversación en la catedral*.

Como otros dandys de la miseria, poetas o seglares, Efrén pasaba largas temporadas en los hospitales, cuyas salas comunes le proveían de un techo y una cama, a falta de algo mejor. Efrén, que desconfiaba profundamente de la medicina convencional en la fineza intuitiva de su espíritu de otro tiempo y otro mundo, se llevaba siempre consigo la vieja y amplia mochila en la que almacenaba sus hierbas, ordenadas en fajos y en paquetes de papel de envolver.

Una de las últimas veces que vi a Efrén, fue para cumplir un encargo mío: traerme una rama de fresno de ciertas dimensiones. Entre las muchas actividades apasionadas y efímeras a las cuales me dediqué durante la adolescencia, estaba la cetrería, que yo practicaba en un blanco colgado en la pared de la pieza de la Rosa. Usando los planos y las instrucciones de *Mecánica Popular,* proyecté fabricarme un arco de tipo profesional y también una ballesta. Esta última requería la madera de una variedad de limonero de las Antillas que nunca me fue posible obtener, pero el arco simple debía ser de madera de fresno y se me ocurrió pedírsela a Efrén. Al preguntarle por el fresno y la posibilidad de conseguir una rama adecuada para el arco, Efrén se agarró la barba, que era casi tan sucia como la del legendario Bertoldo, y cavilando suavemente me dijo *fresno... fresno* como evocando la imagen arbórea *claro que puedo conseguírselo don Hernancito pero me tomará un tiempo.*

En realidad fue así: un mes después llegó con una larga rama que al pelarle la corteza mostró un suculento color blanco marfil. Era una madera muy dura y también flexible, como se especificaba para el arco, que resultó perfecto una vez tallado a la manera prescrita por ese breviario de cosas factibles que es *Mecánica Popular,* como que está hecho para esas buenas gentes que no ven más allá de lo que puede tocarse con los dedos de la mano.

Ese acto de lucidez, conocimiento y honradez le valió a Efrén el precio de varios cargamentos de yerbas, que fue lo que le pagué por la rama de fresno, y ciertamente lo valía por el esfuerzo de buscar el árbol en las lejanías de Chile y caminar las siete leguas sin botas. A estas alturas Efrén lo hacía solo, puesto que a Lázaro lo habían asesinado los guardianes de la ley, y el Chuma había sido finalmente atrapado por su eterna enemiga la perrera que parecía haber sido creada sólo para él, precisamente por ser el más pobre de los perros con dueño. Muerto Rafael, nadie fue a rescatarlo del balde de cianuro y Efrén quedó solo en el camino más bien enmalezado de su presente existencia. Luego se cansó de trotarlo, y poco a poco fue espaciando sus visitas, viéndose cada vez más triste y cansado, aniquilado por el rechazo de un mundo al cual ni siquiera una foresta amazónica de yerbas podía ya curar.

Nunca he visto a alguien que amara a los animales con más organicidad y convicción que Rafael. Cuando falleció dejó varios libros de cuentos inéditos, que su viuda Laurita a su vez dejó a mi cuidado, como si ella presintiese que en el futuro yo podría hacerlos publicar, o sólo pensando que sería la persona justa para conservarlos. Entre ellos están *El velero del brujo* y *El hombre y su perro,* que precisamente trata de las peripecias del Rapel en el barrio, totalmente suavizadas en lo que respecta a su carácter. Este fue el primer manuscrito de un escritor que tuve en mis manos, y experimenté una especial fruición al leerlo, aunque fui capaz de reconocer que era muy inferior a *Tierras de Pedro Ramírez.*

Yo tenía quince años y basaba mis juicios literarios en la relatividad de mi gusto embrionario, con lo que me ponía al nivel de los críticos de la época como Alone y Silva Castro, pero a diferencia de ellos, sabía reconocer otros valores del lenguaje y de las imágenes que tendían a pasarles desapercibidos. Muy especialmente, la lectura asidua de Neruda me había despertado esa facultad o aptitud. En *Tierras de Pedro Ramírez* había un sentido mágico de la existencia y de la sociedad misma, la búsqueda de una forma de Arcadia colchagüina que estaba ya entonces más allá del criollismo, y ahora me doy cuenta de que mi intuición adolescente era certera.

Pocos días antes de la muerte de Rafael, que fue una muerte repentina y benévola, hice un retrato de un perro en actitud alerta. El dibujo no se parecía para nada al Rapel, pero le puse su nombre al pie y se lo ofrecí a Rafael. La figura del perro, trazada y pintada con acuarela, obedecía al principio de idealización que postulaba un objeto con rasgos mucho más bellos que los reales. Yo lo había hecho sólo por cariño a un amigo que me permitía usar su máquina de escribir sin restricciones. El contestó de inmediato con una tarjeta que conservo todavía y que dice *El Perro Chico Rapel, llamado con justicia El Famoso, agradece a su amigo Hernancito el maravilloso retrato que tuvo a bien realizarle, y que le hace pensar, cada vez que lo mira, estar mirándose en un espejo.*

Cuando falleció Rafael, el Rapel sufrió una extraña transformación. Como ya no tenía el amo que lo consentía y mimaba, la ferocidad de su carácter pareció atenuarse. Sin la presencia suya, pasó a ser un perro más del vecindario. No tuvo ya el aura tan especial que su dueño le atribuía otorgándosela, y pareciera que esto, extrañamente, le mejoró el carácter. O sería el dolor secreto, catastrófico y perruno de la pérdida de su amo lo que le hizo cambiar de espíritu, cosa que también ocurre con algunos selectos truhanes de la especie homínida, los cuales en presencia y sabor de la muerte se humanizan.

Por la muralla de ladrillo elemental, cuya rojez era el signo de otro mundo y otra época, donde las sustancias tenían un nombre absoluto, se asomaba el plumbago con sus flores de falsa inocencia. Nuestra gata Pinocha acostumbraba echarse en ese muro, entre las flores azules, dejando pender su cola peluda gris. Aquel día estaba ella con su cola descendiendo por la muralla, entre hormigas que subían y bajaban, soles de primavera, uvas que maduraban, flores de plumbago, y también nuestra quietud provinciana que caía desde el cielo sobre todas las cosas. Esa era la vida, ahora lo percibimos, ahora que la vida está en otra parte y en otro tiempo, y ella residía, por ejemplo, en la cola de la Pinocha que descendía inocente por la pared.

El Rapel de un solo tarascón le seccionó la cola, cerca de la mitad. La gata cayó en estado de shock hacia el lado nuestro —lo que salvó su vida— y la Rosa acudió corriendo, al escuchar el espantoso maullido que alcanzó a proferir, antes de quedar tiesa en el suelo, entre hojas peregrinas de parra y un montón de chanchitos de tierra. Ella recogió y curó la herida de la gata con agua de limpiaplata, lo que cortó la hemorragia, y en ella los huesitos de las tenues vértebras quedaron asomando, como si un chistoso le hubiese devorado la cola a mitad y chupado a modo de anticucho.

Inmediatamente la Rosa entró a la casa de Laurita, furiosa y vociferando, y el Rapel —como el sujeto cobarde y deleznable que en el fondo era— huyó y no se le enfrentó, como todos temíamos. La Rosa regresó con su espantable trofeo, el trozo de cola gris y plumosa, de la cual colaban unas hilas de sangre donde ya las hormigas se estaban dando buen festín. El veterinario de calle Unión Literaria le cosió el muñón de cola, como si fuese el de un perrito, pero nunca la Pinocha volvió a ser la misma, como si con la mitad de la cola le hubieran arrancado una fracción mayoritaria de su alma, o toda ella. Se acostumbró desde ese momento —como si no resistiese la afrenta— a yacer sobre su costado derecho y el pelo se le apelmazó, formándole una coraza compacta como ese fieltro duro que se usa para rellenar los hombros de los trajes.

Para entonces ya era llamada Pinocha Cochinocha, porque se había habituado a mear parada como los gatos enteros, en chijetes que rociaban las paredes. Probablemente no soportaba hacerlo sentada como las gatas mientras su cola estuvo herida y le resultaba mejor lanzar la meada hacia atrás.

La Pinocha siempre vivió una suerte de equívoco: desde cuando la Rosa la trajo, muy pequeña y débil, la llamamos Pinocho, creyendo que era macho. Cuando nos dimos cuenta de que era hembra, se le conservó el nombre y sólo se cambió a Pinocha, porque los nombres son sagrados.

Las gatas de Santiago andaban siempre de peregrinaje, durante el gobierno de González Videla y también antes y después, llevando uno por uno a los gatitos desde el escondrijo que les deparaba el destino, matorral, cueva o alcantarilla, y erraban de ese modo hasta que algún alma caritativa se compadecía de ellas y de sus crías. Así la madre original, Ursula Iguarán de las gatas de mi familia, fue una gata negra que llegó allá por 1947 trayendo dos gatitos que mi abuela Eva bautizó Caupolicán y Nerón, reuniendo en ellos al nuevo y al viejo mundo en una parábola disparatada como una ópera de Verdi.

La gata negra era mínima y casi no deseaba otra cosa a su llegada, que dejarnos a sus dos gatitos, uno barcino triple y el otro blanco con gris y con un pompón blanco en la punta de la cola. Caupolicán era gata, ya que siendo barcino de triple color, negro amarillo y blanco no podía ser sino hembra, habiendo un gen asociado a esos colores sólo en las gatas. Le cambiamos su nombre a Capulita y Nerón se quedó con el nombre menos imperial de Lolito.

La gata negra representaba un constante peligro de llenar la casa de cuchos, porque entonces nadie sabía o a nadie se le ocurría que las hembras también podían *arreglarse* como los machos. La esterilización, operación posmoderna, capadura o ligadura de trompas que fuese, parecía siempre estar fuera del alcance de todo presupuesto en las familias que vivían día a día, comprando el té, el azúcar y el pan en las mínimas cantidades posibles para estirar el dinero en el tiempo draconiano del mes. Nosotros sabíamos que el dueño de nuestra casa don Justo Miranda mantenía en la suya una especie de albergue gatuno, y al pasar por Simón Bolívar con Villaseca, en su casa que tenía hasta el lujo inaudito de una torre con mirador de cristales, varias docenas de gatos se solazaban —o por lo menos eso nos parecía— en el jardín lleno de higueras y malvones. Muy luego mi abuela mandó llevar la gata negra a la casa de don Justo, operación furtiva y no exenta de sentimientos de culpa por parte de todos, pero sus decisiones eran ley y en un canasto se fue para siempre de nuestra casa, posiblemente evitando una suerte peor, porque uno nunca sabe si nos vela un ángel o un demonio disfrazado, y la gata que sabía bien lo que le convenía se quedó en la casa de don Justo: cuando mi padre fue a pagar el arriendo el mes siguiente, la vio en el jardín junto a sus muchos compañeros de asilo, y el brillo amarillo de sus ojos se le dio por un momento en ese lugar donde ella había recobrado un paraíso a su medida. Mejor suerte la suya que la de sus dos cachorros, que murieron atropellados, enfrente de mi casa la Capulita, y el Lolito en la esquina de Simón Bolívar con Antonio Varas. Recuerdo a mi abuelita trayendo a la Capulita en sus brazos desde el pasaje o arco triunfal de nuestra casa, la puerta de reja verde de madera, y recuerdo bien los ojos vidriosos de la gata muerta, que ya no me veían ni tampoco sufrían nuestro amor. Eso ocurrió en 1948, antes que la Rosa llegara y nos inundara con su presencia, a la vez protectora de gatos y de personas, muy especialmente la mía. La Capulita alcanzó a tener un solo gatito amarillo que llamamos Gringuito, porque entonces ignorábamos que no todo lo que es rubio es gringo, así como no todo lo que brilla es oro.

El violento fin de la Capulita me puso por primera vez en contacto con la muerte. Supe que la muerte era irremediable, y nunca Dios quiso retractarse, siendo sus vías muy diferentes de las domésticas: nunca me devolvió a la Capulita, como le pedí tan fervientemente en los días siguientes a su muerte. La primera noche en que la Capulita estuvo muerta, envuelta en unos trapos en la galería, fui a verla varias veces y en un momento hasta traté de levantarla, pero ya estaba rígida y fue como alzar un trozo de palo. También las pulgas empezaban ya a dejarla y andaban por ahí saltando descocadas, asustadas también ellas del frío de la muerte, dejando la carcasa de la gata como ratas a un barco que naufraga. Entonces me acometió el terror, y el patio y toda la casa se pusieron oscuros, porque era la noche que entraba de repente y para siempre en mi vida. Lo que no nos otorga la mísera vida de la vigilia, la realidad cotidiana, nos lo otorgan los sueños y así desde entonces muchas veces soñé que la Capulita había resucitado, porque se lo merecía desde el momento que ella era un ángel bienaventurado. A menudo la he visto viva en mis sueños, junto a los otros familiares y animales que murieron después. No se debe hacer distinción entre animales y personas, porque no la hay. A veces ahora mismo, a cuarenta años pasados, todavía en mis sueños la gata de tres colores se incorpora para vivir de nuevo, y para encontrarme en un mundo donde los animales eran quienes mejor me enseñaban ciertos valores supuestamente humanos, como la ternura y la fidelidad, para luego también enseñarme la dimensión horrible y radiante de la ausencia.

El Gringuito era peludo en una comunidad de gatos donde abundaba más la sarna que el pelaje, y el suyo en el invierno se volvía largo y esponjoso, pero su belleza no le evitó una suerte desgraciada, sino muy por el contrario, porque al igual que los otros ángeles de la muerte, tuvo que buscar su fortuna en casas y calles lejanas para gatos y para hombres, y esa fortuna inefable y esquiva era la hembra. Los gatos no eran sultanes de los tejados, como dice Neruda, sino tristes peregrinos de los cojones nunca saciados, como buenos machos latinoamericanos. Así el Gringuito, una vez que se convirtió en un gato adulto y lustroso, color de oro viejo en sus momentos mejores, empezó a desaparecer periódicamente de nuestra vecindad cada vez que entraba en celo. Su necesidad de encontrar hembra lo llevaba muy lejos, más allá del horizonte que para los gatos y las personas era el Hospital de Carabineros, al otro lado de avenida Antonio Varas, y la Rosa pudo averiguar que tenía su segunda casa en la de un doctor, siguiendo esas veleidades de gato bello que son casi tan fuertes como las de una mujer bella. Allá se iba en su persecución incesante de estrellas gatunas, cometidos misteriosos que lo llevaban a explorar, a arriesgar la vida y hasta a despreciarla con la arrogancia de la humildad. Los gatos sabían que ellos vinieron de los astros, y a ellos retornarían después que los autos los hicieran mierda, tal vez eso querían decirme los ojos velados pero muy abiertos de la Capulita, con su luz de espejo reconcentrada y verde.

Los dos años de vida del Gringuito se marcaron, en lo que a mí respecta, por la angustia de la espera por su ausencia, prolongada a veces hasta dos semanas o más, en las cuales mi gato más querido andaba por allá cumpliendo su sino, y yo sentía ese dolor irremediable de lo que nos falta, hasta que de repente lo escuchábamos llamar maullando, entrando por el ventanuco de vidrio sacado de la galería. Una vez lo trajo de regreso una enfermedad extraña, una fiebre gatuna que lo hacía temblar como si tuviese lombrices o peor, como si le hubieran dado el vermífugo, más letal que los mismos parásitos. Mi madre tuvo la mala idea de llevarlo a otro veterinario que tenía su consultorio cerca de plaza Ñuñoa, en vez de llevarlo al matagatos habitual de Unión Literaria con Manuel Montt, que por lo menos se lo pasaba cocido y por ello era más humano. El pobre Gringuito, no apenas entrado a esa consulta, a ese infierno desconocido, tuvo un ataque violento como de locura y su corazón merodeador no aguantó tanto horror. Ahí mismo se murió, al lado de mi madre, y al veterinario se le ocurrió que el gato tenía todos los síntomas de hidrofobia, por lo que hizo mandar el cuerpo patitieso del Gringuito al Instituto Bacteriológico donde irían a dictaminar qué virus o peste lo había atacado. Por supuesto no tenía nada, ni virus ni parásito, sólo el patatús que le daban los monstruos humanos, y como el resultado demoraba dos meses, como precaución prescrita por el mismo médico de mulas, tuvimos que ponernos una serie interminable de inyecciones de suero antirrábico en la barriga, que me hacían marear y sentir fatiga por el shock. Allá en el Bacteriológico destrozaron al pobre Gringuito, muerto sin necesidad, y por eso no pudimos enterrarlo debajo del hilán-hilán como a los otros gatos.

Por un tiempo no tuvimos gatos, hasta que un día vi llegar a la Rosa con un gatito con cara larga como de caballito, que era la Pinocha. La Rosa la crió y la hizo crecer junto a ella en su camastro, abrigándola con la botella de agua caliente por la noche, y así la Pinocha creció fuerte y sana hasta que el Rapel le cortó la cola y la hizo hundirse en la invalidez. Como el actor americano Richard Pryor, debe haber tenido un gen maligno de esclerosis múltiple que la convirtió en una especie de arpa o lira silente para Orfeos posmodernos, y lo mismo ocurrió con el Chico Chancho, que fue el último gato crecido en la casa. La Pinocha tuvo cuatro gatitos que vivieron, pero muchísimos más sufrieron una muerte poco piadosa, ahogados por mi abuelita que asumía entonces esa función de verdugo porque ella era, si no la única, la persona que más se preocupaba por el crecimiento de la población gatuna en la casa. Durito y Marcianito nacieron juntos. Ambos eran negros pero Durito era más bien tigrado, con rayas negras sobre fondo gris y con la barriga blanca, lo que mi madre llamaba *el chiteco*, por una marca santiaguina de toallas. El Marcianito era completamente negro, escuálido como un ratoncito y con una cabeza triangular y orejas enormes, por lo que siempre me pareció un marciano. La rueda de la *Fortuna Imperatrix Mundi* también se manifestó en las vidas supuestamente insignificantes de los gatos, la universal *ley de Moraga*. Por ejemplo, el Marcianito murió siendo muy pequeño, cuando al infeliz se le ocurrió cruzar la calle al ver que la Rosa venía por la vereda de enfrente y un auto lo aplastó. En cambio, a Durito se le capó y vivió más que todos los otros: diecisiete años hasta 1969. Cuando pequeño era tan manso que se quedaba echado en la mano y la Rosa decía *qué rico es este gatito ¿no Nachito?* o también *este gatito tiene olor a lana, ¿verdad mijito?* Cuando Durito llegó a viejo se puso cachenchazo, y tomaba el sol en mi ventana de la casa de Carlos Montt 5519 (donde nos mudamos en 1963) con tamaña lengua afuera.

La capada libró a algunos de mis gatos de una muerte violenta, aunque su vida no haya sido especialmente alegre. Creo que el más desgraciado de todos fue precisamente el más hermoso de los nacidos en nuestra casa, un gatito completamente blanco que iba a ser de pelo largo, al que yo bauticé Bola de Nieve sin relación alguna con el nombre del gran músico cubano, a quien no conocía aún. Yo quise tener ese gatito como ninguno, y se lo supliqué a mi abuela, pero ella se mostró totalmente intransigente y sin más regaló al pobre Bola de Nieve a una amiga que tenía una parcela, donde el mismo día de su llegada lo destrozaron los perros.

Todos esos gatos llegaban y venían de la muerte, y si llegaban era como si la muerte los tuviera cortitos, como si la vida que para todos está más contada que las monedas del avaro, para ellos lo estuviese más, y esa cuenta se les cobraba en cualquier momento y de improviso.

Insistir, insistir siempre en la presencia y realidad de esas mutilaciones: así por ejemplo un carro doblando en la entonces muy lejana para mí Plaza Bulnes —ese día incluso la fuente estaba iluminada a colores, espectáculo que duró muy poco y que se confundía con la maravilla más auténtica imaginable para la ciudad de Santiago, definitivamente pobre en maravillas de cualquier clase— le cercenó los dedos del pie izquierdo a don Marcos Villagrán, cuñado del presidente Juan Antonio Ríos, y vecino de Laurita Correa.

Nuestra casa era la única en poseer un teléfono —el 41755— en el vecindario inmediato, por lo que servía de centro de una red de avisos y contra—avisos, y recados a terceros para mucha gente ahora innombrable que pasaba a *pedir prestado el teléfono* como si la facultad de hablar a través de esa línea tan exclusiva pudiese prestarse como una chaqueta o un sombrero.

Ahí nos llegó la noticia y en cosa de minutos algo así como un alarido sin voz, un terremoto silencioso, azotó el barrio proclamando que un tranvía le había cortado un pie a don Marcos. Quizá cómo se las arregló, siendo viejo pero no decrépito, para meter su pie debajo de ese carro rechinante cuyo paso se anunciaba desde lejos. Por algún prodigio de la fatalidad, el pie se avanzó o se detuvo más de lo conveniente, lo necesario como para separar cuerpo y falanges trituradas, pie y zapato negro con destino más negro todavía, en la rueda del tranvía que funcionó como guillotina de precisión milimétrica.

Los tranvías corrían todavía por avenida Irarrázaval y luego por Diez de Julio hasta San Diego, volviendo por Arturo Prat, hasta que después se invirtió el tránsito en estas dos últimas calles, cuando se retiraron los carros. No recuerdo haber ido nunca al colegio en tranvía. Ellos sí que eran lentos, pero había algo de civilizado en su gestión (por ejemplo la presencia de un cobrador y un maquinista) excepto cuando cortaban los pies de los transeúntes. Los tranvías, además de ser lentos, frecuentemente permanecían detenidos por muchos minutos cuando se les salía el tomacorriente del cable y se quedaba allí azotándose, como un poste en el vendaval. El conductor debía bajar y pacientemente acertarle con la ruedecilla al cable, mientras a cada contacto saltaban relámpagos y caían chispotes incandescentes del metal fundido. Eso era un espectáculo fascinante para mí. También, cada vez que el tranvía tenía que desviarse de la línea para tomar un ramal o volver a los rieles principales, el conductor tenía que bajarse para introducir una varilla o llave de hierro que cambiaba la línea con fuerte chasquido, y ese ruido de superficies que calzan con precisión me hablaba mejor que el oráculo de Delfos.

La rueda del carro seccionó limpiamente el zapato de don Marcos, como la cuchilla de un cirujano zapatero *y se empezó a llenar de sangre como si una llave se hubiera abierto. En ese momento me desmayé...* dijo él, una vez que lo trajeron de la Asistencia Pública, para convalecer en casa, en el automóvil presidencial que era un Oldsmobile largo y negro con ruedas de neumáticos de bandas blancas. Sólo el presidente de Chile podía darse el lujo de tener un auto así, flanqueado de gordas banderitas chilenas de raso y seda, y que permanecía en la calle a esa hora silenciosa y oscura con su chofer que esperaba cuanto fuese necesario sentado detrás del volante.

Yo asistía a menudo con mi padre a las tertulias que se celebraban en casa de don Marcos Villagrán y su esposa doña Lucila Ríos de Villagrán, tan parecida a su hermano que se podían tomar por gemelos, y no se sabía si era ella el presidente disfrazado de señora mayor, o si él era ella disfrazada de presidente chileno, con colores de la tez y la vestimenta siempre corridos hacia el lado sombrío. Ambos rostros aquilinos de hermano y hermana eran cetrinos, como pintados por un Greco sin nombre y sin escuela. Poco o casi nada recuerdo de don Marcos: cara redonda, morena, de expresión bonachona. Su pie cortado, que se ocultaba en un espeso vendaje de momia, resulta en cambio inolvidable, como el pie de Oliver Hardy en *County Hospital,* donde el flaco Stan le habla al pie vendado en vez de hacerlo al amigo en su cara.

El rostro del mandatario denotaba la satisfacción moderada que muestran los presidentes cuando las cosas van por el camino más derecho, cosas pequeñas e insignificantes como un pie que se convierte lentamente en muñón y que caminará en adelante con un zapato ortopédico especial para soportar los traqueteos del invierno y del verano, calor y sequedad, y humedad desmesurada bajo lluvias que podían durar semanas, porque nunca llovió tanto como en los últimos años 40, y en las tempestades eléctricas los rayos corrían horizontalmente por los patios y las calles, como culebrinas de luz.

Lo que deberías hacer tú, Juan Antonio —dijo de pronto doña Lucila— *es disponer diariamente un auto presidencial para que el pobre Marcos pueda ir y venir del empleo... ¿Cómo va a subirse otra vez en un carro? ¿Y si se cae de lo puro cojo que va a quedar seguramente el pobre y el carro le corta el pie sano? Tienes que hacer que le pongan auto a la puerta, Juan Antonio...*

Pero don Marcos era un huaso de Cañete, más acostumbrado al cuadrúpedo que al vehículo rodado y menos aun con ruedas de neumáticos americanos con bandas blancas. Por ello don Juan Antonio, que era tanto o más campesino y socarrón, le dijo simplemente *a ti mejor voy a mandarte ensillar un caballo...*

Ese viaje fabuloso al final o al principio del Rapel debía hacerse en balsa, descendiendo el río apacible desde su nacimiento en la confluencia del Claro y del Cachapoal y debiendo recorrer las leguas fluviales hasta cerca de Navidad y Matanzas, donde el río se juntaba al océano. Según Rafael, nada igualaba a la belleza de ese viaje, que representaba una verdadera ceremonia iniciática para el que entraba a las tierras de Pedro Ramírez.

Yo tenía terror a ese día en que nos embarcaríamos en la lenta balsa para recorrer el río Arcano. Había que trasladarse a ella completamente apertrechado, con camas y enseres, incluyendo cómodas, veladores y braseros que nos calentarían durante la travesía nocturna. Don Rafael tenía fotos que lo mostraban en esas navegaciones junto a un viejo de bigote y barba antigua, que era el arriero Pedro Ramírez.

Rodar, navegar dulcemente por ese río que ahora ya no existe porque en cambio hay una represa hidroeléctrica y el viaje está para siempre interrumpido por la imposibilidad de los designios ajenos. Navegar río adentro en vez de río arriba o abajo, dos direcciones de lo mesurable, porque río adentro se llega al abismo de los muertos vivos, y allí encontraríamos a don Rafael y a Pedro Ramírez. El primero murió antes de cualquier viaje nuestro en balsa u otro medio como elefante, camello, alfombra mágica o *limousine*. Bajó al otro río Rapel, desnudo de toda mordedura o rasguño de gato insigne, y su cigarrillo sempiterno —que lo llevó a la muerte prematura junto con su mala estrella— no le fue apagado en el descenso. No zarpó Rafael otra vez en la balsa iniciática, pero yo mismo ayudé a subir su ataúd a la carroza de tremendos percherones enjaezados de paramentos negros tejidos a crochet por las parcas de su tierra de Colchagua.

Esa balsa, de haber navegado, nos habría cambiado profundamente, de eso estoy seguro, si hubiéramos ido río abajo hasta la desembocadura del Rapel en Matanzas, haciendo nuestro todo ese espacio, así como nuestros son los volcanes del Sur que pueden verse desde Victoria y Lautaro y los grandes Descabezados que se divisan desde Curicó cuando uno se encamina a la costa por los vericuetos de un camino de tierra que de repente nos descubría la maravilla del paisaje contado por Pedro Prado en *Alsino,* al pasar junto a los lagos de Vichuquén y Torca.

Esto pude conocerlo bien cuando, en el verano de 1952 fui de vacaciones por última vez con mi madre, y escogimos el más bien ignoto balneario de Llico. Cuando estuvimos instalados en la Hostería Llico de don Atanasio Bravo, una de la primeras cosas que hice, además de comprobar la precisión y la riqueza de la descripción de Pedro Prado, fue explorar la ribera norte de esa ría o brazo de mar buscando el caserío de Las Conchas que Prado describe en la novela como hogar de Alsino, su hermano Poli y su abuela la curandera. No sabía distinguir el texto de la realidad y pensaba que todo lo que estaba escrito en los libros debía existir literalmente en el mundo. Todo ese villorio —a menos que realmente hubiese existido treinta años antes cuando se escribió *Alsino*— era una creación de la ficción, cosa que realmente no me cabía en la cabeza.

En Llico yo no leía pero recordaba todas las descripciones del paisaje hechas por Prado. Este lugar se mostró como la última etapa de comunicación entre madre e hijo. Como si el acto penoso del corte o disolución del cordón umbilical —que parece ser mucho más largo que la operación física efectuada en el nacimiento— hubiera tenido que esperar hasta llegar a ese lugar paradisíaco donde antes, según Prado, *cerca de los trémulos pajonales, y en un sitio que nadie conoce, los flamencos, sentados a horcajadas en sus altos nidos de barro, empollan y duermen. Los huillines que en el día pasaron en sus escondidos lechos de hierba, ahora aprovechan la pálida vislumbre de la luna y pescan confiados y pacientes* y que todavía, al visitarlo entonces, estaba relativamente incontaminado.

Mientras mi madre descansaba en las sillas de playa arrendadas en el hotel, o simplemente dormía la siesta, yo daba largas caminatas por la desolada costa o por las dunas del otro lado del desaguadero. Había muy pocos bañistas en el mar: allí las olas eran temibles y el talud de la costa muy traicionero, pero la gente se asoleaba en la barra de arena y algunos se bañaban en las limosas aguas de esa especie de ría formada por el fluir de los lagos interiores hacia el océano. También iba todas las noches a la barra esperando con ansia ver los fuegos fatuos que Prado decía se veían vagar sobre esas aguas detenidas. Nunca pude ver nada parecido, y seguramente el drenaje del desaguadero se había acelerado en las décadas transcurridas entre la escritura de *Alsino* y nuestra visita.

En cambio, Santiago era un lugar donde uno no podía conocer nunca la verdadera realidad, según Rafael. Para conocerla, había que embarcarse en la balsa colchaguina, porque la magia del río Rapel era realmente indescriptible y descubrir como pasajeros sus orillas servía de bálsamo al corazón, de tónico para los nervios y de fortificación total. Habríamos llegado rejuvenecidos, transformados.

Sí, qué viaje estrambótico ése que nunca emprendimos, entre nalcas y pejerreyes y criaturas fabulosas como los pájaros tué—tué y el paire Jon, que es un fraile diminuto del tamaño del dedo índice que hace doler la barriga a los poseídos, ir acostados en la balsa de cara al cielo, farsanteando entre delicadezas y en la mismísima cama de la abuelita.

—¡Tren! —gritó Carlitos, y los tres salimos corriendo, con Robe y con Germán, digo tres porque este último no contaba casi como ser humano entre nosotros y nos pusimos a esperar, cerca de la línea, el paso maravilloso del tren, un humilde tren lastrero o un convoy trepidante cargado de vacas que lanzaba un ventarrón con olor a estiércol.

Luego quisimos poner en práctica un proyecto largamente acariciado: llevar un peso fuerte de cobre de ese tiempo, y colocarlo sobre uno de los rieles. No se le permitió a Carlitos acercarse a la línea, pero Robe y yo cruzamos los cascotes, pisamos el ripio con el temor voluptuoso de la muerte visible, y depositamos la ofrenda de cobre en el riel.

El acero comenzó una trepidación, y luego una fuerte vibración al acercarse el tren y creímos que la moneda se iba a caer. Luego pasó la máquina con la terrorífica cercanía de sus tremendas ruedas y bielas, el vapor y su fuerza de cataclismo que se desvanecía en menos de un minuto. Las ruedas delanteras —que de lejos parecían medianas y de cerca enormes— hicieron el primer trabajo y el peso de cobre se estremeció con esos martinetes. La máquina en su velocidad lo castigaba y lo obligaba a transformarse borrando la efigie del prócer olvidado que llevaba estampada y alargando la circunferencia a un óvalo. Entonces le trasmití a Robe mi proyecto más acariciado, tan temerario que tenía que permanecer secreto: repetir la operación, sí, pero con el tren de los trenes, con la maravilla que sólo dos veces a la semana cruzaba por Paine sin detenerse por nada ni por nadie: el Flecha del Sur. Lo más hermoso del día era verlo aparecer en la distancia, como un ángel sobre ruedas, plateado y rojo, precedido por su largo bocinear que más bien parecía el lamento de un barco:

BOOOOOOOOOOOOOOOOOOOONK

Nunca se dignó a detenerse en una estación menor, porque no se rebajaba de capital de provincia y creo que hubo capitales de provincias rascas como Ñuble o Malleco donde jamás se detuvo tampoco, tal era la clase del más bello tren que nunca haya existido. El Flecha aparecía a una velocidad doble con respecto de la de un tren expreso, y triple o cuádruple con respecto de la de un convoy tortuguil. Su paso traía la primavera en pleno verano y el día en plena noche, y bien valía la pena poner el peso fuerte en su camino, un miércoles designado por la fortuna painina, y eso hicimos con Robe, cateándolo desde lejos, en la misma línea, sabiendo que era una movida temeraria, y apenas apareciese en la no muy lejana y abierta curva de Hospital, no serían muchos los segundos hasta que llegara y pasara como un celaje.

Y así pasó: como un celaje y el disco de cobre quedó con una forma inesperada e indeseada. El impacto en el metal fue tremendo, aunque demasiado rápido y limitado para el efecto que esperábamos. Así, quedó como corrido hacia un lado, extraño y excéntrico, con la faz del héroe desfigurada hacia un costado.

El oleaje del mundo traía ese peso a nuestras manos: ya no iba a salir igual, y menos bajo las ruedas del Flecha del Sur. Mucho mejor era, para el efecto de adelgazar el cobre, un tren lastrero y cansino, cuyas ruedas, a menor velocidad, no iban a lanzarlo a perderse en los cascajos, diez o quince metros más allá, como ocurrió con el Flecha. Bastante tiempo estuvimos hurgando en los rieles, y eso probablemente nos perdió a mi primo y a mí: desde ese día el tío Dagoberto nos prohibió terminantemente acercarnos a la vía férrea, con Flecha o sin él. Tal vez fue por el soplo envidioso de Germán o de Carlitos, que no habían sido admitidos en esa última salida y que seguramente se habían quedado muy enojados en la parcela. Carlitos, antes de que nos escabulléramos después de negarnos a llevarlo a la ceremonia con el Flecha, había tenido una pataleta de rabia y se había tirado al suelo chillando como marrano, y girando en molinete acostado en pleno polvo, como Los Tres Chiflados lo hacían en sus comedias. Después se había parado corriendo furioso, torciendo una alta mata de choclos hasta tumbarla al suelo, siguiendo con otras, hasta derribar una fila entera, antes de que el tío Dagoberto saliera a amenazarlo con la escoba.

El crujir voluptuoso de la caña de maíz, al desquiciarse en cada fibra por la mano de Carlitos, iba calmando al pequeño energúmeno, hasta que el penacho de las flores del choclo tocaba la madre tierra, y la planta quedaba definitivamente muerta.

Carlitos se tranquilizaba por ese día, pero se trataba de un día muy largo y muchas veces tengo la impresión de que el sol de ese día todavía no se pone.

C ingeniería con batracios

***P**oblete me fijó un ojo enconado y rojizo, al salir de la Vicerrectoría, rumbo a la clase. Varolio y los otros estaban temblorosos, ansiosos por saber si los había descubierto.*

Les dije que yo parecería jetón por las mansas orejas, pero no delataba a nadie...

Desde que Puchito Castro Costra miró hacia arriba con el sapo todavía estampillado en su pelada o moscódromo amplio y zapallar, supimos que las leyes de la física eran inexorables y que podían ser confirmadas a cada momento, no importa cuáles fuesen los elementos de esa prueba experimental, ya que el sapo cayendo desde el acuario y el estampillado → zuácate → plafate en la cabeza de Puchito Costra, eran necesariamente parte de la armonía universal y probaban a sí mismo cada una y todas las leyes de la física y la química.

Cuando Poblete con Puchito me llevaron a la vicerrectoría para interrogarme y como Poblete era el perito en interrogatorios, empezó diciéndome:

—Tirando sapos el hombre. ¿No le da vergüenza?... Ud a quien yo creía un buen alumno de ciencias.

—Yo no fui, doctor Poblete.

—Pero yo te vi, te reconocí, no lo niegues, te caché en el acto: estabas asomado —terció Puchito.

—Estaba mirando pero no fui yo.

—¿Entonces, quién fue? Nombre, número.

—No puedo decirlo, profesor.

—¿Ah, sí? ¿Y por qué? —gritó Poblete.

—Porque yo no delato a mis compañeros.

—Puede ser... —dijo Poblete mientras Puchito abría el tercer paquete de Baracoas de ese día— pero eso quiere decir que lo pagarás muy caro, tarde o temprano.

— ¿Qué cosa, doctor Poblete?

— Tu actitud, quiero decir. Te joderás solo, tarde o temprano...

Se necesitaba un talento mayúsculo, de un pequeño matemático y poeta como el viejito Einstein, alguien que calculara la realidad y la fantasía inmersa en ella, vale decir lo que en el aire se transfería de la una a la otra y sólo Puente de Varolio con su cerebro de ingeniero embrionario podía resolver el problema que se nos planteaba como inmediato y urgente: cómo plantificar un sapo en la cabeza de Puchito Castro.

Había que hacerlo, no habríamos podido seguir existiendo sin realizar ese proyecto máximo y continuar llamándonos Varolio o Cholimbo o Pabuelo o Mono el Sublime, sin intentar depositar un sapo en la cabeza calva de Puchito Castro, precisamente en la superficie lisa, brillante y también ligeramente maloliente que Charly llamaba moscódromo, porque era como una pista ideal de aterrizaje de naves diminutas del tamaño de una mosca grande azul eléctrica o moscardón equino, de una avispa mediana o un abejorro *Bombus Dalboni* subdesarrollado.

Esa calva era un reto al curso entero, no sólo a los Tres Huastecos, sino a todo el 3° B, y había que poner en práctica ese proyecto filosófico, balístico, logístico, macroscópico y gravitatorio en términos de cronometraje, preparación que duró por varias semanas, con el reloj de Weinstein, que era el más completo, con segundero y todo —había relojes minusválidos que sólo poseían el minutero, como el de Benvento, que marcaba con precisión una hora desconocida— y con él medimos muchas veces el lapso de los pasos de Puchito Castro desde que aparecía por el lado del Cambucho —el gimnasio que comunicaba con el Patio Siberia mediante el corredor que estaba bajo nuestras ventanas— para dirigirse a su clase de la tarde, y luego el momento en que cruzaba bajo la ventana más oriental de la sala, constatando que era perfectamente regular.

Pudimos comprobar, día tras día, que su precisión era prácticamente absoluta.

Varolio calculó inclusive la desviación standard para el tiempo empleado por Puchito, término demasiado esotérico para nosotros, pero que indicaba claramente que nuestro profesor de ciencias era hombre de rutinas inconmovibles con paso muy regular de plantígrado.

Ello permitía tener concretas esperanzas de éxito y había que cronometrar también lo que demoraba un sapo de peso determinado (**w**) en caer del muy alto segundo piso del Instituto (**h**) y como no disponíamos de sapos a granel había que experimentar con algo semejante y nos fabricamos un modelo de trapo relleno de arena para hacerlo equivaler a los gordos batracios del vecino laboratorio de ciencias naturales, donde en las mañanas el propio Puchito Castro hacía sus preparaciones y que debíamos despojar de su especimen cuando nos fuese posible. El despojo fue hecho durante la hora de estudio del día "S", y usamos un truco de verdaderos timadores: mientras yo fingía tratar de obtener información escolástica, Varolio y Benvento perpretaban el hurto del escuerzo.

Habíamos ya calculado los segundos que demoraría en caer ese sapo los dos pisos contra el tiempo del trayecto de Puchito entre la puerta del Cambucho y la del Patio Siberia, o sea que el sapo debía descargarse —y lo calculó y contrachequeó Varolio muchas veces— a 17 segundos exactos de aparecido Puchito. Así se hizo con el sapo auténtico, y éste, como un prodigio del cálculo matemático, se estrelló en el mismísimo centro craneal, allí donde hacía unos sesenta años abríase su cacumen o mollera y ahora lucía el sapo estampillado panza arriba en el moscódromo.

Los ojos vueltos hacia arriba de Puchito Castro expresaban más bien una sorpresa absurda ante ese muy desagradable regalo de los cielos. Muchos pares de ojos vimos sus ojos, como en el tango *mis ojos vieron tus ojos, pero no vi tu rubor,* pero sólo el pobre Chanta —seguramente traicionado por sus orejas siempre visibles desde muy lejos— fue reconocido por Puchito y pagó por nosotros, como por ley siempre ocurría entre esas paredes de adobes coloniales, espesas dos metros y viejas de dos siglos.

Uno, dos, tres sapos **dijo el Cholo.**

en su pieza no tenía nada

Ninguna más pobre que la Rosa, allí en su casuchita adyacente, junta pero no revuelta con la casa, con la vid por un lado y por el otro el patio barroso y erizado de piedras que yo había trazado en mapas y a todas les había puesto un nombre.

Pensándolo bien, esa casucha era un palacio si se la comparaba con otras viviendas de pobre: tenía tejado de zinc, por ejemplo, por lo que no se llovía ni se llovería nunca. Las paredes de su casa eran de ladrillo revocado, y afuera, por el lado del patio había extrañas protuberancias de color chocolate: eran las bolas de barro que yo arrojaba cuando estaba aburrido, lo que sucedía bien a menudo. Hacía barro en el poyo del naranjo, preparaba bolas fragantes a tierra, les echaba tierra seca encima como para adobarlas, y las lanzaba contra la muy sufrida pared.

Paciente Rosa, tan pobre que su única riqueza eran los gatos que cogía con ambos brazos para llevar a dormir consigo, sobre todo la Pinocha, desde que empezó a ponerse inválida cuando el Rapel le cortó la cola y se parecía cada vez más a un gato de cuerda que tuve en Coquimbo, de cartón cubierto con terciopelo recortado por el tiempo inmisericorde que le dejó la carcasa desnuda, así la Pinocha estaba quedándose reducida a un manojo de algodón ceniciento o un cojín de madera forrado de fieltro o de peluche.

La Rosa también mantenía algún calendario con paisajes pegado al muro, como si quisiera abrir una ventana a otro mundo, aunque no estoy seguro si ella sabía o no sobre la existencia de otros mundos. Ella dormía en medio de esa admirable desolación con sus dos vestidos colgados de un clavo. Tenía una vela para alumbrarse en las noches que sí eran nocturnas, sin otra luz posible que ésa. Su pieza colindaba o mejor dicho estaba pareada con el cuarto que funcionaba de gallinero, donde vivieron varias generaciones de aves domésticas, algunas de raza muy valiosa puesto que mi padre era contador de la Sociedad Chilena de Avicultura, en un tiempo muy extraño que recuerdo como una especie de remanso donde la tempestad, siempre latente en la familia, a todo nivel, del económico al personal, provocaba una quietud total, así como en el ojo del ciclón hay sólo paz y monotonía.

clasificación de patos

Había dos clases de patos en la parcela de Paine, los blancos inmaculados, como sílfides o ángeles, y los negros con blanco, algunos verdaderamente enormes, con una cresta arriñonada sobre el pico y parte de la cara, suponiendo que los ánades la tengan. Estos eran los llamados Panchulos porque Carlitos había bautizado así a un polluelo de pato suyo, denominando de este modo el género o especie o subespecie para siempre.

Había un gran rebaño de esos patos, que vagaba libremente por el cañaveral de los choclos, o en el lodazal del cercano chiquero, donde los cerdos hozaban con fruición y denuedo.

Una de mis diversiones favoritas, un momento mágico, era acercarme al rebaño de patos blancos y panchulos, y apostrofarlos en los siguientes términos:

Vuestra hora os ha llegado
¡Oh patos cuaqueadores!
Oh espada ¿dónde está tu pendón?
Oh muerte ¿dónde está tu victoria?

Versos parecidos había leído en alguna parte, y los había adaptado a la condición palmípeda sin que en ese momento ni ahora pueda dar ninguna razón para hacerlo.[1]

Siempre trataba de repetir esta estrofa a los patos fuera de la presencia de Robe como también de Carlitos, aunque él, teniendo sólo cuatro años, era capaz de comprenderlo y aceptarlo todo, siempre que no lo perjudicara en alguno de sus muchos intereses. En cambio Robe fue desde chico un árbitro del sentido común, y poseía todas las virtudes que convienen a un futuro ciudadano de Paine, y entre las cuales ciertamente no se contaba el dedicar estrofas a los patos.

Para Robe fui siempre un loco o un chiflado, y a fe mía que no se equivocaba, al menos en esa dimensión painícola, agropecuaria y suinícola, donde los frutos no caían de los árboles sino que, al revés, subían con lentitud de la tierra, con sus fosfatos, nitratos y elementos desconocidos de la bioquímica terrestre, hasta aposentarse en los brazos de los hacendados, ya que no en los de los inquilinos que llegaban a escupir sangre para producirlos.

1. En realidad nunca pude recordar dónde había visto esos versos, por casi cuarenta años. Leyendo ahora *Los cazadores de microbios* de Paul de Kruif, descubrí que el autor era el doctor Ronald Bruce, que investigó la trasmisión de la malaria, y que además era poeta. Ver la instancia **C** *arreglo de cuentas*. Nda.

Cuando Carlitos dejaba de maltratar y desmembrar sapos o disecar pirihuines al sol, podía correr a la casa y proferir... PUTA—PUTA—PUTA—PUTA... hasta que el tío Dagoberto salía a perseguirlo con una escoba. Seguía gritando Carlitos... PUTA—PUTA—PUTA—PUTA... y el tío dale que dale que corre que corre con la escoba, hasta que se iba cansando y aflojando la carrera.

Daban vueltas y vueltas como en una versión polvorienta de autódromo painino, y viendo Carlitos que su padre acezaba, por su gordura más que por el esfuerzo, y la escoba no lo alcanzaba, se atrevía a detenerse por un instante en la mitad de la serie de putas, y con los ojos brillantes de picardía introducía un CHUCHA, mientras el tío ya exhalaba sus últimas reservas de aliento y sólo atinaba a arrojarle la escoba que iba a estrellarse sin fuerzas a muchos metros de donde Carlitos seguía murmurando, más bajo y rápidamente... PUTA—PUTA—PUTA—PUTA... CHUCHA... PUTA—PUTA—PUTA—PUTA... CHUCHA... y mirándolo con sus labios abultados en una risa que era un poco la misma risa de su padre, que se repetía también en Robe con menor picardía.

No era claro por qué lo amenazaban — ya que a Carlitos no se le castigaba realmente por nada— sólo por proferir unos inocentes... PUTA—PUTA—PUTA—PUTA... o el ciertamente más reprobable CHUCHA, desde el momento que en la casa de los tíos, particularmente los domingos a la hora del almuerzo y algunas veces los sábados por la noche, se desarrollaban competencias de payas cuyo lenguaje no tenía nada de inocente.

En una casa de campo donde no hay electricidad ni tampoco radios a transistores, todo era válido para divertirse. La pasada de los trenes era un buen entretenimiento diurno, como así la acequia, acuario de pobres que mostraba larvas estrafalarias que evolucionaban como presas de ataques espasmódicos, escarabajos de agua que nadaban llevándose una burbuja en el trasero como buzos que respiraran por el traste, zancudos de formas y colores muy poco santiaguinos, pirihuines o renacuajos que eran los verdaderos peces de ese acuario sin peces, y por último los sapos, los gigantes de esa fauna, algunos de color verde esmeralda y otros grises y crepusculares como si se hubieran ganado el color de la pena. Tener verdaderos peces de acuario era entonces una imposibilidad y así los pirihuines proveían un sustituto adecuado que se materializaba en la imaginación por algunos momentos, y la imaginación era nuestra verdadera realidad.

El nombre de los pirihuines o renacuajos había tenido una historia curiosa con mi amigo Armando Fuentealba del colegio de preparatorias, quien era de Chillán y deduzco que ahí o en el Sur llamaban *coltrados* a los renacuajos. Yo no pude acordarme de ese nombre por mucho tiempo y primero pensé que eran *ocvos* y luego *provos,* hasta que Armando me recordó que eran coltrados, cuando se le pregunté. La secuencia de los nombres atribuidos o reales se quedó por muchos años como otro juego para antes de dormirse, en el cual yo imaginaba a los futuros renacuajos saliendo de la nada en la forma de *ocvos*, que había fijado como su estadio embrionario más primitivo, y me decía *ya se están formando los ocvos* y los visualizaba como grumos flotando en el agua transparente, y esperaba unos minutos para decirme *ya se han formado todos los ocvos y unos pocos empiezan a transformarse en provos,* y luego *ya todos los provos están formados y empiezan a delinearse algunos coltrados* para continuar la serie con coltrados transformándose en pirihuines y por último pirihuines en renacuajos, que era el estadio final porque los sapos me importaban bien poco.

Estaba el campo, la parcela misma, cubierta de una real jungla de malezas, donde la presencia de los árboles frutales era algo muy secundario, como si hubiera dos parcelas diferentes a dos niveles de altura respecto del suelo. Los árboles estaban en el superior, casi el de las nubes, y todo el resto era la jungla donde yo podía imaginar en libertad toda clase de situaciones fabulosas, extraídas de los libros de Salgari y también del *Libro de las Tierras Vírgenes* de Kipling.

En efecto, el gran cequión o estero que flanqueaba la parcela y que se perdía después hacia atrás, en las otras parcelas que iban a confinar con la recién comenzada Carretera Panamericana, era para mí el Río Waingunga de este último libro. Poblaban esa jungla bestias para nada comparables a Shere-Khan el Tigre o Bagheera la Pantera Negra: escarabajos de turquesa y de carbón, caracoles muy bien provistos de casa y saliva, babosas y abejorros o avispas con colores de arlequín, saltamontes largos como una mano abierta, orugas, ciempiés y escolopendras, palotes como ramas secas que se ponían a caminar sin aviso, arañas con traseros como rubíes o abalorios de jade, y mariposas de colores y dimensiones impensables en la capital.

Un día le comuniqué con cautela la historia del río Waingunga a Robe, y me miró con tal desprecio que nunca más me atreví a ningún tipo de confidencia de esa naturaleza, o contacto literario fantasioso, porque dijo *vos naciste rayado huevoncito.* Tampoco sirvió para mucho el que yo hiciera una demostración o prueba de cómo enfriar un melón al estilo cafre, como había leído en *Las minas del Rey Salomón*. El método consistía en cortar un melón en dos y ponerlo al sol, cuyos rayos se supone que evaporaban el agua y enfriaban el fruto. Seguramente el sol africano funcionaba de otro modo, puesto que nos pasamos todo un día esperando que el melón se enfriara, y los primos quedaron todavía más desilusionados acerca de la eficacia de mis referencias literarias. Otro fracaso libresco fue el de una noche en que nos pasamos varias horas en la oscuridad del huerto, esperando que apareciera una luz móvil como una candela llevada por una mano invisible indicando el sitio de un entierro de oro o plata, según había leído en *Tierras de Pedro Ramírez,* hasta que Robe se aburrió y se entró con Carlitos, echándome puteadas.

Romualdo, el hermano menor de mi tía Mafalda, era el hombre de las payas. Tenía la capacidad de inventar rimas para las palabras más impensables, o al menos así me parecía. El me enseñó a contestar una pregunta impertinente diciendo *pregúntale a Uribe* y como el tipo dijese *¿y quién es Uribe?* se le respondía *el que con las huevas borra y con el pico escribe.* También, cuando algo no le salía bien, solía exclamar *¡Por la concha de los locos y la cueva de los tococos!* y como desde luego nos reíamos con esa nerviosidad propia del que está escuchando algo prohibido, nos decía *¡Bueno los niños mal pensados estos! La concha de los locos es la de esos mariscos que son tan buenos con mayonesa, y la cueva de los tococos es la que hacen en la tierra esos ratoncitos de campo que se llaman tococos o tucucos y también tucos, en Argentina* y lo hacía con una sonrisa tan socarrona que no se podía dudar sobre lo que realmente quería decir. También el tío Romualdo tenía un personaje, la Huasa, cuya voz imitaba como un Monicaco painino, diciendo por ejemplo que la Huasa al ser invitada a bailar decía *no, porque me traspiran los soguacos en dey vomito* o bien la Huasa rehusaba bailar aduciendo *no, toy sudáa* porque el asunto de la perspiración ha sido siempre un punto clave y vergonzante en la vida social chilena.

En el campo la noche llegaba como *un agua oscura y sutil*, como dice Pedro Prado en *Alsino*, y su referencia era una verdad literal: donde no hay electricidad para combatirla ella es realmente algo que empapa los cimientos mismos de la realidad, y va entrándose primero en la casa por la puerta, las ventanas, y por las rendijas y los poros de los muros.

Además, la comida de la noche sabía de otro modo cuando todo estaba oscuro y sólo brillaba la lámpara de carburo, con su agua borboteando en un siseo parecido al deslizarse de un ejército de ratas diminutas, produciendo aquel gas de olor agresivo —el acetileno bárbaro— que podía darnos un dardo de luz vivísima que proyectaba grandísimas sombras en los muros encalados. La noche también exacerbaba los otros olores, como el de la leche, la carbonada, el puré y las albóndigas de carne que emitían su tufillo reconfortante. La comida era diferente cuando estaba esa agua de la noche mezclada a su sustancia, y nos recorría también al deglutirla con cada brizna de apio, grumo de papa o de arroz graneado o ablandado en la sopa. La noche nos volvía buenos a todos: los que lo éramos naturalmente, por carencia o defecto más que por mérito, o por haber nacido socialmente minusválidos como Germán, y también a los que buenos no eran, como Carlitos, que hacía constantes barrabasadas, o Robe que era mucho peor, porque si no las cometía las pensaba —los malos pensamientos son el origen de todo karma, según la teosofía— y sobre todo se las arreglaba para revelar las de los otros y provocar su castigo.

Así la noche nos cambiaba, nos atenuaba, nos aquietaba, como si el fluido de la luna —que se veía a menudo blanca y grandísima detrás de la ventana— se nos fuera metiendo de a poco, a partir de los muchos chiflones que esa inmensidad de la noche dejaba entrar y que el tío Dagoberto tapaba con tarugos de papel de diario, buscando el chiflón con las manos y también con las mejillas, hasta que no sabíamos ya más del afuera inmenso donde verdaderamente la noche estaba.

Vivir en una casa en construcción —como siempre lo fue la de los tíos— es muy diferente de vivir en una casa terminada y codificada: es como vivir un poco al abierto y sentir que ella va consolidándose de a poco en torno nuestro como un callo de los universos domésticos, y ésta era la sensación experimentada al vivir donde los tíos. En la noche esta sensación favorecía un poco el sentimiento de desamparo, y no respecto de la gente, porque allí no había nada que temer: ni ladrones ni asaltantes ni paranoicos, nada de eso era posible en Paine. No se diga que allí aún no llegaba la miseria de la ciudad, porque vaya si había pobres en la comarca, hasta los huasos más ricos eran definitivamente pobres, pero todo se remitía a que a la gente allí no se le había ocurrido todavía poner en práctica su papel de Caínes, y tal vez por eso mismo Paine parecía realmente olvidado de la mano de Dios.

En la noche era bueno acostarse entre sábanas peludas de franela, que para mí sólo la tía Mafalda tenía en este mundo. La noche era tan fría que, para evitar el robo de los soles y sus vitaminas aderezadas con yerbabuena y boldo —cada noche tomábamos agua de boldo o de yerbabuena antes de dormirnos— nos aislábamos del frío en las sábanas de franela. Ellas también nos preservaban de otros sueños que entraran o salieran de nuestros cuerpos. Porque no se soñaba durmiendo, sino despierto.

No se debía dormir sin antes rezar —ésa era la ley en la casa de los tíos, aunque no fuese la mía— y la oración era buena de todos modos, ya que relajaba los músculos agotados por el cansancio de horas de correteo, sin importarme que no creyese en ellas, porque siempre permanece en nosotros algo de ese poder secreto del mantra y la letanía purificadora. Yo sabía entero sólo el Padrenuestro y lo decía junto a Carlitos, que ciertamente lo necesitaba por ser más malo que jarabe para el hígado, y con Robe, ya que Germán a esa hora dormía profundamente con Emilia, su madre, como lo hacen los pobres y los que tienen la vida hipotecada.

Germán era hijo del tío Romualdo y era por lo tanto un verdadero primo hermano de Carlitos y primo político de Robe. Al no estar su madre casada con el tío, ambos habían perdido todo derecho familiar que no fuese el de la piedad, lo que es bien poco decir porque era una piedad demasiado cara para ellos.

Robe también era el gendarme de los rezos y pronunciaba a coro con Carlitos oraciones que yo no sabía enteramente, como el Credo: *Creo en Dios Padre Todopoderoso, creador del cielo y de tierra...* De seguro, mi pobre Padrenuestro era insuficiente y Robe me acusó a la tía Mafalda y yo le dije la verdad, que no sabía otras oraciones y que nadie en casa me obligaba a decirlas, así que fui exonerado de culpa y mi breve Padrenuestro me permitía reposar algunos minutos antes que mis primos.

Después de las oraciones Carlitos y Robe jugaban a pronunciar trabalenguas que los iban adormeciendo. Robe decía ¿juguemos Carlitos? y Carlitos decía ¡YA!: ¡CUPTOPTOPT!... ¡CUPTOPTOPT!... ¡CUPTOPTOPT!... ¡CUPTOPTOPT!... ¡CUPTOPTOPT!... ¡CUPTOPTOPT!... o bien repetía APT APT APT, ¡¡AH!! APT APT APT, ¡¡RIQUITIQUI TIQUITIQUITIIIII!! hasta cansarse y dormirse.

Una vez se me ocurrió contarles historias de seres fantásticos del campo chileno, como los cueros, que son criaturas planas y extensas como alfombras vivientes que medran en el fondo de las lagunas y las aguas estancadas y cogen al que pone pie en ellos manducándoselo de una sola vez, o la Calchona que es es el mismísimo demonio que viaja en una especie de carroza fúnebre donde él se sienta en lugar del ataúd, y también de una fórmula para volverse invisible haciendo el cocimiento de un gato vivo a medianoche, teniendo después que deshuesar al gato cocido para encontrar cuál de todos sus huesos posee la capacidad maravillosa de volver invisible al que lo lleva en su bolsillo, según había leído en los relatos de Rafael.

Estas historias sí tuvieron éxito, pero hacían que los primos se durmieran con los dientes castañeteando de miedo, y todavía más cuando les dije que recién había visto en la ventana *una gran cara blanca muy rara mirando desde afuera* frase que había sacado de la versión de *Caperucita Roja* hecha por Juana de Ibarbourou —a unque yo no sabía quién era esa señora— y había leído con fruición la comedia en mi pequeña enciclopedia *El libro de oro de los niños.* La introducción del miedo en la noche era una sensación nueva, al extremo que ella perdió en parte su dimensión sedante para adquirir un nuevo poder desconocido.

Así que la noche era la noche y el día era el día, en Paine, donde no ocurría nada ni de día ni de noche, salvo que de repente los trenes estallaban y volaban por los aires, como ocurrió un par de años después, o los borrachos se paraban en tu puerta a largar un discurso político o a cantar un valsecito peruano, y por eso era un pueblo tan interesante.

Todos los días en Paine eran iguales para nosotros y también para el resto de los huasos que vivían en chacras, bodegas, casuchas y casitas y alrededor de los rieles del ferrocarril, pero el domingo era un día especial donde se hacían cosas diferentes. Para empezar se iba a misa, ceremonia de la cual yo estaba dispensado habiendo sido confirmado como hereje, con todos sus fueros válidos en el campo abierto y por eso no era reconvenido. El tío Dagoberto no era demasiado devoto y a decir verdad, nadie lo era en la vecindad, pero los rezos y la misa dominical eran considerados buenos para los niños. Para el resto la misa era lo que principalmente es: un acto social. Carlitos y Robe eran llevados por Emilia con Germán, quien era incluido entre las personas del género humano para el acto ecuménico y se le otorgaba la misa como podía otorgársele un vaso de leche fría. También en ese día todos comíamos juntos en la mesa grande, incluidos Emilia y Germán, que durante la semana comían y casi no salían de la cocina.

Así podía levantarme todavía más tarde y gozar en soledad del paisaje luminoso y endomingado, observar con detención la acequia con sus pirihuines que estaban más brillantes por ser día domingo, y las abejas y los abejorros Bombus, tan grandes que parecían polluelos amarillos zumbando por ahí, y las catitas o chinitas se parecían a los guayruros de mi madre, echándose de pronto a volar sin ruido mientras que los saltamontes y las arañas de color topacio se veían relucientes. En las telas brillaba el rocío y también los cadáveres de incontables insectos sacudidos por las rachas de viento, mientras la cenicienta araña rayos acechaba en una especie de casucha que se había fabricado en un extremo de la tela.

Podía observar detenidamente cada insecto y deleitarme con cada color que golpeaba el corazón, estando solo como estaba en medio de la chacra que era el universo, confinando al sur con otra chacra ignota y el límite era otro cequión de aguas lentísimas donde no se veían pirihuilos sino grandes espadañas que al menor contacto esparcían nubes de un polvo o sebadilla de picor insoportable, y volaban grandes cínifes con alas tornasoladas, con vuelo lento e impávido. También extrañas larvas nadaban como saetas en el agua, con cabezas de ojos saltones y cuerpos como un cilindro cónico terminado en dos pinzas abiertas, donde los ojos iban hacia atrás y las pinzas hacia adelante, como si únicamente les interesara ver el camino que habían dejado atrás para siempre, y el de adelante les importase un carajo. Había también muchos matapiojos o libélulas descomunales con cuerpos como arlequines o samurais con ojos globulares de un azul insolente y perfecto.

Life en Español—revista especializada por vocación en todo lo terrorífico— había publicado una foto a dos páginas de una libélula y verdaderamente no había nada más horrible que una cabeza de *dragonfly* a todo color, con ojos del tamaño de pomelos, por lo que siempre procuré estar a respetable distancia de los matapiojos, sabiendo que en algún momento por alguna razón ignota podía comenzar a achicarme como cuarenta años más tarde ocurriría en el film de Rick Moranis, *Honey I Shrunk the Kids*. El caso es que las dimensiones en realidad eran bien relativas, y podía casi reducirme a voluntad en términos de que el ojo era todopoderoso y acercándose al suelo, poniéndose a su nivel humilde y valientemente, uno podía conectarse en tono y dimensión con el inframundo de las moscas, las hormigas y los ciempiés. Así los domingos me quedaba solo en ese lado sur que era el más apartado de la parcela, con altas acacias que a esa hora cenital empezaban a reverberar y a emitir un zumbido semejante al de los transformadores eléctricos porque albergaban miles de chicharras. Muy rara vez me fue posible descubrirlas: parecían moscas del País de los Gigantes de Gulliver, con alas de vitral, quietas en lo más remoto de las hojas.

Podía estarme ahí en una soledad perfecta, que era una de las formas de voluptuosidad que conocía, sintiendo que el alma se expandía en el cuerpo a desmesura. Por parte suya el cuerpo también lo hacía, si no del mismo modo, dentro de los límites demarcados —por ejemplo— por la profundidad del agua del estanque de la acequia. Ella no era mucha en realidad, en términos de metros o solamente centímetros, pero sí era grande para el que no podía tocar ese fondo. Ahí me hundía como el Capitán Nemo en el Nautilus, veía corretear los pirihuines y eso era la felicidad.

Mientras yo, solitario, me extasiaba con todo eso, Robe, Carlitos y Germán se iban a someter a un ritual para mí incomprensible con el párroco de Paine que los hacía comulgar en fila junto a otros huasos grandes y pequeños de los alrededores. Era una contrición sin arrepentimiento, y por ejemplo Carlitos saldría del recinto sagrado —aunque cuesta pensar que una iglesia de Paine llegase a contener el Espíritu Santo— tanto o más travieso de lo que había siempre sido y Robe saldría ciertamente más malvado a su manera, y Germán tan callado y desheredado de todo hasta de su propia existencia pálida, esto es, tales y cuales como habían entrado a la misa de once. En la de doce se casaba a la gente, si había parejas casaderas, y después de ser absueltos de sus pecados agropecuarios y domésticos, la huasería toda regresaba a pie o a caballo a los aledaños de cada cual, deshaciendo cuadras andadas por calles y luego caminos flanqueados de queridas matas de galega, bolsitas del pastor y profusamente ornados y perfumados con bolos de caballo.

A eso de las doce y media los niños aparecían por la casa e inmediatamente Emilia llamaba con una campana de tren que colgaba cerca de la puerta de entrada, para anunciar que la cazuela estaba lista, aunque en realidad lo estaba antes de que hubieran salido para la misa. Era cazuela de gallina que la misma Emilia había preparado esa mañana estirándoles el cogote hasta el suelo a un par de infelices capturadas al azar, y luego los volátiles se cocían junto a las papas y las mazorcas, el zapallo en rajas, los porotos verdes, la albahaca y la cebolla.

Al tañir de la campana me encaminaba corriendo, abandonando mi acuario, y también las piedras bajo las cuales surgían mundos indescriptibles que habían sido sorprendidos infraganti, y me acercaba a la mesa, que el domingo lucía un blanco mantel bordado por la tía, ya que no por mi madre, lo que lo habría transformado en modelo perfecto de la canción de Nicanor Molinare. La comida no era mucha, y también más que suficiente, era lo que nosotros necesitábamos a esa hora meridiana del domingo donde todo o casi todo estaba consumado, menos el ritual del almuerzo con *mantelito blanco de la humilde mesa,* con toda la familia presente, con los tíos Romualdo y Monzo, hermanos de la tía Mafalda.

En ese momento Emilia hablaba con cierta familiaridad con Romualdo, la máxima aproximación que se le permitía, porque ella, estaba visto, no era ya nada más que una aventura apenas disimulada del caballero, y ese hijo suyo Germán no importaba un carajo y constituía la única razón para su admisión en calidad de doméstica a cambio de albergue y comida.

Emilia por momentos se le acercaba al tío y se veía hasta bella en su vestido café *de promesa,* con su sonrisa muy blanca y sus ojos brillando de amor detrás de las gafas. Ella las usaba y eso la distinguía como a una persona especial entre las domésticas, que jamás las usaban porque no tenían cómo comprárselas, aunque tuviesen menos vista que un murciélago. Alguna compasión le brindaba y algún dinerillo le pasaba el tío Romualdo por lo bajo, en los años bisiestos, y por ello era considerado poco menos que un héroe, un benefactor magnánimo y también un poco caído del catre.

El domingo no sólo era diferente por la cazuela de ave, el vino pipeño en la mesa, y el mantel blanco tan almidonado que hubiera mantenido su forma aun sin la mesa debajo. Había invitados que trascendían el dintel virtual de la puerta y se instalaban en esa mesa, menos larga que espaciosa.

El primero en llegar era el tío Romualdo, que se presentaba endomingado con chaqueta corta de huaso y espuelas de plata en sus botas de taco alto. No sabíamos realmente para qué se ponía semejante atuendo, porque él de huaso no tenía nada, ni sus faenas de contador en los Ferrocarriles del Estado le requerían vestirse de vaquero chileno, pero el tío seguramente tenía una debilidad por esa noción del folklore, por ese lugar tan legendario y famoso en dos kilómetros a la redonda, etc. En cambio el tío Monzo se estaba allí con el overol que siempre le conocí hasta cuando se cayó muerto, y se mantenía habitualmente silencioso. Celebraba las payas y se echaba a coleto todas las copas posibles del vino pipeño.

La novedad la constituía una pareja del pueblo, un empleado del juzgado de Buin que sólo conocíamos como el señor Morales, con su prometida. Era un hombre maduro, al menos de cuarenta años, muy moreno y de cabellos negros y crespos alisados cuidadosamente con brillantina, gomina, glostora y otros amansadores de cerdas epocales, puesto que eran los muchachos de mucho antes los que no usaban gomina. Su prometida era una mujercita coja, bastante más joven que él, que se empolvaba con largueza y dejaba una estela del perfume acre de sus polvos mezclado con el de su sudor de minusválida, que parece ser más valeriánico que el normal y que empapaba el género de sus vestidos a bolillos blancos o *Polka Dots.* El señor Morales la llamaba convencionalmente *La Negra* a pesar de que era decididamente pálida, mucho más que él, y acentuaba su palidez con los polvos mortuarios que se prodigaba. No hablaba casi, y sonreía mucho hacia un solo lado, faltándole un colmillo cuya ausencia procuraba disimular con un rictus que la hacía parecerse a esos enfermos *de aire,* temido percance que atacaba —según las advertencias familiares— a los que salían a la calle o al patio inmediatamente después de beber té o café muy caliente. Por eso yo me negaba a salir de la casa si no había pasado al menos media hora después del desayuno o las onces y ello ponía un problema serio en mis horarios escolares de la mañana.

Los comensales comían y se repetían la cazuela, y esparcían profusamente la mantequilla dorada sobre las contundentes tortillas con chicharrones, cocidas la noche del sábado en el rescoldo de los braseros, como también en los panes amasados con manteca, cocidos en el gran horno de adobe que estaba junto al chiquero.

Se bebía profusamente de ese vino color de rubíes, y también chicha ambarina de la cual yo me aventuraba a tragar unos sorbos encontrándola muy buena de sabor, pero no quitaba la sed y había que beber más, y sentía de inmediato el vigor del alcohol en la cabeza. Yo compraba mi Bilz para los domingos, pero al verlos mirar la botella con ojos lastimosos, tenía que compartirla con mis primos y hasta con Germán con quien, me advertían, no era necesario compartir nada porque no era más que hijo de la Emilia, y sólo un sorbo quedaba al dividir la pequeña botella ventruda en cuatro.

Mi acción repartidora resultaba totalmente frustrada: Carlitos terminaba tomando el triple de todos, ya que pretendía —y obtenía inmediatamente— el permiso para beberse la porción de Robe y la de Germán, fuera de la suya, y no se atrevía a exigir la mía en un gesto que debo calificar de magnánimo, porque si lo hubiese hecho creo que habría tenido que dársela también *para que no llorara el niño.* Agua al menos la había en abundancia, y no se compraba en el almacén Orrego Hermanos como las Bilzes: salía del único pilón que había en el patio, abundante y fresca, porque venía de la cordillera.

Todos esperábamos ansiosos y también intrigados el momento de las payas, que nos reservaba una sorpresa: la actuación del señor Morales, en quien nunca hubiéramos imaginado a un poeta. En cambio el tío Romualdo era desde siempre el intelectual de la familia, al menos en lo que se refiere a la rama painina, y pudo demostrarlo después que se hubo servido la sandía, no sin antes retornar al dilema:

¿es posible comer sandía con vino?

Ha sido un gran misterio criollo, el de los comensales muertos por combinar sandía con vino, mezcla detonante que —según la voz popular— produce una petrificación de la carne sandial empacada dentro del estómago, con congestión aguda del aparato digestivo, seguida de colapso y la muerte. No había problema aparente en comer la sandía **después** de las libaciones, pero el tío dijo *yo le echo no más para adentro* sirviéndose un potrillo de vino, después de haberla comido como se debe comer la sandía: rascando su porción con una cuchara sopera hasta llegar a la zona blanca de la cáscara.

Todos aplaudieron su osadía y muy luego lo imitaron. Ahí el tío pidió silencio al modo de los beodos, sacudiendo una cuchara de té dentro de un vaso y se mandó la siguiente cuarteta:

Con malicia y sin demora
Pido permiso a rebato
Para que me escuchen ahora:
No quiero pagar el pato...
Tengo que hacer el aviso
Pa' que no me traten de rudo:
Tengo un pucho largo y peludo
Que llega a tocar el piso...

No habíamos terminado de reirnos nerviosamente los niños con la aparición de esas palabras, alusiones al reino prohibido que estaba debajo del ombligo y sobre las rodillas, cuando el señor Morales sin que nadie se lo esperase terció como sigue:

Díganos pues don Romualdo
Qué nos importa su pucho
Sabe Dios que no interesa mucho:
Mejor sirva otro poco de caldo
Pero si usted insiste en su encargo
Y lo hace con mucha firmeza
Si dice que su pucho es tan largo
¡Póngalo sobre la mesa!

Después de los aplausos todos gritaron ¡salud! y sin hacerse esperar el tío Romualdo contraatacó con una décima, como diciendo *toma analfabeto, ahora verás lo que significa retar a los profesionales,* y cayéndose al gongorismo, arriesgó la total estupefacción del auditorio:

Yo haría lo dicho, Seor Morales
Si no fuera exhibición malsana
Si no fuera como y cuando la rana
Dijo soy la mayor destos andurriales
Pero si me tienta con aquestos males
Y decires, como relinchos de yegua,
Yo no le pido ni le otorgo tregua:
Para medir a mi pucho considerable
No basta la regla ni basta el sable
No sirve el metro y hay que usar la legua.

El tío Romualdo se había destapado, pero su discurso era intrincado, demasiado culterano, y no fue recibido tan estruendosamente, debilidad que el señor Morales aprovechó de inmediato saliendo de golpe del centro de su negrudez, y espetándonos la siguiente décima con una imprevisible referencia erudita, como también una cita coja de *Martín Fierro* que a lo mejor era sólo coincidencia, para finalizar con un razonamiento retorcido que produjo menos efecto todavía:

Lo dicho y no probado es maula
Lo dijo hasta el tonto e' la esquina
Cuando le levantaron a su mansa mina
Mientras leía el Amadís de Gaula
Y se la corría acostao en la taula
Esperando la llegáa del oficio
Que lo nombrara Rey del Hospicio.
Así digo, y sea lo que yo discurro:
Como no se trata de la penca 'el burro,
Más que el largo nos conviene el vicio.

La inclusión de la palabra *penca* que todos conocíamos, en medio del resto de la impenetrable versaína, provocó su efecto hilarante en nosotros los niños, y Carlitos aprovechó para iniciar su letanía purificadora de *puta—puta—puta—puta... ¡chucha!... puta—puta—puta—puta... ¡chucha!... puta—puta—puta—puta... ¡chucha!* El tío Dagoberto se enojó como las otras veces, y aunque lo que el chico decía en ese momento no era nada, lo hizo callar con la amenaza de un chirlito al sesgo.

Sobre todo nos encantaba la afirmación de las extraordinarias dimensiones de los propios órganos, materia álgida y tremendamente sentida.

La respuesta del tío Romualdo no se hizo esperar, en la forma de un desusado soneto con estrambote:

Así será pues don Míster Morales
Quien el vicio prefiere al largo
De su pucho, puesto a letargo
Como pa' sortear muy peores males.

¿No será, amigazo, que sus atabales
Suenan de pura prosa y embargo
Porque le da miedo confrontar el amargo
Juicio de la cinta de medir reales?

Yo creo que en cambio usted nos esconde
La verdad y nos pasa espina por palmera
Confiésese Morales, y díganos en dónde

Mete su pucho: ¿en un dedal de costurera
O en el hoyito de la muela del Conde
Que se llena con una gota e' salmuera?

¡Eso, y no me salga con otra tortilla!
¡Su pucho es del largo de una carretilla!

Quería decir carretilla de hilo Cadena y no una carretilla para acarrear arena o ripio, pero la acotación vale para quien ignore que las carretillas pueden ser de hilo y son más bien cortas y gordas.

El señor Morales no respondió, como todos esperábamos, con otros versos contundentes sino que, con los ojos vidriosos por los muchos vasos de pipeño que se había trasegado, de improviso golpeó sobre la mesa y exclamó con voz del todo baboseada: *Sólo una cosa quiero imaginarme... sólo una cosa me gustaría saber... cómo va a ser mi primera culiá con La Negra... eso sólo quiero saber...* La muy pálida Negra pegó un respingo de vergüenza íntima como si realmente el señor Morales —igual que el ángel malo de todas las películas— la estuviese requiriendo en profundidad sobre la mesa de mantel almidonado: su sonrisa rictuosa se movió con más palpitaciones que nunca al tratar de ocultar el diente ido y pareció aplastarse detrás del mantel, viéndose todavía más pequeña, coja y desvalida.

El señor Morales se quedó sobre la mesa con su puño estirado y el tío Romualdo y Monzo lo levantaron ayudándole a componerse en un sofá. Los niños fuimos mandados a jugar al patio considerando que ya habíamos oído y visto demasiado.

Luego volvimos a entrar para tomar agua con azúcar y duraznos picados, mientras los grandes seguían con el vino, y nos aprestamos a escuchar al tío Romualdo, quien, juzgando impostergable un cambio de género y estilo, trajo su guitarra y empezó a tocar un son milongueado y lento:

La tarde era triste
La nieve caía
Y un blanco sudario
Los campos cubría

Camina muy triste
Y muy pobre también
Camina muy triste
Y muy pobre también...

Va por el camino
Siguiendo su huella
Va por el camino
Muy pálida y bella

La niña que ha sido
Del campo la flor
La niña que ha sido
Del campo la flor...

Y yo le pregunto
Con la voz herida
Por qué vas tan sola
Tan sola y dolida

Acaso no sientes
La nieve a tus pies
Acaso no sientes
La nieve a tus pies...

Y ella me responde
Sin perder la calma
El frío más denso
Lo siento en el alma

La niña que ha sido
Del campo la flor
La niña que ha sido
Del campo la flor...

La melancólica canción hizo quedar cavilosos a los tíos, mientras desde la cocina se veía a Emilia que echaba de reojo alguna mirada inflamada de pasión al tío Romualdo, y Germán escuchaba cantar a su padre muy serio. El señor Morales y su negra estaban muy engolosinados en el sofá y casi se diría que iba a saber muy luego cómo era lo que había declarado querer averiguar.

Todo ese mundo de adultos periclitados o a punto de estarlo, no nos interesaba. Después del choque vibrante de las rimas con palabras prohibidas, nada quedaba, ni siquiera un miserable eco. El vino también se apagaba en la mesa. Mejor era salir otra vez al campo. Recordando que, como era domingo, el Flecha pasaría temprano por la tarde, corrimos a apostarnos para verlo aparecer, brillar y dejarnos otra vez con el deseo vivo.

C castigos de Sintandear

El Negro Santander tenía unos castigos muy especiales, como todo lo suyo, para los que cometían alguna falta de movimiento o de palabra en sus lecciones. No era extraño ver a uno de nuestra clase o a otros alumnos, parados fuera de la puerta del Instituto, en San Diego o en Arturo Prat —según se tratase del medio pupilaje o del externado— con un cráneo de vacuno y su cornamenta, instalado en equilibrio precario sobre su cabeza, mientras los transeúntes, y aun los pasajeros de los tranvías que pasaban rechinando, se mofaban y escarnecían al infeliz.

También nos solía enviar al Museo de Ciencias Naturales del Instituto, a sentarnos en el jabalí.

Las espinas o cerdas del jabalí pinchaban de un modo diverso al de otras pinchaduras de jeringas hipodérmicas o de vacunas, porque eran muchas a la vez y atacaban los muslos en toda su extensión por debajo, inyectando alergenos, sustancias malditas que provenían de ese mundo cerrado, séptico y tenebroso, y eso era el complemento de otro terror más impreciso, que se concretizaba en el olor potenciado por la oscuridad, que nos remitía a una dimensión bastante más drástica que al percibirlo a plena luz del día: era ése un olor a cuarto apolillado y clausurado que se desplegaba en una vastedad incomensurable, porque el Museo era el centro de un dominio que llegaba más allá de las fronteras de nuestro minúsculo país, como así de ese tiempo: era en realidad una adecuada y triste máquina del tiempo relacionada con el pavor de la prehistoria o con las dimensiones de las historias radiales del Dr. Mortis en la Radio del Pacífico.

Así, todo el terror estaba allí, en el olor más que nada, y también en la penumbra que era casi total, e importaba el casi porque en realidad veíamos algo; no sabíamos de dónde se filtraba esa luz, y poco más allá se distinguían siluetas de gorilas y otros seres que en los años 50 eran considerados monstruos: esqueletos enteros de caimanes, ballenas o mandíbulas de escualo.

Pero eso no era nada porque ¡más allá se adivinaban las momias! Por fortuna se trataba sólo de momias atacameñas, abundantes en polillas y escasas de leyenda, descalificadas, por ejemplo, para resucitar a medianoche.

El jabalí iba con nosotros de caballeros en esas constelaciones del miedo, y lo jineteábamos junto a las momias acurrucadas, tan humildes en la muerte como lo habían sido en vida. Allí se perdían todas las entidades temibles, en esos cristales para nada educativos, puesto que jamás nadie o casi nadie las veía, como no fueran nuestros hermanos en el castigo de Santander.

De todos modos, íbamos a permanecer allí por un buen rato en plena oscuridad hasta que se nos aclararan las ideas.

3º B, 1950

Lista del curso con los apodos más corrientes:

Aguirre = La Vaca.
Arroyo = El Royo
Bekeffy = Vacafy — El Gitano
Benavente = Benvento —El Chico — Benaverme
Bendersty = El Lolito — Benpenca
Bottinelli = El Botija
Buitano = Buitreano
Burgos (sin apodos)
Castellano = El Mono — El Pollo Castellano— Mikeli — Monkilink — Rascatelano
Castro = El Doctor Negro — El Matasanos
Charme = El Cojo — El Joel Mc Crea
Cortés = Carlitos — Charlita
Corvalán = El Burro — El Guatón — El Guataca
Cruz = El Feto — El Doctorcito
Estéfane = El Epi — El Rulo
Figueroa = El Cholo — Cholimbo — El Menesteroso — El Soldado de Jesús — El Negro — El Canaca — El Cuatrojos
Garbarini = Paolo — Pabuelo — Paologambeta— Gambetabruto
Herrera = Luchoro
Hirmas = El Bolastino — El Medias Nylon
Horwitz = El Lolo — El Chascón
Kohan = El Quiridio — El Jaziero
Larrayán Sergio = El Mago
Larrayán Patricio = El Pato — El Cabeza de Yunque
Markelevich = Ibrahim — El Quiridio 2
Moletto (sin apodos)
Montt = El Rucio — El Canario
Marmoleda = El Taro — Mermelada — El Pelao
Morán = El Chino
Parro = El Coño — El Micrero — El Mansapenca — El Mansashuevas
Peirano = El Bachichín — Bartolo — Piraíno — Perrano
Poletto (sin apodos)
Radrigán = El Lucho Gatica — Rajigrán
Raggio = El Doctor — Tulito
Rivas = Perico — Perieco

Salazar = El Caballo
Varela = Varolio — Varoli — El Pingüino — Puente de Varolio — Varelabruto — El Ingeniero
Vargas = El Hediondo — El Esqueleto
Vélez = Véliz — Vilches — Venegas
Weinstein = El Gordito — El Potentado
Wisniak = El Polaco
Yopo = El Cerebro Mágico — El Gerente
Zamora = Chanta — Dumbo — El Orejas de Paila Mocha

—**L**e vi la zorra —dijo Dumbo.

Afirmación definitiva, que desde ya marcaba una época.

Con clarividencia tan precoz como procaz, Dumbo había visto lo que quería ver desde hacía meses, y no había sido una visión gratuita, sino el resultado de una estrategia de voyeurista profesional, que había empezado a cristalizar hacía un mes, después de desmontar cuidadosamente un viejo enchufe de la pared y horadar el muro con el taladro eléctrico de su viejo —que no lo soltaba más que cuando dormía, y era más precioso para él que cualquier otro objeto de la casa— Dumbo se había preparado un observatorio que conectaba la pieza de su bisabuela, ahora desierta y fría desde la muerte de la anciana, y el baño de la Goya, chiquitísimo y desnudo, casi monacal.

Ella, bajo la luz de una ampolleta feble y amiga, se había destapado el torso para lavarse las tetas y los sobacos en el lavatorio, y eran tetas ***planchot*** dijo Dumbo, sopesándoselas en el lugar del propio enjuto pecho hacia arriba, como si estuviera alzando dos gruesos melones escritos. También le había visto los sobacos, y los tenía peludísimos, cosa que le extrañó a Dumbo, inocente después de todo, virginal como un alhelí, ya que las mujeres de su familia se sometían a la castración ritual del desobaqueo y él pensaba que no tenían pelos ahí.

El Burro Corvalán, que lo sabía todo desde siempre, lo había instruído al respecto diciéndole *es una lástima que no le hayas visto la zorra, porque todo indica que esa india es más peluda que un* ertimaño (quería decir *ermitaño,* y de todos modos nadie entendió exactamente el término: pensamos que se trataba de una araña peluda, quirquincho o mulita carretera) y lo alentó a seguir apostándose en su observatorio, y refiriéndonos todo suceso importante, cosa que Dumbo hizo, con maestría de guionista de telenovela en estirar la banalidad y el detalle insignificante y por ello decidor.

La Goya, antes de dormir, se tomaba un potrillo de vino que extraía del chuico que el padre de Dumbo mantenía escondido en la biblioteca, y el Burro le sugirió ponerle algunas luminaletas en el vasito aprovechando que Chanta iba a su pieza a retozar un poco, nocturnalmente, sabihondamente, inocentemente, deshojando ella los cancioneros que él le llevaba y agregándose a su confianza como si fuese un niño más o menos de sus entrañas.

Así esa noche la Goya se tomó el vino programado por la sabiduría del Burro y la mano inocente pero perspicaz de Dumbo y al poco rato estaba roncando en su camastro. Había llegado desde el baño en camisón de franela y con la palmatoria en la mano, metiéndose en el lecho, mientras Dumbo se cacheteaba con esa proximidad y con las sombras que se reflejaban en las paredes y en el techo con la desnuda gloria de su esperanza cristalizada sin piedad (el Chino Morán, Varela, Gambeta, el Cholo, Charlita y yo escuchábamos con una atención que subía de clímax en clímax, de centímetro en centímetro) primero la destapó de las frazadas —había en esa pieza un olor indescriptible a jabón Flores de Pravia, a valeriana y a cebollas, a hongos y carcomas de las maderas, olor a pericote y a pastillas de violeta— con un cuidado infinito para no despertarla pensaba Dumbo, como si ella tuviera el dormir ligero de las señoritas y no de las empleadas domésticas, a quienes el cansancio sume en un sueño doblemente profundo con el ácido láctico de sus músculos agotados por las dieciocho horas de jornada, y en verdad la Goya no habría despertado ni con el cañonazo de las doce percutido debajo del camastro, todavía con el poder entontecedor de las luminaletas potenciadas por el vino, le había subido luego la camisa hasta las rodillas y después poco a poco, reptó por los muslos rollizos que olían como a lechugas (ahí el Morán ya sudaba precisamente como chino, Varela y Gambetabruto estaban pálidos, cerúleos, y con la boca abierta, habiéndose agregado al grupo Bekeffy, que más bien estaba rojo como era habitual en él, y por último Parro, que sólo se permitía la sonrisilla desdeñosa y torcida propia de un hombre que de esos lances ya sabe todo) hasta que habían empezado a aparecer algunos pelos, en las piernas y de repente, algo increíble y desmesurado, agigantado por las sombras que la vela arrojaba hacia los costados mediante la mano temblorosa y desfallecida de Dumbo: era la mismísima Selva Negra, algo que jamás había imaginado Dumbo podía crecer en un cuerpo humano: *¡La tenía peluda como escobillón!* —dijo Dumbo— *¡era como si estuviera apretando entre las piernas un escobillón de los más grandes! ¡La champa le salía de las mismas piernas y le llegaba casi hasta el ombligo, un tremendo colchón, huevones!*

Los otros veíamos y no veíamos, imaginábamos y no imaginábamos, o mejor dicho estábamos ciertos de la certeza más rotunda. *Acerqué con cuidado la vela* —dijo Dumbo— *yo nunca en mi vida había visto una zorra y quería vérsela bien vista, y como la guevona de la Goya estaba curada como huasca con el vino con luminaleta, le separé las piernas para poder vérsela bien. A mí me habían dicho que era una huevada así como así* —y juntó los índices y los pulgares en un signo que las feministas irían a copiar muchísimos años después de ese gesto pretérito de Dumbo— *pero no era cierto, y como no veía un carajo tuve que acercarle la vela, ponerla encima de la cama, no sé cómo no nos quemamos todos esa noche, tuve que desenredarle la mansachampa para poderle encontrar el verdadero choro que era como una boca así parada en vez de acostada, con otra boca más chica adentro* —la cara de los otros era ya de un sufrimiento épico— *y fijensé que tenía un olor bien agradable, como a choritos con frutillas, y estaba por acercarme más cuando con el manso hueveo se cayó la vela y parece que el cerote le anduvo escaldando la zorra porque ella pegó un salto, entonces se me hizo y salí apretando cueva...*

La película era oscura pero no tanto, y por aquel callejón fermentativo entrábamos al dudoso palacio del Principal después de atravesar todas las etapas intermedias, las puertas del infierno que conducían al cielo (eran pruebas que debíamos pasar como en los cuentos de hadas en los cuales no creíamos, al menos durante el día) y después, ya instalados junto al auditorio pagante, mezclados e indistinguibles, nos entregábamos a nuestra dosis de Chiflados, documentales sosos y noticiarios con muchos meses de retraso.

Un día, sin embargo, fue diferente de todos los otros, uno de esos instantes o segundos fulminantes que cambian la historia, y en ese segundo Benvento se retrasó por buen rato detrás de las tramoyas y cuando Varolio fue a ver qué le pasaba, lo encontró con una sonrisa de Matoco de calle Ahumada soltando uno de esos cabos de cuerda que parecían sostener un velamen de barco encallado ahí en la oscuridad del cine.

Le dio muchas vueltas a una especie de cabrestante hasta que la cuerda empezó a escurrírsele y no pudo hacer otra cosa que dejarla ir para no quemarse los dedos, cuando empezó a sentir un crujido allá arriba, caídas o desmoronamientos de ese cielo en tinieblas y también la proliferación de un ventarrón, una tempestad de tierra y residuos de la memoria peliculera de diez años por lo menos. La muralla de las maravillas, la pantalla que era nuestro verdadero mundo puesto que no teníamos ninguno, empezó a caer como la hoja de un libro que lentamente se vuelve para el lado de acá donde los espectadores estábamos mirando, echando un viento temible, que con el terral y las telarañas se nos venía encima.

Mientras el armatoste caía sobre el público la gente se movió hacia atrás como en una oleada, oyéndose todavía algunos gritos de espanto. No era pesada, era sólo un bastidor de tela blanca sostenido por el sistema de cabrestantes que Benvento había descalabrado al soltar, riendo, pero su caída en sí era terrorífica y también algo repugnante, desde el momento que esa tela estaba impregnada de miasmas encubiertas por la luz, su polvo antiguo y alergénico, alguna gordísima araña extraviada y la sensación blanda y de ahogo que todo trapo nos confiere al ser administrado como mordaza o sudario.

Al desplomarse por completo la pantalla sobre las primeras diez o quince filas de espectadores, que habían reculado aprisa, muchos montándose sobre los otros y armando gran baraúnda, se llenó el cine de polvo donde las linternas de los acomodadores zigzagueaban como los focos antiaéreos durante un bombardeo. Luego se encendieron las luces y la multitud, apretujada hacia el fondo de la sala, seguía viendo la película, que continuó proyectándose por un rato en la pared del fondo y sobre los bultos detrás de las bambalinas.

¿Por qué Benvento dejó caer en un gesto inverosímil esa pantalla sobre las cabezas, más que desprevenidas, extasiadas, de los habitués del Principal?

¿Por qué su sonrisa sardónica descargó sobre los inocentes espectadores pagos e impagos ese polvoriento castigo?

¿Por qué no lo pensó dos veces antes de desanudar y dejar desenrollar el cable primero despacio y luego con creciente velocidad cuando sus dedos pajeros empezaron a chamuscarse?

Ninguna explicación, ni sesuda ni simple, puede valer, y ese acto de Benvento permanece y permanecerá siempre como inexplicable y desaforado.

Lo curioso es que había que esperar un tiempo más bien largo para reponer la pantalla en su sitio, y la administración del cine ofreció devolver la plata. Como Varolio —que era un suertudo en todo menos en estatura— encontró tres entradas botadas en un rollo, las entregamos a la salida y hasta quedamos con billete encima.

El verano se venía cayendo como una avalancha azul, lentamente, y no sabíamos si lo anhelábamos por el descanso —como si éste nos faltara— o si lo detestábamos por el calor sin escapatoria; si lo esperábamos por las sandías y las noches llenas de olores que ya podíamos definir como sensuales, o si lo odiábamos por ser tan corto.

Se sentía encenderse su gran motor y las ropas se aligeraban, con las camisas de manga corta, que tenían una fecha precisa permisible para su uso en diciembre, y los pantalones delgados que habían empezado a fabricarse únicamente por esos años, porque antes existía sólo el tormento de la lana del paño alevoso de Tomé, que sofocaba las piernas como baño turco portátil. Luego aparecieron en los negocios los *slacks,* un conjunto de camisa de manga corta y pantalón largo. Con ellos, el verano se volvía soportable, ya que nunca más usaríamos pantalones cortos. Hasta las guaguas usaron pantalones largos en adelante, en una tierra donde se envejecía sin crecer, y se moría sin madurar.

Los niños podíamos asegurar y también apostar que lo mejor del verano eran las sandías, que en Paine eran famosas, proverbiales. En nuestra parcela no se producían, porque nada es perfecto: había que comprarlas en las fruterías del pueblo, donde se apilaban en altas pirámides verdes, afuera del negocio, cuidadas por algún muchachito que también les llevaba la fruta a los compradores, caminando bajo el sol por una paga insignificante, una chaucha o dos cuando el cliente necesitaba expiación de un pecado mayor. Las sandías también se vendían en los trenes y éstas eran más baratas, no siendo producidas en Paine. Aunque viniesen de lejos costaban menos, porque la leyenda de la Sandía Painina se hacía pagar también dentro del pueblo.

Nosotros no necesitábamos los servicios del niño acarreador de sandías. Teníamos el carretón con el que jugábamos a los trenes, transportando a Carlitos que era siempre el maquinista, y el juego se reducía a correr con el carretón cargado con él, mientras los músculos de Robe o los míos o los de Germán proveían los caballos necesarios para la máquina de vapor, con los chasquidos, piteos, crujidos y otros ruidos restallantes que caracterizan al tren, y el otro jugador sostenía un bastidor de bordar de la tía Mafalda con un papel pegado, igual que en los trenes el mozo de la estación salía con un gran aro de mimbre que llevaba prendido en una trampita de alambre los mensajes que el jefe de estación tenía para los convoyes que pasaban sin detenerse. El maquinista, acercándose en su tren lanzado a toda velocidad, enganchaba con su brazo el aro que le sostenía el mozo empinándose, extraía rápidamente el papel y dejaba caer el aro, que rodaba por los rieles. El mozo corría lo que fuese necesario para recobrar el bastidor que relacionaba los mensajes mandados en morse entre las muchas estaciones del espinazo ferroviario de Chile con los trenes, incomunicados de otro modo, carentes de radios, walkie-talkies o cualquier prodigio electrónico creado en el futuro.

Con el Flecha del Sur la operación era más complicada: el automotor lanzado a la velocidad entonces realmente inaudita de ciento veinte kilómetros por hora, no permitía asomadas del maquinista ni el mozo de la estación podía aproximarse tanto a los rieles. El Flecha disponía de un poste especial donde se colgaba el aro y el tren lo recogía con un gancho. Muchas veces fuimos a la estación sólo para presenciar ese momento pavoroso y mágico. El tren pasaba como celaje y haciendo un chasquido de latigazo el aro desaparecía para no ser devuelto. Nunca supimos cómo se reciclaban esos aros del Flecha.

Ese sistema carecía del poder absoluto de evitar catástrofes ferroviarias, como una ocurrida en San Bernardo cuando un convoy de carga se estrelló por detrás con un tren local de pasajeros que estaba esperando algo no precisado en la estación. La carnicería fue horrenda y docenas de personas murieron en un instante, mutiladas y trituradas a papilla. El tren que llegaba abrió los carros de madera del local como un cuchillo que secciona el vientre de un largo pez y la locomotora del primero llegó a chocar con el carro carbonero del segundo. La revista *Vea,* cumpliendo con su tradición, mostró fotos espantables, empezando por una panorámica a dos páginas de la estación desde arriba, para lo cual el fotógrafo debió encaramarse a un álamo crecido allí como a propósito. Las fotos mostraban el esqueleto descuadernado de cada uno de los trenes, junto con vistas de los cadáveres en todo detalle.

Las sandías de seguro no eran catástrofes aunque a veces su peso era catastrófico. El carretón era fuerte como para soportar el peso de las más poderosas, que podían pesar diez kilos o más. La sandía más grande que yo haya visto pesaba dieciocho kilos, y fue acarreada una tarde en ese carretón, empujándola lentamente. Costó un peso y cincuenta centavos, precio récord, considerando que la sandía más grande costaba a lo más cincuenta centavos. Lo pagamos con gusto porque comerla fue una verdadera orgía sandial, a la que acudieron y se sirvieron abundantemente el tío Romualdo, Monzo y también el señor Morales con su Negra.

La búsqueda de las sandías tomaba largo tiempo, ya que arrastrábamos el carro con Carlitos montado arriba y después de un largo rodeo y vagabundaje por los rieles y la estación, llegábamos a la frutería La Painina donde se acumulaban las frutas en la puerta, vigiladas por Mañungo, que las sacaba por la mañana y las entraba por la tarde.

El proceso de elegir la sandía empezaba por el aspecto y volumen, porque seis personas y dos semipersonas (Emilia y Germán) irían a comer eventualmente de ella, dependiendo de los avatares del día y hora, los humores dispépticos del tío Dagoberto o el genio imprevisible de Carlitos. Era imposible saber si éste no iría a dejar comer sandía a nadie, queriendo comérsela solo hasta vomitarla como espuma escarlata o si, por el contrario, todos la comeríamos en armonía.

Carlitos era un pequeño Tirano Banderas de esa *Bananas Republic* protozoaria, perdida en el tedio del Valle Central. Reinaba en la parcela y su palabra era ley, una ley arbitraria que cambiaba día a día y de hora en hora. Todo se hacía según su voluntad *para que no llorara el niño*, como ese Dan-Auta de una leyenda africana transcrita por Ortega y Gasset, a quien no se le permitía absolutamente llorar.

Cuando llegábamos al negocio de sandías y una vez ubicado el lado donde habían colocado las grandes y sanas, como si quisieran esconderlas en vez de venderlas, se empezaba por percutirlas con los dedos, escuchando el timbre y la armonía del sonido reflejado en la entraña invisible de la fruta. El sonido podía decirnos si iba a ser roja y dulcísima, madura hasta el extremo de ser harinosa —lo que no era deseable, pero se requería un oido de músico profesional o afinador de sandías para distinguir esta sutileza— o bien pálida e incomible, digna sólo de ser arrojada al chiquero.

Una vez ubicada una grande con sonido poderoso y de tono seco y vibrante, la prueba final para su derecho a ser adquirida por Robe, quien conducía la negociación, era la cala o sea el corte de un triángulo en el flanco del fruto intacto. Esta operación era muy resistida por el dueño don Rufino, no por tener miedo de que la sandía no estuviese madura sino porque él trataba de economizar cualquier movimiento innecesario o necesario. Nos decía, en un lenguaje que parecía salido de un libro de Luis Durand, Rafael Maluenda o don Mariano Latorre *pero oiga on Roertito paqué va querel calal la sandilla si todas estas sandillas están requetecontra güenazas, maurazas, se lo asiguro yo que lleo más de veinte años en el rugro, así como usté me ve...* Robe, demostrando la clase que le hizo desenvolverse por treinta años como agente de la Sección Buin del Banco del Estado, no se habría echado atrás por nada del mundo en cuanto a la cala, y no porque le interesara para comérsela, puesto que ella tenía que ser devorada ahí mismo por Carlitos, en eso no había discusión posible ni pensable. Aunque yo la comprase muchas veces con mi dinero, Carlitos exigía invariablemente la cala y había que complacer al niño para que no llorara. La cala era muy importante para Robe porque si la fruta salía mala habría sido reprendido por el tío. Por lo tanto le decía *déle no más don Rufi, que la queremos calada* y don Rufino *pero ji le igo, on Roertito que más mejol no calala: contimás que e' puro maúra je nos puee cuartiar la sandilla que está e' rajarla con l'uña* y Robe *déle, déle no más don Rufi...* Así que don Rufino extraía un cuchillo largo y delgado y hacía el corte en triángulo, que costaba menos trabajo que el corte cuadrado, murmurando *güen dar con el cabrito ersigente, ji entuavía no les gusta la sandilla y me la degüerven yo me enojo y le igo a ju papá on Dagoerto que están puro güeviando conmigo fíjense con lo güenaza que es toa la jruta que se vende en mi negocio: veinticinco años en el rugro...*

El regreso era más rápido porque Carlitos no iba arriba, sino que también empujaba el carro con la sandía adentro. La cáscara de la cala roída por Carlitos se reponía de modo que el corte quedase hacia arriba. Era necesario guardar la cáscara para sellar la fruta que se iría a poner a helar en un balde bajo el agua corriente del pilón. Algunas veces íbamos tan fuerte, empujando los tres el carretón, que se nos volcaba y la sandía saltaba como pelota de fútbol americano y se estrellaba en el cascajo del camino. Había que recoger los pedazos que no se habían hecho puré con el golpe y comerlos allí mismo, sentados en alguna pirca de piedra. Si eso ocurría, el tío Dagoberto bufaba de rabia y nos amenazaba con privarnos de sandía por el resto de la temporada.

El momento final era rajar la sandía que se entregaba al cuchillo con un crujido cavernoso y musical, cuarteándose con sensualidad suprema, a tal punto que oí decir después a un chusco que en la noche de bodas su mujer se había rajado como sandía, pero nosotros que éramos más simples no pensábamos en la humanización de lo visible. Sabíamos sí enterrar la cara en la sandía ya dividida en cuartos, y hundir las fauces en lo que era la parte más sensual y devorante, o bien separar el corazón, el centro sin pepas, y guardarlo para después, de modo que el placer más exquisito ocurriese al final.

Esta operación de separar el corazón entero tenía su riesgo: que Carlitos lo reclamara todo para sí. Entonces había que dárselo sin apelación y así decidimos que era mejor rajarla a lo largo y a lo ancho y después cada uno atesoraba su parte de corazón, burlando al pequeño tirano.

El mejor lugar para comer la sandía era sentados en la puerta trasera de la casa, mirando al maizal. Allí podíamos saborear cada trozo, escupir las pepas lo más lejos posible, lanzar otras como proyectiles resbalosos con un apretón entre el pulgar y el índice, raspar la cáscara con una buena cuchara sopera y beber el jugo del plato filtrando las últimas pepas con los dientes, para finalmente llevar las cáscaras a los chanchos o desmenuzársela a los patos, que reciclarían hasta la última brizna lo que era, en suma, nuestro mismo cuerpo.

Por cuarenta años he estado preguntándome qué quiso decir Chanta esa vez, cuando al referirse a la operación de cateo de la laucha que ejecutaba noche a noche en las paredes horadadas del baño de su empleada, levantó ambas manos ahuecadas hacia arriba y pronunció esa palabra ***planchot*** que parecía el nombre de un escritor francés estructuralista o surrealista o más bien una invención de los sentidos fija en la memoria. Eso era lo que Dumbo había dicho para bien o para mal: **planchot,** refiriéndose a las tetas de la Goya indicando que eran tetas enormes, pero también caídas, un poco aplastadas y su pendiente y voluminosa realidad estaba resumida en la sílaba final OT, muy rara en castellano.

Tampoco eso podíamos saberlo y menos Dumbo, más ignorante que un tarugo hundido en la tierra porque planchot era una de esas palabras que quieren descifrarse desde el fondo de los pensamientos de los cojones subalimentados, y buscan representar algo que necesita un vocablo nuevo. He intentado exprimir la imagen y el sonido de ese momento, como un limón estrujado después de su muerte y disolución, y pienso que él quiso decir por ejemplo *las tetas chanchotas*... pero no, no era así, sólo era posible y factible esa palabra alucinante:

planchot ⟶ las tetas
las tetas ⟶ planchot
planchot ⟶ las tetas
las tetas ⟶ planchot.

Como si en el mundo no hubiera otra cosa que dos tremendas tetas planas, que se agitaban y tremolaban sometidas a aspersión por parte de la mujer que las poseía y las acarreaba en éste, y en el otro mundo eran vistas desde lo oscuro por Chanta, y con Chanta íbamos a imaginarlas todos nosotros, recrearlas, a través del conjuro planchot.

Dumbo, todo orejas,

muy falto de aliento detrás de las tetas, especialmente aquellas caídas y anchas y planas de modo de poder expresarse en la palabra clave, porque al final no nos quedó otra que convencernos, hacernos cargo y entender que todo lo que nos rodeaba, desde antes de nacer hasta lo que esperaba más allá del túnel rosadito de la muerte, no era más que un Planchot indescriptible.

Los varios cerdos de la parcela se engolosinaban con el suero que les daba Robe en una tremenda palangana enlozada. Yo no sabía distinguir el suero de la leche: me parecían igualmente blancos pero disfrutaba lo mismo con todos esos momentos mínimos, y cada uno era un acontecimiento. Cerdo o pato o sapo o araña, todos tenían un lugar en nuestra vida, lugar que a menudo, como en el caso de los insectos, le significaba perder la suya.

El mejor momento era cuando les llevábamos a los chanchos las cáscaras de sandía después de haberlas bien roído nosotros. El cerdo no buscaba corazones o rojeces de sandías, aunque tampoco las desdeñaba si se las dábamos, como hacíamos cuando había trozos enteros de sandías despachurradas o melones desdeñados por pobres o extemporáneos. Los chanchos se abalanzaban sobre las cáscaras, las desmenuzaban a tarascazos y parecían, más que comerlas, beberlas en su esencia y sustancia. No era raro que recibieran la cáscara en el aire, como canes bien entrenados en la tarascada y la engullida. La sandía pulverizada volaba por el aire painino, proyectada desde las fauces de los suinos, chorreando todavía el último jugo, la última baba, el trago del estribo.

De la batahola de chillidos y mascadas surgía un vaho final a sandía, como su espíritu volátil y llenador. Cada partícula de sandía así volvía al suero de leche, a la saliva de puercos lejanos hecha hierba, y muy especialmente a la chanchería misma, de donde el gruñido brotaba en toda su belleza.

C Chacharra

Si pude matricularme en el Instituto Nacional, como también después en el Liceo de Aplicación, fue por intermedio de Chacharra, que tenía conexiones con todos los estamentos del magisterio, siendo ya él mismo una verdadera institución educacional, y había sido nada menos que profesor de mi padre en el Liceo de la Serena cuando era sólo un poco mayor que sus estudiantes.

El nombre civil de Chacharra era Luis Contreras y este apodo era el menos conocido por las otras generaciones de institutanos, siendo invención de nuestro curso. Antes se le conocía como Machete por su extraña cabeza pelada y peluda al mismo tiempo, y también se le apodaba Litro y Medio, puesto que más veces llegaba a clase mamado que sobrio. El despectivo pero también eufónico Chacharra (con sus apócopes Piara y Tiara) venía de su labia poderosa y barroca, que se desataba en parrafadas imparables cuando el Cabernet Sauvignon, el Merlot o el simple litreado lo embriagaban, como él mismo lo había citado y traducido de la *Chrestomathie: quand je'ai bu du bon vin clairet / tout tourne, tout tourne au cabaret: cuando hemos bebido del mejor chacolí / todo da vueltas, todo da vueltas en la taberna...* definiendo así mejor que nada y que nadie el mundo suyo que había de acompañarlo hasta su muerte en 1972, cuando creo haber sido el único ex alumno del Instituto que lo acompañó hasta el nicho de pobre donde lo enterraron, no lejos de la tumba donde ahora reposan mis abuelos, mis padres y mis tías abuelas Nene y Telita.

Chacharra entró como una tromba acezante a mi primera clase del Instituto Nacional en la primera hora del lunes 7 de marzo de 1949. Su entusiasmo era genuino o al menos lo parecía, era como si el mundo del Instituto se nos presentara de pronto y por entero en nuestra vida, para contrarrestar la recepción brutal de Poblete hacía apenas unos minutos. Recuerdo el brillo celeste de sus ojos en el momento de entrar: me dio en un segundo la dimensión del paranoico y del visionario, pero en el momento de existir esa visión yo no tenía absolutamente conocimiento ni del uno ni del otro. Entró exclamando fortísimo *Oh Bonjour Messieurs Où là là... Voici la porte, voilà la fenêtre* entrecortando sus tiradas y exabruptos con un HIIIIIII porque además de tomar fumaba y había desarrollado un asma crónica que hacía que todas sus frases terminaran en un silbido de pecho. Al hablar en voz alta y especialmente cuando se enojaba, Chacharra parecía el maldito Dart Vador de *Star Wars,* aunque para poderlos comparar tendrían que pasar veinticinco años al menos. Siguió así mostrando objetos de la clase, todo en francés, poniendo en práctica lo que décadas después se llamaría de varias formas según el geniecillo de turno que ponía su método de moda en los Estados Unidos, esto es usar en clase sólo del idioma a enseñar, tratando de duplicar la situación del país extranjero donde se supone que se escucha sólo esa lengua, pero la realidad es muchísimo más compleja que eso. Hay innumerables formas de enseñar una lengua extranjera, pero el aula de clase es un ambiente desolado e impotente donde ésta tiende a fosilizarse, a congelarse instantáneamente, como gotas de agua en el frío del Polo. Es posible que pequeños grupos, talleres de conversación y gramática puedan dar la clave, pero todo depende de la disposición y facilidad innata del alumno, porque las lenguas son un talento posiblemente heredado, como todo los demás. Otro método es el de José Martí, que era un genio hasta en la actividad humilde y al mismo tiempo esencial de enseñar a abrir las mentes a otra cultura representada por la lengua. Martí enseñaba leyendo un texto literario y con él iba explicando las estructuras de la lengua, junto con la cultura y todo lo que se le ocurría en ese momento, para que sus alumnos hablaran como personas y no como papagayos sabios o cuervos, porque según nos dice el *Reader's Digest* éstos a menudo aprenden y gritan las interjecciones de los vaqueros.

Aunque para nosotros fuera muy difícil entenderlo y aceptarlo, Chacharra veía su magisterio con gran seriedad y hasta solemnidad, y ello se evidenciaba en sus discursos no programados, que podían versar desde la política hasta el fútbol. Cuando se le incitaba a hablar sobre alguno de esos temas, no podía detenerse y por eso mismo su nombre estaba muy bien puesto. A pesar de su método de enseñanza ultramoderno para esos años, él mostraba otra fibra cuando se ponía a prueba su paciencia, momentos que no eran escasos en un lugar como el Instituto Nacional, donde la represión enardedecía por igual a maestros y alumnos. Entonces se volvía un verdadero energúmeno, sus ojos se inyectaban de rojo sumándose el color del vino al de la ira, y profería amenazas de profesor antiquísimo pero aún efectivo, como esa vez en que le gritó a Parro, sorprendido en clase traficando con unas cartillas del Hipódromo Chile: *no impogta quién sea el idiota: a ti o a todos juntos ¡a caballazo limpio los hagué entgag en vegueda!* y lo puso inmediatamente en práctica empujando al Coño hacia la puerta con su pecho al mismo tiempo débil y maltratado, pero fuerte como el de un toro furioso. Considérese la hipocresía del acto, puesto que Chacharra era de casa tanto en el Hipódromo como en el Club Hípico.

Cuando la hora arrastrada de la clase se había evaporado por ese día, o los sábados y domingos por la tarde, se veía a Chacharra caminando a tropezones por las calles del centro, dirigiéndose a pasos nerviosos y trastabillantes hacia los bares de las calles San Diego, New York, Bandera, Nataniel y hasta más allá, donde la ciudad se perdía en las dimensiones del absoluto. Iba Piara como el caballo al abrevadero, con paso errático pero segurísimo, pesquisando la vibración etílica en el aire de Santiago que la abrigaba como la oculta armonía del horrísono pedo de Dios que otorgó existencia a los universos visibles e invisibles hace 15 billones de años. Iba Tiara con pasitos de ave zancuda que hubiese perdido las dos zampas, saltando en pos del vaso de chacolí, litreado o reservado de cosecha 1940, en los días en que la luna entraba en Escorpión y el magisterio estaba recién pagado. Nosotros siempre lo veíamos de lejos, como si nunca se le pudiera acercar y de haberlo hecho nos habría corrido como la peste, porque eso éramos para él afuera y dentro de las aulas.

Tampoco éramos los alumnos quienes le dábamos de comer o —más importante— de beber, sino por el contrario, era el estado democrático el que servía a sus hijos putativos y los otros. Chacharra nada tenía que temer por su ración etílica o sopeada mientras ese estado existiera, porque le daba pienso a los fantasmas y sangre a las uvas que lo sostenían en la mitad diáfana del aire, y a nosotros junto a él.

¿Qué parte del francés de Chacharra me ha quedado como herencia? Es algo muy difícil de pesquisar y todavía más de delimitar. En su lenta transformación o metamorfosis diaria de Machete en Chacharra / Piara / Tiara y luego en su alter ego Litro y Medio, sembró una cierta semilla de amor como también de odio, por la lengua que nos enseñó durante los años que pasé en el Instituto, y así con todo lo que estudié en el liceo, que hubo de ser aprendido de nuevo como si el aprendizaje en esa instancia estuviera obsoleto de partida.

El paulatino acercarme a la cultura francesa, que verdaderamente nos atraía como una luz poderosa y nos conectaba con mundos especiales y hasta únicos —aunque el ataque a Francia por parte del sectario o del beocio se haya hecho casi una institución en Chile— puede haber tenido un pequeño, humilde principio en Chacharra, principio que debía ser redescubierto después de ser negado y ultimado. Lo mismo sucedía con los otros profesores dignos de ser recordados como tales, por ejemplo Mario Céspedes, Rudencindo Ortega, Julio César Jobet o Juan Godoy. Todos ellos eran fundamentalmente correctos y profesionales en el mejor estricto sentido de la palabra, pero el mismo sistema anulaba diariamente su proyección dentro de nosotros.

Con Chacharra, feroz y tierno al mismo tiempo, sólo podría haber existido una mutua cercanía en torno a una botella de la cual extraer y compartir las visiones de la muerte que nos hablaban elocuentemente desde el vino.

TC *gallo que pisa al pato*

Mientras las gallinas estaban echadas debajo del árbol chueco al fondo del patio, bañándose en tierra seca para despiojarse, arrojándosela diestramente sobre el lomo y también debajo de las alas como si fuera una forma elemental de desodorante, yo había tomado al gallo Cogoyo para mesarle las mollejas, y así humillarlo.

Apenas soltado, el gallo se marchaba tan amoscado como orondo, mascullando su rezongo *Yiii—iii—iii,* y se desquitaba yéndose derechito sobre un pato cualquiera y pisándolo como si fuera gallina.

C *grosería de Parro*

—***C****onchetumadre* —le dijo Parro a Dumbo al día siguiente— *con la historia que contaste sobre tu empleada, anoche no podía dormirme y tuve que correrme la mansa paja...*

Hay un momento en que un pelillo aflora, solo, solitario como arbolito en medio de la nieve. En ese tiempo andaba encerrándome en el baño, como presintiendo extraños rituales, dentro o fuera del agua. Había un espejo en el baño que tenía el borde blanco y con pequeñísimos agujeros de carcoma, como si hubiese sido acribillado por la artillería de una guerra enana, y también un extrañísimo calentador de agua en ese baño que comunicaba con tres piezas por sendas puertas, circunstancia insólita para un retrete, que es un sitio donde nos encerramos a esconder lo pudendo y lo excreticio. Es probable que de aquella experiencia se origine que ese baño se duplica soñando, en una carencia total de intimidad: en cualquier momento una de las tres puertas podía ser abierta, y siempre ando por ahí cerrándolas en los baños de mis sueños, o bien directamente en ellos se defeca en público, en dormitorios inmensos como salones donde muchas mujeres transitan mientras hago mis necesidades.

Es en la luna de la mitad de mis trece años que enfáticamente descubro ese pelo solitario en la piel sedeña —el adjetivo pertenece a la Mistral, y su uso aquí deberá ella perdonarlo— del pubis, antes que nada, antes que todos los años la ocultaran, y los pendejos crecieran y hasta las ladillas la profanaran alguna vez.

Antes hay que describir el califont que tenía un encendedor piloto como un soplete de soldador que giraba con una manivela, y al fluir el agua caliente se encendía con gran fogonazo. El agua circulaba por un oculto serpentín y caía por un tubo en un chorro indomable, una doméstica pero también respetable catarata. El artefacto ése era como una gran tetera que vertía su agua ardiente hacia la tina más abajo. No poseíamos ducha —lujo o esplendor yanqui en ese tiempo— sólo este calentador del cual era posible regular un poco la llama para que uno pudiese recibir el contundente chorro hidroterápico que azotaba la espalda.

Yo prefería sin duda los largos y ociosos baños de tina, y nada ha habido después que pueda procurarlos como esa tina prehistórica. Sobre todo la tina me persigue en los sueños con sus aguas seductoras, apacibles y reconfortantes. Era en verdad enorme y varios años después, habiéndonos ya mudado de la vieja casa al final de un juicio de lanzamiento que duró otros tantos, mi padre dijo con pesadumbre que había pasado frente a la casa de Simón Bolivar 1998 y había visto todos los cambios que le habían perpetrado: los viejos y queridos árboles arrancados, para que la casa por fin subiera de categoría. Mi padre nos contó que la bañadera estaba tirada dada vuelta en el patio, víctima también de la remodelación que incluía los sanitarios.

El agua en la tina era densa y profunda y uno podía hasta nadar o fingir nadar en ella con verosimilitud, siendo o pretendiendo ser descomunal como la que aparece en *Brats* de Laurel y Hardy, y se podía organizar naufragios con las jaboneras y los grandes peces de carey y también la tortuga que había obtenido hacía poco. La había visto un día en la librería de los españoles en Irarrázaval pasado Pedro de Valdivia, e inmediatamente había deseado comprarla. Había caminado desde mi casa llevando mi moneda de un peso, y al querer pagar con ella y obtener la preciosa tortuga, recibí la siguiente respuesta lapidaria del librero español: *puesh que esha tortuga vale shiete peshosh! ¡Shepaló!* Fue muy triste volver a casa con ese peso apretado en la mano, recalentado de tanta pobre esperanza. Posiblemente mi padre no tenía mucho más que esos siete pesos, pero muy luego la tortuga pudo ser mía y también unos pececillos de carey tan frágiles que se rompieron casi inmediatamente, y que se llamaron Cleíto, Donaldo y Pinocho.

Tanto la tortuga como toda su familia pasaron a ser personajes importantes en mis historietas. Si los nombres y cierta forma general de esas creaciones y fantasías provenía del lavado de cerebro iniciado por Walt Disney precisamente con mi generación, su contenido tenía mi sello y así como antes lo había hecho con las bolitas de cristal, agrupadas por tamaño en abuelos, padres, hijos y nietos (la más hermosa y pequeña bolita azul se llamaba Flor) y con la Nenita creábamos todas las noches historias con ellas, así la tortuga Carey se casó con un pez de regular tamaño de color rojo desafiante por lo que fue llamado Carminé Bonfanti, y ellos tuvieron como hijos a los pececillos aludidos que muy luego se hicieron trizas, como también a una vaca que se llamaba Blanquita y que era pequeñísima, tenue, del mismo porte que los pececillos y que los sobrevivió por unos años. Después conseguí un pescado enorme, rosado, que al parecer tenía la función original de sonajero, porque llevaba en su interior semillas secas que yo extraje abriéndole un hoyo en la cola, porque tener un juguete que era un sonajero a mi edad era ciertamente degradante. Este no podía ser otro que el Abuelo de todos los peces, y también de la vaca.

El agua aquella se convierte en una forma de la propia conciencia, mientras nos revolcamos en su hondura repetidamente por uno, dos, cinco, veinte años. El cuerpo va cambiando, van saliendo pendejos y barba y la tina es más pequeña después de todo ese tiempo, pero siempre lo suficientemente grande como para que el rito sea completo y total y no queden residuos de otros cuerpos en el agua febril donde no sólo yo me bañaba sino también, por ejemplo, mi madre, que usaba el agua caliente donde me había desmugrado, pero ella no consideraba mugre esa borriña, y no era raro que alguna tía, la Nene o la Ata se bañaran también en el agua residual de mi cuerpo. Hasta la Rosa aprovechó de esa agua, muchas veces, y esto cambió radicalmente nuestras relaciones, como si entrando en ella de algún modo lo hiciera en mi cuerpo y viceversa, porque era un agua buena para desnudarse adentro y soñar debajo de ella, y así recobrar el tiempo.

El agua de la tina tuvo algo más cuando la Rosa se metió en ella. Fue a bañarse en el agua dejada por mí, mi abuelita se lo permitió con su palabra que era ley, y la Rosa trajo un humilde jabón Flores de Pravia y la única toalla que siempre le conocí. Se llevó también un par de calzones de recambio, porque todavía los tenía. Cuando ella estuvo en la tina, después de un tiempo prudencial, fui como agazapándome, adosándome al muro que daba al baño y que tenía, a casi dos metros sobre la tierra surcada de caracoles y babosas, una ventana con postigos verdes que siempre se mantenían abiertos para iluminarlo.

Rosa te iré sapeando, iré agazapándome, adosándone a la pared externa que da al baño con su ventana alta y empavonada para velar los actos fisiológicos, ventanita verde que se abría sólo para los árboles, en la parte alta del retamo y de los plátanos orientales de la calle.

Iré reptando por el muro mientras adentro se siente el chapoteo de tu cuerpo que ya imagino en el agua ligeramente velada, enlechada por el baño anterior mío y allí te voy imaginando toda grande, gruesa y apetitosa porque ya soy un hombre al menos en el bajo vientre y en el resto soy como un verme que espera un tremendo futuro para volar, pero ahora soy hombre en cuanto a que, detrás del muro áspero como mejilla de ogro, sé que está la mujer esperando, yaciendo en el agua pesada con todo lo que nosotros hemos dejado en ella, yaciendo y mojándose, lavándose y perfumándose la zorra, que ya era en ese momento el lugar más importante del mundo, como siempre lo ha sido y estabas allí Rosa y yo iba a sapearte subiendo por esa cáscara agresiva de la pared.

Sí, Rosa, nada menos que la tuya, *que por el relato abominable de Dumbo yo imaginaba cubierta de una selva negra y perpetuamente abierta. También el Pato Miller tiempo atrás me había dicho que* así era, *uniendo las manos en ese consabido gesto que debe ser de lenguajes muy antiguos. Yo le había creído, es más, estaba seguro de que era un espacio, ahusado, ahuecado como el de los dedos que se juntan ceremonialmente, y así iba trepando, iré trepando hasta asomarme y ver, verte desnuda en la tina de nuestra casa, iré subiendo Rosa, y verás, como viste, mi cabeza asomada e inmediatamente gritarás* **¡señora Carmencita!** *y todo terminará allí donde todo realmente comenzó...*

Estuve realmente muy enojado con la Rosa, por haberme denunciado y no fue tanto la reprimenda de mi madre lo más duro de sobrellevar, como el sentimiento de haber sido traicionado en una empresa más ardua que tomarse el Morro de Arica en silla de ruedas y la frustración de no poder ver aquello, en mi tina de baño que era como hecha para ver todo lo bueno del mundo y en esa agua donde todo se veía transparente como en el ojo del oráculo.

Pasé muchos días sin hablarle, y el asunto se proyectó también en malas imágenes de desconcierto en mis padres, que no podían creer que su hijo andara deslomándose sobre las murallas para ver mujeres desnudas, desde ese momento en que la Rosa gritó *¡señora Carmencita!*

Verla era lo más necesario en la vida y yo sólo podía al menos intentarlo, empezar por ahí, porque el resto no sabía lo que era ni como se hacía. Tampoco sabía para qué servía esa parte de las mujeres, y había tantísimas por el mundo, indescriptibles por lo desconocidas, como una ciudad de oro detrás de las montañas, una especie de Shangri-La entre las piernas de la Rosa, que estaba allí para eso, que había venido a mi vida para eso, y había caído del cielo para eso, diciendo *permiso mijito, permiso,* al bajar del taxi del gordo Segundo Agurto.

Cuando después de un tiempo le volví a hablar, le pregunté por qué había gritado llamando a mi madre y ella me dijo simplemente *porque no es justo mijito que me ande sapeando por ahí.*

mortadela de caballo

A media mañana me comía una marraqueta con abundante mantequilla y mortadela. La mejor mortadela era la de carne de equino y no debía ser comprada en el almacén de don Alberto sino en el de don Vinko Kovac en Manuel Montt con Irarrázaval, porque de seguro él tenía conecciones secretas con misteriosos ámbitos o repúblicas caballares donde los ciudadanos se tranformaban lentamente en su mortadela. Don Vinko era el padre de mi compañero de preparatorias Marcos Kovac, también llamado el Vinko Chico o El Cabeza de Combo.

A media mañana debía comerse la mortadela en la marraqueta y yo la empezaba siempre a comer desde el centro. Me gustaba mucho imaginar que yo mismo era un caballo y que el sandwich era una apetitosa bala de paja, en la seguridad de que nada podía ser más exquisito que la paja para él. Difícilmente caballo alguno estará de acuerdo, por miserable jamelgo que sea, y siempre preferirá el pasto verde y sustancioso.

Los míos eran pingos diferentes, adecuados para ser vividos con la imaginación en 1948, y para ser escritos cuarenta años después, cuando no queda absolutamente nada de la marraqueta ni de la mortadela ni menos del caballo, ni tampoco del almacén ni seguramente de don Vinko ni de su esposa Vesna, y se ha perdido por siempre jamás la pista de Marquitos y su hermana menor Ivana, la misma que en 1950 se presentó al concurso de belleza *Miss Chile* y todos se le rieron en la cara.

TC

galletas de vino

***R**osa ándame a comprar un cuarto de galletas de vino ahora que es media tarde y un cuarto más un medio hacen un entero, Rosa ponte las chalas verdes y camina ondulándote como tú lo sabes hacer mejor que ninguna en esta calle que es todo nuestro mundo, por Simón Bolívar hacia Manuel Montt, vé corriendo sin demora y tráeme un cuarto de galletas de vino Mac Kay de las grandes y rectangulares, perfectas en sección áurea, diferentes de las más pequeñas Hucke que dejan un sabor acre en la boca, como de fermentos no completamente disueltos en el proceso de la maduración cultural de la galleta.*

Entra en el palacio de las delicias, que es el almacén de don Alberto donde como es de rigor estará él a un lado y al otro su mujer doña Josefina, colmando casi la mitad del espacio visible y ocupable. Allí estará todo, a un lado los arcones con arroz, coscorrones, garbanzos, lentejas y arvejas, a otro lado las grandes cajas de las galletas con tapa de vidrio, siendo cada una inagotable porque en cualquier momento eran reemplazadas por otras, compactas, frescas y crujientes, cada una en su individualidad de galleta con alma, el alma que tiene toda galleta fresca y doncella de vino, de champaña, de oblea, maría, de agua y de soda y también de anís, en categorías aristotélicas muy elementales, cada galleta mimaba a una antepasada en Francia, España o Inglaterra, y nacía, en nuestro lado oceánico del mundo con una nueva cara más elemental, más adecuada al mundo en que les tocaría vivir su vida MacKay o Hucke.

Por sobre las galletas tronarán las torres de cristal de las pastillas. De ellas deberán comprarse cien gramos, de menta, redondas con rayas, profundamente verdes, con el color de las esmeraldas brasileras ya que no las colombianas que son mucho más pálidas. Las pastillas de menta a veces vienen pegadas de a dos por un itsmo central, como pequeños relojes de arena. Se puede quebrar ese misterioso nexo o vértebra de pastilla, dejando una irregularidad que corta la lengua o se pueden chupar —y esto es sin duda lo mejor— de a dos, redoblando la delicia e hinchando los carrillos como si en la boca se tuviese una rareza, un bastoncillo, una tortuga o algo fuera de lugar. También estarán las pastillas de anís, en forma de humita o almohada inflada a reventar, y las de porotitos multicolores, que se funden echando una vaharada de azúcar, se reblandecen bajo el diente y ceden de pronto su carga de almíbar. Hay una especial ecuación entre la resistencia del porotito, el sabor delicioso en los dientes, y el momento del estallido porotal, cuando el azúcar llena las fauces con un último estertor descaradamente dulce.

Tráeme Rosa un cuarto de galletas Mac Kay de vino y también cien gramos de pastillas de menta, y por supuesto una Bilz, tráemela esta última, Rosa, para pasar la sed y el atoramiento de las pastillas y las galletas. Vendrán las galletas como un ladrillo muy prieto, olorosas a su potencia adecuada de harina y la esencia de vainilla y el tostado en su punto bajo el papel del cartucho.

Ahora bien, el paroxismo será el comerlas con té con leche hacia el final de la tarde ahora que llegas Rosa un poco traspirada y deseosa también de compartir la galleta. Las comeremos juntos, lo sé, para eso has ido con tu paso manso y certero.

En cinco minutos estarán las galletas y las pastillas y la Bilz, junto a nosotros y junto a la mitad de la tarde que se esfuma en el sol reflejado en la casa blanca de Simón Bolivar 2010 al lado oriente de nuestro mundo, y ese sol será toda la luz que necesitamos ya que la otra vendrá de las galletas, de las pastillas y de la Bilz, que será como si dispusiésemos de champaña Dom Perignon para nuestra fiesta.

Pero nosotros no somos decadentes de por allá, somos piribuines, o ni siquiera eso: ocvos, provos, o coltrados sí, y comeremos juntos las galletas con el té con leche y haré lo que más me place: ir royendo cada dientecillo de la galleta, eligiendo dentro del paquete las más tostadas, que tienen un sabor amarguillo donde están más oscuras, para luego disolverlas haciendo filtrar a presión el té con leche a través del cuerpo de la galleta y ello provocará el desmoronamiento del dique galletoide que se disolverá en trigo y miel, y desaparecerá también el dibujo de la galleta, su individualidad de dientecillos del orlo, triángulos y hoyitos del cuerpo en una sola masilla encabritándose hacia nuestros adentros, hacia la maquinaria interior de cada cual, en su misterio terrenal de intestinos y madejas azules, rojas y violetas y que para mi terror era mostrado gráficamente en las páginas anatómicas de El Cabrito. *Ahora bien, la Bilz junto a la pastilla de menta dará el jugo más exquisito imaginable, algo que se puede soportar sólo una vez al mes.*

Así las galletas y las pastillas y también la Bilz, con su sabor a frutas y flores de este mundo, se incorporarán a la sangre y a la linfa caminando nosotros por dentro de nosotros, tú con el paquetito de galletas en la mano dentro de mi sangre y yo dentro de ti en la galleta deglutida y mascada e hidrolizada con la ptialina en la que nos parecemos ambos y también el Lolito, que comerá hoy a pedacitos su última galleta, porque esta misma noche va a morir atropellado en Antonio Varas con Simón Bolívar, mientras se aventurase el pobre buscando el espejismo de una hembra en el Más Allá del Hospital de Carabineros.

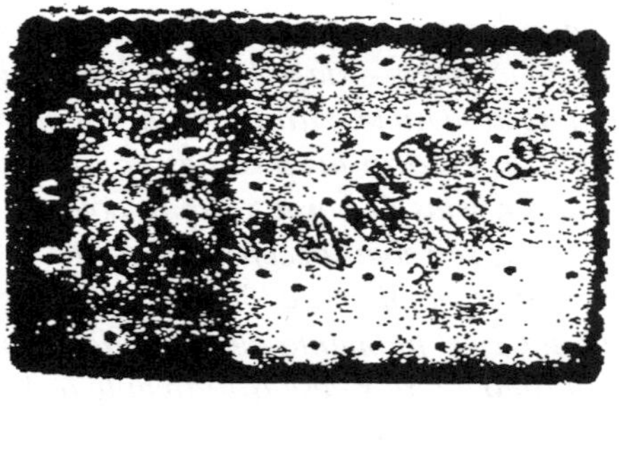

Esa noche de septiembre —brillante y celeste como deben ser las noches de nuestro mes patrio— Rafael se dirigió al *Diario Ilustrado* después de fumarse el cigarrillo número 27 de ese día y tomar un expreso en el único lugar donde se expendía café auténtico en Santiago: el *Do Brasil.*

El edificio del periódico se encontraba en la acera sur de Moneda entre Bandera y Morandé, muy cerca del Seguro Obrero con su torre donde masacraron a un grupo de estudiantes nacistas en 1938. Ocurría así que el *Diario Ilustrado* era una lacra que no se veía entre las otras, siendo más reaccionario que inquisidor medioeval.

Todavía la campaña presidencial del 52 no tomaba vuelo y Rafael, esperando poco o ningún ajetreo reporteril esa noche, pensaba aprovecharse de ello para cuajar algunas ideas sobre uno de los cuentos de *El hombre y su perro,* que se le habían ocurrido al ver, desde la micro en que viajaba, otro perro muerto atropellado en un gran charco de sangre en medio de Vicuña Mackenna. El horrible pero habitual espectáculo lo persiguió durante el trayecto hasta el café Do Brasil y después al diario. También se había quedado meditando en las palabras escritas en una pared cerca de Santa Isabel:

MUERA EL LOCO ZAMBERO

que Rafael tardó un poco en descifrar desde ese mundo suyo de Pedro Ramírez que lo acompañaba en cada momento de su vida, incluso en la micro, pero luego recordó que se trataba de uno de los tantos apodos que se le otorgaban a González Videla, quien ya gobernaba desde hacía un tiempo como dictador legal. El apodo de Zambero aludía a una de sus tantas francachelas, en la que se había descoyuntado bailando una zamba junto al séquito habitual de diplomáticos, delincuentes internacionales y cocotas que lo acompañaban desde su última metamorfosis.

Cuando llegó, el diario parecía desierto, lo que convenía a Rafael esa noche, y no fue sin sorpresa que escuchó a don Crisóstomo —el ayudante factotum del diario— decirle que *hay un señor que habla como español esperándolo.* Rafael no estuvo muy contento con la noticia, pero se sobrepuso muy profesionalmente y pasó a la sala de redacción donde esperaba un individuo enjuto de unos cincuenta años de edad, o al menos así le pareció a Rafael.

Cuando nuestro amigo entró el otro se alzó y su cortesía en el saludo de inmediato lo delató como extranjero. Además, pronunciaba las palabras claramente y ceceando, no por un defecto de la lengua sino por buena crianza idiomática que no necesariamente tiene que ser la nuestra, pero que de todos modos era producto de la garganta y no del diafragma como en los ventrílocuos.

—Paquiro de Víznar, para servirle —dijo el español ofreciendo la diestra con gesto tan enérgico que Rafael sintió una sacudida, como si además de saludarlo el otro quisiera tumbarlo al suelo.

—Mucho gusto —dijo Rafael— ¿y en qué puedo servirlo yo?

—Servir**le** será pues, ***zeñó,*** se dice servirle ¿es que soy animal para usted?

—No me ha dado del todo esa impresión, señor, pero si usted empieza por corregirme la gramática le recordaré que el acto simple de servir es acusativo y no dativo y por lo tanto lleva el **lo**.

—Así será en este lado del mundo y sobre todo si usted lo dice como autoridad en este periódico, porque no faltaba más que nos pusiésemos a pelear por minucias, señor...

—Rafael Fernández Rodríguez, para servirlo yo. ¿Y a qué debemos el honor de su visita, señor de Víznar?

—Pues que vengo a que me haga una entrevista para ponerla destacada y en primera plana del diario.

—Magnífico, señor de Víznar, magnífico. El diario está siempre abierto a los personajes interesantes, y mucho más si vienen de la Madre Patria.

—Miel sobre hojuelas, señor Fernández.

En el escritorio de los reporteros había un enorme cenicero que contenía un pequeño Aconcagua de colillas y que esparcía ese olor insultante de los ceniceros de escaso recambio. Tanto Rafael como de Víznar habían encendido sus cigarrillos, importados el español y Cabañas especiales Rafael.

—Así que usted es de Andalucía ¿eh?

—Pues que sí, señor ¿y cómo lo sabe?

—Por su apellido, que más bien parece nombre de arte. ¿Es usted por casualidad poeta? Usted sabe que Víznar tiene un triste recuerdo.

—Ni barruntos tengo de por qué usted lo dice...

—Lo digo por el poeta que asesinaron en el sitio que lleva su nombre.

— A mucha honra lo llevo, señor Fernández, y le advierto que lo que usted dice son puras habladurías, invenciones de los comunistas. Y yo con poetas, ni a misa...

Rafael apuntaba algunas palabras en su libreta reporteril, y estaba demasiado atento a las movidas y las frases del personaje que tenía delante como para molestarse mucho anotándolas. Desde esa vez no muy lejana en que Rafael había conocido a Juan Ramón Jiménez en Puerto Rico y que le había traído el sabor de la otra gloria, ya más lejana, de su cercanía y trato con José Santos Chocano, no deseaba sino encontrarse otra vez con un gran poeta, no por recibir limaduras de su brillo sino para realmente revivir una comunión que raramente se daba entre los chilenos, donde entre los vates corrían más trompadas que plumazos y donde Rafael personalmente creía que la poesía languidecía en universos rokhianos tremendistas, que él consideraba una decadencia abominable de las sonoridades modernistas del verso. Y esto no era nada respecto de la aparición demoledora de *Poemas y antipoemas* de Nicanor Parra, de la cual Rafael quedó corto de vida en dos años.

—¿Y a qué honra se refiere, señor de Víznar?

—Pues a la de España la grande, la cristiana, la mejor, la del Caudillo a quien Dios guarde, señor Fernández —Paquiro declamó nombres y títulos como si estuviese pregonando distintos tipos de pescado.

—Dios nos guarde a nosotros de ese Caudillo, señor de Víznar, pero todavía usted no me ha contestado sobre su profesión y por qué quiere que le haga una entrevista.

—Lo que pasa es que yo creía, Señor Fernández, que con decir mi nombre bastaba y también sobraba. El gran Paquiro de Víznar es uno solo y más famoso que los huevos escalfados...

—No me diga...

—Paquiro de Víznar es conocido en el mundo entero, señor Fernández.

—Sin ánimo de ofenderlo, le diré que aquí es la primera vez que se oye su gracia.

—A lo mejor, señor Fernández, me equivoqué de diario...

—Y a lo mejor también se equivocó de país, pero contésteme ¿cuál es el arte o ciencia que lo ha llevado a la fama?

—¿Y cuál podría ser, señor Fernández, sino la más noble profesión, la esencia misma de España?

—Todas las profesiones son nobles desde el propio punto de vista, señor de Víznar, no me haga adivinar, soy muy malo para eso.

—Pues que soy torero, señor Fernández ¿qué otra cosa podría ser?

—Torero...

—Sí que torero, señor... Torero y bien torero.

—Torero... —repitió Rafael como si todavía tuviese que encontrar la palabra en su cerebro que no tenía un espacio a mano para ella.

Como en una película detenida en la moviola, los dos hombres —alto, calvo y encorvado el uno; enjuto, petiso y con una gran pelambrera engominada el otro— se miraron sin verse por unos momentos sin gloria. Por la pantalla detrás de los ojos de Rafael pasaron imágenes fugaces: el perro aplastado en la calle, unos hombres a caballo rejoneando al toro, banderilleros ayudando a desangrarlo y ahí el dulce Rafael vio rojo, como si la sangre de un buen número de toros, toretes y novillos le estuviera tiñendo esa película que vamos proyectando en el cerebro mientras nos dura la función.

—Señor de Víznar —dijo Rafael sin levantar la voz— mándese cambiar ahora mismo.

—¿Qué está diciendo, señor Fernández? ¿No va a hacerme la entrevista, por el coño que lo parió?

—Dije que salga inmediatamente de mi oficina, señor torero de la puta que lo parió a usted.

—Pues que no salgo, señor Fernández. ¡Esto es una afrenta inconcebible! ¡Exijo hablar con el director del diario ahora mismo!

—El director a esta hora soy yo, señor de Víznar. Salga o lo echo a patadas.

—Mañana mismo hablaré con el embajador de España para que le hagan a usted un culo de este tamaño —dijo Paquiro formando un hoyo de unos veinte centímetros con los dedos.

Rafael perdió la paciencia y le dijo al torero señalando la mampara abierta de la redacción *mire, señor de Víznar, ahí viene el Caudillo a buscarlo...*

El otro se dio vuelta hacia la puerta como si realmente esperara ver a tan venerada efigie, mientras Rafael lo agarraba del cuello y el ruedo del vestón y lo empujaba violentamente como uno que juega a las carretillas. Paquiro gritaba *joder, joder, el embajador arreglará esto* y Rafael aceleraba su tranco de locomotora bufando sin vapor, de pura rabia y por el gusto de poder quitar al menos un torero de su vista, no a patadas que sería cosa de palurdos, pero sí *al trotemar,* con esas fuerzas desmesuradas que don Quijote sabía invocar pero no administrar.

No se detuvo Rafael hasta dejarlo con una cara de perplejidad sin límites en plena calzada de Moneda con un último envión: desde ese momento la cara a Paquiro le arrastró por el suelo y casi como que pugnaba por irse sola a la cuadra siguiente donde, en el Palacio de la Moneda, el Loco Zambero podría incluso haber escuchado sus quejas, ahora que sus bonos no podían estar más bajos, en la misma semana en que Rafael nos aseguró les había dicho a los reporteros que los niños pobres de Chile *podían tomar leche de perra si no les alcanzaba para comprar de la otra.*

Era fácil que el Zambero solidarizara con el mataor: sin traje de luces estaba ahí Paquiro en la calle, sin banderillas, sin ninguna otra mierda encima que la suya propia.

También íbamos muy frecuentemente a los cines del barrio como el Rialto o el Ñuñoa, este último un lugar bravío donde había que prepararse para el ataque inmediato e incesante de las pulgas que lo infestaban a millares, y también para soportar y acaso apreciar la pestilencia embriagadora a orina macerada: muchos espectadores varones no tenían el valor o la energía para ir al baño o posiblemente no sabían que esas funciones se verificaban ahí o no alcanzaban a llegar, así que se apoyaban en la pared del fondo donde desaguaban copiosamente, como caballos. Si uno tenía el valor o la apatía para soportar eso, podía disfrutar una película o dos o tres, generalmente viejísimas, entrecortadas y rayadas después del periplo de meses o años que se iniciaba en el centro hasta llegar a ese sitio de avenida Irarrázaval, una cuadra más arriba de Pedro de Valdivia.

En el Ñuñoa era mejor ponerse en la platea alta ya que en la baja llegaban escupitajos, y hasta un chorro de meado, cuando algún gracioso prefería el vacío a la pared, y dábase hasta el trabajo de empinarse en la baranda para asomar el pájaro con tal de sentir la orina caer en la penumbra olisca del antro, y esto no era todo, también podíamos sentir el golpe contundente y blanduzco de un pericote que caía, porque los había por docenas en ese lugar. Esos ratones afines al *show business,* por enormes que fueran, estaban como amansados por la oscuridad, así que uno los sentía pasar como bolas suaves de terciopelo entre las piernas y por eso era fácil, cuando se estaba de ánimo para ello, coger alguno por la cola y lanzarlo a la platea baja. Algunas veces no pasaba nada, pero otras se oían alaridos mujeriles, mariconiles y también varoniles porque los ratones son seres que no suelen gustar a la gente, incluyendo a los curtidos espectadores del Ñuñoa.

Después de una de esas funciones dobles en el Ñuñoa llegué a casa con más pulgas que perro callejero, y mi madre desde aquel día me prohibió ir a ese cine.

Afuera del Ñuñoa había una óptica que tenía un enorme aviso que trataba de ser luminoso, puesto que la mayor parte del tiempo estaba apagado. Era un ojo gigantesco que me infundía miedo: su sombra se reflejaba agigantada en la pared debido a que el alumbrado público era más asiduo y lo iluminaba al sesgo, dando al conjunto un aire intimidador y un poco de pesadilla. Durante el día, que era cuando frecuentábamos el cine contiguo, el ojo perdía su poder atemorizador y se podía perfectamente pasar debajo de él sin cruzar a la vereda de enfrente, como yo solía hacer cuando ya había anochecido.

Ese no era el único lugar temible de la avenida Irarrázaval, donde parecía que la acera norte era la acera de los terrores mientras que la sur era la de la otredad, de lo ajeno, como si la calzada fuera un océano que dividiera nuestro mundo. A dos pasos del almacén del Vinko Chico había y todavía hay una casa donde años después habitó el doctor Requena, quien fue uno de los muchos médicos que yo consulté durante mi vida buscando mejorar una condición de salud que sólo podía tratarse desde el interior de mí mismo y con una concepción de la medicina que todavía hoy está más allá del alcance del ciudadano promedio. Ahí fue donde una tarde en la que yo iba caminando sin prisa y sin descanso, como las estrellas de Goethe, un visillo se corrió en esa casa gris, y fue cosa de un segundo —esos segundos que significan una eternidad porque nunca se borran de la memoria— y apareció la visión horripilante de esa *Mujer Elefante* que tenía como otra cabeza a un lado de la suya, y que pasó por detrás de los visillos mirando hacia la calle que le era por siempre vedada. El color de ese rostro o lo que fuese, era azulado con manchas muy blancas, como pellejo de pescado hervido que se estuviera cayendo a pedazos, y su ojo derecho se veía rodeado de gran un halo muy rojo porque estaba situado como a treinta centímetros del otro. Todo su rostro se desplazaba hacia el lado de ese melón que emergía y pendía en el lado derecho de su cara. Al parecer, no tenía pelo. Era una mujer muy alta, que caminaba rígidamente como empalada y que desapareció en un par de segundos, tal vez al verme parado y estupefacto, petrificado en la acera por el terror.

Nunca volví a pasar por ese lado de la calle, y prefería hacer un largo rodeo como cuando daban *Frankenstein* en el Ñuñoa, y cuando fui donde el Vinko Chico siempre lo hice por el lado de Manuel Montt. Cuando tuve que entrar a esa casa para consultar al doctor Requena, habiendo transcurrido al menos diez años, de todos modos se imponía la visión de la mujer monstruosa, su recuerdo estaba presente y tal vez ésa fue la razón por la cual dejé de consultarlo. Acaso la mujer todavía estaba viva y acechaba detrás de las oscuras cortinas del consultorio.

En las callejuelas que conectaban mi barrio con la plaza Sucre, había una casa con la estatua de un negro iluminada por la luz azul del porche. También esa visión me aterraba un poco, pero se trataba de una emoción muy diferente. Era una visión misteriosa, casi encantada, porque negros hay muy pocos en Chile y a veces se tiende a idealizarlos, a exotizarlos, a colocarlos en un dominio legendario. Vista de día, esa era una estatua muy fea y burda, digna de Disneylandia, pero ese mágico farol de cristal azul la transformaba al encenderse por la noche.

Yo y mis amigos fuimos quedando poco a poco adictos a la droga del cine y como no hay contradicción que no sea fecunda, nos fuimos educando de lo más bien con ese mundo o universo paralelo, en el que comenzamos a existir desde que tuvimos uso controlado de nuestras piernas y la autonomía suficiente como para deambular, salir, entrar o permanecer en los sitios que nuestra mala conciencia nos señalaba. Ellos eran casi siempre lugares de perdición como salas de *pool,* entretenimientos de todas clases, antepasados prediluvianos de los *arcade-games,* además de los cines donde empezamos realmente a conocer el tejido que poblaba ese sueño que se llamaba realidad y que en las películas se daba enquistado en metalenguajes metafóricos que iban de lo sublime a lo abyecto. Por ejemplo, el mundo alegórico de las comedias americanas de los años 50, muy luego iría a formar parte esencial de la vida mía y de Charly, separándome de los otros amigos cuyos gustos iban más por lo fuerte, Pabuelo en primer lugar, y luego Varolio y Benvento que alguna vez nos acompañaban por tener una sensibilidad menos rudimentaria, y del Cholo no hablo porque ése la mayor parte del tiempo andaba pato y no podía ir ni al más modesto de los rotativos.

Si Hollywood existía para nosotros, no era por la ciudad de California donde se han dado las mayores pasadas de gato por liebre de la historia, sino por el cine que había en Irarrázaval esquina de Los Tres Antonios y que funcionaba de rotativo como los otros, dando a menudo tres películas de un cierto tipo, por ejemplo de vaqueros o de aventuras, mientras que en el Ñuñoa se prefería el dramón a moco tendido o la astracanada embutida de rancheras. También se arrendaba la sala a compañías de teatro popular como las de Arturo Moya Grau o de Doroteo Martí, también conocido como Doroteo Martirio, que esa temporada estaba haciendo el giro de los barrios con *El loco del bosque,* la cual no era más que una de las muchas comedias de su desaforado repertorio.

Fue precisamente cuando daban *El loco del bosque* que se nos ocurrió infiltrarnos en el teatro con Charly, porque la fama de Doroteo Martirio lo precedía siempre dentro de las comunicaciones no desmentidas del barrio. No habríamos gastado dinero en la entrada, aunque no era demasiado costosa: por una parte nos atemorizaba un poco la figura del Loco y por otra, todo el espectáculo era calificado como la quintaesencia de la vulgaridad. Pudimos atisbar sólo un fragmento, habiéndonos entrado por esa puerta lateral que en los teatros siempre parecía estar hecha a propósito para nosotros, a un costado del escenario. Había allí un tipo vestido de andrajos, con barba y pelo crecidos y revueltos, botado en medio del escenario y echando espuma por la boca. Había también una escenografía como de celda o cabaña pintada en telones. El actor —que no era otro que el fabuloso Doroteo Martirio— se arrastraba echando espumarajos y aullaba *tengo que llegaaaaaar a esa pueeertaaaa* dilatando las letras en un estertor. Toda la escena que alcanzamos a ver consistía en ese arrastrarse del Loco del Bosque y en sus gritos. De repente se alzaba un poco gritando *¡Maríaaaa!... ¡Maríaaaa!* para luego caer y arrastrarse nuevamente. Yo y Charly estábamos estupefactos contemplando sus contorsiones, tan absortos que no nos dimos cuenta que un acomodador o empleado del teatro venía entrando precisamente por esa puerta lateral y nos dijo *salgan abriendo los mocosos de mierda.*

Es bueno recordar que Charly no era mi compañero de estudios en el Instituto Nacional, pero lo había sido en 1947 y 1948 en el United States Academy, colegio que estaba en Antonio Varas con Irarrázaval y donde se ofrecían clases sólo hasta primero de humanidades. Después nuestras vidas difirieron en cuanto a los colegios en que estudiamos, hasta que volvimos a juntarnos en la Universidad. Nuestra amistad se prolongó por todos esos años y fue la más importante de ese tiempo y de la primera juventud. Charly se marchó a los Estados Unidos en 1964, exactamente diez años después de Cholimbo, que lo hizo en 1954.

Nunca olvidaré cuando vi a Charly por primera vez. Desde la puerta de mi casa de Simón Bolívar, donde a menudo me sentaba solo antes de la llegada de la Rosa, veía a ese muchacho gordo y rubio cruzar la calle, caminando por Antonio Varas hacia el norte y siempre pensé que querría ser su amigo. Como estaba en el mismo colegio nos acercamos fácilmente.

Charly era judío y sus padres eran observadores estrictos de la tradición hebraica. Eso puso una marca a la vez de atracción y distancia que signó todo el lapso de nuestra amistad, debido a que yo pertenecía a una cultura sin tradiciones, reglas ni rituales que cumplir. Esta cercanía a un muchacho que no pertenecía para nada a la cultura del vacío chileno, donde siempre valían las reglas de la Frontera de Luis Durand aunque se tratase de Santiago, fue algo que marcó mi entera existencia revirando mi sensibilidad hacia otros universos y otras culturas, acostumbrándome a lo extranjero y diferente, lo que se ha convertido en una característica de mi vida entera y ha servido de entrenamiento para los exilios interiores y exteriores en que me ha tocado vivir.

Con Charly descubrimos la música y la comedia musical norteamericana, y por mi parte yo le descubrí el mundo del jazz, que entonces sí que era una música de la *inmensa minoría,* y también de chiflados. Por otra parte, mi sensibilidad musical estuvo siempre estimulada por el mismo ambiente familiar, aunque mis gustos evolucionaron después hacia mundos diferentes, que de algún modo se incorporaban al todo con rara armonía. La clave la dio mi tío Cochecho, que no era músico de conservatorio como mi tía, pero sí tenía un gran talento natural —que finalmente es lo único que vale— y él fue quien poco a poco me hizo entender cómo se escuchaba y se apreciaba el jazz.

Al oir las cataratas melosas de las películas musicales americanas aprendimos penosamente y de mala gana a diferenciar el mundo real del ficticio, porque en realidad no había otra forma, había que buscar trabajosamente la complicidad de la pantalla, o mejor dicho ella buscaba la nuestra y la lograba. Mi punto flaco estaba en las semejanzas más bien remotas que yo podía encontrar entre las heroínas de las comedias, que parecían venir saliendo todas de su artificioso nacimiento, *almidonadas y compuestas,* y con dotes para el canto y el baile que estaban más cerca de Marte que de Terpsícore. A Leslie Caron que actuaba en *Sinfonía de París* y sobre todo en su personaje de *Lili,* la asimilaba a muchachas del barrio conocidas o por conocer, y tenía mi ración de eterno suspirante en la oscuridad de la sala. *Oklahoma* y *South Pacific* eran ejercicios de un romanticismo primario, historias que no por ser enteramente predecibles eran menos encantadoras para nosotros, adolescentes dispuestos a todo con tal de gratificar ese corazón que ya estaba aprendiendo a conocer su persistente dimensión del sufrimiento.

Hay momentos inolvidables de estas comedias, por ejemplo cuando Ezio Pinza cantaba *Some enchanted evening, you may see a stranger, you may see a stranger accross a crowded room...* que de tanto escucharla se convertía en el himno indiscutido de la esperanza sentimental, del deseo ferviente y nunca apagado de encontrar el alma gemela. *Carrousel* salía de todos los moldes del género, porque de género se trataba, y así lo habíamos entendido domingo a domingo en el Teatro Dante de Plaza Ñuñoa, sitio donde yo y Charly sabíamos que habríamos de rematar la tarde del domingo, en un estado de ánimo que casi siempre era de melancolía, de lejanía de todo, de dolor existencial profundo, pero a veces, cuando por ejemplo no tenía espinillas en la cara, podía todavía significar la felicidad completa. *Carrousel* era una comedia de ultratumba, con transferencias a lo Pedro Páramo, del más allá a la ribera de esta existencia terrenal. Su ambiente de irrealidad y de misterio la hicieron destacarse para nosotros como única en su género.

Hace unos días ha muerto Gene Kelly a los 84 años, y realmente lo sentí, pues sus comedias llenaron toda una época de mi vida, y dieron el necesario sustento a emociones y esperanzas que de otro modo tal vez no hubieran podido expresarse ni anidarse. Más que el muy famoso *Cantando bajo la lluvia*, mi favorita fue *Sinfonía de París* y creo que sus coreografías vanguardistas para ese momento de algún modo contribuyeron a formar imágenes permanentes y fecundas en la memoria. Era importante en ésta y otras películas la presencia del pianista y actor Oscar Levant, gran intérprete de Gershwin, especialmente porque algunos me habían dicho que se parecía a mí. Al verlo ahí en la pantalla no me sentía tan desvalido, sabiendo que un actor se me parecía aunque no fuese precisamente un galán, pero por lo menos podía pensar que yo no era un monstruo como muchos sugerían y me lo juraban por sus almas negras. En *The Bandwagon* se mostraba una escena muy interesante para nosotros porque se trataba de una comedia dentro de la comedia, donde el cómico Jack Buchanan ensayaba una escena que transcurría en el infierno. Estaba explicando su proyectado *show* a un grupo de damas enzorradas y se retorcía gritando *azufre... llamas... ahhh... azufre... llamas... ahhh* ni más ni menos como habíamos visto hacer a Doroteo Martirio. La acción se trasladaba luego a un primer plano donde había otros actores, pero a cada momento la cámara mostraba a Buchanan que gritaba, se retorcía y en un momento se le veía revolcándose por el suelo, mientras las viejas lo observaban atenta y solemnemente.

Fred Astaire era la estrella en el *Bandwagon,* pero su estilo de bailar como polichinela o metrónomo con piernas nunca me entusiasmó mucho. Gene Kelly y Donald O'Connor me parecían de indudable mayor calidad artística, aunque yo entonces no podía expresar claramente lo que sentía. Fue *Papaíto piernas largas* con Fred Astaire la última comedia musical que vi en ese tiempo, y que cerró en cierto modo esa época adolescente de ser y vivir el espectáculo. El papel de antihéroe de Astaire en esa película (que cantaba *Something gotta give: when a beautiful girl, lovely as you, meets an old immovable object like me...*) me llegó más al alma que sus papeles de triunfador relamido y petulante de otras películas.

Con todo lo obvio y lo melosamente adecuado para pasar una tarde de domingo, estas comedias fueron una parte importante de nuestra educación musical, un sistema de vasos comunicantes que dio como resultado lo que seríamos para siempre en esta vida, en lo bueno y en lo malo. Esto nos sucedía a Charly y a mí, y probablemente a muchos otros de los muchachos que podríamos calificar como los más educados de la sociedad santiaguina y tal vez chilena.

También el cine estaba en el centro de lo sexual, tremenda dimensión a la cual íbamos entrando con cantidades iguales de dolor y de alegría. Se mezclaba esa alegría con la sensación de lo que se nos prohibía, a mí y a muchos otros mortales. Por ejemplo, en el pozo de lo abyecto, lo que no se debe pronunciar antes de las ocho de la noche en días de semana, estaba *La verdad desnuda.*

Motín en las calles, voces airadas de los pacos, clima de guerra civil. La causa: la presentación de una película sobre educación sexual en un cine comercial de Santiago: *La verdad desnuda,* inalcanzable para los que llegábamos a la adolescencia, como también para los petisos, los enclenques y los engendros que demostraban menos años de los que tenían.

Cuando se anunció la llegada de esa película donde según los más chuscos se veía una zorra verdadera en la pantalla por primera vez —rumor que la precedía desde México, que era al parecer su origen mitológico— se comprende que eso era algo que hubiéramos querido ver sin demora y sin importar el precio a pagar por la entrada. Ello pronto se demostró imposible: la clasificación era estrictamente para mayores de 21 años, y para poder ingresar a la sala había que llevar el carnet de identidad en la mano y mostrarlo a un funcionario de la empresa, que se hacía proteger por una pareja de carabineros. Las funciones se daban numeradas y a pesar de que se proyectaba al mismo tiempo en dos salas del centro, todas las entradas estaban vendidas por semanas. Después pasó a un rotativo y la gente hacía cola desde el día anterior, pernoctando tirada en la acera, envuelta en frazadas. Además, para prevenir posibles excesos lujuriosos que —según el comité de Censura— la película podía suscitar en escala nacional y para evitar el rubor y el embarazo de las damas, situación que —también ellos suponían— podía rebasar lo metáforico para alcanzar lo fisiológico-reproductivo, se hicieron funciones separadas para hombres y mujeres en días alternos.

La proyección de *La verdad desnuda* debió afrontar una inusitada campaña de prensa. Se llegó a decir que jamás Chile sería el mismo después de la exhibición de semejante obra del demonio, *porque obra del demonio tiene que ser* —escribió una tal Sor Filotea 1950 en *El diario Ilustrado* — *la que sin reflexión y sin freno evidencia la lujuria bestial, explica lo que no se debe explicar bajo ninguna circunstancia a la luz visible, y autoriza el pecado poniéndolo de manifiesto, manchando en modo indeleble las pantallas del Séptimo Arte...* También un sujeto que se ocultaba bajo el seudónimo de Venancio Tahuantisuyo y que publicó su diatriba en varios pasquines, aseguraba que *la corrupción francesa llega a la Copia Feliz del Edén, la lujuriosa catarata de la decadencia europea se pone de manifiesto en las alamedas y los copihuales de nuestra tierra inocente* sin que nunca supiéramos por qué vilipendiaba especialmente a Francia, siendo que la película era más bien apócrifamente internacional, y había sido profusamente tijereteada y doblada en México, ni tampoco por qué parecía sugerir que la proyección se haría en pleno campo y no en una sala de espectáculo.

Por unos dos meses no se habló sino de este seudo documental donde lo que se mostraba como educación sexual popular llegó por primera vez a la pantalla y con ella al país. Era de verdad algo inusitado y nunca nadie se había atrevido a sacar a relucir en público los temas que se mostraban en la película. Pero también ocurría otro fenómeno: nuestra generación, nacida como lectora, esto es manipuladora y también usuaria de la imaginación, iba mutando hacia el otro dominio, el voyeurista, que no usaba la imaginación sino que la fijaba en una forma de nuevo código visivo y modular al cual ella se adscribía con gusto, porque estábamos a caballo entre dos mundos y dos epistemas, como que la verdad no fuese sólo desnuda sino que se desnudara a propósito para serlo. Los más jóvenes, los que no teníamos ninguna posibilidad de entrar a ver el latrocinio, sólo podíamos penar, imaginar con dolor renovado y renovable las desnudeces o las lascivias que aparecían ahí dentro cuando la película se estaba dando para algunos privilegiados y pasábamos frente a las colas siempre interminables, y especialmente después de escuchar los relatos de algunos pailones, que no teniendo los veintiún años requeridos pero sí la presencia física, a menudo la estatura y hasta la barba como para despacharse de votantes, habían por fin logrado entrar en algún momento de relajo o quiebre de las defensas de boleteros y acomodadores.

El guatón Corvalán, fornido y ya barbado, había sido uno de ellos, y nos explicó una escena donde se mostraba como se seducía a una mujer en una playa desierta. *¿Y qué se veía?* le preguntamos, con el aliento corto.

Nada —dijo el guatón— *lo que pasa es que la cosa también tiene su poesía, no es verdad que la película sea tan cruda y sólo muestre lo malo que nos pasa si nos dejamos llevar por la lujuria sierva de Satanás, como dice el padre Jofré. No, la cosa es diferente... Lo que se veía era una huevada indirecta, muy refinada. Se veía una playa con las olas y la pareja del joven y la niña que se estaban besando. Después se veía que se tendían en la arena, pero estaban en traje de baño no más, no crean que se veía nada pecaminoso como para decir mira lo que están haciendo los huevones, mira que ya están en pelota... No: se veía la pura mano de ella que tenía agarrada una flor ¡putas qué poético era! y de repente la mano empezaba a estrujar la flor y a dejarla como pebre de ají con cilantro: era ahí que se la estaban culeando...*

Así que la educación sexual se hacía con flores que se estrujaban, para luego mostrar los estragos de ese acto en falos y vulvas que se caían a pedazos, revenidos por la disolución del pecado, en la desintegración final que según la moral de la película era el resultado de cualquier actividad sexual humana fuera del matrimonio.

Después *La verdad desnuda* se vició, como todo lo que se quedaba en la capital por más de tres meses, al irse moviendo desde el centro vernal de Santiago hacia los barrios, las periferias impredecibles e incontables con sus biógrafos donde regían otras leyes cívicas, morales y hasta físicas. La película fue perdiendo su aura prohibida, a medida que las mismas tensiones se iban relajando, cayendo en el remanso de lo cotidiano y lo consabido. Unos tres años después la vi en el Rialto y pude presenciarlo todo: las vulvas tumefactas en la pantalla, el parto en vivo y también los miembros que se desprendían en el *kaputt* sifilítico. Yo había ya personalmente experimentado todo menos la sífilis y el parto, y sabía del vértigo total de lo que la película decía mostrar pero no mostraba. Por cierto que la auténtica verdad desnuda era mucho más bella que sórdida, más sana que enferma, y más positiva que peligrosa, y por lo mismo la película ya no parecía dar preocupaciones ni emociones a nadie.

En los cines de barrio, donde nadie controlaba nada, *La verdad desnuda* pudo ser presenciada por infantes de cualquier edad, destetados o no, siempre que fueran capaces de llegar caminando o arrastrándose y también fue vista por las pulgas y los piojos que se transferían de las butacas y los pisos a sus más próximos huéspedes humanos, y hasta por los perros cinéfilos, de los cuales había muchos que después de orinarse en un rincón se enroscaban a dormir apaciblemente la película.

Muchísimas verdades desnudas o desnudas a medias llegarían después, pero ninguna logró superar a esa primera que realmente no se vio, porque la ausencia lo es todo, y el saber que cuerpos desnudos o sus partes podían ser proyectados en la pantalla mágica, era algo que no se había visto ni se vería jamás, al menos por un tiempo. Es verdad que algunas películas mostrarían algo de ese obsesivo cuerpo femenino, que en la pantalla cobraba una realidad y una proximidad alucinantes. En *Extasis* con Hedy Lamarr se veía fugazmente su cuerpo delgado como de anguila o pez a la luz de la luna, los senos aparecían como dos suspiros, pero todo era demasiado lejano, borroso o rápido para ser realmente visto. Poco más tarde vendría *Un sólo verano de felicidad,* una película sueca donde se veían los senos desnudos de la protagonista Ulla Jacobson, entonces casi una niña. También sobre esta película cayeron anatemas varios, y se aseguró que provocaría la corrupción de toda una generación de jóvenes —aunque ellos no podían llegar a verla— sin advertir que era una obra de un candor y una inocencia más bien cercana a la de los llamados *poemas cinematográficos*: aun así podía inquietar a los censores que nacen de abajo de las piedras como los escarabajos estercoleros. Cuerpos de mujeres y de hombres desnudos no aparecerían enteros en la pantalla sino una década después, y completamente en evidencia, sólo en unos veinte años, con las películas de Ken Russell como *The Music Lovers* y luego —ya en la década de los setenta— en el célebre *Ultimo tango en París* que ya más bien era una elegía de la sexualidad, el canto de cisne de todos los machos ancianos.

En la pantalla nacían y se exageraban los mitos. Los senos de Ulla Jacobson al mostrarse en *Un sólo verano de felicidad* eran sólo tentativas de contarlo todo, de redondear la historia, como avanzadas idiomáticas de un lenguaje que no se podía emplear ni pronunciar, en el cometido de rescatar ciertas funciones del cuerpo que no se podían ni debían evidenciar. El cuerpo de la mujer se materializaba en esa luz a la vez hiperreal de la pantalla, donde cada vez más nos reconocíamos y la reconocíamos como el verdadero sitio de la comunión, el único lugar donde nos era posible vivir una especie de vida, en momentos por demás desolados. Se materializaba primero sólo con la forma en el contraste total del blanco y negro, pero luego vendría el color y sería posible apreciar todos los matices y detalles de los cuerpos que, paradojalmente, se volvían más irreales a medida que la perfección los fosilizaba.

Para nuestra generación, la vida era como si el ser humano terminase a la altura de la cintura: una nebulosa lo difuminaba desde ahí hasta las piernas, que cobraban realidad desde los muslos para abajo. No se trataba tampoco de destapar, desnudar el cuerpo, y ahora lo sabemos bien después que todo se ha inundado con cientos de películas donde los cuerpos humanos se han visto en todas las posiciones y condiciones posibles. Se trataba de humanizar a la gente que aparecía en la pantalla, y hacer que los cuerpos lo fueran realmente, a diferencia de los símbolos o entidades como la sublimación fotogénica de Hedy Lamarr en *Extasis*.

Entenderlo es un proceso analítico ulterior, acercamiento o resolución de las misteriosas ecuaciones de la vida, tras la perspectiva masacrante de los años y las décadas. Pero entonces, en el mismísimo allí y ahora, fue de gran ayuda el haber podido ver no sólo películas americanas en una época crucial de la vida, porque el americano era un cine cuya filosofía por naturaleza era mentirosa, y ningún aspecto de la vida podía ser desarrollado en ellas mediante una conciencia artística libre y alerta. Tuvimos la suerte de ver muchísimas películas francesas, alemanas, rusas y en un momento, italianas, cuya mentalidad y humor socarrón y dinámico nos atraía más que todas las otras.

Esas luces eran un ordenamiento o un misterio menos que resuelto que apoyaba los otros misterios insolubles, como entender por qué todas esas películas que no eran producidas en Hollywood nos fascinaban tanto, y todo ello sin saberlo a conciencia.

C *el baión de Chanta*

Otra del repertorio de Chanta para los calduchos del Negro (con música del Baión de ***Ana***):

Ya viene el Negro Zumbón
Bailando alegre el baión
Le pica la pichula
Y llama a su mujer
¡Dále!

El Negro nunca se dio por aludido, porque había negros y negros.

El mundo de los rieles era también nuestro mundo, y era el mundo de los linyeras, esto es los vagabundos que vivían subiéndose y bajándose de los convoyes, y que de uno u otro modo formaban parte de lo que en Paine era significativo, porque todos estábamos más cerca en su tiempo y espacio. Vivir en un mundo donde hasta los ricos viven una vida prestada, un mundo donde no se decide nada y donde todo es un eco a la distancia, nos nivela un poco a todos y los pobres comparten con los ricos esa riqueza de la miseria general.

Había linyeras que viajaban continuamente en los trenes, trepados a los vagones de carga, catapultándose eternamente entre Arica y Puerto Montt, los puntos extremos que entonces tocaba el ferrocarril en la geografía chilena, geografía de cinta o de serpiente. Otros vivían en los aledaños de estaciones, galpones de guarda, depósitos de locomotoras y, en general, en los morideros de vagones y los castillos de durmientes que se podrían bajo la lluvia y el sol por edades y generaciones. Eran como bichos de esa yerba perenne y a la vez precaria de los durmientes, de las florecillas o umbelas de diente de león o de cicuta y como los ratones o vizcachas, aparecían y desaparecían de vista cuando menos se lo pensaba.

Entre todos esos individuos que a menudo eran menos que una sombra o un espectro, Pucho Luí era un verdadero príncipe, porque en vez de dormir tirado entre galpones o entre sacos de trigo sempiterno o en el carbón que esperaba ser vertido a la mañana siguiente en el vagón trasero de las locomotoras, tenía una casa toda para sí aunque fuese un pobre rancho de cañas con techo de fonolitas, pero casa al fin.

También Pucho Luí tenía mujer, doña Filomena, quien era menos que una sombra, pero tenía un lugar preciso en la vida del pueblo. Era como esas mujeres que Neruda inmortalizó en su retrato de la Mamadre, arquetipo de la mujer en Latinoamérica de entonces o de siempre y parecía que cada una de ellas, como las que vivían y morían sus vidas enteras entre el estero de Paine y el río Maipo o más al sur, era como una verdadera Ursula Iguarán de la parte austral del mundo.

Doña Filomena tenía ese ranchito de cañas de totora, símbolo extremo de la pobreza. Doña Filomena se ganaba la vida de ambos con el oficio de lavandera a domicilio, vale decir que estas mujeres iban a las casas a recoger la ropa sucia y la devolvían limpia y planchada. Ellas generalmente eran gordas y a veces también robustas, o sea que la naturaleza aquí seleccionaba el oficio. De otro modo no habrían podido resistir el trabajo de arrastrar por la ciudad la carga de ropa en tremendas bolsas en la cabeza, y más que nada por el cotidiano refregar en las artesas y el constante macerar de las manos en el hipoclorito del agua de cubas.

Doña Sara fue nuestra lavandera por muchos años. Su visita semanal tenía como resultado la aparición de la ropa apilada en montones prolijos, como en estratos de una geología de sábanas y toallas, y con una fragancia que no olía a los detergentes de invención futura, sino a elementales jabones de lavar como el jabón Gringo, cuyo nombre no sabemos de dónde salió ni de qué alusiones o referencias perversas se nutría.

Doña Filomena, con no más de un metro cuarenta y con brazos y canillas como mondadientes, no parecía muy bien dotada para acarrear esas cargas de ropa sucia y limpia. La favorecían las dimensiones de Paine, con sus pocas cuadras de centro a periferia, porque su radio de acción se limitaba a las parcelas colindantes a la de los tíos y otras casas por el lado del ramal ferroviario que conectaba Paine con Talagante. Doña Filomena tenía su casita que compartía con Pucho Luí cerca de la bifurcación de los rieles de ese ramal. Ella era la equivalente a nuestra doña Sara en la parcela, sólo que prácticamente no tenía más que cruzar el polvoroso camino troncal, saltar un pequeño cequión, y ya estaba en su ranchito de totoras donde también iban mis sábanas de franela que tanto me gustaban.

Si Doña Filomena no me interesaba para nada y apenas sí percibía su existencia, Pucho Luí era un personaje que difícilmente se olvidaba, no porque fuese o hiciese nada de extraordinario, sino por su disparatada forma de hablar, su figura andrajosa y estrafalaria y los visajes con que acompañaba a lo que parecían ser sus palabras, tan irrepetibles que realmente a todos nos encantaba encontrarlo por los rieles, los andenes y los caminos donde se pasaba el día buscando colillas que coleccionaba como si fueran perlas. Siempre andaba con una de ellas encendida o apagada en un confín de sus labios cavernosos y marchitos o entre sus dedos como palos de ciruelillo completamente teñidos de pardo por la nicotina.

A Carlitos, Robe, Germán y a mí nos gustaba mucho interpelar a Pucho Luí. Nos encantaba porque alargaba las palabras en un balido o maullido áspero, que se parecía al que en *Star Wars* proferiría, treinta años después, el gigantesco y peludo Chewbacca. Al escucharlo Carlitos se desataba en morisquetas, mascullando APT, APT, APT, o bien le gritaba *¡viejo!* y se contorsionaba como si le estuvieran aplicando corriente eléctrica. Nunca dejaba de sonreir Pucho Luí, jamás sentimos que nos quisiera alejar o que le fastidiasen nuestras preguntas interminables: si había dormido bien —lo que era seguro ya que lo hacía en cualquier sitio apropiado— o si había encontrado suficientes puchos, sacaba su única pertenencia en este mundo, una petaquilla de cuero curtido por los años de sobajeo y nos mostraba su tesoro de colillas. Si no las tenía, su gañido era un verdadero lamento, y su risa era como si quisiera reir llorando sin nunca haber leído el muy manoseado poema de Juan de Dios Peza. El nombre de Pucho Luí venía de las únicas palabras inteligibles que pronunciaba: *Pucho Luí... Pucho Luí...* comunicando que su faltriquera estaba vacía del todo.

Paine tenía un suburbio, una especie de satélite más acomodado, llamado con el nombre común a la vez que contradictorio de Villa Alegre. Allí no se aventuraba Pucho Luí con frecuencia, excepto los domingos, en que esperaba encontrar y encontraba muchas colillas a la salida de la misa, ya que la iglesia de Paine estaba en ese sector. En tal ocasión los huasos conmovidos por la monserga frailuna hasta le regalaban cigarrillos completos, una verdadera fiesta virginal. Cuando ello acontecía los ojos de Pucho Luí brillaban como carbunclos y su agradecimiento le hacía proferir largos balidos. Rompiendo mi costumbre, un domingo fui a misa con mis primos y con el tío Monzo, y éste le regaló un paquete entero de cigarrillos. No lo hizo debido a que el sermón lo hubiese ablandado, porque Monzo, siendo bueno por naturaleza, no necesitaba prédicas dominicales ni cotidianas. Como a nosotros, le gustaba interrogarlo para sentirlo emitir sus quejidos y verlo hacer sus morisquetas. Por ejemplo le preguntaba *¿y el pico, Pucho Luí... y el pico?...* Pucho Luí cerraba los ojos, adecuaba y reflejaba la malicia como un satélite de comunicaciones repetiría los mensajes en el futuro, sacudía la cara y exhalaba otro gemido.

¿Tendrían sentido las vidas de Pucho Luí y doña Filomena en otro lugar que no fuera el pequeño gran universo painino? ¿Hubiera soportado otra mujer que no fuera la mínima doña Filomena a un marido que, como dice la cumbia, *no le había trabajado un día a nadie y más encima era un vago* y que, todavía más, no se expresaba sino con maullidos? El hecho era que Pucho Luí y doña Filomena constituían una pareja muy estable y posiblemente ella no necesitaba que el viejo hablara, pudiendo entenderle todos los matices o dimensiones semánticas de su lengua sin palabras.

Cuando ella había finiquitado sus diarios menesteres y no andaba acarreando sus bolsas de ropa sucia o limpia o bien movilizándose para efectuar la operación de lavado en las casas mismas, como lo hacía donde la tía Mafalda los días jueves; cuando Pucho Luí se había desocupado de su diaria jornada de juntar colillas y algún cigarrillo completo que era un verdadero tesoro, y el buen Dios había tañido sin campana alguna la más que grata hora del tramonto, ellos se sentaban en sillitas de paja delante de la choza de totora. Doña Filomena había cocido algunos choclos o preparado una sopa de chuchoca: ellos tenían varias matas del generoso grano, y Paine no era otra cosa que una gran sábana de maizal que se extendía por kilómetros y kilómetros. Llegaba para ellos el momento de gozar lo único que estaba a su alcance: el silencio y el esplendor del crepúsculo, mientras todavía algún tren se movía detrás de la casa, rumbo a Talagante, tan furtivo como reptil en la hojarasca. Permanecían allí sentados, siempre callados, mientras Pucho Luí agotaba las colillas de su petaquita, y dejaba los cigarrillos enteros para el último, cuando el sol ya se había más que puesto hacia los cerros de Melipilla y de la costa. Habían empezado a brillar uno o más luceros y, como estábamos en verano, la constelación de Orión —de la cual yo sólo reconocía las Tres Marías y las Tres Chepas— empezaba a hacerse visible, a encenderse en el vacío azul.

Apenas un año antes, un gran cometa había aparecido hacia el poniente. En Paine trataba yo en vano de que apareciera otro, pero los deseos se conceden sólo una vez de acuerdo con la ley de las necesidades firmada por el santo tibetano Milarepa, y ningún cometa ha vuelto a aparecer en mis cielos. Ni siquiera el tan esperado Halley me fue visible entre 1985 y 1986 puesto que ya la tierra había cambiado y había que pagar apenas tres mil dólares para verlo —¡precisamente en Chile!— ironía máxima para quien no poseía esa suma ni siquiera con el empeño fáustico. Convertido en cometa para millonarios, el Halley volverá cuando yo sea ceniza o polvo de su cola, allá por el dos mil cincuenta.

Para ser visible en Detroit —donde pasé cinco años completos sin ver las estrellas— el Halley habría necesitado aproximarse hasta casi tocar la tierra, como el cometa Galia que aparece en *Héctor Servadac* de Julio Verne. En un momento, desesperado por ver el Halley, salí en el invierno de 1986 a esperar un claro en las nubes que allí cubren más o menos 360 noches del año, y provisto de un par de binoculares prestados por un vecino, empecé a escudriñar en las cercanías de la constelación del Toro, donde debía estar según un mapa mostrado en el último número de *Sky & Telescope*. El cielo de Detroit tuvo la misericordia de ofrecerme unas cuantas estrellitas en un momento en que las nubes se abrieron, pero no se veía rastro del cometa más famoso de todos, al menos para los humanos. También en diciembre de 1973, cuando se predecía que el cometa Kohoutek sería el más brillante y esplendoroso de toda la historia, casi me atropellaron los muchachos romanos en sus Alfa Romeos en la Via Aurelia, donde había ido a buscar su fiaca luz, otra vez entre la niebla, la polución y el desatino.

En Paine había tantas luminarias en el cielo, que las estrellas y la Vía Láctea parecían a punto de precipitarse sobre las cabezas de los escasos humanos que andaban por el camino de noche, yo entre ellos, y me agarraba una tortícolis de tanto mirar hacia arriba y también, más cerca, a las luciérnagas que eran escasas pero a veces alguna aparecía. No había otras luces, salvo las lámparas vacilantes de kerosene o las más brillantes de acetileno que se veían por las ventanas de las casas o las chozas, como estrellitas aterrizadas en la oscuridad planetaria que envolvía a Paine. Hasta el farolito rojo del cigarrillo de Pucho Luí era una lucecita plenamente visible. Los viejos se sentaban a escuchar ese silencio magnífico después del espectáculo en cinerama de la puesta de sol, y si se hablaban, era telepáticamente. Si al principio escuchaban el silencio, después empezaba a elevarse un clamor de grillos y de sapos que le hacía competencia a la luz de las estrellas, en profusión e intensidad. Era como escuchar la música electrónica que Antonio Barata compone aquí en San Luis Obispo, donde también hay millones de grillos y sapos en las noches: no se crea que todo se pierde con el progreso. La diferencia está en que Pucho Luí y doña Filomena parecían formar parte de ese concierto planetario, ser los únicos espectadores y auditores puestos allí por la mano irónicamente sabia de Dios. También los pájaros nocturnos, los que pasaban invisibles emitiendo graznidos, lamentos, silbos y alguna cagada por lo mismo absolutamente anónima, las lechuzas, los chunchos y otras aves reales o mitológicas, rodeaban a la pareja de viejos mientras se retiraban a dormir.

Un par de veces había ardido ya el ranchito de totora debido a las colillas de Pucho Luí. Como ellos no tenían casi pertenencias, poco era lo que perdían, y siempre reconstruyeron su vivienda, proveyendo doña Filomena lo necesario para que volviera a lucir inmaculada, sobre todo en su interior. Como hacía varios años que había ocurrido el último incendio, ellos tenían un más que decente mobiliario, dos camas, veladores, los cuadros del Sagrado Corazón y la misma estatuilla del niño Jesús de Praga que me tía abuela Rita tenía en su pieza, por ejemplo.

A menudo cruzaba yo el camino acercándome a su casa, y ellos me sonreían sin hablarme, a lo sumo Pucho Luí emitía algún maullido quebrado. Una vez, no recuerdo por qué razón, entré en la choza cuando era ya de noche. Había una velita que —como las candilejas teatrales— la iluminaba con luz humilde y amiga, dando vida y riqueza a ese pobre escenario. Las camas de Pucho Luí y doña Filomena estaban todavía hechas, sin un pliegue y sin rastros de embarazo o desesperanza, y el resto de las cosas, las imágenes del Cristo pobre y algunas ropas colgadas de la pared desaparecían y aparecían alternativamente mientras la llama subía o bajaba junto al baile de sus sombras.

MP *las mañanitas de Paine: expedición de pesca*

Las mañanitas de Paine eran despertarse temprano para celebrar el aire fresco y sentir ruidos y olores desacostumbrados para mí, como el del café de higo que llenaba la casa y el coro dodecafónico de los patos y los gansos. Era paladear el sabor de la leche verdadera y tomar desayuno sentados en la cocina en vez de hacerlo en la cama como habría ocurrido en Santiago. Era no tener la famosa cordillera de San Ramón tan cerca como ocurría allá y por lo tanto significaba experimentar algo de los espacios abiertos que el chileno no conoce en demasía, al menos en el Valle Central. También era la diferencia que hay entre estar solo y estar acompañado, aunque fuese de Carlitos y de Robe, quienes no eran exactamente compañía sino más bien interlocutores en un diálogo que muy luego quedó para siempre interrumpido.

Es difícil describir un momento perfecto en todas sus imperfecciones, y la retórica no puede hacerlo ya que no está hecha para la definición de nada que escape al vacío de lo conceptual. Sólo cortando imágenes del reservorio de la química cerebral donde la memoria subyace viva, se podría vislumbrar lo que eran las mañanitas de Paine. Eran el territorio más adecuado para soñar y alcanzar dimensiones que podían relacionarse fácil pero también mañosamente con el mundo fantástico de la literatura que ya empezaba a dominarme y a llenar en modo silencioso aunque potente mi vida. La brecha abierta entre los choclos y el vasto más allá era el espacio donde cabían todas las posibilidades y donde toda realidad concentrada en mi cabeza podía existir en su contrapartida real, fenómeno irrepetible y que jamás ha vuelto a sucederme en la vida.

Era también diferente la mantequilla, puesta con alevosía y sin la parsimonia del paquetito santiaguino, la leche gruesa y sustanciosa, el pan hecho ahí en el horno de casa, eran los mismos productos de la ciudad pero con una sustancia tan diferente que no podían tratarse de cosas iguales. Claro, lo genuino: era eso y también algo más, algo que dependía del entorno. A lo mejor los mismos alimentos, pan, leche, mantequilla no serían iguales comidos en Santiago, como si cada alucinación, partiendo desde la más grande, condicionara a las más pequeñas que le cabían dentro.

Había mañanitas de Paine a todas horas, por la mañana, a mediodía o por la tarde. Por la noche no lo sé: casi no la conocíamos, porque el agotamiento del juego y del sol nos llevaba a dormir como el que vive completamente en el presente, para bien o para mal. Había mañanitas en las horas de luz y de alegría, ciertas cosas cuyo nombre casi he olvidado y que resucitan sólo cuando el viento las trae y me refiero al viento solar, esa procesión de fantasmas que cruza el universo y que llega bastante más allá del último planeta conocido, Pluto o Plutón, en un sitio del espacio donde también parece haber un reservorio o enjambre de cometas que de repente se dan una vuelta para visitarnos y volver a ese domicilio de la oscuridad latente. En ese viento solar y en esas dimensiones ignotas e infinitas corren los canales de la memoria, aquella fiel y sintagmática y aquella hecha de fragmentos o retazos que se materializan al verlos en contraste con los otros fragmentos, y así resplandece nuestro cuerpo de entonces, atomizado, rallado como queso en la parrilla del sol.

Por ejemplo, uno de los últimos domingos nos armamos con cañas de pescar hechas con ramas de acacio y anzuelos que mi padre me había traído de la ferretería de calle Ahumada y lienza de volantín. Nos subimos al viejo camión del tío Dagoberto para ir al estero de Paine que realmente estaba en la siguiente estación, Hospital, cerca de la famosa angostura de Paine donde ambas cordilleras casi se tocan y el tren pasa entremedio como angustiado por la estrechez.

El estero era un canal de color chocolate marchito y no sabemos cómo podrían haber vivido en él los legendarios pejerreyes que se decía lo poblaban, probablemente antes de la última edad glacial que en Paine debe haber tenido repercusiones muy distantes. Parece que en ese tiempo Paine era la capital del supercontinente Gondwana, y tenía la forma de un vergel comparable al Paraíso terrenal o tal vez lo era de verdad, puesto que *messer* Dante Alighieri colocó el Paraíso en el Hemisferio Sur, con una clara visión cosmogónica y también política. También colocó el Purgatorio en ese sitio y no era otra cosa que el áspero talud que los elegidos tenían que trepar para alcanzar el Paraíso, donde curiosamente no moraban sólo almas, sino cuerpos con sus almas. Y al que no podía subir ese talud donde habitaban potros y príncipes apasionados como en los miserables cinematógrafos, asorochados como el mismo Dante y como otros poetas de menor cilindrada, Santa Lucía los llevaba en sus brazos, volando o levitando. El Paraíso era un sitio de vida y no de muerte. Paine no debe haber sido ese Paraíso ni formado parte de él, puesto que no había que trepar ningún cerro para alcanzarlo y allí no moraba gente en el estado de gracia anterior al pecado, todo lo contrario, por más que las apariencias muchas veces engañaran. Había una multitud de huasos, vagabundos de raza humana y canina yaciendo, pernoctando y falleciendo entre los rieles y los durmientes del ferrocarril, además de la inmensa cadena de la vida para abajo y para arriba.

En la mitad de esa cadena estaban los pejerreyes que nosotros buscábamos y habíamos hecho prometer a Emilia que nos los freiría apenas llegados de regreso. Rara promesa para un más raro antojo, puesto que es sabido que el pescado no es un alimento favorito de niños o jóvenes. Lo que valía era el acto mismo de pescarlos, esa emoción bobalicona del que espera extraer una presa del misterio acuático. Estuvimos ahí por varias horas, hasta que el calor nos agobió, tratando de pescar en esa corriente de la cual de vez en cuando salían misteriosas burbujas, como si una fauna ignota y muy resistente todavía merodease en ese mundo siempre opaco y marchito.

Agotamos las tres Bilzes que traíamos: Carlitos como siempre se bebió la suya y le exigió la mitad a Robe; Germán no tenía ninguna pero yo le convidé de la mía e inmediatamente Carlitos pretendió esa porción también, y se la negué, lo que provocó su acostumbrado berrinche. Pateó y se revolcó en la orilla del estero por unos buenos diez minutos.

Nos comimos los panes amasados con queso de cabra con la Bilz y esperamos durante todo el día que los famosos pejerreyes picaran. Ninguno picó, por haberse extinguido todos ellos en la última edad glacial, que en Chile coincidió con la segunda presidencia de don Arturo Alessandri. En cambio picaron dos cangrejos, verdaderos cangrejos que eran extraordinarios de ver tan lejos del mar y que tenían el color pálido de las piedras lajas calcinadas por el sol, y también dos sapos, uno de los cuales fue devuelto al agua y el otro fue masacrado por Carlitos, más rápido que ninguno tratándose de dar la muerte.

El tío Dagoberto llegó a buscarnos cuando el calor ya comenzaba a amainar y se estaba muy bien junto al estero. Nos tuvimos que ir porque el tío no escuchó nuestras protestas. Los cangrejos fueron llevados a Paine y puestos en el estanque del cequión pese a que Carlitos también quería desmembrarlos.

Fue ciertamente una extraña expedición de pesca, y nuestras cañas de pescar, exageradamente largas, que podrían haber alcanzado el centro del Mapocho o de otro río más poderoso, en adelante sirvieron para algo más práctico: nos sirvieron de caballos.

(espetado de improviso ante una clase más atónita que conmovida):

RACINE

BOILEAU

[de] LA FONTAINE

MOLIERE

C

versitos del Cholo

Los siguientes versitos nacieron increíblemente de la pluma de Cholimbo, que dejó a un lado su puritanismo boreal y ultramontano, para escarnecer con ellos a amigos y enemigos.

No se atrevió a leerlos en público, pero hizo circular una copia manuscrita y su caligrafía impecable lo delató:

Carlos Cortés Molina
Te lo meto en la cocina

Ismael Benavente
Te lo meto lentamente

Mauricio Chanta
Te lo meto y, sí, te encanta

Davicito Bekeffy
Te lo meto por el kefi

Bachichín Peirano
Te lo meto por el ano

Luis Felipe Radrigán
Te lo meto con afán

Rodrigo Parro
Te lo meto con un tarro

Cristián Charme
Te lo meto con desarme

Hugo Fabricio Arroyo
Te lo meto por el hoyo

Paolo Garbarini
Que te meto el tallerini

Hectorcito Cruz
Te lo meto con cuzcuz

Orlando Yopo
Te lo meto por el popo

Jorge Chino *Morán*
Te lo meto con tantán

Salatiel Hirmas
Te lo meto si te afirmas

Alberto Corvalán
Te lo meto con fustán

Tulio Raggio Laguna
Que te meto la cuncuna

Radomiro Vargas
Te lo meto si me cargas

Caballo Salazar
Te lo meto sin chistar.

Rolando Aguirre Peña
Te lo meto como leña

Julio Montt y Florín
Te lo meto con bombín

Una vez estallado el escándalo de los versos, el Cholo fue castigado con encerrona, catatana y capotera dobles y definitivas.

la pateadura

Comenzaron a pegarle por lo bajo y con ganas de romperle temprano el hígado. El Cholo echó un poquito de espuma con el directo de Parro y después cayó de espaldas. Ahí el Caballo buscó modo de desguarnecerle las verijas, para poder patearle a gusto los cocos. El Cholo lloraba de dolor, aumentando la dedicación de los otros.

Lo levantaron en vilo, lo pusieron en la ventana ciega con barrotes que daba a uno de los patios traseros de la universidad colindante, y después lo jalaron de las piernas para hacerlo caer, y se vino abajo golpeando el piso de la sala con tremendo culazo. Así el Cholo pareció derrumbarse hacia un lado con los ojos cerrados y la boca abierta como fingiendo o experimentando un desmayo. *Putas el huevón teatrero* dijo Benpenca, que no había sido aludido en la versaína pero solidarizaba ampliamente con el Caballo y los otros.

Entonces le quemaron los cordones de los zapatos, que lentamente ardieron como si fueran las mechas de una extraña bomba que nunca estallaría, los consumidos, trasudados, sufridos, únicos zapatos del Cholo.

De pronto llegó Poblete, por lo que el grupo se dispersó instantáneamente, corriendo a sus asientos. El Cholo todavía estaba botado en el suelo.

—Me dieron una pateadura —dijo éste, recobrando instantáneamente la conciencia.

—Párese iñor, párese iñor, **¡párese iñor!** —gritó Poblete— ¿por qué tiene los zapatos quemados? ¿es usted incendiario?

—Me los quemaron, no tengo otros —sollozó el Cholo, que estaba parado ahora delante de la clase, como asumiendo una condición natural de acusado.

—Usted es pobre ¿verdad iñor? —el Cholo no contestó y Poblete lo abofeteó—¡Contésteme!, **usted es pobre ¿sí o no?**

—Sí doctor, soy pobre.

—Por lo mismo, iñor, no se meta en líos —dijo Poblete, saliendo. De repente se volvió y miró al Cholo a los ojos, del mismo modo en que yo había visto a un hipnotizador hacerlo con una gallina en el Gran Circo Waite. El Cholo se había puesto de pie al verlo regresar.

—¡Mírate en un espejo y **llora**! —le dijo Poblete, saboreando cada palabra y recalcando mucho el **llora**.

C *era nietzcheano Poblete*

Esa forma de referirse a nosotros **iñor**, tan característica de Poblete en el momento de gritarnos y justo un par de segundos antes o después de un bofetón que calentaba en gran forma las mejillas como si nos las sollamase para un proceso más sofisticado de cocción ulterior, esa referencia en idioma de huaso *iñor,* que quiere decir señor degradado en la operación linguística conocida como disimilación, saltando hacia abajo en el escalafón de lo señoril, trataba de ser un complemento al bofetón que venía o se iba.

estaba más allá del bien y del mal

Era nietzcheano Poblete por lo mismo que era hitleriano de la ribera del Mapocho, y verdaderamente quería a palmada limpia enseñarnos a ser no sólo ciudadanos ejemplares, sino mucho más que eso, puesto que varios eran ciudadanos ejemplares ya a esa edad: pensemos en el Coño, cuyos golpes buscando certeramente los cocos del Cholo, pobre y becado por la Liga de Estudiantes Pobres, serían como los tantos trompazos, patadas y culatazos que me fueron dedicados veintitrés años después, el día 24 de septiembre de 1973 en la comisaría de Herrera con Santo Domingo, después de ser sacado a punta de bayoneta de la facultad universitaria donde enseñaba y donde ya no volvería a entrar sino veintiún años más tarde.

En ese momento me devolvieron o se equiparó la tasa de golpes que en su tiempo no me propinaron el Coño, el Caballo ni Corvalán, pero que de todos modos me estaban destinados por el solo hecho de rechazar en cuerpo y alma lo que Poblete era o hacía o por desear salir a vagar por las calles en vez de ir a encontrarlo a él o al Perro o a Sintandear en el día claro, era mejor escaparse por ahí al Manila o ir a tocarle la pierna poderosa a la Tongolele que se estaba agitando precisamente en ese tiempo y lugar, ondulando en el Opera.

Cualquier cosa era mejor, por ejemplo ir al zoológico, tomar una Ñuñoa Vivaceta y luego una Los Leones para llegar cerca del cerro San Cristóbal y subir a pararse frente a la jaula del león a incubar extraños pensamientos como hacía Gog frente a una serie de corazones de cerdo puestos a latir en frascos de suero, o bien quedarse delante del loro blanco que chillaba *carehueo* en rarísimas circunstancias, suficientes como para crear toda una leyenda papagayal santiaguina. Era esencial comprobar si ese día lo decía, ir así día tras día mientras las ausencias se acumulaban en el registro y no tenía más remedio que falsificar los justificativos con la firma de mi padre, que yo siempre había admirado y hasta envidiado, y que todavía puedo hacer sin vacilar como si se tratase de la mía propia, pero que seguramente en 1952 no era tan perfecta.

La Rosa, en su inocencia primigenia, no creía en la existencia de Hitler y ni siquiera podía pronunciar su nombre. Decía *Jicler* y yo trataba de corregirla y repetía ella *Jicler*, y para convencerla le dije que la prueba más factible de la existencia del nefasto individuo era precisamente Poblete, pero ella me dijo *¿no me estarís hueveando cabrito?*

Así, desde el fondo de esos dolores que no eran dolores sino advertencias para el futuro, Poblete aparece describiendo una parábola, antes de estrellarse y desinflarse como los cocos del Cholo bajo los zapatos de Parro o como quiltro aplastado por una Ñuñoa Vivaceta, cada bestia o engendro se desinfla sólo para renacer más allá, mientras la Rosa se ríe y dice *ese nombre no puede ser ¿a ver? ¿cómo es?: Jicler, Jicler* en el acto precioso de pronunciarlo como a ella le daba la gana.

Es difícil hablar sobre los otros hombres de la Rosa. Muy poco los conocí, los atisbé mejor dicho, detrás de la reja verde de Simón Bolívar 1998 y detrás del portón de madera donde terminaba el parrón y la mayor parte de mi mundo, y pude conocerle dos. Muchísimos otros se quedaron con las ganas. Willy, el hijo de su antiguo patrón, la requebró con denuedo hasta el mismo día en que ella por medio de contactos hasta ahora misteriosos se vino a emplear a nuestra casa. Ella me aseguró que *nunca me pudo pescar aunque ganas no le faltaban. ¿Sabe Nachito* —me dijo— *que un día el Willy me mostró el pico?* En esa casa cerca de la plaza Pedro de Valdivia, bajo la sombra hipnótica del parrón donde colgaba la jaula de un tordo, como en vieja pesadilla o novela de José Donoso, mientras los zorzales picoteaban las uvas, el muchacho —diecinueve años, bachillerato reprobado dos veces— estaba sentado jugando con su miembro alzado y visible.

—No le hice caso porque ya tenía a Arias —me aseguró ella en seguida, como para certificarme su conducta de hembra seria.

Arias era cabo de carabineros y la buscaba en nuestra casa invariablemente tarde, después de sus largas jornadas de servicio, todavía vistiendo el uniforme. Era oscuro, taciturno, desolado. Era doloroso ver a Arias allí de punto esperando que la Rosa terminara de lavar los platos, casi a medianoche. Era un hombre grueso, muy bajo, de mirada intensa y oscura a la que el alcohol daba destellos bestiales que se aplacaban apenas ella salía. En la sombra lo veo y lo veré, nunca junto a ella, siempre esperando muy solo entre nuestra puerta y la esquina de Antonio Varas, como sufriendo de su condición de arquetipo, esto es de paco-enamorado-de-empleada-doméstica.

Yo todavía era muy chico y no sentía nada por él, quiero decir, ninguna aversión o celos. Muchas veces acompañaba al paco solitario, cuando era verano y yo estaba de vacaciones. Le hacía preguntas sobre sus ejercicios bélico-policiales, imaginando que su vida debía ser legendaria y excitante. Pero Arias era tan escaso de palabras como abundante de lípidos en la cintura, y poquísimo lograba sonsacarle.

Más de una vez se vió a la Rosa partir al hospital, por abortos provocados con matronas clandestinas, con sondas de permanganato, y una vez Arias, borracho, gritó improperios desde la puerta porque mi abuelita le prohibió a ella salir a encontrarlo, convaleciente del aborto.

Con más de cuarenta años, corrido, molido y destruido por la vida de cuartel, Arias era hombre ya viejo para la Rosa, como si ya no fuera más que un reflejo moviéndose entre las luces de los faroles y la sombra de los árboles. Allí se estaba, cada vez más precario, en la acera sin sol en el sitio que le correspondía. La Rosa *lo cortó* —así me dijo ella— debido a que el hombre se emborrachaba por más tiempo del que pasaba de guardia, y al hacerlo se ponía especialmente feroz. Después de *cortarlo* ella, volvió algunas veces a rondar la casa, en calidad de sargento. Había sido ascendido, como si la institución le hubiese tratado de compensar la pérdida de la Rosa. Ella nunca volvió a aceptarlo como amante.

Su tiempo en este mundo se le estaba acabando como su soldada en los bares de mala muerte del barrio Matadero y de San Pablo abajo. Un día, Arias se ahorcó en el baño de la comisaría, pasando su correa de servicio sobre el caño de la ducha. La Rosa lo supo leyendo el diario, porque este tipo de noticias se daba a conocer con lujo de detalles y con fotos macabras que se engolosinaban con toda clase de accidentes y hechos luctuosos, mostrando primeros planos con las muecas de agonía de los occisos. En la revista *Vea* mostraron el rostro contraído de Arias y también sus espaldas torunas, enfundadas en el capote de guardia que verdaderamente nunca se quitaba, ni para dejar este mundo.

—Es un *guaina* —dijo mi padre cuando vió por primera vez a Mario que se estaba, como el que lo había precedido, varias horas afuera de la puerta, esperando que la Rosa se desocupara de su faena diaria.

Gran paciencia la de Mario, que se sentaba algunas noches en el peldaño de la puerta, y otras se repantigaba en otros quicios como el de la señora Boza, al frente, o simplemente parado mimetizándose con la sombra de un árbol. Andaba con un abrigo de pelo de camello raído, levantado en la solapa para rechazar el invierno, como si un resfrío eternamente lo persiguiera. Se podía decir con certeza que Mario era un buen mozo, de cara larga y estrecha y de muy recta nariz. Una espesa maraña rizada le cubría la frente y se la calzaba del todo. No era para nada alto, como el noventa por ciento de los chilenos, pero su rostro agraciado bastaba para distinguirlo y la Rosa se había fijado en él por esas cualidades, ya que evidentemente no poseía otras. Mario era carpintero, aunque nunca supe dónde ni cuándo manipulaba los cepillos y los escoplos, puesto que la mayor parte de los días de Dios con sus noches se lo pasaba afuera en la calle, esperándola. Cuando al fin salía ella, se besaban con furia, como si estuvieran peleando a cabezazos y yo espiaba esos movimientos, esa forma en que la nuca de la Rosa giraba y se curvaba bajo el impulso del beso.

Luego la Rosa comenzó a quedarse afuera los domingos por la noche. Yo la conminé a revelarme si se acostaba con Mario. Ella se negó a contestar esa pregunta impertinente, pero luego admitió *sí, mijito, tengo relaciones con Mario* y esto quería decir que se acostaban ¿Y dónde? Pues en hoteles, y según Varela y Benvento, sólo había una posibilidad para ello: los hoteles Bolívar y Bulgaria de la calle San Diego.

El llamado de la selva, eso era, el que yo también sentía oscuramente como cuando una vez, bastante más chico, estaba bañándome y se me había parado, lo que me sucedía con los contrastes de frío y calor. Mi madre, que se disponía a jabonarme, se puso furiosa y me dijo *es que no tiene porqué tenerlo así* y yo no sabía por qué **no tenía** que estar así, puesto que el pirulín se paraba solo.

A propósito de los hoteles Bolívar y Bulgaria, el chico Bendersty había escrito el siguiente aviso-defunción en la pizarra:

Ha fallecido don Brutencindo Ortega
por exceso de trabajo
Asistirán al sepelio todas las ninfas de los hoteles
Bolívar y Bulgaria

y con ello se armó una tremenda bronca cuando don Rudencindo llegó a la clase y se encontró con semejante aviso de su propia defunción —deseada en secreto para liberarnos de las clases de filosofía— y con su nombre deformado del modo más insultante posible.

No lamenté la grosería inferida a don Rude porque él, la única vez que me dirigió la palabra en clase fue para decirme *y usted señor Castellano, sea más cortés para otra vez, ya que el otro día yo iba parado junto a usted que estaba bien arrellanado en la micro y se hizo el que no me veía, para no darme el asiento.* Le dije que realmente **no** lo había visto, pero él insistió en que **tenía** que haberlo visto, no era posible otra cosa, y como es un poco desproporcionada la afirmación de un tribuno de la República contra la de un semiadolescente ignaro, ese letrero insultante en el pizarrón me pareció más que adecuado:

Ninfas del Bolívar y del Bulgaria

Era allí pues que se revolcaban la Rosa con el Mario, desnudos ambos, y él podía verle todo lo que yo no podía verle, y además podía tocársela, lamérsela, abrírsela, todo lo que quisiera.

Advino el Mario que pasó a El Guayna o a Master Baina después, porque los nombres deben transformarse de acuerdo con su resonancia o cacofonía y esto constituye otra sagrada tradición chilena. Se convirtió en el compañero fijo de la Rosa, y las noches de ellos en el Bolívar y el Bulgaria se volvieron mi tormento, cada dos semanas, domingo por medio, cuando ella se quedaba afuera y llegaba a casa con los ojos hinchados, trasnochada, agotada por la noche que se había pasado en vela más allá de los dominios de nuestra casa, allí donde la ciudad es una forma de la nebulosa y donde ocurrían todos los crímenes, acontecían las pateaduras y resonaban las bofetadas de Poblete, el lugar donde tenían sitio privilegiado la Morgue y la Iglesia de los Sacramentinos, que era para mí la construcción más pavorosa que podía existir, las calles donde morían atropellados los perros y los gatos y donde había ríos de baratas desconocidas en nuestro barrio, acaso de otros colores fuera del negro, cerca de esas instituciones del odio o de las plazas donde sabía que por esos días había habido recientemente una masacre donde una niña llamada Ramona Parra había muerto y yo temía que mi padre hubiese caído puesto que no llegaba esa noche. En realidad él llegó tardísimo, habiéndose tenido que venir a pie desde el centro, la misma noche en que mataron a tantas personas durante la segunda parte del reinado de González Videla.

El misterio grande era por qué la Rosa debía quedarse afuera **toda** la noche cuando salía con Mario cada domingo por medio. Como ellos no andaban por ahí vagando por la calle, iban a pasar la noche en los hoteles Bolívar o Bulgaria y eso significaba que se acostaban juntos en la misma cama y por ende significaba que culeaban en ella, acto que me era ignoto en su dimensión y propósito, puesto que lo más natural para mí durante la noche era dormir.

Mi ignorancia del arte amatorio era grande aunque algo intuía, por ejemplo que se besaban todavía más apasionadamente que en la puerta de nuestra casa y que de algún modo se revolcaban —preferiblemente vestidos porque desnudos podían resfriarse— juntos en la misma cama si es que no tenían un lecho para cada uno, como parecía más oportuno y lógico para dormir bien, pero exactamente **qué hacían** permanecía en el misterio. Cada explicación llevaba a un disparate mayor, especialmente cuando la Rosa, interrogada al respecto, y conminada a decir por qué tenía que acostarse con Mario cada vez que salía con él, y por qué no se limitaban a salir por ahí a bailar y tomar unas cuantas pílseners con sandwiches de arrollado bien picante, en el Gran Parque El Rosedal de Gran Avenida por ejemplo, ella me como secreteando *mijito, es que la tentación es demasiado grande, es nada más que por eso.*

Después supe que Master Baina era casado, pero eso a la Rosa no le importaba gran cosa o mejor dicho, nada, y esta encogida suya de hombros era profunda, visceralmente motivada, y simplemente me decía *es casado, pero su mujer no lo quiere, por lo tanto es como si no lo fuese.* Inmediatamente yo le preguntaba *¿puede un marido exigir a su mujer de verla desnuda cuando le plazca?* y ella contestaba *seguro: cuando a él se le dé la gana puede hacer que ella se empelote y la vea desnuda todas las veces que quiera* así que esa mujer de Master Baina por no quererlo ni comprenderlo había perdido todos sus derechos, hasta el derecho de empelotarse cuando **a él** le placía, y era todo ello un razonamiento bien singular o un silogismo no euclidiano propio de una hija del pueblo de Millantú en la provincia de Malleco. Así Master Baina había tenido muchas otras mujeres antes de la Rosa, por ejemplo una millonaria gordísima que sin duda le pagaba bien sus favores, su mentón firme, su nariz recta, su tez pálida, los rizos arábigos, etc, y era tan gorda que, según la Rosa, *tenía que levantarle una gualeta para encontrarle la papaya.*

No sólo esa gorda, sino también otras aventuras imprevistas le salían a Mario con frecuencia, por ejemplo una vez que esperando en vano a la Rosa hasta muy tarde en la noche se había encontrado con la Soprole que era una empleada de los departamentos de enfrente, llamada así por sus tetas gigantescas: Soprole era la sigla de Sociedad Productora de Leche de Santiago. Ella, como una Jayne Mansfield de barrio soñoliento, aparecía por la entrada de autos de los departamentos, como si no tuviese cabida por la puerta normal. Las tetas de la Soprole eran algo apocalíptico y nadie las sobrepasaba en el vecindario, ni probablemente en todo Santiago. Tenía la cara redonda como un tomate, con pecas y manchas oscuras como si trajinase un embarazo perpetuo, y sus tetas precedían por medio metro al resto de su cuerpo, reprimidas por un suéter oscuro y contenidas en sostenes de tamaño fuera de todas las series y medidas, acaso importados de Júpiter o Saturno.

Me refirió la Rosa que Mario se había pescado a la Soprole en la acera, en el quicio de la puerta de la señora Boza y después él se lo había contado. Con tetas y todo, ella era un aparente fiasco como mujer. Me confidenció la Rosa que Master Baina había podido constatar que *la tenía desfondada y más ancha que bolsillo de payaso.* Para la Rosa no había en ello traición ni pecado: había sido la Soprole quien lo había tentado, levantándose la falda y abriendo los muslos desde la cocina dejándole ver una tremenda pelambrera, porque andaba sin calzones *y se caldeó el pobre hombre, ¿qué más podía hacer?* Como una expresión de lúcido delirio en la Rosa, no importaba lo que había venido antes de Master Baina ni lo que estaba después o lo que estaba en medio, enojosamente entrometiéndose como la Soprole o la propia esposa del Baina.

A la Rosa sólo interesaba el momento que le pertenecía.

Le gustaban grandes y fuertes, hombres sobre todo altos, con bigotes o sin ellos, con las hechuras de galanes de una generación posterior a la de los exquisitos relamidos que gustaban a las mujeres de mi familia. Ejemplo típico de estos últimos era Leslie Howard: delgado, cerúleo, con rizos rubios apegados civilmente a su frente de pensador anglosajón, y sólo Dios sabe qué cosas pensaría, porque las pensaba de todos modos. Eran hombres como Errol Flynn o el viejito Robert Taylor, con bigotitos que parecían insectos aterrizados sobre sus bocas de finos labios, porque en realidad todo era fino en esos varones reales o supuestos.

La Rosa pedía algo más: una corporatura muscular sin exceso, y una talla que rara vez se veía en varones de carne y hueso y no en meras imágenes o símbolos fílmicos como los actores que aparecían en *Ecran,* cuyas páginas a menudo mostraban marcas de rouge en los ejemplares que ella atesoraba después que habían sido leídos y comentados por la familia. Les estampaba besos en la boca a esos tipos: barbilindos como Jeffrey Hunter o Tony Curtis, todavía muy jóvenes y con figuras que irradiaban una masculinidad animal y también una salud a toda prueba, al menos hasta ese momento. Me irritaba sobremanera ver esas marcas, esas huellas de sus besos de recalcitrante inocencia, y cuando al pasar por la calle algún grandote de buen perfil —los hombres en Chile son más importantes de perfil que de frente, como si la sexualidad femenina estuviese relacionada de un modo misterioso con los archivos policiales— la Rosa exclamaba *¡cuerazo!* vale decir que veía y se extasiaba con fantasmas de piel, llenos del aura de la carne y del alma, cuerazos caminando y ofreciéndose a la pasión alguna vez y a la frustración las más. Cada vez que ella exclamaba *¡cuerazo!* por supuesto, yo me sentía más disminuido que guarisapo.

La Rosa era rica para todos, para jóvenes y viejos como el padre de Renzito, que era un italiano muy cerrador de ojo que vivía también en la misma cuadra. La acosaba con requiebros y la instruí para que le dijese *belinún* —yo sabía algo de genovés por mi compañero Peirano— y él le contestó *sí mijita, ya sé que quiere decirme huevón.*

Sin duda el más extraño suspirante de la Rosa fue *Monsieur* Casals, quien era nada menos que mi inspector jefe del Liceo de Aplicación, además de ser profesor de francés. Por lo tanto, *Monsieur* Casals tenía un puesto equivalente al de Poblete en el Instituto Nacional. Era un caballero muy circunspecto, impecable en el vestir, que parecía estar siempre alerta a la orden en un regimiento sin uniforme, con la disciplina y la apostura de un guardia de la corte de algún emperador cesante. Su estilo de enseñanza era muy moderno, muy interesante, y su ironía lo hacía más temible que si fuera un cacheteador como otros, por lo que en cierto modo yo lo apreciaba como maestro y hasta como amigo. *Monsieur* Casals vivía muchas cuadras hacia arriba por Simón Bolívar, y solía bajar temprano por las mañanas cuando nuestra calle tenía doble tránsito, buscando rutas menos transitadas como lo hacían los conductores que apreciaban su vida, hacia el Liceo de Aplicación. También subía por la tarde, y hasta llegué a reconocer la tos carrasposa de su DKW color café con leche.

Lo más extraño que podía suceder en este mundo fue encontrarlo un día casi frente a nuestra casa, invitando a entrar a la Rosa a su cacharro, con los gestos solícitos que lo distinguían entre los profesores y la mayoría de los santiaguinos. La Rosa estaba muerta de la risa, y no aceptaba la invitación pero tampoco rechazaba conversar con *Monsieur* Casals, cuya cara de alabarda con una nariz ganchuda como pico de cacatúa era más inconfundible que la Virgen del San Cristóbal.

Se había caldeado el pobre hombre, eso era indudable, puesto que a menudo vi al DKW, con su figura aquilina adentro, esperando o yendo a la vuelta de la rueda por la cuadra, por si la Rosa salía. No me parece que se había dado cuenta de que yo vivía también ahí, pero un día la osadía o la calentura del maestro quebraron todo límite, hasta el extremo de tocar el timbre de nuestra casa rompiendo la barrera de lo naturalmente aceptado, porque los profesores de francés no andaban por ahí buscando empleaditas en hora de salida o de entrada, y mucho menos los inspectores generales de liceo. Sin malicia ni dolo ocurrió que yo mismo salí a ver quién tocaba la puerta y mi sorpresa no fue menor que la suya. *Monsieur* Casals era muy ducho en el arte menor de las salidas funcionarias y era inspector general hasta cuando andaba a la caza de una buena hembra, por lo que no se achicó al verme y me dijo *hola Hernán hombre aquí pasaba yo para darte tu tarea corregida para que así tengas más tiempo para estudiar para el examen de pasado mañana* yéndose de inmediato a hurgar en su portafolio en el auto y yo fingí creerle su resbalosa mentira, porque de ningún modo me convenía enemistarme con él. La Rosa se rió mucho y me dijo que *el viejito nariz de pico de loro hacía tiempo que me andaba rondando, pero como usted comprenderá mi hijito, no es absolutamente mi tipo de hombre.*

En adelante, muchas veces *Monsieur* Casals me llevó al liceo por la mañana, cuando su cacharro bajaba tartajeando con su motor de dos tiempos, pero muy luego se cambió el tránsito de Simón Bolívar a sentido único, y entonces sólo lo vi subir, siempre saludándome con su sonrisa escéptica de hombre ajeno a este universo, extranjero en un país de extranjeros.

Era un mundo difícilmente clasificable.

Ahora escuchemos a Jarpa (o Urpja) el Gigante tocando su pieza favorita, la única que llegó a saber y ni siquiera por entero: el concierto en La menor de Grieg.

Cuando la sombra cae y también, al revés, cuando la canícula arrecia, ahí por las tres de la tarde, Jarpa se sienta al piano de su casa en Antonio Varas con Simón Bolívar, chalet con hiedras en las paredes que hablan de su estirpe más claramente que nada. Algunos años después, Jarpa se perdió en otros barrios más apropiados y su casa fue vendida a un señor que se autodenominaba *El Cerebro Mágico* porque se dedicaba a la reparación de automóviles, indicando claramente la decadencia de la aristocracia, y la ascensión del medio pelaje.

Hora de la ensoñación. Estamos sentados con la Rosa en la puerta de calle. He sacado a la calzada una docena de caracoles y los pobres animales empiezan su viaje sin retorno. Algunos, los más insensatos, caminan paralelamente a la cuneta y esos no llegarán jamás a su destino, con su pie único y baboseado, mientras que los otros se arrastran buscando en apariencia la cuneta donde está su salvación. Es la hierba, la tierra, algo magnético que los atrae, y la mayoría se dirige hacia nuestro lado, hacia donde está el jardín. Y aquí viene un auto, un folleque pestilencial que deja dos moluscos muertos de inmediato. Algunos, los más veloces, han cruzado la mitad del camino entre el centro de la calle y la cuneta.

Es entonces que Jarpa empieza a tocar los primeros compases del concierto de Grieg arreglado a su manera, frases repetidas con escalas que barren el teclado, hasta que sus pálidos, ilustres, aristocráticos y rancios nudillos se cansan, cuando un caracol ha llegado a la zona de perdón, esto es, a menos de veinte centímetros de la acera. Ese es devuelto al jardín, con una marca de tiza que puede, si no se le borra, salvarlo de ser llevado otra vez a la calle, al paseo mortal.

Entre tanto han muerto otros seis caracoles, aplastados por un Ford 46, por el taxi de Segundo Agurto que pasó saludándonos con la mano, por un camión de la leche y hasta por una carretela, muy peligrosa porque a las ruedas se sumaban los cascos del caballo, que dejó un reguero de bosta, oloroso a heno fermentado, pero igualmente detestable.

Esa tarde sólo dos se salvaron.

Hoy por ti, mañana por mí.

Jarpa camelaba a la Rosa: una noche hasta los vi tomados de la mano, paseándose por la acera, así era ella de coqueta y sapiente de su poder de hembra.

Tronaban los dos metros de Jarpa sobre la pequeña figura de la Rosa, con su falda a bolos. El señor y la sirvienta conversaban de cosas ignotas, esotéricas. Era como si dos mundos se juntasen, formando uno solo en esos instantes aleatorios que en un momento definieron la historia del Nuevo Mundo. La noche era el dominio de Urpja, y más todavía en una acera, la norte, allí donde los faroles carecían de ampolleta y daban espacios de sombra propicia a la ensoñación, la meditación y el carisma de sus dos metros.

Pensándolo bien, Urpja era parte de la vaharada cósmica: debajo de sus pies calzados con mocasines de gamuza del número 44, las baratas y las hormigas caminaban en sus metrópolis de cemento y hojas, y no faltaban las babosas y los caracoles que erraban huyendo de algún regadío demasiado contundente, y los chanchitos de tierra hozaban en sus caminos terrenales, en la acera y las fisuras de la acera. Por las noches, especialmente de noviembre a marzo, nuestra actividad favorita era aplastar las baratas que se escondían bajo las anchas hojas de los plátanos orientales. Cada montón de hojas, tomado así socialmente, era una verdadera ciudadela superpoblada de baratas negras como el alquitrán y alguna rara albina, pero todas salían corriendo despavoridas por la tempestad de patadas.

Los barrenderos dejaban montones espaciados de hojas para la quemazón del día siguiente o de algún futuro lejano. Allí se refugiaban las baratas en la noche, cada una pesquisando la riqueza de otros detritus en su vía de la degradación infinita: cáscaras, boñigas de caballo, y también, a menudo, un perro o gato muerto. Allí estaban los animales atropellados o envenenados, o simplemente muertos de vejez o de inanición, bajo las hojas de plátano oriental, árbol que tenía una cáscara de piel que se desprendía sensualmente, árbol de las alergias provenientes de la pulverización de sus coquillos secos. Entregaban su piel los árboles, entregaban también sus hojas para formar vidas paralelas en el espacio que se delimitaba como sigue: calle Antonio Varas por el este, avenida Irarrázaval por el sur, Carrera Pinto o Teniente Montt por el norte, y Manuel Montt por el oeste. Las calles más recoletas como El Oidor y Leopoldo Urrutia, eran las más ricas de baratas con sus mansiones, castillos y conventillos de hojas que se esparcían por muchos metros cuadrados, embriagándonos con esa superficie adorable que entregaba baratas por cientos. Yo destruía cada noche esa ciudad o esas ciudades, que se reconstituían inmediatamente más allá. Eran catástrofes infinitesimales, en el pozo sin péndulo. Era como quitar olas del mar.

También quemábamos esas ciudadelas de hojas. De noche yo siempre andaba con una caja de fósforos Volcán para ese efecto. Salían entonces las baratas, lustrosas, cada una perfecta en su negrura, a ocultarse en otras ciudades de hojas, a exiliarse por el poder de mis patadas precursoras de otras acciones parecidas, emprendidas contra las personas y no contra los insectos. Las baratas reventaban fácilmente, echando una increíble sustancia blanca que les rellenaba las entrañas, como leche condensada, de idéntica textura y viscosidad, pero su olor era ofensivo. Era un olor acre como de otro mundo, que sacudía las narices penetrándolas y que luego desaparecía en la noche.

Había ciertamente más baratas que personas en el barrio, podía decirse que por cada ser humano en Santiago había unos mil negros insectos, lo que da para los años 1948 a 1955 un promedio de mil millones de cucarachas naciendo y renaciendo y también potenciándose como ecuación logarítmica, porque las baratas que matábamos no eran nada comparadas con las que nacían y crecían en el laberinto de las hojas y el de casas, techos, entretechos y también debajo de los papeles murales: allí se sentía un suave murmullo del traficar de baratas, navegando el infinito de cada pared, hoja o cielo raso. A menudo alguna de ellas caía en el plafonier del comedor de nuestra casa. El plafonier de algún modo dejaba un resquicio entre su base y el cielo raso, y los bichos por ahí entraban y caían en la comba traicionera de donde ya no saldrían jamás. Cada barata ahí se convertía inmediatamente en un mártir como Sísifo. El insecto aprisionado subía por la pared lisa y muy resbalosa hasta para sus patas de barata, y al llegar al punto de la salvación caía deslizándose como en un tobogán, diez, veinte, cien, mil o más veces hasta que la muerte lo libraba del suplicio. Recuerdo perfectamente ese ruido *shhh... shhh... shhh...* repetido en intervalos regulares, mientras la barata prisionera casi alcanzaba la libertad, y luego caía sin remedio al fondo.

Parece que algunas privilegiadas se salvaban, como en todo, como las excepciones gloriosas que justifican que este mundo no haya estallado en un cataclismo o noche final, e iban a reintegrarse a la población barataria. Alguien hasta habría podido salvar alguna, pero nunca se dio el caso. Nunca nadie se subió a la escalera de tijera para liberar a ninguna infeliz prisionera.

La Rosa dos veces al año más o menos limpiaba ese plafonier y sacaba las baratas muertas en ese período. Cuando ella subía para desempolvarlo y descargarlo de las carcachas secas, yo aprovechaba para cuartearme mirándole las piernas y los calzones desde el pie de la escalera.

Apenas al otro lado de la acera, muy cerca de Jarpa el gigante pero él sin verla, y ella buscándolo con la mirada y con la zorra licuada de deseo debajo de sus calzones de talla mastodóntica, la Soprole acechaba protegida por una oscuridad adecuada para ella.

Había una sombra para cada cual en la calle, la sombra de las baratas, la de Urpja, la de la Soprole, la de los chanchitos y los proteos sin filiación y otros espíritus de las tinieblas, como las lombrices que deglutían toda la masa terrestre debajo de nosotros, de la calle misma, de la casa de Urpja y un poco más arriba, la de las polillas que en realidad buscaban la luz de los faroles y pululaban junto a los pololos negros como balas de ébano, que atacaban con zumbidos intimidatorios cuando menos se lo pensaba, y los palotes que volaban sólo en algunos días del año con alas membranosas y extendidas como las de las hadas; también los zancudos y los mosquitos insignificantes, y las hormigas con alas que rodeaban por millones algunos faroles girando y formando una pequeña niebla iridiscente, en esa cadena existencial estaba bien instalado Urpja, caminando a trancos muy pausados y muy tragadores, entre su casa y la mitad de la cuadra exactamente, mientras sobre él las polillas danzaban, y más arriba el humo y los ecos no apagados del *Concierto en La Menor* de Grieg vibraban en el éter y subían hacia las estrellas de la constelación del Centauro, que estaba ahí mismo, bastante cerca a poco menos de tres años luz, sobre la gran matraca del turco, la fábrica de algo sedoso o lanoso o de tejido de medias que había en calle Leopoldo Urrutia, cuyas maquinarias rompían a trabajar frenéticamente en cualquier momento del día o de la noche, y después de azotarse, tundirse y descalabrarse por un tiempo indeterminado como si fueran un saco de tornillos golpeado en el suelo por algún gigante egoísta, callaban también de improviso, inexplicablemente, una cuadra hacia el sur de nuestra casa: había allí un hoyo hacia el cielo, proyectado sobre la cabeza de Urpja que paseaba tranquilo siempre más cerca de nuestra casa buscando la compañía de la Rosa e ignorando a la Soprole que miraba por la ventana detrás de un macetero de geranios blancos y se hundía la mano entre las piernas, apretando los enormes muslos velludos, pensando en lo delicioso que sería rodear y estrujar a Jarpa con ellos, acto irrealizable como no fuera con el humo del cigarrillo rubio del gigante, que meramente subía hacia la Cruz del Sur y el Saco de Carbón, convidándole un resto a las polillas.

Entre tanto, detrás de mi reja, yo recogía chanchitos de tierra que el miedo transformaba en bolitas dentro de mi mano ahuecada. Luego se los catapultaba a Urpja que pasaba balanceándose, lento, mecido por el humo de los Camel importados y por el eco nunca apagado del *Concierto en La Menor* de Grieg girando en su cabeza.

Más de una vez le acerté un chanchito en un ojo.

La noche era buena para seguir mirando

Una de esas noches entre otras noches sin fin yo había estado leyendo *El asombroso viaje de Hareton Ironcastle* de Rosny en mi pieza hasta la hora nona porque era tiempo de vacaciones y al otro día podía dedicarme a la actividad inefable de dormir hasta el mediodía.

Yo me acomodaba para leer en mi ventana en las noches de verano, y ocurría muchas veces que luego no podía dormirme, habiéndome excitado la lectura con la sacra percepción de otros mundos, como fue primero con Julio Verne y Salgari, luego con Wells y después, durante los años cincuenta, con todos los próceres de la ciencia ficción: Ray Bradbury, Theodor Sturgeon, Olav Stapledon, Richard Matheson y Lester del Rey, que empezaban a llegar a Chile en las ediciones Minotauro de Argentina.

En un momento que levanté los ojos del libro para divagar, vi el ojillo brillante y rojo de un cigarrillo pasando detrás de la reja verde, apagándose y encendiéndose entre los listones de madera. Luego pude distinguir la figura larguirucha y escuálida del Nene, coronada por una crencha de rizos que era envidiable sobre todo porque nadie se la hacía trasquilar innecesariamente. De cierto el Nene —que funcionaba de repartidor ciclista para la carnicería de doña Estrella en Manuel Montt— era codiciable para muchas hembras del barrio, aunque no tanto para la Rosa que los prefería todavía más altos y macizos, y cuando se lo mencioné alguna vez dijo *¡qué... mocoso de mierda!* ..

Esa noche andaba el Nene en busca de alguna de sus amigas, que las tenía varias, desde criadas a señoritas, entre ellas la Sonia Boza que vivía enfrente de mi casa y que a esa hora solía asomarse a la ventana, como heroína literaria del folletín viviente que éramos todos, para charlar y besarse largamente con él. De ese modo el Nene quedaba más frustrado que petardo falto de mecha para estallar, pero igual demostraba su envergadura de galán, gracias a su rostro más largo que un nabo campeón entre los nabos y más cerúleo que la esperma de las velas votivas que mi abuelita ponía en el santuario de Gemma Galgani en Simón Bolívar esquina de Suecia.

El Nene dio un par de vueltas por ahí cerca, anunciándose con cierta calma nocturnal, silbando unos compases de algo ininteligible pero adecuado, que indicaban búsqueda de la hembra. Al cabo de un instante para mí y de una eternidad para él, al otro lado de la calle apareció la Soprole. Sus enormes tetas la precedían como siempre, visibles como si emitieran luz infrarroja. Salté al jardín y me corrí por detrás de la retama, los malvones y las madreselvas, buscando un sitio donde poder observarlos. Como yo lo pensaba, inmediatamente se instalaron afirmados en el quicio de nuestra puerta. No se veía nada claramente, pero pude distinguir dos bultos humanos, demasiado humanos que oscilaban en movimientos desordenados y rotatorios: eran las tetas de la Soprole que él había descubierto levantándole el suéter y que se agitaban porque la cabeza del Nene se movía entre, debajo y sobre ellas. De repente emergía su crencha por entre las tablillas de la verja, mientras su boca chapoteaba succionando con avidez los pezones. Como ocurrió veinte años después en *Amarcord* de Federico Fellini, en la escena de la tabaquera gorda que le descubre al muchacho una teta como un globo gigante de feria con un pezón del tamaño de un flan de *crème caramel,* el Nene, mucho más experto que el muchachito felliniano, y no con una sino con dos tetas delante suyo, todavía parecía no tener bastante.

A esas alturas ya mis pupilas se habían dilatado en la oscuridad como las de los gatos y podía ver claramente lo que la verja y las plantas me dejaban ver. Luego no se vio más la cabeza del Nene: estaba encuclillado y distinguí la faz de plenilunio azorado de la Soprole, que tenía los ojos cerrados. Su respiración se hizo fuerte, como si le faltara el aliento, y emitió un quejido suave. Luego ella se fue resbalando al suelo y ya no los volví a ver, pero seguía el gemido intermitente como una señal de radio, y luego cambió a un bramido como de vaca enferma que se repitió cada vez más frecuentemente hasta que resonó un tremendo mugido de la Soprole, al que se agregó un alarido del Nene, como ella si le hubiera pisado algo blando.

En ese momento se encendieron varias luces en las casas vecinas y al otro día mi abuelita dijo *anoche había una mujer enferma en la calle, ¡cómo se quejaba la pobrecita!... Qué enferma ni qué enferma, estaba más curada que huasca de cochero,* dijo mi padre.

Con la llegada del día y después del desayuno de té con leche y pan amasado de chicharrón con mantequilla se podían hacer varias cosas:

a) Salir al patio a arrojar migas a los patos panchulos y a los normales, que cuaquearían disputándoselas como locos.

b) Ir al estanque del cequión a coger pirihuines y observarlos evolucionar en un frasco vacío de mermelada, o bien acostarlos en hileras al sol para verlos morir.

c) Ir a las cercanías del tren a colocar chauchas de cobre en los rieles para ver cómo quedaban aplastadas y lisas después del paso del convoy.

d) Jugar nosotros mismos a los trenes, transformándonos en ellos, y correr pasando y recogiendo papelitos en el aro.

e) Más saltuariamente, ya que esto sólo le gustaba a Carlitos, girar alrededor de la casa con una flor en la mano, cantando *con flores a María... con flores a María, que madre nuestra es...*

f) Explorar el fondo de la chacra con el objeto de recoger melones tuna. Algunos estaban tan maduros y podridos que eran como globos de líquido avinagrado. Aprovechábamos para lanzárselos a los ocasionales transeúntes del camino lateral, por encima del cerco de acacias. Como era época de elecciones, un día le aventamos un melón a un par de mujeres que recorría ese camino solitario, tomadas del brazo, saltando y gritando *¡Faivovich, Faivovich!* Después improvisamos un disfraz llevando como estandarte los calzoncillos de Robe, y gritando *Pues que viva Roberto Arias... ¡VIVA!... Pues que viva Roberto Arias... ¡VIVA!* ..

Y cuando todas las actividades se agotaban quedaba una muy importante: la industria casera de la tía Mafalda.

Todos los viernes la familia se dedicaba en la confección de unos objetos misteriosos con la forma de cinturones o arneses de hule, que había inventado la tía y que se llamaban cinturones Sanimés [M.R.], y cuyo cometido y función eran un enigma para todos, excepto para Robe, pero le estaba prohibido informar a los demás, considerados pequeños aun cuando él era sólo algunos meses mayor que yo.

Con información o sin ella, participábamos con entusiasmo en la confección de los cinturones Sanimés. Necesitábamos romper el ciclo de la insolación diaria, y hasta nuestra naturaleza de niños nos decía que era necesario de vez en cuando recogerse a la sombra, pero lo hacíamos sobre todo por la curiosidad irrefrenable que los arneses nos producían. Así trabajábamos en una cadena de montaje que iba desde la cocina al comedor y su larga mesa. Como yo era el dibujante, precedido hasta allí por la fama de mi nota siete en artes plásticas durante las preparatorias, tenía que trazar formas y siluetas con un lápiz graso especial en la larga pieza de hule delgado que se iba desenrollando sobre la mesa del comedor. Eran varias siluetas para trazar a partir de patrones numerados de cartón grueso y que poseían anotaciones poco legibles de la tía Mafalda. Las figuras eran rectángulos muy largos que después se transformarían en los tirantes y travesaños de la misteriosísima prenda, y dos trapecios con los lados curvos, que formarían el cuerpo de la misma, con solapas que se doblaban y cosían entrelazándose con los tirantes. Uno de los trapecios estaba plagado de hoyitos redondos que se hacían con un sacabocados.

El corte lo efectuaba Emilia, que sin duda era una costurera excelente, puesto que hacía toda su ropa y la de Germán, y lo increíble es que encontraba tiempo para ello. Después las piezas se doblaban y la tía Mafalda las cosía en una máquina de coser especial que estaba puesta sobre una mesa de bridge cercana a la repisa donde había un loro embalsamado que había pertenecido al patriarca tío Filemón. Según se contaba en mi familia, durante su larga vida ese pájaro supo cantar de memoria arias de ópera completas, por ejemplo "Ritorna vincitor" de *Aída* y "Vesti la giubba" de *I pagliacci,* precediendo así de muchos años a todos los loros literarios, desde los de Juan Emar a los de García Márquez.

Así la máquina de coser operada por la tía Mafalda daba lentamente forma al adminículo que iba adquiriendo un aspecto realmente inquietante. Los rectángulos se adelgazaban al ser plegados longitudinalmente y los trapecios doblaban sus aletas formando bordes resistentes y bolsillos aun más misteriosos. La última operación era coser las hebillas corredizas que lo ajustaban a las proporciones de las caderas de su ignota o ignoto usuario. Carlitos cogía las hebillas de sus cajas de cartón e iba pasándoselas a la tía Mafalda. En esto consistía su parte, hasta que se aburría y empezaba sus preguntas impertinentes. La forma completa era lo más perturbador porque aparecía como revelando lo que debía cubrir, con tantos hoyos o respiraderos de algo que se antojaba terrible o malsano, y sus hebillas anticipaban de por sí algo sensual ya que se parecían a las de corsets y portaligas, entrevistos en más de una ocasión. Era como un protobikini, monokini o calzón pervertido, poseedor de una carga muchísimo más inquietante que la de la misma prenda de género. Tenía algo de los correajes que aparecían en *Frankenstein,* cosa que era de por sí terrorífica, y a la vez llena de una atracción irresistible.

Algunos de esos pedazos no se cosían sino que se pegaban con un cemento especial de penetrante olor bananero, que la tía extraía de un pote. Cada cinturón Sanimés terminado era doblado cuidadosamente por Robe en pliegues marcados, y puesto en una bolsa de celofán que le pasaba Germán. Este material era lo único trasparente que existía antes de la aparición del polivinilo. Germán también le pasaba a Robe una hoja de instrucciones que era colocada dentro del sobre con el cinturón doblado. Robe finalmente sellaba el sobre con dos o tres toques de goma líquida. No se nos permitía leer las instrucciones, pero en realidad no era muy difícil coger uno de los cinturones Sanimés ya doblados y colocados en sus sobres transparentes y leer el parrafito que decía:

CINTURON SANITARIO SANIMESM.R.

—Para la seguridad y la higiene de la mujer activa, en sus días críticos.
—No más embarazosos bultos, paños irritantes y olores vergonzosos.
—No más algodones que se pierden o peligrosos pinches y prendedores que pueden dañar su delicada anatomía.
—Ajustable en todas las dimensiones y todas las tallas y casi indistinguible debajo de su ropa interior corriente.
—Sencillísimo de usar: coja simplemente una toallita higiénica pequeña, dóblela por la mitad más larga, insértela en el bolsillo interno de SanimésM.R.**, ajuste los tirantes con las hebillas a la medida del hueso pélvico (cadera) y listo: puede usted ya gozar de su protección mensual.**

Este lenguaje y los procedimientos indicados eran algo tan absolutamente indescifrable para nosotros, que en realidad no era necesario prohibirnos su lectura. Esa alusión a los días críticos, y la revelación de que el cinturón, pese a toda su complicada estructura, no estaba completo en sí mismo, sino que había que rellenarlo con toallitas higiénicas transformaba todo el asunto en un misterio mayor que había que resolver a toda costa.

Ese viernes estábamos concentrados desde temprano en la confección de cinturones cuando Carlitos hizo la pregunta fatídica:

—¿Para qué sirven estos cositos, mamá?

—Para nada, mi hijito, para nada...

—Si no sirven para nada ¿para qué los hacemos?

—Se los ponen las mujeres —dijo Germán en una rara intervención.

La tía Mafalda lo fulminó con la mirada.

—¿Verdad mamá, que son para las mujeres? —dijo Carlitos y puso una cara de risa que conocíamos muy bien con su trompa bilabial lista para empezar la serie PUTA... PUTA... PUTA...

—Sí mijito, los usan las mujeres —dijo la tía— se lo ponen una vez al mes, cuando les duele la guatita.

—¿Y por qué les duele la guata a las mujeres una vez al mes?

—Les duele así no más. Uno nunca sabe por qué los dolores vienen —fue la explicación de la tía.

—Yo sé por qué a mí me duele la guata casi siempre —dijo Germán— Es por hambre.

—Será apenas un ratito antes de almorzar, Germancito —dijo la tía Mafalda con un rictus de ira— Pero usted sabe que no tiene nada que hablar aquí, así que haga el favor de callarse ahora y para siempre.

— ¿Y los hombres, por qué no se los ponen también? ¿Dónde se lo ponen las mujeres?

—Eso no le importa a usted mijito.

—No se lo ponen los hombres, Carlitos. Nosotros no los necesitamos —sentenció Robe.

—Cállese también usted, Robertito —dijo la tía Mafalda— aquí trabajamos y no hacemos preguntas.

—Pero ¿dónde se lo ponen las mujeres?

—En la cabeza, así —dijo la tía Mafalda y se puso el cinturón en la cabeza como una capota, amarrándose los tirantes debajo de la pera.

—Yo también quiero ponérmelo —dijo Carlitos y sin esperar respuesta sacó uno de la pila que estaba doblando Robe y se lo puso en la cabeza a modo de capota— Y ahora quiero que todos los niños nos pongamos en la cabeza un sombrerito de los que usan las mujeres y nada más que las mujeres una vez al mes, y que salgamos a cantar *Con flores a María* .

—Ahora no puede ser mijito —dijo la tía Mafalda— espere hasta las once y media y entonces pueden salir a jugar antes del almuerzo.

—¡No! —gritó Carlitos— quiero que todos nos pongamos al tiro cositas de mujer en la cabeza y que salgamos a cantar *Con flores a María.*

—Váyase para afuera usted solo mijito, si ya está cansadito, pero déjenos trabajar.

—Para afuera —dijo Robe, que no desaprovechaba ninguna circunstancia favorable para tomar una mínima revancha.

—¡No! —gritó Carlitos más y más enojado— dije que quiero que todos nos pongamos cositas de mujer en la cabeza y que salgamos a cantar *Con flores a María.*

—Para afuera —dijo la tía Mafalda, ya exasperada y empujándolo.

Carlitos salió como no creyendo lo que sentía. Quedó mirando para adentro estupefacto unos instantes, y luego su boca se torció en una **U** boca abajo y soltó el llanto. Al ver que nadie salía a consolarlo y mimarlo, el llanto evolucionó a pataleta y empezó a revolcarse en círculo, pateando el suelo y levantando polvareda, para alzarse luego corriendo a tumbar la mata de choclo más cercana. La mata fue quebrándose con quejidos lastimosos hasta yacer por tierra, pero después Carlitos siguió revolcándose.

—Germán, vaya afuera a jugar para que no llore el niño —dijo la tía Mafalda.

Cuando Germán hubo salido, volvimos a la cadena de montaje.

—En verdad, tía —le dije— ¿para qué se usan estos cinturones Sanimés?

La tía Mafalda, suspirando como ante algo que se veía venir inevitablemente, explicó su invento:

—Mijito, usted es un niño ya grande y bien educado. No tengo por qué explicarle ciertas cosas, ya que eso deben hacerlo su mamá y su papá, pero como usted me pregunta sobre nuestros cinturones le digo que son para las mujeres en su período.

—¿Qué período?

— El período de las reglas, cuando le sale sangre a la mujer y para esto se ponen los cinturones.

—¿Para detener la sangre?

—No, para recibirla en la toallita que se pone adentro del bolsillo.

—¿Y **por dónde** sale la sangre, tía? —esa era una pregunta bravía y la tía vaciló antes de responder.

—Bueno, bueno... por el útero.

—¿El útero es la ce-hache? —preguntó Robe.

(Ce-hache era por *chucha*, y a los niños sólo se les permitía pronunciar las iniciales).

— Sí, Robertito.

— Creo que la ce-hache tiene otro nombre —dije yo— Lo vi en un libro que se llama *Educación sexual para la familia,* del doctor Solórzano Ambipoides.

—¿Y a usted le permiten leer esos libros? No puedo creerlo.. .

—No, verdaderamente no. Lo he leído a escondidas. Pero no me acuse, tía.

—No mijito, yo no funciono como delatora. Tenga cuidado, de todos modos, porque esos son temas absolutamente prohibidos para los niños. Respecto de lo otro, creo que sí, que se llama útero la ce-hache.

—En el libro dice algo así como valva o volva.

—Si no es marisco, tonto huevón —dijo Robe.

—El útero está adentro y tienen que mirarlo con un instrumento llamado estetoscopio —me sentía muy seguro en mis conocimientos de ciencias clandestinos u oficiales y no le respondí a Robe.

—El estetoscopio es para las tetas —dijo Robe— ¡Putas el huevón ignorante!

—Mire Robertito, córtela con ese lenguaje, y mejor vayan los dos a cantar con los chicos afuera...

Carlitos y Germán estaban girando desde hacía rato alrededor de la casa con cinturones Sanimés en la cabeza y cantando *con flores a María, que madre nuestra es*... No teníamos ganas de incorporarnos a la liturgia, así que fuimos con Robe al remanso de los pirihuines.

—Yo no te podía decir para qué eran los cinturones —dijo Robe, cuando salimos.

—Sí, primo. Y quién los inventó, ¿la tía?

—Sí, Hace como tres años. Los vende en las farmacias y también en los negocios de medias.

—¿Y cómo se le ocurrió eso?

—Creo que viendo los problemas que las mujeres tenían con el trapo reglero.

—¿Y qué es eso?

—Pues un paño que tienen que ponerse cuando les viene la regla, y ese trapo se les pasa cayendo a las mujeres.

—¿Y por eso tienen que andárselo sujetando?

—Sí, se lo meten entremedio de los calzones.

—¿Y cuánto les dura la regla?

—Como dos semanas cada mes, y les viene mucha sangre.

—Mejor no ser mujer, para no perder tanta sangre todos los meses...

—A mí me gustaría ser mujer por un solo día nada más —dijo Robe— y que ese día me culearan.

—Sí, pero toda esa sangre...

Como se entiende fácilmente, Robe y yo no éramos precisamente camaradas. Sabía que él me odiaba y hasta ahora me he explicado por qué, si es que hay un por qué en los odios y antipatías. Desde el punto de vista astrológico debíamos tener entre nosotros algunos aspectos muy cabrones; por ejemplo, cuadraturas y oposiciones clave: los astros para nosotros no podían ser más sombríos, y de seguro todo el cielo se nos dispuso, a mi primo político y a mí, más desfavorablemente que un eclipse en medio de una boda o bautizo. Robe tenía un carácter más bien hosco y rencoroso. Poseía otras pocas cualidades. Tal vez, en raras ocasiones, sabía escuchar, pero esta cualidad sirve de bien poco en los niños. Cuando Robe quedó huérfano de madre, y su padre el tío Dagoberto desposó a mi tía Mafalda, no quedó muy bien colocado en la vida. Con el nacimiento de Carlitos en 1945, su fortuna de segundón (pese a haber nacido primero) estuvo signada. Comprendió que su mejor chance estaba en el crecimiento armonioso de ambos, en la dialéctica de la vida, y capitalizó esta espera con astucia de huaso.

Robe era mi perfecta antítesis en todo lo que yo podía buscar y apreciar en este mundo. A mí me precedía, en todas las ramas de la familia incluyendo la painina, la fama doméstica y amojonada de *niño estudioso, buen alumno, obediente, cumplidor*. Robe, al contrario, poquísimas buenas notas obtenía, muchísimas menos que las escritas en rojo sangre, y esto desde ya lo predisponía en mi contra. De todos modos, como era un poco mayor que yo, y sobrador por naturaleza, pretendía saber lo que no sabía y se las arreglaba siempre para hacerme quedar en la forma más desmedrada o en la posición más débil frente a todo, lo cual también es una forma de talento que sirve muchísmo en la vida. He encontrado después una multitud de triunfadores que han edificado su vida sólo con este recurso de bribones.

Por ejemplo un día había yo tenido la mala idea de haberle dicho que de grande quería trabajar en un laboratorio de ciencias y como Robe no comprendiera, dije *quiero ser laboratorista*. Yo imaginaba los laboratorios como lugares de perfección ilimitada, y como el sitio donde podían vivirse verdaderas aventuras, ya que la tierra estaba por demás conocida. Creía sinceramente que la ciencia era el único camino para el progreso humano, porque ignoraba del todo los aspectos siniestros del progreso tecnológico, aunque esta era una realidad que casi nadie percibía.

Bastó ese término para que Robe anduviera pregonando que yo iba a ser *labatorista*, o sea un desgraciado que arregla lavatorios, porque él no sabía cómo se escribía laboratorio ni lavatorio y desde ya la gramática le resbalaba suavemente por su cráneo hirsuto y cónico. No fui capaz de convencerlo de que se trataba de dos vocablos y dos cosas diferentes.

Después estuvo el asunto de la chica del almacén donde yo compraba las Bilzes que Carlitos se bebía en sus tres cuartas partes, y que era una niña de unos doce años, rubia de tipo asténico, que me sonreía muchísimo cuando yo iba a comprar el rojo brebaje y se apresuraba a atenderme, postergando a los otros clientes. Siempre estaba enfundada en un enorme delantal a cuadros almidonado, que la hacía aparecer como empalada, pero su sonrisa era abierta y genuina y por eso mismo, como la envidia lo roía, Robe empezó a llamarla *la peorrienta* y siempre me preguntaba *¿todavía no has ido a comprar tu Bilz donde la peorrienta?*

Todo esto iba construyendo tensión y resquemor entre ambos, y el colmo nos llegó un día en que andábamos cerca de las acacias buscando una cueva donde habíamos visto esconderse una araña peluda grande como una mano abierta. Yo estaba decidido a agregarla a mi insectario que ya poseía dos matapiojos, tres avispas, dos palotes, cuatro mariposas y dos abejorros Bombus.

A Carlitos se le ocurrió mear en ese momento y como ya se estaba haciendo y empezara a chillar como marrano, le desabotoné rápidamente el marrueco para ayudarlo a desaguar. En eso estaba cuando llegó Robe y empezó a gritar, corriendo hacia la casa: *¡Mafalda, Mafalda* —no llamaba a la tía mamá, sino por el nombre— *el Nacho es maricón, le está agarrando la pichula al niño!*

Invocaba al poderoso Niño para así mañosamente otorgarle fuerza a sus palabras, ya que todo lo que se refería a él era sagrado y Robe lo sabía muy bien, en su pellejo más vapuleado que harnero de molino.

Yo me puse furioso, pero ya nada se podía hacer: la tía Mafalda estaba aguardándonos con una cara que prometía tormenta.

—¿Quiere venir para adentro, mijito?

Hizo el acto formal de cerrar la puerta, aunque los vidrios que faltaban en la ventana no garantizaban nuestra intimidad.

—Dígame qué es eso del toqueteo al niño. Explíquese bien y claro.

—Estaba ayudando a mear a Carlitos, tía.

—El no necesita ayuda para eso, mijito. Sabe bien mear solito.

—El estaba llorando y gritaba que me meo, que me meo. Quise ayudarlo a sacar el pirulín para que no se hiciera en los pantalones. Eso es todo.

Por la ventana vi a Robe atisbando con la conciencia no muy limpia. Carlitos andaba corriendo alrededor de la casa, pitando como locomotora de tren. De pronto, como entrara por la otra puerta de la casa, la tía le preguntó:

—Carlitos ¿verdad que quería hacer pichí?

La respuesta del Niño fue absolutamente inesperada.

—No mamita, no tenía nada de ganas.

— Y entonces, ¿por qué te estaba abriendo el marrueco el primo?

—¡Porque quería tocarme la tula!

La mirada de la tía Mafalda al encontrar semejante evidencia jurídica era como para freir un huevo sin lumbre.

—¿Por qué mientes Carlitos? —le dije— Bien sabes que estabas gritando que ya me meo, que ya me meo... ¿Para qué gritabas si no tenías ganas de mear?

—¡Sí!... Sí tenía... ¡No!... No tenía ganas.

—Sí o no mijito, mire que la cosa es muy importante —dijo la tía Mafalda.

—Yo sí tenía ganas pero el hermano me dijo que yo no tenía ganas.

No esperé más, salí corriendo a la huerta donde Robe estaba cortando palos con las manos, en un ejercicio que según él fortalecía los brazos, y un poco por el lavatorio, y otro poco por la peorrienta y otro poco por su acusación de mariconería, le asesté un tremendo combo en el hocico que lo tiró de espaldas entre las malezas, sangrando del labio partido.

En eso oí al tío Dagoberto gritando *¿Pero qué les pasa a estos niños? ¿Por qué se están pegando?* y le dije *es que no me gusta que me mariconeen, tío.*

Esa noche la comida fue sombría, o más sombría que de costumbre, desde el momento que no había luz eléctrica en la casa. Al parecer los tíos se habían convencido a medias de mi inocencia, pero igual había algo desagradable y triste en el ambiente: Robe cuchareaba enfurruñado y sin decir palabra y después el tío, no sé por qué, empezó hablar de unos niños *que siempre se veían muy pálidos porque hacían lo que no se debía.*

Todo contribuía a instaurar un clima de juegos prohibidos, de referencias insinuadas, y ello no me era favorable, aunque la alusión sobre la palidez no me tocaba, puesto que estaba más negro que la melaza de chancaca.

—Había uno en nuestra clase, cuando yo estaba en el colegio —el tío siguió dándole a la misma tecla— que era muy pálido y con ojeras y siempre andaba apartándose. El profesor nos lo señalaba como uno que practicaba *el vicio solitario.*

Nadie dijo nada, comimos nuestro choclo y tomamos la sopa en silencio. Era toda una serie de concatenaciones sórdidas como en un billar donde la mariconería, el vicio solitario y otros pecados capitales se revolcaban ahí mismo sobre la mesa. Al final, cuando estábamos tomando el té de agua de boldo con azúcar quemada, la tía me dijo:

—Hernancito, creo que usted le debe pedir disculpas a Robe.

—Pero él me acusó injustamente e hizo que Carlitos mintiera.

—Bueno, eso está bien aclarado, pero queda su acto violento. Usted no puede andar repartiendo puñetes en casa ajena.

—No sabía que estaba en casa ajena, tía —le dije.

—Bueno... Es un modo de decir. El caso es que Robertito, que es más fuerte que usted, pudo haberle pegado y no lo hizo. Ya, pídale disculpas.

Me acerqué al Robe ofreciéndole mi diestra, la misma con que lo tumbara entre los choclos, provocando seguramente la muerte de algún chanchito de tierra, y de varios rotíferos y nemátodos, en el lugar donde estrelló sus posaderas. Después de vacilar, la estrechó sin mirarme y con ese acto insignificante y neutro se suponía que él me perdonaba el derechazo.

Nadie consideró allí que él **también** me debía una disculpa, siendo el daño moral mayor o al menos tan importante como el físico, pero no podía saber que, entre otras situaciones y actitudes resbalosas, yo estaba allí sufriendo las consecuencias de la otredad y había que aceptar esta realidad para poder vivir en este mundo, porque de otro modo habría que bajarse del planeta. El poder, con su equilibrio siempre desfavorable para el que está en minoría por cualquier circunstancia, se hacía sentir en mi contra. Yo era el extraño ahí, pese a los lazos familiares que supuestamente nos unían y que la misma tía había descalificado, hablando de *casa ajena.*

Esa noche no hubo juegos, chascarros, cuentos de fantasmas ni trabalenguas. Roberto se acostó dándome la espalda, y Carlitos fue a dormir con su madre, como para conjurar cualquier peligro de asalto sexual.

Al día siguiente, muy temprano fui al pueblo y mediante un antediluviano teléfono de magneto que había en el puesto de la Compañia de Teléfonos de Chile, hablé con mi familia y pedí que mi padre fuera a buscarme esa misma tarde.

Mi padre bajó azorado del tren de las dos que llegaba más o menos a las cuatro, abanicándose la cabeza con su sombrero blanco de Panamá, que usaba en el verano. La tía hizo servir onces a Emilia, y de repente mi padre preguntó:

—¿Y por qué quiere irse Hernán antes del fin de las vacaciones, como habíamos pactado?

—Parece que no lo hemos tratado muy bien —dijo la tía Mafalda, riendo como para dejar flotando una ambigüedad.

—Está aburrido de jugar con los niños —dijo el tío.

—Debe echar de menos su casa —dijo la tía.

—En Paine hace demasiado calor —dijo el tío.

—Si es por el calor, en Santiago sí que no se aguanta —dijo mi padre— ¿Es verdad eso que dicen los tíos?

—No estoy aburrido con los primos, estoy aburrido del campo.

—Claro, quiere irse luego a Santiago a reparar lavatorios —dijo Robe, sintiéndose protegido.

—¿Qué? ¿Cuáles lavatorios? —preguntó mi padre.

— Nada, es una broma de Robertito —dijo la tía Mafalda.

—¿En qué tren podemos irnos? —preguntó mi padre.

—El único que queda es el de los curados —dijo el tío Dagoberto.

Lo que yo había afirmado era una mentira mayúscula: nada me aburría en el campo, y ya me estaba dando cuenta de que ésa era la última vez que veía refrescarse la tarde y bajar el sol para el lado de los ocasos en Talagante, hacia donde se dirigía el tren mixto de carga y de pasajeros, y todo, los insectos, la tierra, los duraznos, las sandías, los patos, los pirihuines, todo se iba retirando de mi lado. Por un acto irresponsable de Robe, ese mundo se había deshecho y yo había sellado su ruptura con el combo en sus hocicos, justiciero parcial, pero desbalanceador a su vez de las cosas. Un poco de justicia echa más cosas a perder de las que arregla: se precisaría la justicia absoluta, pero ella no es de este mundo y hasta en el paraíso hay moscas y moscardones.

Mientras el sol se esfumaba y llegaba el crepúsculo y las matas de maíz iban fundiendo sus penachos con la noche y su realidad de otro mundo, recobramos por un momento la antigua armonía, jugando al tren y recogiendo algunos pirihuines que yo quería llevar a Santiago en una botella. Jugamos afuera al tren con pitazos y carreras desenfrenadas con el carretón, mientras el rostro triste de Germán miraba desde adentro por la ventana de la cocina.

En un momento Carlitos me llamó y fuimos un poco al lado del chiquero donde los patos ya dormían con sus cabezas perfectamente alojadas debajo del ala.

—Nachito... Nachito —dijo Carlitos, como buscando comunicarme algo muy solemne— yo te quiero...

El Tren de los Curados podía llegar en cualquier momento entre las diez, su horario regular, y una hora imprecisada después de la medianoche y aun de la mañana siguiente.

Las causas de retraso eran infinitas: faenas o desperfectos en la vía, o también algún borracho que se caía entre los vagones y era reducido a picadillo mientras los pasajeros tiraban frenéticamente el cordoncillo de la alarma hasta que el convoy paraba. Si no se daban cuenta del accidente, el tren lo descuartizaba igual y seguía de largo, a menos que fuese un hombronazo excepcionalmente corpulento como un tal Guatón Gamboa de Teno, enorme ropero de tres cuerpos que provocó un descarrilamiento entre Paine y Hospital. Cuando atropellaban vacas o caballos había que separar los vagones para retirar las carcasas y se perdían muchas horas, o bien el tren se quedaba en alguna estación para que el maquinista lavara con aguardiente sus penas de amor en el Club Radical y mientras no se lo reemplazaba, el tren tenía que esperar en la estación.

Todo esto contribuía a hacer imprevisible el horario del Tren de los Curados. Cierta vez un pasajero de una estación al sur de Rengo, furioso por una prolongada tardanza se subió a la locomotora —porque muchos vecinos de las líneas ferrocarrileras dominaban o conocían esos tremendos mecanismos—acicateó la caldera y lanzó el convoy a correr sin detenerlo en ninguna estación hasta San Bernardo, donde se bajó como si nada hubiera ocurrido, dejó el tren resoplando y se perdió por los andenes.

Pero esta vez el tren famoso llegó casi a la hora, con apenas cuarenta minutos de retraso, lo que era casi increíble y no ocurría desde hacía al menos una década. Con todo, la despedida había sido triste y los tíos albergaban una suerte de remordimiento que el desmesurado orgullo criollo les hacía reprimir. Yo traía, fuera de mi maleta, las cajas de zapatos con los insectarios, un paquetón de duraznos y un frasco de mermelada lleno de agua con pirihuines. Carlitos lloró y dijo *que vuelva el primo luego*.

En realidad no iría a volver nunca, por lo menos en los años siguientes, y sólo lo hice una vez, en 1956, cuando Carlitos tenía once años y estaba ya cambiado, más juicioso, y adquiriendo ciertos modales de dignidad abacial que después siempre mantuvo en su vida. En esa última ocasión fuimos a filmar una película de ocho milímetros que me había dado por hacer y que se llamaba *Sangre en el Congo*. Era un grupo de amigos de la universidad, todo un mundo nuevo. La casa de los tíos, que no había visto durante esos años, y los tíos mismos, me parecieron muy envejecidos y cambiados. Todo se había achicado también, como si la casa y el huerto se hubieran reducido mediante un raro fenómeno físico o ilusión óptica.

Además, ya los tíos no se dedicaban a la agricultura en pequeña escala sino a la fabricación de ladrillos. Más de la mitad del huerto estaba suplantada por una enorme pirámide azteca de ladrillos hechos con barro rojizo. El huerto se recorría con dos pasos y había perdido hasta los insectos, las arañas lo habían desertado y las malezas se veían agostadas por el calor de los fuegos de cocción de esa industria que el tío Dagoberto había montado contra todos los augurios.

Esa vez filmamos algunas escenas en los márgenes del estero de Champa, el mismo donde una vez habíamos ido en expedición pesquera, con el agua más negra y barrosa que el río Alfeo después que Hércules lo usara para limpiar los establos del rey Augías.

Carlitos, como los otros amigos que venían en la troupe, se vistió de indio (se suponía que el Congo era un lugar donde podía existir cualquier clase de aborigen) nos atamos huesos en los cabellos y hasta instalamos una calavera en la cabeza del chico Maserato. También Robe fue de la partida, y sólo Germán ya no estaba, puesto que Emilia se había marchado hacía varios años.

Los tíos nos ofrecieron almuerzo en esa ocasión. Se veía que habían hecho un esfuerzo matando una gallina y proveyendo choclos, que ya no abundaban, porque su terreno había sido entregado a los ladrillos, y estaban más bien incomibles. Se veía su pobreza, y ya no tenían el vino que antes corría en abundancia, sino sólo había agua en la mesa y nos la sirvieron en una gran jarra. David Cockrell, que era un grosero, les dijo al despedirse *muchas gracias amigos por el almuercito y sobre todo estaba muy bueno el vino.* Todos quedamos mudos después de su pachotada, porque en realidad éramos unos sinvergüenzas apareciéndonos allí sin avisar y ellos no tenían ninguna obligación de agasajarnos.

Esa fue la última vez que fui a la parcela de Paine en casi cuarenta años.

Subí con mi padre a un carro donde —como justificando la fama del tren— casi todos los pasajeros estaban completamente borrachos. Mi padre me conducía cautelosamente en un ambiente que de una sola ojeada se mostraba, si no detestable al menos inquietantemente plebeyo y hasta peligroso para nuestros gustos de familia, pero no quedaba más remedio que subir y tratar de encontrar un vagón donde hubiera menos beodos solazándose, lo que no era fácil.

Después de recorrer dos carros completos donde se bebía, se devoraban morcillas y cazuelas en platos colmos, se gritaba, se rezongaba, se eructaba y hasta se vomitaba, encontramos dos asientos desocupados y al frente había sólo un huaso, con todas las apariencias de encontrarse cadáver. Ciertamente no lo estaba, y cuando el tren se hubo puesto en movimiento con su densa y pesada maquinaria, se despertó de su muerte carrilana y abrió su canasta de víveres para sacar unas enormes prietas que parecían serpientes o globos purpurinos.

Se sirvió más que abundantemente las prietas en un lavatorio de fierro enlozado, y esa montaña de sangre curada con los aliños de la picantería y el vigor cebollil empezó a balancearse peligrosamente amenazando los pantalones de gabardina de mi padre, cambiado ya a su tenida estival. Como la mayoría en el tren, el individuo ése llevaba una damajuana de vino para su uso particular y la empinaba directamente para que el líquido entrase como una tromba en su gaznate, sin intermediarios posibles o imposibles. Mi padre juzgó más prudente cambiarse de asiento, junto a una viejita que también estaba comiendo, pero ella tenía muchísimas alas de pollo que sacaba de su canastita tapada con una servilleta inmaculada.

La viejecita nos ofreció de sus alitas de pollo asadas, y mi padre las rechazó, como era de suponerlo, pero no objetó que yo aceptara y así me pasé un rato royendo los huesitos de ese volátil que parecía tener muchísimas alas y ningún cuerpo, como un ciempiés de alas.

En el aire del carro había un olor indescriptible a carbón, hollín, vapores de vino naturales y añejados al tranco del ferrocarril, salsa picante o chancho en piedra, eructo bilioso y también un pronunciado vaho de orina fermentada proveniente del baño cercano. De pronto unos huasos pasaron llevando un cerdo vivo, agarrado de las patas. El suino lanzaba atroces y ensordecedores berridos, y cerca de la puerta descargó una enorme cagada, sospechando que lo llevaban a la degollina o a nada bueno de todos modos, y el movimiento y los ruidos del tren debían llenarlo de horror. Mi padre quiso moverse otra vez, porque a los olores anteriores se agregó la emanación del puerco desaguisado, así que regresamos al primer carro donde la presencia del chancho no había dejado trazas, mientras los vagones se balanceaban como barcos en el Golfo de Penas y la línea se escurría amenazadoramente debajo.

Ese vagón, a diferencia del otro, llevaba menos gente ahora, después que el tren había hecho su primera parada en Linderos y un numerosísimo grupo de beodos se bajó entonando los himnos que todos los borrachos de Chile pronuncian como cantos ceremoniales del Dionisio que nunca conocieron, mientras se perdían en la única calleja del pueblo y el tren se ponía en movimiento.

En ese lugar mi padre me preguntó:

—¿Pasó algo con los primos? No me mienta ni me oculte nada.

Le conté toda la historia. Se quedó pensativo.

—Son tonterías de mocosos —dijo.

—Pero yo quise venirme de todos modos.

—Mejor así. No hay que quedarse demasiado en el campo porque a uno se le pega lo huaso.

En ese momento entró al carro uno de los ciegos que amenizaban el largo trayecto del Tren de los Curados. Eran semivagos que vivían gran parte de su vida en los trenes, cantando y mendigando. Mis tíos me habían hablado de ellos y yo estaba ansioso de escuchar al que cantaría su propia versión de *Caballero del ensueño*. Era un tipo chatazo, con una enorme cabeza calva que me hizo recordar la del profesor Atienza del Instituto, que luego habría de morir y de quien todos dijeron que había sido enterrado vivo. Si Atienza era un verdadero e impecable dandy profesoril, éste del tren era un dandy de la miseria, como los de los cuentos y poemas de Jorge Teillier. Llevaba atuendo de cantor, corbata de mariposa incluida, pero todo cubierto con una costra de sebo, de una brillantez ilustre que no habría podido lograr en ninguna tintorería y que sólo en el rodar de los días, las semanas, los meses y los años en *los trenes de la noche*, le podían dar y le habían dado.

Estos no videntes tenían su ayudante, algunos los conducían, y otros pasaban el tarro o los acompañaban con la guitarra, mientras el cantante era siempre la estrella del dúo.

El ciego entró al carro, hizo un gesto al guitarrista cual maestro en su podio y el músico afinó la guitarra como un Narciso Yepes de las angustias prediluvianas, y con un toquecillo en cada cuerda demostró su perfecta afinación. Entonces el Maestro rompió a cantar:

Caballero del ensueño
Tengo pluma por espada
[bis]
Mi romántica melena
Así lacia y mal peinada
Es más bella que las trenzas
Enruladas de Ninón
¡HUM!

El ciego daba un suspiro hondo al fin de cada estrofa, algo así como ¡HUM! y su voz allí bajaba de unas dos octavas siendo el resto en clave muy alta y en falsete, con un silbido nasal, por lo que el ¡HUM! parecía ser un descanso más que necesario para el descalabro de sus cuerdas vocales. Pero su arte no terminaba ahí: después de cantar el valsecito con su letra original y como el público de habituales curdas pasajeros del tren lo solicitara a menudo, esta vez también el ciego recomenzó en estos términos:

Caballero del Ensueño
tengo pulgas por la espalda
¡HUM!

y como la gente lo alentara con sus aplausos:

Caballero del Ensueño
tengo piojos por la espalda
¡HUM!

y como los aplausos siguieran:

Caballero del Ensueño
tengo chinches por la espalda
¡HUM!

y como los aplausos crecían, el ciego se desataba con un repertorio de insectos y parásitos en el que incluía muchas otras especies animales y hasta plagas:

Caballero del Ensueño
tengo piojos
moscas
liendres
arañas

ladillas
avispas
baratas
polillas
hormigas
babosas
culebras
langostas
chancros
dibiesos
quirquinchos
y garrapatas
por la espalda
¡HUM!

Después de la apestosa lista volvía a la letra normal con

Caballero del ensueño
Tengo pluma por espada
[bis]
Mi romántica melena
Así lacia y mal peinada
Es más bella que las trenzas
Enruladas de Ninón
¡... HUM...!

Habíamos llegado a Nos, la tercera estación en dirección a Santiago. El lapso de detención era breve, pero esa vez fue lo suficiente como para que un palomilla saltando como un celaje desde el andén, y calculando el momento preciso en que el tren se ponía en movimiento, introdujera la mano por la ventanilla, arrebatándole los anteojos a mi padre y escapando a velocidad de mataperro. Todavía no comprendo el motivo de robar anteojos que no servirían para otra persona, o de seguro el chico iba a venderlos por dos chauchas o una sola, y eso ya era una riqueza, pero lo más probable es que fuese sólo por joder, para provocar un daño sin causa ni efecto y para practicar el deporte del robo, que pareciera ser nuestra única cualidad autóctona.

Mi padre quedó estupefacto y luego indignado, furioso, y por supuesto que nada obtuvo gritando con medio cuerpo asomado hacia afuera *mocoso de porquería, devuélveme los anteojos* ya que hasta en esas circunstancias él era un caballero, porque en otro individuo el mismo hecho habría provocado una verdadera explosión coprolálica. Sin embargo, también a veces mi padre profería disparates. Lo hacía durmiendo o en la madrugada, cuando yo lo sentía murmurar en la pieza contigua *chucha cagada... chucha cagada* o bien un muy misterioso y gratuito *licheros de mierda*. Nunca pude entender a quién se dirigían esas invectivas de la duermevela, masculladas cuando toda la calle Simón Bolivar, sus casas y habitantes se unificaban en su quietud, como si toda la gente allí poseyera un solo rostro que dormía.

No le quedó más remedio que resignarse a estar más ciego que murciélago, en el carro que traqueteaba con su cargamento de beodos, viejitas que mascaban alitas de pollo y huasos solemnes como focas vestidas para la función de tarde.

A eso de la mitad del camino entre Nos y Buin se presentó otro cantante, solo y muy patético. Cantaba una sola pieza, siempre repetida, pero era tan rara su letra que dejaba boquiabiertos e intrigados a los oyentes, nuevos o habituales. Era un tango embrionario, dedicado a un viejo terno que de seguro era el mismo que por todos esos años había llevado puesto, y cuya vida se alargaba o se detenía en tantísimo kilómetro recorrido sobre los rieles:

¡Terno viejo!
¡Pobre terno!
Lo limpié con Radiolina
Me quedó lleno de hoyitos
Y de cuevitas...
Pobre terno que se lleva
Como la entrepierna de la raya
Que se borró, y ya no es baya
Y tiene el color sempiterno
Del famoso cuesco de la breva
Y de la puerta del infierno
¡Pobre terno!
¡Pobre terno!

Los huasos quedaban estupefactos ante ese tango metafísico sobre los hoyos de un terno que podía ser el de cualquiera de ellos. Hay una comunicación secreta entre los sentidos de los borrachos del mundo entero, y ésta ocurría muy especialmente en los del Tren de los Curados. El pobre hombre no pedía dinero, chauchas o pesos como los otros: sólo pedía vino y ése sobraba allí, de otro modo ¿qué clase de Tren de los Curados hubiera sido? El tanguero del tango único vivía y pervivía de mosto y sólo el vino le era absolutamente necesario. Siete años después lo volví a ver, en el nocturno a Concepción, y no sólo estaba igual sino que parecía rejuvenecido, como un verdadero conde de Saint Germain ferroviario, no obstante que en ese lapso posiblemente había trasegado el contenido de una enorme bodega vinera con pipas de cinco mil litros. Su terno parecía también no haberse deteriorado en esa verdadera eternidad carrilana: estaba más lustroso que nunca y resultaba evidente que sus fibras o sus lanas se preservaban en esa dimensión del alcohol y de la muerte.

Entre Buin y San Bernardo otra promoción vinosa subió al tren, y con ella un nuevo dúo de cantantes. Le faltaba un resto para dúo: se trataba de un cantante ciego y rojo como camarón, cuya piel estaba tan cubierta de eczemas, descamaduras y sarnas, que el pobre hombre parecía clamar por un prolongado baño en la azufral pomada Emerich, la que tenía un apetitoso color verde amarillo de helado marciano o venusiano que realmente olía como su componente principal, el azufre en flor. Su ayudante era pequeñísimo, con una voz muy ronca de bajo, bastante rara en el país y sobre todo a esa hora, y tenía que pronunciar sólo dos palabras en la canción que decía:

CANTANTE
Por eso, después de tanto tiempo
Tus ojos he vuelto a contemplar
Y al verte sola y desamparada
Yo me sentí llorar
¡Yo me sentí llorar!

AYUDANTE:
¡Yo también!

Después de San Bernardo, el viaje se hacía rápido, porque parecía que el tren iba siendo tragado en el gran planeta de Santiago y sus aledaños. Había una multiplicación de líneas, proliferación de otros carros cargados de ovejas, leños, sacos, carbón y ripio, molinos de grano y luego aparecía la fábrica de gas que anunciaba la verdadera llegada a Santiago. Su olor, si la ventanilla estaba abierta, nos recordaba que nada es perfecto en esta vida. Era un mundo agropecuario y carbonífero que se acumulaba en la estación. Santiago se nos venía encima y entrábamos a él por esa especie de ducto o cloaca, teñida del color de las babas del diablo.

Me tocó guiar a mi padre en la salida de la estación, entre los changadores de gorritos rojos que llevaban sus carromatos cargados de maletas.

Una sorpresa muy agradable me esperaba: el Flecha del Sur estaba estacionado en uno de los andenes, durmiendo hasta el día siguiente, como un genio radiante y rojo. Por fin pude admirarlo estando detenido, acercarme y hasta tocarlo a mi gusto en ese flanco de pintura roja como laca china, voluptuosa, con un olor a combustibles de un infierno soñado. Me dio su calor de monstruo en las entrañas, acariciándolo yo como a un gran amor reencontrado por vez primera, yendo al pasito llevando a mi padre de la mano, aprovechando con descaro que él no podía apurarme mucho porque no veía un carajo.

con la música a esta parte

El living era el lugar donde se escuchaba la radio, y para eso existía esa parte del mundo. La mesa de la radio ocupaba un sitio especial, cerca de una de las puertas del baño. Era una pobre mesa, pero su barniz de color casi amarillo la distinguía y la volvía insólita entre todas las mesas posibles. La radio Westinghouse era un aparato notable por su sonido y si se echaba a perder, era sólo cuando uno de sus tubos catódicos se había agotado. El técnico de radio vivía no lejos de la casa, por avenida Antonio Varas, y era un judío alemán muy competente y honrado, que tenía un hermano tonto, un mongólico que siempre estaba en la puerta, con su chata cara pegada a la reja. Cuando el técnico se llevaba la radio, me tocaba ir a preguntar por ella —todas las reparaciones eran procesos extraordinariamente largos, aunque el técnico fuera alemán— y el tonto me atemorizaba, porque a menudo interpelaba a los transeúntes con gritos y chillidos de pájaro afónico.

Esos días sin la radio eran como un espacio vacío en nuestra vida, como si nada tuviera sentido ni existencia sin ella.

Nuestra radio poseía un sonido cálido, entero, como únicamente lo pueden tener los aparatos radiofónicos de tubos. Con la llegada de los transistores, algo indefinible se perdió en la reproducción del sonido, algo que no se puede medir, por ejemplo, con los parámetros de la física que nos enseñaba el Perro Guzmán, y que era perceptible en la gama de sonidos armónicos, su timbre y amplitud, y es un hecho corroborado por nuestro sentido de la música educado desde el nacimiento. El ojo mágico, esto es el tubo catódico que sintonizaba las estaciones de modulación de amplitud —puesto que no existía la frecuencia modulada— era uno de los objetos más misteriosos y bellos que yo había visto y que seguramente nunca veré, si por ver entendemos un proceso que reside más en el espíritu que en los ojos. El ojo mágico se confunde con esa idea de la visión primordial, su luz verde iba cerrándose en un iris que brillaba en la noche cuando todas las otras luces estaban apagadas, signando ese proceso de descubrir el mundo. Toda esa fosforescencia verde me hipnotizaba, haciéndome repetir una y mil veces el acto de sintonizar las estaciones para ver ese vibrar de mariposa de Muzo con alas batientes de esmeralda, y buscar las perfecta coordinación entre la música oída en su fuente y el cierre del ojo mágico.

La radio tenía un parlante de ocho pulgadas, muy pesado y tan bueno como los que tendrían los aparatos de alta fidelidad veinte o treinta años más tarde. Muchos años después hice soldar cablecillos a los bornes de ese parlante para poder sacar una señal eléctrica y así grabar en cinta magnética directamente de la radio. En ella se escuchó todo lo que importaba entonces, en primer lugar los programas cómicos *Radiotanda*, *La Familia Chilena*, *Topaze en el aire*, *Monicaco y sus amigos*, y los *shows* del Zorro Iglesias, cuando venía de la Argentina con sus personajes desquiciados y surreales, como ése que decía después de cualquier tirada *y todo esho ¿pa qué, **pa qué, pa qué?*** y también el que contaba desastres y horribles accidentes, describiendo a las víctimas con detalles como *y el pobre quedó, quedó... ¿ha visto usted cómo queda un huevo cuando por casualidad le pasa una aplanadora encima? bueno, igualito pero sin los pedacitos de cáscara* o bien *¿ha visto usted cómo quedan las bananas cuando las molemos para hacer leche con plátano? el pobrecito quedó igual, pero con un colorcillo más bien rojo oscuro...*

Esa radio representó mucho más que un mueble o aparato electrodoméstico: era casi como otro familiar que llevase una vida un poco diferente, pero vida al fin. Se trataba de nuestro único medio de comunicación para recibir información inmediata del Inmenso Afuera, información que era totalmente diferente a la que nos daría la televisión quince años más tarde, porque estaba basada exclusivamente en la magia de la palabra y de la música, faltando el elemento condicionador de la imagen. El libro era nuestra pantalla y la radio era un libro leído en el oído. La radio era nuestro mundo, toda la entretención venía y llegaba a través del sonido, vivíamos en una especie de mundo de ciegos, y paradojalmente se veía más que con la televisión, porque visualizábamos lo que nosotros queríamos y estábamos libres para imaginarlo todo.

La Rosa se incorporaba al mundo de los radioteatros, lo sentía como protagonista, aunque la pobre no podía sentarse junto a nosotros en el living puesto que sólo era la empleada, y se conformaba con escucharlos detrás de la mampara del comedor, sentada en una de las sillas que por la noche nadie ocupaba. Había radioteatros nocturnos, que eran los más apreciados, pero también pomeridianos, y entre éstos estaban los de niños, que yo esperaba con ansia. Mi favorito era uno breve, de apenas media hora diaria: *Mundo de aventuras.* Se trasmitían tres seriales de diez minutos cada una: *Los huérfanos del circo,* que era un melodrama con todas las truculencias del género, *El capitán Tormenta* que era la radiodramatización de la novela de Salgari, a la que siguió *El León de Damasco* y *El hijo del León de Damasco.* Se terminaba con *El Super-Cóndor* que era una historia que podría calificarse de ciencia ficción, con algo del encanto de sus contemporáneas *Capitán Maravilla* o *Flash Gordon* del cinema, en un ámbito andino criollo, lo que no dejaba de ser notable. He perdido del todo las trazas de ese oscuro pionero que creó *Mundo de aventuras* y que también era editor, puesto que luego empezó a salir una pequeña revista del mismo nombre, donde se podían leer las series radiales, en un acto mágico de clonación que en Chile era verdaderamente inusitado y hasta increíble.

Las melodías de Tchaikowsky eran muy socorridas como cortinas musicales o temas de apertura en los varios radioteatros de media tarde. En uno de ellos se trasmitía nada menos que *Don Quijote de la Mancha* en episodios de media hora y su característica musical eran los primeros compases del *Concierto de piano* de Tchaikowsky. Había otros radiodramas románticos donde la cortina musical era *La maja y el ruiseñor* de Granados, música que me dejaba embriagado de ensoñaciones y languideces amorosas y digestivas, muy a propósito para las historias de Zilahy Lajos (*Dos prisioneros*) o de Víctor Domingo Silva (*Golondrina de invierno*) que nos ofrecían, como si hubieran decidido darle especialmente gusto a mi madre que leía esas y otras novelas en folletines. Siempre que escucho *La maja y el ruiseñor* me llega la evocación instantánea de esa hora de la tarde, calurosa o fría pero siempre tibia, que tenía el peligroso resplandor de la perfección y que, por lo mismo, ha sido irrepetible en el futuro. En cambio en la hora nocturna de primera sintonía, se trasmitía el *Radioteatro de la Historia* de Jorge Inostroza, a quien llamaban Jorge *Ynosdestroza* en *Radiotanda,* haciendo paráfrasis de la paráfrasis, porque estos programas de ficción histórica eran tan conocidos que los cómicos se permitían parodiarlos. Ahí escuché hasta la saciedad las voces legendarias de Roberto Parada, María Maluenda, Justo Ugarte y también de María Elena Gertner, cuyo timbre ronco de Perséfona de las frecuencias radiales desapareció de las ondas cuando ella se dedicó a la literatura.

Es difícil saber si la trasmisión de este llamado radioteatro histórico hizo una labor buena o mala. Era bueno conocer nuestra historia, pero era malo definirla en términos de simplificación barata. Muchísimos radioteatros nos propinó el persistente Inostroza, y el más famoso fue sin duda *Adiós al Séptimo de Línea* donde se idealizaban nuestras empresas guerreras en contra de peruanos y bolivianos. No recuerdo casi nada de esta trasmisión, excepto un momento en que los rotitos van cantando en el desierto con voz más doliente que si lo hicieran descalzos en la arena quemante. En *Los Pincheira,* que fue el último Radioteatro de la Historia aparecían varios personajes curiosos que merecían mejor tratamiento, como una vieja india apodada Yaya Papai. La Rosa terminó llamando así a toda mujer excepcionalmente grande y gorda, sobre todo si también era olisca, porque sin duda para ella Papai era una referencia velada a las partes pudendas.

Mi trasmisión de radio favorita de siempre fue *El siniestro doctor Mortis,* una de las series de más larga duración en la radiofonía chilena. Su creador Juan Marino era un verdadero genio a su medida, un Orson Welles criollo que de algún modo vivió su personaje hasta las últimas consecuencias. Su creación llegó hasta integrarse al mundo televisivo, cuya pobreza escénica no podía calzar con verosimilitud con los relatos originales de la radio, ni con el propio Marino burdamente disfrazado de vampiro. Su dominio natural era el otro, el radiofónico, fundiéndose con la magia de la noche que nos hacía sumergirnos, transportarnos a esa dimensión al mismo tiempo tenebrosa y delirante. La actividad polifacética de Juan Marino lo llevó a publicar una revista —de la cual conservo todavía un número como prueba de que toda esa realidad, la mía y la del doctor Mortis, alguna vez existió— y también a grabar un disco, cuya carátula estaba hecha por los mismos dibujantes de la revista, el cual no pude comprar en esa ocasión y que después busqué sin resultado por todos los negocios de Santiago. A veces pienso que no fue más que una alucinación promovida por el espíritu del siniestro doctor, incubado en su ciudad y sus habitantes. En la revista aparecían todas las perlas del estilo mariniano, como por ejemplo cuando un doctor incrédulo se refiere a la anemia de una víctima de la mordida vampírica, afirma que no puede tratarse de algo sobrenatural porque *ahora las enfermedades son patológicas...*

El doctor Mortis no era una trasmisión favorita en nuestra familia, puesto que en casa se escuchaba lo que decidía mi padre —sólo en esto él decidía algo— y manejaba la perilla del dial dejando lo que a él le gustaba y cambiando lo demás, pero en general estábamos de acuerdo respecto de otros programas. *El doctor Mortis* era considerado demasiado truculento, con las descripciones de los cadáveres putrefactos *que goteaban un verde líquido cuyo hedor envolvía al lúgubre pai-*

saje de la montaña transilvánica o las ingurgitaciones de sangre de los vampiros que profería la muy gangosa y por ello inimitable voz de Juan Marino, cubriendo Santiago de escalofríos de trasnoche. Mi padre frecuentemente se quedaba hasta tarde, cuando todas las mujeres desertaban el living para retirarse a sus blancos sueños, y entonces escuchaba *El Reporter Equis,* cuyo libretista-locutor no necesitaba entrar al dominio de lo fantástico para sumergirse en el horror y se remitía a la realidad santiaguina escogida de las repletas bitácoras de las comisarías, describiendo los crímenes, accidentes, incendios y otras diarias catástrofes, con una voz que parecía adelgazada por el miedo. Los programas cómicos a su vez parodiaban al Reporter Equis con su voz plañidera, llamándolo *Reporter Queque,* y por ejemplo decían *anoche se presentó un cadáver al cabo de guardia de la novena comisaría, para denunciar que le habían robado el cajón...*

Cada capítulo de *El siniestro doctor Mortis* empezaba con la cortina musical de "Una noche en el Monte Calvo" de Modesto Mussorgsky, y terminaba con una tremenda carcajada de Marino, que nos preparaba el ánimo para dormir abrazados a su misterio. Yo escuché la serie del doctor Mortis por muchos años, diariamente, cuando tuve mi propia radio hasta mi partida de Chile en 1973. En la embajada italiana donde me asilé después del pinochetazo, encontré al hijo de Juan Marino, refugiado con su familia. Su padre afortunadamente no había sufrido persecución alguna, pero había sido desplazado de las ondas por la vulgaridad dictaminada desde arriba y que habría de reinar por tantos años. Acaso las potencias infernales que se apoderaban de Chile, de algún modo colateral habían protegido la vida del creador de *El doctor Mortis*.

Si asocio algo a la radio Westinghouse, es a la imagen de mi padre con la mano estirada para alcanzar la perilla de la sintonía y cambiar inmediatamente todo lo que fuese música popular, rancheras o tangos y luego los rocks (a partir de la irrupción de Bill Haley en 1956) o sea todos los tipos de música que él detestaba con entusiasmo, para buscar cualquier programa de música clásica y en especial los muy majaderos valses vieneses, que le encantaban. Por alguna razón, en aquel tiempo se trasmitía mucho *El lago de los cisnes* y siempre la radio Westinghouse parece revivir con ese sonido doliente del clarinete enunciando el tema del ballet, mientras veo a mi padre girando el dial, revolviéndose como presa de ansia o desesperación melómana buscando ése u otro alivio, porque todo lo que él disponía para el disfrute musical era ese receptor tan mezquino para lo suyo, desde el momento que la selección estaba en las manos de los Joaco Blayas y los Raúl Matas de las radioemisoras, que poco o nada iban a concederle de Strauss, Verdi o Tchaikowsky. Lo que más se escuchaba eran rancheras: a menudo salía Jorge Negrete cantando *Chaparrita cuerpo de uva* o *Me he de comer esa tuna,* que a mí me gustaban o más bien me daban risa. Mi padre no las soportaba, ni siquiera los primeros acordes, y apenas se oía alguna la cambiaba con una interjección de desprecio.

La zamba *Cabeza hinchada* fue una real epidemia. Hubo un momento en que se estaba trasmitiendo en cada radio en todo momento del día y de la noche —este episodio lo registra Guillermo Atías en *El tiempo banal*— y un clamor como una alucinación o coro de fantasmas se hacía oir cantando *cabeza hinchada morena, cabeza hinchada morena, cabeza hinchada morena, toe, toe tó... cabeza hinchada morena, toe, toe tó...* Un vecino, cansado de girar el dial de su radio de punta a cabo como molinillo de pimienta y escuchar cada vez *cabeza hinchada* en la primera emisora y *morena, toe, toe tó* en la segunda y luego *si me enamoro morena* en la tercera y así con todos los versos —que en realidad no eran muchos— de la zamba maldita, desconectó la radio de un tirón que extrajo todo el enchufe y un pedazo del muro, y la arrojó al patio de luz donde el aparato explotó como una bomba. Lo mismo hizo un tío lejano en el momento del ápice de la popularidad del bolero *Nosotros* de Pancho Flores del Campo cantado por los Quincheros, que entonces no se llamaban Huasos y todavía no eran abiertamente fascistas, sólo retrógrados. El tío había empezado por la radio Agricultura en la cima del dial donde se oyó *nosotros que nos queremos tanto* y bajando a los de mitad para arriba como la Cooperativa Vitalicia la canción seguía *que desde que nos vimos amándonos estamos* y girando el dial por la mitad en la Nuevo Mundo *nosotros que del amor hicimos* y bajando hasta la Minería se sentía *un sol maravilloso, romance tan divino* y así en la popular radio del Pacífico por la parte más baja de la sintonía continuaba con *nosotros que nos queremos tanto* y aun en las radios ignotas de los bordes de la nada se escuchaba *debemos separarnos, no me preguntes ma-a-a-s* con un hilo de voz trizado por la estática, porque el dial era para nosotros el universo no ya visible sino posible, como si hubiera sido creado al mismo tiempo que el Big-Bang, y siempre nos preguntábamos qué habría más allá, cuando la numeración terminaba —¿habría otro dial más allá con otras voces, radioemisoras, locutores y cantantes absolutamente desconocidos?— aun en ese límite se oía *no es falta de cariño, te quiero con el alma...* Desesperado el tío bajaba todavía más encontrándose con radios de frecuencias pirateadas o inventadas donde algunos rayados trasmitían sus soliloquios, y siempre con la letra *te juro que te adoro, y en nombre de este amor y por tu bien* giro del dial *te digo adio-o-o-o-s* como si todas las radios se hubieran puesto en cadena, lo que únicamente ocurría cuando proferían sus discursos el Loco Zambero o el Caballo. Pero no era así, era sólo la mente unánime del chileno que funcionaba, pero igual el tío creyó que se estaba volviendo loco y con más sanguinidad que el vecino simplemente arrojó la radio a través de la ventana cerrada, quebrando vidrios y listones, igual que en una de los Tres Chiflados.

Todos estos actos mínimos, estas rebeliones minúsculas, provocaban y daban motivo de comentario y de conversación por semanas porque la vida se alimentaba de hechos vividos por sus protagonistas, vale decir nosotros, y todavía teníamos la fuerza y el recurso de poder lanzar la radio por la ventana.

Veo a mi padre girar la perilla como en una ruleta rusa que le disparase rancheras o tangos como bombas lacrimógenas. Tampoco estos últimos eran de los buenos: nunca iban más arriba de Francisco Canaro o Alfredo de Angelis, y si en alguna ocasión especial la voz de Carlitos Gardel se hacía oír como extraviada al regresar de las estrellas que había ido a buscar hacía veinte años —que no serán nada ahora, pero entonces eran muchísimos— era un verdadero milagro. Lo oigo mascullar insultos muy quedo a esos intérpretes del bajo fondo, mientras buscaba su rayo de luz, la emisora que en algún minuto se atreviera a tocar algo diferente y así en un momento impensado aparecían valses de Johann Strauss o de Waldteufel o las operetas de Franz Lehar, Emmerich Kalman o Rudolph Friml, y hasta zarzuelas como último recurso dentro de lo aceptable. Todo lo europeo era bienvenido, y su mano detenía su girar y caía laxa cuando el clarinete del *Lago de los Cisnes* venía a aplacar su sed de saltar al otro lado del Atlántico, volver donde sus antepasados le habían dado sus manos finas y su piel blanca, sus ojos azules y sus cabellos rubios en otro tiempo —ahora blancos como el papel contable de su oficina— y ahí se quedaba hasta echar su sueñecito, cuando los cisnes volaban transformándose en doncellas y viceversa.

Un conjunto en el que se produjo la rara coincidencia de que gustase a todos fueron Los Indios Tabajaras. Ellos eran una pareja de *indios auténticos que* —decían los locutores— *habían sido encontrados en pleno Amazonas* y en quienes un iluminado promotor radial carioca había descubierto impensables dotes de guitarristas. Parece que los indios incluso se habían fabricado guitarras con elementos de la jungla: maderas, lianas y tripas de manatí. Era la otredad india llevada al extremo y los mismos promotores sugerían que se trataba de algo casi imposible de existir, como si fueran fenómenos por el sólo hecho de tener talento musical a pesar de esa desgracia suya de haber nacido indios.

La verdad es que Herundí y Mussapeire habían estudiado la guitarra concienzudamente, en especial este último. También era cierto que, para las barbaridades que se oían en directo y en vivo por la radio, los Indios Tabajaras eran un conjunto notable, con una personalidad propia y en la casa no nos perdíamos una sola de sus actuaciones en sus largas temporadas en la capital.

Su motivo característico de apertura era iniciado a dúo, cantando los indios con potente balido:

Acara—guarazabáa
Iaraííí—hí
Iaraííí—hí
Iaraííí—hí
Curiñíí... Curiñíííííí....

Acara—guarazabaá
Iaraííí—hí
Iaraííí—hí
Iaraííí—hí
Curiñíí... Curiñíííííí....

Apzicaruc—zaptí
Hí—i—ioó—oh—oh
Ioroóh—oh—oh
Ioro—óh—oh—oh
Oh—oh
oh—oh oh—oh
Oh—oh Oh—ooooooh...
Curiñíí... Curiñíííííí...
Curiñííí... íííí... íí—íí...
¡Yópa!

Charly discrepó de esta letra —que yo había transcrito en mis cuadernos— diciendo que los indios decían *Príííííí* en vez de *Curiñííí* y lo discutimos acaloradamente mientras escuchábamos al dúo. Había que tener muy mal oído para no oir el muy nítido *Curiñííí* con la eñe, que no sería amazónica pero igual se sentía claramente. Se nos ocurrió dirimir la cuestión a chopazos, y él por el *Prííí* y yo por el *Curiñííí* nos atacamos rodando por el suelo, sacudiéndome Charly las costillas y yo tratando de estrangularlo. No quedó zanjada la cuestión de este modo, como siempre sucede en toda contienda desigual o no, pero igual nos divertimos un rato.

No había audición de los Tabajaras que no contuviese uno o dos valses de Chopin, arreglados para la guitarra más educada de Mussapeire y con el apoyo rítmico de su hermano Herundí. Según los anunciadores esta interpretación era la meta más alta que podía imaginarse para dos indios amazónicos, que demostraban así su completa integración al mundo cristiano occidental, o sea la civilización, aunque ello fuera casi imposible de creer. A veces los indios llegaban bien cocidos o demasiado trasnochados a sus audiciones y se disculpaban de algunos errores, por ejemplo cuando tenían que repetir el inicio de algún vals chopiniano demasiado macarrónico, diciendo que les habían robado las partituras la noche anterior, en el hotel. Los indios eran más carrileros que charlatán de feria, y tenían una gracia inigualable cuando hablaban un castellano plagado de sonidos de rumiante. Por ejemplo, para decir gracias proferían un balido *maaa... maaa... maaa...*

Yo estaba convencido de que Mussapeire era el mejor guitarrista del mundo. Un día mi padre me dijo que no podía estar más equivocado, y que el mejor era el español Andrés Segovia. No le creí: si Segovia era el mejor ¿por qué no venía a tocar a la Radio Minería por una semana siquiera? Uno de los grandes éxitos de los Indios Tabajaras fue la zamba *Caminemos* que ellos cantaban en español y también en portugués. Ya entonces yo prefería las canciones cantadas en su idioma original aunque no entendiera la letra, porque la sensación de autenticidad al escucharlas era más gratificante que sentir la cursilería de las traducciones.

Los indios a menudo se quedaban atascados en el país, irremediablemente patos, y aceptaban presentaciones o recitales en cualquier teatro de barrio donde podían recibir tanto el éxito más rotundo como la rechifladura más violenta, en conciertos frustrados por la indiada verdadera, que estaba en el público y no en el escenario. Por ejemplo, sólo una vez me tocó verlos fugazmente en la pérgola del Parque Gran Bretaña, vestidos con sus plumas y pecheras de colores y llevando sus famosas guitarras, en el mismo sitio donde había una pista de patinaje en la que se ensayaban los pequeños energúmenos en cuatro ruedas. Nadie los había anunciado, por lo demás. Me puse a escuchar a los indios que trataban de cantar en medio de una baraúnda de patinadores que evolucionaban y se caían y también les echaban puteadas sin razón, como *cállate indio chuchetumadre, vuelve a enterrarte a la selva de donde saliste.* Tuvieron que mandarse cambiar con sus guitarras, sus melodías y sus balidos que tenían al mismo tiempo algo de súplica y algo de burla.

Ellos tuvieron su premio de indios desnudos y perseverantes en la manigua del mundo, mucho más peligrosa que la natal, si era cierto que habían nacido en la selva. Ello involucró la dulcificación total de su música, transformada en última instancia en algo parecido a la que se difunde impunemente en las zapaterías y en los supermercados. En 1965 escuché sus discos en Italia, y apenas un residuo quedaba en ellos de los artistas poderosos y singulares que hacía unos quince años yo había oído en la radio Westinghouse. Para tener éxito se habían aindiado, habían conservado las plumas y habían perdido el resto, para mayor gloria de las casas discográficas.

Siempre el fenómeno de la radio me resultó incomprensible: me parecía imposible que hubiera ondas que viajaran invisibles por el aire, el éter o cualquier medio físico que fuese, y pudieran atravesar las paredes y cruzar distancias más que apreciables para introducirse en tu casa y tocar música con las inflexiones, los timbres y hasta con esa dimensión misteriosa de la voz de un ser humano, sus vibraciones interiores y esto sin considerar las maravillas posteriores de la FM, con estéreo y alta fidelidad. La radio Westinghouse, vista de cerca y por detrás era como una extraña fábrica de siluetas, volúmenes y reverberaciones misteriosas. Se me había advertido que jamás debía aventurar la mano en el interior de la radio porque ahí la electricidad se amplificaba de algún modo incomprensible y si uno tocaba cualquier elemento oculto o disimulado en ella, moría electrocutado en el acto. La caja de caoba que formaba el cuerpo de la radio Westinghouse estaba completamente abierta por detrás y allí muchas veces me detuve, a la menor distancia de seguridad para que el rayo frankesteiniano no me alcanzase, mirando esa pequeña ciudad de luces.

Yo creía firmemente que la radio **no** se trasmitía por el aire o el vacío, porque eso era algo absurdo e imposible de creer, y pensaba que los programas, la música y las palabras eran creados ahí mismo: en el mismo receptor había homúnculos, hombres y mujeres liliputienses que vivían dentro de esas casas de vidrio y de metal oscuro. Me lo pasaba acechando detrás de la radio y muchas veces realmente creí ver seres minúsculos moviéndose dentro de esos tubos. Esas eran las voces que yo escuchaba, no cabía duda. También dejaba pedacitos de pan o de torta en los intersticios de los tubos para que los homúnculos se alimentaran, metiendo la mano cuando la radio estaba apagada, ignorando que los capacitadores pueden dejarte seco hasta cuando el aparato está desenchufado, porque son como reservorios de electricidad viva.

Como los muertos en Egipto antiguo, creía que los homúnculos comían poquísimo, un milígramo cada día, y por eso el pan o la torta no disminuían de tamaño. Los trocitos de pan a menudo se caían y se los comían los gatos, hasta que un día mi madre vió una hilera de hormigas que venía en peregrinaje desde el baño y subía hasta la radio. Luego descubrió el trocito de torta cubierto de hormigas y todos se descalabraron: aun una cosa mínima como ésa, alterando la inmovilidad perenne de las cosas, asumía de inmediato el carácter de una catástrofe digna del grito en el cielo y el soponcio.

La última función importante que escuchamos todos juntos en la radio Westinghouse fue la trasmisión del concierto de los *All Stars* de Louis Armstrong en noviembre de 1957. El viejo, que andaba de gira con el auspicio del Departamento de Estado Americano, dió varios conciertos en el cine Astor y yo asistí a uno de ellos porque mi padre tuvo la generosidad de darme el dinero de la entrada. Uno de esos días en que llegué a comer tarde a casa porque ya pasaba la mayor parte del día lejos estudiando o en cualquier menester relacionado, me sorprendió gratamente oir *Mack the Knife* exactamente igual como se oía en mi disco *Louis Armstrong and Eddie Condon at Newport* de los viejos discos Columbia sello rojo, hasta el punto que creí que estaban trasmitiendo el disco en un imposible homenaje a su visita, pero no: era la trasmisión en vivo.

Esa noche pude escuchar todo el concierto con la fidelidad que la radio regalaba, un don para esos tiempos, considerando también que *Mack the Knife* era sólo la segunda pieza que Satchmo tocaba después de la acostumbrada apertura con *Back Home Again in Indiana* y como ésta no es la ocasión de describir el concierto, diré que ése fue uno de los momentos más importantes de mi vida y la radio fue su instrumento comunicante, lo mismo que para la audición de discos, y lo fue hasta 1962 en que compré un verdadero tocadiscos estereofónico cuando ya tenía empleo como químico. En algún momento de 1945 o antes mi padre compró el primer tocadiscos que hemos tenido y que tocaba sólo en 78 rpm, los únicos discos que existían. Era un tocadiscos que poco se diferenciaba de una victrola, aunque la reproducción era electrónica, con una cápsula de cerámica, e iba conectado a la radio Westinghouse. La definición primera de la música para mí se dio con estos discos, que se tocaban uno por uno en ese aparato cuyo brazo había que accionar manualmente. Se usaba una aguja por cada canción tocada.

Mi primer disco no fue comprado a gusto mío, como generalmente sucedía para todas mis cosas. Era una especie de rumba llamada *Congo*, cuya muy misteriosa letra decía

Congo... Congo
Suena allá muy lejos con vaivén abrasador
Congo... Congo
Es el Congo que allá nos llama...
Congo... Congo
Torbellino de amor...
De tormento y calor.
Es el Congo que allá nos llama...
Se oyen los tambores repicar
Con su selvático son
Vamos negra vamos a bailar
Sin descansar...
Hay un fuego ardiente de pasión
Que brota del corazón
Vamos negra vamos a bailar
Sin descansar...
Congo... Congo
Es el Congo que allá nos llama...

Yo estaba tan fascinado de poder sentir esa maravilla reproductora de sonidos ocultos, que escuchaba *Congo* docenas de veces por día. Después tuve otros discos, las canciones de *Blanca Nieves y los siete enanitos,* y también *La vaca lechera,* de Fernández Valencia, un argentino españolizado o viceversa, que tuvo un éxito inexplicable con ése y otros desaforados pasodobles. Al mismo tiempo mi padre compró una verdadera montaña de discos que reproducían un par de obras de música clásica: el ballet chopiniano *Las Sílfides* y el *Carnaval* de Schumann, que yo escuchaba diariamente con los míos, en completa promiscuidad musical.

Muy luego con Charly iríamos a enfocar nuestros gustos musicales dentro de la música norteamericana, que realmente era la única que yo escuchaba con placer y que se convirtió en un elemento fundamental de nuestras vidas. Primero fue el cantante judío Al Jolson, el favorito de Charly, porque ello formaba parte natural de su mística judía de la cual obviamente yo no participaba pero que sinceramente respetaba. Al Jolson tenía muchas canciones del tipo de vaudeville que cantaba con la orquesta de Morris Stoloff.

Todos los discos que teníamos eran de 78 rpm, y cuando se quebraban podía eventualmente reemplazarlos en la Casa León de Irarrázaval pasado Pedro de Valdivia, cuyos dueños eran también judíos y al parecer sabían de nuestros gustos, pues traían todos los discos de Al Jolson y de Benny Goodman. Cuando iba a comprar discos a la Casa León (que Charly llamaba *Casa Roarrrrr* lanzando un rugido) yo procuraba que me atendiese el hijo del viejo León (que era un apellido de sefarditas y no el Rey de la Selva) porque el padre estaba entrando en un estado catatónico senil y por ejemplo, algo después, al pedirle yo un 45 del cuarteto de Benny Goodman empezó a repetir *sí, Benny Go**t**man... Benny Go**t**man... sí, Benny Go**t**man... Benny Go**t**man... Benny Go**t**man... Benny Go**t**man...* como si de verdad se hubiera tragado un disco rayado, sin intentar moverse a atender nuestro pedido.

El Club Musical Norteamericano fue el sitio donde la canción americana entró en nuestra vida a través de la sensibilidad adolescente, que es la que más hondamente nos define. Uno de esos domingos llenos de promesas incumplidas de felicidad —aunque después llegaban las empanadas y otras delicias domingueras— Charly me llevó a la Radio Bulnes, que estaba en Estado cerca de la Plaza de Armas, me hizo llenar una solicitud como si fuera a ponerme una vacuna y así obtuve un carnet muy modesto, muy mínimo, pero carnet al fin, adminículo chileno hasta las raíces, *el carnés* para los pacos, residuo umbilical aplastado por la Bicicleta del Alcalde, tesoro que te dice que perteneces a algo en un momento en que verdaderamente lo necesitas. Así pude formar parte del primer Club de mi vida (acaso el único) y cada domingo nos encaminábamos al auditorio también modesto pero adecuado de la radio, donde se irían a oír canciones americanas cantadas por intérpretes aficionados anónimos, y por otros que tenían nombre como Charles Duncan que era un maraquito que desafinaba con una precisión asombrosa, y cantaba tan mal que era una delicia.

Ese primer día entré con Charly, atemorizado o encogido como era mi forma habitual, porque ahí habría muchos engendros de la otredad que yo amaba y rechazaba al mismo tiempo, pero habría niñas, eso era seguro, y yo podría dar rienda suelta a mis fantasías mientras que mi amigo siempre estaba completamente aterrizado y se gozaba el espectáculo integralmente, arrastrándome a su mundo con su gentileza de extranjero eterno y desvaneciendo mis temores, porque era tan bello que andar con él era como un seguro de vida y acaso las niñas no me encontrarían tan feo, eso pensaba aunque no era cierto, precisamente ahí estaba Charles Duncan mientras los parlantes trasmitían *Lago de ensueño* por la orquesta de André Kostelanetz y él cantaba la melodía a *bocca chiusa*: *uh—uh—uh uhuuuh uh—uh—uh—uh uhuuuh uh—uh—uh—uh uhuuuh* mientras se paseaba valseando por el pasillo. Este inicio de mis actividades cluberas me dio un ataque de risa, porque todo *homo* era entonces ridículo. Ahora no lo es tanto porque también nosotros —la otredad es el espejo en el que nos miramos— nos hemos ridiculizado y ello desgraciadamente no ha ocurrido mediante el proceso mágico y definitivo de la compasión, pero de todos modos ha ocurrido.

Charles Duncan era una de las estrellas del Club Musical Norteamericano, junto con el pianista y cantante de boleros Joaquín Prieto, hermano del posteriormente mucho más famoso Antonio. Nosotros lo llamábamos Joaco Prieta y no cabe duda que era interesante verlo cantar y tocar el piano, aunque sus interpretaciones deben haber sido muy mediocres puesto que nada recuerdo de ellas salvo un monótono devenir de algo sonoro, como si Joaco Prieta estuviera tocando en un piano sin cuerdas, o como si hubiéramos tenido los oídos tapados con cera al escucharlo.

En las sesiones del Club se hacían rifas de entradas para el cine, y había algunos concursos a premios muy modestos que bastaban para reunir una apreciable cantidad de muchachos y chicas, en esas mañanas de domingo. El plato fuerte del Club, en la segunda parte de las tres horas que duraba el programa, eran las presentaciones de mímica de Al Jolson. Aunque parezca raro, *el cantor de jazz* (que era cualquier cosa menos eso) tenía su respetable afición en Santiago, sitio receptivo por excelencia de todo lo que venía de la otredad, sobre todo americana, y barrera invencible a veces para todo lo que se había originado en sus propios confines, sus artistas o simplemente locos vernáculos. Había muchos imitadores de Al Jolson, y al verlos domingo a domingo uno se podía dar cuenta que tenían diversos estilos, desde el muy sobrio, dijéramos ortodoxo de los hermanos Aarón y Marcos Telias, que imitaban los movimientos de Larry Parks en las dos películas sobre la vida de Al Jolson, *Un hombre inolvidable* y *Canta el corazón,* hasta otros como un pije de apellido Villalón —a quien encontraría años después cuando traté de emplearme en una empresa de publicidad, queriendo sacar partido de mi habilidad artística— que imitaba las canciones con contorsiones de mambero, retorciendo el culo y oscilando el vientre.

La mímica de Al Jolson era parte de ese judaísmo al cual Charly me llevaba con la naturalidad que tienen las cosas en esa edad, y que nunca puede ocurrir después, porque ya no nos embarga la misma sustancia maleable y ya no pertenecemos a la condición humana sino a la de los mecanismos o los sistemas que funcionan. En ese micromundo aprendimos las reglas del juego, las reglas que se deben ejercitar después en el mundo real de los vivos y los vivarachos, y que en ese instante de inocencia, tenían el valor de una ceremonia iniciática. El Club Musical Norteamericano era un lugar donde todo podía haber ocurrido, pero no ocurrió, como en el resto de la vida. Era un lugar maravilloso por lo básico e indispensable. O sea que nosotros todo lo esperábamos, domingo tras domingo: que la vida cambiaría, que seríamos otros, que encontraríamos ahí a mujeres como la Pupi de mi compañero Peirano —rubia, etérea, *con tetitas puntiagudas, soñadas—* pero sólo llegábamos a ver a un par de cantantes tan malos como para llorar oyéndolos, y no de emoción, sino de lástima. Veíamos entonces a una serie de contorsionistas con la cara teñida de corcho quemado, para imitar otra vez los mismos temas: *Sonny Boy,* por supuesto, y *My Mammy,* y luego *Toot Toot Tootsie Good-By, When the Red Red Robin Comes Bob Bob Bobbing Along*, *Rock-a-by Your Baby with a Dixie Melody*, *California Here I Come*, *Give My Regards to Broadway*, *I'm Just Wild About Harry* y otros que ya no recuerdo, hasta que se agotaban los discos pero no los domingos ni los espectadores, porque siempre éramos los mismos.

Estas actividades tuvieron una sola repercusión en el Instituto: en un calducho con el Peludo San Martín hice la mímica de *Mammy* tirándome al suelo y arrodillándome con el rostro encorchado:

éxito loco del Mono retamboreado

En ese tiempo iluminado desde adentro por la inocencia y desde afuera por otras fuerzas muy diferentes, no veíamos nada raro en el hecho que Al Jolson se ennegreciera el rostro con corcho quemado —y que nosotros lo imitáramos— y que se hiciera pasar por negro, siendo él judío. Es más: esa realidad suya de judío podía sentirla muy bien Charly, siempre extranjero entre nosotros, pero yo veía en el cantante americano la quintaesencia de lo que entonces podía sentir plenamente como arte musical.

Puede ser que Al Jolson sintiera lo mismo que un negro, como oprimido, escarnecido y humillado, y él, como judío, se hiciera solidario en una operación no menos legítima que extemporánea. Pero es muy poco probable que ese mensaje se hubiera manifestado dentro de sus contemporáneos, si es que realmente se originaba de la manera que yo lo imagino ahora. Se trataba más bien de otra masificación cultural en la cual el judío y el negro se homogenizaban en el espejismo de la falsa igualdad. Podemos decir que lo que llegó a nosotros desde esos discos tan queridos en su tiempo y que nunca he vuelto después a escuchar integralmente, ha sido lo esencial de su mensaje de artista, fruto a su vez de su tiempo injertado mágicamente en el mío. Ahora cada vez que me propongo comprar un disco compacto del amado Al Jolson de otro tiempo, siempre surge otra prioridad en mi siempre mínimo presupuesto para discos, sean de los viejos o de los nuevos, y nunca he llegado a tener otra vez a Jolson en mi discoteca.

El tiempo del calducho fue el inmediatamente anterior y directamente progenitor de la pasión mía y de muchísimos coetáneos por el jazz en todas sus formas empezando por el más extrovertido y accesible, el estilo *dixieland* y el de la llamada Era del Swing. Hubo un cambio sutil en mi percepción de la música americana comercial —porque no era otra cosa la producción de Al Jolson y de cantantes como Perry Como, Frankie Laine o Frank Sinatra— y la apreciación y comprensión ulterior del jazz. Fue un proceso genuino de educación del sentido del oído, dentro de un terreno que ya estaba preparado, fertilizado por la misma vida mía inmersa en un ambiente de músicos y melómanos como era el de mi familia. La clave del jazz es la improvisación, el misterio de la creación que se da en ese instante simultáneo de la concepción y la ejecución. El jazz nos abrió las puertas a todos los mundos esenciales de la creación artística, incluyendo el de la poesía, porque ambas creaciones, la musical y la del pensamiento, se podían reunir en la captación del misterio mismo del lenguaje en su sentido más amplio.

Muy temprano en mi vida tuve la suerte de que mi tío Cochecho me prestara uno o dos discos de Duke Ellington, que después supe habían sido grabados en 1941: *Dear Old Southland* y el célebre *Solitude*. Mi tío tenía varios discos 78, de jazz y de música americana de calidad, muchos de Frank Sinatra y también del quinteto de George Shearing (que después coleccioné yo mismo) y poco a poco el escucharlos me fue abriendo el sentido de la música, especialmente del lenguaje tan sutil del jazz que se basa, entre otras muchas complejidades difíciles de definir en una frase, en cambiar una melodía de acuerdo con la improvisación del artista, conservando un esquema melódico central, un esqueleto que siempre es reconocible, aunque al principio fuera muy difícil y yo creía muy equivocadamente que esas piezas no tenían melodía alguna. Por ejemplo en los discos de piano solo de Duke Ellington había ciertas escalas y arpegios adornando la melodía de *Solitude*, y que me parecían extrañísimas, sin saber que ellas eran verdaderos estilemas del gran músico.

El disco que verdaderamente me enseñó la clave del jazz fue *Body and Soul* por Coleman Hawkins, pieza que yo había también escuchado antes en el famoso disco del concierto de Benny Goodman en el Carnegie Hall, el 16 de enero de 1938, fecha que está unida a nosotros en modo indeleble, porque mi amigo Charly había nacido ese preciso día, en el tenebroso lugar que a esa fecha era Berlín, y de donde él y sus padres apenas pudieron escapar a tiempo. Al principio no vislumbré su verdadera importancia, aunque después sí pude apreciarla. Ahora pienso que es una verdadera conjunción mágica, porque no ha habido posiblemente un evento más importante en el mundo en directa relación con nuestra vida, que ese concierto y el disco que fue grabado en él, como un acto salido del gabinete de un mago borgiano y profético.

El *Body and Soul* del concierto de Benny Goodman era para mis oídos *melodioso,* pero cuando mi tío me hizo escuchar la versión de Coleman Hawkins —que estaba en un disco 45 rpm— al principio no pude distinguir la melodía y no podía entender que se trataba de la misma canción que tocaba con tanto lirismo el trío de Benny Goodman en el disco grande, el primero de larga duración que yo tuve. Coleman Hawkins elaboraba la melodía en forma aparentemente mucho más intrincada, en un modo que era irreconocible para mis oídos bisoños. Pocos años después, cuando mi sentido del oído jazzístico estaba desarrollado, pude apreciar por qué esta especial versión de Hawkins se considera una obra maestra de improvisación jazzística, y me pareció a su vez difícil de creer que yo mismo no lo reconociera antes.

Muchos discos de mi tío Cochecho pasaron a ser mis favoritos, y continuamente estaba pidiéndoselos hasta dejarlos arruinados e intocables: además de todos los de Benny Goodman, otros de Thomas *Fats* Waller, el creador de *Honeysuckle Rose* o *Ain't Misbehavin* (que se traducían como *Rosa Madreselva* y *No me porto mal*), y muchos de Glenn Miller, Ray Anthony y Count Basie.

Se dio también una evolución en mi apreciación del canto. Si pensamos que mi ideal de cantante era entonces Mario Lanza con su desgañitado *Be My Love,* no era extraño que en un tiempo tan lejano como 1950 o 51, discutiéramos con Charlita sobre cantantes y él decía que *le encantaba el negrito Louis Armstrong*, lo que habla bastante bien de nuestra gente, especialmente si consideramos que se trataba de adolescentes en un liceo chileno, bien informados sobre un artista que los mismos americanos ignoraban y todavía ignoran en su inmensa mayoría. Yo no lograba entender que la fuerza expresiva y su misterio intrínseco eran más importantes que la belleza formal, y me quedaba mucho camino todavía hasta educar el oído lo suficiente como para aceptar que, efectivamente, el *negrito* Louis Armstrong era un cantante extraordinario. Cuando escuché a Fats Waller, por ejemplo, mi oído estaba todavía tan duro, tan poco entrenado que no sabía distinguirlo de Armstrong, siendo sus voces y estilos completamente diferentes.

Dos mundos existían en mí, los que empezaron a crearse precisamente en ese momento y que paulatinamente se separaban a medida que nacían de la conciencia, dos mitades dolorosas que nunca se reunieron: el ser privado y el público. Sólo dentro del milagro de la poesía o de la pintura se pudo dar, muchísimos años después y como reflejo borgiano de la propia madurez, esa síntesis espléndida que es la característica del mundo adolescente. Charly, por el contrario, mantuvo siempre esa unidad como un patrimonio, no la desmanteló ni la desintegró jamás porque se trataba de otra cosa: no era la unidad ontológica del niño, el mito del ángel puro y del ser nativo y de una pieza, sino la misma esencia de lo extranjero y lo milenario encarnada en su persona que se le consolidaba desde adentro. Lo que en mí se desintegraba era la mismísima y paradojal creación de mi persona, donde la división en mundos antagónicos o satélites de una sola luna era la esencia de ella. No había más remedio, para ser y existir, que escindirse en la forma de hermanos siameses habitantes en el mismo cuerpo. Antojadizamente, esa especie de milagro que construía lo mismo que desintegraba, me inscribía también en un sistema de coordenadas que irían a diferir a su vez de las de la mayoría. ¿Pero uno nace o se hace diverso? Creo que los que son diferentes se juntan por una ley cósmica, un inevitable destino que está escrito en las estrellas, como decía Sinuhé el Egipcio, cuyo lenguaje apenas los más sabios entre los sabios, los magos, yogas y avatares han podido vislumbrar o descifrar y aun así, sólo en sus rudimentos.

Con Charly me aparté definitivamente de lo que era la vida promedio y normal de los jóvenes de nuestra edad. Uno pertenece a su tiempo, pero cada cual con signo diferente, y en lo que respecta a los gustos musicales, nos sentíamos más cercanos a Al Jolson primero y a los genios del jazz después, que a cualquier influencia cultural venida de tiempos y lugares cercanos, como por ejemplo la misma música latinoamericana, que entonces nadie reconocía como tal y que debía pacientemente esperar su momento de vivir.

De todo lo existente en la casa, el piano es lo único que ha permanecido después de los años y las edades. Estaba allá en Coquimbo cuando nací, viajó con nosotros en el vapor de pasajeros *Puyehue* hasta Valparaíso y luego a Santiago, donde todavía está, esperándome, ya que no lo he vuelto a ver ni tocar por más de veinte años, los mismos que he estado lejos de Chile.

Allí estaba en el salón, inmenso como una plaza para mí cuando yo tenía apenas tres años en la casa de calle Fernández Concha, donde arrendábamos el ala trasera de una gran mansión, que era la residencia de diplomáticos alemanes. En esa casa había dos perros carniceros que por la noche descuartizaban a los gatos que se aventuraban a cruzar el jardín. Esos diplomáticos eran nazis, por supuesto, y en los días de la ruptura de relaciones de Chile con el Eje, todos huyeron de un día para otro, envenenando a los mastines. Curiosamente, la misma residencia pasó después a ser propiedad de la Universidad de Chile y en ella se instalaron laboratorios de experimentación con animales, en alguna rama de nuestra presumida ciencia criolla. En ese salón gigante veo a mi tía sentada al piano, y a mi padre con su violín, porque todavía tenía alma para tocarlo, y a otros violinistas como Aquiles Viterbo (un nombre que parece salido de las novelas de Juan Emar), Armando Carvajal o Tito Dourthé, que después se convirtieron en músicos importantes y conocidos, tocando las sonatas de Beethoven para piano y violín como la famosa *a Kreutzer* y la llamada *Primavera*. Eran los tiempos de oro de nuestro piano. Después, especialmente en los años del calducho, su música no era gloriosa aunque sí variada, y nunca el piano estuvo desocupado.

El piano alemán Fahr se deslizaba por las varias casas en que vivimos antes de establecernos en Simón Bolívar 1998, como un fantasma negro y lustroso o llegaba a los salones como si fuese un vampiro musical que nunca tuvo alas, como no fuera para describir el vuelo de la música. Para trasladarlo se le deslizaba o era cargado en andas por changadores que se colgaban cinturones muy anchos, gualdrapas o suspensores con correajes dignos del monstruo de Frankenstein en el momento de su resurrección. Recuerdo las mudanzas, el apilar de camas, estantes, mesas y otros enseres en camiones que siempre parecían vivir sus últimas semanas o días de vida mecánica, o en las golondrinas que eran carros como casas con ruedas tirados por más que sufridos y muy fuertes caballos. Esta era la forma de mudarse de las familias decentes y que no eran lo mismo que las carretelas tiradas por jamelgos. Estas proveían a las mudanzas de los pobres cuyas pertenencias iban por ahí venteándose al aire de la maledicencia, degradándose al contacto de las miradas. Por el contrario, en los camiones con su grueso telón y en las golondrinas, los muebles iban bien protegidos de las miradas, y relativamente del robo.

El piano aparecía allí en el centro de cada salón como llevado con el trasportador mágico del Capitán Kirk, en el lugar más importante de la casa y de nuestras vidas, porque su cometido era reunirnos a todos en torno a su negrura y blancura y poner en ellas una dimensión que no era la usual o la más corriente en las casas chilenas. Los pianos eran realmente escasos en el país, como si al bajar las latitudes del planeta y llegando a la finisterre de nuestro país, estos instrumentos se fueran perdiendo en el camino por todo el continente sudamericano, por el Norte y también por el Sur. Antes de la apertura del Canal de Panamá todo tráfico con Europa se hacía por el Cabo de Hornos donde una vez, y según cuenta don Pancho Coloane, un barco cargado de pianos encalló en esos desolados roqueríos magallánicos y como la nave se descalabró muy luego, el mar tocaba allí un concierto coral en esos pianos, tan aleatorio y definitivo como ningún Philip Glass o John Cage hubieran nunca podido concebir ni tampoco ejecutar.

En Simón Bolívar 1998 el piano estaba en el rincón más protegido del living, bajo los retratos de Tito Martínez y de Lala Apey, que eran familiares nuestros del Norte Chico. Tito Martínez fue asesinado por un cabo ebrio allá en el valle de Elqui, en los primeros años 30, en una noche pretérita de borracheras castrenses de pacos asoleados cuando por un quítame allá estas pajas el cabo le disparó a quemarropa un fusil que tenía introducida la baqueta o varilla de limpieza —se sabe que los uniformados son extremadamente limpios en todo lo que a su ropa o instrumental concierne— con la que atravesó a Tito y desde ese momento fue una especie de mártir familiar. Junto a su retrato estaba el de una mujer muy bella, Laura Apey, también de Coquimbo, muy parecida a la actriz italiana Silvana Pampanini. Esos retratos, del uno por su tragedia y de la otra por su belleza, presidían el piano como santos de otra época y lugar: esa vida coquimbana que para mi familia se había convertido en una suerte de arcadia a la que nunca jamás volvieron a ver ni visitar.

Mi padre murió en 1978 sin haber pisado otra vez La Serena, porque él era de esos chilenos que tienen una vocación de inercia y es demasiado difícil y caro moverse hasta dentro del mismo Santiago.

El piano sonaba mucho por ese tiempo debido a las clases y prácticas de mi tía. Cuando ella tocaba y cantaba *Ciribiribìn*, los gatos empezaban a correr como locos, excitados de música y arpegios y a menudo caían en cuatro patas sobre el teclado produciendo tremendos acordes y armonías. Cuando se tocaba ese vals de Agustín Lara, el más querido de todos, ése que dice

Farolito que alumbras apenas
Mi calle desierta
Cuántas veces me has visto llorando
Llamar a su puerta
Sin llevarle más que una canción
Un pedazo de mi corazón
Y sin darle más nada que un beso
Friolento y t ravieso
Amargo y dulzón

se terminaba cantando a *bocca chiusa* la melodía como *ah—ah—ah—ah... ah—ah—ah—ah* y el gato Durito encontraba oportuno intervenir no sólo saltando sino también cantando.

En una grabación que hice algunos años después se oye, junto al canto de mi tía, al gatito mayando quedo.

Mucho tiempo antes, cuando venían a casa las luminarias locales del violín y la viola a tocar a dúo, me gustaba divertirme tirándome por el suelo y apareciendo por debajo del piano haciendo morisquetas, para ver si lograba hacerles resbalar la nota, el dedo o el arco produciendo algún maullido, chillido o chasquido desusado. La profesionalidad de esos artistas frustró siempre mis esfuerzos. Por ejemplo, Rubén Darío Guevara era un actor de radioteatro que tomaba clases de impostación de canto con mi tía. Era muy blanco, con color casi de porcelana y con rizos pródigos que siempre estaban densos de brillantina. Tenía la prestancia de los galanes legendarios, los que en Chile hacían leyenda sólo por tener una cara humana. Los radioteatros recibían su voz pero no su imagen, de modo que su belleza era prácticamente inútil en ese tiempo pretelevisivo, pero le servía en todos los ámbitos de la promoción personal, y poseía esa arrogancia natural que en Chile tiene el hombre bien parecido aunque sea un paria, porque de hecho, y por esta misma circunstancia, nunca lo es. La Rosa enloquecía cuando él llegaba y siempre andaba rondando cerca del living donde mi tía practicaba sus clases de música. Ella era ante todo hembra primaria y sin inhibiciones y hubiera dado una gran parte de su elemental y también muy completo mundo por llamar la atención del divo, pero su poder femenino al parecer no llegaba a tanto y siempre se tuvo que contentar con admirarlo de lejos.

A los pocos minutos de llegar Rubén Darío Guevara y de pasar al living, empezaba sus ejercicios con mi tía, cantando escalas de vocalización de una increíble monotonía, pero a veces también ensayaba arias de ópera, como *Che gelida manina* o de zarzuela, como "Alma de dios", y atronaba la casa con sus alaridos. Yo escuchaba todo detrás de la puerta, transido de rabia por la presencia del chulo, y sabiendo que la Rosa en alguna parte acechaba también, esperando alguna coyuntura favorable que le permitiera acercársele. Entonces yo pasaba un escobillón por la puerta de mi dormitorio, que tenía una tronera arriba, y a medida que Rubén Darío Guevara subía en su escala de canto yo levantaba el escobillón y luego lo hacía caer abruptamente como si su voz fuera un globo inflándose y desinflándose. Yo trataba de hacerlo desafinar, atragantarse de risa o de rabia, sin lograr echar abajo ni siquiera un poco su imagen, destruirlo por un instante que se prolongaría como los círculos en el mar, pero nunca logré hacerlo vacilar ni equivocarse, y el escobillón terminó por no volver a subir, porque ya no me preocupaba su presencia.

Es curioso que, un par de años después, cuando llegó mi primo Rogel Toledo con su violín —cuyo nombre inmediatamente cambié a Jorrel— no hubiese nunca tocado a dúo con mi tía. Es que Jorrel era considerado un aprendiz machacón, y de nada le valía su esfuerzo de prácticas vespertinas y nocturnas. La verdad es que ya se había agotado la época de las tertulias musicales en mi familia.

El piano estaba bendito desde lo alto y mucho más desde lo bajo, desde los númenes que nos daban musicalidad y sentido, los de este lado, cuya monotonía en términos armónicos y melódicos sólo podía concordar con el vacío planetario de los Andes donde las estrellas tienen un canto, allá arriba, mientras que abajo lo que se sopla en la quena o la zampoña es aquel silencio, un silencio musical de otra dimensión que nada tiene que ver con las polifonías y las armonías de los que vivieron la vida de la otra orilla del mar, donde también nuestra familia tenía sus ancestros bien firmes en lo musical y en cada generación nuestra hubo individuos sin notoriedad pero con alma de músicos, que es lo único que cuenta en definitiva. Así uno de mis bisabuelos italianos llamado Antonio Castellano cantó en el coro de la Catedral de Venecia, la misma de Frescobaldi, Gabrielli y Vivaldi. Las filtraciones de esos antepasados generaron o formaron en mi familia un alma común que lleva el signo de la música y en ese signo vivimos por todos los años que pude estar junto a ellos.

Mi propia relación con la música fue conflictiva y áspera, quiero decir lo que se refiere a la ejecución de un instrumento, sobre todo en la primera infancia, puesto que mi familia quiso o encontró natural —y lo era— que yo fuese enseñado por mi tía en nuestro piano, estando la maestra en casa. Desgraciadamente, nada he podido aprender por obligación, con la disciplina del yugo, y si bien estudié tres o cuatro años asiduamente, ni siquiera puedo recordar cuando esas clases murieron de muerte natural, y en realidad no aprendí nada. El lenguaje escrito de la música me resultó siempre incomprensible, críptico, y no tenía suficiente talento para tocar simplemente de oído, como lo hacían los músicos naturales que yo conocía y que mi tío Cochecho representaba muy bien, improvisando en el piano al estilo de Teddy Wilson o de Fats Waller. Es un hecho que nada se aprende, sólo se pone en ejercicio lo que nos dieron en el nacimiento o posiblemente en la concepción, pero esa potencialidad no será realidad sino con el crecimiento biológico y el espiritual, que son mutuos reflejos. Las potencialidades nos fueron dadas (¿cuándo? ¿dónde?) pero lo que seremos realmente es un misterio aun más inaccesible y sutil en cuanto a que depende de una dialéctica que nos pone en confrontación incesante con el universo, y cuestiona en cada minuto de la existencia nuestra esencia virtual con la real.

Había canciones de mi tía que me gustaban mucho, especialmente en el momento en que la adolescencia me sumía en ciertos dolores innarrables, y que la música sabía exorcizar adecuadamente. Mi tía cantaba todas esas canciones acompañándose en el piano, especialmente las de Víctor Herbert traducidas al castellano, como "Oh qué dulce es el misterio de la vida", o de Tchaikowsky "Nada más que un corazón solitario" (*Nur wer die Sehnsucht kennt*) cuya pronunciación distaba mucho de ser teutona. Muy especialmente me gustaba una canción de autor ignoto que se llamaba "Tu risa de cristal", y me sumía en una forma de éxtasis casi morboso, evocando ambientes miteleuropeos, miriñaques y suspiros:

Cuando te vi entrar en el salón
No sé si fue tu rostro angelical
O tu divina risa de cristal
La que me hirió en pleno corazón...

Yo sólo sé que desde entonces voy
Vagando por el mundo sin cesar
Buscando por doquiera la ilusión
De tu sonrisa y el sol de tu mirar...

Entre los otros músicos de la familia estaba mi tío Humberto, padre de Jorrel, que era un compositor aficionado y al mismo tiempo muy serio. Muy contadas veces logró que sus creaciones pasaran de las aulas y las veladas de las escuelas primarias. Una de sus composiciones musicales estaba basada en versos de Gabriela Mistral libremente apropiados por él y el tío estaba muy orgulloso de una carta autógrafa de la poetisa, elogiando su obra. Una vez el tío Humberto tocó esa y otras composiciones para mí, mostrándose casi agradecido por mi atención de escucharlo. Ellas no eran más malas que tantas otras que había escuchado en los incontables festivales de música chilena o en otras circunstancias parecidas. Pero bastaba que ese creador formase parte de la misma familia para descalificarlo, en cuanto a que su parentesco le restaba la importancia que un artista debe tener, extirpándosela de raíz. En vez de estimularlo o aplaudirlo se le hundía en el desprecio de lo inaudible, inatendible o ignorable. No había nada de violento en ello, todo lo contrario, era el silencio el que destruía cada chispa de creación y cegaba la visión en su origen. Era como si un artista no tuviese familia, no debía haber nacido en la suya sino en otro lado: *eso* no podía ser, *eso* no era para nosotros, etc.

Yo he practicado varias artes, incluida la música, pero nunca se me ocurrió componerla, como no fuese una marcha militar y varios experimentos con cintas magnéticas y grabaciones de ruidos y voces de años más tarde. Aquélla no era una marcha cualquiera como las que nos machacaban en los patios escolares, en las festividades patrias y otras circunstancias incómodas, aunque debía servir a propósitos parecidos: era el Himno del Valle del Ensueño. El Valle del Ensueño era mi país imaginario, Macondo humilde y funcional donde vivían y actuaban los personajes de las historietas que yo inventaba. Este Valle del Ensueño era una democracia que tenía la rara característica de la estabilidad y la aun más rara de la armonía. Su presidente era un palote (mantis) llamado Douglas Winston Palotte, porque nuestros héroes fervientemente inculcados eran Douglas Eisenhower y Winston Churchill. Su apellido tenía que tener dos **t** en vez de una, para concederle la necesaria alcurnia foránea. Observando ahora la figura del general Palotte, es muy fácil constatar que representaba entonces mi propio ideal de fortaleza física: era como me hubiera gustado ser a mí, y el insecto, que siempre llevaba un uniforme con grandes charreteras, evolucionó de su forma original con seis patas de las cuales las delanteras eran las garras o zarpas del mantis, a la de un gladiador formidable vestido con uniforme militar, de espaldas anchísimas y tórax triangular.

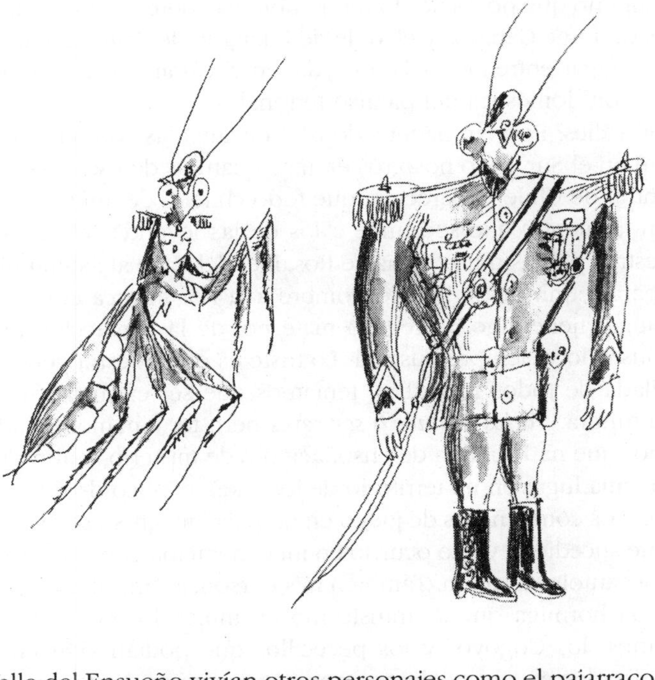

En El Valle del Ensueño vivían otros personajes como el pajarraco Alberto y su esposa la hormiga Cecilia, la tortuga Carey y muchos otros. Había un tucano llamado Pancho Tucano, y su nombre criollo le permitía perpetrar con naturalidad toda clase de desastres y descalabros menores. Su esposa era Isabel, ave del paraíso. El tucano y el palote se turnaban en la presidencia del Valle del Ensueño, que estaba situado en una región poco definida geográficamente, más o menos entre las provincias de Cautín y Puerto Montt, esencialmente en la región de los lagos o Suiza Chilena, llamada así por los admiradores de los relojes y del queso suizo.

Ahora bien, reflexionando cuarenta años más tarde sobre este Valle del Ensueño y sobre todo mirando y releyendo los quince cuadernos sobrevivientes de mis historietas sobre él, lo descubro como un espejo de un mundo que pocas veces habíamos soñado y muy rara vez visitado, enclavado en el paisaje que alguna vez hace cincuenta años recorrimos con mi madre al subir por ejemplo hasta las termas de Tolhuaca, cerca de Curacautín, donde la naturaleza era tan abrumadora y de una belleza tan absolutamente diferente de lo conocido, aun dentro del mismo Sur cerca de Victoria, que no habría otra palabra mejor que el ensueño para definirla. Leyendo mis cuadernos a medida que los escribía, porque cada visita de mis amigos significaba que iban a leerlos como operación central de los juegos, cada uno quiso crear su país imaginario en el cual afincar su existencia. Nunca he tenido ambiciones de líder ni de maestro, pero en algún modo lo fui desde esa edad, mucho antes de que mi vida se hubiera encargado de vengar las bromas infringidas a los profesores convirtiéndome en uno de ellos, y ése fue mi humilde regalo a mis amigos, olvidado después en los senderos de la selva dantesca de la existencia adulta. Los otros valles eran la Ciudad Cóndor de Charly (quien llegó a tener también algunos cuadernos dibujados en un estilo rudimentario cuanto eficaz), el Valle de Pique de alguno que no recuerdo (el nombre ha sobrevivido al autor), la Ciudad de las Abejas de Jorge Campos y el Valle de Puangue del Pato Miller, que tenía una parcela en ese lugar entre Melipilla y Leyda, en el camino a Cartagena, y lo consideraba su versión doméstica del paraíso terrenal.

¿Por qué valles? Podrían haber sido islas encantadas como las que verdaderamente existen en el Sur, pero nosotros éramos criaturas de ese mundo tan especial del Valle Central de Chile, y pareciera que todo chileno de ahí tiene un valle en el corazón y en la mente, que se remite a los de las leyendas doradas. Por algo el poeta de nuestros poetas quiso llamarse Rosamel del Valle al asumir el acto mágico de escribir, para reunir en su propio nombre a la flor mágica con el sitio mágico, porque ese lugar tiene algo de regazo materno, de la protección que el chileno siempre ha buscado y siempre buscará. Lo triste es que nuestra generación tendría que salir exilada de todos los valles, teníamos que ser expulsados al páramo, al desierto, a la tundra. *Todos íbamos a ser reyes* pero terminamos siendo siervos de otros territorios que nada tienen de ensoñación o de misterio, y aunque el sabor de la muerte no tenía lugar en mi territorio de los sueños, poco de éste quedó para la vida posterior. Los compañeros de juego en un país milagroso se dispersaron como era natural que sucediera, y ello ocurrió en mi generación con las características del asesinato, de la autoinmolación. También mis personajes me abandonaron, se esfumaron como la hormiga que se transformó en mujer, los generales Palottes, los Pancho Tucanos, los Cogoyos y los pececillos que podían vivir en tierra, todos quedaron fosilizados en sus cuadernos por cuarenta años, hasta que pude otra vez descubrirlos y vacunarme con su gracia.

La sombra de Paquiro de Víznar siguió a Rafael hasta Simón Bolívar a la hora en que todavía todos los gatos eran o estaban pardos, cuando nuestro amigo regresó hacia el amanecer aprovechando una de las primeras micros Catedral-Manuel Montt.

El viento de la luna nos trajo fragmentos de esa conversación tan animada como silenciosa:

—... *Todo nuestro combate de toreros se basa en el predominio de la razón sobre la fuerza bruta, señor Fernández.*

—... *No hay tal razón del humano ni tal fuerza bruta de la bestia, señor de Víznar. No me venga a escupir en la cara su soberbia judeocristiana, diciendo que el hombre está por encima del bruto. La única diferencia entre hombre y animal está en el lenguaje articulado, que yo sepa. Y si el toro supiera hablar, le diría que el bruto es usted...*

— *La nuestra es un arte milenaria...*

—... *Milenaria un carajo...*

Rosa luna

Ahora volvemos a la Rosa, penosamente, arrastradamente, como si ella fuese todo lo que nos queda en este mundo, o sea la presencia brumosa de nuestra mujer de hace cuarenta años que se revuelca con nosotros en el erial de la mente, deshecha por el tiempo y las penurias, pero también rescatada por los años expiatorios, de regreso a la piel de ese tiempo con la lumbre de ahora.

Los años han limpiado a la Rosa para colocarla en la forma de una entidad tan grande como otra galaxia que viviese en mi estómago o en mis rodillas, en la parte más vieja de mi cuerpo. Bueno, no exageremos, ella es como otro planeta donde nos damos vueltas de carnero, y escribir su historia es como parirla nosotros, los que por un pelo no alcanzamos a ser paridos por ella, un solo pelo castaño o dorado como los que se quedaban enredados en su peineta.

La Rosa es un planeta mayor, es una gravitación hacia la cual caen mis palabras esparcidas como cuerpos de menesteroso pateados en las comisarías del mundo, y ella se despliega para cubrirme así como lo hacía sobre el baúl de la galería, que era duro pero en esos momentos parecía más mullido que el baldaquín de Harún-Al-Rashid antes de la milésima y una noche.

Así la Rosa no es sino la luna, ahora lo comprendemos, y acaso lloremos por ella, luna errante y materna, madre virtual y virtuosa de todo lo existente en la tierra, desde los bacilos, los bichos del agua, los ocvos, los provos, los coltrados y los pirihuines, las polillas del farol de la calle frente a Simón Bolívar 1998, hasta los gallos, los patos, los gatos y también los familiares de nuestro mundo, padres, tíos y abuelos, los que llegaron con nosotros y antes que nosotros a la tierra, si es que tierra se llama este pedazo de piel debajo de la luna.

C El Epi en el Amazonas

El Epifanio Estéfane desapareció de las clases como imagen mal fijada en una fotografía que se echa para atrás cuando no quiere dejarse ver de nadie.

Lo que inicialmente no sabíamos era que mientras él se esfumaba de nuestras clases, mientras le hurtaba el cuerpo a Santander, mientras las coces de la Yegua Meléndez no lo alcanzaban, mientras los sopapos de Poblete ya no podían colorear de rubeola sus cachetes olivastros, él se materializaba mucho más lejos, arriba en el río de las latitudes, subiendo por el sagrado Urubamba hasta Machu Picchu y bajando después hacia las catedrales verdes, la manigua, las ciudades de oro enterradas, las esmeraldas, los topacios y los leopardos: por esos senderos donde no hay senderos, subió y bajó el Epifanio con su nombre incómodo a cuestas.

Tal vez el Epi ya preveía el gran problema de nuestra generación, que era encontrar una mañosa vía de retorno al paraíso, acto patético que incluía un procedimiento tentativo para lavarnos el pecado original del sudor de la frente (que se lava con más sudor todavía) en las márgenes del Amazonas, del Orinoco o del Mapocho, preveía desde ese momento crítico del fin de su infancia los días y noches en que nos humillarían los dueños y los gerentes del mundo en un futuro cercano que él no llegaría a conocer, días negros y noches blancas.

Su fuga era como un éxodo al revés, porque no había tal tierra prometida, aunque todavía no lo supiéramos: los Estados Unidos del Cholo Figueroa y de Charly, que partirían en algunos años más, o Europa que fue la meta mía y de El Beduíno —otro amigo llegado poco después— no eran tierras de promisión sino a lo sumo inmensos, persistentes espejismos. Quería el Epi, liberándose del colegio, escapar de su máquina de moler carne y espíritu, que tritura a ambos hasta la consistencia del homogenizado o del paté de burbujas, deseaba volver a la placenta, y para allá partió en vehículos ocasionales, caballos y mulas fortuitos y más que nada a pie, sostenido por la caridad que promovía su rostro de niño bueno, sus ojos moros y sus rizos, viajando nueve meses como para una segunda y mejor gestación, sin otro patrimonio que sus calamorros Bata y sus slacks de Los Siete Pilares.

Entre la selva antigua y nueva y protegido con sus traiciones y sus laberintos bien insolados subió o bajó el Epifanio. Conoció al Ucayali, río de nombre sonoro como apóstrofe de todo lo que nosotros ignorábamos, y se fue llegando a Manaos, pasando de largo esa ciudad demasiado metropolitana para su gusto, sin saber realmente qué buscaba, si es que un adolescente chileno puede buscar algo en la floresta excepto vivir el mundo de Salgari y de Verne, encarnárselo o tatuárselo en el lado interior del corazón, aprenderlo como sacando y mascando de la misma tierra, granos verdes, granates y de todos los tonos posibles del amarillo.

Se internó desde el gran río el Epifanio y en algún momento mientras se detenía para observar increíbles moscas rojas del tamaño de gorriones, o una tortuguita celeste que se aprestaba a cruzar la corriente caminando por el fondo, y también las mariposas de alas grandes cada una como una mano abierta, se encontró con un indiecillo que hablaba español o al menos lo entendía y que le dijo llamarse Caju.

Desde la otredad de su camisa de fajina y estampillado en la tierra con sus bototos observó Epifanio a Caju, desnudo y con el color de arcilla ferruginosa, con un carcaj de flechas muy largas con punta de algo que le pareció jade — y así se sintió realmente inmerso en la literatura y tuvo un escalofrío más bien doméstico— y en sus pies de ya donosa curtiembre tuvo o percibió una fe ilimitada de que algo le pasaría, algo importante y definitivo.

A lo lejos se sentía un clamor, unas voces como si una ceremonia se estuviera realizando mientras anochecía y surgía una luna espantosamente chanfleada, que era verdaderamente para Epifanio la primera y última luna amazónica de su vida, y se escuchaba una melopea que decía algo así como

OMO LAMBA... OMO LAMBA... OMO LAMBA...

Si Epifanio hubiera vivido como para saberlo, o si en su pupila de muchachito estuviese ya el futuro en una forma de Aleph menos borgiano que elemental, habría podido enterarse de que Caju era el nombre del indiecito al que Juan Gelman dedicara un poema que dice *indio del Amazonas* [a quien] *le acaeció una cosa cosa / el río traía pez grande, el pez traía espina grande* y ese Caju movido por su hambre inmemorial se comió ese pez y se atragantó con la espina. Este Caju por su parte cargaba un mono muerto —como el Che Guevara en la sierra boliviana diecisiete años más tarde, evidentemente comía monos— y de seguro no iba a pasar hambre ni se atragantaría con espinas de pescados nacidos, crecidos y muertos en ríos peritos en acechanzas.

OMO LAMBA... OMO LAMBA... OMO LAMBA...

Internándose, internándose siempre en ese sendero que no era sendero sino más bien un propósito, el de llegar hasta donde se sentía la melopea, descubrió Epifanio un insecto prodigioso, un Arlequín de Cayena caminando sobre una hoja anchísima, exactamente como se lo veía en una página doble sobre los insectos sudamericanos: un *Billiken* de 1947. Era una imprevisible y molesta reivindicación de lo libresco, todo el mundo escrito en el papel sibilino, que Epifanio había desechado por odioso y enemigo y que creía haber abandonado para siempre al mandarse mudar a la Amazonia. Eso quería decir que lo leído también estaba en el mundo: era cierto, y el Epifanio no dejó de sorprenderse o ligeramente enfadarse por ello, pero sólo por un ratito. Así mientras más se internaba, más realidades se confirmaban o se negaban alternativamente y el Epifanio se sentía cogido no por la selva sino por la contradicción de cosas invisibles que tenían que ver con el mundo dejado allá en los libros, más que por el calor, los insectos, las flechas envenenadas, los jaguares, las arañas y todo lo que pudiera de pronto amenazarlo desde adentro de su aventura.

Más miedo ahora y siempre le daba la otra vorágine que parecía ser más grande que la realidad tan ansiosamente buscada al extremo de haberla alcanzado a los trece años, empresa que a otros les tomaba una vida entera. La indigerible *Chrestomathie* de Chacharra, las preguntas sobre Ivanhoe que la Yegua nos endilgaba como una platabanda de cachetadas, o la masa de lianas y de plantas carnívoras de la química santanderiana, todo era una jungla más temible que la del Amazonas, la de Borneo y la de la Malasia juntas.

OMO LAMBA... OMO LAMBA... OMO LAMBA...

Otros buscaron El Dorado, por ahí subió Aguirre Furia de Dios, que en el siglo XVI sólo esperaba que Klaus Kinski le diera un cuerpo visible, y tendría que esperar casi los mismos quinientos años que esperamos nosotros. Subieron otros muchos, y encontraron destinos adecuados: el olvido, la muerte, o la riqueza amasada al precio de la extinción de la floresta, los esperaban. Epifanio subió o bajó buscando el olvido sin contradicciones ni rodeos y encontró o se fabricó un modo para que eternamente lo recordáramos los que quedábamos en la otra jungla, la santiaguina.

Así fueron allegándose Epifanio con Caju a la aldea donde estaba la jarana, el calducho amazónico de los indiecillos que cantaban la melopea **OMO LAMBA** desde hacía muchas horas, y cuando se acercaron nadie los invitó como tampoco les hicieron gestos o amenazas ni nada parecido, no se percataban de su presencia o la toleraban, los viejos arrugados como globos desinflándose y las mujeres asexuadas y lampiñas, desnudas de todo, hasta de la misma femineidad como nosotros la entendíamos en los corrillos de mirones y escuchas, y que el Epifanio buscaba con la difícil certeza de la ceguera, atorado ya del kinder de la paja y apremiado como todos nosotros por descubrir qué cosa era verle ese ojo a la papa esotérica de la hembra.

Epifanio, sí, retrotrayéndose a la nada de su esencia pajera, tampoco tenía mucho que hacer allí, y menos la puñeta o macaca, sólo observar el baile, nunca bailar él mismo el **OMO LAMBA... OMO LAMBA... OMO LAMBA...** Pobre Epi, entre la nada y la Nada tener que hacer algo, desarmar lo hecho y entregarse a lo que venga. Todos esos indios que danzaban mientras las horas pasaban y pasaban y todo seguía igual, eran lo que él hubiera querido ser sin verdaderamente saberlo: hombres compactos e integrados a la propia vida, no un pobre pollo o ratón Pérez sin cola desquiciándose entre la casa y el colegio y entre el colegio y la casa.

Había llegado hasta el mismísimo Amazonas tratando de encontrar un remedio para ese mal incurable, sólo para agravarlo abofeteándolo con la conciencia total de la otredad y del ser irremediable que él se traía consigo hasta las mismas riberas pegajosas y olorosas a metano del río y la selva más grandes del mundo, arrastrando su madurez prematura que lo había separado de nosotros. Era como volverse a encontrar con Chacharra, con Puchito Castro, con la Yegua y con Sintandear combinados en un único super engendro natural o telúrico, entre los excrementos perfectos del tapir y las huellas de las anacondas en el limo, que eran fosforescentes bajo la luna.

No poder deslizarse afuera de la piel porque la piel suya era eso también: **OMO LAMBA... OMO LAMBA... OMO LAMBA...** Se dio cuenta de que los indios mientras bailaban se acercaban a un enorme tronco ahuecado, sacando de beber con una cuchara o cazo de madera. Al parecer ese brebaje les permitía seguir allí sin parar ni descansar, danzando y danzando por días, semanas, o también por toda la eternidad o mientras durase el jigote que también era inagotable, el tronco era un pozo insondable o cenote como los de las selvas yucatecas, que servían de tumba acuática a las vírgenes escogidas para el sacrificio.

Aquí ninguna indiecita era virgen ni se arrojaba al pozo, pero sí todas bebían cada dos o tres horas del tronco y su mágica hendidura siempre llena de licor de perezoso o de ambrosía del nuevo mundo mientras Epifanio perdía la cuenta de las horas o días observando el girar hipnótico de los danzarines. **OMO LAMBA... OMO LAMBA... OMO LAMBA...** Hasta comió de unas tortitas ovales de quimbombo o casabe que había sobre hojas desplegadas en la misma tierra que los otros pateaban, acicateado por el hambre que nos traemos desde la ciudad para recordarla mejor.

Así quiso Epifanio librarse por fin de todo lo que se traía consigo y se puso en desnudo integral, dejó caer la que sería la piel primera de todos nosotros y calato como para el primer bautismo del mundo se aproximó al tronco y al brebaje milagroso que hacía bailar: **OMO LAMBA... OMO LAMBA... OMO LAMBA...** Cogió la cazuela y se acercó al licor que tenía realmente un olor nauseabundo o mejor dicho tremebundo, pavoroso, como de sapos muertos en brea hipopotámica y con resabios de plantas secadas por la luz de lunas y soles de otros mundos.

Bien valía el trago, y con él pasar al otro lado, abandonar al fin su identidad, así lo apuró todito, soportando su sabor con un alarde estoico, y bebiéndolo se dio cuenta de que era la copia exacta del Hepadrenaje Labor, el brebaje más inmundo que jamás hubiéramos probado los de nuestra generación, supuestamente pergeñado para sanar nuestro hígado maltrecho por designio generacional, estatal o continental.

Y al caer el licor definitivamente dentro de su buche o receptáculo humano, el Epifanio sintió un golpe desmesurado en la nuca, como si un gigante le hubiera dado con una de esas masas redondas y con puntas cónicas que usaban los inquisidores y también los Tres Chiflados, y perdió la conciencia en un microsegundo. Sin sueños ni estremecimentos ni nada, estuvo allí el Epifanio ¿cuánto tiempo? Nadie lo sabrá nunca, ni él mismo, porque no vivió para contarlo, entre nosotros al menos, y sólo sabemos que a él —que era un muchacho todavía imberbe— le había salido una barba más crecida que la del viejo pascuero en la cara y también una selva gris de pendejos en las huevas que parecían haberse incorporado a la manigua, a los helechos y a las plantas filiformes, que eran a su vez otros pendejos de otro enorme muchacho muerto o acostado en el continente planetario.

No había nadie por ahí cerca, ni el sol indio ni baile ni chozas, ni siquiera la poción de la cual sólo restaba un carbón residual petrificado, en el árbol hueco que sí existía aunque ya bien roído por las termites y las rojas arañitas que mascan, rumian y devoran la madera hasta hacerla resucitar.

††††††††††††††††

C *calduchos sublimes*

Calducho con Chancheta: tenían que ser sublimes, porque se trataba de Chancheta el Sublime y ellos eran el lugar más adecuado para que Bamsam tocara sus estudios para violín de gimnasia paganiniana, todo debía ser sublime en ellos y luego que Bamsam terminaba una docena de piezas rechinantes, relinchantes y tremebundas, venía el turno de otro Sublime, Cholimbo, que se anunciaba con su nombre oficial de Johnny Figueroa recitando a Rafael Pombo y otros vates de su especialidad centrada en una poesía culturalmente anodina, lo suficiente como para ser Sublime y caer dentro de la esfera que Chancheta admiraba y preconizaba.

Cholimbo empezaba siempre con "Simón el bobito" o "Rin—Rín renacuajo" y en su declamación, llena de brazos abiertos y vueltas y revueltas de ojos al cielo, se preciaba de pronunciar la zeta y la ce como todavía se usa en la Península, cosa que provocaba gran hilaridad, y algunos se aventuraban a afirmar que *alguien tiene que ser maricón para pronunciar así la zeta:*

Se lavó con negro de embolar zapatos
porque su mamita no le dio jabón
Y cuando cazaban ratones los gatos
espantaba al gato gritando ***¡ratón!***

Calducho con Chancheta: las Bilzes eran puras y castas las galletas, y los queques siempre preparados por las mismas madres —entre ellas, la mía— parecían más cándidos y de masa sagrada como masa de hostia —de la cual he probado sólo una en esta vida, la de la primera comunión— y nadie se aventuraba a verter vino blanco en el ponche como se hacía con los otros maestros, bien fondeada la botella de Santa Helena con Hache en los bolsillos de abrigos y chaquetas, sino que debía ser puro jugo de duraznos en tarro, con Bilz y una vaharada de polvos de canela, pero nada más.

Los buenos alumnos se esmeraban en servir las bandejitas, donde los sanduchitos de paté yacían inmaculados, porque se trataba de preparar el momento más Sublime: cuando Chancheta cantaría, después de muchas rogativas, *sí, pero muy bajito, para no perturbar a los otros profesores en clase,* sacando una nota tersa desde el fondo de su papada que lo hacía verse idéntico al actor italiano Aldo Fabrizi:

Cada vez que azota el vie-ee-eento
La tranquerá yameaoiiiiiido
Seoye de nochel crujii-i-i-idó
Que más parece un lamento....
. . . .

Ay siablara la tranqueeeera
Las cosas que contaría
Ay si la tranquerabla-a-a-araaaaa
Las cosas que con-ta-riiiiiiiiiiiia

y esa música de Osmán Pérez Freire realmente era muy sublime o casi, y Chancheta la interpretaba con su adecuada dosis de almíbar a punto, manipulando hiatos y sinalefas con prodigalidad diletantesca, desparramándolos como porotos coscorrones en una mesa, sin levantar la voz, cantando todo muy suavemente, muy discretamente.

Calducho con Chancheta: como aleteos de palomas eran los aplausos y en una suerte de corolario el rechoncho maestro nos recomendaba traer el dibujito coloreado con acuarelas para la clase siguiente, ya que ésta había sido reemplazada por el calducho, sin olvidar yo (mi padre así me lo prescribía) que las sombras nunca podían ser pintadas de negro y menos con tinta china negra Pelícano sino que debían ser color violeta. Yo se lo decía a Chancheta, pero él respondía que cada vez más los dibujantes modernos las usan negras, para dar chipe libre a Taro Marmoleda que desde ya era su favorito y de verdad un admirable artista a quien todos esperábamos ver famoso, famosísimo, pero nunca lo fue, demostrando que el liceo es una cosa, y el mundo real otra muy diferente.

Con el Peludo San Martín cada Calducho era una ceremonia patriótica. Las vituallas no diferían pero la diversión era otra cosa o mejor dicho no había diversión alguna y la única diferencia con una clase corriente era que el Peludo no iría a apostrofarnos esta vez como torpes o groseros, administrando luego dos o tres unos muy difíciles de amortizar en las siguientes semanas, de acuerdo con la culpa del desgraciado que había desafinado, hipado o eructado en medio de algún himno.

El Peludo llamaba por lista para someternos a la prueba atroz de cantar en la clase, y una vez le dio por cambiarle el nombre a Vélez: primero dijo *venga adelante a cantar el alumno Véliz* y como nadie salió dijo *venga adelante el alumno Vilches* y todavía *venga adelante el alumno Venegas* y como nadie saliera tampoco empezó a gritar *¡curso de torpessss!... ¡curso de groserosssss!... ¡curso de viejos hediondosssss!... ¡aquí y en la universidad me respetan!... ¡tres emesss para todosss!*

Durante su calducho también había que cantar como en cada clase del Peludo, y había que hacerlo con el único entusiamo posible: no se trataba de una calificación. Se empezaba o se terminaba siempre vociferando un disparatado Himno de las Naciones Americanas que se iniciaba con *Un canto de amistad / De buena vecindad...* Más que encarnar el sueño de Bolívar, ése era un hipócrita modo de declararnos hermanos, y al nombrar las naciones en un orden alfabético que de repente se chanfleaba *Argentina, Brasil y Bolivia... Perú, Chile y Ecuador... Uruguay, Paraguay, Venezuela... Guatemala y El Salvadooooor...* con lo cual no estábamos más que diciendo una soberana mentira y echando en el mismo saco a los dictadores pasados, presentes y futuros y a las pobres repúblicas recortadas de pienso y sal, pero nosotros no sabíamos nada de eso, y nada se nos enseñaba tampoco puesto que la historia era para nosotros una charada simple donde siempre ganaban los puros y los honestos y ellos eran los que actualmente gobernaban la totalidad del continente. La realidad era muy diferente en calidad y cantidad: más allá del horizonte verde y desconocido estaba la confusión pura de lenguas y colores, ignorando todo sueño bolivariano antiguo o guevariano por venir. Se trataba de gente toda muy lejana a la que no se podía considerar en ninguna de las dimensiones humanas y así mi tío abuelo don Onías Girón, cuando se le hablaba de guerras que ocurrían por otros costados del planeta nos aconsejaba de no preocuparnos en absoluto: ***eso es por allá,*** decía, así que mal podíamos resultar hermanos de gente que raramente se aparecía por nuestra tierra solitaria.

El Peludo dirigía nuestro coro con un entusiamo imbatible y todos suministrábamos un fervor patriótico de vago sentido americanista cuando gritábamos al final *Son hermanos, soberanos de la li-bertad! Son hermanos, soberanos de la li-bertad!* afirmación aventurada que se profería con irresponsabilidad, pero que nos satisfacía con el beneplácito del Peludo, aunque muchos ya barruntábamos que algo de eso no podía ser, que ésa no era más que una babosada sin fundamento en la realidad, y no había tal hermandad, ni menos la soberanía y el gozo de la libertad que, como artículo de lujo, sólo se daba para los que podían comprarla.

Lo pensábamos, pero no lo decíamos.

Otros cantos patrióticos se proferían para la ocasión. Mi favorito era la Canción de Yungay. Sin más preámbulo, apenas se me pedía cantar —momento fatídico que todos sabíamos iba a llegar alguna vez y más de una— yo comenzaba *cantemos la glo-oria del triu-unfo marcial q'el pueblo chile-eno obtu-uvo en Yungay,* letra que durante el calducho cambiaba por *triunfo parcial* sin que el Peludo se diera cuenta.

Para los calduchos musicales que no estaban llenos de nuestras cochinadas favoritas, o sea los de Sintandear, yo tenía un número muy especial: hacer de Míster Pencil, como el astro de la radio que tocaba las melodías más populares con un simple lápiz tamborileado sobre los dientes de abajo. Agarré al vuelo la manera de formar las notas variando muy ligeramente la mandíbula en la caja de resonancia de la boca, y el tamborileo producía nítidamente la melodía que tenía que modularse en base de notas repetidas a manera de las bandas jamaicanas de tambores metálicos o las marimbas. Había que tener dientes recios para hacerlo y un sentido musical a toda prueba, al menos ahí en las fauces. Mis números más aplaudidos eran las muy socorridas *Czardas* de Monti pero también interpretaba pasodobles como "El relicario" o canciones como la famosa "Golondrina" de Serrader, y así el repertorio pasaba a lo exquisito, lo que era también peligroso y había que terminar rápidamente para no arriesgar capotera.

La cacofonía patriotera con el Peludo involucraba otras instancias retóricas, y cuando se cantaba la Canción Nacional, se tocaba el ápice. Nada se ha cantado más desafinadamente en este planeta que la Canción Nacional de Chile, aunque la armonía no se ha hecho para los himnos nacionales en general, y hasta Billy Eckstine desafinó al cantar el *Star Spangled Banner* antes de largar las 500 millas de Indianápolis en 1984. No exageremos, un himno nacional no tiene necesariamente que sonar como las armonías de Ravel o los bronces de Ottorino Respighi, pero sí debe sonar prusiano y eficaz, o al menos simultáneo, y no bramando cada uno por su lado, como la letanía de los vacunos en la mañana de su cita con el matarife.

El Himno Nacional nos exprimía la voz como la masa en el fondo de la máquina de hacer churros y nos hacía bramar sin compasión por ninguna ley musical ni armónica, y lo extremadamente largo se fundía a lo extremadamente bilioso, lo carraspeado a lo inaudible como el soplo de un agonizante, lo bronco se trizaba de repente con un chillido de rata y lo que debía ser un sostenuto enmudecía de repente porque la nota era muchísimo más prolongada que nuestro aliento.

Rosa cielo

Ah Rosa si bajaras del cielo, del cielo de Millantú o del cielo de Rengo / Rosario a esta tierra donde estoy ahora, que se llama la ausencia, si pudieras endilgarte como una de las ninfas celestes, enmascarándote en los campos del Valle Central, donde se te vió por última vez allá por 1960 justo después del gran eclipse de sol que fue el último grande y total que veremos hasta el 2004 (parece que ese dato cierto de entonces está equivocado ahora) si volvieras Rosa desde la ausencia digo, desde el cielo o desde la tierra, enlazada al eclipse y a la música de las esferas, o entrelazando tus cabellos cobrizos con fragmentos, mitades de soles negros ya eclipsados, si volvieras encarando esa ausencia que nos define matándonos en ella para que podamos renacer en la eternidad del cielo, si pudieras despertarme en los trigos o las viñas de Rosario donde tu viejo y también tu hijo —que debe tener más de treinta años a esta fecha— habránse bebido ya todo el vino de esos lagares porque ambos nacieron embebidos en el mosto y ese mosto también es la ausencia, también ella corre y discurre y resopla como el vino en las venas, nuestra ausencia matándonos.

Tu corazón, Rosa, que ahora baja del cielo, también él bombeando tu sangre ausente por tanto y tanto tiempo de la mía, baja moviendo los meandros de nuestros sueños escritos hace diez mil años en esos petroglifos que hay cerca de Rengo y también cerca de Rarinco, en la base del puente del Malleco, en una de sus torres alguien escribió nuestros nombres llorando, alguien que no era ni tú ni yo ni nosotros, pero sí se parecía a la ausencia de los tres, tres personas distintas y un solo dolor no más.

Rosa que vienes del cielo bajando, acezando por el largo viaje entre estrella y estrella, en calzones, porque te los habrás comprado finalmente en el cielo, ya que la tierra no te fue pródiga en ellos. Lástima es que los cachunchos de nada sirven en el cielo, pero en bajando a la tierra sí, y por ello me buscas o quiero creer que lo haces, cuando en realidad soy yo el que te busca y no en la dimensión donde las mujeres se los ponen para mejor bajarlos, porque ése es el acto más sensato de ejecutar con ellos aquí en la tierra, Rosa, sí, en la tierra que es el cielo.

Memorable discurso de Chacharra del 26-7-50.

Como lo había hecho otras veces y lo haría muchas en el futuro, Chacharra llegó ese día con una apreciable ingestión de pajarete, pisco o vino litreado. Su calva, del color de los camarones cocidos, brillaba con los destellos que se dan en los iluminados. Nada hacía presentir que iría a ofrecernos uno de sus discursos extracurriculares más memorables, cuando empezó a pedir la tarea como de costumbre.

Los párrafos de los pequeños libros franceses que usábamos para la clase debían ser procesados para Chacharra en los sucesivos pasos de *lectuga, tgaducción y tgansfogmación.*

Lectuga y *tgaducción* no eran difíciles, pero la *tgansfogmación* requería mucha dedicación, porque había que hacerla en francés, cambiando personajes y situaciones. Algunos, los que teníamos este tipo de ocurrencias, buscábamos en la biblioteca los trozos que pudieran ser usados para esa instancia fatigosa. *El tesoro de la juventud* muchas veces servía, porque era como lámpara de Aladino o tonel sin fondo, era el Internet de entonces, pero el problema era que varios lo tenían en su casa y si Chacharra descubría a dos con la misma *tgansfogmación*, el uno y también la anotación en el libro de vida eran seguros para los dos avivados. Yo había descubierto que un trozo difícil estaba prácticamente listo en *El tesoro* con el nombre de *L'avocat et les poires,* lo copié con gusto anticipado sólo para descubrir que El Feto también lo tenía preparado. Si yo presentaba esa tarea de todos modos, ambos recibiríamos el uno y la anotación destructora. Decidí transformar a mi vez la transformación del *Tesoro,* llamándola *Le merchant et les pêches* y recibió un cinco de Chacharra, mientras que Cruz obtuvo el siete que yo creía seguro. En otras palabras, yo fui castigado por no ser lo suficientemente sinvergüenza.

En esta ocasión me había equivocado en preparar mi párrafo pensando que estábamos recién en la *lectuga,* y Chacharra me solicitó la *tgaducción* y como no la tenía me miró con sus ojos que giraban, dignos del mejor Marty Feldman que haría su aparición veinticinco años más tarde, volteándose en espirales y ribetes rojos, y me apostrofó *¡¡Estos son los egogues que te llevagán mal pog la vida HIIIIII!!* y el tufo a Cabernet Sauvignon me golpeó como una aspersión de alcohol. Al silbido Hiiiiii que era, como él decía, *con hache aspigada* —una vez nos trató así, en su rebuscamiento literario: *tontos con hache aspigada,* verbigracia huevones— siguió la expiración catabólica de su aliento, y luego las ramificaciones que la palabra tufo involucra, las mezclas detonantes del olor final en el que iban a transformarse los Santa Helena con Hache (bien aspirada), los Tocornal, los Errázuris Panquehue, y todos los anónimos pipeños y rascabuches que se bebían por ejemplo en Las Tinajas de calle Nataniel, casi debajo de la casa de Varolio, y en cada bodegón rezumante de Santiago al oeste de su columna vertebral de la Gran Avenida, área donde parecían concentrarse todos los pecados del estómago para abajo.

Chacharra se irguió entonces, y empezó a dirigirnos el siguiente discurso en el cual, como en otras ocasiones, se transfiguraba y pronunciaba en castellano normal, abandonando sus erres francesas y hasta sibilando menos de lo acostumbrado:

... *Errores que los llevarán mal por la vida* —volvió a buscarnos uno por uno con la mirada— *¿Quién puede señalarlos mejor, sino el Maestro? ¿Quién sino el Maestro podría iluminar la pirotecnia de los caminos?... Demasiadas veces nos hemos visto sin una luz en el atroz sendero. Cabizbajos, entecos, abismados entre lo prometido por nuestros pensamientos y nuestros deseos, y lo que la realidad brutal nos señala inexorablemente... ¿Cuántas veces clamamos por una guía en el páramo, por una luz en la noche tenebrosa, por una palabra en el silencio?*

Chacharra se afirmaba balanceándose en el escritorio, como si fuese un cantante ciego como Ray Charles, José Feliciano o Stevie Wonder. Para ello faltaban como treinta años, antes de que fuese una imagen copiada del mundo. Por el contrario, él era el que producía la imagen y el que inundaba, con su expresión alucinada y con su tufo, ese ámbito de la sala donde en ese momento ni una mosca volaba, lo que ya es decir mucho.

Podrían ustedes imaginar que sería el más humilde de los maestros el que en un momento os llevara de la mano por este mundo atrabiliario y canallesco, este ventisquero de plomo, esta Babilonia vacía, este decocto de calles inhóspitas, esta tundra de la hipocresía? ¿Podríais haberlo imaginado? ¡Decídmelo! ¡Decídmelo! gritó Chacharra y nos miró desafiante.

Esta vez no fue a Varela, sino a Pabuelo a quien fue acercándose poco a poco, mientras verdaderas espirales de capilares sanguíneos le giraban en los ojos que se le desorbitaban en esos momentos como dos bolones de cristal de los que mercábamos allá abajo en el patio en la Feria de las Bolitas. Pabuelo ante esa aproximación nefasta se fue empequeñeciendo como un alfeñique repentinamente desflorado y se agarró a dos manos del borde de su pupitre, porque todo indicaba que la cercanía de Chacharra le provocaba vértigo.

Además del tufo espeso en el que nos espetaba sus palabras, había otra dimensión atemorizadora: la del **vosotros** con que nos estaba hablando. El vosotros era —completamente al revés de lo que ocurría en la Madre Patria— como una invocación augusta, una forma de dirigirse que ponía una distancia instantánea e insalvable. El que usaba el vosotros se estaba poniendo, o en un púlpito —que era lo que Chacharra tal vez inconscientemente buscaba— o en el escenario teatral de un dramón altisonante por lo ridículo y viceversa.

El vosotros resultaba intimidador y petrificante y nos helaba de pronto, como si una lluvia de nieve carbónica viniese cubriéndonos desde el tufo chacharresco, que era bien cargado al rosado o purpurino, en el aire de la sala que lentamente se iba saturando de nuestra respiración, del insultante olor a sobacos de Vargas y de la halitosis irremediable del Caballo, de Chanta y de Piraíno. Pero el tufo chacharresco tenía la virtud de clarificarlo todo, era un agente como esos reductores o polvos catalíticos que vuelven transparente la cuajada más espesa, sólo que aparecía en ese maravilloso tono punzó que proviene del color del vino tinto exasperado en la garganta y el esófago.

Como era lógico y también natural, nadie dijo nada al requerimiento chacharral de ***¡decídmelo! ¡decídmelo!*** que más nos silenciaba e intimidaba que exhortaba a la comunicación o la locuacidad.

... Nadie dice nada porque el silencio es la consigna del miedo. Pero yo no desmayaré un instante en mi búsqueda de la luz, y esa luz yo recójola como humilde flor despreciada en el camino, para traérosla...

Estas combinaciones rebuscadas de pronombres de complemento directo e indirecto hacían todavía más complicada su palabra y era un poco como si no pudiese estar hablando en serio o como en esa película de Los Tres Chiflados que habíamos visto la semana pasada, cuando se les decía *señores* ellos contestaban *¿quién llegó?* mirando para otro lado.

... y en eso estoy, mis alumnos, trayéndoos un puñado de luz, un manojo de comprensión, una pizca de experiencia, que unida a otra, otra y otra, os acumulará un tesoro. Porque no hay tesoro comparable al de la bondad y la sapiencia entregadas por un Maestro...

La expresión de la clase evidenciaba que dábamos muy poco crédito a esa afirmación, a excepción de los que esa retórica ablandaba de inmediato, y hasta por anticipado, y parecía acariciarlos, como a Cholimbo, Cruz o Bamsam. Curiosamente Mermelada mantenía su distancia en la succión de calceta, bien protegido en su aura.

... y si a menudo la aridez del aprendizaje de las materias técnicas o linguísticas nos hace olvidar la otra faz de las cosas, es ahí que el verdadero maestro hace un alto en el camino, detiene su exposición escolástica para derramar en su lugar el saber impoluto para que sus alumnos reflexionen, mediten y valoricen los otros aspectos, los de la pura vida y sus esencias, y en primer lugar den gracias por esta existencia que para muchos puede parecer injusta, complicada o difícil, y que es en realidad la oportunidad única que nos da el universo para integrarnos a sus misterios, y que es una ventana hacia un mundo más alto adonde llegaremos si sabemos comportarnos como es debido y si sabemos practicar, no digo las máximas religiosas —que eso está bien y en el fondo todas las religiones buscan el bien del hombre— sino esa ley profunda del corazón humano que nos dice inequívocamente quién es el justo y quién el bellaco, desde una perspectiva más certera que la considerada habitualmente en los sermones de iglesias, mezquitas o sinagogas...

Estas palabras, aunque sólo fuese por lo raro del vosotros incluido y dirigido a simples alumnos de una clase de un colegio que no por ser el Primer Foco de Luz de la Nación dejaba de ser insignificante, y por lo inusitado de las argumentaciones y contraargumentaciones de Chacharra, eran como una película borrosa en la cual se tratara de vislumbrar luces y sombras, y en vez de tomar la actitud habitual del desentendimiento absoluto, jugar al gato o leer revistas más arrugadas que papel confort usado, esta vez hasta los duros como Parro, Buitano o Vargas pusieron atención, mirando a Chacharra gesticular y subir la voz en sus gorgoritos, con un cierto respeto que venía del temor inducido por la propia ignorancia.

¡Sí!... —gritó Piara— *El camino es oscuro, es el Erebus que nos domina con su armazón planetaria de furias y tinieblas... Los cielos bajos bullen de relámpagos, y las centellas, rodando, tarde o temprano os achicharrarán la carne. No hay esperanza de escapar de ese caos, ni hay jolgorio posible, porque no nos darán tregua los espantables titanes que todavía moran en esa sombra, como fantasmas de un pasado en el que todo mal es factible... Allí, allá, aparece un rostro descarnado, un demonio verde, una serpiente roja, como el color de las venas de los justos. Allí es donde mejor se pone a prueba el corazón, queridos alumnos, en ese desierto de las almas perdidas donde hay que levantarse con la luz del propio espíritu, donde solamente los que han sabido fortalecer su corazón* **sin endurecerlo** *podrán salir victoriosos...*

Una puñalada atraviesa el flanco del justo como la que desgarró el costado del Nazareno ya muerto, pero nosotros estamos vivos, si estar vivos significa resistir sin quebrarse ni claudicar ante las tinieblas. Y hemos resistido, sí, más de cien siglos, más de cien milenios, más que todas las vidas del mundo, porque en realidad somos inmortales, somos depositarios del fuego prometeico, somos caminantes en un mundo detenido, petrificado, somos el fuego en el hielo, el relámpago en la noche del caos, somos la chispa del demiurgo y la varita de Merlín y de Próspero, al alba somos la estrella matutina y por la tarde la vespertina, brillando al mismo tiempo en la mañana y la noche...

Estudiantes de ayer, de hoy y de siempre ¿cómo es que vuestra piel no tiene el color triste de las frutas pasmadas? ¿cómo es que os mantenéis siempre joviales, en la risueña postura que recuerda la de los angelitos pintados por Guido Reni en las iglesias romanas?

Es la fe de la juventud, es el claro murmullo de la sangre incontaminada... Es el calor de la inocencia y sus ojos que pueden penetrar las tinieblas más espesas... Allí donde había un infierno de ceniza y de terror nocturno, allí vosotros habéis plantado cien semillas de las que brotarán mil flores con las semillas centuplicadas... Allí donde la putrefacción y el vapor mefítico cubren las landas, los eriales y los sotos, allí vuestra clara presencia habrá de purificar el aire, aclarar la brisa y hacer el agua más trasparente que las de las fuentes del paraíso...

Hasta ahí Chacharra no había sido interrumpido, pero increíblemente en ese momento Bekeffy levantó la mano y dijo *Señor Contreras, señor Contreras...* y Chacharra se interrumpió a sí mismo, cortó su límpido flujo joyciano en el que estaba desde hacía al menos veinte minutos y le dijo, como cayendo de un dudoso cielo *¿pego qué quiegues hombge...?* como si con su erre francesa volviese a ser Chacharra, el profesor cotidiano y no el Maestro Iluminado. *Vargas me está molestando...* dijo Vacaffy, con el color del intragable jugo de tomates del Naturista. *¿Y qué te está haciendo?... Me está clavando la pluma... en el glúteo...* dijo Vacaffy con un puchero indigno de su estatura de pailón. *Páguese señog Vargáss* dijo Chacharra *usted es nuevo pog estos lados ¿de qué colegio viene, se puede sabeg?* Con un murmullo casi inaudible, en la más pura tradición fonética chilena, con la boca casi cerrada, como si todos fuésemos hijos o nietos de ventrílocuos, el sudoroso Vargas dijo... *Delpatrociniosanjosé...* *Ahh* gritó Chacharra *pego ése no es un colegio señog Vargáss, ¡es un* ***refogmatoguio!*** *¡eso es el colegio del cual usted viene! Ahoga salga inmediatamente y váyase deguechito a la oficina del Viceguectog a espegagme paga que tengamos una buena convegsación los tges, señog Vargáss...*

Vargas salió con su abrigo largo de lego o de amanuense, más negro de rabia que de piel y Chacharra siguió su discurso:

Hemos presenciado un ejemplo digno de un azacán, de un berebere, de un canaca que ha molestado gratuitamente a un compañero, con el sadismo de un instrumento afilado como el aguijón de los escorpiones del desierto. Nada hay más inmundo que un cobarde que se esconde para atormentar a su víctima. Nada más miserable que un pijecillo maltratando a otro menos afortunado... un privilegiado escarneciendo al desposeído, un señorito a un hijo de proletarios —a nadie constaba que Vacaffy hubiese sido algo parecido, más que probablemente era el hijo del algún dueño de paquetería, pero Chacharra en su locura, como Don Quijote, facía más entuertos de los que desfacía— *y este colegio, lo digo y sobre todo lo repito, no es el asilo de señorones y señoritos, absolutamente no: fue creado por el espíritu de Infante y Lastarria, en el humanismo laico y democrático que ha sido la fuerza fundadora de toda independencia y toda democracia. Este colegio no es bastión de privilegios, sino la plaza, el ágora de la igualdad. Aquí se deben respetar los tres sacros principios de Libertad, Fraternidad y Laicismo. Aquí no hay privilegiados sino hermanos. Este debe ser el mensaje que deja el Maestro a las jóvenes mentes del 3° B, en este año de la exacta mitad del siglo XX, donde hemos visto prodigios técnicos y un progreso material inusitado que desgraciadamente no ha sido equiparado ni siquiera remotamente por un similar progreso espiritual, puesto que el hombre sigue siendo en casi todo aspecto un troglodita, un cavernario, un bárbaro. Quiero creer que ustedes resistirán* —y al volver al ustedes restablecía la cercanía— *que van a saber equilibrar la mente con el cuerpo, y la ambición que nos empuja con la generosidad que humaniza. Ahora yo les digo* —ya Chacharra estaba recogiendo el libro de clases para salir, y lo hacía cada vez con la precisión cronométrica que daba la cercanía de la campana que sonaría como si su cuerpo y su fisiología moldeados durante treinta años de clases le dijesen cuál era el momento preciso de dejar el aula— *que el Maestro es una fuente inagotable de esa generosidad, y así pueden contar conmigo hoy, mañana y siempre, y si mañana ya no estoy, como ciertamente será, porque ya mi cuerpo y por lo tanto mi alma sienten el cansancio de andar los mil caminos de esta vida, entonces vayan a mi tumba que allí yo les daré mi espíritu...* ***Bon jour Messieurs, à demain....***

Esas últimas frases, dichas cuando ya la campana sonaba, enunciadas en la persona de ustedes, para nosotros familiar, nos tocaban y nos comprometían.

Apenas hubo sonado la campana —que no era tal sino un insolente y destemplado timbre— se oyó una baraúnda de alumnos corriendo, no hacia afuera como era la regla para los que estaban cortando las huinchas por un momento de libertad o por desahogar la vejiga, sino que esta vez el tumulto tenía un centro preciso: Vacaffy estaba recibiendo una capotera feroz y las cachetadas y las patadas lo hacían rodar por el suelo, mordiendo su porción del polvo del Instituto.

Al salir de clase Bekeffy iba entierrado hasta las orejas, sangrando de la nariz y moqueando solemnemente.

—Cuando dijo vayan a mi tumba, putas que me conmoví, putas que como que ya iba a llorar —oí decir a Buitano, que fue uno de los que más fuerte le había pegado al judío.

C dolores de mesa, placeres de sobremesa

El intervalo más largo entre las clases era el almuerzo, que como medio pupilos teníamos derecho a recibir en el colegio, y estando ahí (en los días en que no capeábamos clases) almorzar era una ceremonia inevitable. Este acto era siempre más precario que el símil de hacerlo en casa, por ejemplo, porque no estaba relacionado con el acto humano de comer sino con el proceso fisiológico de nutrirse.

La campana de las doce señalaba la hora del almuerzo, y daba lugar a una carrera desbocada, como de potrillos que fueran a un banquete de alfalfa fresca. Pero no era una fiesta, era un compromiso, aunque no estoy seguro de hablar por los otros, sólo por mí: ellos siempre parecían estar transidos de hambre, seguramente por las muchas calorías que consumían en los ejercicios violentos que llenaban sus horas libres. Yo en cambio detestaba los juegos que involucraban competencia violenta. Por ejemplo, participar en los juegos de pelota significaba para mí una sola cosa: el aburrimiento mortal. Las pocas veces que se me impuso jugar al fútbol, yo era el peor jugador posible, no tenía iniciativa ni deseo de mover el balón, y desde luego prefería quedarme a un lado sin correr mientras los otros me puteaban *dále, muévete jetón, toma la pelota conchetumadre*. Entonces probaron a hacerme actuar de árbitro, pero esto tampoco funcionó: nunca aprendí exactamente las reglas ni me interesaba un pepino aplicarlas. Solía parar el juego en momentos impensables, interrumpiendo las jugadas diciendo ¡mano! a cada momento, porque me divertía ver la cara de estupefacción de mis compañeros. Más de una vez me dieron capoteras o golpizas por arruinarles la partida a uno u otro grupo.

La mayoría de mis compañeros de preparatorias y humanidades —en una reacción que ahora encuentro explicable— terminaron por considerarme un imbécil incurable, un inútil y un fracasado, todo al mismo tiempo, porque era incapaz de mover una pelota. No tengo nada en contra de ellos y su alegría inocente de empujar el balón, moverse y quemar la energía física que les bullía en el cuerpo, sólo que eso no era para mí y cuando entraba la dimensión de la competencia, simplemente me negaba a practicarla.

La gimnasia sueca no era tan desesperante como cuando nos tocaban los aparatos, caballetes, paralelas, espalderas o cables. El gimnasio grande estaba muy bien atrezado con los que para mí eran verdaderos instrumentos de tortura. No tenía la fuerza ni la energía para saltar los enormes caballetes que parecían hechos para seres de otro planeta, como tampoco para alzarme o balancear violentamente el cuerpo en las paralelas o subir por esas escaleras adosadas a la pared donde uno debía colgarse a las espalderas y levantar el cuerpo con flexiones que me descoyuntaban los brazos.

El sufrimiento de esos momentos, supongo, me hizo fuerte para soportar otros peores en el futuro, puesto que no había otra salida que aguantarlos en silencio. Lo peor eran la cuerdas de trepar: al esfuerzo de subir a pulso se unía el pavor de la altura y el vértigo que siempre he sentido. Una cosa era trepar y otra descender, lo que incluso era más difícil porque había que luchar contra la gravedad, y si te deslizabas demasiado rápido, las yemas de los dedos y la palma de las manos se quemaban, se llenaban de ampollas o directamente se desollaban. Tampoco se nos enseñaba a usar los aparatos, porque se suponía que uno nacía sabiéndolo y en consecuencia la clase de gimnasia era el dominio de los altos y de los fuertes, que no tan curiosamente también eran los más estúpidos de la clase. Con qué placer Parro, por ejemplo, hacía las contorsiones y pegaba los tremendos saltos que el Chino Quezada nos imponía. Los fornidos matones sacaban buena nota, y a los otros, los chicos y los débiles, el Chino nos asignaba la nota mínima como por lástima.

Pocos años después descubrí la necesidad de la gimnasia, cuando uno empieza a tener conciencia de la fragilidad de su cuerpo, y se da cuenta de que no tiene otro de recambio. Con Charly empezamos a ir al Instituto Vida Sana, en pleno centro de Santiago. Como todo eso se pagaba, había allí excelentes instructores, gimnasios y duchas y era un placer ir a hacer ejercicio sin otra obligación que la de cuidar nuestro propio cuerpo.

La carrera desencadenada por la campana no pertenecía a la gimnasia sino al apetito, y era hambre de comida como también de libertad, o sea de una libertad diferente de la tregua del recreo entre clases porque tendríamos la hora del almuerzo más la llamada hora de estudio, intervalo para digerir lo que era de por sí indigerible como los porotos coriáceos servidos día por medio, o lo que era muy fácil de digerir como las sémolas o las papillas de hospital que constituían la variación del más bien carcelario o cuartelero menú, y fue entonces que aprendí a detestar cierto tipo de frijoles, duros como si pertenecieran más al reino mineral que al vegetal, pero sobre todo el mote seco, presentado en montones fríos y desabridos que nos esperaban como desde el día anterior en la mesa puesta. Lo único agradable o disfrutable, eran los postres, generalmente una manzana o una naranja, que personalmente me eran casi inútiles como postre, puesto que no sabía pelarlas —en casa estaba acostumbrado a que se me hiciera absolutamente todo, hasta poner la mantequilla en el pan— y a veces algún compañero comedido como Pabuelo o Benvento me las pelaban, o lisa y llanamente yo se las regalaba porque mondarlas era una verdadera lata. Había dos clases de postres que apetecíamos: el dulce de membrillo, otorgado en casi transparente tajada, y el favorito de todos, un flan de sémola, la especialidad más sofisticada de la cocinería del señor Videla el ecónomo, adobado o mejor dicho empapado con una especie de melaza cuya fórmula exacta nunca pudimos averiguar ya que pertenecía a los secretos de ese lugar de la cocina donde no se emanaban vapores ni efluvios aperitivos, sino sólo un sentimiento de melancolía y una vibración temible, como si ahí se tuvieran tratos con las potencias oscuras que venían del subterráneo de los jesuitas, leyenda santiaguina. Era una melaza oscura y sabrosa que probablemente tenía una base de chanchaca o miel de palma, aumentada con azúcar quemada para darle su toquecillo local e irrepetible. El señor Videla era lúgubre y su aspecto no parecía tener mucho que ver con vituallas sino más bien con negocios mortuarios, pero la sémola era su descubrimiento celestial, que nos hacía soportable el almuerzo, las clases pomeridianas y hasta la vida misma en ese lugar. Cuando se hacían bistecs, salía del economato una fragancia a charcutería caballar, y se corría el infundio de que la carne rechazada por los félidos del zoológico por incomible, era la que se contrabandeaba al Primer Foco de Luz de la Nación para suplementar o acaso integrar nuestras proteínas, nuestras enzimas deleitosas, albumosas y peptonas, lipasa pancreática, piduyes anales y fosforillos del ciclo de Krebs, suponiendo que todo eso exista.

Cuando la campana sonaba era indispensable correr, correr como buscando un récord atlético, porque había que colocarse en los primeros lugares de la fila que se hacía justo en la puerta de los comedores. Era necesario estar en los primeros puestos para poder asegurarse el postre. De lo contrario, los otros se lo comían, tragando más apresurados que los patos o los chanchos de Paine. Era una cuestión de honor para los matones robar los postres y cuando no era posible robarlos, arruinarlos con sal para que de todos modos los demás no pudieran comerlos. Así los que llegaban primero parecían estar en una película acelerada, comiéndose al mismo tiempo varios postres destinados a los compañeros, y buscando el salero con la otra mano, para echar un montón de sal en los platos intocados.

Como en una película, esta vez a velocidad normal o muy lenta, lentísima, como deteniéndose para quedar fija por los cuarenta años que seguirían, veo a Pabuelo echarse de una sola bocanada el dulce de membrillo que tenía una respetable capa de sal que Parro acababa de echarle encima, y luego curvarse sobre el plato y escupir el membrillo triturado con un chorro de baba, mientras Parro lo observa y le dice *huevón asqueroso ¿no te da vergüenza hacer eso en la mesa?* Al parecer el Coño era muy sensible a los modales de urbanidad comensal, como la mayoría de los chilenos, incluidos muchos criminales sanguinarios. Un tiempo le dio por decirme que le daba asco mi manera de comer, y no entiendo por qué, puesto que mi urbanidad era ciertamente mejor que la suya. La razón parecer ser que en un momento se me ocurrió sacarme un trozo de carne que me molestaba, y eso el Coño lo juzgó altamente ofensivo, como árbitro de la elegancia en la mesa institutana, lugar adecuado para cualquier tipo de proeza suya. *Mono reculiado comís como chancho* masculló y se acercó a mi lugar para golpearme. Otras veces el Coño, a la salida del almuerzo me atrincaba para que le pasara plata, porque él sabía que yo tenía los diez pesos que mi padre me daba cada día. Muchas veces me quitó mi dinero, o lo que quedaba de él.

Estaba ya harto de ser golpeado por el Coño, el Caballo o los otros matones y pensé que la mejor manera de defenderme era comprar una cuchilla italiana de resorte y cuerpo de nácar que se vendía en la ferretería de Ahumada, y que yo llamaba *chafarota maravillosa*. De hecho, cuando pude adquirirla después de varios meses de ahorrar de mi dinero diario, en más de una ocasión me libró de una pateadura.

Por razones más metafísicas que físicas, siempre tenía que suplementar el almuerzo con un sandwich que a menudo me servía de defensa o de soborno, cuando muy luego aparecía un montón de pedigueños, desesperados por el hambre y sobre todo por la envidia del que poseía algo que no era común: una marraqueta con mortadela de caballo o jamón planchado, y así yo compartía el sandwich con

Benvento o con Pabuelo, a condición de que me protegieran de los matones, cuando todavía no compraba la cuchilla.

Se deduce que la digestión de semejante almuerzo era más disciplinaria que estomacal o intestinal, y hasta tenía su lugar en el horario: la hora de estudio. Ahí podíamos hasta yacer con la cabeza en el pupitre, porque Marmolín o El Loco hacían la vista gorda si nos manteníamos quietos, pero si Poblete llegaba, se llevaba a cachetada limpia a los dormilones a la oficina del vicerrector Clarindo Jajá.

En la hora de estudio también se efectuaban algunos programas de las academias culturales del Instituto, como la ALCIN, semillero de escritores hasta respetables que habían encontrado su camino ya desde esa edad desgraciada e indefinida por naturaleza. Era la culturización tan barata como heroica ejercida sobre los que no querían ser culturizados, como nosotros, y los que no podían serlo por haber llegado atrasados a la repartija de cerebro en el principio del mundo, y finalmente los demás, la masa de los que podían o querían a medias. Los promotores y líderes serían los que tendrían el camino abierto en adelante, con las semillas de lo operacional humano sembradas a tiempo. En realidad todo el secreto de los asuntos humanos está en la secuencia correcta en el tiempo: cuando éste se desarregla en su serpiente anillada, entonces la vida se devuelve para atacarnos y disolvernos con jugos más potentes que todas la enzimas digestivas juntas.

Por orden de Poblete los inspectores como El Loco, Marmolín y El Siete Brujas empezaron a hacer cumplir el propósito de la hora de estudio: había que estarse ahí leyendo algo, aunque fuera una novela sacada de la biblioteca. Esto no era problema para mí, pero detestaba todo lo que se me imponía por obligación. Por eso, fue una cosa buena cuando se anunciaron los conciertos de la academia musical del Instituto Nacional, que se hacían en el gimnasio grande como todos los programas culturales. Los parlantes conectados con cada patio anunciaban ***todosloslunesalahoradestudio: concierto... todosloslunesalahoradestudio: concierto... todosloslunesalahoradestudio: concierto...*** y ahí fuimos con Varolio, Benvento y Pabuelo, pero ellos asistieron sólo un par de veces porque la música clásica no se había hecho para sus oídos: se quedaban dormidos directamente o escuchaban con la boca abierta ese lenguaje incomprensible. Yo no dejé de hacerlo en el futuro: era interesante oír las explicaciones muy pertinentes de los compañeros de la academia musical, y me encantaba sobre todo ver accionar el carrasposo tocadiscos, como lo eran todos los que funcionaban con discos de 78 rpm. La llamada de ***todosloslunesalahoradestudio: concierto*** fue una especie de Llamada de Amor Indio que me transportaba hacia otra dimensión, lejos del mismo Instituto donde se había creado, y ahora comprendo por qué mi padre buscaba en la radio su música, buscaba y buscaba y a veces hallaba, cuando ese día le brillaba su buena estrella.

Los melómanos nos hacían oír su pomada y era hasta agradable sobrellevarla, porque era lo mejor que podía obtenerse en el Instituto y aquellos discos rayados que era necesario tratar con infinita cautela eran una pequeña ventana hacia ese mundo mejor, que debía estar en alguna otra parte, puesto que allí no estaba. Ahí fue donde por primera vez supe de las sinfonías de Beethoven y de Tchaikowsky, la *Noche en el Monte Calvo,* los *Cuadros de una exposición* y *Pedrito y el lobo*. O sea que el repertorio elemental de los conciertos del lunes en la hora de estudio nos preparaba para otras excursiones musicales, y lo bueno era que la receta se nos daba subliminalmente, con la triquiñuela de la libertad, de sacarle la vuelta a algo, y resultaba.

Durante los recreos nos hacinábamos en las ventanas que daban a la calle San Diego —aunque no eran las de nuestra sala— para observar el espectáculo habitual de transeúntes, borrachos, mendigos y vehículos, porque cualquier cosa era buena para paliar nuestro tedio de reclusos.

Una tarde vimos a un viejo que caminaba por San Diego cerca de los hoteles parejeros de la segunda cuadra y que se bajó de la vereda a riesgo de que lo atropellase un vehículo, con tal de poder mirar a una mujer que estaba apoyada incautamente en un balcón de rejas, dejando ver las piernas desde abajo. El viejo se puso descaradamente a cuartearse, con el cuello estirado y los ojos desorbitados. Debe haber sido muy buena la visión y fructífera su maniobra para hacerlo colocarse en esa posición temeraria, sobándose el marrueco, como un viejo mantis a la espera de una cópula imposible que de todos modos podía traerle la muerte. Lo cubrimos de insultos desde nuestro observatorio. Perieco le gritó *¿te tomaste ya las pastillas para el corazón, viejo chuchetumadre?* y Buitreano *dínos qué se le ve, viejo reculiado: participa con los pobres...* Hacíamos tanto escándalo que la mujer se dio cuenta y se fue inmediatamente para adentro, mientras que el viejo se subió a la vereda y se marchó con paso de buey castigado, no sin antes dirigirnos una mirada muy sombría, cargada de una tristeza que estábamos muy lejos de penetrar.

Parece que alguien reclamó por esos repetidos actos de vociferación ventanal durante los recreos por parte de los educandos del Primer Foco de Luz de la Nación, y un día llegó Poblete de sorpresa cacheteando a diestra y siniestra, conduciendo a todo el grupo atisbador a la Vicerrectoría para una anotación general en el libro de vida.

Para dar categoría a lo que se miraba y lo que se veía, se formó un grupo de cinéfilos. El profesor de inglés Cachete Sepúlveda —que enseñaba en cursos paralelos a los de la Yegua Meléndez— se encargó de presentar las películas, que eran todas de cine americano. Era pequeño y enjuto pero con unas mejillas buchonas que parecían nalgas o vejigas hinchándose como las de Nixon en el Watergate, especialmente cuando se agringaba al pronunciar: *Hamlet, village, town, city:* ***jœmlet, villeich, tohhhn, cere.*** Todo eso era imposible de copiar con la voz, no se podían emitir esos sonidos sin darse a la risa. Entonces no faltaba el que dijera *sí, Cachete...* Sepúlveda cogiendo el epíteto al vuelo sentenciaba: *el que me diga Cachete llevará nota malo.*

Las proyecciones se hacían en la tarde libre del jueves, para lo cual había que quedarse después de almuerzo en vez de salir a vagar por el centro como era nuestra costumbre. Sepúlveda decía por ejemplo *ahora vamos a ver una excelente película protagonizada por el Pecoso Fambemsem* (Van Johnson) y el gimnasio se transformaba entonces en la caja de sorpresas de la proyección. Después de ver las películas salíamos imitando los gestos de los actores y el chico Bendersty ponía los ojos muy caídos como John Wayne o se veían muchos ojos semicerrados también al salir de alguna de Clark Gable, porque se entendía que ése era el gesto más conquistador que podía existir. El que se quería quedar los jueves por la tarde generalmente se mamaba una dosis de americanadas muy pertinentes, dulcificadas e inocuas como para seguir siendo niñitos buenos por lo menos hasta el día siguiente.

A un grupo se le ocurrió usar la hora de estudio para practicar la pesca. Parece muy raro pescar en una sala de clases, pero se trataba precisamente de esto: en uno de los jardines traseros de la Casa Central de la Universidad de Chile había varias fuentes con plantas acuáticas y peces de colores, un verdadero lujo para Santiago. A alguno se le ocurrió treparse a las altas ventanas de la sala, y se percató de la presencia de los peces en las fuentes. El secreto del agua, su misterio elemental, es una fascinación mayor, como así el deseo morboso y hasta criminal de sacar esos pececillos del agua.

Los muros de adobones de dos metros del viejo Instituto permitían que varios muchachos se acomodasen en los quicios de las ventanas. Se les ocurrió traer una lienza y fabricaron anzuelos, cebándolos con migas de pan. Por supuesto que los peces picaron y muy pronto los pescadores habían sacado ya un par de grandes peces rojos que empezaron a agonizar boqueando desesperadamente en el piso de la sala. Otros empezamos a gritarles que devolvieran sus presas a las académicas piletas y esto estaban haciendo cuando alguien profirió el nombre temible **¡Poblete!** y ellos saltaron de las ventanas como monos.

Charme, que era un poco cojo lo hizo con tanta torpeza que cayó sobre el pizarrón que se sostenía sobre dos plataformas de base. El tremendo pizarrón doble se nos vino encima y alcanzó a Benvento por la espalda dejándolo aplastado debajo. Justo en ese momento entró Poblete y se puso a gritar como enajenado, entre la polvareda y la confusión. Dos de los pescadores todavía estaban agazapados por el suelo donde también yacía inclinado el pizarrón.

Poblete cacheteó a los que estaban mirando, parados, como si tuvieran la culpa de algo o de todo, y de improviso percibió un movimiento debajo del pizarrón, de donde emergió una cabeza como de conejo asustado. *¡Salga de ahí abajo, iñor!* gritó Poblete. Benvento salió gateando, transido de terror, más de Poblete que de cualquier cosa que se le podía venir encima.

Ahí vimos que su chaqueta estaba rasgada en toda la espalda.

¡Párese iñor! gritó Poblete y lo cacheteó. Luego hizo ponerse en fila a Charme, Benpenca y también a Benvento y los abofeteó en conjunto.

Y usted señor Benavente dijo Poblete *¿qué va a hacer con esa chaqueta? ¿Va a tener cara de presentarse en su casa con ese destrozo hecho por su culpa? ¿Va a hacer ahora como esa vez que se había gastado toda la plata en el* pool *y no tenía cómo volverse a San Bernardo* —allá vivía Benvento y era increíble para nosotros que pudiera llegar a clases viniendo desde semejante lejanía— *y sus padres alarmados vinieron a buscarlo al Instituto?* Poblete ahora cargado a la confidencia con el curso: *¿qué creen ustedes que vieron desde la micro ahí por Lo Espejo como a las ocho de la noche? Pues...* y aquí Poblete hizo el gesto de caminar con el índice y el medio, en el aire malvado de la clase, pero luego subió la guardia y les gritó a los tres *¡Vayan para la oficina!*

Esto significaba que debían enfrentar a Clarindo Jajá, quien hizo varios chistes de los que tuvieron que reirse a carcajadas para amortiguar sus reacciones y el castigo. A Benvento le resultó difícil reirse porque después de la anestesia del shock inicial, la espalda magullada y machucada empezaba a dolerle.

Charme y Benpenca fueron mandados a la casa con anotación de conducta, *por convertir la sala de clases en muelle pesquero* dijo Clarindo Jajá, y Benvento fue enviado a la enfermería. Después le dieron permiso de salida para ir Los Gobelinos a comprarse una chaqueta con un vale personal del Temible, porque Poblete podía ser un vaca pero —como el del *bunker* de Berlín— también tenía su corazoncito.

TC *la destrucción de una peluquería*

Había dos peluquerías en el barrio, a las cuales yo podía ir caminando desde la casa. La Cubanita era la preferida de los varones y estaba en Manuel Montt a pocos pasos de Irarrázaval, al lado de la mercería del húngaro Laszlo Toth, sin parentesco alguno con el escultor homónimo que casi veinte años después trataría de mejorar la *Pietà* de Miguel Angel en el Vaticano. El húngaro diariamente dedicaba proposiciones amorosas y también fraternales a la Rosa y le regalaba hilos, cintas y agujas en vano. La peluquería también se encontraba al lado de la Panadería Niza, nombre extraño para una panadería de Santiago, donde ellas se asocian generalmente a los españoles.

El dueño de La Cubanita era un viejo cuya semejanza con José Stalin era tan notable, que si no hubiéramos sabido que el auténtico aún estaba vivo en la Unión Soviética, habríamos pensado que *Baffone* había elegido la vía del autoexilio, como ese físico nuclear de la película *Calabuig* del español Berlanga, que decide solicitar un empleo de bedel en una escuelita en un pueblo perdido como una ciertamente mejor alternativa a su profesión que lo obligaba a dedicarse a arruinar la vida del planeta. Para mí, con Poblete en el colegio y con ese peluquero en mi propio barrio, era como si hubiera podido conocer a Hitler y a Stalin en persona, casi a domicilio, y éste último todavía me cortaba frecuentemente el pelo. Stalin tenía dos peluqueros empleados suyos: don Froilán que todavía era joven pero estaba generalmente borracho y también mustio y alicaído, como no teniendo ninguna vocación de trasquilador. Esto no era verdad, sino más bien al contrario: era un peluquero genuino frustrado en el embrión, lo que es casi la regla entre nosotros para toda actividad que postule a ser creativa, hasta las más modestas. El otro peluquero era una mujer gordísima que se rumoreaba —y luego tuve ocasión de confirmarlo— era amante y compañera vinosa del viejo.

Las instalaciones de La Cubanita eran de lujo, considerando nuestro barrio, con molduras de madera labrada, cajoneras de caoba para guardar las sábanas y las gualdrapas, y los espejos eran biselados y de cristal imponente. Muchos frascos pretenciosos albergaban las colonias importadas, el *Patchoulí* y el *Vétiver des Cachemires,* mientras que las colonias nacionales estaban en grandes cilindros de vidrio con sus espitas para venderlas a granel, que me recordaban los grandes frascos de los jugos de El Naturista, y por eso a menudo me imaginaba bebiéndolas aunque su olor fuese más bien insultante. Para las gominas, los algodones y los talcos había potes de porcelana con dragones y otras figuras chinescas que muchas veces me mantenían entretenido mientras los peluqueros procedían.

Yo prefería a la Gorda porque tenía la mano suave y no me cortaba demasiado si yo se lo suplicaba, mientras que Stalin era implacable, y sus bigotes grises se enarcaban enhiestos cuando acometía con la trasquiladora como si su misión en la vida sólo fuese —y lo era— no dejar un solo pelo visible. Como en la misteriosa explosión que ocurrió en la región siberiana de Tunguska el 30 de junio de 1908, la máquina de Stalin abatía los pelos en ordenadas hileras, y los cañones capilares se abrían a ambos lados como los árboles de aquella landa remota bajo el cometa, OVNI, pedazo de antimateria extraviada o lo que fuera que produjo esa catástrofe, porque cada corte con Stalin era catastrófico, y un resfriado seguro se te venía encima al quedar el cuero cabelludo calato al viento sur.

Don Froilán era el más decente de los peluqueros de La Cubanita, en arte de peluquería hablando, habiendo asomado su nariz —que era recta y aguda, con algo del envidiado perfil de Robert Taylor— más allá de las fronteras, no sólo de nuestro barrio o de Santiago, sino más allá de la Blanca Montaña dada como Baluarte por el Señor para preservar los cortes de pelo de regular a regular corto. Parece que don Froilán había visto o entrevisto alguna vez los estilos de otros países, alguna percepción transatlántica o al menos transandina, y así él sabía por ejemplo cortar a punta de tijera, lo que me gustaba porque nuestro cráneo al menos no quedaba como chancho de encerar, sino que se acercaba a la imagen de una cabeza de persona. Desgraciadamentre él era el más borracho de los tres peluqueros, porque todos solían operar con distinto grados de ebriedad.

La Gorda —de quien nunca supe el nombre— tenía una faz perfectamente porcina, redonda como una bola por el exceso de cerveza y vino trasegado, y por su naturaleza misma, que se repetía en su hermano mellizo que vivía en nuestra cuadra en una casuchita compartida en calidad de allegado con doña Verena, una señora que recibía encargos de lavado de la gente de la cuadra. El hermano de la Gorda se llamaba el maestro Caviedes —en Chile se da el calificativo de maestro al que no sabe nada de nada pero intenta hacerlo todo— y era tan gordo como su hermana. Se balanceaba en un equilibrio precario sobre sus piernas arqueadas mientras se dirigía a la casucha de doña Verena, generalmente en ánimo de metabolizar la curda. Con mi amigo el Pato Miller, que era especialista —y las gitanas lo sabían bien— en el insulto de retaguardia y el peñascazo certero, le gritábamos ¡BARRIL CON PATAS!, escondiéndonos detrás de los autos y el maestro daba vuelta lo más rápidamente posible su cabeza de chancho, pero nunca lo bastante para sorprendernos.

La Gorda era buena en su pachorrienta humanidad peluquera y generalmente trasquilaba con dulzura, casi como una madre que nos desplumase al ritmo de sus manitas morenas legadas por alguna abuela india. Muchas veces caía en un silencio hosco y murmuraba vagas amenazas contra alguien y esos momentos eran muy peligrosos para la pelambrera porque las mordidas de la máquina dejaban marcas como de ángulos rectos o escrituras cuneiformes en el cráneo. La Gorda dejaba estirar entonces la trompa como una sopapa que buscase destapar un desaguadero situado por ahí, y profería insultos que se trocaban en lamentos con un gemido al final, un ronquido de hembra apabullada por años y kilos en exceso, con demasiadas arrugas de vientre y papada, como también por su figura que iba achatándose y creciendo siempre hacia los lados al no quedarle otra dimensión para ello. Con cada pílsener o caña de blanco la Gorda se redondeaba otro poco y se volvía más permeable a esa miseria del mundo, y más impermeable al mundillo de la calle Manuel Montt y a la cordillera que era una torta nevada allá enfrente de la puerta de

La Cubanita. Pareciera que a mí me tocaba cortarme el pelo justamente cuando ella alcanzaba la sima de su ciclotimia, cuando estaba más corroída por ese humor que yo no podía dilucidar de dónde venía.

Pero me tocaría saberlo pronto.

En ese día tan especial, habiendo pasado unas tres semanas desde la última vez que me había cortado don Froilán y también por ser su corte más generoso, en mi casa empezaron a reclamar con la habitual energía que se ponía al hablar sobre el largo de mis cabellos —que hoy darían risa por lo ridículo del corte— y me endilgaron hacia la peluquería con los dos pesos que costaba la operación.

Esta vez no estaba don Froilán y al acercarme percibí la figura inquietante de Stalin leyendo el diario sentado en su propio sillón. Esto significaba que estaba desocupado y si yo entraba en ese instante inmediatamente me convertiría en su víctima. La Gorda estaba bien avanzada en su faena con un pelado que realmente le dejaba muy escaso espacio de maniobra porque, como dice la canción, *su cara era tan larga que le llegaba hasta la espalda*.

Así esperé que se avecindase un candidato a caer bajo la purga staliniana. No me tocó aguardar demasiado, papando moscas en la calle y saltando alternativamente en un pie y en el otro: a los pocos minutos apareció la figura familiar del Vinko Chico, que no tenía ningún reparo en someterse al latrocinio, y el pelo de su cabeza cónica siempre estaba tan corto que su cráneo parecía un pepino rubio, con ese color dorado que muchos hubieran vendido el alma por poseer. Así, me introduje cuando el Vinko Chico ya se había sentado bajo la mirada vítrea de Stalin. La Gorda me invitó a sentarme en su sillón con un ademán mucho menos amistoso que en otras ocasiones, limitándose a un gruñido y un gesto. Otras veces me sonreía y me decía, saboreando las palabras en su trompa, *mi pequeño y apreciado cliente* o algún requiebro por el estilo. Después me impuso los adminículos algodonosos y traposos con brusquedad, presagiando algo grave y diferente.

Yo le dije regular aunque debería haber dicho regular-corto que era el largo máximo que se me permitía, transando con el abominable rumpo-rumpo que hubieran deseado en mi casa por mayoría simple *porque se veían tan lindos los niños bien peladitos*. La Gorda se mantuvo silenciosa, preparando sus utensilios. Mientras tanto, ya Stalin se había puesto a rapar el cuesco de pepino del Vinko Chico como si le quedara suficiente pelo para ello, con un entusiasmo que sólo era comparable a su flema, a su color de ceniza y sus movimientos lentos y segurísimos de cirujano.

Por su parte la Gorda inició las operaciones rituales de desinfección de los instrumentos. Esto se hacía sobre un mechero de alcohol y con cada pasada de la máquina se sentían pequeños chasquidos y deflagraciones provenientes de los residuos capilares, y sobre todo de los insectos, piojos con sus liendres, ácaros, ladillas, vinchucas o garrapatas que a menudo quedaban atrapadas en los dientes de las trasquiladoras. Los artrópodos explotaban en la llama esparciendo un olor de asado insignificante. Con algodón y alcohol desnaturalizado la Gorda limpiaba las carroñas carbonizadas y dejaba las máquinas flamantes y hasta aceitadas para entrar a la cabeza del nuevo cliente. Mientras procedía a la desinfección, noté que la Gorda emitía unos rezongos, hipando, y también se sorbía los mocos, como si al mismo tiempo la atormentasen la rabia y la pena.

Las furias y las penas de la Gorda crecieron mientras se dedicaba a pelarme y, malhaya, empezó a ensañarse con sólo un lado de mi cabeza, mientras murmuraba algo así como *esta vida es un infierno... esta vida no se aguanta más*. En el lado empezado, el corte iba pasando con rapidez muy poco grata de regular a regular-corto y luego a corto de frentón, por no decir rumpo-rumpo, y no se veía que la vieja abrigase otra intención fuera de dejarme completamente pelado y —para mi desgracia— pelado sólo de la mitad de la cabeza como si de alguna forma ella estuviese mirando en un espejo el futuro y me aplicase uno de esos cortes que aparecerían 25 o 30 años más tarde.

—Señora —le dije cautelosamente, ya que la cautela ha sido el signo de mis años en esta tierra— ¿no cree que se le está pasando la mano en este lado de mi cabeza? Le pedí un corte regular no más...

La Gorda se quedó detenida con la trasquiladora en la diestra. Permaneció allí como estupefacta o alelada, pero no me miraba a mí, sino a Stalin y comprendí que todos sus reproches iban dirigidos al viejo.

—Señora —le repetí con suavidad, pero buscando que me oyera— a usted le estoy hablando.

— Sí —gritó la vieja— a ti te estoy hablando...

Stalin, que no se había dado por aludido en todo este tiempo y que había cumplido ya casi con su cometido de dejar la cabeza del Vinko Chico como un pepino virginal excepto el mechoncito sobre su tercer ojo más cerrado que las puertas de la universidad a medianoche, se limitó a decirle:

—Tranquila, tranquila...

Pero la Gorda no se iba a quedar tranquila. Sacudiendo la trasquiladora, le gritó:

—No, no quiero quedarme tranquila, no pienso hacerlo... No es vida la que llevo...

Después de una pausa reanudó la tarea de pelarme el medio costado de la cabeza, mientras el otro seguía invicto de sus tres semanas.

—Es regular, señora —le dije.

—No, no es regular —dijo la Gorda con voz cada vez más resentida— Es horrible... Horrible...

—Señora: es regular, por favor, quiero decir el corte, y lo quiero en toda la cabeza, no por un solo lado.

—Sí, estoy que pierdo la cabeza por culpa de ese hombre —dijo la Gorda y se volvió otra vez hacia Stalin, gritándole con todo su vozarrón— No sé cómo aguanto esta vida: anoche otra vez llegaste más cocido que calcetín de cartero...

Stalin estaba afilando ya su navaja en la correa, con los movimientos barrocos y retóricos que caracterizan esos gestos de los peluqueros, y después de darle al Vinko Chico dos toquecillos con la brocha enjabonada en las patillas, procedió a afeitárselas, alineándolas con el orificio de la oreja, para que no resultasen ni demasiado cortas ni demasiado largas, ya que ambos casos involucraban algo censurable.

El Vinko Chico no estaba nada de tranquilo y sus ojos volvíanse a menudo con terror hacia la Gorda, que iba paulatinamente acercándose a ellos y dejándome abandonado en mi sillón. Stalin secó meticulosamente las patillas del Vinko Chico y siguió sin contestar a la Gorda. Veía con desolación que iban a tener que por lo menos hacerme el rumpo-rumpo total para equilibrar los estragos que la mujer había hecho en el costado izquierdo de mi cabeza. Todavía una vez le dije:

—Señora: el corte es regular. Señora: a usted le digo...

La Gorda profirió un gemido *de profundis* y le gritó a Stalin:

—Sí, ¡a vos te digo, CONCHETUMADRE!

Stalin se volvió, lentamente, mientras limpiaba la navaja, y dijo simplemente:

—Ya está bueno... Tranquila, tranquila, vieja...

El calificativo *vieja* fue sin duda tan ofensivo que la Gorda abrió los ojos como los de un cerdo degollado, profirió una especie de relincho y le arrojó la trasquiladora con todas sus fuerzas. Stalin se echó para atrás y la máquina hizo añicos la talquera de porcelana.

El Vinko Chico se había refugiado detrás del sillón y aprovechó para escaparse sin pagar cuando Stalin se adelantó para tratar de calmar o refrenar a la Gorda. En cambio yo no sabía qué hacer con ese pelo que estaría bien cuarenta años más tarde en el Soho de Nueva York por ejemplo, donde los *punks* se rapan caprichosamente o los negros se dibujan en la cabeza grecas romanas y estrellas de mar con el pelo que les dio el señor para darse cortes decentes de regular a corto. Por lo mismo creí oportuno quedarme —aunque también era muy peligroso hacerlo— y así pude ver el desenlace de todo.

La Gorda dio un empellón a Stalin y cogió del rincón el enorme escobillón que servía para barrer el matorral de pelos cortados y acumulados al fin del día, y haciendo con él un molinete —por lo que yo también tuve que agacharme y luego esconderme detrás del sillón— lo estrelló con todas sus fuerzas contra el gran espejo biselado, *orgueil de la maison,* cuyas esquirlas cayeron haciendo un ruido de cataratas de vidrio. Luego se armó del escobillón como ariete o bulldozer y barrió el mechero, el alcohol y los preciosos frascos del Patchoulí y el Vétiver des Cachemires para los exquisitos, las colonias Jean Marie Farina y 4711 para los de medio pelo y las otras anónimas para la plebe.

Cuando hubo quebrado los potes de gomina, la Brancato y la ordinaria, quedó esparcida una granizada roja con grumos deshechos por la colonia y todo terminó de saturarse con la mescolanza de perfumes. La quebrazón fue total y no me explico cómo Stalin, yo o la Gorda misma no resultamos degollados por el vidrio que volaba como en cualquier superproducción moderna nacida de los cerebros geniales de Tinseltown, que si no pueden prever el futuro —aunque lo postulan con su inigualable dominio de la majadería— al menos intuyen el pasado. Las colonias cuyo arcoiris había brillado desde siempre en el mármol de los muebles de la peluquería La Cubanita, ahora se mezclaban en los charcos formados en el suelo. No sólo eso quebró la vieja, sino también los espejos laterales, y cuando la emprendió contra la lámpara de luz fluorescente me decidí a escapar de verdad y me situé cerca de la puerta, agazapado como el corredor de cien metros que espera el pistoletazo.

En realidad, desde ese momento hay un lapsus en mi mente y sólo me veo unos minutos más tarde, corriendo por Simón Bolívar hacia mi casa, arrastrando todavía una de esas porquerías blancas que te ponen en las peluquerías, con talco y algodón atrás, como gualdrapa o paramento, trastabillando y enredándome en el sayal.

En mi casa se enojaron muchísmo conmigo, porque no creyeron una palabra de mi historia —generalmente no se creía en ninguna historia contada por un niño— y pensaron que simplemente había querido arrancarme en la mitad del corte, siendo el hecho mismo lo que me disgustaba. No se equivocaban en el fondo, sino en la forma. El hecho de que tenía el cráneo rapado a medias no les decía nada. Nada que fuese anómalo les cabía en la cabeza. Tampoco existían locos, borrachos o viejas que echaban en la cuesta del desespero la última chance de sus amores. Que el respetable Stalin estuviese amancebado con su propia peluquera, y borrachos ambos por añadidura, era algo no sólo inconcebible, sino irrepetible por boca de niño. Nada de eso existía, porque no debía existir, aunque lo tuviesen delante de los ojos y apenas afuera de la puerta o también adentro, y mi media cabeza pelada demostrase que sin duda alguna algo muy raro había pasado. Era una manera cómoda y chilena de existir y de soportar la iniquidad del mundo.

A poco llegó la Rosa asustada preguntando si yo estaba ya en casa, porque recién había pasado una vaca por la calle, corriendo desbocada.

Este episodio de las vacas desbocadas no era frecuente, pero tampoco raro. Más de una vez se escapaban vacunos de los piños que conducían al matadero por las mismas calles de la ciudad, o se arrancaban desde los vagones del ferrocarril de circunvalación a unos cinco kilómetros al sur, intentando sustraerse a su mísero destino. Los diarios publicaban reportajes y fotos de esas inesperadas fiestas de San Fermín capitalinas. Recuerdo muy bien una foto donde se veía la silueta de un hombre panzón que yacía boca arriba en Vicuña Mackenna, corneado por un toro suelto y que había muerto, más que por la cornada, por el acto de estrellar su mole en el suelo. En la otra fotografía, un cabo se aprestaba a dar muerte al toro *con su máuser de reglamento.*

Así, sólo un minuto o dos después de entrar a la casa con mi sábana de peluquería, había pasado esa vaca loca, galopando por Simón Bolívar. ¿Era esa la vaca o toro que hasta ahora me persigue y hasta me habla en mis pesadillas?

Mi abuelita dobló cuidadosamente los dos paños blancos pertenecientes a La Cubanita, el grande y el chico, y mandó a la Rosa para que sin demora fuese a devolverlos y pagar el importe de mi corte inconcluso *porque la gente decente siempre paga toda deuda, aun en circunstancias como ésa.*

La Rosa me dijo después que ella no pensaba pagar sino la mitad, porque *tanto había sido lo que me habían cortado y una cosa es ser decente y otra que le vean a uno las de abajo.*

No tuvo ni siquiera ocasión de intentarlo, porque al llegar a La Cubanita se encontró con que los pacos estaban llevándose a la Gorda mientras Stalin barría hacia la calle los pedazos de espejo, los frascos pulverizados y toda esa chanfaina hecha con el barro de colonias humildes y costosas, los mechones de pelo del Vinko Chico y los míos y los de los clientes que ese día nos habían precedido, usando el viejo el mismo escobillón empleado por la Gorda en la destrucción de su negocio.

Además desde adentro salía una gran cantidad de agua: la Gorda había abierto una manguera que el viejo mantenía en la trastienda como precaución antiincendios, para luego subir al segundo piso donde vivía gente ajena e ignara a todo, amenazándolos con el escobillón. Para mala suerte de la gorda, esos vecinos tenían teléfono y llamaron a la policía. En una juanita se la llevaban esposada cuando la Rosa llegó, pudiendo confirmar así toda mi historia. Pero tampoco la Rosa fue creída, ya que era sólo una empleada y los niños y las empleadas se parecían al desafiar con la realidad que era a la realidad que debía ser, y las familias vivían —y podría apostar que todavía viven— en esta última.

La destrucción de La Cubanita provocó un cambio drástico en mis hábitos de peluquería. Hube de explorar los establecimientos de Irarrázaval arriba. Había alguna por ahí entre Antonio Varas y Pedro de Valdivia, pero nunca me decidí a entrar, anda tú a saber por qué, talvez me parecían demasiado lujosas o herméticamente cerradas. La peluquería nueva de Pedro de Valdivia con Irarrázaval parecía buena, porque sus ventanales anchos permitían la vista de los peluqueros en su faena. Ellos eran cuatro y esto facilitaba un rápido recambio de clientes. También allí apareció la primera trasquiladora eléctrica de Santiago, que no era menos temible sino todo lo contrario, porque su zumbido extraterreno constituía un motivo de fascinación y por ello nos sometíamos gustosos al corte electrificado. Atraídos por esa novedad llegaron muchísimos clientes desde todo el barrio de Ñuñoa y de aun más lejos. El dueño del establecimiento era un aparatoso homosexual de anteojos que usaba el artefacto futurista en persona y por eso tratábamos de quedar en turno para ser atendidos por él, aunque significara perder una vuelta. La máquina ésa entraba en el cabello con un zumbido de electrocución o de vibración mágica, y cada pelo que estuviese disponible caía segado como por la espada de Dart Vador.

Pero la nostalgia llama, y también la pereza, y por caminar menos y también por ver qué había pasado, al cabo de unos meses volví a La Cubanita para mi ineludible corte trisemanal. Aun cuando esa edad yo no percibía el paso del tiempo, ni en las cosas ni en los seres, me quedé estupefacto al ver cuán cambiado, viejo y estropeado estaba el negocio. Como que no fuese el mismo —y no lo era— sin los espejos ilustres, sin los frascos imitación de Baccarat con sus colonias y sin los potes de porcelana hechos añicos por la Gorda, que por supuesto no estaba ni estuvo nunca más ahí.

Ni los aparadores con losas de mármol quedaban, pues seguramente Stalin había tenido que mercarlos para cubrir los gastos de refacción. Un hule miserable de carnicería cubría las cajoneras, que parecían dadas de baja por alguna oficina en quiebra, mientras que los espejos de cristal biselado habían sido reemplazados por otros de menor calidad y más estrechos, con distorsiones que los hacían parecerse a los del Palacio de la Risa. Stalin conservaba algo de su vieja apostura de genízaro o ulano, pero tenía un cierto temblor en la mano, era menos autoritario con los niños y hasta se relajaba en el regular-corto. Como si le hubiese caído de repente un tremendo deshielo, *perestroika* o cataclismo en muy poco tiempo, sólo se encontraba a sí mismo y se le reencontraba en el momento álgido de su acometida. Don Froilán —a quién busqué en lo sucesivo, cuando por no caminar acudía allí y no a Pedro de Valdivia— no cambiaba: era silencioso y efímero en su tacto y se prodigaba con la tijera y también, poco después, con el corte a navaja que inició la verdadera modernidad peluquera.

Del tiempo sucesivo, dos hechos:

La Gorda y el Maestro Caviedes caminan por Manuel Montt doblando por Simón Bolívar, abrazados como amantes, como palitroques o como dos bolas pegadas por un magnetismo misericordioso, para no echarse a rodar definitivamente. Qué pareja dispareja como también idéntica, la de la Gorda y su hermano, clonados en infinitos sorbos de alcohol refinado en la barbarie de los cien barrios porteños de Santiago, que nunca fueron de amor. Idénticas las dos redondeces, las dos negruras y las dos alegrías locas de ambos borrachos en la calle de la felicidad absoluta, de lo puro relativa. Van perdidos en el éxtasis, el nirvana que sólo el beodo puede experimentar en la cara de la muerte y dan ganas de gritarles ¡BARRILES CON PATAS! como hicimos otras veces con el maestro solo, pero ahora son dos, o sucede que nosotros sí estamos borrachos de otro vino y de otra sed, y los vemos dobles, en la retina capciosa, caminar abrazados por esa calle que nos parece una alucinación y que tal vez lo es, porque siempre lo fue.

Después, muchos años después, al menos diez o quince, bajamos desde otros barrios a cortarnos el pelo en La Cubanita: Stalin no está porque se ha ido por la Avenida La Paz al sitio donde todos van llegando de a poco y cuyo portal dice *ancha es la puerta, pasajero avanza*. Sólo está don Froilán, con su *ardiente paciencia* y con el pelo completamente blanco, pero vivo de cierto.

No hay despliegue de trasquiladoras, sólo tijeras y navaja, porque al fin todo parece resucitar y una gran pelambrera está cubriendo el mundo.

cohete chingado

Escasamente combustible, la nave espacial de cartón pesado, anquilosado, no iría a despegar con los cuatro voladores en que se apoyaba, las varillas verticales encajadas en el suelo y los cuerpos de los voladores atados a sus flancos o alerones, igual como en *Destino a la Luna*.

Yo había fabricado el cuerpo con cartulina, tratando de copiar lo más exactamente posible la silueta de la nave famosa. Con la Rosa cargamos el armatoste e ideamos una forma de dar fuego a los cuatro cohetones: amarrar un cordel a cada mecha, empaparlos de parafina y anudarlos juntos en el centro. Colocamos el aparato en media calzada de avenida Antonio Varas, a esa hora desierta a excepción de las baratas que circulaban como siempre debajo de las hojas secas.

Al dar fuego a los cohetes, nada resultó como esperábamos. Para empezar, los motores no partieron simultáneamente como había imaginado y planeado, porque se hubiera necesitado nada menos que un computador de ignición, y las llamas encendieron las mechas en modo totalmente desigual. La astronave giró sobre sí misma, quiso elevarse impulsada por los grandes voladores número tres (que tenían casi un metro de largo), pero sólo se arrastró unos cincuenta metros por el suelo, antes de estallar y quemarse a pavesas.

Antes de intentar esa última y desesperada trayectoria de despegue, nuestra astronave dio varias volteretas, y en un momento hasta avanzó hacia nosotros.

Todo fue muy rápido. La Rosa, que había arrancado al darle fuego a la mecha y al ver que la astronave se iba contra nosotros, se cayó y se sacó la cresta en la cuneta.

Claro que una inmensa pelambrera estaba cubriendo el mundo, mientras una que otra vaca bajaba del cielo para correr por las calles de los cien barrios santiaguinos y de allí pasar a los sueños y multiplicarse como levaduras en un caldo hecho con los huesos de mi cuerpo.

En el Santiago austral y mío, donde cada calle es una réplica de la siguiente, una ciudad que se repite sin cesar como una pelambrera hirsuta que fuese cortada a cero cada día de Dios por los miles de Stalines con peluquerías que tienen dos o tres peluqueros auxiliares gordos o gordas como botijas de vino pachorriento, y las calles y las vacas que corren por ellas se repliegan a la voz de mando de Stalin, cuyos bigotes cenicientos están milagrosamente almidonados por la gomina Brancato que nosotros llamábamos Gran Gato, coagulada en su pote hecho añicos en el día en que soltaron todas las vacas, las de arriba —que son las de Raúl Zurita— y las de abajo, las otras que mugiendo se perfumaron en un ritual apocalíptico mientras las peluquerías de Santiago estaban siendo sacudidas por sus patas y el terremoto de sus bostas y por los escobillones del ángel exterminador que había bebido más chicha de Curacaví y más Cabernet Sauvignon que otra cosa, en medio de la más abierta cabalgata de vacas y de maestros chasquillas gordos como bolas, en blanco, en negro, en color y de rechupete.

Como si una vaca que cae del cielo y aterriza en una calle tranquila corriera menos de la cuenta, no para encontrarme ahí mismo en la vereda y la realidad del asfalto o la reja de madera verde, sino un poco, digamos dos minutos más tarde, cuando pasaría con destino desconocido para encontrarme en el mundo que aparece después que la reja verde se cierra y las pezuñas golpean el asfalto en el éxtasis de los barriles con patitas cortas, en el Hemisferio Sur que es un hemisferio desolado pero ideal en cuanto a que nadie podría negar que las muertes aquí son perfectas, y que los muertos duermen todavía más hondamente que los vivos —y esto es ya mucho decir— abrazados, como yo, a una vaca.

Si una vaquita de carey era una preciosa mascota en el tiempo en que estaba despierto, la otra vaca más grande pasó con tranco pesado después de llegar yo corriendo desde la peluquería, en medio del sueño y haciendo plastas fragantes de pasto de los potreros planetarios, al escapar de su tren que seguramente sería un tren carguero de la Circunvalación ferroviaria del sur.

Mi padre ese día llevó una pala a la calle, y recogió esas tortas verdes dejadas en el pavimento que ardía con el sol de la tarde, y las esparció en el jardín que las necesitaba no por las flores, que casi no las había, sino para bautizar la tierra con efluvio de vacas y de rosas, sin tomar en cuenta que la Rosa hacía como un año que ya estaba en la casa y me cuidaba para que las vacas no me cornearan ni mancornaran, porque caerse entre sus patas era como hacerlo —como dijo una vez Thito Valenzuela— entre las de los caballos de Paolo Uccello: instructivo pero poco edificante.

C medio a medio del banco, mijito

***Y** entra a clases don Rude con paso de plantígrado, entra el Perro Guzmán con el paso cambiado, entra el Negro Santander con paso ágil, entra Puchito arrastrando los curtidos zapatos, entra Fosforito con paso de* primadonna, *entra la Yegua al trotecillo, entra Chacharra con paso errático, entra Chancheta como en babuchas y el Peludo San Martín entra musicalmente.*

Quiero decir que de igual forma entraban todos los profesores llevándose y trayéndose *el sonsonete de las 500 horas semanales* como un babero de broderie y *la lengua roída por el cáncer* como un escapulario, ya que precisamente era esa esencia profesoril la que nos clavaba las uñas al suelo y a ellos los signaba para siempre en el universo de la cotidiana llegada a clases. Borrachos, sobrios o embotados en la demencia senil o en otra cualquier clase de niebla humana o inhumana, todos llegaban a perder y a hacernos perder otra hora del tiempo de la vida con otra lección de cualquiera clase de mierda que fuese, porque lo mismo daba.

El que no entraba era Panchulo, porque éramos nosotros quienes teníamos que trasladarnos al taller de trabajos manuales a soportar sus locuras inocentes, siendo él octogenario avanzado, dos veces jubilado luego de sendos períodos de treinta años de servicio, y con cachetes todavía rubicundos en la negrura general del resto de la faz.

Era un sujeto verdaderamente memorable por lo insignificante. Su discurso inaugural de la clase de trabajos manuales se refería a la materia prima de ella, esto es la madera, y había que conocer su proceso generador: el nacimiento de plantas, arbustos, árboles, forestas y bosques, que serían transformados en maderos a propósito para que Panchulo nos controlase mientras los aserrábamos, cepillábamos, cortábamos, sesgábamos, taladrábamos, escofinábamos, limábamos, cuadrábamos, lijábamos, clavábamos, encolábamos, barnizábamos o pintábamos de acuerdo con un código de operaciones de carácter perentorio.

Las posturas del operador en cada fase eran inamovibles, absolutas, como si el martillo, la sierra, el escoplo, el cepillo, el taladro o la broca no se pudieran tomar ni manejar más que de una manera dispuesta al milímetro sobre cada herramienta y con la mano, el brazo, y el cuerpo todo en una sola posición aceptable.

En la primera clase Panchulo nos disponía junto a los bancos de carpintería, sentados en banquetas de palo: todo en aquella sala parecía ser de palo, empezando por la cara del profesor hasta las herramientas, como las grandes prensas donde luego se cepillarían y encolarían los trabajos. En el taller había que instalarse *medio a medio del banco mijito, medio a medio del banco* pero entonces Luchoro le decía *¿aquí?* parándose en un extremo del banco, y Panchulo *no, ahí no mijito: medio a* *medio del banco* y Luchoro *¿aquí?* poniéndose al otro extremo del banco *no, no, no mijito: medio a medio del banco* y Luchoro al otro lado, y *medio a medio del banco* y al otro lado otra vez, hasta que el viejo pateaba de rabia y su frágil esqueleto parecía que iba a desintegrarse moqueando como gallina antes de caer a la olla.

Cuando juzgaba que todos estábamos colocados en el justo lugar y con la postura adecuada, lo que costaba no poco tiempo y fatiga y podía ocupar la entera hora de clase, Panchulo decía *muy buenos días mijitos* y como invariablemente no le respondíamos —en Chile no se acostumbra responder al saludo de nadie— Panchulo repetía ***¡MUY BUENOS DIAS MIJITOS!*** y seguía repitiéndolo cada vez más fuerte y enojado, pateando el suelo y golpeando el mesón con un enorme cepillo que siempre estaba a su alcance hasta que nos dábamos cuenta de que se nos exigía una respuesta y un coro mucho menos que unánime decía *Buenos días señor profesor.*

—Yo no soy señor profesor —dijo Panchulo— yo me llamo Francisco Belmar Moreira. A ver señor Aguirre, repita *yo me llamo Francisco Belmar Moreira* y continuó pasando lista para que cada uno de nosotros dijera *yo me llamo Francisco Belmar Moreira* hasta que le tocó el turno a Luchoro, quien dijo *yo me llamo Luis Herrera Sánchez.*

—No mijito, no: diga *yo me llamo Francisco Belmar Moreira* —dijo Panchulo impacientándose.

—No, yo no me llamo Francisco Belmar Moreira —porfió Luchoro— me llamo Luis Herrera Sánchez. Usted es el que se llama Francisco Belmar Moreira.

—¡No, no mijito! ¡No y no! a ver, repítame *yo me llamo Francisco Belmar Moreira* —Panchulo pateó el suelo de rabia.

—Yo no me llamo Francisco Belmar Moreira, yo me llamo Luis Herrera Sánchez —repitió Luchoro.

—Váyase para afuera mijito —dijo Panchulo.

—No me da la gana —dijo Luchoro.

—Váyase no más para afuera —Panchulo lo empujó hasta la puerta, donde Luchoro se quedó mirando hacia adentro con una cara de absoluto babieca. Panchulo prosiguió con la lista y todos dijimos por turno *yo me llamo Francisco Belmar Moreira.*

Panchulo ordenó:

—Saquen el cuaderno de trabajos manuales mijitos. Saquen pluma. En cada banco hay tinteros con tinta. Vamos a aprender de dónde viene la madera ¿de dónde viene la madera señor Arroyo?

—Viene de la calle, señor.

—¿Cómo es eso que de la calle mijito? ¿Cree usted que en la calle se produce madera por arte de magia? Y párese para responder. Todos tienen que estar de pie para responder al profesor. ¿De dónde viene la madera, señor Castellano?

—Pues yo creo que viene de la barraca —dije cautelosamente.

—Bueno, usted siquiera intuye algo, mijito. Parece que no tiene totalmente atrofiado el cerebro. Pero ¿de dónde traen la madera que venden en la barraca?

Cholimbo levantó la mano:

—Viene de los bosques, señor Belmar Moreira —dijo el Cholo.

—Bueno, por ahí va la cosa —dijo Panchulo— Pero en esta clase debemos precisarlo todo. Vamos a escribir la Introducción teórica a los trabajos manuales con especialidad en maderaje. A ver, escriban todos —y repitió ese título para que lo copiásemos— Subrayen el título. Punto aparte y con mayúscula. Subtítulo. Los reinos naturales, subrayado. Punto aparte y con mayúscula. Los reinos de la naturaleza son tres: vegetal, animal y mineral. ¿Ejemplo de vegetal?

—Una papa —dijo Varela.

—Bien. ¿Ejemplo de animal?

—Panchulo —dijo Parro.

Panchulo prosiguió como si no lo oyera:

—¿Ejemplo de animal?

—Un perro —dijo Pabuelo.

—Bien. ¿Ejemplo de mineral?

—Una piedra de cascote —dijo Yopo.

—Una montaña —dijo Weinstein.

—Bueno mijito, una montaña no es sólo mineral. Contiene árboles y animales en su superficie: es un **accidente geográfico.**

Todos se rieron al oír esta expresión que Panchulo amplificó como si fuese un accidente catastrófico.

—Ahora escriban —dijo Panchulo— Subtítulo subrayado y con mayúscula: Reino vegetal. Punto aparte y con mayúscula: El reino vegetal está compuesto de plantas que son seres vivientes carentes de la facultad locomotiva y que por eso viven fijos a la tierra por una parte de su cuerpo llamada raíz. Según el tamaño o altura de las plantas, vale decir la extensión medida en metros o centímetros desde el nivel del suelo al extremo más alto, ellas pueden dividirse en árboles, que tienen entre dos y cincuenta metros de alto, arbustos, que tienen entre cincuenta centímetros y un metro de alto, y hierbas que son todas las plantas con menos de cincuenta centímetros de alto...

El Caballo alzó el dedo:

—Si un árbol tiene más de cincuenta metros de alto ¿cómo se llama?

—Siempre es árbol mijito, siempre es árbol. Son árboles muy grandes como los cedros del Líbano y las secoyas de California.

—¿Y qué es un arbolito, señor Belmar? —preguntó Corvalán, ahogándose de la risa.

—Pues es un árbol poco crecido o no completamente desarrollado. Su pregunta está a un milímetro de la estupidez, mijito... Pero sigan escribiendo, con punto aparte y mayúscula: Las plantas crecen de las semillas que son el germen que les da la vida. Sea hierba, arbusto o árbol, toda planta nace de una semilla. Para que una semilla brote y dé origen a una planta tiene que ser sembrada en la tierra y regada regularmente con agua dulce para que aparezcan primero los brotes que luego serán el tallo, las hojas y después, en el caso de los árboles, el tallo desarrollará el tronco y las ramas que nacerán del mismo. Las semillas se siembran al voleo, arrojándolas a puñados sobre la tierra arada, para el caso de las legumbres, o se plantan una por una como es el caso de los cuescos o carozos de fruta. ¿Cuál cuesco conoce usted señor? —Panchulo se tiró el corte con Parro.

—El cuesco de la breva —dijo el Coño, incómodo por no poderse echar para atrás en su silla, abriendo las piernas y rascándose con fruición las huevas, como era su costumbre.

Hubo una risotada general y Panchulo palideció de rabia, pero no lo reprendió directamente.

—La breva no tiene cuesco, señor Parro —dijo Panchulo.

—Sí que tiene, señor, y es de lo mas rico —afirmó el Coño.

—¿No será el ojo de la papa, tonto huevón? —dijo el Pato Larrayán, quien como aristócrata era a prueba de matones.

—Por favor señores, terminen con este lenguaje de lupanar, y volvamos a nuestro tema. Escriban con punto aparte y mayúscula: El árbol desarrolla su tronco en sentido vertical y de éste se sacará la madera, que tiene que estar convenientemente seca para luego ser preparada en los cortes clásicos de maderaje, como tablones, listones, molduras y planchas.

Yo escribía todo, porque era inocente pero también precavido, ya que no se sabía nunca lo que podía pasar con un viejo cascarrabias y falsamente inerme como Panchulo, y pude darme cuenta de que algunos no escribían un carajo, habiendo dejado las plumas sobre el mesón, mientras que otros fingían escribir con el dedo. No me equivocaba: Panchulo recogió los cuadernos para revisar el dictado, y los que habíamos escrito con cuidado pasamos bien la prueba. Los que escribieron con el dedo y los que se abstuvieron del todo recibieron una guapa anotación en el libro, y un *uno* computable para el bimestre corriente.

Teníamos una segunda hora de trabajos manuales donde aplicaríamos las teorías panchulianas a la madera, pero no hubo tal clase ese día, porque durante el recreo, manos ignotas introdujeron astillas de fósforo en el candado con el que Panchulo siempre mantenía cerrada su sala.

No pudimos entrar a esa segunda hora, porque no había otro modo de ingresar, salvo llamando a un cerrajero.

Nos quedamos afuera gritando a coro

¡PANCHULO RECTOR! ¡PANCHULO RECTOR!

¡PANCHULO RECTOR!

A pesar de ésa y otras interrupciones, de algún modo todos hicimos un proyecto de trabajos manuales durante el año panchuliano.

El mío era un oso hormiguero que debía ser recortado en una plancha de madera de media pulgada y al cual había que atornillarle tres ganchitos que se suponía servirían para colgar llaves.

También hice una mariposa de madera para el escritorio, recortada de un tablón de una pulgada, con un hueco excavado para depositar las plumas y dos hoyos para los tinteros. Otro proyecto muy socorrido era el llamado centro base de sopera: un círculo o disco de madera, pintado con burdas grecas y arabescos, que debía servir para apoyar una sopera en la mesa. La realidad es que ninguno de estos proyectos tuvo nunca utilidad alguna.

Cuando le mostré el oso hormiguero, pintado al óleo en casa de mi tía Ernestina, quien se dedicaba a este tipo de pintura, Panchulo lo miró casi con ojeriza, como si estuviera presentándole un ser desconocido o fabuloso.

—¿De dónde sacó el diseño de este cuadrúpedo, mijito? —preguntó Panchulo.

—Del *Tesoro de la Juventud,* señor —le dije, y ésta era una respuesta casi prefabricada. En realidad era un dibujo de mi creación, recordando a los osos hormigueros vistos en fotos o grabados, ya que no en el zoológico de Santiago, que sólo podía permitirse las hormigas pero no el oso.

Esta respuesta no satisfizo a Panchulo y me dijo:

—No, no es suficiente, mijito, no es suficiente. Uno puede siempre equivocarse. Para estar seguro cien por ciento de que las proporciones, los colores y todos los detalles del animal corresponden a la realidad, tiene que mostrarle su proyecto al profesor de Ciencias Naturales.

Le prometí que lo haría y le dije después que el profesor de ciencias lo había confirmado y autorizado como un oso hormiguero cien por ciento real.

No era verdad que había consultado a Puchito Castro al respecto, pero así se lo dije a Panchulo porque me estaba avivando ya.

Estoy hablando de fantasmas, a esta hora sus formas me rodean y puedo percibir sus rostros como el hálito verdeazul de las palabras. Tengo prisa también por partir y convertirme yo mismo en fantasma, para que así los otros por fin me vean.

Por lo pronto, me voy adentrando en la casa y sus misterios, hasta llegar a la galería, después de franquear dos mamparas de cristal y unos cuantos miedos.

En la galería de nuestra casa, y en su oscuridad que era un verdadero estado de gracia, hacía mis representaciones teatrales y de títeres, las proyecciones de las películas del *Grafo Film* que compramos unos dos años después, y hasta se llegó a bailar en ella, cuando mi tío tuvo un acordeón de teclado largo como una dentadura de cocodrilo y lo usó con espíritu imbatible, a falta del anhelado piano que nunca pudo o quiso o logró tener.

La galería era para mí la pieza más importante de la casa, fuera de la mía. Cuando la mampara que daba al patio quedaba abierta, entraban las gallinas y hasta los patos, en el tiempo en que los tuvimos, parpando despacio, tranquilos, como si la galería fuese una alberca llena del agua favorita que casi nunca tuvieron, sólo cuando llovía. Esto los ánades lo celebraban en corro, saltando en danzas inspiradas en su vida acuática de provincia, y su alegría era tan estruendosa que podía borrar toda melancolía en varias cuadras a la redonda.

La pieza que mis tías ocuparon hasta su muerte, Telita en 1953 y Nene en 1962, era la más aislada de la casa y se podía llegar a ella solamente a través de la galería. La distribución de piezas en la casa era bastante atrabiliaria. De seguro la de las tías era una pieza de empleada, destinada a ser separada del resto, pero su tamaño era mayor que el habitualmente reservado a la servidumbre. Esta pieza era muy adecuada para convertirse en el reino olvidado de su vejez y melancolía, y yo a menudo llegaba a ella cuando era más chico, buscando los granulados de neurosina y de cola que ellas guardaban en una comodita de madera que parecía un mueble de casa de muñecas y que conservé después de la muerte de ellas para guardar mis utensilios de escritura. La vista desde la ventana de las tías era una seca muralla, pero no creo que ellas lo lamentaran demasiado considerando que sus vidas estaban siempre vueltas hacia dentro, hacia el espacio interior de la casa y de ellas mismas. Difícilmente podría encontrarse dos seres de vida más espartana —porque no hablo aquí de miseria— a menos que se trate de otras tías solteras de su misma condición en otras familias chilenas. Fuera de sus camas y algunas ropas muy pasadas que conservaban en un armario, ellas no poseían nada, ni nunca lo habían poseído.

Las tías vivían sus vidas en plena aceptación de todo lo que estaba comprendido en ellas, no deseaban lo que no podían tener, ni siquiera el novio que como en el tango les llevase *el rimero melodioso de su voz,* suponiendo que la mera presencia del varón debiera justificar sus vidas, lo que por supuesto no es verdad. Sus vidas transcurrían en quehaceres mínimos que ni siquiera eran los de cocinar, estando siempre la faena pesada en los hombros o mejor dicho en las manos y brazos de la Rosa. Eran tareas laterales de pinche de cocina como pelar y cortar los porotitos verdes, pasar por cedazo el azúcar, y cuando se preparaban platos mayores como el pastel de choclo o empanadas, allí todos colaborábamos, menos mi padre. Yo giraba la manivela de la moledora haciendo crecer la montaña de maíz molido de la que saldrían las humitas o el pastel con su fragancia a entrañas de flores carnosas. Aunque parezca raro, a algunos de los gatos les gustaba muchísimo el choclo crudo y venían a implorarlo debajo de la mesa. Yo les descargaba cada cierto tiempo una cucharada que ellos lamían escrupulosamente del suelo.

Fuera de servir de pinches de cocina, las tías ocupaban también su tiempo en rezar, pero lo hacían discretamente, y lo único que podía señalar físicamente su devoción era un pequeño altar con flores y las imágenes de San Judas Tadeo y del Niño Jesús de Praga. No había rezos colectivos, letanías, lloriqueos, silencios enervantes ni tampoco la gazmoñería católica permeaba nuestras vidas y actos desde afuera.

A Telita la recuerdo muerta en su ataúd. En las imprevisibles como también adecuadas formas de la muerte, ella dormía serenamente pero un extraño globo de saliva o mucus había emergido y solidificado sobre sus labios cerrados, como si ella hubiera muerto mascando un chicle, que nunca conoció ni mascó en vida, y su último aliento se hubiese detenido allí en ese absurdo globito. Realmente es ella el único familiar a quien he visto muerto, como si la vida quisiera ahorrarme y castigarme a la vez respecto a despedir a los que compartieron lo más fundamental de nuestra vida. En cambio a la Nene la recuerdo siempre viva en todas sus actitudes de invariable y total amor hacia mí. La puedo ver, casi joven, junto al espejo de su ropero, con un enorme sombrero negro de paja de Italia con flores y guindas de fantasía, momento que me hizo desternillar de risa porque los sombreros, aunque parezca raro, eran cosa muy extraña de ver en la cabeza de una mujer. Ese momento se confunde con otro en que la veo escribir palabras invisibles con el índice sobre la mesa: siempre hacía eso como si fuese una escritora no de pluma sino de yema o dedo, escribiendo palabras que jamás nadie leería, ni siquiera ella.

La habitación más misteriosa de todas en la casa era la llamada simplemente pieza chica. Estaba situada entre mi dormitorio y el de las tías viejas, en el ala derecha de la casa y su única puerta se abría al comedor. Era una pieza estrechísima, un verdadero cuchitril, y en ese lugar preciso estaba el hoyo del entablado del piso por donde cayó el topacio de mi tesoro. En una caja de lata de lápices Faber, había juntado algunas de las joyas que mi madre no usaba, entre ellas unas pulseras y aros de aspecto más o menos digno, un guayruro engarzado en plata, un sol peruano de plata y varias monedas antiguas. Dos gemas sueltas, un topacio y un zafiro que parecían o eran verdaderos, completaban el tesoro, que enterré y desenterré varias veces en diferentes sitios del jardín, haciendo cada vez un mapa que conservaba oculto en mi pieza. Hacía los mapas en papel de envolver, para que parecieran de pergamino, ya que todo mapa de tesoro respetable debía ser de ese material.

Una de las veces en que estaba apreciándolo y tasándolo por centésima vez, el topacio se cayó, rodó por el entablado de la pieza chica y, como en el único agujero de un billar chino donde perdería lo más precioso del tesoro, se fue por una juntura hacia la profundidad de los cimientos de la casa. Nunca pude recobrarlo, y lo intenté por todos los medios, usando lacitos, alambres engarfiados, varillas con goma de mascar, y también traté de deslizarme por uno de los respiraderos que daban al jardín, acto que sólo una serpiente hubiera podido llevar a cabo. Hasta proyecté excavar una trinchera o túnel desde el jardín, por debajo de la casa. Nunca el tesoro fue el mismo sin el topacio caído y creo que no volví a usar esa caja como tesoro enterrable, aunque después sepulté en ella a un palote que para su mala suerte apareció en la casa y se murió posiblemente debido a mis cuidados y manipuleos. A esa ceremonia la llamé el Funeral del General Palotte, aunque en mis historietas nunca apareció la muerte del personaje más importante.

No se puede entender por qué un arquitecto diseñó esa pieza estrechísima como un pasillo que no conducía a ninguna parte ni venía de ninguna. Antes de 1948, esa pieza era ocupada por mi tía Zamira, quien tuvo que tolerarla hasta el fallecimiento de mi abuelo, pudiendo así ocupar un lugar en el dormitorio de mi abuelita. Después de ese abandono, la pieza chica no tuvo una función específica salvo la de acumular trastos y revistas viejas de mi madre, que yo pasaba hojeando por horas, revistas como *Para ti* y *Maribel,* que ofrecían novelones por capítulos.

Esos novelones se convirtieron en mis favoritos, me enardecían por el clima erótico y decadente que destilaban y que correspondían perfectamente a ese momento de la vida donde no se es ni niño ni hombre, sino ambas cosas a la vez, o ninguna. Algunos de los escritos de esos autores crepusculares estaban al filo de la literatura barata, como por ejemplo el húngaro Zilahy Lajos. Me gustaba mucho *Impaciencia del corazón* de Stephen Zweig, quien como sabemos fue amigo de Gabriela Mistral y murió suicida en el Brasil. La protagonista del folletín era una inválida enamorada de un oficial de la corte de Francisco José, quien ha sido el emperador más afín a toda clase de dramones fílmicos y de los otros, como si con su vida no hubiese hecho otra cosa que poner los fundamentos de su propia ficción.

Los oficiales que aparecían en ese tipo de novelas eran todos apuestos, muy altos, con una cara más larga que la Avenida Michigan de Detroit (que se prolonga por unas buenas cuarenta millas) y constituyeron el ideal masculino de toda una época, felizmente sepulta o al menos adormecida. En *Impaciencia del corazón,* en el momento en que el *Gardeoffizier* se inclina para besarla con un beso casto y europeo en la mejilla, la inválida le busca desesperadamente los labios, y ese pasaje me dejó ansioso de encontrar mujeres que hicieran lo mismo, aunque se tratara de inválidas en silla de ruedas.

En *Amok* —título que alude a ciertos elefantes enloquecidos que se lanzan en estampida destruyéndolo todo, como los tornados de Oklahoma y Kansas— el protagonista sufría la crisis elefantina debido a un amor más que imposible. Especialmente me intrigaba un pasaje donde este hombre imaginaba a esa mujer mientras estaba con su amante *sollozando de placer, unidos sus cuerpos como dos bocas* y ello le provocaba el deseo de correr el Amok como otro desquiciado elefante, como también me lo provocaba a mí.

En *Primavera mortal* de Zilahy Lajos, no bien el protagonista encuentra a la mujer de quien se enamoraría mortalmente, la besa de improviso en la boca, antes de presentarse o dirigirle la palabra. Ese romance fue tan funesto que el individuo terminó por darse un pistoletazo, y mientras lo llevaban al hospital pasaron frente a la Ag-Utka, una calle de Budapest donde estaba la casa de sus desgraciados amores. La novela termina diciendo *al pasar frente a la Ag-Utka, allí precisamente murió.*

Todos esos besos imprevistos, descaradamente dados y exaltadamente recibidos, audaces hasta lo increíble, señalaban con certeza que el amor era una forma de rayo o iluminación súbita y me dejaban tan fascinado como abatido, sumido en la desesperanza: nada había en mi vida real que pudiese parecérseles y me imaginaba como un menoscabado o cuadripléjico en todo lo relacionado a las relaciones sentimentales con las mujeres.

Estas eran las novelas que leía mientras escarbaba en las revistas de la pieza chica, que de verdad era tan chica que podría habérsela confundido con una rendija o un espacio dejado entre las paredes de mi pieza y la pieza de las tías Nene y Telita, un error en las cuadraturas de las medidas del arquitecto de la casa, si lo hubo, y los *hombrecitos de la construcción* simplemente tuvieron que edificarla así para que la casa tuviera forma de rectángulo y no de trapecio.

Cuando se necesitaba de un conocimiento a otro nivel, ahí estaba la Vitrina de los Libros, que era el nombre un poco reverencial dado en mi casa a un armario con puertas de vidrio donde ciertamente había muchos volúmenes, los que se consideraban importantes en nuestra casa. La vitrina estaba en mi pieza, y ahora pienso que esa ubicación era simbólica, como si yo fuese el destinatario o heredero más apropiado para ese conocimiento. Había una buena colección de las obras de Julio Verne y de Emilio Salgari, mezclados a las obras de don Ramón del Valle Inclán y a las poesías de Antonio Machado —que era muy bueno— y de Manuel Machado —que ya no lo era tanto— junto a los libros de la Biblioteca Zig-Zag y la Colección Letras, que en los años 30 entregaban toda la literatura imaginable, incluídos algunos libros pioneros de la ciencia ficción que me dejaron una impresión imborrable como *Eter-Alfa,* donde aparecía un ser o entidad llamado Crookes, hecho de electricidad y precursor de todas las creaciones de ese tipo, como los *Ghostbusters* y tantos otros. Había varios libros de ese estilo, como los de los hermanos franceses Rosny: *La muerte de la tierra,* situada en un cálculo absolutamente optimista en el año veinte mil y *El asombroso viaje de Hareton Ironcastle,* especie de zafio Apolo de Baltimore, Maryland —que el autor francés sin duda consideraba como el sitio más civilizado del mundo— que se sentía con derecho a matar o destruir a todo ser viviente en cualquier región todavía inexplorada, después de pronunciar algún versículo bíblico apropiado. También estaba allí *El jardinero* de Rabindranath Tagore, donde descubrí solo y antes que nadie me lo enseñara, que había un poema de Neruda que parafraseaba a otro del poeta bengalí. Nunca me atreví a exponer esa duda a mis mayores, porque habría involucrado una forma de desconfianza en la perfección del arte y de los artistas.

Lo más interesante de la vitrina, entre tanta literatura mayor y menor mezclada en conjunciones de cambalache, eran tres libros que siempre me atrajeron más que los otros, y que estaban como escondidos en la parte baja que no tenía vidrio. Uno se llamaba *El Oráculo o el Libro de los Destinos,* de autor desconocido. Aquí se hacían vaticinios con un sistema de rayitas que había que escribir con la mayor rapidez posible, en un número superior a 7 y formar hexagramas con puntos. Había muchas preguntas ya dispuestas, y por ejemplo al consultar *¿Parirá mi mujer hijo o hija?* un poco intrigado o incómodo por el verbo parir —que yo pensaba se usaba sólo para vacas, gatas o perras— el Oráculo aseguró *Parirá un hermoso y robusto varón que se llamará con tu nombre,* predicción que resultó cierta 25 años más tarde. También el Oráculo tenía una sección dedicada a la oniromancia donde se decía, por ejemplo, que soñar con una vaca significaba desgracia. Cada noche me acostaba aterrorizado ante la perspectiva de que algún bovino se apareciese al quedarme dormido.

El segundo libro era un tratado llamado *Quirología, Metoposcopia, Astrología* por un misterioso Príncipe Zorev. La parte dedicada a la quiromancia fue la que me atrajo en primer lugar, y después de una lectura concienzuda podía ya leer los destinos teóricos de mucha gente. Pero individualizar los diferentes signos, triángulos, estrellas, y otros elementos gráficos en las manos era muy difícil, y requería un nivel de percepciones que yo estaba muy lejos de poseer. Me intrigaban especialmente la línea de la vida y el posible vaticinio de su extensión. Mi línea de la vida era bastante corta y ello me inquietaba sobremanera, pareciéndome decir que no tenía mucha vida por delante. Con los años, ella se ha ido consolidando, definiendo y alargando como si nuestro deseo y voluntad prevalecieran sobre toda otra constante, y modificasen el destino escrito desde el jeroglífico de la mano. Nunca encontré, ni en mis manos ni en las de mis amigos —con cuyas palmas comparaba los diagramas del libro— los signos que allí se mencionaban, como estrellas o triángulos, por lo que era preciso pensar que nuestras manos eran realmente insignificantes.

Mi única relación con la buenaventura hasta entonces había sido aquella más bien tempestuosa que involucraba a las gitanas, a quienes se nos había enseñado a temer porque, se decía, robaban niños para esclavizarlos. Gitanos se veían pocos: muy raramente aparecían por el barrio con ollas, palanganas y braseros de cobre, ofreciéndolos en trueque por ropas usadas, seguramente para vestir a la numerosa tribu de niños robados que acampaba en lugares misteriosos como La Pintana, Huechuraba, y el sitio más misterioso de todos, Santiago Oeste, una especie de ciudad prohibida donde se llegaba con un tranvía al cual jamás nadie de la familia osó subir, y que partía desde el lugar que podíamos considerar no ya el límite extremo de la ciudad, sino del mismísimo universo tangible: San Pablo con Matucana.

Las gitanas eran llamadas *cotanas* en la revista *Patoruzito,* y así yo las llamaba siempre. Si vi muchas cotanas y pocos cotanos, nunca vi a ningún cotanillo que yo imaginaba como en la canción

los gitani-illos
tenemos to-odos
la carale-egre
y el cuerpo to-odo.

Esto infería que el pueblo nómade debía ya tener problemas de fertilidad neurótica, como después ocurriría en las socialdemocracias europeas y en efecto lo que se veía siempre eran ellas, solas o en parejas diciendo la buenaventura a gotas o mejor dicho, a pesos. Para que sus frases se hilvanasen en forma más o menos coherente, exigían más y más dinero como en los juegos electrónicos del futuro (el futuro condiciona al pasado) y las oíamos decir por ejemplo al viejo Canales, que se sentaba en la vereda a matar su aburrimiento, *pone peso pone peso bon mozo para así yo decirte más por ejemplo de la lotería que veo vas ganarte este domingo que viene* o a la Irma, sorprendida en algún día especial en que no iba atrasada corriendo con gran galope de tacones altos a tomar el troley *pone peso pone peso bona moza y te diré de un hombre joven, alto y bon mozo que aparece ahora en tu vida*... Las gitanas se ablandaban a menudo conmigo, al verme tan esmirriado e indefenso y me decían algunas cosas pertinentes a un niño, *vas tener muchos regalos para tu cumpleaños pero si quieres saber más pone peso niñito pone peso* y me aferraban la mano izquierda como leyendo en esos signos ilegibles, ahí yo me arrancaba y protegido detrás de algún auto estacionado cerca les aventaba su peñascazo, porque en esos pagos siempre era bueno andar con su tonta piedra en el bolsillo destinada a los importunos, los matones y las cotanas.

Al arrancar y lanzarle el peñascazo, las más veces le acertaba en plena cabeza y la zíngara, después de lanzar un aullido de dolor, me maldecía o nos maldecía, porque si andaba con mi amigo el Pato Miller el peñascazo era doble, y apostrofaba ella *mocosos madecraciados maracones que la tripas se las salgan por la boca y se las pongan de corbata* o bien, elaborando la maldición gitana hasta volverla una joya *pendejos de la misma poto que les amarren las bolas en el carro de la leche y que el cabayo se asuste de ver a tu madre la más puta y que se desboque el cabayo para que las bolas se te hagan como puré de papa con merda*...

O sea que las cotanas usaban perfectamente el chileno como lengua oficial de nuestra alma sádico anal, pero digamos que lo pronunciaban con acento más bien eslavo.

En lo que respecta a la segunda parte del libro del Príncipe Zorev, la metoposcopia, de por sí era un nombre difícil, inquietante y hasta amenazador, que evocaba lugares o cosas terroríficas: clínicas, radiografías, salas de operación y hasta el espectro de la morgue. Numerosas fotografías mostraban frentes fragmentadas y crispadas, que eran también un poco atemorizadoras y no aptas para ser vistas más allá de las cinco de la tarde, por lo cual casi siempre me saltaba esta parte.

La astrología era demasiado lejana, y su profunda simbología estaba completamente fuera de mi alcance a esa edad. Sólo cuando la vida está realmente hipotecada, cuando sabemos que todas nuestras inspiraciones y expiraciones están contadas en un riguroso cronógrafo digital, entonces el alma busca los símbolos del cielo (que de todos modos está en la tierra) en un intento desesperado por alcanzar la síntesis, la ecuación de lo vivido que nos remitirá a lo vivible.

El tercer libro resultó lejos el más interesante de todos y me lo devoré: se llamaba *Educación sexual para la familia*, por el doctor Solórzano Ambipoides. Título problemático puesto que sugería que la educación sexual dentro de la familia era diferente de la obtenida fuera de ella. Era un libro interesante porque poseía muchas ilustraciones. Naturalmente, las figuras que más me atraían y a las cuales me dirigí de inmediato, eran las de los órganos sexuales femeninos, buscando satisfacer ahí mi desesperada curiosidad por saber al fin *cómo era*. Las vagas alusiones con los dedos del Pato Miller, o las descripciones tremendistas de Chanta y del Chino Morán, no parecían ajustarse a la realidad.

Ignorando mi natural repugnancia por las láminas anatómicas, que sólo pocos años antes me producían verdadero terror, febrilmente recorrí las ilustraciones del libro, donde había cortes verticales de los cuerpos de un hombre y una mujer mostrando los órganos internos y externos, canalículos, huesos y meandros. El más importante era el que mostraba en detalle una vulva, distendida para apreciar su anatomía. La visión no podía ser más desconcertante porque la lámina —que ocupaba toda la página— mostraba algo que parecía una gran hoja de cala o de gladiolo, con otra hoja menor en el medio y con algo así como un botón o capullo en esta segunda hoja, en cuyo centro se advertía una abertura oval, que manifestábase insondable por su negrura. Todo ese gran órgano u oreja vertical aparecía rodeado en el grabado por una espesa colcha de lana como de oveja negra.

Era extraño pensar cómo un ser humano podía tener semejante conformación en su cuerpo. En comparación, el pene dibujado era mucho más pequeño, corto y desproporcionadamente grueso. Se lo mostraba caído y con la cabeza completamente descubierta, lo que era muy diferente de mis órganos diminutos y tenues en comparación, y con mi largo prepucio. Además, los testículos de ese hombre estaban hinchados como vejigas velludas o globos a punto de reventar, y también aquí el conjunto de órganos parecía emerger de una espesa selva de lana negra. Como yo tenía dos o tres pendejos a la sazón, me parecía que esos órganos debían pertenecer más bien a un orangután que a un ser humano.

La parte más interesante y misteriosa estaba dada por la sección intitulada *La cópula*, donde se leía: *La cópula es el acto sexual supremo entre un hombre y una mujer y debe realizarse solamente dentro de la sagrada institución del matrimonio y con el objeto único de obtener progenie...* Misteriosas palabras: obtener progenie, que sugerían algo viscoso o informe. En la misma página había un dibujo de una pareja desnuda, vista de lado como en las pinturas egipcias, mostrando al hombre acostado sobre la mujer, y las piernas de ella se alzaban flectadas hacia arriba, pero no se entendía claramente qué pasaba. El hombre no mostraba expresión alguna y miraba fijamente hacia adelante, igual que la mujer, y al estar acostada boca arriba, ella parecía fijarse especialmente en los detalles del cielorraso.

Bajo este grabado se leía: *Cópula en posición natural.* La inexpresividad absoluta de los esposos, estaba en oposición total con la relación siguiente, que leí con interés creciente, y sintiendo una extraña conmoción en mi cuerpo y alma: *Los esposos se han desnudado del todo para que el contacto de sus cuerpos sea completo, y adicional al goce que obtendrán a partir de sus órganos genitales. Tiéndese el hombre sobre su compañera, que lo aguarda con las piernas abiertas para la ofrenda de sí misma. Los besos, las caricias que el hombre otorga a su pareja, contribuyen a instaurar un clima de sensualidad y deseo, que se manifiesta en el hombre mediante la afluencia de sangre al miembro viril, con la consecuente erección del mismo. En la mujer también se verifica afluencia de sangre a la cavidad vaginal* —¿así que cada vez le sale sangre a la pobre, pensé?— *y una extremada sensibilidad en toda la región, que se humedece y lubrica con la oportuna intervención de las glándulas secretivas* —que se me imaginaron como seres insectarios corriendo a intervenir— *y es en este clima de intenso placer sensorial que se produce la pene-*

tración: a partir del glande, el miembro viril va introduciéndose en la vagina, dificultosamente en los esposos novatos y muy fácilmente en las parejas con experiencia sexual previa. El acto de la penetración misma provoca un goce tan intenso que, sobre todo cuando se trata de la primera cópula, al hombre se le desencadena de inmediato el orgasmo, con eyaculación del semen. Denomínase este síndrome eyaculación prematura y generalmente se resuelve con el aprendizaje amatorio del varón ansioso en demasía. En los casos más graves, se recurre a la psicoterapia porque, de hacerse crónica, la eyaculación prematura puede entorpecer gravemente el placer femenino y provocar incluso la neurosis de la esposa insatisfecha por la sempiterna brevedad del acto. En los casos normales, la erección continúa y el hombre comienza a oscilar su cuerpo, moviendo su miembro erecto adentro de la vagina, lentamente al principio pero luego cada vez más rápida y fuertemente mientras el goce sube en intensidad y la vagina se distiende y secreta profusamente su lubricante. Durante todo el acto, los esposos se han besado voluptuosamente, succionándose ávidamente las lenguas y los labios, para redoblar el placer. El hombre recorre apasionadamente con sus manos el cuerpo de su compañera, la espalda, los hombros y el vientre, la aferra por los glúteos y le palpa los senos y los pezones, que son centros sensoriales notablemente receptivos. Entonces ellos se enlazan cada vez más estrechamente, haciendo oscilar frenéticamente el bajo vientre.

A esa altura del acto tanto el hombre como la mujer, en un verdadero desenfreno de los sentidos, dejan escapar gemidos de placer, sollozan, gritan. Acercándose el orgasmo, la mujer cruza sus piernas por la espalda del varón para estrecharlo contra ella, y sentir lo más posible el miembro dentro de sus entrañas. El hombre, en el pináculo absoluto del placer, eyacula en diversas oleadas todo el semen producido por sus glándulas hasta ese momento, y la mujer siente contraer espasmódicamente la vagina, mientras todo su cuerpo se crispa como en agonía. Su orgasmo es de tal intensidad que ella a menudo pierde el conocimiento, mientras que el hombre le yace extenuado encima. Entonces, un dulce sopor invade a los esposos, los cuerpos se relajan aflojando su abrazo y el sueño reparador los aguarda hasta que, despertando ellos al llamado arcano de la vida, el deseo se les manifiesta vivo otra vez, y vuelven a repetir el acto, una, dos, tres o más veces, prolongándose así la noche de amor hasta la madrugada, dependiendo ello de la sensualidad y fortaleza del varón, porque la mujer, en ese aspecto, es muchísimo más resistente. Acotamos que la etapa climática más aguda llega hasta ser peligrosa, sobre todo en individuos afectos de disfunción cardiaca, existiendo la tétrica posibilidad, corroborada por numerosa casuística clínica y forense, de que la muerte les sorprenda en plena cópula.

A decir verdad, todo esto me parecía poco menos que imposible de existir o de ser vivido. Era como si sólo pudieran hacerlo los contorsionistas de circo o los hombres de excepcional vigor y preparación atlética. Especialmente raro era eso de caerse dormidos como troncos después del acto.

Además, los seres humanos parecían tener partes de nombres inquietantes y hasta temibles, llenas del aura maléfica de lo médico-clínico, como glúteos y glándulas. Acciones como succionarse los labios o referencias a contracciones espasmódicas, síndromes, agonía, y también el orgasmo, palabra que tenía algo de militar, me dejaban mucho más intrigado que informado al respecto.

Por sobre todo, la disfunción cardiaca, enfermedad terrorífica que yo mismo podía tener desde el momento que ignoraba lo que era, ponía a la cópula entre los actos más temerarios que alguien podía acometer, en especial para el varón que arriesgaba en ella su vida.

La lectura de la muy vívida descripción del doctor Solórzano Ambipoides, me provocó una excitación paralela. Ese libro estaba presuntamente destinado a la familia, pero en la práctica resultaba ser no menos excitante que las *Memorias de una princesa rusa,* que sólo había conocido en lecturas de corrillos clandestinos durante los recreos, porque nunca pude procurarme un ejemplar.

Mientras leía y visualizaba en el baño el acto descrito en el libro, sentí que se me paraba como nunca antes, duro de sangre de otro espesor y de otra edad, y empecé a refregármelo, echando el prepucio para atrás, y eso provocaba vaharadas de sangre y de energía, y lo hice cada vez más fuerte, en un ritmo crecientemente rápido y como en éxtasis, hasta que, junto con los esposos del doctor Ambipoides también sentí un placer intensísimo que empezaba en el miembro y terminaba en la nuca y que me hizo crispar el cuerpo, como el desdichado conejo envenenado con estricnina que una vez tuve la desgracia de ver en una clase de Puchito Castro.

Me empezó a salir un chorro entrecortado de un líquido desconocido por la boca de pescado, y me vinieron a la mente las palabras del Chino Morán *me extrañaba que todavía no me saliera moco,* porque yo sabía que el moco nos salía abundantemente de las narices a quienes nos pasábamos resfriados, pero no del pico, y héte aquí que saltó un chorro de algo con la consistencia del engrudo y que llegó hasta la pared del baño donde estaba la tina, como a un metro de distancia, con un olor a mazapanes mezclado con cloro, un olor que jamás había sentido antes.

No tuve tiempo de caer en el dulce sopor descrito en el libro: no me había llegado la hora para ello, y tenía que limpiar sin más tardanza el desastre, y esconder el libro.

En un momento se corrieron los visillos de la ventana de su pieza y vi a la Rosa detrás de los vidrios empañados de sustancias roñosas. Se estaba secando concienzudamente entremedio de las piernas, alzando la falda hasta la mitad de los muslos y a cada balanceo de esa falda de bolos rojos yo creía ver algo, estaba seguro de ver algo, y eran tan grandes mis esperanzas que mis ojos realmente veían sin ver. La Rosa dilataba su operación de secado con movimientos lentísimos y mi sufrimiento era atroz porque bien sabía yo dónde estaba puesta su mano con la toalla, frotándola muy suavemente como en una larga caricia.

De pronto la Rosa, con esos movimientos decididos, bruscos y a la vez gentiles que la caracterizaban, se bajó la falda y poniéndose la toalla bajo el brazo, recogió la palangana del suelo y salió al patio para arrojar el agua, en una rociada que bañó a las gallinas con disgusto y a los patos con placer.

Me acerqué a ella con el aire de quien ya posee un secreto largamente buscado.

—Te la vi —afirmé, creyendo realmente que había visto algo.

—¿Ah sí? ¿Y cómo era, se puede saber, mijito?

—Pues así — y le hice con las manos la enseña o futuro saludo feminista.

—*Psch!...* —dijo despectivamente la Rosa— No piensa ser así, mijito. Así que no ande contando por ahí lo que no ha visto...

Y con movimientos rápidos y de una precisión gastada en los lances con cien mirones de las calles, los jardines y las ventanas de ese mundo apenas salido de la Colonia, se puso los calzones subiéndoselos por debajo de la pollera en movimientos que envidiaría un prestidigitador o un ratero de profesión. Allí me quedé, en la mitad de otra tarde perdida, con mi frustración y con una terrible dureza entre las piernas, que después se transformó en dolor de los testículos. He ahí tu dolor de macho: deberías saber que sólo en el *Ultimo tango en París* las hembras se dejan hacer de todo al primer encuentro, y ese dolor de macho nos acompaña de por vida porque es el lamento de la primera criadilla rodando por el cosmos pocos segundos después del Big-Bang y no encuentra el camino de su *blackhole*.

Mientras los patos cuaqueaban, los gansos graznaban en corro celebrando la lluvia extraoficial que les proporcionaba la palangana de la Rosa, yo estaba todavía más solo que las piedras del patio, las que por lo menos tenían un nombre para comunicarse entre ellas.

Y todavía traté de sapearte Rosa, esta vez en el pequeño retrete del patio, y que era de uso casi exclusivo tuyo —aunque nada podía decirse que fuese exclusivo para ti, ni siquiera tu propia pieza— siendo tan miserable que a nadie se le habría ocurrido ocuparlo.

Como el estanque del inodoro no funcionaba y tampoco a nadie se le había ocurrido arreglarlo, ella tenía que acarrear agua en un balde para verterla en la taza y arrastrar su legado a la tierra, que parecía ser discreto o casi inexistente. Fue en esos momentos que yo andaba por ahí sapeando, aprovechándome de que la puerta de ese baño no calzaba bien y una armellita que poseía era lo único que le impedía abrirse de par en par.

Ella se había estado por un buen rato allí, y mientras llenaba su cuba para llevarla de vuelta al baño, le dije:

—¿Qué estabas haciendo tanto rato allí, Rosa?

La Rosa me miró riendo, medio azorada y no contestó, levantando enérgicamente el balde con agua.

—Rosa dime ¿qué estabas haciendo?

—¿Y para qué quiere saberlo, mijito?

—Porque sí, dímelo Rosa.

—No le voy a decir nada, mijito, no faltaba más.

—Sí, díme, díme Rosa...

—¡No quiero!

—Entonces te lo voy a decir yo: ¡estabas haciendo caca!

—Pero mijito, no diga esa palabra tan fea.

—¿Por qué fea?

—Porque es tan feo decir hacer caca, las necesidades, y todavía más horrible, cagar.

—¿Y cómo se debe decir?

—Hay que decir: *estaba haciendo tá.*

—¿Y cómo es eso?

—Sí: tá. Haciendo *tá.* Se debe decir tá para no decir lo otro tan feo. O catapumchinchín, también eso está bien.

Rosa verbigratia

Así que todo anda o andaba en torno a funciones excretivas, como conviene a una cultura sádico-anal y desde allí la aproximación a la Rosa no fue directa (como yo imaginaba lo directo) sino tangencial, diagonal, de crecimiento y espera.

Casi te veo Rosa lo que no podía ver y casi te toco lo que no podía tocar aún, pero en realidad lo que desencadenó todo fuiste tú y esa tarde en que estábamos sentados en las sillitas de paja en el patio delantero cubierto de plantas nacidas por el azar de las semillas del viento, y yo me había puesto los pantalones cortos que usaba en casa, sentí tu mano que avanzaba como un celaje por mi muslo y, más sorprendido que halagado con esa maniobra osada y absolutamente inesperada de tu mano, retiré la pierna como un contracelaje y dijiste con una desvergüenza que era un producto o función matemática de la inocencia pura *casi le agarro el pihuilo ¿ah?* o sea que ella tenía la intención franca de agarrármelo sin más ni más y ésto era para mí una sorpresa mayúscula, un acto o hecho que no sólo negaba o anulaba todos mis esfuerzos voyeuristas de adolescente sino que también cambiaba todas las reglas del juego: ya no se trataba de ver con los ojos sino de agarrar con las manos, las manos que también veían a su manera y eran otros ojos mejores, entre caminos de tierra donde las hormigas saneaban sus propias vidas en Alamedas debajo de las calas, buscando los pulgones para palparlos a su turno, rozarles el pihuilo, y cada pulgón tiene tres, como protuberancias o tetas melíferas donde las hormigas Cecilias de mis cuentos abren sus piernas no a pulgones sino a tucanes: en el primer dibujo la hormiga Cecilia dice *voy a desnudarme para mirarme en el espejo...*

(dibujo mío en el cuaderno Colón de cuarenta hojas rayadas, último tomo de los quince)

Ahí vemos un cuerpo de mujer con cabeza de hormiga, como un barquillo de helado de los que Pabuelo ya estaba fabricando en su magín, un larguísimo cono de helados que era como el mismísimo pihuilo de toda nuestra generación embarquillada.

En el segundo cuadro la hormiga Cecilia ya está desnuda y acostada en su lecho con las piernas bien separadas y dice *mi zorrita está totalmente abierta: estoy caliente* y en efecto se le ve como un huso o abertura oval entre las piernas donde también hay un negro matorral como un escobillón que le llega hasta el ombligo, porque hormiga será la Cecilia pero primero es hembra y es justo y sano que ella responda a las descripciones de Chanta y del Chino, que son los que más saben de anatomía femenina y han sentado la imagen arquetípica que va a funcionar y aun suplantar a la realidad, hasta que yo obtenga la mía, que a lo mejor es la del tercer cuadrito, donde se ve al tucano Alberto atisbando a la hormiga desnuda en la cama, mientras que en el cuarto dibujo se le ve entrar por la ventana —aunque no se sabe por qué no lo hace por la puerta, puesto que no es ladrón de amor sino el legítimo marido de la Cecilia— con su pico de hombre pájaro erguido, o sea una verga de hombre en un cuerpo larguirucho de ave raquítica con plumas de pato o codorniz, patas de zancuda enfundadas en sandalias de franciscano y cabeza estilizada de tucano sobre la que nunca falta la chupalla, ni siquiera en el acto de tirarse a la hormiga.

El tucano con su pene erecto y sin quitarse el sombrerazo se arroja sobre la hormiga en el quinto cuadro diciendo *es demasiado para mí, ya no puedo resistirme, Cecilia* y nadie le pedía en realidad que resistiera, menos ella, al contrario, abría sus piernas como las de una tijera para recibir al tucano y los dos gritaban de gozo *ayyyyy... uuuuhhhhhhh... ahhhhhhhh,* pero mi madre sí hubiera preferido que resistiera y por encima de todo, que no hubiera dibujado esos temas en mis cuadernitos.

Ella quedó horrorizada cuando descubrió mi obra, un día que andaba escarbando entre mis cosas como acostumbraba hacerlo: esas imágenes eran inconcebibles en un niño educado en las mejores costumbres, en una casa donde jamás se oyó una mala palabra excepto cuando mi padre las profería durmiendo, lo que era algo muy diferente, como decir incontrolable y ajeno. Para mi familia había funciones naturales que simplemente no existían, y la sexual estaba entre ellas. También había otras razones personales o pertenecientes a la mecánica de lo estrictamente familiar, como si manifestándose tales representaciones de falos y vulvas —que eran remedos, metáforas desquiciadas de los verdaderos órganos— mi realidad larvaria de hombre se les hubiese aparecido en forma de una bofetada suave, luz cegadora o como la muerte repentina de alguien muy querido, cuya existencia se necesita deglutir poco a poco y no de una sola vez, con la hormiga y el tucano ahora transformados en furiosos amantes que se entregaban a la cópula descrita por el doctor Solórzano Ambipoides para esposos sacramentados —como lo eran ellos— si bien mucho dudamos que dicho sacramento alcance a parejas contranatura como la de una *Formica dioica* con un pájaro *Buceros rhinoceros*.

Mi madre decidió que este delito era lo suficientemente grave como para ser comunicado a mi padre con fines punitivos, cosa que normalmente no se hacía con fechorías menores como esa vez que, copiando nuevamente a la literatura y el mal ejemplo dado por *Little Men* de Louise May Alcott, saqué la miga de tres marraquetas de las que normalmente comía con mantequilla sólo la cáscara dorada y apetitosa, y la empapé con ron de una botella de Baccardi que había en el aparador, repartiéndosela a las gallinas. El gallo Cogoyo Cherche empezó a llamarlas como lo hacía siempre que descubría algo sabroso, esperando que ellas comieran primero, y esta vez las gruesas migas estaban empapadas del traicionero ron, pero las gallinas, ansiosas y tragonas como siempre se las zamparon de inmediato y lo mismo hizo el gallo después, con galantería de macho de otra época, e igual con el segundo migajón: él no quería que ninguna dejase de probar el néctar, y con el tercero, que se tragaron las gallinas estornudando con el vigor del licor. Parecía un eclipse, y se trataba únicamente de que *su* sol se les eclipsaba en el cielo gallináceo gracias al ron cabezón y alevoso, siempre bajo la guía del gallo que cloqueaba sólo un poco desubicado por la tremenda *sbornia* que se le estaba viniendo encima en pleno día, las gallinas todas siguieron ordenadamente al gallo hacia la morada nocturnal del gallinero, y muy luego todos estaban echados en sus pértigas, durmiendo una mona más única que extraña y teniendo dulces sueños de gallina huacha.

La borrachera gallinácea no me acarreó castigo sino más bien perplejidad con un dejo de admiración por parte de todos, así era de delirante mi travesura como su resultado, pero las historietas *porno* eran algo muy diferente. Mi padre me prohibió terminantemente tomar los lápices y las plumas para dibujar. *No hay excusa posible en este mundo para concebir y menos para dibujar tales indecencias,* me dijo.

Todos estuvieron muchos días sin hablarme, y yo debí permanecer en mi pieza saliendo sólo para comer, y sin hacerlo junto al resto de la familia. Debo decir que estaba acostumbrado a mi soledad y sólo hablaba conmigo mismo la mayor parte del tiempo, y el castigo me importó bien poco. Por lo demás, la Rosa no dejó de hablarme y me contó que había conversado en confianza con mi madre, que le había mostrado los cuadernos confiscados y después quemados, y a pesar de todo el escándalo, le había confesado haberse divertido mirándolos e incluso le había dicho *mira lo bien que se lo enchufó el tucano a la hormiga*. Por lo tanto no era tan malo lo que había hecho, sólo era prohibido o indecente que lo pensara y lo pusiera en evidencia dibujándolo con mi propia mano que ella hubiese querido ver siempre protegida por la infancia.

Después de ese momento, como que el tiempo pasó más rápidamente.

TC *completar el tiempo desde una acción externa, concéntrica, como si estuviéramos llenando el mar a cucharadas*:

A Cogoyo, el gallo colorado, le gustaba echarse debajo de mi silla de lona en el jardín, quedarse allí muy quieto acompañándome. Allí me lo pasaba sentado al fresco, debajo del ciruelo tan preñado que descargaba a cada rato los proyectiles de sus frutos maduros.

La canícula inducía a la flojera o acaso ella era una condición metafísica: muchas veces ni siquiera me paraba si quería mear y meaba ahí mismo, medio acostado en la silla de lona. La tierra chupaba mi orina como papel secante y sus aguas bajaban por los estratos de humus, cascajo, mastodontes fosilizados, megaterios y roca volcánica, hasta llegar a la China, al otro lado del planeta.

El gallo espera debajo de la silla que un gusano blanco y rotundo baje del cielo, mientras permanece echado sobre las hierbecillas y los carozos de ciruela que terminan por brotar dando vida a muchos ciruelillos. El gallo ve bajar ese gusano incomprensible que expulsa un líquido transparente y ambarino y se ve intrigado más por esa presencia, que por las lombrices que él escucha pasar bajo tierra y que no comerá ahora, como tampoco llamará a las gallinas con cloqueos galantes para compartir el gusano de mi pihuilo.

Entonces el gallo me lo picó mientras me lo sacudía después de la meada. En ese minuto todo cambia de ilusión a realidad en el momento del picotazo y después de él, la realidad es otra vez ilusión, especialmente al narrar la increíble acción a mi madre que ya se estaba atormentando con los extraños cambios que mi cuerpo y mis actitudes le estaban deparando.

Al desinfectarme con agua de limpiaplata, y siendo incapaz yo de explicar la herida en mi miembro —porque la verdadera explicación del picotazo del gallo era la más increíble de todas— le dije a mi madre que me había herido accidentalmente, aunque un corte en un lugar tan sagrado y reservado era demasiado raro. Sin embargo así era: el gallo me había rasgado el prepucio con su pico.

Entre aullidos y escozores comprendí que era mejor mear parado, a lo mero macho, en especial cuando el gallo andaba cerca. Allí la narración —mi mentira— se convierte en la realidad oficial para el mundo, porque ella es también su propia leyenda y la negación de todo lo explicable.

Todo parece más visible desde aquel instante loco, la yerba del platero, maravillosa para cicatrizar todo, no deja lugar para marcas hasta que unos quince años más tarde, otro gallo mayor, sin candor ni rodeos empuña su escalpelo y me circuncida.

Con don Rudencindo Ortega entró en nuestras vidas, ese fantasma que los maestros trataban de enseñarnos: la literatura. Todo se inició con la recitación de poemas.

Allí Neruda se impuso desde el principio como uno de nuestros favoritos, en una forma de elección natural, que nos hacía distanciarnos de los versificadores rimbombantes, preferidos de otros. Por ejemplo, el Cholo parecía haber nacido con un programa poético metido en el gaznate, un disco de computador o residuo memorioso de los vates más ramplones del mundo. Después de Rafael Pombo, se explayaba con otros bardos menores, como el español Villaespesa o los chilenos Daniel de la Vega y Víctor Domingo Silva.

Curiosamente, García Lorca nunca estuvo entre los favoritos para la declamación general. Se podía pensar que su musicalidad pirotécnica habría logrado fácilmente nuestro favor. No fue así: pareciera que nuestra sensibilidad mapochina rechazaba el sonsonete castizo lorquiano como casi impronunciable sin caer en un ridículo más, considerando que ya el mero acto de recitar lo era en grado mayúsculo.

Se hizo un calducho a propósito para la recitada final con don Rude, en el que apareceríamos sólo los mejores, los que habíamos recitado sin falta, hipo ni sollozo nuestras versaínas, y cada cual debió pensar seriamente lo que iba a declamar.

Nos faltaban años luz para entrar en el verdadero dominio de la poesía. Nos era permitido, sí, contorsionarnos frente a un auditorio, dejar que la palabra nos emborrachase de un modo semejante al que después conoceríamos en su plenitud cuando el sagrado mosto llegara a nuestras venas. Entonces éramos vírgenes, imberbes de toda embriaguez como no fuese la del cielo estrellado y así también se sentía el alma dentro de su envase el cuerpo cuando empezábamos con el "Poema 20", que era empresa nerudiana mayor, en ningún caso destinada a imberbes. Nosotros habíamos recién entrado en la pubertad, y los dolores y ritmos provenientes de esas palabras empezaban lentamente a conquistar su espacio y a instalarse en el alma, desde lo más secreto y meridiano de ese momento único y central de la vida. A partir de esos poemas leídos como descubriéndolo todo con ellos, se puede decir que Neruda entró en nuestras vidas para nunca salir, como el centro invisible del mundo único de nuestra adolescencia.

Así mientras otros sabían lo que leerían en el calducho final, por estar su repertorio asentado por inmovilidades culturales y espirituales bien definidas y también poderosas, los que estábamos un poco más adelantados en el entendimiento poético debíamos planificar, sopesar cada uno en su soledad los poemas a recitar, de acuerdo con una forma de biorritmo que nos sugería el texto que nos podría dar el triunfo y el aplauso.

La batalla final se daría entre Charme y yo. Las luminarias escolares no contaban ahí. Marmoleda, con su prestigio de primer alumno, imbatible en todo cuanto ocurría o podía ocurrir dentro de las cuatro mierdosas paredes de un aula, no tenía talento declamatorio alguno y cuando lo hacía parecía estar leyendo la guía de teléfonos con una zanahoria en el culo. Tampoco Cholimbo: su ego lo impulsaba a dar moderados brincos, pero su alma de canuto culijunto le bloqueaba toda verdadera camaradería con las musas, prescribiéndole rechazar, por ejemplo, la poesía demasiado abiertamente sexual, si bien estoy seguro que en el fondo le gustaba tanto como a los otros, como lo demostraría luego. Para la buena recitada se necesitaban verdaderos cojones y un sólido corazón humano, de varón, de hembra, o del otro, el que nadie nombraba: los compañeros decían en voz baja —lo que indicaba certeza— que Charme era *gay*.

El Joel Mc Crea también se distinguía de todos nosotros porque poseía un bar en Obispo Orrego con Irarrázaval, y tenía un socio que lo atendía por la mañana, mientras que él lo hacía por la tarde, después del colegio. Era una notable hazaña, porque en Chile los estudiantes no solían trabajar para ganar dinero, y creo que él fue el único caso que conocí en todos aquellos años. Es que Charme pertenecía a esa fauna eterna de los comerciantes, los que te venderían hasta el alma si la tuvieran. Cada día traía al Instituto algo para vender. Sabía apelar a los gustos o deseos más misteriosos de sus potenciales clientes, entre los cuales muchas veces me conté. Por ejemplo, una de sus mercaderías favoritas eran las insignias raras, de aquellas que se ponían en el ojal de la chaqueta. Recuerdo que una vez me vendió una especialmente bonita, para después robármela con un ingenioso truco de charlatán o prestidigitador de circo. Cuando yo andaba con mi insignia que era verde esmeralda con unos ribetes rojos, el mismo Charme empezó a hablarme sobre cualquier cosa, llamándome *José Luis*, signo de melosidad interesada porque de otro modo me hubiera dicho *Mono reculiado,* mientras me agarraba la solapa, disimulando para poder sacar la insignia de mi ojal y escamotearla en su bolsillo, y después venderla a otro papanatas. Otra vez me permitió llevarme a casa un motor eléctrico que se enchufaba directamente a la corriente de 220 V, haciendo girar un rotor a gran velocidad y potencia. Yo lo creía necesitarlo para mis vagos proyectos ingenieriles relacionados con mi tren eléctrico, como tolvas o montacargas, maquinarias estrambóticas que pretendía construir sin siquiera saber cómo empezar. Las barbas o escobillas del motor echaban chispas cuando giraba, por lo que me gustaba hacerlo funcionar en la oscuridad. Mi padre no quiso darme el dinero para comprarlo y así tuve que devolvérselo a Charme, a quien no le quedó más remedio que aceptármelo de vuelta. Cualquiera diría que Charme estaba destinado a grandes triunfos en el terreno de los negocios, con toda la precocidad que desplegaba, pero no fue así: murió a poco tiempo de egresar del colegio. Después de Epifanio Estéfane, Charme fue el siguiente en morir. Hoy día precisamente ha muerto el verdadero Joel Mc Crea, he visto su foto en el modesto periódico de San Luis Obispo y por un momento la faz de Charme me miró desde otros tantos años, desde el pasado, porque ésta sería su imagen si hubiera vivido y Joel Mc Crea —a quién de verdad se parecía tanto como para poder superponer la foto del actor con la de mi recuerdo, lo que ya es un colmo de fidelidad— lo sobrevivió por esos cuarenta años, que bien representan doblemente la nada y demuestran que la vida es inescrutable.

Durante el recreo recité “Morena, la Besadora” para el círculo de incondicionales que incluía a Varolio, a Benvento y extrañamente esta vez a Bamsam, quien aportaba la seriedad crítica de su persona con anteojos de marco dorado, un perfecto *nerd* en el lenguaje americano de los 80, y algún otro compañero que no recuerdo. Los versos de Neruda describían a esa increíble mujer que siendo rubia se llamaba Morena o sea que la contradicción baudeleriana de su nombre acrecentaba el misterio de su ser. Morena la Besadora estaba desnuda y no era difícil imaginarlo, porque el clima de sensualidad que rodeaba ese encuentro del poeta era más que explícito: desde la *cabellera rubia suelta, corriendo como un estero, cabellera,* su voz se detenía frente a la mujer con su rubiedad tangible entre *la oferta redonda de los senos* e iba más allá, hacia lo recóndito en la *comba del vientre escondida y abierta como una fruta o una herida*... Ese verso era crucial, terrible, torturador, nos hacía retorcer los cojones, y significaba nada menos que a esa mujer se le estaba viendo esa parte, siendo el poeta quien tenía el raro privilegio de vérsela. Ese era el clímax de cualquier encuentro amoroso para nosotros, y la mayoría no ambicionaba algo más allá de ver, a ese punto. Esa Besadora, además —aseveró Bamsam— tenía que ser una puta y lo probaba fehacientemente el verso *Besadora rosal de todas las rosas en una hora* porque sólo las putas se acostaban contigo durante una hora sola, que por lo demás se pagaba muy caro. El final nos dejaba desconcertados y un poco incómodos, al terminar como una oración que muchos pronunciaban con reverencia, el *Ave María,* que yo bien recordaba como que la había rezado en Paine obligado por mi tía hacía un par de años. El verso *Huella que dura en el lecho, huella dormida en el alma, palabras locas* significaba que esos amantes eran como la Rosa y Mario: se amaban furiosamente en un lecho, ya que no imaginábamos cómo eran los verdaderos encuentros con las putas.

Descarté “Morena la Besadora” porque sus alusiones sexuales resultarían incómodas en el ámbito al mismo tiempo festivo y severo del calducho, como también “Caballero solo”, poema que fue comentado por un grupo de alumnos a la salida de clases, cuando Buitreano dijo *putas que me calenté con eso de que el huevón se la llevaba a los teatros mugrientos donde los héroes son no sé qué crestas de caballos o de príncipes calientes pero lo importante es esto: fíjense, aquí está todo: que él* acaricia sus piernas llenas de dulce vello con sus ardientes y húmedas manos que huelen a cigarrillo *porque, ¡eso es lo que pasa, así es la cosa, es la pura verdad, lo juro por la mismísima concha de mi madre que es así!* y los otros asintieron y se desencadenó una verdadera serie de citas con fondo sexual y ahí sorprendí a todos con mi erudición nerudiana y también erótica al citarles textualmente “Las furias y las penas” donde dice *Yo era un hombre transportado al acaso con una mujer hallada vagamente... ella rodeándome como un agujero, yo quebrantándola como quien golpea una campana*... lo que me valió una lluvia de palmadillas encomiásticas. Perico Rivas me dijo *Mono retamboreado, también tú te las traes con Neruda ¿ah?* y Charme, que no quería ni podía excluirse de los recitadores nombró otra parte de “Caballero solo” donde se dice *las horas después del almuerzo en que los jóvenes estudiantes y las jóvenes estudiantes, y los sacerdotes se masturban* y con esto todos estabábamos lívidos: era la verdad sagrada y pura con la que el poeta nos abofeteaba y nos acariciaba al mismo tiempo.

El Cholo, como en decisión largamente meditada, porque tampoco quería verse menoscabado y excluido de la gran recitada, infló el pecho como lo hacía en las clases de gimnasia, con la boca abierta como la de un sapo llorando la sequía de su pantano, e inesperadamente acometió con unos de los versos más eróticos que se podía pensar, nerudianamente hablando: *Cuerpo de mujer, blancas colinas, muslos blancos,* con fabla truculenta *te pareces al mundo en tu actitud de entrega...* (con amplio ademán altruísta) *Mi cuerpo de labriego salvaje te socava* con voz adecuada para denotar el máximo salvajismo *y hace saltar el hijo del fondo de la tierra...* con un gesto de catapultar a ese hijo, con una energía tal que se diría iba a dar un salto mortal y a romperse la crisma. Luego su voz se volvió plañidera, lastimosa: *Fui solo como un túnel. De mí huían los pájaros, y en mí la noche entraba su invasión poderosa...* Con tono de guerrero, *Para sobrevivirme, te forjé como un arma, como una flecha en mi arco,* remedo de soltar flechas *como una piedra en mi honda...* Aquí alzó los brazos al cielo, con énfasis descarado: *Pero cae la hora de la venganza, y te amo. Cuerpo de piel, de musgo, de leche ávida y firme... Ah los vasos del pecho!,* pretendió abrazar a un cuerpo y sus manos hicieron ademanes de recorrer la forma de los senos *Ah los ojos de ausencia! Ah las rosas del pubis!* y el Cholo ahuecó los dedos avanzados en un gesto claramente figurativo de que le estaba manoseando esa parte *Ah tu voz lenta y triste!* y aquí otra vez hizo amago de llorar para ser crecientemente trágico en *Cuerpo de mujer mía, persistiré en tu gracia. Mi sed, mi ansia sin límite, mi camino indeciso!* mientras que los dos últimos versos denotaban una absoluta derrota, con el Cholo sacudiendo la cabeza como si le atormentase la tortícolis y con un gemido arrastrado final en *Oscuros cauces donde la sed eterna sigue, y la fatiga sigue, y el dolor infinito...* Como conocíamos su estilo, de pura lástima no le pegamos una capotera.

La prueba real sería con don Rude, en su clase transmutada en calducho para la maratón recitativa, con el consabido menú de quequito y Bilzes arregladas con Rhin Undurraga trasegado del bolsillo. Allí sólo los más gallos resistían o tenían el descaro de presentarse, pero desgraciadamente, al mismo tiempo la forma o presencia represiva del maestro era demasiado impositiva como para que los diversos estilos de expresión se dieran plenamente. La clase era una democracia liberal, donde existe una libertad formal, un pluralismo fementido, que en realidad encubre una visión unidireccional con sólo una posibilidad de expresión y muy poco espacio para la duda, como no sea dudar que todo progreso o superación fuera del mismo sistema es imposible.

Con Santander, el calducho se volvía indefectiblemente coprolálico, pero ésa era la regla dictada por él mismo, que representaba y era el Poder y si hubiésemos querido recitarle el "Poema 20" se hubiera revolcado en el suelo de risa, el Negro carnicero y ceñudo como moro sin túnica. Siempre había allí un ojo que nos vigilaba, una mano que nos guiaba suavemente, fuese la de Chancheta o la del Peludo, y también a cachetadas si la situación requería del Doctor en ellas.

La poesía se desbordaba con don Rude, nos sostenía con su magia, aunque fuese una magia en su concepción más elemental, y así después que el Cholo recitó "Al pie de la bandera" de Víctor Domingo Silva y que Varolio sorprendió a todos con "El gaitero de Gijón", que nos dejó el ánimo por el suelo, proseguí yo el venero de lo tristísimo con "Farewell y los sollozos". Como todos saben por haberlo oído alguna vez, este poema empieza con una visión patética: *Desde el fondo de ti y arrodillado, un niño triste, como yo, nos mira...* y esa imagen después se abre al rechazo a la criatura, el poeta pone en evidencia su deseo de libertad: *Por esa vida que arderá en sus venas tendrían que amarrarse nuestras vidas* y él evidentemente no lo desea así... Ahí recitaba con voz suave y segura los versos que podía sentir aunque no comprender *Yo no lo quiero, Amada. Para que nada nos amarre, que no nos una nada. Ni la palabra que aromó tu boca, ni lo que no dijeron las palabras* y luego llegaba un momento que a todos nos gustaba y que todos creíamos entender y también apoyar: *Amo el amor de los marineros que besan y se van... Dejan una promesa. No vuelven nunca más* y en ésa que parecía una declaración de principios de los machos de todo tiempo y lugar muchos creían ver explícita la propia filosofía. En *Amo el amor que se reparte en besos, lecho y pan... Amor que puede ser eterno y puede ser fugaz... Amor que quiere libertarse para volver a amar... Amor divinizado que se acerca... Amor divinizado que se va...* creíamos ver un triunfo del romanticismo como lo buscábamos a nuestra edad y que era una realidad paralela y hasta inmixible con la otra, la sexual, como se caracterizaba en nuestra generación.

Por eso es que las últimas estrofas que van desde *ya no se encantarán mis ojos en tus ojos* hasta *Y yo le digo adiós* a ese niño ignoto, nos tocaban doblemente, como expresión de los adioses que nos hacían sufrir en el amor propio del macho doliente que espera sabiendo que indefectiblemente habrá otro cabrón que cortará en su huerto lo que hemos sembrado nosotros.

Con todo el empeño y hasta la sinceridad de mi interpretación, ésta sólo podía tener un nivel muy superficial: la palabra es pensamiento y es sonido, y es escuchada por un grupo de mamíferos sublunares, pero este sonido es sólo la cúspide del iceberg. Lo que está detrás de él brota desde la suma de la experiencia vivida y es en este contexto donde sonido e idea se unifican. Por esa razón nuestras lecturas eran epidérmicas, insustanciales. Don Rude simplemente esperaba que no nos equivocáramos demasiado y profiriésemos el latrocinio con corrección y hasta decencia, como buenos papagayos que ni siquiera podían aspirar a ser como nuestro loro remoto de Vallenar.

Don Rude de seguro esperaba todavía menos: sólo que no nos quedáramos de pronto mudos y aterrados, como a menudo sucedía a los menos expertos y a los que sobrellevaban la recitada como el peor de los castigos posibles. Porque si alguien era un bruto como los que ya sabemos, o un bodoque insensible como los otros ¿podría tratar de entender el significado de los versos y menos quererlos declamar con voz degollada? Era entonces que podíamos tomarnos desquite de los matones, viendo y gozando cómo su mente rudimentaria se les bloqueaba en el momento del *no va más,* los malditos empezaban a enrojecer como si se estuviesen realmente ahogando y se quedaban diciendo *éste... éste... éste...* pronombre demostrativo o muletilla al que se recurría a menudo para solicitar el regreso de la memoria empacada como la mula de mi tío Monzo al borde del abismo, para finalmente irse a sentar derrotados por ese día.

Desgraciadamente esto les duraba demasiado poco tiempo: a los sinvergüenzas no hay poesías que los descalabren. Si ellos pasaban o no pasaban esa prueba, después importaría bien poco: su derrota estaba circunscrita a una de las disciplinas menores del liceo, cárcel de la carne y el alma juveniles, cartabón del espíritu. Ellos irían a desarrollarse demasiado bien en un mundo que consideraba a la poesía como la última deyección de los fracasados y los maricones. Pero en la clase estaba don Rude, primo del vate máximo y las musas estaban resguardadas junto a él: los que discrepaban de ellas debían quedarse tranquilos.

Mi interpretación de "Farewell y los sollozos" provocó módicos aplausos. No era lastimosa, como tampoco conmovedora, porque yo mismo era el niño arrodillado que miraba el cuerpo de la Venus planetaria.

La actuación de Charme fue sorprendente en más de un sentido. Nos había tenido secreto lo que recitaría, y era evidente que no sería "Farewell y los sollozos" —como fue su primera intención— al decirle que yo había elegido ese poema con anticipación. La lectura era por orden alfabético, así que yo leería siempre antes que él. Tampoco nos recitaría "Reir llorando" de Juan de Dios Peza, porque ya lo había hecho en clase y Charme era una forma rudimentaria de showman: de ningún modo repetiría lo conocido ni tampoco entraría en confrontaciones inútiles con otro compañero aunque estuviese cierto de obtener la victoria.

El Joel McCrea sabía conmover y asestar golpes a los plexos solares sin extralimitarse en la actuación ni llegar al grito o la jeremiada, dominio del Cholo. Su elección nos dejó realmente mudos, sorprendidos por lo impensado y por lo insólito, que no son la misma cosa: era el "Nuevo canto de amor a Stalingrado" de Neruda, que empieza *Yo escribí sobre el tiempo y sobre el agua describí el luto y su metal morado, yo escribí el cielo y la manzana, ahora escribo sobre Stalingrado...* Era un poema político, arte más misteriosa para nuestro entendimiento que todo el resto del universo, pero intuíamos desde el principio las profundas verdades que se iban desplegando en el texto, llevadas o traídas por la voz de Charme, eficazmente doliente sin ser llorona, y potente sin ser exasperante. Yo conocía ese poema, porque estaba en la *Antología* que don Arturo Aldunate Phillips hiciera para Nascimento, y que fue realmente el primer libro de Neruda que yo conocí y leí. El "Nuevo canto" era un texto que me intrigaba pues se refería a un proceso histórico, de por sí un hecho misterioso y soslayado por la educación impartida. A nosotros se nos había enseñado, por ejemplo —y con esto no quiero decir el Instituto sino la voz de la canalla, pues el Pelado Jobet y Chatazo no eran precisamente proyanquis— que la Segunda Guerra Mundial era un combate entre los puros de alma, esto es, los aliados y muy concretamente, los Estados Unidos, contra un solo tirano abominable, Hitler, porque la otra manga de fascistas —incluyendo a los nipones y al bufón italiano— no importaba grandemente. Sobre todo se puntualizaba que esta victoria no se habría concretizado sin la intervención de los americanos. Ellos habían liberado al mundo, sin ellos nada habría sido posible. Por lo mismo, nada sabíamos que había sido una ciudad de la Unión Soviética llamada Stalingrado la que en un acto de heroísmo insigne, había detenido al invasor nazi, mostrando su falibilidad. Sólo Neruda se atrevía a afirmarlo y declararlo.

Charme declamaba con pasión y contenido. Las escenas de guerra que forman la médula del poema desfilaban como en un noticiario americano o británico donde por alguna razón atrabiliaria no se hubiese esquilmado, mutilado o censurado la verdad. Luego encaminaba su voz por otros laberintos, y nos decía que habría que ofrecer *Honor al combatiente de la bruma, honor al Comisario y al soldado, honor al cielo detrás de tu luna, honor al sol de Stalingrado...* para terminar en una apoteosis lírica y Charme desplegando sus recursos histriónicos en *guárdame un trozo de violenta espuma, guárdame un rifle, guárdame un arado, y que lo pongan en mi sepultura* (levantando gradualmente la voz) *con una espiga roja de tu estado, para que sepan, si hay alguna duda, que he muerto amándote y que me has amado, y si no he combatido en tu cintura dejo en tu honor esta granada oscura* (gritando a todo pulmón) ***¡este canto de amor a Stalingrado!!!*** donde sí creemos que exageró un poquito.

Esa tarde en que mi primo Rogel llegó, yo estaba con el gato Monito Hediondo en los brazos y él se presentó con gran ceremonia y eficiencia. Llegó sin hacerse avisar ni por carta ni telefonazo, porque avisar que nos estamos dejando caer a vivir en casa de parientes no ha estado entre las reglas de la sociedad chilena: la gente se deposita en los umbrales simplemente, sabiendo que su lugar está probablemente asegurado.

Así Jorrel fue instalado en la galería, cerca del baúl donde algún tiempo después haríamos el amor con la Rosa. Su única pertenencia era su violín, y en nuestra casa recibió un catre desvencijado que había estado almacenado desde siempre en el gallinero. La Rosa lo mangueréo para quitarle la costra de residuos gallináceos. Ahí Jorrel se dejaba caer abrumado por el cansancio, en las tardas noches cuando llegaba de la Escuela Normal donde estudiaba oficialmente para maestro primario, con un destino y vocación diferente en su alma, llevando consigo desde el nacimiento una suerte de musicalidad de signo chileno en las venas y que seguramente le venía tanto de su padre como de su madre.

Era muy importante dormir

Dormía la casa en círculos concéntricos y planetarios como un sistema geocéntrico o heliocéntrico y en el centro de la noche dormían mi padre y mi madre, en marquesas desfondadas por la vejez, con los gatos Durito y Chanito Carabobo, que por la noche comían cáscaras de pan que yo arrojaba debajo de mi cama. En el cielo inmediatamente periférico dormían mi abuelita Elvia y mi tía Zamira con alguno de los otros gatos, el Chico, el Lolito mientras vivió su corta vida, y a veces Durito. Más allá en el tercer círculo dormían mis tías abuelas Nene y Telita con otros gatos pasajeros o allegados como Quintín, que fue muerto por el vecino de enfrente con su infame cacharro, o el Morrongo que era romano, peludo y muy manso. Este efímero Morrongo murió de alguna enfermedad emanada de los tejados, y su recuerdo es como una nube difusa, como si fuera un fantasma de gato y no un gato completo, pero yo le dediqué unos versos que repetía como mantras:

Morrongo Pochongo
Morrongo Guaguá
Morrongo Rorrongo
Y Morrongo Pompá...

En el cielo crujiente y polvoriento de la galería, que era como un corredor de asteroides donde en vez de bólidos de piedra había bólidos peludos —los gatos que entraban y salían de improviso a cualquier hora del día o de la noche, por el hueco de un vidrio que faltaba— durmió Jorrel en los meses que estuvo con nosotros en 1953.

Casi fuera del sistema, como que lo hacía en casa aparte, dormía la Rosa con la Pinocha y el Monito, un poco descalificados ambos, y todavía más allá, en la pieza anexa, dormían las gallinas, casi al borde del mundo desconocido que comenzaba apenas a unos metros de nuestra casa.

A menudo nos despertaban las peleas de gatos, en el patio, en los tejados o en las murallas divisorias. El grito de advertencia de un gato negro vagabundo que solía entrar a la casa a robar comida cuando no tenía otra forma de procurársela, era ominoso. Como en los capítulos radiales de *El doctor Mortis,* el gato negro comenzaba con un gemido ultratumbal, pero luego parecía claramente hablar y decía *Vaya... vaya... vaya!!!...* queriendo decir *id a freíros vivos, hideputas!* hasta que venía el momento del ataque y se confundían los maullidos con los porrazos. Los gatos peleaban cuando andaban en celo, naturalmente, detrás de la Pinocha y otras gatas, pero yo no sabía que sus maullidos lamentables, penosos, que preludiaban los alaridos de la trifulca desatada, eran su llamado a la hembra. Preguntaba yo por qué lloraba tan lastimeramente ese gato y mi abuelita me decía *es que le duelen mucho las muelas*. Pareciéndome demasiado extraño que a tantos gatos les dolieran las muelas al unísono y siempre en ese período de agosto, yo le respondía *¿y por qué no lo llevan al dentista a ese pobre animal?*

Así dormía Jorrel en su propio cielo apendejado, triste y legañoso, arrinconado no porque lo quisiéramos así, sino porque no había otro remedio: era un allegado y no un familiar con plenos derechos como nosotros, sobrevivientes de nuestra propia historia. Tenía su rincón y su catrera, y se podía lavar en el baño con agua fría, aunque no bañarse porque el gas era muy caro y lo pagaba mi padre y él no quería favorecer en modo alguno a los Toledo, a quienes profesó desde siempre un odio inexplicable. Se vengaba mi padre así de su propia vida, de la cercanía y la distancia de todos y cada uno de nosotros, de la perpetua vigilancia, sobre él y mi madre, que significaba vivir en la casa de los abuelos.

Los domingos se veía a mi abuela pasarle a Jorrel una tetera de agua caliente, para que el pobre se afeitara o lavase los sobacos con un poco más de tenor humano, él que tenía una barba espesa y arábiga bajo los ojos celestes, nórdicos, que le venían de mi rama materna, vasca y ensimismada. Verdaderamente Jorrel sólo poseyó ese rincón, un punto insignificante del espacio debajo del cual guardaba la maleta de cartón y su violín, con el que su alma embrionaria de artista se concentraba en el vibrar de Paganini y de Bach en el nivel elemental de los anónimos, primarios rascadores de cuerdas, porque todos los violinistas allí eran uno, y en Jorrel yo veía a Bamsam y viceversa. Escucharlo era revivir los calduchos de hacía dos o tres años, en el lugar de donde yo había sido violentamente expulsado por razones mucho más profundas que todo lo que se podía colegir a primera vista.

Jorrel se entregaba al violín durante todos sus ratos libres, que no eran muchos, pero como cualquier practicante tozudo de todo arte, invariablemente sabía hallárselos. Mi padre, aturdido por su aprendizaje cuya variedad de maullidos, chillidos y rasquidos no sólo superaban al barullo de los gatos en agosto sino al de una respetable *menagerie* de félidos y equinos, lo condenó a practicar en el patio, en horas extrañas o desusadas para un violinista y que, en realidad, eran el tiempo diurno en que mi padre no podía encontrarse en casa por estar en la oficina. Todo giraba en silencio en el cielo de la tarde, hasta que llegaron los violinazos de Jorrel. Algo también se detenía para siempre en la mitad de la tarde de Santiago. Era el momento de la Bilz, del helado, de la sandía, y ahí el violín introducía una forma de desequilibrio brutal. Mientras no se volviera al silencio, no podía ocurrir nada en el resto de lo viviente, y el carrasposo sonido rebotaba en las estrellas a esa hora invisibles.

A veces Venus se veía en pleno día, pero cuando tú veías el lucero brillar en medio de la tarde, era sin duda un día excepcional.

En cada uno de ellos, mi primo tocaba su violín penitenciario, lo rasgueaba tratando de meter lo menos posible su nariz en el instrumento, al cual yo le había refregado un diente de ajo en todo el pedacito negro donde el violinista apoya la barbilla. Cada vacilación del mentón se transmitía al brazo y al cerebro y de allí al arco, al brazo, al sonido y al aire y a las estrellas otra vez, siendo el ajo y su vigor formidable una interferencia que se invocaba para perturbar al violinista, de pie entre las piedras y los patos, mientras un enorme abejorro *Bombus Dalboni* zumbaba entre las discretas umbelas del hilán-hilán, parodiando a los violines en las piezas musicales que eran las favoritas en los calduchos, las *Czardas* de Monti y el "Vuelo del Abejorro", tocado con muchísimo menos precisión que la del Bombus.

Allí nadie trataba de mejorar un mundo que parecía perfecto, tampoco Jorrel porque él sólo estaba tratando de convertirse en un violinista pasable y jubilar decentemente, como ya lo habrá hecho de seguro, no como ese otro viejo violinista que conocimos, con ojos celestes de ruso blanco, que se llamaba Jachno y que terminó tocando aires gitanos en las revistas del Humoresque, con un pañuelo de pescadera y las bombachas sobrantes de un disfraz de gaucho que había entre las bambalinas, mientras a su lado desfilaban las minas en pelota, los maricones del cuerpo de baile se esforzaban en una coreografía de piara en desorden y las pulgas morían a docenas bajo las botas de esos cosacos nacidos en Cobquecura o Chincolco.

La romanza sonaba como PUIIIII-TA-TA-TA PUIIIII-TA-TA-TAPUITAPUI-TAPUI... y era una melodía serpentina que se deslizaba entre los arpegios y los chasquidos del arco y rebotaba en la tercera piedra del Mapa del Tesoro, según los planos de los piratas Dayo y Deul, transcritos en el libro de Ricardo Latcham (padre) sobre el tesoro de Guayacán: *en el centro dos ebanín, por el Norte hay otro más* rebota el sonido de la romanza en ese oído de las piedras que *no ofenden, nada codician y sólo piden Amor a todos y piden amor también a la Nada* (Vallejo, *Los heraldos negros,* "Las piedras") y en el oído izquierdo del gallo rojo Cogoyo Cherche y en el derecho del gallo blanco Kiki, mientras detrás de ese horror cacofónico del violín medio a medio del banco mijito o sea medio a medio del patio, que es para siempre el universo central a la hora en que la tarde detiene todos los procesos fisiológicos, embriológicos y neurológicos, y las palabras o sus sonidos se preservan en el aire al transformarse en ecos.

Veo a mi primo aferrarse al violín como a la mujer que no tenía ni tuvo por mucho tiempo, como a una opción descarriada o una esperanza de ganar la lotería o a cualquier posible lección válida para el futuro e invisible a la sazón, y se deja humillar por el decreto de mi padre que también es el de todos nosotros, porque nos carga oír ese violín rasgueado en la penitencia del aprendizaje, precisamente en nuestra casa donde alguna vez se escucharon a todos los grandes: a Tito Dourthé y al entonces joven Armando Carvajal como también a Aquiles Viterbo de la Sinfónica (cuyo nombre parece salido de las novelas de Juan Emar) todos los cuales tocaban sonatas de Beethoven con mi tía en tardes de tertulia perdidas en el tiempo ya en esos días: la *Kreutzer* y la *Primavera.*

El primo Jorrel, que venía del Norte ignoto y yermo, tenía una cierta arrogancia de artista ínfimo, y permanecía estoicamente de pie en la total vulnerabildad de su pobreza en pleno patio, día tras día, como un pequeño y tozudo Prometeo robador de fósforos, cerillas y guatapiques, y acaso a ello deba el cumplimiento de su destino, puesto que llegó a sentarse con todo su derecho de concurso y contrato entre los privilegiados y desafinadísimos violines de la Filarmónica de Santiago.

Allí el primo se quedaba o se quedó, en los sillones de brocado verde que los gatos iban deshilachando y destruyendo al afilar sus garras, a medida que los años 50 se desgranaban como cuentas de un rosario de madera o de cascajo.

En horas de la noche temprana, cuando la radio empezaba a desenrollar su culebra mágica, y *Radiotanda, La familia chilena* o *Topaze en el aire* ocupaban nuestras mentes y corazones, se acomodaba Jorrel y empezaba a componer sus versos nocturnales, en un cuaderno del

Ministerio de Educación - Escuelas Primarias

donde iba desarrollando pequeñas cuartetas u odas a una novia suya del norte, nativa de alguno de los pueblos mistralianos al interior de la Serena, Vicuña o Paihuano, donde los fantasmas familiares rondaban desde hacía muchas generaciones. Especialmente, se había detenido en la revisión crítica de su *Nocturno de Peralillo,* donde aparecía la siguiente perla:

En medio de esta niebla tremebunda
Búscote y no encuéntrote, Chela más que bienamada;
La que al copihue blanco es, con creces, comparada
Como así a la piel de Santa Cunegunda.

Su conducta era totalmente extraña al grupo familiar, sin llegar a ser escandalosa, porque hacer versos siempre se ha considerado en todo hogar chileno como el modo más rotundo de perder el tiempo que pueda existir o ser inventado. ¿Cómo se concilia esto con el hecho irrefutable de ser Chile un país de tantos y tan buenos poetas? La razón es que también parece estar en nuestra naturaleza el negarnos a nosotros mismos con el escarnio, y cuando éste no funciona, con el silencio insultante.

De las cuartetas de Jorrel salía el espacio de otro tiempo, y en sus disparatadas odas a su Chela de Peralillo nos veíamos nosotros todos, sin querer vernos, como si el primo estuviera escribiéndonos en una pizarra coja. Tal acción aparecía de por sí como reprobable a los ojos de la entera familia, pero igual Jorrel se arrellanaba en el sillón y escribía, secretando su lirismo como una baba de caracol gigante, mientras la radio trasmitía los chistes del Zorro Iglesias.

Para su detrimento, Jorrel se volvió después una especie de corrector de pruebas o *Thesaurus* viviente, quiero decir que nosotros éramos las pruebas de un libro que vaya el carajo a saber quién escribió, y empezó a corregirnos la pronunciación de nuestro castellano ensordinado pero original y robusto como un roble o pellín de la araucanía. Su fuerte eran las dobles eles, que según él debían pronunciarse *elyes* y no *eies* como lo hacíamos nosotros emitiendo un sonido suave, acoquinado, a la chilena, ni tampoco con el más bien rudo sonido **ch**, de **chama** en vez de llama, como los amigos de la otra banda.

Estrella se pronunciaba *estrelya*, decía Jorrel. Así este primo que de un día para otro se había instalado en nuestras vidas, pretendía cambiar hasta las reglas de la pronunciación de las palabras que eran nuestro pan cotidiano. Cuando su pedantería se volvía intolerable, yo había encontrado un método seguro para alejarlo, al menos de nuestra vecindad inmediata. Al empezar Jorrel su disertación, cogía yo un tubo de ensayos de mi laboratorio casero que ya era respetable, echaba en el tubo un pedazo de cobre, le vertía ácido nítrico y la mezcla empezaba a bullir por sí sola, expulsando vapores de óxido nítrico, rojos como cabelleras de alguna Quintrala de un tiempo más propicio. Al ver acercarse el gas horripilante, que yo iba dispuesto a hacerle inhalar sin piedad, Jorrel salía arrancando y clamando ***Don't!... Don't!...***, porque otra particularidad suya, que lo volvía más improbable de lo que ya era, consistía en querer hablar en inglés en la casa, un inglés atroz que él imaginaba británico sin tacha. Corría perseguido por mi tubo de vapor bullente, gritando ***Don't!... Don't!...*** mientras sus ojos glaucos realmente se llenaban de pavor hacia la química y sus consecuencias. No era raro vernos correr de este modo por el patio, y hasta por la calle.

Por esos días habíamos descubierto en la Feria de Entretenimientos Diana un barracón más estrafalario que los otros, donde un comerciante astuto y futurista hacía grabaciones con una máquina de alambre magnético, antecesora de otras maravillas de la electrónica, así como el Theremin lo fue de los sintetizadores. Allí podía grabarse la voz por dos minutos, y escucharla de inmediato. También se cortaban unos rudimentarios discos de galalita de 78 rpm, de los que se usaban en los fonógrafos o victrolas, con una púa para cada audición.

Una de las últimas veces que salí acompañado de mi padre, fuimos a los Entretenimientos Diana y después de andar en el Tren Fantasma, nos pusimos a jugar a la lotería. El extraño azar de los astros y las posibilidades infinitas jugaron en mi favor, como nunca había ocurrido ni ocurriría después. Como ese personaje de una novela chilena leída hace tiempo, nacido para quebrar todas las bancas de los casinos del mundo sin remordimiento, empecé esa tarde ganando pastillas sueltas, luego cajas de galletas, y después canastos de fiesta con botellas de champaña, bolsas de caramelos, chocolates y otras riquezas sumas.

Desde el ambo acertado para arriba se ganaba en esa timba angélica: un caramelo envuelto en celofán. Mis números salían en sucesión de conjuro: *¡ambo!* gritaba yo y caía el caramelo... *¡terno!*... la frutita confitada... *¡cuaterno!*... el paquetito de galletas Tritón era mío... *¡Lotería!* y se me otorgaba la botella de sidra y el cuerno de Amaltea de caramelos se vaciaba, y luego otra, y otra vez se repetía la serie con mis números siempre saliendo los primeros, en muchos juegos sucesivos y con cartillas diferentes. Al cabo de una hora, la gente empezó a acusarnos de estar en combinación con el ruletero. Este nos suplicó que no siguiéramos jugando, porque la gente empezaba a retirarse y más de alguno hablaba de ir a denunciar a la comisaría de Santa Lucía lo que calificaban de fraude. Mi padre tuvo que defenderme de alguno demasiado agresivo que pretendía arrebatarnos un paquete de papayas confitadas de la Serena. Nunca nos quitarían ese tesoro serenense, así que nos retiramos con dignidad de jugadores viejos de casinos reales, con tantos premios, cajas y botellas que tuvimos que tomar un taxi para llevarlo todo.

Por ahí llegamos otra vez Charly, Jorrel y yo, y justamente nos introdujimos en el cuchitril del sonidista, deseando escuchar inmediatamente la grabación de algo, quiero decir de cualquier cosa salida de nuestra garganta y nada mejor para eso que la voz de Jorrel, que no tenía empacho en ponerse a cantar apenas y también antes de que se lo propusieran, en público, frente a un micrófono o en cualquier situación normalmente considerada embarazosa.

El estudio estaba formado por una casucha forrada de cartón. En su interior, sobre una gran caja que hacía de mesón y que había contenido latas de aceite de oliva El Toro de Sevilla, estaba el micrófono. Era en verdad espléndido, reluciente, como una perla en un basural. Delante de esa maravilla, y perfectamente neutralizados por su brillo, se ubicaban los clientes: aspirantes a actores o cantantes cuyo paso siguiente estaba en los programas de aficionados de las radios El Pacífico, Bulnes, Cooperativa Vitalicia, Sociedad de Minería y Sociedad de Agricultura. Sobre el mismo primordial estudio, en un altillo, estaba la cabina de grabación donde se instalaba el técnico que operaba todo, la grabadora de alambre magnético y la cortadora de discos de galalita.

Jorrel no se hizo esperar, una vez dado el vía al encenderse una ampolleta pintada de rojo, hinchó el pecho y profirió algo inesperado: (música de *Torna a Surriento*)

Ves el mar tranquilo y belyo,
cómo inspira sentimiento
que al mirarlo, el pensamiento
de prisa vuela hacia ti...

La grabación tenía que comprimirse en dos mezquinos minutos, y así Charly iba marcándolo con su reloj pulsera y apuró a Jorrel cuando le quedaban quince segundos para el final, que concluyó aullando en falsete:

más no partirás
no me des tal tormento
torna a Sorreeeento
tornaaaaa por Dioooooooooooos!!!

Realmente forzó su voz en ese final, con un alarido que casi desplomó el catafalco de cartón, y desafinó ampliamente, como por lo demás se hacía rutinariamente en el Municipal y en el Cariola, los dos centros líricos más notables de Santiago y del país.

Como que las cosas se adecuaban entonces, se ponían en onda para grabar la Maldición Chacharresca, con todos los disparates que realmente ocurrieron en clase, cuando Chacharra, saturado de chacolí de Doñihue, había obligado a Varolio a jurar que había hecho su tarea, con la mano en la *Crestadelatía* y había luego expulsado al profesor Meléndez, muy inoportunamente aparecido por nuestra sala a cobrar las cuotas del Centro de Padres. Habíamos recreado todo el delirante episodio con algunos cambios apropiados para el guiñol, como por ejemplo hacer que Chacharra matara a Meléndez por interrumpir el juramento, y su fantasma se alzaba para la gran pelea del final.

Llegamos allí a media tarde, al altillo de esa casucha de las maravillas sonoras, el año 52 ido para siempre, ido casi también el 53, para grabar la primera Maldición Chacharresca, la más humilde y artesanal de todas. La maldición de Chacharra me dio inspiración por años y no sólo se la grabó en los discos de las dos sucesivas versiones, sino también con mi propia grabadora de bobina, a diez años de distancia, con otros amigos y otros ámbitos de vida, justo antes de que Charly partiera a los Estados Unidos de donde ya nunca regresaría.

El propio Cholimbo actuó en la segunda y la tercera versión, representándose a sí mismo. El rol estelar de Chacharra estuvo siempre reservado para Charly, que le daba un tono de verdad paranoico, perfectamente natural. Esos discos se usaron luego en representaciones de títeres donde cada profesor tenía su efigie.

Como un disco tiene siempre o casi siempre dos caras, la segunda estaba destinada a Jorrel. Cuando la ampolleta embadurnada de rojo sangre se hubo encendido por segunda vez para nosotros esa tarde, Jorrel empezó su versión cantada de la *Canción Hindú* de Rimsky Korsakov, con una letra incalificablemente suya:

En un país muy lejano d'este mundo
Abandonada canta una princesa
Y en su lamento, conmueve así:
Fue nuestro amor una esperanza
Que se marchitó con tu partida
Y en la noche triste y desolada
Yo contemplo las estrelyas
Y parece que en el cielo
Tu imagen se aparece...
Sube el pensamiento al espacio
Y, al volver, vuelve más triste...
Nunca nuestro amor hay de morir...

(Recitado)
Dicen que la historia fin no tiene
Y que ella nunca jamás lo verá
Y solitaria solloza al fin:

Nunca nuestro amor
Haaaaaay de moriiiiir

Cuando Charly llegó con una página de revista donde se explicaba cómo hacer cabezas de títeres, resultó natural que el primero de ellos fuera Chacharra. Entre los muchísimos títeres hechos entre 1952 y 1962, Chacharra fue el primero y luego vinieron Meléndez, el Perro Guzmán, Panchulo Guerrero (que era profesor de filosofía y autor de un famoso texto del ramo), el profesor Vega, Varela y Cholimbo. Todos parecían cabezas jibarizadas o *tzanzas* de sus modelos, en especial Chacharra cuyo pelo cano y rizado fue hecho con lana de un suéter destejido. Antes de terminarlo, su enorme cabeza calva lo hacía parecerse a Taj, el extraterrestre de *El enigma*. Yo dije a todos que se trataba de una efigie de Cayo Graco, el tribuno romano, pero una vez terminado apareció el inconfundible Chacharra. Apenas vio el títere mi padre dio un grito de sorpresa y dijo *hombre, ¿para qué hiciste a Contreras?*

Varela fue terminado con grandes ojos azules extraídos de una vieja muñeca y con pelo sacado de un escobillón. Cholimbo fue pintado negro como un tizón y coronado con plumas que le saqué al gallo Cogoyo Cherche, con fuerte objeción suya, y terminado con anteojos de marco de cartón.

Diez años después todavía hacíamos representaciones de títeres. Algunos de los primeros muñecos habían sido ya destruidos por la carcoma, perforados por una infinidad de agujeritos redondos, como si hubieran recibido una descarga de perdigones de caza. Además, debido a que su masa tenía demasiada harina, Chacharra sufrió una forma lenta de fermentación que hacía que el títere oliese a licor, como a tufo de borracho, añadiéndole un increíble elemento de verosimilitud. Después supimos que agregando ácido bórico a la masa se evitaba que las termites se comieran los muñecos.

Aun luchando con la persistencia de los insectos, la solidez de Chacharra era tal que duró muchos años todavía.

C *The Mathematical Master*

Consignemos a la posteridad esta cita textual de Mermelada:

ANOTHER HOUR WITH THE MATHEMATICAL MASTER

Sólo Mermelada podía estar a gusto en una clase con Pajarito antes de que el maestro se muriera, porque después, al desaparecer de lo viviente y tangible, no pudo inducir temor alguno, como no fuese emergiendo en las pesadillas escolares que nos atormentan durante toda la vida. Así, todavía encuentra en ellas un espacio para hacernos sufrir liberándose de esa situación o estado del no ser donde parecieran estar relegados los muertos (aunque la cosa no es segura) proponiéndome alguna ecuación de segundo grado el maldito, o alguna raíz cuadrada, que fueron lo peor en esos años donde todavía el logos matemático interfería con la higiene de la vida. Yo permitía entonces que me desarreglaran el hígado, que me estableciesen vergonzantes complejos de inferioridad académica, humana, pensante y hasta existencial:

ANOTHER HOUR WITH THE MATHEMATICAL MASTER

Mermelada era un genio para ese círculo o mundillo de nuestro curso, el estamento profesoril y escolar del 3° B y nada más que allí, pero como nosotros lo proyectábamos hacia el universo y le dábamos a nuestra vida la función de paradigma del sistema-universal-donde-funcionan-las-cosas, allí existía Mermelada y su calva que ya por esos años adolescentes, más que insinuarse, se manifestaba precoz. También tenía ya una barriguilla augusta que anunciaba al prohombre, lo que casi seguramente fue o ha sido, y alguna vez se le mencionó en la revista *Ercilla* (signo de que había entrado en el *Who's Who* mapochino) hablando de empresas de publicidad al borde de la quiebra o de la consagración, de modo que ahí terminó Mermelada con toda su genialidad escolar.

Taro Mermelada descollaba en todo lo que podía existir en un mierdoso colegio y hasta podemos enumerarlo a modo escolar:

1. Tarzán de la copia caligráfica intachable donde todas sus letras —redondas como granos de uvas enanas— se daban en el cuaderno en hileras, coletas y latiguillos de perfecta igualdad y cadencia.

2. En la parrafada docta en fondo y forma que —como en su gemelo literario Derosi de *Corazón*— tenía su retórica propia y había asimilado todo lo adocenado,

rimbombante, neutro, salamero, inocuo, completamente cuadrado, previsible y equilibrado que podía existir en este mundo.

3. Su trabajo manual en clase de Panchulo estaba lijado a la perfección y puesto lo más claramente a escuadra que podía nunca lograrse en un humilde pedazo de madera, siempre medio a medio del banco mijito, según la regla áurea del vejete.

4. Su prueba de química para el Negro estaba compuesta de ecuaciones impecablemente escritas en su caligrafía desde ya impecable, y era entregada la primera de toda la clase, así como en cualquier examen el suyo era el primero en ser terminado, porque él no sólo era perfecto sino el más rápido.

5. En Física con el Perro era el único que podía desentrañar los secretos de ergs y joules resolviendo todo en un plazo máximo de diez minutos y sin error posible.

ANOTHER HOUR WITH THE MATHEMATICAL MASTER

El Perro era el ser más temible que habíamos conocido antes de la aparición continental de los tiranos, de cuya existencia sólo nos apercibimos mucho después, a pesar de vivir entonces bajo uno de ellos, González Videla. Era tan absurdo el Perro Guzmán en su esencia terrorífica, que muchas veces, ya egresado del colegio, pensé que nunca había existido, que era una alucinación de mis sentidos incubada en la pesadilla del colegio. Pero no: desde el troley, un día de 1955 o 1956, vi la horrible cabeza del Perro en el asiento trasero del auto del padre de mi ex compañero Merello, inmediatamente reconocí su calva incofundible surcada de mechas hirsutas adosadas a la piel como rayas de carbón, y su pelambrera que trataba de engominar y alisar en los costados formando un casco que empezaba muy adelante, porque el Perro no tenía frente y se afeitaba parte del cuero cabelludo para hacerse una, sobre las cejas que parecían dos enormes orugas negras.

El Perro era muy moreno, y usaba anteojos de grueso marco de carey, que se apoyaban con firmeza en su nariz larga y chata como el pico de un pato asado al horno con toda la cabeza. Llegaba con trancos lentos de paquidermo y espetaba repentinamente palabras o conceptos sueltos como *Energía...* a lo que seguía un largo silencio, y de repente, como en un estallido de voz exclamaba *lee la tercera, cuarta y quinta letra de la palabra energía* y dándose vuelta como un celaje le gritaba al más imprevisto de los alumnos apuntándolo con su dedo tinto de nicotina *¡Túúúú!* y si el pobre diablo, paralogizado, no atinaba a despachar un sonido, le pegaba un coscorrón en el cráneo y después, retorciéndole la oreja a otro que no se había dado vuelta para mirar la escena le repetía la orden *lee la tercera, cuarta y quinta letra de la palabra energía... ¡Túúúú!* y así sucesivamente hasta que alguno atinaba a decir *e... ere ... ge* y el Perro continuaba *¿y esas tres letras cómo se leen en castellano en una sílaba sola? ¡Túúúú!* hasta que algún avispado decía *erg, señor* y el Perro *¿de qué será medida el erg entonces? ¡Túúúú!* dando coscorrones y retortijones de oreja a cada paso, hasta que otro iluminado decía *medida de la energía, señor* y así seguía la clase, planteándonos el Perro, como Esfinge de los caminos institutanos, una serie progresiva de acertijos, misterios físicos, cuadraturas del círculo, cuya solución era siempre ignorada por los alumnos. Realmente no podía ser de otra manera: ¿cómo pretendía el Perro que supiésemos lo que nunca había explicado? Otras veces exigía la explicación o el nombre de un concepto y hacía su pregunta o enunciado en modo rapidísimo y pegando las palabras entre sí: *¿cómosellamaelconceptotermodinámicoquehacequelaenergíainternadeunsistematiendasiempreanivelarseenelnivelmenororiginalobásico???* ***¡Túúúú!***

El Perro no faltaba de ocurrencias notables como cuando pidió a Vacaffy que le diera la definición de bisectriz de un ángulo y el Gitano por supuesto se quedó con la boca abierta y estirada hasta el piso. El Perro le dijo *anda a pararte adelante*, Vacaffy se fue hasta ahí mirándonos con su cara de babieca internacional y el Perro: *abre las piernas, idiota...* Vacaffy se paró a piernas abiertas en el gran golfo de su ignorancia supina y el Perro sentenció *mira, tus piernas son el ángulo y lo que te cuelga es la bisectriz...*

El Perro también era llamado El Mono, porque en esos años se suponía que lo más feo que podía existir en el universo eran los monos, antes que Jane Goodall y Diane Fossey llegaran a cambiar las percepciones respecto de los primates y antropoides.

Como el Perro era verdaderamente horrible, el sobrenombre de Mono era más que adecuado y por eso, al llegar a la clase inaugural, como era su costumbre hizo un garabato o jeroglífico en la pizarra y fue a sentarse en la última fila de la clase, en los largos períodos de silencio que iban hilvanando nuestro terror, y levantando su voz y alargando las palabras como le gustaba dijo *miraaaar el mooooono* o sea el dibujo de la pizarra pero todos nos dimos vuelta y lo miramos a él: como buenos chilenos no sabíamos que el **a** personal era importante y si hubiera querido que lo miraran precisamente a él habría dicho mirar **al** Mono. Otra vez, en el Teatro-Circo Caupolicán bajo la incómoda tutela del Perro y mientras en el escenario un grupo de cosacos tiraba más patadas al aire que los caballos en un rodeo en Nebraska, a Charme se le ocurrió pagarle un peso extra al vendedor de maní para que se parase delante del Perro y le ofreciese en alta voz *maní p'a los monos... maní p'a los monos...*

Eran pequeñas venganzas que servían de algún desahogo, y que también parecían acrecentar misteriosamente su poder.

ANOTHER HOUR WITH THE MATHEMATICAL MASTER

Lo que daba a Mermelada el signo de absoluta prevalencia y superioridad sobre nosotros eran las matemáticas. Sólo había una excepción: Varolio, que se demostró como un genio matemático precoz y que una vez para desquitarse por haberlo vencido al futbolín me mostró un cuaderno plagado de raíces cuadradas que era todo un insulto, ya que Varolio las resolvía por puro placer así como yo pintaba hormigas y tucanos copulando desnudos en queratina y plumas en camas con colchones de lana: sí, los genios matemáticos después lo serían en las finanzas, era magnífico ser bueno para los números y había que escoger, como decía mi tío abuelo Onías, *una profesión que dé,* y chasqueba los dedos como si la motivación para escoger algo en la vida fuese solamente la facultad de producir algún dinerillo suelto:

ANOTHER HOUR WITH THE MATHEMATICAL MASTER

Así, Mermelada resolvía cualquier ecuación que Pajarito propusiera, en el pizarrón o en página de cuaderno, dictadas con su voz que era tan gentil como la de Luis Sandrini. Realmente Pajarito no tenía nada de temible ni prepotente en su persona, ni pegaba como Poblete o el Perro, sino que era glacial y caballeroso como un socio del Club de Septiembre y era muy poco agresivo, a excepción de su costumbre de gritar **¡Pajarito!** cuando alguien no sabía la respuesta del sofisma matemático que nos proponía.

Era la naturaleza de su enseñanza la temible, la insondable y horrorosa matemática, y sólo eso bastaba para que un profesor de tal asignatura infundiese de por sí pavor. Cierto es que los había realmente terroríficos, como Fröebel, nombre que formaba parte del mito prusiano que ha impregnado durante más de un siglo nuestra vida nacional. Lo germano significaba Precisión, Perfección, Trabajo, todas las virtudes que tradicionalmente se ha creído son patrimonio exclusivo de esa raza.

Fröebel era como el Minotauro de todos los maestros y de él se decía —sin asomo de chiste o metáfora— que comía carne humana y que tenía una heladera de las antiguas, con barras de hielo, atestada de carne de sus alumnos perfectamente trozada. No hubo otro más temido que él en varias generaciones, especialmente durante las pruebas de bachillerato, donde se sabía que a quien le tocase Fröebel podía considerarse rajado.

Dos años después vi al monstruo en el Liceo de Aplicación y verdaderamente su aspecto era espantable. Era enorme, como podría haberlo sido el Gigantopitecus respecto de los mínimos antropoides contemporáneos, con una cabezota plagada de verrugas y marcas de viruela. Por su inmenso prestigio en el magisterio del ramo, Fröebel se había convertido en un supervisor extraoficial de los profesores de matemáticas de Chile, y visitaba algunas clases, entre ellas la mía en el Aplicación. Así un día vimos llegar a nuestro profesor don Mario Dujisiel acompañado de una especie de ogro de dos metros y medio de alto por uno y medio de ancho y que estaba hecho como de una sola pieza hasta sus piernas, con un cráneo de medio metro de alto desde la punta del mentón hasta la coronilla, donde se esbozaba un conato de tonsura de beatitud espantable.

En la clase corrió un relámpago de terror, y sin decirlo tuvimos la certeza de que era Fröebel, ya que no podía ser otro. Era casi tan grande como el luchador francés André the Giant que aparecería treinta años más tarde, con más de siete pies de alto, porque así nos pareció Fröebel cuando se sentó junto a Dujisiel, un poco aparte, para presenciar el interrogatorio. Por supuesto que nadie contestó absolutamente nada, porque el terror nos había paralizado. Es más, al cabo de un rato breve la clase se llenó de un insoportable olor a mierda: el Huaso Díaz, que andaba ese día con uniforme de boy-scout, se había cagado en los pantalones y

Dujisiel tuvo que sacarlo al baño a empujones. El Huaso estaba paralogizado y la mierda le iba corriendo como jarabe por las piernas.

Fröebel nos empezó a interrogar personalmente y abrió una boca llena de dientes truncos, retorcidos y cubiertos de sarro amarillo de nicotina con incrustaciones de picorocos como en los arrecifes de coral, y que hacían más pensar en las fauces de un hipopótamo que en las de un ser humano. Sacó una voz de contrafagot, y con un crujido macabro en la vibración de sus cuerdas vocales preguntó, preguntó, preguntó, pero nadie respondió nada.

Desde el pizarrón caía una tempestad de tiza, provocada por nuestras ecuaciones escritas por mano más que temblorosa, paralogizada, y ese polvillo se le depositaba a Fröebel en la coronilla y a Dujisiel en la barba, agregándoles una nieve de años tristes y haciéndonos estornudar de vez en cuando.

ANOTHER HOUR WITH THE MATHEMATICAL MASTER

En personalidad desaforada y alucinante, de seguro ganaba lejos otro profesor de apellido Belmar, que en verdad era hermano de Panchulo aunque no tan avanzado de edad puesto que no era octogenario sino sólo sexagenario, pero se trataba verdaderamente de un loco, si hemos de juzgarlo por lo que hacía en clase. No era profesor del Instituto sino de otros liceos más devaluados como el Victorino Lastarria y cuando allá fueron a rematar Pabuelo y Varolio, me contaron acerca del Hermano de Panchulo.

Como primer acto docente, el Hermano de Panchulo se persignaba con voz y gesto (*por la señal de la Santa Cruz, de nuestros enemigos líbranos Señor, Amén*) al entrar a la clase, como si debiera encomendarse al Altísimo para recibir su ayuda al enfrentar a otro curso de bribones. Siempre, invierno y verano, andaba con un gabán o abrigo impermeable anchísimo y pollerudo.

En sus muchos bolsillos interiores llevaba un muy completo surtido de destornilladores, sierras, taladros, cuchillos y también ovillos de lienza y piolines, todo ordenado prolijamente. Con mayor capacidad que el más fantástico chaqué de prestidigitador y más surtido que la misma gran ferretería Noriega, el abrigo del Hermano de Panchulo debía pesar una enormidad, pero él nunca lo demostró.

Antes de quitarse el gabán —ya que sólo un Titán sería capaz de hacer clase con ese cargamento— se lo abría aparatosamente con ambas manos para que los alumnos admiraran bien su contenido, y exclamaba

¡Hay que venir preparaaaados!

¿Preparados para qué? Suponemos que para lo peor, y así, muchas veces el Hermano de Panchulo usó los destornilladores, serruchos o cuchillos para señalar algo o para clavar el pizarrón donde había alguna palabra difícil porque él era o parecía ser profesor de Francés. También, para aterrorizar a los alumnos —me contaba Pabuelo— hacía poner la mano derecha sobre el mesón a alguno llamado al azar y con un enorme cuchillo carnicero que formaba parte de su set de cortaplumas, navajas de Albacete, puñales y chafarotes, descargaba muchos golpes en sucesión clavando entre los dedos del alumno, cualquiera que fuese, que estaba verdaderamente muerto de susto porque entonces no se reponían dedos, brazos ni piernas.

Su puntería era tan buena como su suerte, y siempre los alumnos salieron con los mismos dedos con los que habían llegado.

ANOTHER HOUR WITH THE MATHEMATICAL MASTER

Con cada problema insoluto que me dejaba impotente frente al pizarrón o el papel, bajaban mis bonos en la clase de Pajarito, y en el mundo entero.

Me distanciaba cada vez más de los prohombres como también de los que no lo eran, como Varolio, que tenía defectos evidentes como el perpetuo mechón sobre la frente y la pobreza del traje, pero cuya habilidad numérica le había ganado el respeto hasta del Coño, que no respetaba nada fuera de los músculos y la estatura, porque sólo con ellos se le podía someter. Las matemáticas eran una excepción notable: allí sí que había que ser gallo y necesariamente Varolio iba a conquistar el mundo con ellas. Pasó del purgatorio del Liceo Lastarria —donde iban los brutos que repetían de curso, y él repitió por los ramos humanistas— directamente a la Escuela de Ingeniería y se habrá ya recibido hace unos treinta años a esta fecha, convirtiéndose de seguro en el ingeniero más escaso de estatura en muchas promociones, pero es sabido que la estatura del hombre sólo se mide de la frente para arriba.

Entretanto yo me escurría por el hoyo de las ecuaciones no resueltas o resueltas en modo absurdo, y los gritos de ¡Pajarito! menudeaban más en dirección de mi persona que hacia los otros, hasta que apareció un rotundo dos —que significaba deficiente— en la libreta bimestral, escrito en rojo, castigo y deshonor ejemplar para alguien que había sido considerado un buen alumno.

En mi casa vislumbraron que necesitaba ayuda y fue Chacharra quien consiguió para mí los servicios particulares del profesor Latorre, el profesor de matemáticas de los cursos paralelos con la letra A. Sus clases se realizaron en la oficina de contador de mi padre, en Ahumada 312 esquina de Huérfanos, en el cuarto piso, número 421:

ANOTHER HOUR WITH THE MATHEMATICAL MASTER

La oficina de mi padre era un lugar que me gustaba mucho: allí había una máquina de escribir, donde podía instalarme a redactar los estatutos del capítulo santiaguino de la Sociedad de la Calavera, una cofradía que me proponía formar entre los amigos del barrio y condiscípulos selectos.

Para escribir las reglas y citaciones a las reuniones secretas de semejante Sociedad, usaba yo un papel de tela carísimo que mi padre guardaba con menos celo que el debido. Esta cofradía iba a dedicarse a la muy noble arte de la piratería, y todos sus miembros debían ser adictos al ron, como se especifica en *La isla del tesoro,* con la diferencia que en nuestro caso en vez de ron se bebería Bilz. La tradición se respetaría en cuanto a que las botellas no serían destapadas con un destapador corriente de tapa corona, sino que tenían que ser degolletadas con un cuchillo en el más puro estilo bucanero, lo cual provocó que una vez me cortara gravemente los dedos, al tratar de descabezar la botella de la gaseosa con el cuchillo más grande de la cocina.

El acápite central de los estatutos de la Sociedad de la Calavera consistía en el envío del disco negro a los traidores, cosa que hice más de una vez, de un modo totalmente arbitrario, entregándoselo también a niños que no pertenecían a la cofradía ni sabían nada de ella. Todos recibían el disco de papel ennegrecido con tinta china con un cierto escalofrío de temor, y empezaban a indagar intranquilos de qué se trataba.

Otro entretenimiento favorito, en la oficina de mi padre, era lanzar escupos a la gente que pasaba por calle Huérfanos. Juntaba bastante saliva y luego lanzaba el gargajo calculando cuándo tenía que soltarlo de mis fauces para que cayese medio a medio de la cabeza o del sombrero de alguno de los transeúntes de esa hora de estampida o relajo vespertino. No tenía necesidad de calcular, como Varolio, la velocidad de caída y la angulación matemática del esputo. Me bastaban el instinto y el sentido del ritmo. Las más veces, luego que el escupo se había alargado y volteado locamente como ajolote o ameba zarandeada por los veinte o más metros de descenso, caía perfectamente centrado en la cabeza de algún calvo oficinista o algún borracho tempranero o tardío cuyos ojos se volvían hacia arriba buscando en vano al ofensor.

Más de una vez algún individuo especialmente enérgico o hinchapelotas anduvo tocando las puertas de las oficinas, en nuestro piso y en los cercanos, buscando *al niñito insolente y ocioso que se dedica a escupir a los pacíficos transeúntes*, porque el chileno debe introducir una retórica bombástica hasta para referirse a humildes escupos que surcan el aire de calle Huérfanos con Ahumada.

Allí entrábamos en el corazón del centro de Santiago, aunque fuese un centro miserable, y todo lo que ocurría en la capital, ocurría allí:

ANOTHER HOUR WITH THE MATHEMATICAL MASTER

Esas estadías en la oficina de mi padre me sirvieron para aprender a escribir a máquina, aunque mi padre y mi familia no le daban a esto la más mínima importancia. Ellos creían, como muchos honestamente creen, que lo importante es el conocimiento teórico, la instancia de la escolaridad aislada del mundo y premiada por diplomas o títulos. En cambio yo nací sabiendo, sin haberlo leído, el aforismo del zorro de Saint Exupery *sólo se ve con el corazón, lo esencial es invisible a los ojos,* aunque entonces nada supiera a ciencia cierta sobre lo invisible que yacía dentro de mí. Pero me daba bien cuenta de las diferencias que existían entre las distintas instancias de lo visible y había por ejemplo una diferencia abismal entre aprender matemáticas y escribir a máquina: la misma que había entre el pedo y el agua de colonia.

Con la llegada del Chato Latorre —quien era verdaderamente petiso y gordo de cara y cuerpo— cambiaron todos los posibles actos de esa parte final de mis días, y los estatutos de la Sociedad de la Calavera cayeron en receso forzado. El Chato tenía el muy difícil cometido de salvataje de mi año escolar, y lo emprendió, si no con entusiasmo —lo que sería impensable a esa hora— con prolijidad y eficiencia. Tres veces por semana llegaba después de las cinco, terminado el colegio, mientras yo estaba apostado en la ventana sin lanzar escupitajos, hasta ver aparecer su figura que no descollaba por lo alta sino por lo ancha.

Alguna vez el Chato no acudió a su cita y desde entonces esperé deseando fervientemente que no llegara, y que uno de sus colegas o sus muchos amigos y ex alumnos lo detuviese en el trayecto de Ahumada entre la Alameda y Huérfanos, abundante de bares y picadas donde refocilarse después de una larga jornada de enseñanza en el Instituto Nacional.

Cada minuto que pasaba significaba que podría liberarme ese día de la clase, que en sí no era terrible, pero era ciertamente mejor la libertad y yo podía emplear ese tiempo observando por la ventana la banalidad de la gente, escribiendo a máquina o lanzando algún escupito cuando la cosa se volvía realmente monótona.

Debo reconocer que el Chato explicaba maravillosamente las matemáticas. Como no estaba allí en el yugo de la clase, frente a treinta energúmenos en vena de escarnecerlo, sino ganándose un buen billete que le podía significar unos sandwiches de lomito o su tonta botella de Cabernet reservado, me explicaba pacientemente las ecuaciones algebraicas. Los números adquirían, en los modales suaves y las palabras mesuradas del Chato, una nueva dimensión y hasta un significado.

Apenas llegaba el Chato, mi padre hacía subir onces del Café Santos, que estaba en el subterráneo, en la esquina de Huérfanos con Ahumada, que era como si un pedazo de un no bien identificado y lejano lugar del mundo hubiese caído precisamente ahí:

ANOTHER HOUR WITH THE MATHEMATICAL MASTER

Mi sitio favorito para tomar onces cuando andaba en el centro era el Café Santos, y no sólo cuando mi padre tuvo oficinas en el mismo edificio del café en los años 40 y 50. Era un gran local elegante y también sobrio cuya característica más importante era el servicio, siempre fijo, de onces con bollitos especiales con mantequilla y mermelada, y té o café preparados al estilo casero, con té de hoja y café de grano que los mozos traían a la mesa, junto con jarras de leche caliente. Ese era todo el servicio del Café Santos, pero la novedad estaba en que uno podía comer cuantos bollitos dulces o salados quisiera y también el mozo podía servir una segunda o tercera taza si el cliente lo solicitaba y de hecho ellos andaban siempre atentos a ofrecerlas. Aunque parezca raro, en el Café Santos nadie se ponía a atiborrarse los bolsillos de pan y se imponía a todos su ambiente como un microclima que incluía una conducta de caballeros. Estaba prohibido sacar los comestibles en otro lugar que no fuese el estómago, buche o lo que fuera que tuviésemos dentro del cuerpo, aunque más de alguno hubiera querido llevarse hasta la cafetera. Los mozos corrían solícitos, con sus blancas hopalandas, llevando las teteras y las cafeteras humeantes, vigilando de paso que las vituallas llegaran a las bocas y no a bolsillos o carteras sin fondo. También se servían helados en el Café Santos, con una muy limitada variedad de sabores: bocado, frutilla y chocolate. A menudo había sólo un sabor. El vaso de helado venía acompañado de dos galletitas de oblea, ni una más ni una menos. La razón de esa austeridad flexible en la cantidad de pan y de té, estaba en el precio: las onces en el Café Santos costaban la mitad respecto de cualquier otro salón de té del centro. La misma monotonía del menú, dentro de su calidad, era un motivo para que el hartazgo se regulara por sí solo.

El piso del Café Santos era escalonado con mesas en varios niveles, todo separado por decoraciones y pasarelas acolchadas en color azul que se repetía en las paredes. Los mozos a menudo trastabillaban en su correr. En una ocasión nuestro mozo predilecto Ireneo se resbaló en uno de esos peldaños y se fue de espaldas en una pirueta irrepetible, desparramando tetera, cafetera, lechero, paneras, copas de helados, bolos de mantequilla y todo el contenido de las onces simples del Café Santos. Fue un desbarajuste apocalíptico: la cafetera llegó a volcarse sobre una vieja muy emperifollada, que empezó a dar alaridos porque sin duda recibió más de una quemadura en sus carnes forradas de géneros rastacueros. Dicho incidente y otro en que un mozo nuevo trastabilló volcando una panera llena de bollos en la cabeza de don José Leví, eran más bien un espectáculo como los del Lucerna o el Goyescas, pero sin cargo extra.

Ireneo, el único mozo que conocíamos por su nombre —que sólo muchos años después supe era el mismo de Funés el Memorioso— era absolutamente profesional, con movimientos mesurados y elegantes y trato educado y solícito, como si ese lugar perteneciese a otro mundo. De hecho era así, ya que esos cafés correspondían a una tradición bien diferente de la nuestra, sea la nativa o la de la fonda de Maritornes.

Había en el Café Santos unos seis mozos que se repartían a los clientes por sectores de mesas. Ireneo era flaco, huesudo y encorvado como hidalgo viejo, pero tenía el pelo completamente negro y es poco probable que se lo tiñese, por ser esa una costumbre reservada entonces a los maricones. Tampoco era el más viejo de todos los mozos. Al parecer, servir en el Café Santos era pertenecer a la crema de la crema de los camareros de Santiago. Algunos, como él, eran jubilados de otros lugares conspicuos: el Hotel Carrera, o el Crillón de Agustinas con Ahumada, donde María Carolina Geel baleó a un amante, en un acto que ya estaba en la literatura antes de ser cometido.

En general los mozos del Café Santos eran viejos, pero uno, al que llamábamos Marmolín por el personaje estatuario de la tira cómica del *Rico Tipo,* era un poco más joven y había aprendido hasta la exageración el lenguaje corporal de los más viejos, movimientos que ejecutaba siempre muy tieso. Marmolín fue el que le llenó la cabeza de bollos y mantequilla a don José Leví. Su continente real era ratonil, pero el superyó adquirido en el café lo hacía agigantarse. Otro mozo, al que llamábamos Kumba-que-rima-con-tumba (nombre sacado de una comedia de Laurel y Hardy) tenía el andar rígido y la faz espantable de un verdadero Boris Karloff santiaguino en chaqueta blanca y con corbata de luto. Nosotros lo evitábamos porque no nos gustaba probar la comida que había sido tocada por sus manos cadavéricas. Había también un viejito corcovado que solía olvidarse de los pedidos y tenía una actitud muy agresiva con los muchachos, producto de su vapuleada senilidad. A éste lo evitábamos como la peste. Yo iba al Café Santos con Benvento y ocasionalmente con Varolio, cuando disponían de algún dinero extra, pero mi compañero más constante era Alexis Avekonian, con quien yo compartía el hobby del aeromodelismo.

ANOTHER HOUR WITH THE MATHEMATICAL MASTER

Fuera de las exquisiteces saladas del domingo, la hora más deliciosa para el chileno, cuando puede otorgársela, es esa misteriosa hora de onces sobre cuya etimología se han explayado académicos tan ilustres como Roque Esteban Scarpia y Rodolfo Orozús, en artículos llenos de erudición y argumentos irrebatibles, porque se trata nada menos que de la cuarta comida del día, inexistente en otras latitudes como no sea el fabulado *five o'clock tea* británico, que denota un alto grado de civilización por la delicadeza de bebidas, pastelería y vajilla, esto es, de pueblos que han tenido más de una reina en su historia.

Se podría pensar que en ese proceso se consumían en cada casa toneladas de té, pero no era así: no existía el té en bolsitas, y el producto en hojas venía en paquetitos prietos de cien gramos que mi familia compraba casi a diario, o de medio kilo, que eran verdaderos gigantes, en papel azul como el de los paquetes de vela y de algodón en rama, impregnados de esa fragancia amiga del té que acompaña al chileno durante toda su vida, corta o larga, de potentado o de paria. Un paquetito de té duraba dos días, bien administrado, siendo el modo de prepararlo ingenioso y artesanal. Se requerían dos teteras, una muy grande y otra pequeña. En la grande se hervía el agua y en la chica, que se colocaba encima de la grande en lugar de la tapa, se ponía el té —un puñadito por cada taza a servir— a remojar con poquísima agua, y el vapor de la tetera grande lo iba de a poco calentando, y abriendo las hojas como flores negruzcas, residuo que formaba figuras que después las herbomantes interpretaban con fantasía y astucia. Luego que el agua hervía por un rato se vertía una pequeña cantidad sobre el té y se le dejaba todavía un poco más recibiendo los efluvios del vapor del agua que hervía en la tetera grande. Así resultaba un infuso negrísimo, como tinta de sepia, y este té concentrado se echaba a las tazas a gusto del consumidor, diluyéndolo más o menos con el agua hirviendo. La Rosa era encargada —entre muchas otras cosas— de mantener esa cadena tesera viva y funcionante por 16 horas o más al día en nuestra casa. No era una tarea complicada, pero sí constante.

Las onces del chileno pudiente, relativa o supuestamente civilizado, son algo mucho más completo y complicado que un *five o'clock tea* doméstico, y lo era más al disfrutarlas en alguno de los salones de té del centro de Santiago: el Novia, el Madame de la Pompadour, nombre desmedido que no se refería al local sino a la exquisitez del menú, el Goyescas o el Lucerna, que eran más bien caros y tenían números vivos, como también la Confitería Gath & Chávez, que desapareció luego con la tienda del mismo nombre. Los Paula aparecieron después, como también un lugar muy especial, La Gallina, donde no se expendían huevos frescos sino el más elaborado de los productos hueveros, la torta chilena de mil hojas, bomba exquisita de capas finas horneadas de masa de huevo, apiladas con el relleno de manjar blanco o dulce de leche mezclado con una buena dosis de pisco. Ahí se podían comprar estas tortas enteras, como también disfrutarlas comiendo una tajada con té en una de sus mesitas. Todos estos locales tenían precios fuera del alcance de nuestro dinero diario, por lo que era necesario ir con los padres.

La hora 25 de las onces era un lujo, un privilegio de señoritos (éramos los señoritos más miserables de la tierra, pero lo éramos) y es por eso que los chilenos que provienen de un estrato social más pobre prefieren tomar onces de té con sandwiches de jamón o queso, algo sustancioso y proteínico que llene el vacío planetario del estómago. El que tomaba onces en su forma regular, estaba aprovechando el privilegio de comer una merienda extra que adulaba solamente el sexto sentido papilar de lo exquisito y que iba a llenar la larguísima tarde, puesto que se almorzaba a las doce o la una y se comía a las ocho o las nueve de la noche. Las onces consistían en varias tazas de té puro o con leche y tostadas con mantequilla y mermelada, además de galletitas surtidas. Cuando se quería hacer unas onces especiales se servía torta, y cuando era posible, se ofrecían también dulces chilenos. Los dulces chilenos son ligeros como plumas y no se atiborran de crema o chocolate difíciles de digerir. Recordemos que nuestro sistema digestivo y enzimático es frágil, como el de los enfermos o de los convalecientes, aunque en los campos de Chile se come como lobos hambrientos, pero de todos modos el organismo del habitante nacional tiene algo de endeble que proviene a su vez de una privación ancestral, una construcción somática basada en la ingestión mínima. Los dulces chilenos están hechos de masas delicadas y su recubrimiento se basa en el merengue, que no es exactamente el merengue tradicional con el que también se hacen los pasteles así llamados, sino que se compone de batido de azúcar y clara de huevo que involucra toda un arte de la preparación, para dejar el merengue en una consistencia ni demasiado dura ni demasiado blanda. Los empolvados son de masa muy parecida al bizcochuelo o *pane di Spagna,* y están cubiertos de azúcar flor como harina impalpable. El relleno de toda forma de dulces chilenos es el manjar blanco, cuya preparación tiene infinitas variaciones y aspectos en el grado de cochura o punto y también del sabor, con azúcar y también canela, clavo de olor y hasta pulpa de lúcuma.

Había onces de verano donde el helado tenía su lugar asegurado, como un beso de hada, y también había muy especiales onces de invierno cuando en la tarde lluviosa, brumosa y con todos los colores del gris, semejante momento volvíase inigualable y había que juntarse con los otros náufragos en una tierra más segura, y esa tierra o isla de salvación eran las onces con servicio de invierno, con sopaipillas incluidas por derecho propio. Las sopaipillas tienen un vago parecido con lo que en Estados Unidos se llaman *scones,* en la consistencia de la masa, aunque en realidad son algo muchísimo más especializado y sutil. Las sopaipillas nacían en la masa, que podía haber sido de torta, pan amasado o empanada, en su placenta elemental de harina, manteca y salmuera de leche, pero había una diferencia fundamental: la masa contenía pulpa de zapallo que se cocía primero y se pasaba por cedazo para quitarle las hilas de fibra. La masa se mezclaba bien y no se amasaba largamente como con el pan o las empanadas. A medida que se hacían las sopaipillas y los picarones, rápidamente se iban friendo. A mí me gustaban así solos, simplemente fritos y sin el relajante jarabe con que se los empapaba para servirlos, bien calientes las sopaipillas y los picarones, junto con el té con leche señorial de las onces.

Todo eso era chileno, y lejano, e irrepetible. Una vez comí sopaipillas pasadas en un restaurante chileno de Pontiac, Michigan, y parecían pedazos de suela de calamorro, o como si hubieran descongelado la carne de los mamuts petrificados en Siberia para preparar unos anticuchos.

ANOTHER HOUR WITH THE MATHEMATICAL MASTER

Yo nunca había comido y menos tomado onces con profesor alguno, así que estaba muy embarazado por la presencia del Chato, y comía mi hallulla con mantequilla con tanto cuidado como si tuviese las fauces llenas de aftas y boqueras. Esa era la sensación, exactamente. El Chato era muy cuidadoso al comer, y cortaba las hallullas enmantequilladas en cuatro con su cuchillo, para luego comerlas prolija y delicadamente con el tenedor, y bebiendo su té a sorbos muy cortos. En un momento de ésos en que estaba tomando onces con el Chato Latorre, llegó mi padre con la cara extrañamente tirante, en un rictus como si se hubiese agarrado una serie de chopazos en la mera boca. El pobre se traía las fauces prominentes como la bemba de un negro, y no podía casi pronunciar palabra, como si aguantase una papa entera entre los dientes.

Mi padre saludó al Chato con un murmullo ininteligible. Me quedé estupefacto, pero luego entendí y le dije *ya te pusieron las placas, ¿verdad papá?* Mi pregunta enojó mucho a mi padre, que enrojeció de rabia y dijo algo parecido como *huyke surmiturtir burudi sirulgousí,* mientras el Chato me echó una mirada que quería decir: *¡Caramba, éste no sólo es bruto para las matemáticas!*

Ferrari, el mozo de la oficina de mi padre, se permitió reirse solapada pero abiertamente en esa ocasión. Poco tiempo después fue despedido, aunque yo hubiera preferido que mi padre no lo hiciera, puesto que lo consideraba mi amigo. No puedo hasta ahora precisar si Ferrari ya sabía que iba a ser echado, y por eso se rió tan desvergonzadamente en la propia cara de su patrón por sus nuevos chocleros o *chompers,* o si ése fue el último acto de su suave impavidez de chulo. Con la partida de Ferrari la oficina de mi padre ya nunca fue la misma.

Ferrari era una especie de modelo para mí, sobre todo porque se peinaba como personalmente me hubiera encantado hacerlo, con un enorme jopo que se continuaba en una especie de blindaje de pelo a ambos lados de las sienes, todo profusamente engominado. Un día en que Ferrari se agachó para recoger una pluma fuente, pude descubrir el secreto de su jopo: se hacía una partidura que le atravesaba la cabeza de oreja a oreja, para poder aparejar ese jopo hacia adelante y hacia el lado derecho donde se confundía con el pelo engominado de la sien. El pelo atrás en la nuca estaba cortado en una línea afeitada prolijamente, lo que recibía el muy inapropiado nombre de corte americano (todos sabíamos que los gringos se cortaban el pelo como un chancho de encerar suelos) y que era signo inequívoco de que ese sujeto pertenecía a la mala vida, era cafiche de putas o cantante de boleros. Ese peinado provocatorio era una premonición del que llevaría Elvis Presley y que después adoptaríamos como moda generacional.

Era simpático ese Ferrari, y cuando me acompañaba a casa, las veces que mi padre debía quedarse hasta más tarde en la oficina, me contaba chistes todo el tiempo y no me despreciaba por ser un niño, mucho menor que él que tendría unos veinte años.

Una vez habíamos mandado a reparar la locomotora de mi tren eléctrico donde sus fabricantes de la casa Doggenweiler, dedicada —en una de esas asociaciones inexplicables de nuestra tierra— a los pianos de cola y los trenes eléctricos, y Ferrari llevó la pesada locomotora en una mano mientras me acompañaba a casa, riendo y chanceando todo el tiempo.

Al ser despedido lo reemplazó Venancio, que era lo suficientemente tonto como para no meterse en líos con las dentaduras postizas de su patrón, y con la inteligencia mínima que se necesita para asear una oficina y cumplir recados elementales. Venancio representaba para mí el polo opuesto de Ferrari en todos los aspectos físicos y mentales. Era morenito y pequeño y, al entrar mi padre a la oficina, saltaba de una silla donde se lo pasaba todo el tiempo y lo quedaba mirando, con los ojos asustados de un enorme roedor o capibara. Tampoco podía acompañarme a casa: era tan bobo que cada vez tenía yo que explicarle las micros que debíamos tomar y en realidad era yo quien absurdamente lo acompañaba a mi propia casa, desde donde tenía que volverse solo y se perdía, no llegaba a la suya y sus padres a su vez se lamentaban.

Además, cuando llamaban por teléfono a la oficina y preguntaban *¿con quién hablo?* Venancio tenía la costumbre de responder *con Venancio López,* para luego caer en su mutismo. El interlocutor, por lo general un cliente de mi padre, quedaba desconcertado y pensaba que se había equivocado de número.

Mi padre tuvo que instruir a Venancio para que nunca espetase su insignificante nombre, porque a nadie le interesaba saber que hablaba con él, sino con la oficina del contador don Luis Castellano Veas. Lograrle hacer esto costó muchísimo, y al fin aprendió a decir *Oficina de don Luis Castellano, buenas tardes.* Su fidelidad y falta de otros vicios o metidas de pata le aseguraron un empleo duradero en la oficina de mi padre, hasta que la pobreza de los negocios y la crisis general lo obligaron a prescindir del mozo de los mandados y poco después, también de la oficina misma, que trasladó a casa, donde trabajaría hasta su muerte:

ANOTHER HOUR WITH THE MATHEMATICAL MASTER

El Chato me instruía después de disfrutar todos con las onces del Café Santos. Sus explicaciones, sencillas y metódicas, fueron abriéndome poco a poco el dominio ignoto y terrible de las matemáticas. Por varios meses tuve esas clases que eran semi nocturnas: se oscurecía completamente mientras escuchaba su lección, y miraba yo por la ventana de vez en cuando para percibir la vida que me estaba perdiendo, hasta que las lecciones se interrumpieron cuando mi padre se cambió a otra oficina, la 918 del mismo edificio. Era como si para el Chato hubiese sido demasiado esfuerzo llegar al noveno piso. Con ello, volvieron mis malas notas de aritmética, geometría y álgebra, que no iban a cesar ni con la muerte de Pajarito Sepúlveda.

Con el traslado al noveno piso, el panorama de la ventana cambió por completo. Ya no lanzaba escupos a la calle: era tan alto que me asustaba asomarme hacia abajo, y los transeúntes ya no tenían la misma dimensión, alejados y convertidos en insectos. Como compensación, desde allí tenía una vista de los techos del centro de Santiago y se podía divisar hacia el poniente la mole del Hotel Carrera, que era entonces el edificio más alto de Santiago, con sus escasos quince pisos o algo más, y también la torre del Seguro Obrero, donde había un faro giratorio cuya luz escudriñaba la lejanía y pasaba cada ciertos minutos sobre nuestra oficina, iluminando la ventana. Me quedaba allí durante el tiempo necesario, hasta que mi padre terminaba su jornada, allá por las siete y media.

Volvíamos a casa en el troley 6 fascinado yo por el recuerdo de esa luz y la presencia de los grandes edificios que imaginaba eran el Empire State y el Chrysler de Nueva York, de los cuales tenía una vaga idea proveniente de fotografías o relatos de amigos viajeros, un recuerdo del futuro porque sólo los llegaría a ver 35 años más tarde.

En el sueño más pesado de la otra vida se entra una vez más en el almacén del Vinko como si todo no hubiera muerto y desaparecido, se entra y se permanece, soñando o durmiendo, y también despertándose, y el dolor de despertar es semejante al dolor de soñar por ejemplo el sabor de la mortadela de caballo que tenía reservada el Vinko padre para nuestros sandwiches, y soñar con el dormitorio del Vinko Chico, que estaba en el meridiano de un espacio imposible aun para una casa de Santiago. Era como un tálamo o más bien hipotálamo para las nupcias del Vinko Chico con una novia que le estaría por nacer: su cama estaba levantada del suelo por esa repisa de tablas que en realidad era algo muchísimo más siniestro. Una vez la movió cuidadososamente para que por fin yo **viera:** debajo de la cama no estaba lo que podía esperarse, esto es el suelo, debajo de esa repisa de madera mancillada no había suelo sino un abismo pavoroso.

En esa pieza o dormitorio del Vinko Chico, había imágenes religiosas, ciertos íconos eslavos que me parecían más ajenos que jeroglíficos kukuanos y a los cuales los padres del Vinko y sus hermanas y tías dejaban siempre velas ardiendo, y fuera de esa presencia del sebo de vela, que es siempre saludable, incluso inocente, había también un olorcito como de mar lejano, más pensado que sentido pero persistente, que seguramente el Vinko Chico ya no percibía.

Así cuando el Vinko Chico abrió esa compuerta que estaba casi siempre cerrada por su lecho, vi que abajo pasaba el agua, un agua de color chocolate que se escurría a gran velocidad y casi sin ruido. Era un canal que nacía allá arriba en la cordillera y que bajaba por eriales y callejuelas, y se hundía en la tierra (lo que se llamaba un zanjón cubierto) a unos kilómetros de su nacimiento en el Canal San Carlos en Tobalaba. De repente se lo podía ver a tajo abierto, como en la esquina de Antonio Varas con Irarrázaval, a tres cuadras de mi casa, donde había una fábrica de hielo que aprovechaba esas aguas malignas, con no muy claros aportes de una tecnología aun más misteriosa, para hacer las barras de hielo que luego vendían por el barrio en una carretela con toldo que siempre dejaba un reguero de agua escapada y que recorría las calles a horas disparatadas. Luego el canal se sumergía otra vez para no volver ya a aparecer, y torcía hacia al norte yendo a desembocar en el río Mapocho, desaguadero final de Santiago. Tenía el Vinko Chico un raro honor, casi un prodigio, de dormir sobre el misterioso canal. Me decía que muchas veces vio pasar ahí abajo perros y gatos muertos, ramas, residuos infinitos e innombrables, y alguna vez, también un cadáver humano, de un infeliz seguramente ahogado mucho antes de sepultarse en ese torrente o Carón subterráneo. El agua tenía el color de la mierda, ya que ésta era en gran parte su componente, diluida en el gran torrente.

Cuando me destapó el hoyo del zanjón, quise hacer inmediatamente un barquito de papel plegado, ya que siempre he tenido alma de navegador de barcos en los que yo mismo no zarparé, y al dejarlo caer en esa semipenumbra desapareció tragado por la bóveda de donde ya no volvería a salir, ni yo a verlo en el jamás de los jamases.

Esa pieza del Vinko Chico, con todo lo abisal y mariscador que parecía o era, no dejaba de ser luminosa por otras razones bien específicas, ya que era el lugar de las proyecciones de las películas de Grafo Films, o sea del proyector Grafo. Este proyector fue una de esas pocas poderosas y leves mentiras que existían para darnos sustento. Era nada más y nada menos que un tarro como los de duraznos con una ampolleta adentro y poseía dos tambores giratorios de lata también muy precaria y una lente montada en otro tarrito más pequeño. Era una mezcla de linterna mágica y proyector de películas, una criatura de unión morganática con fruto inocente. Desde el abismo o microparaíso de nuestro subdesarrollo, el proyector Grafo surgía como pobre sustituto de un verdadero proyector Kodak o Keystone de ocho milímetros, objetos que naturalmente existían, pero que de puro inalcanzables eran como productos de la fantasía. En todos esos años vi un solo verdadero proyector cinematográfico: el que tenía nuestro vecino el padre de Jorge Campos, quien también poseía una filmadora, hecho que lo colocaba indiscutiblemente en una categoría sobrehumana. Algunas, las muy pocas veces que se me permitió compartir esas maravillas, el padre proyectaba escenas familiares, deshilachadas y naturalmente mudas, pero verlos a ellos moverse en la pantalla era una realidad absolutamente prodigiosa. También, en uno de esos rollitos de películas caseras, aparecían unas vistas tomadas en el tren cruzando el viaducto del Malleco cerca de cuya ribera norte estaba el pueblo donde la Rosa había nacido, puente que yo había atravesado varios años antes yendo a visitar a mi tío que vivía en Victoria, obteniendo una impresión terrible e inolvidable.

El ver recrear esa realidad ajena y a la vez tan cercana en la pantalla, ha sido y es una de las maravillas más increíbles, donde la técnica se sobrepasa a sí misma. Ahora, cuarenta años más tarde, cuando el milagro es aun más radical, con las vistas tomadas y recreadas instantáneamente con la videocámara, con imagen en color y sonido fiel, ello no deja de sorprenderme igual que entonces, porque recrear un momento dado es detener el tiempo, deseo fáustico más viejo que el mundo y que el hombre mismo.

Hubo un tiempo en que toda mi energía, toda mi pasión, o sea todo lo que deseaba hacer, era realizar una verdadera película de dibujos animados creados y puestos en vida por mí mismo. Las películas de animación vistas hasta ese momento, *Blanca Nieves y los siete enanitos, Pinocho, Música maestro* y la última, *Los tres caballeros,* eran el mundo más maravilloso que pudiera imaginarse, un universo de perfección al que hubiera querido integrarme, porque entonces no podía tener la más mínima idea acerca de la ideología de conformismo y manipulación de la realidad que so contrabandeaba con ellas. Por un tiempo, cuando tenía catorce o quince años, hasta quise irme a los Estados Unidos para trabajar como animador de películas de *cartoons.* Ahora doy gracias a mi inercia y a mi apego a las cosas familiares, porque de haberlo hecho mi vida hubiera sido completamente diferente y de seguro no para mejor, como galeote en alguna cadena de montaje de animadores, porque ahora estoy cierto de que yo no habría aceptado las reglas del juego para alcanzar el éxito en ese medio, ni ellos hubieran aceptado las mías en cuanto a creador.

Yo no tenía la menor idea de cómo se podía hacer una película, pero sí sabía que podía hacerlo, y tenía esa película como filmada en el cerebro. La llevé allí por años, la superproducción con todos mis personajes del Valle del Ensueño. Entonces —para mi suerte— no conocía ni sabía del abismo que va del pensamiento al producto, el acto creacionista huidobriano de parir tu idea no se hacía carne en la tierra baldía del presente y por ello sólo podíamos soñar, como si uno estuviese continuamente durmiendo y despertando para mejor dormir. Lo cierto era que mi película estaba íntegra en mi mente y hubiese bastado una insignificancia, algo así como los estudios de producción de Hollywood, para hacerla realidad. Debía todavía vivir y morir demasiadas veces para poder filmar una película real. En el intertanto, lo que podía hacer e hice, fue lo siguiente: confeccionar con mis manos lo que sería como un antepasado prehistórico de la videocasetera con la pantalla incorporada. Era simplemente una caja de zapatos a la que había recortado un hueco cuadrado en el fondo y de este modo había preparado la pantalla. Las imágenes eran mis propios diseños, hechos en un rollo de hojas de cuaderno pegadas en serie.

Allí aparecieron mis historias de la Hormiga Cecilia y de Pancho Tucano, y yo las hacía desfilar, desenrrollándolas y enrollándolas sucesivamente de izquierda a derecha en un mecanismo rudimentario hecho con dos cilindros de madera de los que se usan para sostener el papel higiénico en el baño, con unas manivelillas atornilladas arriba, sacadas de unas herramientas viejas de mi padre. La película en mi visor zapatero pasaba de izquierda a derecha, con sus distintas escenas trazadas con tinta china e iluminadas con lápiz de color. Con su premonición televisiva, mi caja era, respecto de un aparato moderno Mitsubishi o Sony Trinitron, lo que un carromato de Mesopotamia o Sumeria sería a un Lamborghini Countach o un Ferrari Testarossa. Pero al igual que los modernos, tampoco podía competir con la magia de la oscuridad cinematográfica, el universo del cual ya éramos adictos, mesoneros y parásitos al mismo tiempo, en el centro santiaguino.

El Grafo, por otra parte, no era exactamente un proyector de cine, faltándole el elemento esencial del movimiento, aunque poseía toda la fascinación de la materialización de la imagen en una pared desnuda y blanca, la proyección que ya la linterna mágica podía dar, con su par de siglos o más de vida. También era un paso adelante, puesto que el rollo permitía contar una historia más completa y la misma puesta en escena, con la silueta augural del proyector, cuyos tambores se parecían a los de las verdaderas películas, contribuía a asimilarlo a una verdadera proyección con movimiento.

Los proyectores Grafo hasta tenían una oficina en el centro de Santiago, en los pasajes subterráneos de Ahumada 312. Todas las películas de Grafo Films estaban ahí para la venta, arrolladas en carretes de cartón y dentro de sobrecitos con sus nombres. Estas eran de papel cerado, y semitrasparente. Había un catálogo de las películas que eran como historietas muy largas, para leerse verticalmente en vez de horizontalmente. Había que repetir varias veces la operación de enrollado y desenrollado, para dejar las películas listas en los carretes o en los sobres con la cola al principio al terminar la función. Ahora podemos decir que tanto los espectadores como los operadores del proyector Grafo debían tener una paciencia realmente ejemplar, que provenía sobre todo de nuestra diversa concepción del tiempo, para esperar durante las interminables enrolladas y desenrolladas.

Muy luego mi padre me procuró un proyector nuevo después de un rápido descenso desde su oficina del noveno piso al subterráneo. El proyector del Vinko Chico era café, el mío gris, de un color no ratonil sino más bien diplomático. Al comenzar a usarlo empezó a exhalar un fuerte tufo a pintura quemada. No sólo era eso sino que, a poco de pasada una película sobre Guillermo Tell con unos grabados horrorosos donde los hombres parecían zombies o cadáveres escapados de la morgue, un gran chispote saltó del proyector Grafo y todas las luces de la casa se apagaron. En el zoquete de la ampolleta de 100 bujías que se recomendaba había habido un cortocircuito y el aparato entero quedó arruinado. Mi padre hizo valer la garantía, cosa verdaderamente sin precedentes en nuestro medio, y sinceramente creo es la única vez que haya podido hacer valer el derecho de garantía en toda nuestra vida en Chile. Le entregaron un proyector flamante y probado, esta vez de color rojo, muy brillante, con lo que salí ganando con el cambio. De este modo me fue posible independizarme del Vinko Chico, a pesar de que me gustaba mucho ir a su casa. Ellos, con su misterio eslavo, eran muy gentiles y siempre me daban té con leche y grandes trozos de pan con mantequilla y la apreciada mortadela de caballo del almacén. El Vinko Chico, además, era inigualable en presentar las películas, cosa que hacía empezando por la introducción de los títulos que leía con un cierto errorcillo disléxico: en vez de leer *Grafo Films presenta...* con que cada película empezaba, declamaba *Grafo* ***Flims*** *presentaa-aa-aa...* Lo importante era que, con el aparato en casa, yo podía proyectar y también hacer cuantas películas me viniera en gana, desligado del Vinko Chico.

Cuando empecé a confeccionar los rollos de película utilicé el mismo papel de mantequilla que mi madre usaba para sus moldes de ropa. Pero apenas proyectadas un par de veces, esas películas se pusieron amarillas y chamuscadas por el calor de la ampolleta. También había comprado algunas de las películas originales. Una de ellas trataba de un viaje a la Antártida de Gabriel González Videla, cuyos derechos había ido a reclamar para Chile, convirtiéndose en el primer presidente latinoamericano que jamás pisara el continente blanco. Muchos otros países se interesaban en esta región, por su importancia estratégica y económica, sin tener por supuesto el más mínimo derecho territorial o histórico. La película de Grafo Films estaba hecha en el tono rimbombante y simplista que caracteriza a los documentos oficiales, y contaba todos los pormenores del viaje de González Canela. Los dibujos de esa película eran sacados de los periódicos y parecían fotos solarizadas —ese procedimiento que inventó Man Ray— con sombras abruptas en blanco y negro. Algunas caras se veían horribles, como si el Loco Zambero fuera uno de tantos cadáveres dialogando con los pingüinos que sí se veían perfectos en sus colores originales.

Luego descubrí que era mucho mejor y más divertido hacer mis propias películas, que comprarlas en la oficina-cuchitril de los proyectores Grafo. Para que las películas no se amarillearan y oscurecieran debido al calor de la ampolleta, había que encontrar un papel de mayor calidad y descubrí que el mejor era el de planos, usado por los arquitectos. Yo debía hacer mis indagaciones con tozudez, preguntando y exasperando a mucha gente, incluida mi familia que no sabía nada de esos u otros papeles, y recorriendo los negocios aledaños a la oficina de mi padre donde finalmente encontré el deseado papel. Mis nuevas películas se hicieron en ese papel tan resistente como transparente, con tinta china y acuarela, ilustrando y coloreando cada fotograma, como si fuese un verdadero filme de dibujos animados que nunca iría a animarse. Pensé que mis películas no podían dejar de tener un nombre de producción y así, tomando como modelo la RKO, designé a mis películas como producidas por la RCVE, siendo VE el Valle del Ensueño, donde estaba la sede central de todo lo relacionado con mis personajes. El símbolo era prácticamente el mismo de la RKO: un globo terrestre con una antena emitiendo rayos.

El Vinko Chico quedó turulato ante mi capacidad de ilustrador cinematográfico, y se convirtió en espectador habitual de mis proyecciones que luego se transformaron en un espectáculo completo. Después de la lectura de algún trozo seleccionado de mis cuadernos de historietas, o la ejecución de algunos trucos de magia con naipes, venía la proyección de las películas hechas por mí, anunciadas por el Vinko Chico con su inigualable *Grafo Flims Presentaa-aa...*

Yo actuaba, como en los circos pobres que recorren los campos de Chile, en todas las funciones artísticas dentro del espectáculo y hasta en otros menesteres, puesto que también confeccionaba los boletos, escribiéndolos a mano y luego, con una aguja de mi abuelita iba perforando en una línea lo más recta posible los hoyitos necesarios para despegar el talón, que yo mismo cortaba después de haberlos vendido, en veste más pedigüeña que promocional, entre los vecinos del barrio, niños y adultos. Los boletos costaban una suma ínfima, pero es interesante que, siendo vendidos, se establecía ahí una suerte de protoministerio a la americana, profesionalizando a la vez el espectáculo. Dentro de éste, yo funcionaba de acomodador, utilero, arquitecto, y también actor y prestidigitador, puesto que las proyecciones de Grafo Flim contaban con una introducción en vivo. Tenía yo que acarrear las sillas del comedor, debía colgar las cortinas para darle al espectáculo el marco adecuado, puesto que de otro modo ¿qué clase de espectáculo sería? anudando el cordel para tender la ropa entre dos clavos en las paredes de la galería, donde se desarrollaba la función. Las cortinas eran un viejo cubrecama de mis tías abuelas, al que se le había cosido unas argollas de bronce que alguna vez pertenecieron a reales cortinas, en otra época y lugar. Así, se reciclaban o se inventaban los objetos.

La pantalla, como es tradicional y hasta necesario, era una sábana vieja, lo que no la diferenciaba en absoluto de las que realmente envolvían nuestro dormir. Yo iba por el vecindario anunciando la función, acomodaba a los espectadores, abría y cerraba las cortinas y me anunciaba a mí mismo. Por último, también elegía la música incidental que se escuchaba en el tocadiscos de púas únicas, con lo que me convertía en un ocupadísimo **DJ** mientras hacía todo el resto.

En casa había una pequeña enciclopedia infantil, titulada *El libro de oro de los niños,* donde aparecían varias obras de teatro que dramatizamos con amigos en esos shows, en especial una que me gustaba mucho y que era una versión nueva del cuento de Caperucita Roja, a quien iban a visitar una serie de amigos y seres fabulosos mientras estaba enferma en su lecho, y una bruja llamada Gajo de Sauce le llevaba una pecera de regalo. A mí nada me hubiera gustado más en el mundo que tener una pecera, y no era otra cosa que ese deseo frustrado, el que me hacía llenar botellas con pirihuines para imaginar que eran peces, y también con pescaditos recortados de papel coloreado.

Esa obra de teatro había sido escrita por Juana de Ibarbourou, uno de los tantos colaboradores legendarios de ese libro. Creo que debo mucho en mi vida a *El libro de oro de los niños,* con todo lo adocenado de cierta cultura que aparecía ahí. Había un tipo de sensibilidad que se trasmitía en él y empapaba a sus pequeños lectores, algo muy difícil de desentrañar y de sistematizar, pero que ciertamente provenía del calibre intelectual de los que componían su equipo editorial. Gabriela Mistral estaba entre ellos, fuera de la Ibarbourou.

De alguna de esas comedias cuyo texto ahora se confunde con los sueños, proviene el diálogo de una niña con unos pajarillos:

Sí, pajarito chino de color añil...
Sí, pajarito chino de color punzó...

C *Lauro Hernán Prieto, profesor*

Un día de 1950 se presentó en la sala del 3°B un viejecillo estrafalario. Un abrigo raído y negro cubría su pecho desnudo, porque al parecer no usaba camisa, de seguro por no tener cómo comprarla, lavarla y componerla, o quizás su última camisa se le había terminado hacía tiempo. Unos cortos pantalones, negros como mangas de deshollinador, se le asomaban por debajo del abrigo también negro, y como en la "Milonga negra", un par de negras galochas de lluvia cubrían sus zapatos de naturaleza indefinible, residuos de zapatos, macerados y destruídos por los años y años de caminata. Tampoco usaba calcetines, pero es de presumir que hubiesen sido negros, de haberlos llevado o cuando los llevó en otro tiempo.

Por alumnos que venían de otros liceos de apartadas regiones de Chile, supimos después que usaba el mismo atuendo invierno y verano, recorriendo la *larga y angosta faja de tierra* desde alguna escuelita perdida en los salares de Parinacota hasta las nieves líricas de Puerto Aysén. Nadie sabía cómo se movilizaba en esas distancias, y tenemos fundadas razones para creer que lo hacía siempre a pie, acarreando dos grandes fardos de hojas impresas en papel de dos colores diferentes, verdes para la poesía y anaranjadas para la historia.

Su vida era tan profesionalmente inocua como agobiada de faena —como lo es la vida de los maestros en general en cualquier sitio del planeta— pero Lauro Hernán Prieto, en vez de hacer clases, por haber sido jubilado prematuramente, ganábase el sustento que su jubilación irrisoria le negaba, con la venta de hojitas didácticas, trotando los respetables caminos del país.

Cuando apareció por nuestra sala, teníamos clase de matemáticas y el curso estaba a la espera de la llegada glacial de Pajarito Sepúlveda, acontecimiento que no iría a ocurrir ni en ése ni en ningún otro día de clases, porque en el mismo momento en que entraba el increíble viejecillo, Pajarito estaba siendo llevado a la vieja Posta de Urgencia en calle San Francisco —donde once años después yo trabajaría un tiempo como farmacéutico bodeguero— atacado de un infarto irreversible y fatal. Nosotros, como ocurría en cada ocasión en que un profesor se retrasaba, le deseábamos toda clase de contratiempos, sin llegar a la exageración de desearle la muerte, y sus minutos de ausencia se contaban con creciente esperanza.

Instalado frente a la clase, con sus gruesos fardos bicolores, el viejito se presentó en los siguientes términos: *Estimados alumnos del 3° B: Yo soy Lauro Hernán Prieto, profesor, y vengo aquí a traerles una ayuda preciosa para sus estudios. Es muy posible que ahora mismo ustedes no lo valoren, mas esperen a que llegue el momento de su bachillerato, ese momento solemne de vuestras vidas: ¡entonces estas hojillas que les ofrezco ahora serán oro puro! ¡Se los asegura este viejo maestro! A mí me han costado cinco pesos cada una, pero a ustedes se las vendo a tres. No me importa perder dinero, soy un verdadero maestro y si he dejado el magisterio activo, ha sido por mi precaria salud...*

Mientras Lauro Hernán Prieto iniciaba de este modo su discurso introductorio de las hojas de poesía e historia, nos fijábamos en su cara, que no era menos notable que su atuendo: su cráneo era una caperuza de pergamino puro, reseco y brillante como si hubiera ido a la plaza a lustrarse la cabeza en vez de los zapatos, que no necesitaban ser embolados tratándose de galochas de lluvia. Sobre esa piel se le notaban las venillas en indescifrable maraña, como si ya se estuviese momificando y esas venas fueran ríos secos en el desierto de su calva.

El panorama del curso era el siguiente: en la primera fila Mermelada resolvía un crucigrama. Otros muchos mirábamos embobados una mosca que se había posado en la calva del veterano y que se estaba cebando de los exudados de una excreción que tenía en su parietal izquierdo, muy parecida a ciertas gomas que salían en el tronco de los duraznos en mi jardín. Era una venilla reventada, tumorcillo o moco extraviado de su nariz, y la mosca estaba sorbiendo con trompa diligente esas pestíferas esencias, hasta que el maestro, trasportado por su discurso, logró percibir el cosquilleo, se palmeó la pelada y lanzó al insecto moribundo al suelo donde Parro lo ultimó con su botín derecho, que era el que pateaba más fuerte y todos lo sabíamos muy bien. Esta vez el Coño fue delicadísimo, y hasta se sintió en la sala el crujido del cuerpo coriáceo de la mosca despachurrada, porque tal era el silencio que se había hecho, no por el discurso de Prieto, sino precisamente por ese insecto venido del azar de las cosas, como si de algún modo ya conociera el poema de don Antonio Machado.

En la primera fila, el que era su lugar más natural, Cholimbo miraba con calma y dignidad doctoral al maestro descalificado por catarroso, asmático y por su hígado incompetentemente nacional. Cholimbo se parapetaba sin saberlo, detrás de sus anteojos siempre empañados por una bruma u opacidad lechosa, y se establecía entre él y el maestro una suerte de complicidad de los parias, porque ambos lo eran sin escapatoria.

Corvalán se había sacado un zapato y de improviso se lo había colocado cubriéndole las narices a Chanta, abundoso de orejas pero más bien ñatito, que empezó a retorcerse bajo esa máscara de anestesia brutal como lo era cualquier borceguí nuestro, debatiéndose hasta que logró deshacerse de la mascarilla de cuero y le lanzó un sonoro *¡ya conchetumadre!* que el viejo por supuesto oyó, pero no dijo nada. Más atrás, el auditorio estaba dedicado a sus pasatiempos favoritos en caso de emergencia: jugar al gato, como Benpenca y el Caballo ya lo hacían o los más inocentes como Pabuelo o yo mismo, leíamos debajo del banco algún número nuevo o viejo de *El Peneca*. Otros hojeaban el *Rico Tipo* argentino, lectura para los más pudientes y aventajados de cerebro. En casos como éste también se producía, como un milagro pertinente, la circulación clandestina del más preciado de todos los libros de ese tiempo: *Memorias de una Princesa Rusa*.

Repantigado y con un pucho apagado en el labio inferior, el Coño miraba al viejo con arrogancia. Se atrevía a sacar el cigarro cuando se sentía dueño absoluto de la situación y presentía que Poblete no llegaría, y además llevaba una bola de chicles Adams en su boca abierta en un rictus de insolencia que hubiera podido tomársele como una imitación del gesto de Elvis Presley, si no hubiesen faltado unos cinco años para la llegada del Rey. En los fondos últimos de la sala, fétidos a cigarro trasnochado y a sudor diurno, dominio de la Mafia, Yopo y Vargas jugaban a las cartas con naipe americano, que era el decente. A los demás no nos quedaba otra salida posible que escuchar el discurso de Lauro Hernán Prieto que se retorcía a cada frase sus enormes mostachos negros y enhiestos, como los de algún tirano, estadista o genízaro de otra época, y que eran la única parte llena de arrogancia en su figura.

De pronto, salido de quién sabe dónde, pues todo el resto del Instituto se suponía en clases, un alumno de otro curso, chascón y con el rostro contraído por una risa que postulaba a pérfida, se asomó por la puerta entreabierta, gritó ¡VIEJO LOCO! y desapareció por el corredor hacia su sala.

No diremos que el viejo palideció, pues en su amojamada y curtida cabeza no había suficiente sangre como para eso, pero se retuvo, y un instante silencioso le hizo tragar o deglutir el insulto en una maniobra o mecanismo al que su cuerpo estaba seguramente entrenado por décadas, y siguió hablando después de retorcerse dos veces los mostachos: *la primera hojita que ofrezco, estimados estudiantes, tiene como tema el más sagrado que un alumno de colegio pueda estudiar: la Historia Patria de Chile. Es un tema que, con todo el respeto a mis colegas historiadores, ha sido estudiado muy superficialmente y con grandes imprecisiones. Yo, señores alumnos, he puesto fin a este caos en esta hoja que les mostrará el alcance de mis investigaciones históricas...* Aquí el maestro sacó la hojita de Historia Patria, y la agitó delante de nuestras narices. La hojita contenía retratos de Padres de la Patria, y Presidentes del siglo pasado con sus respectivas minibiografías, ya que nuestra historia parecía cortarse abruptamente alrededor de la Guerra del 79 como si allí terminase todo lo que debíamos saber por ahora, posiblemente para no complicarnos la vida con Balmaceda y lo inoportuno de sus impulsos suicidas, y el León de Tarapacá con la querida chusma, etc... Con retratos trazados a pluma de unos 2 x 3 cm., que sólo permitían adivinar sus rasgos más esenciales, estaban por supuesto O'Higgins, los Hermanos Carrera, Diego Portales, Manuel Bulnes y también el Húsar de la Muerte Manuel Rodríguez *cuyo segundo apellido* —aseguró el maestro— *aparece mencionado en distintas formas en los textos de Historia. Aparece como Ardoíza* —y escribió en la pizarra con una letra modelo en caligrafía, llena de volutas y revueltas— *con A inicial, i con la tilde y zeta, o Erdoíza con E inicial, i con la tilde y zeta, y también como Ordoíza con O inicial, i con la tilde y zeta. Mis investigaciones en los documentos de la época descubrieron que este apellido materno era Ordoisa con O inicial, i sin la tilde y con ese...* y diciendo esto el viejo miró en panorámica a la clase, para ver el efecto demoledor de sus palabras, y saborear nuestros OOOHHHH de sorpresa, pero como en la poesía aquélla, nadie dijo nada, nadie dijo nada, y tuvo que pasar a la otra hojita, la verde, que contenía algo que parecía una antología por un lado, y por el otro un buen tratadillo de gramática y retórica con un glosario de términos para nosotros inalcanzables como diéresis, sinalefa, polisíndeton, sinestesia, anáfora, anacoluto, y examinaba con parsimonia y algo de pedantería distintos tipos de versos como alejandrinos, yámbicos y trocaicos.

La gramática es una necesidad vital de la lengua, es como el cuerpo vivo de ella, su fisiología y sus huesos, sólo que no estaba en absoluto integrada a nuestras mentes, todo lo relacionado con el idioma era para nosotros una laguna donde, o se nadaba con la naturalidad de un palmípedo, o uno se iba a fondo. Por más que se esforzaran don Rude o Juan Godoy, los dos maestros que nos enseñaban la lengua cervantina en su confrontación pacífica o resbalosa con la mapochina, la primera tenía todas las de perder. Esto resultaba más que verdadero en la hora tortuosa del calducho, que era cuando realmente hablábamos y nos expresábamos, y allí la lengua caía en abismos impensados e impensables, y no existía sanamente otra dimensión para nuestro pecho y para los otros pechos, ni para lengua o paladar propio o ajeno. Ahí nadie podía decirnos esto se dice así, nadie era capaz de ello y mucho menos los profesores de castellano. Don Lauro Hernán menos todavía: el viejo estaba allí frente al curso en una hora dejada vacante por un profesor que en ese momento daba su último suspiro en una sala de la Posta Central, junto a los desgraciados que acudían a catalogar sus males incurables, y los cogoteados u otras víctimas culturales que llegaban caminando y sujetándose los intestinos.

En efecto, ese tiempo le había sido concedido a Lauro Hernán Prieto como una misericordia del azar que guiaba todos sus actos, en especial aquéllos relacionados con la nutrición elemental. Sin embargo, él se ganaba bien esa misericordia de los hados y los vientos de Chile —ya que menos la de su gente— trotando por todos los caminos nacionales, desde San Pedro de Atacama, donde las momias se le parecían como gemelos yacientes en el salar nitroso, hasta las latitudes de Tierra del Fuego incluyendo un salto a Ushuaia, bien pasado ya a la Argentina donde vendía las de poesía pero debía esconder las de Historia o bien sacar otras hojitas con diferentes nombres para las mismas gestas.

Vivía así el enjuto maestro de esos resquicios del magisterio chileno, que es el más desolado, anónimo y maltratado del mundo —de esto no cabe duda a ningún ciudadano de la República— y él era realmente el último de esa cadena de faquines, el último eslabón en la sarta de latigazos. Allí donde un maestro fallaba, por infarto dominical, borrachera de lunes o —habiendo pasado el umbral temerario del trío de huevos fritos— disfrutaba en casa su ataque al hígado, allí estaba el otro maestro supletorio con sus hojitas, vendiéndolas a menos del costo, en la operación más absurda imaginable pues ¿cómo podía alguien dedicarse a recorrer Chile, con sus mil seiscientos cincuenta kilómetros de longitud, invierno y verano, con galochas de lluvia en los pies y sin camisa, *sólo para perder dinero?*

La segunda cara de la hojita verde contenía una antología que incluía —dijo Lauro Hernán Prieto— momentos estelares de la poesía hispánica, empezando por el archifamoso madrigal de Gutierre de Cetina sobre los ojos claros serenos, y como si el Siglo de Oro no fuese lo bastante reluciente, con la sola excepción de "Canción" de Lope de Vega, la antología daba un tremendo salto hasta Espronceda con "A la Patria" y las recurrentes y oscuras golondrinas de Bécquer. La presencia de Rafael Pombo y su "Rín-Rín renacuajo" hizo sonreír de satisfacción a Cholimbo, quien se apresuró a comprar la hojita, que para él seguramente le significaba su dinerillo diario de una semana o dos, pero él debía dar el ejemplo intelectual y cívico ante el grupo que siempre lo estaba vapuleando. De los otros, los pijes, Marmoleda y Burgos compraron una de Historia y Weinstein otra de Gramática.

Para humillar sin palabras a los ricos verdaderos y a los otros, compré las dos hojitas. Como suele suceder, nada compraron los que más necesitaban la semilla y la miel de la información, como Larrayán, Parro o Piraíno, o los que siempre se escondían en los fondos de la clase como Bekeffy o Vargas, donde la palabra magistral llegaba diluida por un largo viaje.

La Antología de Poesía Universal Hispánica se continuaba con "Marcha triunfal" de Rubén Darío, un fragmento de "Oda a la lengua castellana" de Horacio Zúñiga, "Sol y sombra" de José Santos Chocano y culminaba con una producción del propio Lauro Hernán Prieto, profesor, intitulada "Calavera".

El vejete se aprestó a leernos esta última, poniendo la hoja muy alejada de su cuerpo con sus manos estiradas, sin gran ayuda al parecer de sus espejuelos redondos como los que veinte años más tarde se harían famosos sobre la nariz de John Lennon. Posiblemente ya le estaban bajos de fórmula, como era la regla en su propiedad personal, que parecía provenir de un muerto más chico, como el abrigo y los pantalones, o más grande, como las galochas. Nos empezó a recitar con un vozarrón que adecuó a la circunstancia, y con frecuentes atusados o atornillados (que nos imaginamos sonaban CUIC—CUIC, porque en ese tiempo a la realidad sólo le faltaba el sonido de las películas) de sus mostachos:

"CALAVERA" por Lauro Hernán Prieto, Profesor

Calavera silenciosa, descarnada
Que nos miras con tu cara siempre umbría
Nos recuerdas, con tu sonrisa excavada
Lo que todos seremos, algún día...

Calavera silenciosa
Que nos remites a la fosa...
Calavera descarnada
Lo eres todo y eres nada
En la realidad de las cosas
Calavera silenciosa
Descarnada
Piojosa...

El veterano buscaba impresionarnos con la lectura de su obra, y lograr así algunos compradores extra, pero ello no ocurrió. El mismo barrabás de antes, se presentó otra vez como un celaje apenas había recitado *piojosa* y gritó **¡VIEJO LOCO!** todavía más fuerte, y esta vez el aludido no pudo ignorarlo y mascullö *estos muchachos no saben que hacerle mal a un pobre viejo es trrriple crrrrimen* y recomenzó la lectura de "Calavera" desde el principio. Después de la recitada el viejo recogió el fardo verde y el anaranjado, y se marchó agradaciéndonos por haberlo escuchado y haberle comprado algunas hojillas.

Todavía quedaban unos quince minutos de la clase de Pajarito, que ya no llegaría nunca más a ella. De repente Benpenca se subió al mesón y empezó un discurso imitando la voz cascada del vejete, profiriendo restallantes CUIC—CUICS al atusarse el mostacho: *Mish queriidos eshtdiantes aquí lesh traigo las hojistash de papel másh neshesbariash que jamásh lesh haya tocado ushar en su vida...* CUIC—CUIC... *¡Lesh traigo hojitash perfectash para limpiarshe el culo! ¡Cada día pueden* *ushar la cara de un prósher diferente!...* CUIC—CUIC... *Hoy con Ismael Perico Hordoiza que she eshcribe con Hache de huevón y con Sheta de Shorra, nada menosh que yo mismo deshcubrí como she eshcribía el nombre del prósher...* CUIC—CUIC... *Shí sheñoresh alumnosh, shu modeshto amigo Shaurio Patán Prieta, profeshor, lesh vende eshtash hojitash donde tienen un cursho completo asherca de cómo corrérshela shin que a uno le shalgan ojerash...* CUIC—CUIC...

Cada frase de Benpenca era saludada con aplausos, y de pronto se hizo el silencio, callaron las risas y los aplausos pero él prosiguió, entusiasmado de su propia osadía. Poblete estaba en la puerta mirándolo fijamente desde hacía rato, y escuchando en silencio su discurso delirante en el papel de Saurio Patán Prieta. Cuando Benpenca dijo *y ahora mish queridosh alumnosh...* CUIC—CUIC... *me deshpido con este geshto de amishtad y cariño* y se sacudió a dos manos el paquete de las bolas, exactamente como lo haría 35 años después Michael Jackson cobrando millones por ello, y hasta el viejo Sammy Davis Jr. se atrevería a hacerlo en teatros tan remilgados como el Fisher Theatre de Detroit y nadie se arrugaba, ni siquiera la Lisa Minelli, con quien el Sammy hacía su espectáculo y con Frank Sinatra, gordo ya como bola de sebo. El ademán hizo avanzar dos pasos a Poblete, y el Lolito sintió su presencia fatal que empezó a paralizarle los miembros y a helarle su sonrisa en un proceso semejante al lento desinflamiento de un globo. Benpenca se bajó de la mesa y silenciosamente se dirigió a la puerta. El Doctor salió con él. No necesitaba que le dijeran adónde tenía que ir: se encaminó directamente a la oficina de Clarindo Jajá, de donde no saldría sin su tamaña suspensión por una semana. En efecto, muy luego volvió —esos trámites eran y todavía son extraordinariamente rápidos— con una cara que le arrastraba por el suelo, a recoger su bolsón y su abrigo, y salió sin saludar a su auditorio.

Por la tarde la Rosa muchas veces me acompañaba sentada en la puerta, cuando no hacía demasiado calor y cuando ella no estaba tan cansada como para tener que ir a echarse a su camastro, porque a esa altura del día, las tres o las cuatro de la tarde, tenía ya más de ocho horas trabajadas y todavía le quedaban otras tantas.

El gallo Cogoyo llegaba también hasta la verja buscándome, pero como la calle era un lugar pernicioso para todo cuadrúpedo o volátil yo no lo dejaba salir y se quedaba echado detrás del portón, entre las malvas y los geranios. También los gatos solían establecerse en la cercanía, descansando con las manos dobladas debajo del pecho.

Un día mientras yo iba al baño cuya ventana justamente se abría hacia la calle, la Rosa estaba cogiendo flores del retamo cercano y haciéndoles soltar el polen en las pequeñas andanadas que el retamo reserva para las abejas. Durito se había echado al sol en la moldura de la verja, largo y distendido como un tigre siberiano, bien visible desde la calle. Un viejo gordo y pachacho iba pasando por la calle y viendo al gato pero no a la Rosa hizo un comentario en voz alta, hablando solo, y creyendo que nadie lo veía: *¡qué gato tan feo, parece una pantera!,* porque hasta el animal más bello del planeta era horrible para su alma de batracio, aspecto suyo que la Rosa cogió al vuelo y escondida tras el retamo le replicó *¡mucho más feo eres tú que pareces sapo, viejo baboso!* Una cortina de malvones y madreselvas la protegía, además del retamo, y el viejo dio un respingo al escuchar esa voz que le recordaba la del grillo parlante de su mala conciencia y todavía preguntó *¿quién está ahí?* pero como nadie le contestó se marchó tranqueando muy ligero mientras la Rosa se retorcía de la risa y yo también, desde la ventana del baño donde había visto y oído todo.

La calle era sitio de agresiones inocentes y de presencias más o menos benéficas. Los heladeros eran una de ellas y desde lejos se les escuchaba pregonar, pudiendo saber cuál tipo de manjar nos reservaba ese día de acuerdo con el pregón. El más frecuente y corriente era el de la Compañía San Cristóbal, la más grande fábrica heladera de Santiago. Los carritos de la San Cristóbal eran plateados con letras azules y llevaban una gran variedad de helados, dentro de las posibilidades del Santiago de ese tiempo.

El helado que más apetecía era una *cassatta* napolitana de tres sabores que se vendía en una cajita, una verdadera maravilla de la tecnología de la época, pero como costaba el doble de cualquier otro helado muy rara vez la pude comprar. Cada día me daban el dinero suficiente como para comprar un chupete de crema o un vasito. Si la Rosa estaba conmigo pedíamos dos chupetes de agua, que eran los más baratos, para poderlos saborear juntos. Si compraba un vasito lo compartía con ella, sentados en el quicio de la puerta. El heladero de la San Cristóbal era el más asiduo porque me reconocía como cliente fijo, y yo solo o con la Rosa salíamos a la calle apenas oíamos su melopea *helaoscrema—chupete—chupetelaoscremaaaa... helaoscrema—chupete—chupetelaoscremaaaaa...* Si por alguna razón yo no había salido o no salía inmediatamente, el heladero esperaba frente a nuestra puerta, pregonando incesantemente *helaoscrema—chupete—chupetelaoscremaaaaa... helaos crema—chupete—chupetelaoscremaaaaa...* Alguna vez que yo estaba enfermo y no podía tomar helados, el pobre hombre se estaba allí pregona y pregona, hasta que la Rosa iba a avisarle que no se le compraría nada ese día, puesto que a ningún otro miembro de la familia se le ocurría hacerlo. Entonces el heladero se ponía lentamente en camino con su carrito hacia otras calles y otros barrios saturados de sed y calor.

La Rosa y yo teníamos el mismo signo vital, y la edad que en el tiempo nos separaba, nos fundía en contracorriente, hacia abajo en el tiempo en ella, hacia arriba en mí, entrando a un solo ojo o agujero negro de las vidas, entre yo, ella y el helado que chupábamos mientras el heladero lentamente movía su carrito de ruedas de madera hacia la calle Manuel Montt.

Para pasar el tedio de esas tardes —que no era tedio sino una forma de lapsus en la vida, que había que llenar con algo— a la Rosa y a mí se nos ocurrió confeccionar paquetitos envueltos en papel de regalo, conteniendo cajas de chocolates llenas de tierra. Dejábamos estos paquetes más o menos a media cuadra de la casa pensando que los transeúntes no se iban a dar cuenta de que los estábamos observando desde la puerta.

El caso es que realmente no se daban cuenta, porque encontrarse un paquete en la calle era y es algo excepcional, una especie de maná empaquetado en el cielo. Si el que recogía el falso paquete era un vecino de la calle, existía la posibilidad de que se apercibiera de que yo estaba observando y fuera a mi casa a reclamar. Pero esto no ocurría por una razón muy simple: hasta el papel o la caja o lo que fuese que pusiéramos dentro, era en sí algo de valor en el mundo elemental en el que vivíamos y nos movíamos. Había una comunicación secreta, una contracorriente en la cual —como en la quijotización de Sancho— el bromista resultaba consecuentemente embromado, debiendo nosotros saquear los papeles de color que mi abuelita atesoraba, provenientes asimismo de regalos recibidos por nosotros, y utilizar las cajas que servían para guardar elementos remotamente útiles, para que una vez en la calle se alimentara esa ilusión chilena de lo gratis, lo que no nos ha costado esfuerzo, la propiedad ajena casual o momentáneamente abandonada y que por ello pertenece al primero que la agarre.

Con la Rosa creábamos toda la escena y de paso le hacíamos un señalado favor al transeúnte.

Después se nos ocurrió incluir una sofisticación en la bromita: llenar la caja de piedrecillas redondas envueltas en papel de aluminio de chocolate. Para esto, yo reciclaba los papeles de estaño de mis chocolates comidos, los guardaba y envolvía las piedrecitas que había escogido en el patio, que las producía en abundancia. Así la ilusión de lo que se gana y se pierde en este mundo se ponía en ejercicio o a prueba en los paquetes puestos como cebo de la inocencia y la maldad al mismo tiempo. El que los encontraba generalmente se los llevaba cuidadosamente bajo el brazo, posiblemente mirando para el cielo o silbando el *Pobre pollo,* para hacer creer que había sido legítimamente adquirido. Algunos no resistían la tentación de abrirlos ahí mismo, movidos por la curiosidad o la necesidad de azúcar en la sangre. No había modo de saber anticipadamente la reacción de la víctima. Un día que el maestro Caviedes mostró desde la esquina de Antonio Varas su rechoncha figura que se desplazaba rodando más que caminando, no sospechamos que él no sólo abriría la caja ahí mismo sino que también iba a probar sin dilación los pedregosos confites. Cuando estaba sobrio, el maestro caminaba rápidamente, peéndose ruidosamente a intervalos regulares y así lo hizo, al agacharse en una muy difícil flexión a recoger el paquete. Lo desenvolvió de inmediato, sin rasgar el papel, precaución necesaria para conservarlo, y abriendo la caja extrajo uno de los falsos chocolates echándoselo a las fauces sin quitarle el envoltorio, pelándolo en la misma boca como hacen a menudo los ansiosos. Era tal su deseo de chocolate o de dulce en ese día suyo de abstinencia —probablemente forzada— de licor, que inclusive pretendió triturar la piedra y de seguro se rompió una muela pues gritó *chuchamadre!!!*, descargó un tremendo peo y escupió la piedra hasta el centro de la calle. Después desenvolvió otro chocolate para cerciorarse de que la piedra era la regla y no la excepción y sólo entonces vació la caja en el hueco de un árbol llevándose, como hacían todos, la caja con el papel de regalo plegado.

Al rato, tres niños descubrieron los brillantes envoltorios en el árbol, y se abalanzaron a recogerlos, y al comprobar su contenido empezaron a disparar las piedras hacia todos lados. Una de ellas se estrelló en la ventana del segundo piso de la casa del chino Oyazato Momuya, cuya mujer se asomó para increparlos y el grupo se dispersó corriendo. Al día siguiente, los chocolates restantes ya no estaban. Se ve que alguno los recogió, de seguro para usar el papel de estaño, o las mismas piedras envueltas colgaron de un pobrísimo árbol de Navidad, porque en realidad no había frustración mayor en ese acto, salvo la mía y la de la Rosa.

La última vez que hicimos la broma, si de ella se trataba, el resultado fue realmente espectacular, una verdadera joya de las circunstancias con las que jugábamos. Habíamos recién dejado el paquetito, casi frente a la casa de Oyazato Momuya, cuando se vio aparecer una figura inquietante, caminando o mejor dicho arrastrándose por la acera de enfrente, desde Manuel Montt. Era la Viejita del Encatrado, una mendiga que se desplazaba apoyándose en un fragmento de púlpito o de balcón semicircular de fierro que le servía de muletas, adelantándose en treinta años al uso de muletas ergonómicas. Ella empujaba el púlpito con los brazos apoyándose en los pies que tenían todavía suficiente fuerza para esa operación, aunque no para permitirle caminar sola. Así la Viejita del Encatrado hacía un ruido muy característico, de fierros golpeándose y chirriando en el pavimento a medida que avanzaba lentamente. Pedía limosna con voz plañidera, por el amor de Dios y de la Virgen, con un tachito que sacaba oportunamente del largo delantal sebiento que la cubría. Si el transeúnte aludido no se la daba, empezaba a insultar a todo el mundo circundante, y también escupía con la precisión de un guanaco entrenado no en el altiplano sino en las calles bravas de Santiago. Solía pasar algunas temporadas en el área de nuestro barrio, acurrucándose en el quicio de alguna puerta para descansar y pedir limosna. Parecía que en algunas casas se compadecían y la dejaban quedarse. De repente alzaba sus ojos que brillaban como carbunclos y sonriendo hablaba a un interlocutor invisible, para luego cambiar rápidamente a la imprecación y la invectiva soez. Llevaba ella su pelo medio cano en dos trenzas que se disponía sobre la cabeza, como ciertas muchachas coquetas o como un retrato enhollinado de Frida Kahlo, por lo que su figura era inconfundible, tan lamentable como fastidiosa. Así la recuerdo hasta varios años después, cuando estaba ya muy vieja y su encatrado se le había descuajeringado o algún otro mendigo buñuelesco santiaguino se lo había arrebatado para mercarlo como fierro viejo. Ya sus piernas no tenían ese sostén y andaba arrastrándose con rodilleras de trapo y unas zapatas o manillas de madera en cada mano. Su desplazamiento se hacía cada vez más difícil aunque su labia insultativa nunca amainó, intercalada con largos momentos de éxtasis.

En el tiempo en que hacíamos los paquetitos, la Viejita del Encatrado tenía aún cierta agilidad y fuerza y ese día venía acortando distancia peligrosamente por la acera de enfrente, y si veía el paquete era seguro que cruzaría para recogerlo. Se sentía crecer de volumen el tactac de su encatrado y estábamos por entrarnos precautoriamente a la casa, cuando apareció por la esquina de Manuel Montt doña Gabriela, con el paquetito de calcetines que diariamente le compraba a su hijo Lilo. Ella caminaba muy rápido, con tranco sutil de viejita hacendosa y decidida a llevar el encargo en el menor tiempo posible, porque Lilo estaba bufando en su espera. A ese tranco seguramente doña Gabriela iba a llegar al cebo antes que la Viejita del Encatrado y en efecto, frente a la casa de Jorge Campos adelantó a la mendiga, que la llamó solicitando una limosna y doña Gabriela cruzó la calle para dársela. Se ve que el óbolo no fue generoso, porque la vimos huir corriendo al trotecillo mientras se oía un clarísimo *vieja chuchetumadre que se te pudran los miados en la zorra...* Al llegar a la casa de Oyazato Momuya, doña Gabriela vio el paquete, se quedó observándolo un momento como si fuese algo vivo, pero finalmente lo recogió y entró rapidito a su casa.

Por un buen rato se hizo el silencio en la casa de Laurita mientras la Viejita del Encatrado seguía acercándose por la vereda de enfrente. La Rosa me dijo *mejor nos entramos mijito si no la Viejita del Encatrado nos va a agarrar a chuchadas* y nos quedamos sentados en el porche esperando que la mendiga pasara. Pero ella no alcanzó a pasar, porque luego se sintió un gran barullo y gritos de Lilo en la casa vecina. El loco estaba reclamando a su madre por haberle llevado chocolates que eran piedras. Lilo salió al jardín vociferando *quien quiera que sea el que puso el paquete, aquí se lo devuelvo para que se lo meta por la raja* y en seguida se sintió lo que en una historieta americana se denotaría como un **THUD!** La Viejita del Encatrado había llegado justamente a instalarse frente a la casa donde había visto entrar a la señora a quien había insultado por último, y debe haber recibido el paquete en plena calabaza pues se sintió un grito *ayyy conchemimadre* y luego un rosario insultativo que mejor es evitar porque una cosa es la chanchería y otra la redundancia: la vieja siguió así por mucho rato mientras desenvolvía algunos chocolates pétreos y cada vez volvía a su inmunda letanía. También empezó a tirar las piedras a los transeúntes y una de ellas dio en la ventana de mi abuelita que salió al porche a inquirir *¿y quién está ahí tirando piedras?... Es la Viejita del Encatrado señora Evita ... ¿y por qué está ahí y por qué dice esas malas palabras y tira piedras?... Porque la Viejita del Encatrado está loca señora Elvia... ¿Y por qué está loca esa* *mujer?... Porque a la Viejita del Encatrado se le aflojó un tornillo mamita Eva* dije yo *¿Qué tornillo mijito pero qué tornillo?... Uno de la cabeza mamá Eva... En la cabeza no hay tornillos, mi hijito ¿y por qué se ha quedado ahí esa mujer? Anda Rosa, anda a decirle que se vaya... ¿Para que la vieja me suba y me baje a chuchadas, señora Elvia?... No tiene por qué hacerlo puesto que somos gente decente, y no digas tampoco esas malas palabras delante del niño que no las sabe, ¡ya, anda a decirle que se vaya!* y la Rosa salió al jardín pero no a la calle y miró hacia afuera por supuesto que sin cumplir la orden porque había que ser tontito para hacerlo. La Viejita del Encatrado se había sentado en la verja de don Humberto Maquiavelo y se había dedicado a destruir metódicamente la caja de chocolates a pedacitos, pero desenvolvió todas las piedras y estiró con mucho cuidado el papel de estaño y también el papel de regalo para guardarlo en su mugrosa hopalanda: Lilo había devuelto el paquete en su integridad, para que el autor de la broma se lo metiera en la raja con papel y todo.

C *volver a los diecisiete o mejor a los trece o los catorce después de casi vivir un siglo, sería un buen trabajito para la máquina del tiempo, no la de Wells, sino la del capitán Kirk*

Yo no poseía ninguno de los atributos de los mejor parecidos, era más bien negrito y cuando me ponía a tomar sol en la playa por más de un par de días, podía confundírseme con un africano, berebere o tuareg. Mi cara era redonda, no de luna sino de *diáfano antropoide,* y por lo mismo una forma de defensa y compensación estaba en la ropa y muy especialmente en las corbatas. Mis favoritas eran las de un tipo insultante de estilo americano que empezó a aparecer en los negocios del centro de Santiago, y que tenían el color azul eléctrico del ombligo de Dios, o eran como la bandera de un país imposible. Todo emblema de la otredad o la ambivalencia, todo símbolo que no fuese mera relectura de los consabidos, era bueno. No eran importadas de los Estados Unidos, pero sí tenían diseños inspirados en las auténticas, empleando colores impensables en ese tiempo: rojos, azules fuertes, dorados, amarillos. En general, nadie aprobaba sus tonos violentos ni el diseño provocativo. Mi familia tampoco las aceptaba y hasta las veía con temor, porque de verdad se necesitaba valor para ponérselas. Después de intensa rogativa logré que mi padre me comprara dos, muy anchas y suavísimas, de un género que parecía y era cosa de otro mundo. Una tenía secciones cubistas, de tonos rojos y azules combinados. La otra era de tono celeste y dorado, y con un sello en forma de mandala o sol que quedaba justo debajo del nudo. Fue para entonces que se empezó a usar el nudo de corbata triangular, llamado *de empanada,* y que era más abultado que el tradicional asimétrico, hecho con una sola vuelta. El nudo de empanada era indispensable para considerarse elegante.

A veces llevaba mis corbatas dobladas en el bolsón al Instituto para mostrarlas y suscitar eventualmente la envidia u otros sentimientos bajos de los compañeros. Debo constatar que creo haber sido uno de los pocos que en Santiago se atrevían a usar semejante prenda anudada al cuello. Nunca vi a nadie llevando nada parecido, salvo a Percy Eaglehurst, un profesor de artes plásticas que también era caricaturista y se despachaba como dandy local en calle Ahumada y los pasajes de la Plaza de Armas, pero sus corbatas no eran tan llamativas como las que yo compré en ese negocio de la calle Agustinas. Muchas veces los niños se me acercaban y me tocaban la corbata con reverencia, casi con temor, como si se tratase de un símbolo poderoso.

Nunca me atreví a usarlas en el colegio. Una vez que llevé la celeste dorada, Parro me atacó tratando de arrebatármela para amarrarla en algún sitio inaccesible o hacerla tiras. Sólo la llegada de Poblete me libró del ataque pero igualmente estuve a punto de perder la prenda que el Coño me había aflojado, dejándola bien visible afuera del suéter, porque el Doctor me la miró, me la tiró acogotándome, hizo un gesto y un silbido *sssst* como si se quemara al tocarla, después me cacheteó y dijo *sáquese esa* ***mugre****, iñor, mire que éste es un colegio decente y eso que usted lleva anudado al cogote está bien en la Casa de Orates, pero no en el Instituto.*

En adelante me cuidé mucho de vestir prendas que tuviesen los diseños y colores funerales que se confundían con la decencia.

No sólo con las corbatas americanas se corría el riesgo de suscitar la ira y el escarnio de Poblete. Otra vez el Doctor Angélico se las tomó con Perieco sólo por haberse puesto unos zapatos de color un poco más claro que el corriente, tirados para el beige o el amarillo un tanto mierdoso. Le dijo, después de la bofetada de introito *¿y qué le pasó a sus zapatos señor Rivas?... Nada, Doctor Poblete... Cómo que nada ¿y el color?... ¿Qué tiene el color Doctor Poblete?... Que parece que usted anduvo metiendo las patas en un pozo séptico... No, no recuerdo haberlas metido ahí donde usted dice, Doctor Poblete* (aquí una segunda cachetada) *¿Está seguro que no se cagó encima de ellos?... Seguro que tampoco tuve ese contratiempo, Doctor Poblete... Ahhhh, entonces es el coloooor naturaaaal de los zapatitos. Y dígame, ¿dónde los compró?... En Falabella, Doctor Poblete... Ahhhh, me interesa, me interesa, pero dígame otra cosa ¿hay también algún modelo para hombres, que así me compro un par?*

Se entiende entonces que mis corbatas sólo podían usarse los domingos, y en la calle era menos peligroso que puertas adentro. Aun así, había gente que me miraba casi con terror, como si en vez de corbata llevase un escapulario satánico o algún emblema ofensivo. Una vieja en la calle Manuel Montt, al verme con mi predilecta y sin que se lo solicitara me dio un consejo diciendo *sáquese eso mijito, ¿no ve que parece un payasito? Además los colores de esa cosa ahí no son de hombrecito varón.* Otros hacían gestos como si algo les deslumbrara, y se frotaban los ojos retorciéndose en aspavientos. Uno además me dijo *¿y dónde te compraste esa maravilla, cabrito? ¿en la Compañia de Electricidad? porque, ¡putas que más parece cortocircuito que corbata!*

Las diferencias de clase se manifestaban claramente en la vestimenta. Los pobres como Varolio y el Cholo, usaban siempre la misma chaqueta y el mismo pantalón, año tras año. Yo no podía considerarme rico, pero tampoco pobre, ya que la pobreza es en realidad una dimensión relativa: hay pobres que son pobres sin serlo de verdad, y otros que teniendo una verdadera escasez de recursos, realmente no lo somos.

El más elegante de todo el Instituto Nacional era sin duda Labán, hijo del industrial de medias. Fue el primero que se atrevió a usar ternos de color inusitado, celeste por ejemplo. Sólo porque era muy rico podía darse ese lujo, no tanto por el costo de sus ternos de dacrón —el plástico era considerado como el material más noble que podía pensarse no sólo para un traje sino para cualquier manufactura humana— sino especialmente por el color: todo el que usara un tono diferente del café, el gris o el azul marino, tenía que ser definitivamente loco o maricón. Labán probó que la respetabilidad era algo que definitivamente podía comprarse.

Bartolo Peirano y yo nos pusimos en contacto durante un recreo, precisamente por un detalle fortuito relacionado con la ropa, dimensión más bien crítica entre nosotros. Bartolo —a quien se llamaba Piraíno en condiciones normales y Perrano cuando se quería dedicarle una pesadez— era considerado un muchacho de los bonitos: tenía una cara larga y delgada y era casi rubio, crespo y con ojos azules. Tenía un cierto prognatismo, con el labio inferior abultado, lo que le daba un aspecto un tanto bobalicón, pero eso no pesaba mucho dentro del paradigma de la belleza, comparado con la finura del rostro, el color de los ojos y la textura de los cabellos.

Piraíno manifestó cierto interés por mi modo de vestir y le aconsejé que se hiciera angostar por su madre sus pantalones con bastilla de marinero, ya que de otro modo sería considerado un retardado mental. Como al juntarse dos personas se establece una ecuación humana entre ellas, al acercarse a mí el bello Piraíno, yo, el feo, desiquilibraba el balance, volviéndolo a equilibrar en cuanto a que la relación estaba íntimamente conectada a la vestimenta, en la que yo tenía clara ventaja.

A nuestros ojos Piraíno tenía otra ventaja grande sobre mí y todos los demás: vivía en La Reina, vale decir en una región lejana y rural puesto que prácticamente estaba más allá de la urbanización de Santiago por el lado de la cordillera. Ahora La Reina es parte de la gran ciudad, pero entonces había sólo parcelas aisladas y era, por ejemplo, el lugar donde yo subía con mi padre en la única línea de microbuses que llegaba hasta los primeros contrafuertes de los Andes y desde donde Santiago podía verse —como en ese famoso cuadro del pintor Ciccarelli— hasta el otro confín por el oeste y las cuestas de Chacabuco. Ibamos con mi padre a cazar bichos para mi insectario iniciado en Paine, y siempre traía una buena recolección de abejorros, arañas, saltamontes y chinches de campo de color esmeralda que olían fuertemente a clorofila. Piraíno tenía la suerte de vivir en esa realidad cercana a ese algo que se percibía como lo verdadero, lo original y sobre todo lo fascinante. Era como si aquel mundo secreto que yo debía pesquisar en el jardín, en los rincones más húmedos y sombríos o debajo de las piedras, estuviese en la parcela de Piraíno rodeándonos por todas partes.

Muy pronto empecé a ir seguido a la casa de la familia Peirano. Ellos inmediatamente me acogieron con gran simpatía. El padre y la madre eran dos italianos rudos y tiernos a la vez, característica muy común en ellos, como años después pude comprobar. No se diferenciaban gran cosa de una pareja de obreros chilenos, por lo sufridos y también lo morenos. Sólo el acento, en especial el del padre, denotaba su italianismo en sus jotas que sonaban como *ka* y por ejemplo hijo lo pronunciaba *hico*, joder era *coder* y jetón era *quetón*. Ellos hablaban en chileno, con esa variación fonética. También don Bartolo padre decía a menudo *belín* que era el equivalente genovés de huevón, y *palanque* por dinero.

La vida de los Peirano me aparecía como muy completa y bucólica y siempre que estuve con ellos me trataron con el mayor cariño. Los dos hermanos de Bartolo eran buenos y afectuosos conmigo. Antonio, que la familia llamaba Tonino, era unos dos años menor que Piraíño. Su nacimiento ayudado por fórceps le había dejado un ojo semicerrado, y de verdad era horrible el pobrecito. Tenía el labio inferior muy prognato y el superior sumido, lo que le daba una expresión de vieja enfurruñada. Yo me burlaba de este desdichado, que era manso y bueno, y lo llamaba Cuasimodo, como el jorobado de Victor Hugo, aprovechando o asumiendo que era más feo que yo, en esa actitud bellaca que es una de las más detestables cualidades humanas.

La hermana chica, Santina, era todavía una chiquilla pero siempre me manifestó afecto y hasta admiración. Una vez me dijo *tiras mucha pinta con esos wilsonites, ¿no?* refiriéndose a mis anteojos de sol años 50 que eran como los antepasados de los Ray-Ban. Siempre que iba a la parcela de los Peirano me vestía lo más elegantemente posible, y me ponía las corbatas americanas, lo que era medio absurdo puesto que subir hasta allá era como ir al campo. Es probable que realmente haya querido impresionar a Santina sin concedérmelo, y tal vez lo había logrado, actos todos realizados en el orden subliminal, de la no-vida. Ahora, al darles realidad o una nueva ilusión en la reflexión post mortem, son de seguro más dolorosos y representan otras tantas pequeñas bofetadas del destino.

Era como si Piraíno, por su belleza convencional, fuese un perpetuo agresor respecto de mí sin quererlo y cada día se ganaba una respuesta mía —tampoco buscada ni deseada— como si yo tuviese de algún modo que vengar en él mi deficiencia en lo físico, una de las razones por la que yo había sido postergado desde siempre. Por ejemplo en el último año de preparatorias en el United States Academy, había sido elegido por mis dotes parvularias de declamador para el papel de príncipe en la zarzuela que se representaba siempre en la fiesta de fines de curso en diciembre. Me había aprendido ya la parte del príncipe cuando, repentinamente la profesora gringa me eliminó de la obra. Su explicación fue irrebatible: *cambiemos a este niño por el Sandrito, que es rubiecito y por lo tanto mucho más adecuado al rol de príncipe, porque ¿dónde se ha visto un príncipe morenito como éste?* Así el Sandro Mankewicz, hijo de extranjeros, tenía prioridad principesca por su tez blanca y sus cabellos rubios.

El inminente rol de príncipe envaneció de modo increíble a Sandro, le dio una arrogancia impensada, y por ejemplo cuando esperábamos al Papá Vera para la clase de gimnasia que consistía en una atropellada maratón desde el colegio hasta el Estadio Nacional, Sandro se puso a marchar en la sala levantando mucho las piernas como en la parada militar y al dar cada vuelta se abría el calzoncillo para que su miembro como un gusano blanco quedase bien visible para la clase.

Yo ideé una forma muy efectiva para vengarme. Uno de los parlamentos del príncipe en la zarzuela decía *soy el terrible moro celoso / llamado Otero... soy el cordero / dulce y romántico para inmolar,* palabras que hasta ahora me aparecen impenetrables. Armado de una bocina de cartón y ayudado por mi amigo Alexis Avekonian lo interrumpimos justo en el momento de decir *soy el cordero...* con un grito **¡BEEEEEEE!** en presencia de compañeros, padres y profesores en la fiesta de verdad, un balido vengativo, absolutamente inesperado que hizo primero dar un respingo al auditorio, y luego estalló una carcajada general y demoledora. Sandrito, con toda su rubiedad, quedó totalmente desarmado, turulato e incapaz de soportar el ridículo, y ahí mismo torció la boca en una mueca de muy poca realeza, soltó el llanto y escapó del escenario.

Me gustaba pasar las tardes donde Piraíno. Ellos siempre tenían cosas especiales para comer, como la *fainà* genovesa y la pizza blanca o *focaccia,* como también pan amasado casero, que se hacía en un gran horno de barro que estaba en el huerto, como los que se veían en el campo. Todo lo preparaba la madre de Piraíno que parecía multiplicarse en sus gruesos botines y su color tostado de campesina, con esa actividad doméstica infatigable que parece ser innata de las italianas. Don Bartolo padre también echaba los bofes por igual, labrando el huerto y la quinta de árboles frutales que constituía su única fuente de ingresos. Esta situación no dejaba de ser notable para mí, respecto de mi propia casa, donde había tanta gente pero siempre se tenía que recurrir a la Rosa para cualquier menester, por mínimo que fuese.

La casa-parcela de Piraíno pertenecía a un mundo semisalvaje, como el de las mañanitas de Paine. En la hora amiga del crepúsculo salíamos con Piraíno y sus hermanos a recorrer los alrededores. La granja donde la familia compraba la leche y la mantequilla era particularmente interesante. Gran parte de ella la ocupaba la lechería y el resto estaba cubierto de nogales y encinas y tenía un aspecto de naturaleza pródiga. Es curioso que no recuerde las vacas que daban la leche, pero sí dos toros que siempre estaban en unos pequeños corrales cerca de la entrada. No sabemos por qué los tenían allí, como no fuese para atemorizar a los clientes que llegaban con sus jarras y sus cubas a comprar leche. Los toros negros parecían bisontes o minotauros y eran tan gigantescos como para repletar por sí solos el corral donde se pasaban la vida. Los animales eran tan terroríficos que, desde cuando los vimos, fue mi preocupación constante el que se pudieran soltar y echar a correr por la avenida Larraín abajo y también por Irarrázaval, llegando hasta mi casa.

Toros que llegan de todas partes, toros malditos llenan sobre todo mis noches, y no teniendo ya lugar las fieras cornúpetas en las calles de las ciudades de Dios, lo hacen en mis sueños donde no hay leyes de desarrollo urbano. Sueño con toros de todos los colores y dimensiones: generalmente voy por una calle vacía como en un paisaje de Giorgio de Chirico y de pronto, allá a lo lejos en el cruce con otra calle al fondo donde la primera se cierra, aparece un toro corriendo. La poca gente que pasa escapa y otros se ven indiferentes. Pero el animal va a correr invariablemente en mi dirección, ya que no tiene tampoco otra alternativa para avanzar. La fiera acelera de trote a galope hacia mí, y dispongo de pocos segundos para escapar. Generalmente escabullo por alguna puerta entreabierta de una casa que resulta ser como un laberinto y donde se sienten los cuernos que golpean los muros y las pezuñas del animal tranqueando hasta por los pasillos de esa casa. El ruido de las pezuñas se agiganta con el eco.

Un sueño extraordinario con toros es el siguiente: voy por los vericuetos del cerro Santa Lucía en Santiago, allí donde hay unos arcos que cruzan los caminos de más abajo. En uno de esos caminos que prácticamente sólo recorren las parejas en busca de algún escondrijo donde hacer el amor de pie, hay apostado un enorme toro blanco. El animal es majestuoso y lanudo, como un yack o buey prehistórico, o como uno de esos cuadrúpedos estrafalarios que aparecen en las películas de *Star Wars*. No parece albergar intenciones belicosas, pero de todos modos prefiero hacer un largo rodeo que me lleva por el camino que se continuará en el puente bajo el cual me aguarda el toro. Es imposible ir por otro lado. Creo haber pasado desapercibido de su vista, pero no es así: el bovino me habla con voz cavernosa y dolorida, con la ronquera de un fumador consuetudinario o como si tuviese un cáncer toruno en la laringe: *sé que tú Hernán Castellano Girón estás filmando una película. Todo lo que pido es una parte en ella, aunque sea pequeña. Déjame salir en tu película por favor...* Me hubiera detenido para responderle, incluso para ver sus posibilidades reales de actuación (aunque yo no estaba filmando película alguna) pero el siguiente hecho me detiene en seco: veo que tiene un par de testículos enormes y rosados, lo que no sería nada de extraño en un toro reproductor, y veo también que su miembro cuelga amenazadoramente duro y le está chorreando gran cantidad de semen que cuela como un carámbano o estalactita.

Todos esos engendros de los sueños, inclusive uno reciente con una cabezota híbrida de bisonte y de abeja gigante, parecen emanar de un episodio ya muy lejano que sin embargo permanece vivo en la memoria reservorio al parecer interminable. Pasaba yo un verano en Victoria con mis tíos Cochecho y Mena que estaban recién casados. El famoso y largo verano del 43, tan trágico en otros lugares del planeta fue en mi caso, fue para mí una especie de visita al paraíso. El pueblo de Victoria estaba en la provincia de Malleco y para llegar allí se debía tomar el tren en Santiago, viajar toda la noche, y amanecer en San Rosendo, donde los pasajeros trasbordaban a los trenes que iban a Concepción. Los convoyes cambiaban sus locomotoras y les echaban agua fresca de enormes pilones que parecían llaves de una casa ciclópica. No es abuso de confianza el uso de esta imagen nerudiana, puesto que ése era el mundo del poeta y también el mundo de Jorge Teillier, el mágico Sur que yo pude conocer desde adentro en aquella ocasión única. Mi tío era contador de los Impuestos Internos y tenía una pequeña casa cerca de la ferrovía. Por supuesto la maravilla principal de aquella ferrovía era ver la pasada del Flecha del Sur. Yo podía observarlo pasar desde lejos, entre ramalazos de bosque y entre cercas altas de leña que todavía olían a madera viva y rezumaban resina. Cuando me asomaba en la cerca para ver los trenes, en el huerto trasero de la casa de mi tío, primero debía cruzar un gran campo de amapolas de muchos colores: rojas, anaranjadas, rosadas, lilas, amarillas, blancas y algunas negras como mariposas viudas. Luego trepaba a la gruesa cerca de troncos y leños y podía ver desde allí todo el Valle Central, las colinas cubiertas de araucarias y al fondo la cordillera con los volcanes Llaima, Tolhuaca y Lonquimay mientras que más lejos al sur se alcanzaba a ver el Villarrica como un pequeño cono de azúcar en el horizonte. Entonces el Flecha del Sur aparecía entre esos claros de bosque de araucarias o robles antiguos, medio oculto por los zarzales del campo que empezaba ya desde allí hasta quizá cuántos kilómetros más al sur, donde otro pueblo rompería la casi ininterrumpida naturaleza.

Ha pasado ya medio siglo desde esa fecha.

Pero también en esa forma no declarada de paraíso había peligros. En ese mundo tan cercano a la creación —si es que ha habido creación— sólo había indios mapuches, barro, incendios de bosques y bandadas de loros verdes, los choroyes, que pasaban volando a millares y chillando con una algarabía insultante para mi educación coquimbana y santiaguina. Y había toros, becerros, vacas y vaquillas que llevaban en piaras que hacían temblar la tierra, rumbo a la estación o a la feria ganadera, con destino desconocido pero con muerte segura. A menudo esos vacunos se soltaban y corrían por las calles y así fue en la tarde aquella.

En Victoria me había hecho de dos amigos. Pueden haber sido hasta mayores que yo, pero parecían más pequeños debido a la desnutrición. Eran dos pobrecitos de una mansedumbre de pajarillos, y jugaban conmigo en las tardes, con un carretón que había en el huerto del tío, o bien en la calle, en su tierra más que abundante, con algunas bolitas de piedra que eran su único patrimonio. La primera vez que jugaron conmigo le pregunté al más grande cómo se llamaba y me dijo *yo me llamo Peyo y él se llama Panzo... ¿y cómo se llaman tus papás?* les pregunté... *mi mamá se llama mamá y mi papá se llama carabinero...*

Ese día estaba jugando con Peyo y Panzo, con un montón de canicas. Yo había traído algunas de mis bolitas de vidrio de colores y Peyo y Panzo estaban mudos, absolutamente deslumbrados, porque parecían hasta apetecibles de lo bonitas. Panzo se había puesto a chupar una de ellas con entusiamo y se la tragó. En eso estábamos, desconcertados y miedosos ante un hecho cuyas consecuencias ignorábamos, cuando un hombre con una negra manta de castilla en pleno verano nos gritó desde la esquina **¡ARRANQUEN NIÑOS, QUE VIENE UN ANIMAL LOCO!** y en efecto desde la calle vecina se sentía un confuso clamor y baraúnda de gritos, bramidos y un gran tropel de pezuñas.

Realmente nunca vimos a ese toro y es posible que por eso mismo permanece como una potencia viva del otro mundo. Antes que apareciera la bestia en el cruce de las calles, Peyo, Panzo y yo nos metimos en un tallercito de zapatero que había a pocos pasos de la casa de mi tío. Como si el zapatero, un viejito muy moreno con una manta raída, estuviera esperándonos y supiera todo lo que pasaría, se apresuró a cerrar el portón de su taller. Veo claramente su manita arrugada cerrar una armella interior que constituía la única seguridad de su negocio, y en ese momento tronaron las pezuñas del rumiante sobre la acera de tierra batida, rematando en la misma puerta. *Je la liuraron güena loh cauritoh ¿ah?* dijo el zapatero en ese verano del 43, con su fonética cachenchoide de la más pura, en el medio de un país de amapolas, volcanes y trenes que componían sus maravillas, y toros sueltos que irían a representar sus horrores.

Pronto me acostumbré a ver los toros de la lechería, y nos reíamos a gritos con Peirano al verlos en sus corrales que les quedaban bien estrechos, sementales de profesión que ya no tenían ganas de acometer a nadie y menos de correr desbocados por la avenida Larraín donde se estaba construyendo, en pleno campo, el Aeródromo Tobalaba. Hacíamos el viaje lentamente, con Bartolo, Tonino y Santina, cargando por turno de a dos la grande vasija de metal para la leche.

Graves pensamientos nos embargaban a Bartolo y a mí: nuestra conversación se desviaba invariablemente hacia las mujeres, especialmente sobre una misteriosa niña rubia conocida suya, bella como sólo puede serlo una rubia al Sur del Ecuador, y que tenía el nombre o apodo un poco ridículo de la Pupi. Nunca llegué a conocer a esa misteriosa Pupi pero cada vez Piraíno me contaba sus progresos en su relación con ella, que se iba transformando con celeridad en pololeo y con ello, teniendo una mujer para él solo, Piraíno se ponía en ventaja apreciable o más bien definitiva respecto de todos los demás. Yo, dentro de muy poco, tendría no una novia sino una mujer cabal en la Rosa, pero la maraña social hacía que esa relación clandestina fuese como inexistente y así, en la terminología adolescencial, yo estaba verdaderamente solo y más botado que huiro seco en la playa.

La historia de la Pupi comenzó a hacerse famosa incluso en el colegio. Como las leyendas obedecen siempre a la fuerza de las banalidades y también a lo supuesto más que a lo sabido, Piraíno fue considerado pronto un conquistador. En un calducho más, perdido entre horas de tedio y de terror, con su estilo que profesaba una ironía menos aprendida que propia del acervo criollo, Mermelada definió a Piraíno como *un bachicha rubio —porque también los hay— con fama de Tenorio y con espinillas hasta en la punta de la nariz,* como si los odiosos granos no eligieran la punta de la nariz como lugar favorito para brotar.

A decir verdad siempre creí que esa historia de la Pupi era pura invención. Necesitaba creerlo, desde el momento que el hecho de ser amado por una niña muy bonita, poco más o menos de nuestra edad y rubia por añadidura me parecía algo absolutamente imposible e inalcanzable. Todavía más: era algo que debía negársenos a todos, puesto que a mí se me negaba.

Un día le pregunté a Piraíno *¿y la Pupi tiene ya tetas?* No me contestó de inmediato, prometiéndome averiguarlo y luego trajo la gran noticia: sí, las tenía: *en un momento se agachó y se las vi, eran pequeñitas, pero ya redonditas, puntiagudas,* ***soñadas.*** Era una descripción muy vívida y la acepté como verdadera. Entonces le pregunté *¿y tú sabes cantar?* Piraíno dijo que no, y yo le ladré *¿cómo puedes pretender conquistarla? Para conquistar a una mujer como la Pupi es imprescindible saber cantar, y bien...* Piraíno sacó algo de esa grandiosidad sanchesca que pareció llevarlo lejos en la vida —si bien declaraba sus intenciones de estudiar leyes, la última vez que lo vi, una mañana de los primeros años 60, iba manejando un camión lechero— y leguleyamente me replicó, *eso dices tú porque sabes cantar y tienes esa ventaja con las cabras. Yo a la Pupi le hablaré simplemente. Eso voy a hacer: le hablaré. No necesito más.*

Pareciera que la fantomática Pupi tuvo mucho que ver con el destino de mi amistad con Piraíno, y empezó a incubarse —o a activarse si ya existía, catalizado por el misterio metabólico de la adolescencia— una suerte de conflicto o separación inevitable, una fricción en nuestro mundo hecho de pasar solamente el dedo al hilo de la vida, como una lienza de pescar o de volantín.

Un día, mientras dividía mi sandwich con Benvento —quien a menudo debía actuar como mi guardaespaldas— el consabido grupo de matones encabezado por Parro y Salazar se dispuso a divertirse administrándome una catatana. La catatana, a diferencia de la capotera simple, era más violenta: mientras algunos sostenían a la víctima por los brazos, otros le daban puñetazos en el estómago y patadas en las canillas. Empezaron a sacudirme con entusiasmo en una operación que después de 1973 en adelante y por un buen período de años constituyó toda una forma o estilo de gobierno. Benvento como siempre se dispuso a defenderme, pero no lo hizo con la energía con que reaccionaba al ser tratado de mercenario por los atacantes. Cuando esto ocurría Benvento se transfiguraba de rabia y atacaba por cuenta propia, repartiendo verdaderos molinetes de puñetes y patadas. Esta vez los dos fuimos anulados por el gran número de matones, pero lo más desagradable o doloroso para mí no fueron los golpes, su obviedad parenquimática me dejó anestesiado en comparación con la evidencia de un hecho menos raro que excepcional: Piraíno estaba entre los que me golpeaban con más entusiasmo.

Desde esa vez no le hablé más a Piraíno, pero ahora pienso que debí estrecharle la mano cuando unas semanas más tarde me la ofreció, empujado por casi el mismo grupo que me había golpeado un par de semanas antes, llevado por el mismo tumulto del curso que se precipitaba igual con la violencia que con su contrapartida sentimentaloide.

Al parecer nuestro distanciamiento —los jetones del curso hablaron de *ruptura de matrimonio*— produjo consternación en la familia Peirano. Incluso su padre fue a ver al mío a la oficina de Ahumada 312, para rogarle que intercediera, porque él simplemente no podía tolerar que no fuéramos más amigos. Ahora, ablandado por la perspectiva de defecciones y traiciones mucho más letales que la del pobre Peirano, pienso que debí aceptar su arrepentimiento. El acto mismo de golpearme obedecía a una forma violenta de juego, que yo no toleraba y sobre el cual emitía un precoz juicio moral que tenía algo de verdad, pero que no era toda la verdad. Mi padre respondió a don Bartolo que esas decisiones me atenían a mí exclusivamente. Tal vez debí reconciliarme y regresar a ese tumulto de jolgorio italiano que era su familia, por muchos años tal vez, o para siempre. Pero mi hado personal ha sido detenerme en las pequeñas traiciones y verme forzado después a aceptar las grandes.

Algo más que misterioso y doloroso hubo en el episodio de Piraíno, que de verdad fue un paréntesis en mis amistades de la infancia y la juventud, que duraron algunas por veinte años como en el caso de Charly, lo que ya es decir mucho.

¿Acaso su continente y modales de niño bonito me eran en última instancia insoportables? ¿Era que Piraíno representaba una forma de muchacho y de hombre que yo jamás podría encarnar, y por ello lo envidiaba secretamente? Creo honestamente que la envidia ha sido uno de mis pecados menos socorridos pero ¿quién puede medir nuestro abismo interior? Para ser justos, tampoco Piraíno era un modelo de desenvoltura y arrogancia como podían serlo los otros, el Coño por ejemplo, en la vena tétrica, y el mismo Chino Morán o Charlita en la vena desenvuelta y jovial. Más bien todo lo contrario: Bartolo era de verdad tímido, se achunchaba fácilmente y enmudecía, enrojecido o amoratado, con la boca abierta y el grueso labio inferior precipitado. Así fue en el último calducho en que lo recuerdo de cuerpo presente entre nosotros. El calducho con el Peludo San Martín estaba siempre cargado a la música por definición y era el lugar donde se ensayaban y también desgañitaban los tenores, cantando *La donna è mobile* o hasta el *Recitar, mentre preso del delirio* de *I Pagliacci,* en una jerga itañola que hubiera provocado el vómito de un italiano de tercera generación. Piraíno lo era de segunda, pero nunca le oí comentarios al respecto. Ahí fue cuando Bartolo, impresionando a todos, sacó nada menos que una acordeón como una cascada de teclas y botones, aparatoso instrumento que requería la habilidad del músico y la fortaleza del atleta. Anunció que iba a tocar *Santa Lucia*, que pronunció correctamente *Luchía*. No llegó más allá del título, ya que no pudo hilvanar ni siquiera el comienzo de la melodía, por vergüenza o por estar fulminado de susto frente a la clase, que era el lugar donde realmente se medía cualquier prestancia o destreza, nuestro *momento della verità*. Sólo pudimos oír un bramido monódico, como el que produce el fuelle del acordeón al cerrarlo para guardar el instrumento. Allí estuvo Piraíno tratando de empezar su melodía e incorporarla al calducho, infructuosamente, durante los pocos minutos tolerables por la clase lunatizada con el ponche subrepticio. Tuvo que ir a sentarse azuzado por la silbatina y el abucheo que se propinaba a todo fracaso, hasta cuando se trataba de un fracaso a medias, y éste era rotundo, arrastrado, humillante. El juicio del calducho era inapelable.

El tiempo no ha borrado el gesto de perro apaleado de Piraíno yéndose a sentar con su acordeón achunchado. Tampoco puedo distinguir si su vergüenza ya es la mía o si la alegría insana que experimenté al ver hecho polvo al que se había convertido tan banalmente en mi enemigo, no es más que la parte más triste de lo que todavía debo purgar en este mundo.

Perseguir en el agua la sombra y la luz de los renacuajos que cada vez se esparcían más allá y más lejos, y siempre se renovaban como si no pudieran morir, como de hecho morían, sacados y secados por Carlitos y Robe en largas hileras que palpitaban agitándose bajo el sol painino —que es un sol parecido al de Tombuctú— perseguirlos allá abajo, allá adentro, el esplendor de los renacuajos o pirihuines o provos u ocvos o coltrados, perseguirlos incansablemente en su vida comenzada en miríadas de huevos babosos y entelados en el légamo, en el misterio magnífico del agua, alcanzarlos siempre y sentirlos deslizarse como bolillas viscosas y desesperadas con la colilla que latiguea en la mano inmisericorde o llevarlos a casa en una botella, en Marzo, para que vivan una vida adicional y absurda:

una vida santiaguina para el pirihuín trasplantado

en la botella que olía a huevo podrido después de su inevitable, ínfima pero no insignificante muerte.

Como la piel llama a la piel, un buen día, que puede haber sido por la mitad del verano de 1951, yo estaba jugando con la Rosa y me encontré besándola en la boca y ella devolviéndome el beso.

El sabor de la boca de una mujer era algo absolutamente nuevo y diferente, era mejor que los helados de la viejita del boliche de las Bilzes, una española que los preparaba allí mismo, cada día con una esencia distinta. Ella misma sacaba los helados del bote central de su maquinilla con hielo machacado y sal, que giraba con una manivela, como si fuera una operación sólo suya. Ella llamaba a su helado mantecado, porque decía y vendía cosas raras y anómalas para nuestra mente de Inocencios.

Era ciertamente mejor el beso que la Bilz —lo que ya era decir mucho— y que las pastillas de menta, el beso era comparable sólo al corazón de la sandía, el beso de la Rosa, cuya boca era limpísima y nunca tuvo ni una brizna de mal aliento o tufo encebollado —como dijo Sancho de haber olido al acercarse a Aldonza Lorenzo— aun cuando la pobre desarrolló en los años siguientes dos guapas caries en los dientes delanteros, que jamás se curó debido a que las empleadas domésticas no iban al dentista ni al doctor, a lo más iban a la esquina a comprar papas y azúcar y todo lo que no era demasiado pesado como para ser acarreado en el espacio de sus brazos abiertos.

Sí, el beso de la Rosa, con caries o no, siempre fue bueno y manso y sólo no la besé cuando, retornando a visitarnos allá por 1960, había perdido todos los dientes delanteros —aunque de cierto no fue ésta la razón para no besarla— en la última y única vez que la he vuelto a ver en esta existencia.

Así, había que bautizar el acto o sonido de los besos, todavía estábamos en esa etapa macondiana en la cual todas las palabras suenan extrañas, y a la Rosa se le ocurrió llamarlos **pa**, así como suena, como una pequeñísima explosión hecha con los labios que hasta mejor sale escrita con minúscula y sin acento pero con exclamación: ¡pa! Ella cada vez que estábamos solos se me acercaba y me decía pa, y era que me pedía el beso, y así nos fuimos de pa y pa, pa y pa, pa y más pa y si ella sugería pa era que yo también le estaba pidiendo pa, siempre pa, ella me pedía pa y yo le daba pa y si yo le pedía pa, ella me daba pa y otro pa y más pa, en las últimas semanas de ese año de 1951.

La existencia de los pa cambió todo el sistema en que nos acercábamos la Rosa y yo, es más, cambió nuestras vidas, no fuimos los mismos desde que comenzaron los pa.

Junto con ellos, y como si no fuesen más que fotogramas de esa gran película que el Tata Dios estaba filmando desde un cielo que estaba aquí mismo con nosotros como pareja protagónica, empezaba a estrechar y a tocar a la Rosa en medio de los pa, poco a poco, como si una voz potente y silenciosa me dijese que debía ser así, que debía recorrerla con las manos, primero en los brazos, y luego fueron las caderas y la cintura, que estreché buscando su ecuación de redondez, donde lo que eran columnas en los brazos se transformaban luego en hemisferios curvos que reclamaban la caricia. Las caderas de la Rosa eran potentes y mórbidas como cojines y yo las abarcaba como así su cintura, mientras las bocas estaban unidas en el pa. Y pa y pa me pedía la Rosa, cada día y especialmente por las tardes.

No supe lo que era suavidad de piel de mujer hasta que toqué sus muslos. Su grosor era increíble aunque la Rosa no era para nada gorda, es más, era la más delgada de todas las empleadas de ese barrio, pero tenía cada curvatura en su puesto y cada morbidez en su sitio. Un día sentí unas ganas terribles de lamerle las axilas, y de mascarle los pelillos broncíneos que ahí tenía. Había allí como un centro de polaridades, de licores concentrados de su sudor que no era fuerte, sino delicado, sin contaminación de desodorantes y menjunjes. Ella tenía en sus sobacos como un manantial de un Cointreau de los exudados cutáneos y cuando yo se los lamía ella se estremecía y retorcía en tensión creciente, y respiraba como con fatiga por su nariz de aletas muy finas a la Silvana Mangano, pero también por la boca abierta, como ahogándose.

El paso siguiente fueron sus senos, que una vez pude coger ambos a la vez, como cuando en la gran masa de las empanadas uno establece su redondez última, y en esa sustancia de una blandura infinita y a la vez de una firmeza que escapaba a toda mesura, sentía crecer en su centro como unos botoncillos que se endurecían y prolongaban al contacto naciendo de la materia redonda y frutal del seno. La Rosa usaba en el verano un vestido sin mangas de los que llamaban soleras y debajo ella no tenía más que el único sostén que le conocí en todos esos años, desvencijado de tanta lavada y secada al viento y también de contener y transportar sus senos. La Rosa al sentir la caricia en los pechos se estremecía desde una dimensión interior y absoluta, volvía la cara hacia ambos lados como para exorcizar una tortícolis, y me aferraba con ambas manos a esa doble dulzura para que yo fuera aprendiendo cuánto había que apretar y por cuánto tiempo. Mi exploración terminaba en las orejas suyas cuyos lóbulos eran como una gotita de todo ese tiempo apenas destilándose.

Un día estaba sentado en la sillita de paja de la cocina, mientras ella me daba pa, de pie frente a mí. Fue ahí que se me ocurrió deslizarle la mano entre las piernas, y acariciárselas, primero en el interior de los muslos que eran muy suaves y calientes, como si tuviese fiebre en esa parte de la piel. Era tan suave como el cutis de las guaguas que yo detestaba y que me tocaba besar por compromiso. Con ambas manos fui subiendo y bajando por columnas que esta vez eran muchísimo más gruesas que los brazos y mis dos manos juntas no podían abarcar uno solo de los muslos de la Rosa. Luego alternativamente subí por cada muslo, y también por ambos, a los lados, como trazando su silueta y ella no me retiraba la mano sino que me daba pa y pa con toda la lengua. Mientras hacía eso no me había dado cuenta de que sus calzones estaban a la vista, completamente descubiertos como un proscenio en el cual la cortina era su falda a bolos alzada hasta arriba de la cintura. Mis manos esta vez recorrieron sus calzones, su tela que era como una piel también, saturada del olor de su intimidad, buscando la comisura, la frontera, el elástico que también era tan blando como que habían sido lavados mil veces a mano por ella en su necesaria vida de lustros —la Rosa tenía sólo dos pares y éstos eran los de uso diario— y así fue muy fácil deslizar mi mano por debajo de ese elástico que parecía a propósito para dejarlos caer y sentí la suavidad de su vientre que tenía unas ligeras rugosidades como los de una coliflor de terciopelo y también toqué el hueco apenas perceptible del ombligo.

Como relámpago de la luz de la inocencia, mi mano descendió como tirándose en picada a una piscina donde seguramente me ahogaría, bajó hasta ahí, como si no fuese realidad sino sueño, porque en lo instantáneo del sueño fue que por fin se la toqué. En mi aturdimiento pude sentir que allí había como un polluelo mojado de los que tantas veces había visto nacer de la cáscara, pegoteados de la clara del huevo donde habían vivido su vida de pollos nonatos, y ella tenía ese polluelo entre las piernas, todo empapado de un agua o jarabe que se había solidificado o secado y las plumas o pelos se habían unido en manojos almibarados. Pero en ese mismo instante ella apretó los muslos como defendiéndolo a muerte y empezó a retroceder llevándose mi mano entre ellas.

Espantada de lo que había ocurrido con mi mano, empezó a suplicarme *no mijito... no mijito... no mijito ... ahí si que no me toque... por favor no me toque ahí, ahí no... ahí no... ahí sí que no... ahí sí que no... por favor,* ***ahí no, ahí no...*** Yo había llegado por fin al centro del universo y eso era innegable, irrebatible y, por supuesto, irreversible. Como buscando tranquilizarla con la dimensión de mi voz le dije o mejor le rogué *déjame que te la toque un poquito no más* y ella, después de pensarlo dos segundos dijo *bueno, pero un ratito cortito,* momento que luego se hizo largo, sumado a los ratitos que habían ya transcurrido, y mis dedos exploraron esa pequeña maraña que era precisamente del tamaño de un pollito pegado al hueso duro que se le percibía justo encima de donde las piernas se juntaban y mis dedos abarcaron esa velludez de plumas, muy suaves arriba y duras de jarabe seco más abajo donde se introdujeron buscando algo más, algo más, y descubrí algo así como unas yemas o cachitos muy suaves y el índice explorador allí entró fácilmente en una especie de boca pequeña y vertical escondida y desde ahí, desde esa florecilla de carnosidades se abrió un manantial de agua desconocida, que me empapó los dedos.

Otra vez ella retrocedió apretándome la mano y el ratito cortito se hizo un poco más largo, pero sólo un poco. Cuando me retiré ella se irguió frente a mí, mirándome sin amor pero con ternura, como si lo que yo había hecho estuviese largamente preparado en su cerebro de hembra nacida en Rarinco o Millantú exactamente diez años antes que yo. Con inocencia sin nombre se estaba parada ante mí, que seguía sentado en la sillita de paja. Entonces le volví a alzar la pollera de bolos y aparecieron nuevamente sus muslos. Acerqué mi boca a ellos, a su ribera de piel, y toda esa cercanía exhalaba un vaho marino, a algas y a prendas recién lavadas.

Rosa, ¡déjame vértela, por favor! le rogué (todo necesitaba ser visto para existir, desde el momento que no había visto nada) y mientras yo continuaba aferrando su pollera alzada, en un movimiento muy lento y muy solemne como si estuviese descubriendo —y en realidad lo era— un tesoro, se bajó el calzón primero desde adelante y se asomaron unos cuantos pelillos de color castaño claro, y luego la prenda cayó como si no necesitara más estar allí equilibrándose, y pude por fin vérsela toda desde muy cerca.

A dos palmos de distancia apareció, muchísimo más discreta y mansa que en las historias de mis compañeros, sólo un manojito de pelos entreverados y claros, color de pelo de choclo, mientras en su base se veía como la comisura de una boca pequeñita y cerrada.

Al acercarme todavía más, porque yo quería como devorarla, fotografiarla con los ojos, percibí el olor fresquísimo a caviar con frutilla del que Chanta nos había contado hacía un par de años, cuando yo realmente no sabía absolutamente nada.

Ay niño qué hacías tú
tanto rato en la cocina.. .
Jugando mamá jugando
al gallo y a la gallina....

(Cancioncilla de la Desideria en *Radiotanda*)

A esa hora cuando había silencio en la casa lo único que se oía, discretamente, era la radio del living. Jorrel no llegaba todavía a nuestras vidas para agregar polución sonora con su violín rascatripas cuando los faroles se apagaban y se encendían los grillos, y en mi casa se encendía la vieja radio Westinghouse. Mi padre alargaba su mano y giraba las perillas, sintonizando las estaciones y el ojo mágico se cerraba en la mejor recepción de *Radiotanda, La familia chilena,* que eran diarias y sempiternas, y en los programas temporales de estrellas como el Zorro Iglesias o el español Gila que se especializaba en trasmisiones disparatadas desde un frente de guerra. Toda la familia escuchaba en silencio, salvo las tías viejas que se acostaban beatamente al crepúsculo para levantarse todavía más santamente al alba.

En la noche mis padres, mi abuela y mi tía se quedaban como perpetuamente esperando algo en el living y con la noche llegaba, si no el contentamiento (ya que paz hubiera sido mucho y equivocado decir), al menos la quietud a quienes se sentaban allí. Ello ocurría en el verano, con el frescor de las ventanas abiertas y los postigos cerrados que filtraban apenas las hormigas volantes, las mariposas nocturnas cargadas de un polvillo maléfico, los pololos zumbadores que se estrellaban en la cabeza como balas extraviadas, y por supuesto los zancudos y jejenes que sabían desvelarnos mejor que los malos pensamientos, que raramente teníamos. También ocurría en el invierno, cuando la estufa a carbón coke abría su fragua apaciguadora de la noche, haciéndonos respirar emanaciones sulfurosas, mefíticas, y no había más remedio que tolerar ese calor, ya que el frío es aun más intolerable para nosotros chilenos, ése era el sitio donde nos reuníamos noche tras noche, con mucho más cansancio que amor.

Detrás de todas las piezas y de todas las mamparas, junto a la cocina había un espacio que no llegaba a ser pieza y donde se había metido de todo, por ejemplo diarios viejos y la caja de herramientas de mi padre, y un estante de cocina blanco que la mayor parte del tiempo se lo pasaba vacío.

Ese lugar se ha convertido en algo recurrente en los sueños. Ya no sé si estoy hablando del rincón real, el más pobre e inusable de todos, o si hablo de un recodo en la dimensión de los sueños. En ellos siempre vuelvo a ese ángulo ínfimo de la casa, por ejemplo a hojear las revistas que allí se almacenaban, ejemplares de *El Peneca* de los años 1948 a 1954, donde aparecía el Negrito Floridor, o de *El Cabrito* donde aparecía Yarko el Invencible, precursor de todos los supermatones actuales. También suelo escarbar en una pila de revistas viejísimas de mi madre, vueltas indescifrables e ilegibles en la realidad del sueño, busco allí un ejemplar de una revista cuyo nombre no recuerdo para encontrar una página cuyo contenido y factura he olvidado. Sé que allí debe estar, entre la pila de cerca de dos metros de papeles, diarios, revistas como el *Billiken* y las otras.

Eso: busco allí la página doble donde se mostraban los insectos de Sudamérica y salía el mantis, el insecto palo y el fabuloso insecto hoja que perseguí sin fortuna en Paine, donde prácticamente revisé una por una todas las hojas existentes en la parcela, en la esperanza de encontrarlo, verlo siquiera una vez en esta vida, sin saber que para eso tenía que convertirme en Sandokán y viajar nada menos que a Malasia, y el arlequín de Cayena, el ciervo volante de los lagos del Sur de Chile y también un escarabajo verde eléctrico llamado Bruprestis que vivía en las regiones tropicales. Busco también la hoja final de un ejemplar del *Billiken* donde se habla de la primera ópera creada en América Latina por ese tiempo, *El Matrero,* con libreto de Hilario Ascasubi, cuyo mero nombre provocó las iras de mis familiares al nombrársela, porque ellos no admitían la existencia de óperas que no fueran italianas o al menos europeas.

No sólo busco las lecturas, los dibujos o los chistes sino también ciertas propagandas de juguetes, como una especie de aparatillo colgante de un cordón que al ser estrellado contra el suelo —y la figura mostraba una sonrisa beata al hacerlo— detonaba en modo horripilante. Nombre del juguete: **BROMATOMICA**, paráfrasis de las otras que estaban estallando ya en aquellos atolones del Pacífico poblados por seres insignificantes, para la mayor gloria de Dios y del Hemisferio Occidental. No iría a adquirir ni menos a usar semejante juguete, eso era seguro, no por las razones políticas apuntadas —todos creíamos sinceramente que las bombas atómicas eran buenas para la salud y corregían muchos defectos de nacimiento— sino porque las detonaciones siempre me han puesto de considerable mal humor. También había, en esa propaganda del *Billiken,* una maquinita de tren llamada *Buzza the Electric Choo - Choo,* que yo pronunciaba como es predecible en español, con cuatro **o** en vez del sonido **u,** y era una máquina que tenía ojos que guiñaban y una cara en la máscara delantera, lo que resultaba simpático y todavía sorprendente.

Busco también el espacio de un chiste en el cual un teniente da instrucciones a la policía militar de su cuartel y dice *hay que arrestar al cabo Zuleta, y hágalo con el mayor sigilo* y el policía regresa dentro de poco diciendo *el cabo Zuleta ya está en el calabozo, mi teniente, pero al mayor Sigilo no lo pude encontrar por ninguna parte.*

En la oscuridad de esa pieza que ni siquiera es pieza sino una simple antesala de la cocina y sitio de detención de materiales indeseables o profundamente olvidados, allí busco un ejemplar de *El Cabrito* donde hay una ilustración de una serpiente colosal y se ve la figura de un hombre pequeñísimo como una hormiga a su lado caminando por un sendero al borde de un precipicio y en el grabado se lee:

Para caer en las garras de Tortal

También en el mismo relato o en el que sigue, leése esta frase que aún me intriga después de casi medio siglo: ***Iba Alain a buen paso***...

En ese rincón estábamos la Rosa y yo, pa y pa, y ahora que tenía su asentimiento, la recorría toda, desde las piernas a los senos, a la cintura y las axilas. Había aprendido a chuparle los pechos, que tenían pezones rosados como frutillas a medio madurar y que se ponían duros al contacto de mis manos o labios. Ellos eran muy fáciles de alcanzar o de sacar, por encima de su desmayado sostén. Así fue que ese día se me ocurrió, para empezar, bajarle los calzones hasta el piso y luego subirle la pollera para vérsela, aunque allí estaba bien oscuro, pero mis ojos veían en la oscuridad cuando se trataba de eso, más dilatados que los de los linces o las ranas.

Entonces le levanté una pierna a la Rosa y se la puse en la primera repisa de ese estante que albergaba tarros de conserva y otros residuos de cocina. Su pierna quedó muy alzada y separada de la otra y pude, al acercarme, vérsela toda y también abrírsela. Esos labios, como pétalos de una flor nunca vista, se separaron suavemente con mis dedos que se empapaban del fluido que corría de ella como de una pequeña llave abierta de la rosa pequeña florida en la Rosa grande. Ella se estremecía como con espasmos mientras yo tocaba esos labios y los otros interiores que eran tan tiernos y mansos que me pareció podían desgarrarse a mi contacto. Ellos tenían un botoncito entremedio, un pequeño pulsador delicado, todo dentro de una dulzura que jamás había visto o sentido en lugar o cosa alguna en este mundo.

Al estar eso todo abierto, con la pierna de la Rosa bien plantada en el rellano, acerqué mi cara y sentí como nunca el olor marino o marciano que venía de esa maravilla que tenía delante. Un deseo irresistible me hizo pegar la boca a esa otra larga boca vertical y sentí su jugo salado, su miel, y la lamí más golosamente que si fuera el helado de mantecado que vendía la señora española, mientras ella giraba la cabeza con los ojos cerrados. La Rosa me aferró la cabeza con ambas manos y me la apretó contra su fruta abierta. Era salada y suave, olorosa a amonio y violetas, como si tuviese una gran magnolia de tres colores con el sabor delicado de los locos con mayonesa que se preparaban para domingos muy seleccionados, costaleándolos encerrados en un saco con ceniza, así era la fruta de la Rosa. Cuando se la hube lamido un buen rato sin respirar, por un momento me sentí sofocar con tanta vulva rodeando mi cara y con tanto zumo y saliva que me llenaban la boca y narices.

Asimismo, como tenía el pihuilo que estallaba de parado en mis pantalones del slack de verano, al volver a alzarme para darle pa, ella, buscándome el marrueco y desabrochándolo con manos mucho menos trabadas que las mías, me dijo *ya mijito, saque no más el pihuilito* y así salió y nadie me dijo cómo tenía que ir poniéndome, adosándome a ella en esa imposible posición de pared, esa verticalidad que es el patrimonio de los amantes más desgraciados y desposeídos, plegándome un poco y como rebajando la estatura de la cintura abajo, para que el cachito se pudiese ir colocando en una posición posible para entrar, porque de eso se trataba: entrar, cosa que sucedió rápidamente y experimenté algo así como lo que siente la mano al calzarse el guante sólo que esta vez no era guante sino esa parte de mi ser que resumía el resto. Era como si yo entrase de repente y entero en una dimensión desconocida y casi inmediatamente me precipité en una fuga de todo lo que era o había sido, escapando o levitando pero al mismo tiempo anclándome en lo más profundo de la tierra, vaciándome todo sin perder una brizna. Todo eso me producía un placer increíble, desconocido y matador. Me moví adentro de ella hacia arriba, muchas, muchas veces siempre hacia arriba, hasta que me pareció que me iba a desintegrar del placer y sentí el chorro de algo que se escapaba de mí y seguía escapándose mientras nos dábamos pa y pa sin cesar y la Rosa ponía los ojos en blanco.

Ella se repuso muy luego, mientras que yo me tambaleaba turulato, y al sacarlo, chorreando de sus aguas y las mías que sí eran virginales, después de recoger con destreza sus calzones del piso, pasándomelos me dijo simplemente, *límpiate*.

pintar a la acuarela

Mucho antes de aprender a escribir empecé a dibujar diferentes objetos y animales y aves, muy en especial tucanos, que me habían impresionado con su inmenso pico naranja y sus colores de máscara estrafalaria, en nuestra primera visita al zoológico en 1940.

Dibujaba también automóviles y tranvías, que al mismo tiempo me fascinaban y aterraban y, curiosamente para un niño, dibujaba estrellas y también cometas, que nunca había visto en realidad pero que seguramente había observado en alguna foto o lámina de los libros que ya hojeaba a los dos o tres años. A la edad de cuatro o cinco años ya sabía distinguir algunas constelaciones, en primer lugar Orión y las Tres Marías, lo que prueba que durante el verano del 41 o del 42 ya había observado el cielo estrellado, cosa todavía posible en la ciudad de Santiago. La preciosa constelación de Orión de seguro es la constante espiritual más significativa de nuestra vida y si hay algo de sagrado en este mundo, es su visión, lo único permanente que nos va quedando. No resulta extraño que fuese el signo más sagrado del cielo para los onas, por ejemplo, pero también para muchos otros pueblos nativos de América. También se podía distinguir, en uno de esos dibujos que nadie después se preocupó de conservar, el pequeño grupo de estrellas de las Pléyades o las Siete Cabrillas, que no había dejado de llamarme la atención. Algunos afirman que nuestra raza humana ha venido desde ese grupo de estrellas, en sus viajes espaciales y también en los ciclos de las infinitas reencarnaciones del *samsara*. Esta preocupación o fascinación por las estrellas nunca me ha dejado en esta vida. Siendo un adolescente, con el *Tesoro de la juventud* en mano, aprendí a distinguir todas las constelaciones visibles en el hemisferio austral, durante las cuatro estaciones.

El otro elemento importante de mis ilustraciones fueron las palabras, porque muy luego aprendí a escribir algunas frases simples. El resultado fue una forma de caligramas primitivos. La mezcla de palabras e imágenes es una constante en todo lo que he creado, antes o después, y lo triste es constatar que durante todos mis años de educación primaria y secundaria, mi alma innata de artista fue ahogada por el conformismo de la cultura familiar habitual, de la cual todos formábamos parte, a pesar de la evidente ilustración y hasta refinamiento cultural de mis padres que además gozaban viendo mi talento natural para el arte.

Si yo escribía o inventaba historias, ello formaba parte de los juegos y no debía salir de ese ámbito. Tal era la regla tácita y la norma que sin expresarlas ellos fijaban para mí. Me costó más de diez años adquirir una disciplina de escritor —siempre como una actividad paralela, y secundaria a los ojos de los otros, respecto del estudio y después de la práctica de una carrera tradicional— y más de treinta alcanzar una integridad artística y humana que pudiera ser incuestionable, primero por mí mismo y luego por los demás, y esto muy lejos de Chile. Ni la familia, ni las autoridades de los dos colegios en que estudié supieron o pudieron hacer nada para ayudarme a encontrar mi camino, descubriendo y valorando las cosas que hacía como un impulso natural. Todo lo que yo pude lograr fue *regenerarme,* mostrar interés por los mismos estudios, y seguir un camino que no era diverso del ya recorrido. Ser golpeado para recapacitar, y esto lo hice tan bien que me puse a estudiar con dedicación la química en teoría y práctica, construyendo un laboratorio casero e introduciéndome tan a fondo en ese mundo que sólo me apercibí de que algo andaba mal cuando, en la mitad de la carrera de Farmacia, me di cuenta que me gustaba mucho más hacer caricaturas de los profesores, preparar los espectáculos de las veladas de apertura del año escolar y luego escribir, escribir, leer literatura y también pintar *en serio,* mientras mis estudios oficiales flaqueaban y pasaban absolutamente a segundo plano.

La continuidad de vida y estudio se resolvió para mí en el seno familiar. Si mi tío Cochecho se inclinaba porque yo interrumpiese mis estudios fracasados en 1952, empezando inmediatamente a trabajar —decía que él podía colocarme sin problemas en los Impuestos Internos, de los cuales él se había recientemente acogido a una jubilación anticipada— y mi padre se mostraba como siempre neutral, fue mi madre la que me salvó, exigiendo que continuase en otro colegio de menos alcurnia, pero colegio al fin.

Cuando yo tenía unos ocho años mi padre —que era un acuarelista paisajista bastante bueno— me enseñó a usar los colores y los pequeños grandes secretos de esta técnica a la vez tan simple y tan complicada, tan fácil y tan difícil. El era un impresionista genuino, aunque esa escuela, por lo menos en Europa, había pasado a la historia hacía más de medio siglo. Pero hay lenguajes persistentes, y el impresionismo ha permanecido como tal, como un lenguaje pictórico adquirido y asentado, pasando de generación en generación y también adaptándose un poco a la evolución posterior de la pintura. Mi padre tenía dos ídolos en lo que a la pintura chilena se refiere: Juan Francisco González y Pablo Burchard el viejo, que habían establecido en el país un lenguaje impresionista aprendido por instinto, lo que a menudo sucede en el arte nacional. Mi viejo era un ortodoxo de la acuarela, que había aceptado este hecho de la descomposición de la imagen en la luz reflejada como el límite final de lo que se podía tolerar en la transgresión a la fidelidad de la imagen del objeto representado. No se le pasaba por la cabeza que la pintura y el dibujo podían tener otra dimensión mucho más allá de reflejar la naturaleza con ánimo de representación, aunque su ojo de pintor era en sí moderno, pero estoy seguro de que él no tenía conciencia de ello. Estaba muy feliz de poder enseñarme a pintar, al descubrir mi facilidad innata para ello, y así durante mis primeros años de vida ya pude aprender las bases del oficio del acuarelista, lo que no deja de ser un logro apreciable.

Muy luego surgieron diferencias y críticas de su parte, puesto que mi deseo de experimentar con otras formas y de conseguir nuevos efectos me llevó a incluir la tinta china en mis láminas y eso a él le pareció una herejía mayúscula. Mi concepción de la imagen era más bien la de un ilustrador, influida por todo lo que aparecía en las revistas infantiles, donde por ejemplo Coré de *El Peneca* era y es todavía insuperable. Creo que lo que he pintado ahora en mi madurez, cuarenta años más tarde, se repunta precisamente a ese mundo, más que al de ningún otro pintor o ilustrador, puesto que la influencia formativa en esa edad es claramente definitoria. Pero mi padre tenía una concepción del arte muy diferente, también proveniente de la iluminación de la adolescencia suya —que para mí es un misterio y de la cual nada sé— que seguramente se plasmó en La Serena, en su luz paradisiaca que los maestros de su tiempo buscaban y encontraban, como los impresionistas lo hicieron en Provenza.

Nunca aceptó mi padre nada más avanzado que Cézanne y Monet y ya los fauves, pero muy especialmente Picasso, lo horrorizaban. Yo no tenía una idea muy consolidada al respecto y seguramente sus opiniones eran muy influyentes en mí, por la autoridad que representaba. En un plano estrictamente técnico mi padre rechazaba el uso de la tinta china tanto para la delineación de figuras como para la formación de sombras y volúmenes. *La sombra jamás debe ser negra, ella es siempre de color violeta* decía, probablemente basándose en teorías del espectro cromático.

Era un acuarelista puro y creía que con el pincel mismo se debía trazar el diseño y llenar todas las formas, como los impresionistas lo creían. En este sentido mi padre fue un hijo de su tiempo, como artista y como hombre. Se aferró a él y en él permaneció aunque en el resto del mundo la corriente del arte había sobrepasado hacía mucho esos esquemas. El observaba mis trabajos y objetaba las líneas con tinta china, diciendo *en la naturaleza no existen tales líneas,* definiendo así su concepción: si en la naturaleza no las había, tampoco debían aparecer en el producto artístico. Yo no podía comprender la diferencia que había entre los trazos de pluma y los de pincel, porque también él delineaba sus figuras, usando un pincel fino y siempre con el color violeta. Cuando le pregunté a Chancheta al respecto soslayó la respuesta diciendo *sí, esto es válido para los más tradicionalistas, pero los artistas modernos usan cada vez más el negro...*

Yo distaba mucho de tener conciencia artística, y relativamente aceptaba las razones de mi padre, aunque distinguía muy claramente la autonomía del producto, centrándome sólo en este último, en el plano creativo. Las líneas ésas no existían en la naturaleza, pero yo no entendía por qué no podía dibujar con tinta china lo que me pareciera, puesto que se trataba de eso: una transferencia o proyección a otro sistema que ya no era el de la naturaleza, y que tenía otras leyes. Sin haber oido en mi vida hablar de Vicente Huidobro y el creacionismo, inconscientemente lo practicaba.

Todo ocurrió atravesando un camino muy difícil, muy oscuro, en el cual no sólo tuve que buscar la luz, sino también crearla. Mi padre me enseñó lo que él podía enseñar, la parte básica pero también muy significativa del uso de los pinceles y los colores, y creo también que a través de sus ojos pude despertar esa sensibilidad inalienable del artista, esa voz interna sin la cual no somos nada. Creo que Chancheta en esto no tuvo arte ni parte, aunque como profesor de artes plásticas —así se llamaba su ramo, con exageración visible— debería haber hecho algo más. El maestro, que seguramente sí tenía una sensibilidad artística, estaba a su vez encastrado en el sistema al cual debía su existencia en la forma de Chancheta y no en otra. Como no somos nada más que nuestra circunstancia más borgiana que orteguiana, Chancheta era un eficiente, casi perfecto distribuidor de temas a los cuales asignaba, en la clase siguiente, notas que iban generalmente del *tres,* que correspondía a los menos dotados para el diseño, y el *siete*, que correspondía invariablemente a Taro Marmoleda.

El criterio de Chancheta era puramente retórico y técnico a nivel elemental, por lo que su distribución de notas, si bien estadísticamente correcta, era absolutamente arbitraria, y del mismo modo que con la gimnasia, sólo los bien dotados por naturaleza en la habilidad de dibujar podíamos tener buenas notas. Pero hasta en ese nivel, Chancheta era injusto. El obeso y fláccido maestro sentía y demostraba una veneración funcionaria por Marmoleda, su alumno modelo, y parecía que su nota siete estaba asignada de antemano a cada tarea suya. Hay que reconocer que los dibujos del Taro tenían algo de genial, y todavía sus imágenes están guardadas en los hologramas cerebrales como algo que te comunica y a la vez te produce ese impacto inexplicable de la belleza. No sé si Mermelada era un pintor o un artista. Más bien era un factótum escolar, un supersabio de los pupitres y tal vez ese mismo éxito suyo en el Instituto, en vez de lanzarlo a empresas más amplias y más altas como a otros protogenios salidos del mismo colegio, pareció haberlo paralizado y prematuramente embalsamado a ese nivel, como si hubiera muerto de algún modo impensable en el mismo momento de sus triunfos. Probablemente su cometido era encontrar un marco utilitario para su mano de artista que en la adolescencia hizo prodigios y que después probablemente no los hizo más, ya que no los necesitaba. Chancheta premiaba esas dotes con el siete. Los otros dos compañeros que competíamos por esa nota máxima aunque nunca nos era asignada, éramos Benvento y yo. Chancheta fruncía el ceño cuando le mostrábamos nuestras tareas y se agarraba de cualquier imperfección formal, lineal o corredura mínima de tinta o pigmento desbandado a nivel de los micrones, para bajar la nota.

Durante todo ese período tanto mi padre como Taro Marmoleda fueron mis maestros de artes plásticas, y mi estilo, reencontrado muchos años después, aparece como una síntesis de las dos técnicas de ellos: el acuarelístico lleno de matices, *nuances* y misterios fluidos del color, de mi padre, y el que definía con trazos y colores violentos, usando una variedad de medios como tintas de diversos colores, lápices de colores y hasta el collage, del segundo. Ambos eran absolutamente contrapuestos: Taro practicaba con entusiasmo todo lo que mi padre estimaba y juzgaba impropio y tabú.

Puedo imaginar cuán difícil fue para mi padre aceptar otras condiciones e incursiones mías del futuro, por ejemplo un salto mayor ocurrido en 1962 cuando quise aprender a pintar al óleo, evolucionando rápidamente hacia una pintura de tipo abstracto y pinté muchos cuadros de este estilo, algunos de los cuales han sobrevivido hasta hoy. Los títulos de las telas eran literarios y preludiaban el sentido de lo que haría en las décadas siguientes: *Los heraldos negros* (interpretando el título de César Vallejo) o *El professor Piccard se va de vacaciones*.

Cuando mi padre falleció en 1978, mientras yo vivía en exilio en Italia, y siguiendo el impulso de lo que ha sido largamente preparado por la vida y por todos y cada uno de los elementos, eventos y actos perpetrados u omitidos durante la previa existencia, en el ámbito del extrañamiento total, pero saturado de las imágenes y el estímulo cultural de Italia, me encontré de un día para otro poniendo en práctica la síntesis de mi padre, de Coré y de Taro Marmoleda: las visiones de los poetas traducidas de la palabra a las imágenes, y la iluminación ocurrió cuando quise *pintar* un verso del famoso "Galope muerto" nerudiano, que siempre me intrigó por su seducción arcana: *la llegada de la muerte a la lengua del buey*. Luego quise representar o *traducir* el título del poema "Caballo de los sueños". Estos fueron el inicio de una labor que ha continuado hasta el presente, fraguado en el misterio de la separación y la muerte irremediables de todo un mundo que me nutrió por décadas. En los últimos quince años he pintado cientos de acuarelas de esta factura, la mayoría de las cuales está en Italia y en los Estados Unidos. Todo este río asciende hasta la síntesis de lo que me fue dado por mi padre y también por Taro Marmoleda, en aquellos años desesperantes de lentitud y cadenas invisibles, donde no se decidió mi destino pero sí mi tiempo, mis trabajos y mis días, bajo el juicio inapelable y menoscabador de Chancheta.

Así, todos los círculos se cierran.

Si el juicio de Chancheta era inexorable, era también recurrente y semanal, por lo que Benvento y yo pensamos en sacar provecho de nuestra habilidad. Usando esa base empresarial que subyace en todo lo viviente —desde el momento que el mismo sobrevivir en un subplaneta miserable como éste es toda una empresa— formamos un equipo productor de dibujos para la clase. Con una tarifa bien estipulada pero también arbitraria —como lo era la misma escala del maestro— hacíamos dibujos para el resto de la clase y los entregábamos el día anterior a la fecha requerida. Había toda una gama de precios, desde un simple diseño o esbozo de líneas que costaba dos pesos, hasta un dibujo a pleno color garantizado mínimo para un seis con una tarifa de doce pesos, ya que sabíamos para quién estaba reservado el único siete de la clase y por lo mismo no podíamos asegurarlo. Según el que lo hacía o el que había trabajado más, nos repartíamos el dinero con Benvento o cada uno se lo dejaba para sí. En la clase había compañeros incapaces de trazar dos líneas coherentes, y nuestro negocio prosperó, siguiendo las leyes implacables del mercado escritas con la lengua serpentina de su apóstol Milton Friedman. Garantizábamos una nota mínima de cuatro para los bocetos simples que el comprador debía colorear con sus manos, y si por capricho o berrinche de Chancheta no se obtenía dicha nota, se reembolsaba al cliente, adelantándonos por treinta años a la práctica que establece que es mejor perder la mercadería y no el consumidor. Muy pocas veces nos tocó devolver el dinero pagado por una tarea, puesto que Chancheta no objetaba ni se extrañaba del súbito cambio de calidad técnica y nivel de diseño de los más torpes. Como empresarios magnánimos, también hicimos más de un dibujo gratis a los más pobres, y Varela por ejemplo sacaba su cuatro y nos lo agradecía ayudándonos en las tareas de matemáticas.

Ahora pienso que Chancheta se daba cuenta del fraude, porque sólo un imbécil no vería la semejanza en tantos dibujos del mismo tipo. Quizás era sólo vanidad, el único lujo que se permitían las ratas pedagógicas como él, y sinceramente creía que los alumnos estaban aprovechando sus enseñanzas artísticas, que por lo demás no impartía. Como si estuviese en combinación con lo que podía dañarme y perjudicarme, sólo una vez Chancheta objetó un dibujo a todo color de nivel seis que yo le había hecho a Parro diciendo, *es imposible que un negado para el arte como tú salga de un día para otro con un trabajo de siete* y se lo devolvió. Parece que Chancheta había notado que algo raro andaba en el aire en su clase, trazos parecidos en muchas tareas presentadas por diferentes alumnos, y el Coño pagó por los otros. Nadie delataba la combinación: había silencio de *omertà* como en el hampa napolitana y siciliana, porque si un alumno confesaba que había comprado un dibujo arriesgaba la expulsión, aunque ciertamente se tendría que haber constituido una comisión magisterial sólo para juzgar nuestro caso, por lo insólito de nuestra empresa. Vender un cuadro o diseño en sí no era una falta, pero sí hacerlo pasar por propio como tarea de clase, y en eso habríamos fundado nuestra defensa.

Aunque Chancheta no investigó ni dio vueltas más al asunto, igual la empresa sufrió un revés. Mi recién adquirida cuchilla me sirvió para defenderme de Parro, que me insultó diciendo *Mono reculiado toma tu dibujo asqueroso mételo en la raja y devuélveme la plata ahora mismo,* plata que no había pagado por lo que le dije *págamelo primero y te la devuelvo enseguida.* Dijo que me esperaba afuera para sacarme la cresta. En efecto, a la salida se me tiró encima para golpearme, pero yo saqué la chafarota maravillosa y le dije *¿qué te parece ésta?,* hice saltar la hoja, le tiré con decisión un puntazo al cuerpo y el matón se acobardó y huyó.

Las palabras de Chancheta al definir la tarea de Parro eran importantes: *un trabajo de siete.* Con ello él reconocía que ese dibujo merecía la nota máxima que nunca le asignaba a mi trabajo. Es más: una vez en la misma clase mi trabajo recibió el acostumbrado seis, y al comprado por un compañero le fue otorgado un siete. Todos se burlaron mucho de mí con ese resultado absurdo, poniendo de este modo en función ese sentimiento vengativo al revés de castigar al inocente y al que por algún motivo se destaca de la canalla, y que es uno de los pilares éticos de la chilenidad.

¿Era Chancheta un farsante pedagogo, un cobarde o las dos cosas? ¿O era simplemente una suave alimaña de ese bosque petrificado? Cabe pensar que todos lo éramos y la luz nocturnal que recibíamos en pleno día nos ayudaba a seguir pasito a pasito en sus senderos siempre en penumbra, *según el orden del tiempo.*

Un día de 1950 tuve la idea más triste que descabellada, de desafiar a Mermelada para el próximo tema, que era un paisaje con un árbol y su reflejo en el agua. Este estilo era mi fuerte y pensaba hacer un cuadro realmente espectacular. Mi padre dirigió gran parte de su ejecución y si bien no metió mano, creo que el cuadro final representaba más su propia concepción que la mía, con todas las manchitas puntillistas, las sombras en violeta y todo el diseño hecho a pincel con los volúmenes de la figura del árbol, las hojas y los reflejos del tronco en el agua, por lo que en el fondo la competencia se realizaba entre mi padre y Mermelada, en una justa sin sentido y sin lugar.

Yo había comprado un papel especial Whatman de acuarelas en la Librería Nacional para hacer mi cuadro de un tamaño superior al del block usado para la clase. Cuando desenvolví mi cuadro, muchos que estaban en conocimiento del desafío, dieron gritos de admiración y de estímulo frente a Chancheta. Incluso Benvento se atrevió a exclamar *¡un siete señor, un siete!* pero Chancheta miró mi cuadro esta vez por un buen rato frunciendo el ceño y luego me asignó un 6,5 porque según él mi acuarela *presentaba ciertas leves incongruencias en los ángulos de las sombras y una terminación no lo suficientemente prolija como para merecer la nota máxima.*

Mermelada hipócritamente se había declarado vencido, y luego en un gesto espectacular descubrió su cuadrito, que era bien pequeño, con un trazado verdaderamente *lindo,* ésa es la palabra, con una prolijidad de estampa antigua y con colores muy brillantes. Las hojas de los árboles eran compuestas en manojos y cada uno de ellos estaba diseñado y pintado individualmente, como así el tronco con sus vetas, los reflejos, etc. La sonrisa de Chancheta era beatífica al estampar el siete en el libro de clases. El Polaco me dijo sonriendo *te dejó chatito* y todos fueron a sentarse dando el desafío por terminado con un desenlace que ellos aprobaban integralmente, en primer lugar porque mi figura era decididamente impopular frente a Mermelada, mateo antipático o héroe funcional, según se tratara del ámbito privado o el público. En este caso yo estaba en franca desventaja porque ellos debían pagarme para obtener sus dibujos y tenían que desembolsar su mesada hasta para obtener un miserable cuatro. Las palabras tan lapidarias del Polaco tampoco eran justas en un plano artístico, porque se trataba de trabajos muy diferentes, pero ellas reflejaban en su integridad el pensamiento del institutano corriente, y la misma absurda competencia —iniciada en todo caso por mí— era parte de su mundo y no del mío.

Para crecer había que desdibujar lo dibujado, despintar lo pintado y destruir la figura, ir más allá de todo lo hecho con prolijidad y esmero —lo que el Taro había ofrendado a Chancheta— e ir más allá de la sombra violeta y el color que forma la figura como también de la línea definitoria de la tinta china, reconstituir en el más allá esa técnica o lo que fuere en el grueso papel de acuarela *Moulin D'Arches* comprado a veinte mil leguas aéreas del Instituto y de Chile, en un espacio donde por fin todos podíamos dejarnos mutuamente chatitos.

C *fragmento de discurso o chacharrada de calducho*

Como ballenas inestables, como bólidos de mantequilla, como centauros en muletas, nuestra mente va a responder muy mal a los requerimientos de los tiempos que corren si no mantenemos todos nuestros sentidos en estado de alerta, con una gimnasia mental o una disciplina del cerebro tan necesaria o más que la gimnasia sueca que fortalece los músculos.

¡Yo os invito a hacer diariamente ejercicios cerebrales, masajes mentales y piruetas del espíritu, a ver si mañana os despertáis una pizca menos brutos que hoy!

TC *por un pelo nos pillan*

Algunas noches en que las hormigas con alas habían llenado la galería, subiendo por los vidrios y por el maderamen que formaba la estructura de esa pieza trasera que prácticamente era toda ventanas, nos poníamos a matarlas la Rosa y yo, con matamoscas y también con flit, que dejaba un olor cáustico a solvente. Pero su vigor no empañaba el resto del universo y, por ejemplo, después de haber despachado a unos cuantos miles de hormigas que dejaban el suelo cubierto de un sedimento como el café que no se tomaba en casa, esa vez nos sentamos en el baúl y luego nos tendimos en él para acariciarnos y besarnos. A diez pasos de nosotros, o a lo sumo quince, el grupo familiar escuchaba las aventuras de su contrapartida radial: *La familia chilena.*

Entonces la Rosa hizo algo completamente inesperado. Se puso a horcajadas sobre mí en ese molo duro sin mar y sin gaviotas que era el baúl de la galería, con la cabeza vuelta hacia mis pies o sea que su trasero vino a quedar justo sobre mi cara. Estaba sin calzones. Cuando miré hacia arriba, la zorra estaba muy cerca, aproximándose como una gran boca vertical. Sentí su olor fresquísimo a frutas marinas y alzando la cabeza adherí mi boca a ella. Lamí mucho su jugo y la succioné, como persiguiendo una dimensión inalcanzable. Mientras eso hacía la Rosa oscilaba la pelvis y oprimía su cuerpo hacia abajo contra mi boca que por su parte empujaba hacia arriba, de modo que tenía que retirarme periódicamente para respirar.

Luego sentí que ella me buscaba algo hurgando en la bragueta. Cuando me hubo sacado el estallante pihuilo sentí su boca succionándolo como un helado. Yo tenía el prepucio intacto, y al descubrirle la cabeza y cogerlo ella con la boca me retorcí en un espasmo de un placer diferente y terrible, apretando todavía más mi boca contra el sexo de la Rosa. De pronto la sentí volverse, para ponerse de cara hacia mí, con los ojos extraviados como si estuviese borracha o recién despertando. Al sentarse y acomodarse a horcajadas, le entró hasta lo más hondo en un solo movimiento. Al sentir que le entraba de esa manera, ella echó la cabeza hacia atrás e inmediatamente osciló con fuerza las caderas, cerrando los ojos y respirando con bocanadas largas y profundas, como cuando el doctor te pide hacerlo para escucharte los retintines del alma herida, mientras sus manos buscaban a las mías y las guiaban para que le aferrase los senos por debajo de la blusa. Luego se agachó sobre mí, yaciendo completamente encima, y me besó hondamente. El placer fue tan intenso que no pude retenerme más y eyaculé, pero ella siguió moviéndose sin parar y me fue exprimiendo el semen muchas veces como cuando se estruja una prenda. Cada vez yo sentía que me arrancaba el alma como en agonía, hasta que de repente se desplomó sobre mí como muerta o desmayada. Me asusté mucho, y pensé que podía estarse muriendo de veras y como pude me salí de esa posición mientras las piernas se me doblaban, en parte por el susto y también por la conmoción del placer inaudito que había sentido.

La acomodé con dificultad sobre el baúl, bajándole la pollera que tenía arrollada sobre la cintura. Nuestro acto había sido absolutamente temerario, porque en cualquier momento alguien podía haber venido del living, y sorprendernos.

Salí un momento al patio con la bomba de flit para exterminar otro poco de hormigas. Justo en ese momento llegó mi abuelita a pedirle una taza de té a la Rosa, y yo le dije *mire, estaba tan cansada que se quedó dormida, la pobre*...

La Rosa era diferente, sí, no sólo por ser blanca en vez de morena, lampiña en vez de peluda, y tener el pelo suave, fino y cobrizo cuando las otras lo tenían negro y más bien crenchudo, difícil de domeñar y de ordenar en otros peinados que no fuesen las trenzas hijas del folklore y de la noche.

Ella también se diferenciaba de las otras muchachas de su clase en que sabía leer: las otras pobres no habían llegado a beber de la sopa de letras como nosotros los privilegiados. Aunque no se lo crea, las letras vienen en la sopa y hay que tener el estómago lleno o siquiera a la mitad para poder pensar en llenar los pisos superiores, como bien dijo García Lorca, antes que lo mataran los fachos por atreverse a enunciar ésa y otras verdades sin tiempo.

En alguna parte, alguna vez, ella había aprendido a leer y a escribir, lo que hacía con letra temblona como la de una enferma de apoplejía que hubiese recobrado parte de sus facultades para ponerse a escribir de pronto cartas de amor, que en realidad fue todo lo que le vi alguna vez escrito, y eran cartas dirigidas a mí, papelitos muy dolorosos y muy dulces que conservé por mucho tiempo, porque el tiempo en nuestras vidas es realmente mucho y es muy buen sepultero como también muy buen desenterrador. El caso es que ella escribía y leía, y no sólo los cancioneros que un viejecillo estrambótico y anacrónico y por lo mismo precioso para muchas gentes pasaba a vender semanalmente, sino que también leía verdaderas revistas que heredaba después de que todos en la casa las habían leído.

Leía también los *Ecranes* y fuera de besar a sus fetiches machos o amachados, también se sumergía brevemente en los reportajes y las supremas tonterías que doña Marina de Narval ya por entonces escribía, porque ha existido desde siempre un sector impenetrable de la población, en todo lugar del mundo, que piensa que el arte —y el arte cinematográfico en particular— debe ser el vehículo evangelizador de las conciencias mínimas, de lo gris de sus almas y sus alientos, y debe ser un sistema o armatoste forrado de buenas intenciones, como ellos las entienden.

Al descifrar alguno de esos textos trashojados su rostro se contraía por la duda que era su única certeza, la esperanza que cada día constituía para ella lo desconocido, y la incomprensión —sin duda muchas de las catilinarias de doña Marina le resultaban incomprensibles— hasta que de repente se producía el encantamiento, al aparecer las fotos de esos machotes de los años 50, acaramelados o rancios, engominados hasta la raíz pedicular, y su sonrisa bastaba para todo, era otro vaso comunicante menos bretoniano que epicúreo, si es que Epicuro alguna vez supo de la existencia de Chile (cerca de Linares encontraron un petroglifo con caracteres griegos con varios miles de años de antigüedad, más antiguos que los mismos de Grecia).

Ella no leía el diario porque no le interesaba la cotidianeidad, la crónica mínima o lo que ocurría más allá de nuestro barrio, en términos absolutos. Sólo leía lo trascendente, como la vida y proezas sentimentales de los actores de Hollywood, por ejemplo del pobre Rock Hudson que iría a morir del sida unos 35 años más tarde. También se aprendía todas las canciones de esos cancioneros semanales de la prehistoria y los cantaba conmigo comentando por ejemplo la letra de ese valsecito peruano *Amémonos* que según ella era lo más sublime que podía existir en cuanto a letra cancionera y que pronunciaba amemo**nós**:

amemonós mi bien que en este mundo
donde lágrimas tantas se derraman
las que vierten quizás los que se aman
tienen un no sé qué de bendición...
[...]
amar es empapar el pensamiento
con la fragancia del Edén perdido
amar, amaré llevar herido
con un dardo celeste el corazón...

es tocar los dinteles de la gloria
es ver tu imagen, es escuchar tu acento
es en el alma llevar el firmamento
y es morir a tus pies de adoración...

y toda la letra ella la cantaba conmovida, a veces echando su lagrimón, sin dejar de comentarme que eso de tocar los dinteles de la gloria, ella lo interpretaba como una mujer llamada Gloria a quien le estaban tocando alguna parte clave *y eso mijito* me decía *es de doble sentido, como también esa canción* El Manicero, *usted la conoce ¿verdad? ahí donde dice que* esta noche no voy a poder dormir sin comerme un cucurucho de maní *eso mijito es puro doble sentido...*

Ella estaba más allá de las lágrimas y los sollozos, aunque leyendo y cantando el valsecito *Amémonos* se complaciera en dar rienda suelta a los sentimientos que de ordinario sólo se podían desahogar en la platea del rotativo Santiago, el sitio más lagrimeado y moqueado de toda la capital donde únicamente se proyectaban bodrios mexicanos y argentinos en español, para la audiencia que no sabía leer los subtítulos. Mientras la Rosa leía yo le estaba cerca y había entre nosotros más de un lazo misterioso entre lo que leía y lo que me comentaba y también lo que se callaba, y en todo había palabras, palabras azules, redondas y hasta sutiles. Al hacerlo, arrugaba el entrecejo, si el texto era semánticamente inextricable o conceptualmente asqueroso. Muy rara vez me consultaba sobre alguna palabra demasiado complicada, como por ejemplo una vez que le pasé *Educación sexual para la familia* del doctor Solórzano Ambipoides, ella leyó el término *eyacular* pero insistió en decirlo *eyaculear,* pareciéndole más lógico así. Enseguida tiró el sobajeado volumen, afirmando que era *una mierda de libro escrito para calentar a la gente en frío porque lo más posible, mijito, es que en el momento de leerlo uno no pueda desahogarse enseguida, como es humano que nos venga el deseo.*

Un libro que sí tuvo éxito con ella fue la antología nerudiana de Aldunate Phillips, que permanecía por mucho tiempo debajo de su cama, siendo éste el lugar donde sus diferentes lecturas iban a parar, no por descuido sino por comodidad y hasta seguridad: allí era donde su mano las depositaba por la noche o la tarde, al tenderse a reposar y a leer, y allí se quedaban, ocultas de otras miradas o de las manos que siempre hay en casa chilena, manos fantasmales y anónimas que mueven las cosas y las hacen desaparecer, bocas o esfínteres sin nombre y con mucha sed que se tragan las bebidas y los licores, y nunca tú podrías saber a quién pertenecen, pertenecían o pertenecieron esas manos y gargantas, siendo perfectamente inútil interrogar a todo ser humano posible en una casa o grupo familiar, porque nadie vio, ni escuchó ni supo nada de lo que buscas.

Así ella, carente de todo mobiliario como no fuese el clavo donde colgaba sus pocos vestidos, y el cajón de azúcar donde ponía su palmatoria con una vela siempre más corta que larga, tenía en el espacio debajo de su cama un refugio seguro para sus zapatos, que era casi siempre un par deshecho y más trajinado que los del mismo cartero, y otro más nuevo para la salida de los domingos. Fue también el sitio más adecuado para la antología, de la cual pronto empezamos a leer poemas juntos, a explorar ese idioma nerudiano que era como inventar o recrear el mundo desde las raíces, y paradojalmente desde un punto de vista tan real y cotidiano que todas las cosas parecían salir de un reservorio común. Esto era la palabra de Neruda el poeta, ya que el Neruda real era para nosotros menos que una presencia, era un señor que una vez había yo visto en casa de una amiga de mi tía llamada Inesita del Río.

En esa ocasión el vate apareció con su estatura nada común en nuestro país — por lo menos entonces— y como siempre le ocurrió en su vida y también en su muerte, fue rodeado de agasajos y de atenciones, porque hay hombres para los cuales las estrellas han reservado ese destino. Recuerdo muy poco de ese momento donde todo es ya muy nebuloso y lejano, pero está muy vívida la imagen de los dulces chilenos fragantes como flores pasteleras y otras exquisiteces con las que se atendía al poeta, una leyenda viviente ya para todos menos para mí. Había un perro en la casa que daba saltos de acróbata y ladraba con entusiasmo canino para llamar la atención de un grupo de palomas que revoloteaba cerca, porque todo el agasajo se desarrollaba en un patio cubierto de un parrón antiguo de fierro.

Como al parecer no podía hacerlo ella misma, la dueña de casa dijo, llamando a la empleada, *niña, llévate por favor a este perro que ya me tiene loca con sus carreras detrás de las palomas* y en seguida se oyó la voz nasal del Vate diciéndole *Inés, déjalo no más,* ***déjalo que se fascine con las palomas*** y esa imagen de Neruda es la que permanece conmigo, lo vi muchas veces después en recitales como uno en el cual dedicó un poema a la bomba nuclear de 50 megatones que había construido la Unión Soviética, diciendo a la gente en el Aula Magna de la Universidad que no nos debíamos preocupar porque *nos defienden 50 megatones.* Todavía existía esa posibilidad de ser defendidos y a la vez achicharrados, en cambio ahora igual podemos ser achicharrados de un momento a otro, pero ya nadie nos defiende. No son muchos los megatones ni los kilotones que protegen a los pueblos del mundo, estamos desnudos e inermes frente a la prevaricación de monstruos que hasta es inútil nombrar, tan rápidamente se reciclan y regeneran, porque la historia es una metáfora pero también una caricatura de sí misma.

La antología de Aldunate Phillips tenía todo lo esencial, la información que un ciudadano del olvido cualquiera podía obtener de un libro destinado a divulgar la obra de un poeta que por su misma grandeza se había separado del medio nutricio en su forma más primaria y necesitaba dar una inmensa parábola de retorno, siendo tal fenómeno especialmente crítico para mi generación al filo entre un mundo viejo y un mundo nuevo.

Uno de los poemas de esa antología que más me intrigaron, al principio, fue "Maestranzas de noche" y la razón era la inusitada asociación o humanización del *fierro negro que gime, fierro negro que llora en cada poro un grito de desconsolación,* lo que nos evocaba maquinarias inmensas en la noche, los espectros emanados de todo lo que el hombre construía, y que se materializaban en la oscuridad densa y sonora. Eso me traía recuerdos muy poco agradables, puesto que hacía unos cinco años —toda una vida a esa edad— en el momento deliciosamente temible de disponerme a dormir veía surgir de las sombras horribles maquinarias, enormes engranajes que giraban en vórtices, y para poder conciliar el sueño debía requerir la presencia de mi madre, quien con su mano protectora devolvía esas formas amenazadoras a los lugares infernales donde pertenecían.

El poder de ciertas metáforas nerudianas era subyugante en la descripción del cuerpo de la mujer: *ah los vasos del pecho, ah las rosas del pubis, ah tu voz lenta y triste* y también *las arañas oscuras del pubis en reposo*, frase que era ya explícita y enloquecedora puesto que nos parecía estar viendo y tocando con todos los sentidos despiertos ese sitio tan extremadamente difícil de ver y de tocar.

No estoy seguro de cuánto impresionaban a la Rosa estos versos tan absoluta y dolorosamente masculinos. Como ella era tan hembra, tan fundamentalmente hembra desde sus raíces, creo que por resonancia y consonancia entendía al macho visceralmente. Estoy seguro que ella sentía profundamente la otra dimensión más general donde las almas del hombre y la mujer pueden eternamente encontrarse, más allá del machismo que es oscurantista, pero dionisiaco, y del feminismo, que es progresista pero estéril.

Aforismo mapochino de sobremesa

DIONISIO SOBREVIVIRA

APOLO SE IRA POR EL

DESAGÜE

Siempre que leía algo explícitamente erótico, la Rosa sonreía, como diciendo, *a quién vienen a enseñarle estos descubridores de la pólvora...* Y volvía al libro de Neruda cuando para ella terminaba su más que larga jornada, lo que es todo un ejemplo de heroísmo lector, y sé positivamente que en las noches volvía a la antología a la luz de su vela.

¿Qué presencia acudía a ella mediante el poder de aquellos versos?

¿Se trataba de alguno de sus hombres del pasado, por el que experimentaba todavía una pasión?

¿Era mi imagen o presencia de hijo-amante que la invadía y, en la poesía, la reforzaba?

Lo que puedo decir ahora, cuarenta años más tarde, es que la dimensión del verbo poético no me acercaba a ella sino, por el contrario, nos distanciaba, abriendo una especie de surco o herida trágica y estableciendo un parámetro que no nacía de mí y menos de mi propósito, sino que venía de la propia condición de nuestra *relación* (concepto de ahora pero no de entonces). Yo iba sin saberlo descubriendo lo que ella no tenía ni podía darme y al leer esos mismos poemas desde el ángulo desolado del que tiene lo poseído mientras carece de lo otro, iba también refugiándome en el poema y su pequeño universo eficaz, que me permitía construirme una anti-Rosa, la mujer inexistente que, desde ese momento, siempre me ha acompañado junto a la verdadera, cuando ella ha existido o ha sido.

Positivamente yo sabía que ella no tenía un nuevo compañero, después de separarse de Mario. Nadie la esperaba junto a la puerta de calle, *en la noche inmensa y más inmensa* con *ella,* nadie la buscaba en sus domingos francos. Esto había sido notado en mi casa como un cambio muy positivo en su conducta, como si ella hubiera madurado o *sentado cabeza,* como decía mi abuelita. Esa era su concepción respecto de la seriedad de una mujer: no tener un amigo o amante. De improviso ella se había transformado en una mujer seria, **casi** una señorita.

TC *parábola de los calcetines*

Cuando alguien rompió el cilindro de cristal con un licor o brebaje rosado que había en el comedor de Laurita Correa, al principio no sospechamos que había sido Lilo. Que Lilo fuese loco no significaba nada para el resto de la humanidad, al menos antes de la ruptura del cilindro misterioso. Un loco era lo mismo que un cuerdo, el uno valía el otro. Definitivamente Lilo era un tipo singular, cuyo comportamiento difería de todas las reglas posibles, pero desde el momento que entre nosotros no había reglas establecidas sobre nada, su anormalidad se esfumaba. Primero, estaba su modo de caminar y su extraordinaria capacidad de andadura. En realidad, la única ocupación visible de Lilo era caminar, por cualquier calle de Santiago, ya fuese por el centro, por el llamado barrio alto o por los barrios periféricos, que eran infinitos. Recorría decenas de kilómetros cada día, con un paso siempre ágil y lanzado, de consumado *jogger* que sabía y disfrutaba cada tranco y cada envión. Era un virtuoso de la caminata y se le podía ver, por ejemplo, cruzando la Plaza de Armas al mediodía, cuando el cañón del cerro Santa Lucía hace desparramarse a las palomas y detenerse a los corazones en el abominable segundo del estampido. También podíamos verlo desde el tranvía 36, caminando a largas chancladas hacia el Matadero, hacia los barrios crepusculares del sur, y en otras calles apartadas, donde tantas veces lo vi cuando yo mismo vagaba capeando clases por Huérfanos y Agustinas abajo, y así mi acto de rebelde sin causa ni efecto me acercaba a Lilo en su locura. Esos encuentros poco fortuitos ocurrían más o menos a las 8:45 de la mañana, lo que significaba que él había salido hacía unas dos horas, gambeteando de su casa contigua a la nuestra, para cubrir los diez kilómetros que separaban Ñuñoa del centro bajo.

Caminaba Lilo, pobre decatleta de la condición de peatón, y lo más singular no era el ritmo o la extensión de su caminata sino el hecho que cada diez pasos, matemáticamente, se daba una rapidísima vuelta girando sobre sí mismo como perinola, sobre el talón que en ese momento hincaba en la tierruca y, como si quisiera sorprender a un perseguidor, sus ojos oteaban en un relámpago negrísmo el espacio recién caminado para luego seguir adelante con igual o con más entusiasmo. Vaya cómo hubiera tenido que ser constante ese perseguidor fantomático, para no cejar en tantísimo año de persecución desde 1944 —cuando llegamos a Simón Bolívar, y Lilo era ya un trotacalles veterano— y 1954, fecha en que se lo llevaron arrastrando desde su casa dos loqueros vestidos de blanco, enfundada la camisa de fuerza que lo esperaba desde siempre.

Se comprende que con su tremendo ejercicio de viandante ciudadano, Lilo gastase muchísimos zapatos y calcetines, pero sólo parecía preocuparse de estos últimos, de los que exigía a su madre un reaprovisionamiento diario. Doña Gabriela —que mis tías viejas preferían pronunciar *Grabiela*— era una viejecilla casi centenaria, madre de Rafael y de Lilo, como así de una hermana de ellos, doña Carmela.

En la indescifrable lotería de los genes y otras instancias, en esa familia Lilo y Carmela heredaron ciertos rasgos vagamente escoceses, pero Rafael era el que más se parecía a su madre y era más bien delgado, alto y enjuto, con una calva crecida que remataba un cráneo marfileño de pensador y no de aventurero o de verdugo. Doña Gabriela le había dado sus facciones y probablemente su alma, ya que sus dos hermanos Lilo y Carmela no podían ser más diferentes, tanto en la factura espiritual como en la física.

En Lilo sus líneas largas y angulosas, como las de esos tipos que sirvieron de modelo al Greco y que se esparcieron después por los caminos más del diablo que de dios, estaban exacerbadas y probablemente denotaban su locura. En doña Gabriela todas las facciones, altaneras o humildes, se habían contraído en un cuerpecillo seco como el de una ciruela que sólo dependiese del carozo para sobrevivir. Su nariz, resabio y señal de alcurnias venidas del otro lado del océano, al menos para Chile, permanecía inalterable.

Fuera de la comida y del camastro donde yacía en una habitación colindante con la de la empleada Pancha, diariamente Lilo exigía de doña Gabriela calcetines nuevos. Cabe pensar que todo el montepío de doña Gabriela se iba en ese dispendio cotidiano.

Después de almuerzo, cuando Santiago entero y con él todo el universo parecía caer en un sopor envidiable, se oía la voz de Lilo alzarse detrás de las parras y del muro que separaba nuestras casas pero no nuestras vidas, suplicando *calcetines, mamá, es tan tarde y no ha ido todavía a comprármelos*. Otras veces, subiendo el tono y volumen *necesito calcetines, por la misma mierda* o directamente amenazando *vieja, anda a comprarme calcetines o te mato*.

A la misma hora en que yo esperaba al heladero de la San Cristóbal, salía la figura esmirriada de doña Gabriela, tan silenciosa que parecía moverse en un planeta sin atmósfera, y con un tranqueo a velocidad impensable para su edad, se dirigía por Simón Bolívar doblando en Manuel Montt hacia Irarrázaval: iba a la paquetería del húngaro Lazlo Toth y allí se quedaba el tiempo estrictamente necesario para comprar dos o tres pares y volver con la misma rapidez. No eran demasiados los minutos que me tocaba esperar, deglutiendo lentamente mi helado, hasta que ella aparecía otra vez doblando por la esquina de Manuel Montt con Simón Bolívar. Lilo reventaba de impaciencia, enajenado por esos minutos previos a la llegada de la remesa que diariamente le daba y le quitaba la vida, y su humanidad larguirucha y olivácea se asomaba frecuentemente a la puerta. No esperaba yo mi helado con tanta ansia como Lilo sus nuevas calcetas.

Cuando doña Gabriela aparecía por Simón Bolívar, Lilo salía a la calle y también se adelantaba unos metros. Al pasar ella frente a la casa del chino Oyazato Momuya o la del viejo Canales, Lilo se abalanzaba sobre el paquete y rasgaba el papel con desesperación.

Invariablemente su ansia se transformaba en decepción e ira, ya que nunca las prendas eran de su gusto. Un par o a lo sumo dos eran aceptables, y el resto, con un largo y calculado manotazo que tenía la precisión de los todavía nonatos Magic Johnson o Michael Jordan, los enviaba al techo de la casa donde se quedaban formando extraños diseños en las tejas. Ahí los gatos los zamarreaban en sus peleas o correrías, y más de alguno iba a deshacerse en la tierra del jardín.

Muy raramente —hay que decirlo para ser justos con El Loco, como mi padre lo llamaba directamente— ninguno le gustaba, y tiraba toda la compra al techo. Inmediatamente ordenaba a doña Gabriela *anda a comprarme más calcetines, necesito más, con los que tengo no puedo salir* y allí se iba nuevamente doña Gabriela con sus pasitos de correcaminos o correo del Zar del hilo mercerizado mientras Lilo resollaba detrás de la verja. Cuando ella llegaba —porque Lilo era un loco razonable— se daba por satisfecho con un par que calzaba aprisa en el mismo antejardín para salir inmediatamente a su caminata vesperal, que lo privaba de tomar onces: en vez de saborear el té con leche y tostadas con mantequilla de todos y cada uno de nosotros los no-Lilos, a esa hora él debía sudar, macerar sus cubrepiés yéndose por Simón Bolívar hasta Manuel Montt para seguir al norte y de allí por Sucre cortar hasta Santa Isabel y perderse en el *infierno gris*. Por el contrario, si deseaba ir hacia el sur, desde el Estadio Nacional y Avenida Grecia alcanzaría Vicuña Mackenna hasta llegar a Puente Alto, o por Avenida Matta hasta San Diego que le entregaría el Matadero viejo en sus manos o mejor dicho en sus pies. Por Arturo Prat y la Gran Avenida, bueno, por ahí podía llegar hasta Puerto Montt si lo deseaba, 1500 kilómetros hacia el sur. Pero él no era trotamundos sino trotacalles, y nunca se le vio más allá de los pueblos colindantes con Santiago: Puente Alto y San Bernardo por el sur, La Reina o Las Condes por el este, Pudahuel hacia el oeste —donde no existía el aeropuerto sino una vasta laguna donde se rumoreaba *había pejerreyes* como si se tratase del monstruo de Loch Ness— y Renca, Colina o Til-Til por el norte. Cuando las calles barrosas y polvorientas se transformaban en caminos, Lilo se daba una vuelta más completa y redonda que las otras y en lugar de seguir en la misma dirección, retornaba por sus pasos hacia el vientre materno de Santiago.

¿Qué hubiera ocurrido si se le hubiese antojado cambiar sus zapatos cada día? Sin contar que el peso de semejante zapatería sobre el techo lo hubiera ciertamente derrumbado, no habría sido tampoco posible comprar ni siquiera un par cada mes con el montepío miserable de una viuda normal chilena. La compra de calzado era un evento excepcional. Ni semanal, ni mensual, a veces anual, y la mayoría de las veces quinquenal o de katún azteca. Además los calamorros de ese tiempo, como toda especie joven, eran bravíos y debían ser amansados durante un período durante el cual el usuario veía cubrirse sus pies de ampollas y magulladuras, hasta que finalmente los vencía. Eso era caminar con zapatos nuevos antes que las industrias italianas y brasileras internacionalizaran los modos de calzarse y obligaran a los nacionales a pensar en productos menos primitivos. Por ejemplo los calamorros Bata de Lilo sí que habían sido amansados, domesticados y hasta entrenados en modo que al ponérselos, se movían solos como las zapatillas encantadas, y lo llevaban a recorrer con pasión las calles de Santiago, desde la avenida Macul cerca de Punta de Rieles, lugar donde moraron un tiempo nuestros amigos Oddó Parraguez —donde yo solía acudir en el verano, cuando en su huerto había muchos palotes verdes volantes en la noche, y era fácil capturar y traerse alguno— hasta más allá de la Estación Central, dándose sus vueltas de trompo cucarro y respirando hondamente cuando lo hacía, como si quisiera inflarse de pronto con todo el aire que le faltaba por respirar en el futuro.

Nunca le conocí otros zapatos a Lilo, fuera de sus sufridos botines negros, los mismos que le vi agitar desesperadamente cuando los loqueros se lo llevaron aquella tarde, maniatado con la camisa de fuerza. Realmente, Lilo no habría sido nunca llevado de su casa si su genio no se hubiera deteriorado en la misma medida que su razón, lo cual era una situación inevitable. Muerto Rafael, él pasó a ser el hombre de la casa, un hombre del todo inservible puesto que se dedicaba únicamente a gastar calcetines.

Una vez al año, Laurita contrataba a algún ínfimo maestro Caviedes u otro semejante, para reparar las tejas o para ajustar los descalabros de las correrías gatunas y del viento. En esas ocasiones el maestro tejador de circunstancia recogía a brazadas esos fantasmas de calcetines, marchitos y blancuzcos, y los botaba, junto a otras víctimas de los tejados, como pájaros o ratones muertos en las canaletas, tacos de hojas podridas y otros residuos de media altura. Continuaron a acumularse por los meses siguientes, hasta que la vaga enfermedad o más bien extinción vital de doña Gabriela se la llevó en pocas semanas, y este hecho brutal derrumbó enteramente el sistema de vida de Lilo.

Con la ausencia de doña Gabriela, Lilo perdió su última y única defensa en un mundo que sólo deseaba desembarazarse de él: ¿para qué sirve un hombre que sólo sabe caminar y caminar por las calles dándose una vuelta completa cada diez pasos exactos? Realmente, para nada, aun en Chile, donde hay casos comparables incluso en líderes de importancia nacional, pero la fortuna de éstos, simplemente les deparaba otro destino y viceversa. Era la bendición estelar la que le fallaba al misérrimo Lilo, proyectada a sus mínimas necesidades terrestres. Sin el montepío de doña Gabriela —cada viuda se lo lleva a la tumba— no diríamos que perdió el sustento, pues doña Laura nunca se lo hubiera negado ni ello ocurrió, pero su calcetín cotidiano no tenía ningún presupuesto posible. Con semejante carencia, poco a poco fue mermando la frecuencia y la longitud de las caminatas de Lilo. Primero renunció a la vesperal y conservó la matutina. Como tenía la costumbre muy poco santiaguina de levantarse al alba, podía caminar sus buenas seis horas hasta que a mediodía regresaba para su ración diaria de cazuela, pancutras o fideos. En la tarde se dormía una prolongada siesta, lo que lo acercaba a la cordura y posiblemente lo hubiera llevado a recobrar ese fantasma de la razón perdida en alguna esquina del mismo Santiago, pero sucedió que despertaba cada vez más irascible y se pasaba las horas vespertinas en el patio mirando hacia arriba, como si esperase algo de lo alto, una visita o anunciación calcetinar, mascullando interjecciones y veladas amenazas.

Nos preguntamos qué es lo que hacía de Lilo un loco. Si era sólo su conducta, otros han tenido ésas y más extravagancias, como Frank Sinatra que sólo paga con billetes nuevos de cien dólares y jamás toca el vuelto. Louis Armstrong usaba pañuelos nuevos de hilo una sola vez. Manías más bizarras y peligrosas han existido abundantemente y siempre, actitudes como la de un chofer de camiones de la Compañía de Electricidad, que viajando cierta vez con su jefe mi tío Onías Girón por un camino solitario cerca de Laguna Verde y viendo a un hombre que hacía ese camino a pie, más solo que piojo de peluca, le dijo *oiga patrón, ¿por qué no nos lo echamos? Nadie sabría nunca que fuimos nosotros.*

Desfavorecido Lilo, a quien la locura o lo que fuese que pasaba por su mente, lo fotografió y detuvo inmovilizándolo, cuando los otros teníamos una ligera mayor capacidad de movimiento o de juego. Por algo en la vieja Casa de Orates de calle de Los Olivos —ése era el lugar más mencionado en las sesiones del Congreso Nacional, en los momentos en que los tinteros llenos volaban— sobre la puerta había la siguiente inscripción

No son todos los que están ni están todos los que son

y ello significaba que el asunto de la mente era más flexible y amplio que calzoncillo viejo, pero llegado el momento de dirimir resultados, los locos salían perdiendo y eran sometidos a encerronas como la que después tendieron a Lilo cuando ya fue imposible tenerlo en casa de su cuñada.

Curiosa circunstancia o destino —si es que hay alguna diferencia entre ambos— la que hizo a Lilo un loco y a Rafael un escritor, siendo ambos hermanos de sangre y de techo. Rafael tenía muy clara su idea de la búsqueda de su paraíso perdido de Colchagua la Vieja. En cambio en Lilo su alma de trotacalles se agotaba en el instante, como la de los gatos borgianos, pero también por muchos aspectos iba mucho más allá de las creaciones de Rafael, sobre todo en lo que los surrealistas llamaron el arte de la vida (o la vida en el arte): la literatura de Rafael, su poesía y también su prosa, eran mesuradas, convencionales, a pesar del impulso notable que lo movía a buscar otros mundos y otros tiempos. Lilo por su parte no escribió nunca una línea, pero al actuar como lo hacía, al cubrir su casa con calcetines que nunca se había puesto, la convertía en un objeto de la mejor clase surrealista y acaso, si el Magus Breton hubiera visto a Lilo en acción, lo habría considerado uno de los suyos.

Fue así que la Francisca —empleada en casa de Laurita desde siempre— se constituyó o se erigió sin quererlo ni buscarlo en la enemiga de Lilo. Su razón para odiarlo fue más fuerte que cualquier razón que pueda existir para amar a cualquier persona, cosa o animal, y Lilo fue acumulándole esas razones, con sus silencios iracundos o sus paseos en el patio, como una fiera a la que habían repentinamente encerrado en una jaula invisible. Nadie prohibía a Lilo nada, ni menos salir a caminar —lo que libraba a la unidad familiar y vecinal de su presencia— pero sin calcetines nuevos cada día la caminata le era odiosa y hasta humillante.

No digo que la Pancha no tuviese culpa alguna o que fuese una santa: no, ella tenía su geniecillo y su terquedad campesina. Empezó negándose a efectuar los quehaceres relativos a Lilo. Cada vez más frecuentemente evitaba lavar su ropa y mucho menos sus calzoncillos, asegurando que no había lavado ni jamás lavaría calzoncillos de hombre, aludiendo y también enarbolando su condición celibataria de hembra bien amojamada en la cincuentena. Doña Gabriela lo había hecho hasta su muerte, en ese destino de tragedia mínima de las Madres de Chile, cuya única realización posible se manifiesta a través de los servicios prestados a los hijos varones. La ropa de Lilo se volvió sucia y andrajosa y cada vez se fue pareciendo más a un loco, como si el parecer le diera realmente el ser, y la locura realmente le llegase desde afuera hacia adentro, porque a lo mejor no es más que un desorden en las moléculas del traje y un descalabro en los momentos del día.

Panchita corazón de oro para todos menos para Lilo, que la veía como un ogro, y como nuestra realidad es la visión que los otros perciben o imaginan, ella alimentaba el odio y nada importaba para él que todo el barrio —o sea el mundo— supiese lo buena que era la Pancha y cómo ella había juntado una vez o sacado quién sabe de dónde unos juguetitos de palo para dármelos, bajo la sombra de un palto que era tan pequeño y modesto como generoso de frutos negros y también verdes. Ahí, bajo ese palto, Lilo incubó el odio a la Pancha, que era tan buena como para regalarme esos juguetes, pero yo creí que eran para el perro Rapel. En esos tiempos los juguetes de palo estaban descalificados como tales y eran indignos de ser poseídos por un niño decente y yo lo era indudablemente, no habiendo nunca tenido juguetes de madera, los mejores eran los de cuerda y también los eléctricos, y qué podía saber de ello la Pancha: ella creía que todos los juguetes eran buenos para los niños buenos. Ese carrito pintado de rojo y un autito sin ruedas eran tesoros para la Pancha y ella, vé tú, me los ofrecía.

La Pancha era alta para ser mujer de campo chilena, que eran inveteradamente tacuacas, y tenía más de española que de india, las espaldas macizas y los pies gruesos y morenos de sospechosa ascendencia arábiga. Cerca de ella se sentía un olor fuerte de mujer de otro tiempo y lugar que ése donde estábamos, algo entre lo quemado y lo húmedo. Eso era: ella olía a humo y a lo definitivamente venerable del humus y la tierra, sin que fuera olisca, nada de eso, su olor no se parecía en nada a las expresiones del humano desaliño o las marcas o lacras de la pobreza del cuerpo. Hemos sentido esos indescriptibles hedores humanos en toda la redondez de la tierra, y ellos nada tienen que ver con la Pancha y su olor a campesina: ésta es sólo una disquisición odorífera por demás impertinente para la imagen de la pobre Pancha, que si olía así era porque venía del interior de Melipilla que las huasas como ella pronunciaban *Melipeilla*.

Esa vez acepté los juguetes para no ofenderla y terminé en realidad arreglando el carrito y el auto de palo, sabiendo que todo juguete tiene una vida propia y puede resucitar en un momento mejor.

A propósito de humo, como la Pancha sólo sabía cocinar con fuego vivo, el día que llegó a casa de Laurita, importada o exportada de un lugar no bien precisado en el camino de Alhué, donde se originan las vidas mínimas, ella se vio en aprietos al encontrarse con la ultramoderna cocina a gas de la casa de Laurita, que además era muy parecida a la nuestra. El gas para cocinar provenía del otro lado de Santiago, tan lejos que uno no se explicaba cómo podía llegar desde el barrio de Chuchunco, desde siempre sinónimo de lo más rústico y apartado, y que simplemente es el vecindario donde está la fábrica de gas. Es difícil imaginar que en una ciudad como Santiago pueda sobrevivir una red de cañerías de gas, con lo inextricables que son y con los terremotos que nos aquejan tan frecuentemente, pero este es un misterio más de ella.

El caso es que las cocinas a gas no entraban en los conocimientos o la experiencia de la Pancha y una vez puesta en contacto con el intimidatorio mueble blanco, éste se presentó a su vista como los controles de una nave espacial aparecen a los terrícolas que de vez en cuando son invitados a subir a bordo. Así ella movió las perillas de metal enlozado, y como se escapara un olor espantoso que le provocó un vahido, no volvió a tocarlas. Pero la comida apremia en toda casa y es total responsabilidad de las cocineras, por lo que se apresuró ella a juntar palitos de leña y disponiendo algunos ladrillos sobre la cocina, improvisó un fogón donde muy luego hirvieron las ollas y las teteras lanzaron su zumbido premonitor del té que los chilenos necesitamos más que el aire que respiramos.

La cocina, con este tratamiento, quedó tatuada de marcas indelebles como arabescos del hollín que había penetrado en las moléculas del enlozado. No fue posible sacarlas ni con jabón ni con sapolio, y la Pancha quedó con un cierto estigma de huasa bruta destructora de artefactos culinarios de la era moderna, a la cual sinceramente creíamos haber ingresado. Ella no dejaba de tener razón al recurrir al viejo fuego indígena y ancestral: las cocinas futuristas de diseño años 40 —con sus gruesos quemadores y llaves como manijas de una locomotora a vapor— no eran fáciles de operar ni de controlar, sobre todo el horno que muchas veces explotaba con gran boato como en una de Laurel y Hardy, si se habían dejado pasar algunos segundos antes de arrimarle el fósforo. Así en esa red el gas iba paulatinamente languideciendo, agostándose, por efecto de un residuo o colesterol del combustible, y las cocinas iban dando llamitas cada vez más débiles y amarillas en vez de tener el color azul eléctrico de la llama joven, hasta el punto que era imposible cocinar nada en menos de un día y para freír un huevo se requerían dos horas. Era el momento de hacer llegar a esos obreros enfundados en overoles color del hollín y del óxido, que parecían tener impregnado el gas en todas las moléculas del cuerpo, provistos de unos aparatos bombeadores como enormes campanas de metal. Ellos los cebaban con movimientos de epiléptico a través de ciertos ductos estratégicamente dispuestos en las cañerías, en algunos puntos del patio o del jardín, hasta que reventaba un volcán de óxidos rojizos y un viento o simún portador de la hediondez del gas inundaba toda la casa, porque la erupción estallaba también en cada hoyo, orificio, resquicio o codo de las tuberías putrefactas, e invariablemente mi madre tenía otro ataque de asma.

En ese día, las empleadas encendían los fogones olvidados para cocinar en el patio, mientras el hollín rojizo y ponzoñoso volaba por todas partes. Así la Pancha o la Rosa nos proveían de comida o té sin necesidad de encender el gas, que más tarde lucía azul y con el mismo poder calorífico de antes. La Pancha era muy eficiente por su buen natural o fibra humana, y por ello el desaguisado de la cocina le fue perdonado. Además, sus brazos y sus espaldas habían nacido para el trabajo, y trabajo ajeno es lo que necesitan las familias donde toda faena manual es vista como un deshonor.

Lilo era un ser demasiado diferente o imposible de colocar en un esquema social o familiar en el cual, si las mujeres de la servidumbre estaban en la cocina, las otras estaban en el dormitorio, echadas en la cama comiendo chocolatines o leyendo cancioneros o las revistas *Para ti, Maribel* o *Eva,* según en ellas prevaleciese Diana, Proserpina o sólo Afrodita / Citeres. Los hombres, muy por el contrario **debían** estar afuera, allá lejos en el centro o en algún sitio oficinesco o fabril donde su razón vital era ganar el pan para todo el resto de la familia, empezando por las mujeres y terminando con los perros, gatos, pollos y todos los infinitos roedores, insectos, artrópodos, nemátodos, vermes, protozoos y bacterios que medraban en el perímetro de una casa normal.

Lilo no era apto para ningún cometido masculino decente, y desde luego pasarse el día entero caminando no era una actividad respetable. Con la muerte de doña Gabriela, estarse sentado en casa lo era menos: los hombres no debían por ningún motivo estar en casa en horas laborales ni apotincados en el patio cortando palos que no requerían ser cortados, o hablando en tono airado con seres invisibles.

La tensión entre Lilo y la Pancha pronto se volvió insoportable. Lilo reclamaba a Laurita por sus calzoncillos convertidos en harneros agujereados del color de la gleba, por sus comidas insultantemente preparadas sin atención alguna a sus gustos o posibilidades gástricas, y por los gatos de la Pancha, Olito y Cuchuflito, que frecuentemente tenían la mala idea de reposar en su camastro más combado que la fosa de Atacama. Cuchuflito un día hasta osó mamar y amasar sus calzoncillos que seguramente tenían muy poderosas esencias valeriánicas que atraían a los cuchos. Lilo, aliado al Rapel, que antes toleraba a los gatos de casa, los hizo relegarse a una choza donde se guardaba la leña en el patio y los animales no salían de allí sino de noche, al llamado de la Pancha que les llevaba su ración de picadillo de hígado.

La Pancha sin pizca de cieno en las mejillas ni tampoco entre los dedos de los pies, encontró un impensable y oloroso enamorado en el pescador, como se llamaba al revendedor de pescado del barrio. Este era un tipo bajo de una edad indefinible, seguramente madura, pero ni la edad parecía haber echado raíz en él, y era tan pobre, tan insignificante, que ni siquiera un nombre tenía para nosotros y pasaba pedaleando en su bicicleta con una canasta con pescado para revender en la calle y en el barrio. Si provenían esos lustrosos o plateados ejemplares del océano o de los *ríos arteriales* no se sabe ni se sabrá nunca, como tampoco si los criaban en albercas o habían sido mercados en segunda instancia en la Vega, en la Feria Municipal de calle Villaseca o en el terminal pesquero de la CORFO allá por la estación Yungay en Avenida Balmaceda.

El pescador pasaba zigzagueando de prisa con su mercancía puesta sobre hielo picado en la canasta guarnecida de hojas de laurel, y en su defecto hojas de cualquier árbol que no fuese el plátano oriental. La celeridad le era necesaria como estrategia de *marketing*, porque de otro modo cada vez habría dejado saturada la vecindad con la presencia del pescado bien muerto. Pregonaba con fuerza y hasta vozarrón las bondades de su mercadería y se afirmaba en el cuestionable y hasta absurdo concepto de su gordura:

¡HAY PESCA FRESCA!
¡PESCA GORRRRRRDA!
¡PEJERREYES GORRRRDOSSSS!
¡JURELES, CORVINAS GORRDASSSS!
HAY PESCA FRESCA...
¡PESCA GORRRRDA!

Al oirlo la Pancha se aparecía por el jardín y luego se aventuraba a la calle. El pescador al verla se bajaba, se acercaba a ella con su bicicleta al lado y los sujetadores metálicos en las canillas, unos anillos de acero que servían para enrollar los pantalones de los ciclistas e impedirles que se enredaran en los pedales y se sacaran cresta y media rodando. Los dos caminaban un rato juntos, hasta la esquina de Manuel Montt y luego la Pancha regresaba sola. Esta especie de *idilio muerto* duró poco y se desarrolló en las mezquinas circunstancias del paseo diario hasta la esquina. Una vez el pescador llegó a invitarla a misa de domingo con esos trajes negros y lustrosos que los pobres sacan como alternativa al harapo diario de fajina. La misa se celebraba en la iglesia que se había construido recientemente en parte del huerto misterioso detrás de nuestra casa, y fue el lugar donde asistí a la última misa de mi vida, considerando el tiempo en que todavía creía que las misas formaban parte de una ceremonia trascendente.

El párroco de esa iglesia, que era también nuestro vecino puesto que moraba en la casa de dos pisos que se divisaba desde nuestro patio trasero, dijo esa vez en su sermón *si un hombre es católico está bien, por supuesto: es la religión elegida del Señor. Si a usted le da por ser protestante o musulmán o judío, bueno, es responsabilidad suya y entra en el ámbito del libre albedrío que Dios otorgó a los hombres para que ellos decidieran por sí mismos su condena o salvación. Pero los que no tienen ningún credo definido, los que no tienen religión son como esos pescados podridos que han perdido su forma y su color y se vuelven indistinguibles de la suciedad que los rodea...*

Debido a mi forma privada y pública de pensamiento, ya entonces me sentía incluido en esta categoría que nos destinaba más bien al canasto del pescador como lugar natural, donde esa calidad abundaba entre el hielo picado, cuando no al mismo tarro de basura, de modo que consideré oportuno desertar para siempre los sermones de nuestro vecino cura.

El pescador, aunque vendiese con regularidad la carne de los librepensadores o tal vez por eso mismo, fue bien recibido en la misa, pero se quedó con las ganas de su misa galante, ya que la Pancha no lo acompañó, ni esa vez ni nunca. Su explicación fue simple y la Rosa me la refirió *¡ayer supe que es casado el sinvergüenza!*

La Rosa no hubiera visto la aventurilla amorosa de la Pancha como desgracia, pues a ella le daba lo mismo que los hombres fuesen casados o solteros: justamente asumía —como romántica absoluta— que si un hombre casado la buscaba era porque su matrimonio estaba ya definitivamente arruinado. Por eso mismo la tan severa actitud de la Pancha era una ridiculez de tragedia, y ya no tuve más el valor de decirle con sorna, cuando tenía ganas de joder a alguien en modo diferente:

Díme tú Pancha: ¿por qué tienes la cara tan ancha?

Del pescador quedó su canción con letra inventada por mí como para tantas otras que yo cantaba. A veces lo hacía en coro con la Rosa, con la música de *En un mercado persa* de Kettelbey:

Pes—ca fres—ca
Hay pe—sca gor—da
Pes—ca fres—ca
Hay pes—ca gor—da
[en staccatto]
Pe—je—rré—e—e—e—eyes gor—dos...
[bajando el tono en una octava]
Pes—ca f res—ca y gor—da...
[más alto]
Pes—ca fres—ca
Hay pe—sca gor—da
Pes—ca f res—ca
Hay pes—ca gor—da
[bajando el tono en una octava]
Pes—ca fres—ca y gor—da...

Se repetía la canción en un tono más alto como se hacía en la versión que se escuchaba en la radio o que mi tía tocaba a dúo con Aquiles Viterbo, hasta que la voz no nos acompañaba y teníamos que sentarnos con un principio de ronquera cosquilleándonos en la garganta.

LA PANCHA CON AMOR ERA IDENTICA A LA PANCHA SIN AMOR

Lo curioso es que también a Laurita le salió un pretendiente casi tan disparatado como el pescador de la Pancha: Lucero el verdulero, que con su carro y su caballo eran verdaderos príncipes en el rango de los vendedores ambulantes, no príncipe y cabalgadura, sino príncipes de igual a igual. Lucero y su carretela acarreaban una cantidad apreciable de verdura y fruta fresca desde la misma Vega Central, donde llegaban de madrugada para luego iniciar el ascenso leve pero muy exigente para músculos y pulmones del caballo, hacia los barrios altos, entre ellos el nuestro. Como un almacén rodante, Lucero llevaba libretas con sus clientes habituales, que eran prácticamente todas las familias de la cuadra. Anotaba la compra diaria, y cobraba todo a fin de mes, como lo haría una tarjeta de *American Express* en cuatro patas o seis.

Lucero era un hombre alto y apuesto, con ojos de color turquesa y tez tostada por el sol, siempre vestido impecablemente con chaqueta, faja, pantalones y botas de huaso. Se parecía al actor italiano Gabriele Ferzetti, y no me cabe duda que su apostura influía en su éxito verdulero. Lucero hacía objeto de continuos requiebros a la Rosa, que siempre lo rechazó por ser *un sinvergüenza mujeriego*. Era muy raro que un hombre como Lucero no tuviera una familia, pero todo puede suceder, y un día domingo, varios meses después que Laurita Correa había enviudado de Rafael, Lucero se presentó en su casa, no vestido de huaso sino con traje apropiado y misal en la mano, a invitarla para ir juntos a misa. Eso era un abierto acto de cortejamiento, que no por ser muy respetuoso era menos inconcebible para Laurita, quien lo echó sin miramientos y le canceló su casería para siempre, como si hubiera recibido el peor de los insultos. Seguramente Lucero se consideraba un partido apetecible y su éxito erótico-caballar lo llevó a sobrestimar sus ojos azules y sus centímetros por encima de la media chilena, sin detenerse ni por un momento a reflexionar que las clases sociales eran como especies biológicas: una señora viuda de la aristocracia de San Fernando jamás iría ni a misa con un verdulero, por más parecido a Gabriele Ferzetti que fuera y por solitaria que fuese su propia vida.

La verdad es que Laurita le fue fiel al recuerdo de Rafael, irreemplazable no sólo por un verdulero sino por un presidente de la república o un marqués de Piedra Blanca de Huana —casato de aquéllos que durante la Colonia se compraban al Rey y que se extinguió con el Marqués de Cuevas— y ha permanecido viuda hasta ahora, sobreviviéndolo por más de cuarenta años.

Lo que precipitó la salida de Lilo hacia el purgatorio de Los Olivos fue el quiebre violento de sus relaciones con la Pancha. De su mutismo en el patio pasó a actitudes más agresivas y a insultos, blandiendo alguno de los palos que despuntaba y que no dejaban de ser útiles puesto que constituían leña que el infeliz acumulaba en esa casita, convertida en refugio de Olito y de Cuchuflito.

Siempre iba a quejarse Lilo a Laurita con motivo de cualquier circunstancia como *mire Laura que esta vieja ya me sirvió otra vez la sopa fría y con uno de sus pelos del poto nadando encima* o bien *mire Laura que la vieja no quiere lavarme los calcetines y dice que ella no tiene por qué lavar la ropa de un ocioso y encima loco* y la palabra loco para referirse a sí mismo en la boca de Lilo no tomaba ninguna distancia de la ironía o probablemente las tomaba todas.

Si lo ocurrido hasta ese momento no fue más que escaramuzas, lo que vino realmente a colmar la medida de la seguridad doméstica fue cuando, persiguiendo Lilo a la Pancha dentro de la casa con uno de sus garrotes recientemente labrados y con el cual realmente pensaba atizarle en la mollera, hizo añicos el largo cilindro de cristal que contenía una cierta aloja o mistela, bebida que se fermentaba con unos especiales hongos en el largo recipiente parecido a los que se usaban en El Naturista de calle Ahumada para contener los jugos de fruta.

Nunca quise probar ese jugo, aunque siempre andaba necesitado de cualquier bebida atractiva de color y aroma, pero ese crecimiento inhumano de los estratos del hongo sumergidos en un líquido rojizo, que yo asimilaba a orina de enfermo, me producía una repugnancia invencible. El cilindro estaba lleno hasta la mitad con los hongos cuyas carnosidades y propagaciones tenues de la hifas parecían hojaldre o panqueques apilados y me provocaban una sensación vomitiva, recordándome visiones de laboratorios y de hospitales, vísceras maceradas y residuos fetales. Por encima, el líquido fermentado —que simplemente era té diluido— tenía la altura de varios decímetros, y Laurita lo extraía con un largo cucharón curvo de plaqué y lo servía en vasos de ponche.

El caso es que ese día Lilo entró, después de una disputa más grave que las precedentes, haciendo molinetes con el palo y persiguiendo a la Pancha. Para su mala suerte, garroteó el alto cilindro del brebaje y éste se bamboleó como la *Coit Tower* se balanceó en el último terremoto de San Francisco o como la Torre de Pisa lo hará en el fin del mundo, y al hacerse añicos proyectó grandes esquirlas, algunas de las cuales hirieron a la Pancha y también al propio Lilo, que se resbaló en los hongos esparcidos como tortillas gelatinosas y hubo que llevarlos a ambos a la posta de calle Villaseca para que les pusieran metapío en los cortes.

El destino de Lilo fue rápidamente decidido, en el momento mismo en que se vio a la Pancha llenar con sus pertenencias un gran canasto de mimbre como el que algunos usan para llevar gallinas o conejos, para volverse al interior de *Melipeilla*.

No había disyuntiva para Laurita, y rápidamente contactó a las autoridades de la *Casa - de - los - Monos - porque - Maní - Comió* y antes de una semana —lo que significaba una celeridad inaudita— los loqueros se presentaron en el patio con sus trajes de oficiosa blancura, sin aviso de presencia ni de llegada, y su silencio de emisarios de la muerte fue roto por los gritos desesperados de Lilo, que advertían al vecindario que se lo iban llevando.

A nosotros iban dirigidas sus súplicas, sus requerimientos de ayuda: el infeliz gritaba, y yo lo escuché claramente desde el otro lado de la tapia *¡¡señora Girón, señora Girón!!*

¿Por qué razón arcana se le ocurrió invocar a mi abuelita? ¿Pensaba que todas las viejitas eran madres y que todas las madres eran la suya?

Ni madres muertas ni adoptivas le sirvieron a Lilo y en pocos minutos fue reducido por los loqueros, que se lo llevaron en calidad de arrollado de charqui y hueso dentro de la camisa de fuerza. Ya encerrado en el furgón de la loquería, todavía no dejaba de invocar a mi abuela.

Esa fue la última vez que vi a Lilo.

Después de un tiempo y como consecuencia de una sorda pugna entre Laurita y doña Carmela, ésta se hizo fuerte de la casa echando a la viuda a la calle —junto con su perro Rapel y el gato Cuchuflito— con el pretexto legal de que el inmueble pertenecía a doña Gabriela, fallecida sin testar. Los procedimientos serpentinos de los tinterillos hicieron el resto.

Al cabo de algunos años en Los Olivos —tantos como para que se construyera un nuevo hospital psiquiátrico en la calle Santos Dumont en el mismo vecindario— Lilo fue transferido o promovido al viejo Hospicio de avenida Portugal, moridero de los indigentes más pudientes del gran Santiago, como que algunos eran hasta pensionados, como lo fue él. Laurita pagó la pensión de Lilo hasta la muerte de él en 1968, ya que la familia consanguínea suya nunca hizo nada por ayudarlo.

¿Era verdaderamente una promoción, o todavía una degradación más, la última de su vida? Porque de loco pasaba simplemente a geriatra pobre, y de ellos ciertamente ahí estaban muchísimos menos de los que eran.

Laurita se fue a vivir en una casa diminuta arrendada en la esquina de Leopoldo Urrutia con Antonio Varas, a dos cuadras de nuestra casa. Como al Rapel no lo habría querido recoger nadie, sufrió una muerte poco dolorosa en manos del veterinario Illanes de Unión Literaria con Manuel Montt, quien administraba las inyecciones de aire que fulminaban a los animales que ya no tenían otro tiempo ni lugar en esta vida. Olito ya había muerto atropellado y Cuchuflito, a quien yo llamaba Monito Hediondo, se quedó en nuestra casa donde pudo vivir algunos años más. Cuando a nuestra vez nos echaron de la casa de Simón Bolívar a fines de 1962, el Monito y la Pinocha siguieron en su destino al Rapel.

La Francisca ya no pudo quedar al servicio de Laurita y se volvió a su casa en el interior de Melipilla. Meses después la pobreza la recondujo a Santiago para servir a otros patrones de barrios más conspicuos, a los cuales llegó por recomendación de Laurita.

Un mal día la Pancha se cayó muerta en la calle: su sangre tenía la desgraciada tendencia a producir coágulos o trombos, condición que sólo conocía Dios, quien se la había dado y por lo mismo era insospechable.

Terminó así la Pancha su vida en una de esas calles casi prohibidas al ciudadano común, en el barrio alto, y su muerte fue tan poco creíble que un paco que pasaba por la calle al ver su cuerpo botado en la acera, en vez de prestarle la ayuda que tal vez le hubiera salvado la vida, o al menos averiguar qué se traía la desgraciada para estar así, le dio una patada y dijo, lo bastante fuerte como para que lo escuchara el narrador omnisciente: *cuándo irán a aprender a portarse como la gente estas viejas curaas de mierda.*

A propósito de costumbres que desaparecen súbitamente, como si no hubiera más uso para ellas, por el clima de los tiempos que se anunciaban, o como fantasmas que no tienen auditorio, en 1952 se hizo la última fiesta de la primavera, como para que conociésemos lo que ellas habían sido o podían ser. Parecía que el chileno no necesitaba de la farándula, y nuestro acoquinamiento rechazaba —por lo menos entonces— el disfrazarse como un acto de chiflados o exhibicionistas, o como algo que sólo algunas almas juguetonas como Neruda o Rosamel del Valle podían permitirse, como un resabio de otra época dorada suya, todavía más lejana. Y estaba la pobreza, chivo o paloma expiatoria de toda situación: ¿cómo íbamos a disfrazarnos los que ni siquiera teníamos para vestirnos con un traje diario? Así cuando la primavera llegaba se elegía una Reina y un Rey Feo, que podía ser un cómico radial o algún personaje que se permitiera semejante realeza, y que igual en las fiestas era como inexistente. Ahora bien, las reinas eran elegidas entre las chicas que podían demostrar el menor parentesco posible con lo nativo original de Chile, y si su ascendencia era alemana o nórdica, se las suponía tanto más calificadas para representar la chilenidad. Los avatares de la elección de Reina podían tener repercusiones parlamentarias como una vez que un diputado conservador pidió la descalificación de la candidata Rosa Muñoz Catrileo, bellísima y morenísima:

... su parte indígena le niega auto - mática y perpetua - mente el derecho de competir en cualquier justa de gente civilizada, en especial cuando están en liza los sublimes valores de la belleza, que nuestra civilización acuña desde el Nacimiento de Venus...

La última Reina fue una belleza de la colonia eslava, condición que no era del todo la ideal porque estrictamente no era gringa ni alemana, pero por lo menos era rubísima, y eso le daba una realeza incuestionable. Decía mi tío abuelo Onías *¿dónde se han visto reyes negros?* descalificando de una buena vez toda realeza que no fuese blonda y con esto también a los Habsburgos o los Borbones, que no se distinguían por sus cabelleras áureas, y era un hecho que él no sabía nada de la antiquísima alcurnia de Menelik o de los Negus, como tampoco de la Reina de Saba.

De todos modos Santiago se llenaba de corsos y disfrazados, y fuera del gran desfile por la Alameda donde iba la Reina con su Rey Feo, surgían espontáneos festejos en los barrios. Los carros alegóricos no eran tales, no era el *Roses Parade* ni los otros eventos legendarios, sino simplemente camiones donde los disfrazados se apelotonaban esparciendo chaya, catapultando serpentinas, y soplando cornetas cumpleañeras de cartón. Alguno llevaba un pobre decorado de castillo o tortuga, orejas de burro o máscara horripilante pero ¿quién podía darse el lujo de gastar en adornar un camión o una carretela? Con los disfraces sucedía lo mismo: disfrazarse era algo caro para el que apenas podía vestirse, y también era un acto contra natura o antichileno perpetrado por el que llevara una vestimenta que no fuese la habitual. Ya si alguno se ponía una camisa que no fuese blanca o una corbata ligeramente fuera del código funeral, se le preguntaba de inmediato si andaba disfrazado, acto por consiguiente censurable. Pero había en Santiago un negocio que arrendaba disfraces para los que podían permitírselo en cuerpo y alma, quiero decir bolsillo y mente. Los poetas eran los clientes principales que gozaban de ese efímero cambio de identidad que es la esencia del disfraz. Es curioso el nombre de ese negocio: la Casa Util. Ciertamente su utilidad no se centraba en los disfraces, sino en los otros trajes que arrendaba para matrimonios y ocasiones solemnes, como fracs y smokings o simples trajes decentes para los que no los tenían, de dama y varón. Desde 1959 en adelante muchos disfraces de diablo de la Casa Util quedaron con sus colas roídas de negro por haber sido quemadas con ácido sulfúrico derramado en el suelo, en una representación teatral nuestra en la Escuela de Farmacia, donde se escenificaba al Infierno y aparecieron más de veinte diablos en escena.

Cuando las fiestas ya estaban definitivamente declaradas, afloraban cientos o miles de piratas y gitanas. Como esa vez en que estando yo en la Fontana di Trevi en Roma, solazándome con el espectáculo de las cascadas y las estatuas, llegaron primero dos marineros japoneses con su cámara Nikon, luego cuatro exactamente iguales a los primeros y así en progresión geométrica 16, 256, y los cuadrados sucesivos hasta que las callejas, los bordes y los parapetos de la fuente se llenaron de miles y miles de *chinos de Tokio,* cada uno idéntico al otro y cada uno con su Nikormat y uniforme de marinero.

Así en Santiago en las fiestas de primavera que me tocó más vislumbrar que vivir, los piratas y las gitanas parecían duplicarse hasta el infinito, con menos reiteración que en el caso de los marineros nipones, pero con una uniformidad incluso mayor y también irritante. Era como si nuestra alma naciese cansada: ya antes del nacimiento nos llegaba el peso de la noche portaliano hasta para inventar un disfraz: claro, el hado nos ponía por delante un pirata y una gitana eternos para continuar siendo nosotros mismos bajo esta ligera variación en la vestimenta: un pañuelo en la cabeza para ambos era el disfraz mínimo, y se completaba con unos bigotes o, si las fuerzas alcanzaban, una barba, ambos pintados con corcho quemado en una vela, y ya se tenía al bucanero, permitiendo su figura un grado casi infinito de variación, en estrecha relación con la imaginación y los medios materiales.

En el espacio de maniobra que la cultura socioeconómica dejaba había lugar para algunos refinamientos, un par de aretes para las zíngaras y una espada de palo o de cartón o hasta un cuchillo de cocina, verdadero chafarote de John Silver que no se tomaba como arma mortal sino como un detalle de verosimilitud aceptable y hasta bienvenido. También una pata de palo podía improvisarse con cartón atado con cáñamo y embardurnado con alguna tierra de color. Más simple era un trapo negro para imitar un ojo vaciado. Las muchachas necesitaban, por supuesto, una falda floreada que fuese lo suficientemente larga como para arrastrar por el suelo, y eso podía lograrse con las faldas de las hermanas mayores, pero las gitanas adultas tenían que confeccionar su falda o pedirla prestada.

Había otros disfraces que aparecían entre tanta piratería y gitanería y se convertían en algo casi ilegal, porque ellos sí encarnaban a seres contracorriente ansiosos de mandarse la parte o hacer una exhibición de individualismo más digna del escarnio que de la admiración. También el disfraz de payaso era saltuariamente visible y casi siempre consistía simplemente en un traje viejo al que se le colgaban borlas, pompones de lana o retazos de género de color, con un bonete de cumpleaños o un simple cucurucho de cartulina y hasta de papel de diario. El que salía a la calle con el mismo pijama que se ponía por la noche, se suponía disfrazado de loco y se le podía dar un toque de verosimilitud colgándose objetos a los que se atribuía una relación estrecha con la demencia, como mamaderas, relojes despachurrados, chatarra de cocina o bocinas de bicicleta.

Esa tarde en que nos juntamos con Varolio, los dos íbamos sin disfraz pero con grandes paquetes de chaya, que se vendía por toneladas. Si uno piensa que probablemente se fabricaba toda esa chaya con el perforador manual de hojas, su preparación se transformaba en una paráfrasis del castigo infernal de Pedro Urdemales, el cual me decía mi tía Nenita que estaba condenado a contar arena bajo la supervisión del Diablo Ecónomo del infierno, y Pedro Urdemales contaba durante años y años granito por granito de un enorme cargamento hasta que le quedaba sólo un puñadito de arena y el pobre se alegraba porque creía que su martirio llegaba a su fin, pero cuando ya le quedaban unos diez granitos, caía del cielo del infierno una enorme carretada de arena para que siguiera con su operación por el lustro sucesivo, y así por toda la eternidad.

Algo así debe haber sido la perforación de tantísima chaya necesaria para esa fiesta de la primavera de hace 43 años, de la cual compramos dos bolsas con Varolio, para integrarnos inmediatamente al ciclo o vórtice que giraba en la misma Plaza de Armas, con ramificaciones en todas las calles del centro, especialmente Ahumada y Huérfanos. Antes de incorporarnos, como si estuviéramos sufriendo un proceso iniciático, éramos espectadores, y así nos pusimos a descubrir algunos de los disfraces más interesantes entre los centenares de ellos. Algunos de los locos eran notables. Todos iban en pijama, por supuesto, encima de la ropa normal. Uno de ellos se había encasquetado un verdadero tricornio de algún regimiento trasegado de otro mundo: quería ser Napoleón como sin duda todo loco pretende, porque de lo contrario no sería un loco cuerdo, y con la barriga inflada con un almohadón, el orate napoleónico se la apretaba no ya como un afectado de gastritis o de úlcera, sino como si fuera a dar a luz a destiempo. Otros alienados demostraban su desvarío sobándose la barriga en redondo con una mano y subiendo y bajando la otra sobre la cabeza, como aplastándose un chichón, mientras soltaban hipos y alaridos coordinados. Otro llevaba un gran collar de ampolletas apagadas, que con su silencio y mortandad posiblemente querían decir algo que ese individuo no intentó decir, y también vimos a uno que con gruesa cincha se había colgado una máquina de escribir al cuello, y que se zarandeaba y campanilleaba con desesperación en esa postura infame, asociando la escritura con la pérdida de juicio en una forma que me ha tomado 45 años darme cuenta que —como en el libro de Enoch— era insultante. Como el Mono Relojero, otro disfrazado llevaba una inmensa sarta de cáscaras de relojes despertadores y de bolsillo.

Por lo visto, la falta de imaginación en nuestros disfraces no era total, era sólo la regla, y como siempre las excepciones eran lo más notable.

En un punto del corso, al que ya nos habíamos incorporado con Varolio, apareció un tipo con el disfraz más estrafalario de todos los que andaban por el centro. Era un tránsfuga de pesadilla menor, de tabladillo o de manicomio real, y definir su naturaleza era imposible. Ese individuo se había hecho coser —ya que era muy poco probable que los hubiera cosido el mismo— retazos de colores de género y de fieltro que no parecían rescate de basural, y que probablemente se originaban en alguna fábrica de géneros. Esos trozos estaban pegoteados con hilo sin orden ni concierto, conservando la vaga figura de un bípedo, y en realidad parecía que se los habían cosido encima. Esa cobertura le tapaba también el rostro, y las aberturas para los ojos y la nariz estaban bien disimuladas, pero no había cresta ni pico fabricados, ni boca insinuada. ¿Qué espíritu plumífero era ése? ¿Había caído de un *Midsummer Night Dream* o de otro engendro criollo shakesperiano, manejado por un Ives Tanguy o un Max Ernst de la *rive gauche* del Mapocho? Ese pavo infernal se movía todo el tiempo como si le estuviera pasando corriente eléctrica por el cuerpo y la cosa más rara es que llevaba en la mano una especie de plumero de tiras de género amarradas al extremo de un palo. Mientras se sacudía en su baile de San Vito, blandía ese plumero en estocadas dirigidas a los espectadores del corso. Al principio la gente se rió un poco, pero los niños se espantaban de esa masa hirsuta, y se aferraban a las pretinas de las madres.

Poco a poco fuimos subiendo con el corso por Ahumada hasta caer en la Plaza de Armas, con su vórtice que atraía por igual a disfrazados y paisanos. La gente que caminaba en el corso recibía chaya de los que estaban a ambos lados de la acera o camino circular de la plaza, pero también dentro del círculo nos echábamos profusamente papel picado, tan frecuentemente que a cada rato había que acudir a los vendedores que tenían sus sacos de chaya lista para desaparecer en las cabezas del sexo opuesto. Algunos carros de la farándula, folleques atestados de piratas y gitanas que se colgaban de cada espacio accesible, tenían parlantes que transmitían música no bien identificada de sus radios. En aquella era prediluviana, la música que hoy se llama latina era prácticamente la única que la gente oía en general. La música norteamericana sólo la escuchábamos los exquisitos, los que sabíamos algo de algo, casta discriminatoria y atroz que el viejito Juan Ramón Jiménez llamaba la inmensa minoría porque sinceramente creía formar parte de ella.

Como no existían transistores, la única forma posible de música móvil eran los vehículos que tenían radio, incluidos los taxis, y se trataba siempre de un lujo. Algunos quioscos de bebidas o de chaya, gorros y cornetas, se las arreglaban para sacar corriente, probablemente de los negocios del Portal Fernández Concha, y disponían de tocadiscos, victrolas o aparatos mecánicos de reproducción primitiva (tampoco existían grabadoras magnéticas, y menos en escala doméstica) y así se nos regalaba la música que todos deseaban, menos yo: mambos.

Los mambos eran obcecados y repetitivos, aunque ahora ya no nos parece así, después de adecuarse con tantas lunas y tantas movidas y removidas de las caderas bailándolos por el mundo. Aquél era su tiempo real y nosotros lo advertíamos en la falta de advertencia, en el hecho de verlos caer del aire como moscas o gotas de lluvia. Los fonógrafos repiqueteaban el *Mambo número ocho* y el más famoso *mambo qué rico el mambo / mambo, qué rico es, es, es* y también otros menos conocidos como *Caballo negro* y el que luego haría furor durante años, *El cerezo y el manzano.*

Ya el idioma inglés intentaba corregirnos, enmendarnos la plana, y como se trataba de hacer inteligibles y también correctas las canciones de nuestro idioma bárbaro, había que traducirlas, proveyendo letras adecuadas, decentes, e inocuas. Así me llegan retazos de los mambos cantados en inglés, y que también íbamos escuchando, aquí y allá, mientras Varolio y yo perseguíamos a las muchachas cubriéndolas de chaya, fuesen disfrazadas o civiles. En el *Cuban Mambo, Ole - Olé* había un olé sin sentido, excepto para un gringo, porque ellos creían que todo el que hablase español debía proferir un cierto número de *olés* para certificar la propia barbarie.

El mambo regía nuestras vidas, por las buenas o por las malas, y lo hizo por largo tiempo. Cuando Pérez Prado se presentó con la Tongolele en las revistas Bim-Bam-Bum del Teatro Opera, Varolio, Benvento y yo nos introdujimos en el camarín de la vedette. Vimos al músico llegar en un taxi por calle Huérfanos a la hora de la matiné y lo seguimos embobados: vestía de un modo que en Chile ni siquiera un loco rematado se habría atrevido a asomarse a la calle. Llevaba el negro su barbita en punta como un triángulo y una camisa de frac, con cuello doblado. Su traje era de un color azul eléctrico, deslumbrante, y calzaba mocasines blancos, audacia verdaderamente extrema. Llegamos hasta adentro farsanteando con él: *tenemos todos sus discos don Dámaso, nosotros somos fanáticos del mambo... ¿Quiere verme bailar?* dijo Benvento y se lanzó a hacer contorsiones como tratando de fornicar con el aire. Mientras tanto yo había descubierto en la cercanía el camarín de la Tongolele y allí nos enfilamos directamente sin despedirnos de Perez Prado.

La vedette estaba muy impresionante con su crencha inmensamente negra y el rayito de luna blanco sobre la frente. Nos quedamos arrobados mirándola y ella dijo *ya chiquitos tienen listo el papelico para el autógrafo o si no mándense mudar al instante* y Varolio le pasó su cuaderno de matemáticas del cual no se separaba ni cerca de la misma Tongolele. Ella estaba garrapateando algo ahí, cuando yo pensé que en instantes únicos y supremos como ése se trataba de invocar el *ahora o nunca* y alargué mi mano hasta su inmenso muslo de terciopelo y piel de gallina de gallineros imperiales y alcancé a sentir brevemente como también eternamente su hielo a mil grados Celsius. Se volvió más estupefacta que enojada diciendo *oye chico tú sí que eres precoz, mamacita mía, pero ahora mándenseme mudar corriendo corriendo*, y salimos verdaderamente al trote veloz porque había aparecido un negro de dos metros y medio de alto, que podía hacernos puré entre dos dedos y que tenía todas las trazas de ser el encargado de transportar a pulso el piano de la orquesta.

El *Uhhhh!* de Pérez Prado era un grito que todos debían proferir y que no podía desgraciadamente traducirse, y para los americanos era lo suficientemente primitivo como para dejarlo intacto. Por su parte, el mambo en español también se tomaba revancha y el que nosotros oíamos con Varolio, en cada vuelta a la plaza, en la esquina de Ahumada con el Portal Fernández Concha, era la versión mambera de *Tea for Two* en la parte del ritornelo que dice *Picture you / Upon my knee / Just tea for two / And two for tea / Just me for you / And you for me / Alone*... y que en la versión española —anda tú a saber por qué— se había transformado en Juan Pescado, proferido así: *Pescao,* un poco a la andaluza y como en la labia veguina del Mapocho. La letra decía *Anda camina, camina Juan Pescao / Anda camina, no seas degenerao / Anda camina, camina Juan Pescao /* ***Alone...***

Era como si al traductor y metamorfoseador le hubieran venido escrúpulos y hubiera dejado el ***alone***, pronunciado todavía en inglés ***alóun.*** Nosotros escuchábamos esas frases al pasar por ese ángulo tan desgraciado como gracioso y a cada vuelta todo se repetía igual. Hasta cuando íbamos embriagados por el girar, persiguiendo con chaya a dos muchachitas que se reían con nosotros haciéndose reconocibles entre las innumerables receptoras del picadillo, en ese baño o salpicar de erotismo inocente e inalámbrico, los versos infames de *Anda camina, camina Juan Pescao / Anda camina, no seas degenerao / Anda camina, camina Juan Pescao* se presentaban regularmente, y si entonces apenas los oía, ahora los oigo fielmente.

Mientras aquel río gitanil y piratesco con algún payaso o loco navegando entre aguas nos transportaba a velocidad de inundación, Varolio se acercó a las chicas pugnando a favor de la corriente. Su intención era convidarlas al cine, a uno de los rotativos del área del centro, donde la oscuridad permitía todas las graduaciones de la intimidad, y para lo cual la invitación aceptada generalmente significaba que la muchacha estaba bien dispuesta, aunque nunca se sabía sino hasta la hora de los quiubos. Las niñas tendrían doce años a lo más y para mi gran sorpresa, ellas aceptaron y vi la risa de las dos gitanillas vueltas hacia nosotros mientras la muchedumbre las empujaba acercándolas y alejándolas alternativamente. Como era muy difícil aproximárseles les hicimos señas de encontrarnos en la esquina de Estado con la plaza y en la vuelta siguiente fuimos de a poco emergiendo del río de la farándula, y cuando pudimos llegar a la esquina donde el portal de la plaza comienza, allí estaban ellas, pero no estaban solas. Sus padres también habían llegado a la cita convenida con nosotros: un loco en pijama con una bacinica abollada colgando del cuello, y una gruesa gitana cuyo vestido provenía a ojos vistas de una cortina sacrificada.

Mientras nos acercábamos veíamos a las gitanillas argüir con el loco y la gitana madre, mientras nos señalaban. La faz de las niñas era suplicante y se veía que alegaban que parecíamos buenos chicos, educados, de buena familia, y no cabía duda que aun siendo pequeñas sabían tocar las teclas justas. La faz del loco y de la gitana grande no era amenazadora aunque sí impenetrable pese a la alegría de la fiesta, pero diciendo esto no se dice nada, puesto que probablemente ahí mismo en la plaza y sus alrededores había no menos de cinco mil rostros impenetrables, caras de palo de tolomiros pascuenses que nunca habían visitado Rapa-Nui.

Nos fuimos dirigiendo poco a poco al grupo familiar, mientras ya la expresión de las gitanillas era de desaliento y derrota. Como si la cercanía e inevitable encuentro con esos dos galanes —ambos con bonetes de cumpleaños y uno de ellos con un pito serpentino de los que se desplegaban y retractaban al soplarlas— fuese algo realmente intolerable, los padres arrastraron a sus hijas y se perdieron en la multitud hacia la Casa Rosada colonial donde probablemente pensaban aplacarlas con tortitas de manjar de La Gallina.

Así no nos quedaba más que reincorporarnos a la farándula para ver si podíamos resarcirnos de la pérdida de las zingarelas, y con poco entusiasmo, dimos un par de vueltas completas sin éxito. Luego nos fuimos a sentar en un banco cerca de esa misteriosa estatua donde se representa a unos aborígenes emplumados de raza indefinida, y grandes lagartos como dragones de Komodo dispuestos alrededor de las figuras principales, y que según don Joaquín Edwards Bello fue esculpida en Génova, donde todo el tiempo han abundado los artesanos que producen esta clase de truculencias estatuarias, las que en el cementerio de Staglieno de ese puerto forman una dimensión alucinante, de pesadilla rococó.

Como si tuviéramos algo que decirnos con esos lagartos que llegaron a Chile por equivocación, puesto que estaban destinados a decorar una plaza de Guayaquil, Asunción o Cochabamba, Varolio y yo buscamos la quietud de un asiento, como lo hacen los enamorados y los jubilados por no tener un mejor lugar donde ir. Varolio estaba tan bajo de moral como yo, aunque tal vez más desconcertado que deprimido, por tener una mayor experiencia en esos manejos de obtener calabazas o premios, curtido en las estrategias cuyo galardón era recibir besos en la oscuridad pulgosa de un rotativo donde la luz, o sea la película, era el principal enemigo de los espectadores.

Como para compensar nuestro fracaso, mi amigo se dio a las confidencias estimuladas por los lagartos de la estatua anónima de la plaza. Varolio empezó a hablar, tirándose el mechón de la frente como lo hacía un personaje de *Corazón,* en un monólogo con largas pausas de asimilación que parecía dirigido a las puntas de sus entierrados zapatos, más que a mí: *yo tenía una prima que se parecía a la más grande de esas cabritas sólo que era más alta, rubia y flaquita, había venido a vivir en mi casa con mi tía antes de irse interna a un colegio de monjas de San Felipe, nos tocaba siempre quedarnos solos porque la tía se lo pasa durmiendo, se duerme muy temprano, no se despierta ni con el cañonazo de las doce y ese día mi prima vino a mi pieza para jugar un poco al ajedrez que es el único juego que yo he tenido y que me ha gustado fuera del futbolín con chauchas que jugamos en tu casa, entonces se me ocurrió tratar de besarla porque te diré que desde hacía tiempo esa niñita me tenía por las cuerdas, no diré que estaba empotado sino que me tenía caliente, sobre todo porque un día yo entré sin quererlo en el baño cuando estaba por darse una ducha y ella tenía que caminar un poco desde el califón a la tina, tú sabes que las casas viejas como la de nosotros están hechas como las huevas o como se le ocurrió al jetón que las construyó hace una porrada de años, yo te juro Mono que no la espiaba ni nada, todo estaba ya en mi pensamiento, a ella se le olvidó poner el pestillo y cuando abrí la puerta estaba ya en pelota, caminando hacia la tina que estaba como a cinco metros, entonces le vi el potito rico y ella se dio vuelta como un celaje, más sorprendida que la cresta, fíjate Mono que nunca había visto un movimiento tan rápido en una persona, se llevó un brazo a las tetas y el otro a la chucha, se agachó doblada y se quedó así mirándome con los ojos salidos como si hubiera visto al Hombre Lobo, en cuclillas como si estuviera haciendo pichí en el suelo, yo me arranqué al tiro porque en realidad estaba más nervioso que ella y de todos modos le alcancé a ver algo antes de que se tapara más que ligero, porque la vista es mucho más rápida que las manos, quedé más que asustado al principio, tuve que ir a tenderme a mi pieza de la impresión pero poco después como que la visión se me subió a la cabeza, Mono, y se me paró de un modo terrible, no podía quitármela de esa vista que tenemos en el cerebro, tú sabís que es como un aparato de esos que hay en Estados Unidos que se llama televisión que una vez mostraron en un negocio de calle Estado y había tanta gente mirando que se paró el tráfico, así igual yo me quedé con la vista de mi prima como grabada en el cerebro, llegaba a revolcarme de ganas, tuve que corrérmela dos veces esa tarde y otras en los días siguientes, así como que se fue borrando poco a poco la impresión, pero al llegar a jugar al ajedrez ella creo que maliciaba algo o alguna impresión le había quedado de ese día porque fíjate Mono que llegó en camisa de dormir, ésta no era nada especial como las que se ponen las huevonas en las películas francesas, yo he visto una con esa mina Martine Carol que llevaba una camisa de encaje negro donde se le transparentaban las tetas, no, era una pura camisa de dormir de franela larga hasta el suelo, y empezamos a jugar, ella no sabía más que algunas movidas porque el ajedrez es un juego medio complicado para el resto de la gente, se me ocurrió llevarle la manito para mover el caballo o la torre, parece que ella no sabía exactamente cómo era o tenía algo así como un vacío en ese momento en la cabeza, entonces me dejó hacer y me pareció que le gustó, por eso le pasé el brazo por los hombros y con la otra mano le guié las siguientes movidas, así nuestras cabezas estaban juntas cuando de repente se me ocurrió darle un beso en la boca y ella no me la quitó ni estriló sino que me devolvió el beso con la boquita bien abierta, y después ya dejamos el juego de ajedrez que poco pudo avanzar desde el peón cuatro dama con que uno empieza siempre, entonces me dijo* me gustan tus ojitos azules *lo que no dejó de sorprenderme, tú sabís Mono cómo son las cabras que se fijan tanto en cosas sin importancia...* y aquí Varolio repitió el gesto de hurgarse en la nariz como cuando estaba resfriado y sacaba una cajita de mentolatum, se metía el meñique largamente en su más larga nariz y hasta me ofrecía la caja para que yo también me sirviera del ungüento... *yo seguí besándola o mejor dicho besándonos Mono, porque eso es más justo decir, no era yo solo, éramos los dos, de repente yo le tomé el camisón por los hombros y se lo saqué de un solo tirón por arriba, ella se encogió tapándose otra vez las dos partes que te dije antes y yo poquito a poco le fui separando las manos y ella también poco a poco se dejó y pude verla otra vez desnuda, estaba como salsital de colorada pero no enojada, respirando con ansia, se fue reculando hasta la cama y se tendió de espaldas desnudita con los brazos alzados como para que la viera bien, tenía muchos pelitos en los sobacos porque parece que no se los había cortado en mucho tiempo y era mejor así, eso me calentaba todavía más y como se puso con las piernas separadas, vi que tenía la zorrita chorreando de algo brillante y el pecho le subía y bajaba, ella estaba respirando como si le faltara el aliento después de una carrera con la boca abierta, y eso que no habíamos hecho nada todavía...*

Mientras Varolio tranquilamente, pausadamente contaba eso como recobrando un rosario de actos apenas ocurridos pero ya casi olvidados, la noche de la farándula seguía dando vuelta alrededor nuestro con miles de gitanillas, de las cuales ninguna era para nosotros, yo había tenido una tremenda erección dolorosa y mis cocos estaban como si me hubieran dado un chirlito en cada uno. A Varolio probablemente le sucedía lo mismo en su cabeza y más abajo, pasando y repasando el film de la memoria, y yo en la mía de la imaginación o la evocación recreatoria, que era tanto o más fidedigna, y como luego se había callado por varios minutos y la luz de las linternas chinescas y de los cordones de ampolletas de colores nos transportaba de nuevo al más bien indeseable presente, le pregunté:

—Y bueno, ¿qué pasó?

—Bueno... después de eso... después de eso culeamos ¿qué más se podía hacer? Yo me empeloté de a poco y ella me ayudó. Primero empezamos con mucho miedo, como si lo que estábamos haciendo nos matara de susto, yo ni sabía como tenía que metérselo pero al fin eso sale solo, porque después como que la cosa agarró vuelo, era cada vez más fácil. Era maravilloso, Mono, algo sin nombre de bueno... Lo único que te puedo decir es que nos volvimos locos culeando, toda la tarde...

Después de esa inesperada y pertinente historia confidencial de Varolio, tampoco había más qué hacer en ese carnaval, y dejamos que los piratas y las gitanillas se apartaran de nuestro camino, como si tuviéramos mucha prisa por llegar a otra parte.

TC *la niña del cintillo azul*

Ella pasó un día frente a Simón Bolívar 1998, pedaleando en su bicicleta. Al mover los pedales, se le veían los muslos, blancos, prietos, espigados pero macizos, y largos, muy largos, como anticipando ese tiempo en que todas las mujeres tendrían muslos largos. Tenía la boca con los labios un poco gruesos, los cabellos sueltos, de color cobrizo, siempre cubiertos sobre la frente con un ancho cintillo azul.

No pasaba siempre en bicicleta frente a mi casa, sólo en algunos días que podían considerarse privilegiados, y como eran impredecibles yo aguardaba cada día su paso en la hora más probable, después del regreso de los colegios en la tarde. Un día se me ocurrió fotografiarla con nuestra viejísima cámara de fuelle, que no aprendería a enfocar sino unos años más tarde. Cuando se dieron todas las coincidencias, cuando el día fue perfecto y ella pasó y yo tenía la cámara con rollo y lista y pude tomarle la foto, ella por supuesto no se dio por aludida ni miró ni nada, puesto que me ignoró siempre.

Era como si yo fuese transparente a sus ojos.

Beatrice mostró más condescendencia con Dante: una vez en la vida lo saludó. El la fotografió a su vez con otra máquina y otro papel mucho más sensible que el de mi máquina de fuelle. En la foto de Cintillo Azul no apareció su imagen, sino una especie de ectoplasma de esos que vemos en las supuestas fotos de fantasmas que se encuentran por ahí en las enciclopedias de parasicología. No es que la cámara tuviera algún defecto: era una maravilla de tecnología primitiva, con un lente que envidiarían las modernas Nikon o Pentax, sobre todo aquellas con un miserable cuerpo posmoderno de plástico. Yo era el fotógrafo más torpe o mejor dicho despistado: para poder enfocar esa vieja cámara era necesario alinear la platina del lente con unas incisiones que tenían los pequeños rieles donde corría el fuelle y que hacían que la máquina pareciera una locomotora liliputiense. Después, un fotógrafo profesional me enseñó a enfocarla correctamente, en las tres o cuatro posiciones que tenía.

Si ella era muy visible para mí, hasta en fotografías desenfocadas, yo sí que era invisible para ella, y más que invisible, inexistente. Nunca jamás dio ni la más mínima señal de que yo entrara de algún modo en su campo de percepciones visuales o de las otras. Ni siquiera se volvió una vez que puse muy fuerte *Our Very Own* cantada por Vaughn Monroe en el tocadiscos (había logrado que mi padre me comprara un tocadiscos manual RCA Víctor de tres velocidades que me acompañó por diez años) abriendo las ventanas para que la música se oyera a medio kilómetro en Irarrázaval ni miró hacia el lado donde yo estaba con mi bocineado regalo de música americana, más meliflua que una jofaina llena de manjar blanco. Este era el tipo de música que estaba siendo considerada como la única digna de ser escuchada, respecto de boleros, tangos, corridos y rancheras, calificados como del gusto de la plebe más inculta.

No era que yo fuese algo especial para ser visto ni menos admirado. Era flacuchento cuando debía ser macizo, moreno cuando debía ser rubio, de nariz ancha cuando se debía tenerla recta y fina o ligeramente aguileña, y tenía mi cutis plagado de espinillas, todo lo cual favorecía una invisibilidad provocada por el disgusto. Las espinillas son dolorosas y dolían más en el alma que en el cuerpo, fuese la nariz o la espalda. Las peores eran las de la nariz, porque me deformaban la cara que de por sí no era nada bella, y provocaban una sensación de congestión y fealdad horripilantes. Cuando aparecían en la frente era la misma cosa, todavía más dolorosas pero también más fáciles de reventar. Cuando una espinilla maduraba, lo que generalmente tomaba dos o tres días de agonizante espera, había que expulsar lo que yo llamaba el *átomo simiente,* término que había encontrado en un libro de mi padre sobre los Rosacruces. El átomo simiente era el núcleo, un tumorcillo de grasa, el comedón o lobanillo petrificado en la piel que producía el grano al obstruir el poro, que podía pasar de tal a forúnculo y de forúnculo a ántrax cuando se volvía gigantesco, un Everest de las espinillas y que, como si la enfermedad se mostrase repentina o estratégicamente compasiva, generalmente aparecía en la espalda, esto es donde no se lo veía.

La presencia del acné marcó todos esos años y condicionó mi juventud y madurez. Era como si el fuego interno de todas mis contradicciones y angustias explotara a través de la piel. No hubo pomada, líquido, alcohol, antibiótico, antiséptico, crema o menjunje que yo no probara sin resultado alguno, aplicándomelos con obstinación durante todos esos años. Era el método o la filosofía terapéutica el que fallaba: hasta para un ciego sería evidente que no se podía tratar desde afuera lo que explotaba desde adentro. Sin embargo ésa era y todavía es la posición clínica y filosófica de la medicina convencional, la que proviene de la tradición galénica —no la mágica de Paracelso— resucitada por la ciencia experimental cartesiana. Se trataba de matar al grano, forúnculo o ántrax desde afuera y apenas en la misma piel, con polvos, pomadas antibióticas, o preparados cáusticos como una mezcla o pasta que se hacía con bicarbonato y agua oxigenada y que se secaba sobre los granos haciendo que mi cara pareciese una extraña torta o satélite de Saturno. También me ponía tintura de yodo, rodeando los granos de una aureola como halos o anillos de planetas minúsculos. Cuando el grano se vaciaba, venía el proceso de curación, lo que podía tomar días de sufrimiento, como también de vergüenza y deseo de esconder el rostro. Cuando somos adolescentes tenemos apenas la exterioridad, la fachada para entregar y para protegernos del mundo. Nadie puede ir o ver más allá dentro del alma de un niño-hombre fuera del grupo familiar, cuyo amor está descontado y del cual, anómala pero no extrañamente la Rosa también formaba parte, como si sólo su amor pudiese ver más allá de mi piel martirizada tanto desde adentro hacia afuera como desde afuera hacia adentro.

Mis padres hicieron algunos esfuerzos por curarme con dermatólogos y endocrinólogos, pero siempre me dio la impresión —o más bien la certeza— de que esos doctores sabían menos que yo de mi enfermedad, si es que de enfermedad se trataba, porque era más bien una condición de mi ser interno y externo en conjunto, y que se proyectaba con largueza más allá de lo que la medicina presente podía tratar, en especial una medicina que veía cada función y disfunción por separado, como partes de un sistema epistemológico, en vez de considerar al enfermo como un todo. Al médico le interesaba corroborar su diagnóstico, su retórica, más que curar al enfermo o al ser humano que presentaba características anormales dentro de la normalidad. No había curación posible si el médico antes no satisfacía su propio sistema de definición del mal.

Había otro hecho vergonzante para el espinillento: la relación directa que la gente común y socarrona veía entre las espinillas y la masturbación. Es más, las espinillas, así como la palidez y las ojeras, eran vistas como una consecuencia de ella, verbigracia pecado, aunque fuera en la idea flexible y hasta reversible que de él tenemos en Sudamérica.

La verdad por cierto estaba mucho más allá de esas concepciones y definiciones maniqueas, y la relación entre el acné y la masturbación, era la que hay entre dos manifestaciones externas de una realidad interna que era en sí más profunda que una disfunción o desbalance fisiológico. Además, tanto los espinillentos como los sanos de piel, todos nos masturbábamos con entusiasmo, algunos a diario, otros con menos frecuencia y yo por añadidura me acostaba —por así decirlo— con la Rosa, porque esta especie de tempestad hormonal que ocurría en mi cuerpo me hacía buscar la vivencia sexual hasta el fin, como expresión de algo tan importante sin el cual el resto no podía existir.

En 1955 empecé a ir regularmente a la playa en los meses de verano y la exposición al sol secaba gradualmente mis granos de rostro y espalda, dándome la felicidad de una piel nueva. El sol curtía esa piel grasosa y propensa a producir comedones y hacerlos explotar en granos, y la transformaba en una superficie tersa y saludable. Era extremadamente positivo ver cómo las espinillas se iban debilitando y desapareciendo a medida que la piel se tostaba. La parte más difícil de curar era la espalda. Ahí subyacía la piel más rebelde y menos expuesta al sol, y era muy triste y difícil exponer mi torso y espalda martirizados a la vista de otros bañistas, especialmente donde había muchachas. Por eso trataba de quemarme lo más posible en los primeros días, acto peligroso que me dio muchas insolaciones y hasta graves quemaduras. Luego aprendí que era mejor asolearse de a poco, unos quince minutos el primer día y luego más y más, para evitar que la piel enrojecida siguiese quemándose encima. Esas llagas no eran vergonzantes porque no llevaban el estigma del acné, luego de unos días todo se uniformaba y la piel adquiría el color de huiro, como mi madre llamaba al cutis retostado por el sol, aludiendo al color de las algas que se acumulan y tuestan en las playas. Allá por 1959 y 1960 fuimos por dos meses enteros a acampar en la playa del Canelillo, en Algarrobo y de esas vacaciones yo regresé con el color de un zambo o de un mulato en todo el cuerpo.

Esa felicidad duraba poco, unas dos o tres semanas después del regreso a Santiago, nada más. Si bien la acción secante y germicida del sol había revertido temporalmente el proceso desde afuera, poco a poco iban reapareciendo los odiados granos. Por muy natural que fuese la operación, mi desbalance fisiológico y vital continuaba funcionando desde adentro, en la ecuación fisiología y bioquímica del cuerpo y del alma juntos.

Entonces volvía a la impotencia de la crema antiséptica, del yodo o del ictiol, que era una sustancia negra como el alquitrán que aceleraba la maduración del grano, en un proceso de activación que tenía en sí una brizna de inteligencia. El resto de las curas o tentativas de cura, incluyendo aquellas que trataban de intervenir unilateralmente y con grave riesgo en los parámetros bioquímicos de los balances hormonales, eran igualmente inútiles o nefastas.

Un día de 1954 mi madre vio en *El Mercurio* un anuncio de un misterioso producto nuevo para el acné llamado *mirtokleia*, que era presentado como una panacea. Lo vendían en una farmacia central donde acudí primero, pero fue dificilísimo adquirirlo ahí, como si en vez de venderlo lo estuvieran boicoteando. Hube de ir a obtenerlo en la dirección de fabricación, una casa particular en la primera cuadra de calle García Reyes, muy cerca del Liceo de Aplicación. Se prometía un descuento especial a los clientes que llegaran por allá.

La dueña de casa y de la pequeña industria que había instalado allí, resultó ser doña Luisa Otero, una actriz jubilada de teatro y de radio.

Con su voz enjundiosa de actriz, doña Luisa me dio una buena clase de cosmetología y me presentó su producto, la mirtokleia. Era éste una loción que ella vendía en botellas de distintos tamaños y formas de colonias recicladas. La loción formaba parte de un tratamiento que comprendía elementos dietéticos —y en esto doña Luisa estaba muy adelantada a su época— incluyendo la disminución de las grasas en la dieta y el uso de una crema que limpiaba a fondo, un ungüento amarillo que olía fuertemente a hierbas. La crema debía aplicarse por la noche, después bañarse para sacarla y al final aplicar la mirtokleia sobre la piel granujienta. La mirtokleia tenía una acción antiséptica y secante, y lo novedoso en la invención de doña Luisa Otero consistía en la loción o suspensión de polvos cosmetológicos que ella preparaba de acuerdo con el color de la piel del cliente. La casona estaba llena de tanques de vidrio con mirtokleia, con sus colores de tierras ocres que mimaban la tez de los paliduchos del barrio alto donde la loción tenía el color del *latte macchiato* italiano, hasta los tonos del café con leche y hasta del chocolate, como para cubrir rostros de negros anémicos. Así, el producto tenía el carácter de loción curativa y de máscara cosmética que cubría bastante bien la parte afectada, en especial la de la cara, que era el lugar donde su función era más completa.

Ella me dijo: *usted, mi estimado cliente, debe antes que nada tratar de eliminar ese exceso de grasa, tratar de formarse una piel nueva. Eso se logrará sólo con la constancia suya en usar el tratamiento de mirtokleia. Usted tiene que ponerse esta pomada para que la piel exude, bote sus ponzoñas internas y después del baño aplicar la mirtokleia que está hecha a propósito para curar pero también para que usted vaya recobrando su confianza, para que sepa que la piel enferma al menos no se verá tan mal y usted no causará la misma impresión que produce el grano desnudo y eso, se lo aseguro, es una parte muy importante de la curación. Yo sufrí lo mismo que usted cuando era joven y la falta de respuesta y de humanidad de los doctores me hizo buscar y buscar, hasta que desarrollé esta fórmula y la patenté con este nombre que es el de una ninfa griega que a lo mejor usted conocerá, como el muchacho educado que es.*

Estaba ansioso de probar la mirtokleia como si ella fuese un elíxir mágico o bálsamo de Fierabrás. Líquido sibilino y manso, tenía un perfume que olía definitivamente a afeites de abuelita, a ciclamenes o violetas que se habían marchitado en tocadores lejanos. Como siempre toda cura es básicamente un misterio más del alma que del cuerpo, y como yo me había afanosamente concentrado en la idea de la mirtokleia como mi última posible salvación, mi mejoría fue notable desde el principio, especialmente, creo, por el poder secante de la loción. La especie de máscara o cobertura del enrojecimiento era favorable, aunque no fuese más que otra ilusión entre muchas ilusiones. Debido a la extrema condición grasa de mi piel, sobre todo en la nariz y la frente —condición que he conservado casi intacta hasta el presente, librándome de grietas y arrugas, redondeando así la ecuación de la perfección de lo imperfecto— este maquillaje, que evitaba cuidadosamente de considerar como tal, se corría y a las pocas horas la grasa exudada por mi piel, como una verdadera fábrica oleosa, abría arroyuelos cristalinos en la textura opaca de la capa de mirtokleia. Me llevaba un frasquito de la loción adonde fuese, al liceo y después a la universidad, yendo dos veces en la jornada a lavarme la cara y ponerme una capa nueva de mirtokleia, actos que tenían también algo de pecaminoso, participando del estigma de la mariconería, por lo que tenían que ser rigurosamente secretos. Si alguna vez alguno de mis compañeros me hubiese sorprendido en semejante acto de maquillarme (aunque no se trataba exactamente de ello) se hubiera corrido instantáneamente la voz de que *puta huevón el Mono es maricón pus huevón lo pillé echándose polvos en el baño, huevón oh* por más que hubiera alegado desesperadamente que era un remedio para la condición deplorable de las espinillas, alegato que tanto podía mover a la solidaridad como al escarnio.

Por varios años sucesivos fui un cliente regular de doña Luisa, teniendo una mejoría gradual que seguramente no se debía tanto a la mirtokleia sino a la regulación de mis energías sexuales, el balance del líbido con las otras energías del cuerpo, la doma del potro Kundalini y el desplazamiento de esos centros energéticos a niveles diferentes, que no quiero llamar superiores, sólo diferentes.

Ciertamente la mirtokleia funcionaba, a nivel episódico, curando una espinilla tras otra, pero desgraciadamente se trataba sólo de un paliativo. Doña Luisa había intuido ciertos principios fundamentales para la curación verdadera de ésa y cualquier otra enfermedad, como el balance emocional, la importancia de la depuración o detoxificación y el principio de ayudar el desarrollo del grano, acelerando el proceso de maduración, que es el mismo que usan ciertos productos modernos a base de peróxidos o perboratos.

La mirtokleia fue una parte muy importante de mi existencia en ese período, o sea mi circunstancia borgiana, que pareciera ser la única realidad de esta vida. Durante los diez años siguientes fui mes a mes a casa de doña Luisa Otero, en los primeros años, y cada vez menos frecuentemente en los últimos años, en los cuales ella se veía muy viejita pero siempre con su voz de contralto impostada por su oficio radial y de promotora de pieles sanas, apagándose la estrella de la mirtokleia en la tierra para encenderse más allá.

Yo apagaba la vela negra, encendía la vela blanca, yendo a buscar mi elíxir, desde Simón Bolívar hasta García Reyes en el otro lado de Santiago.

Con mirtokleia o no, esa vez Cintillo Azul pasó más rápido que nunca, siempre vuelta hacia la pared de enfrente de mi casa, como si Vaughn Monroe le urgiese a pedalear todavía más rápido y desaparecer allá por Antonio Varas hacia el sur, donde ella daría un rodeo para doblar hacia Manuel Montt por Sargento Navarrete, Leopoldo Urrutia o la humilde y tranquilísima calle El Oidor, donde se diría que no vivía gente sino sólo pajarillos y fantasmas. Ella llegaba por uno de esos cortacaminos a su casa situada en Manuel Montt casi en la esquina de Simón Bolívar.

Había descubierto su domicilio por casualidad, un día que la vi entrar a su casa con su madre y su hermano menor. Era una casa alta, de dos pisos, parecida a las que en los Estados Unidos se llaman casas victorianas, aludiendo al tiempo amojamado de la Reina Victoria. Esa casa estaba al lado de un sitio eriazo de propiedad de la señora Monardes, quien tenía una escuelita de primeras letras para los niños del barrio en el bungalow adyacente. El sitio eriazo era usado como patio de recreo, cuando ella tenía estudiantes. Nunca asistí a ese colegio, a pesar de estar tan cerca de mi casa, porque en realidad se trataba de un colegio para niños que necesitaban ayuda especial, como mi amigo el Pato, que estuvo allí por unos dos o tres años durante los cuales la señora Monardes trató en vano de inyectarle un cierto grado de alfabetismo, alguna forma del conocimiento más elemental. Ella se contentaba con esos casos perdidos, aunque su ambición era tener buenos alumnos, como yo lo fui durante las preparatorias.

Nunca mi familia consideró matricularme en esa escuelita ínfima, casi inexistente. Acaso hubiese necesitado de la paciencia y la dedicación de la señora Monardes, en los días de crisis que no tardarían en llegar y que me llevaban a pasar o a establecerme, como ratero o roedor envenenado, cerca del patio de su escuela tratando de vislumbrar la figura de la niña del cintillo azul en alguna ventana de esa casa de madera que se despachaba por palacio. La casa siguiente sí que era un palacio santiaguino auténtico, una *casa de turco* que tenía hasta el lujo inusitado de una alberca con la estatua de un geniecillo meón.

Más de una vez se ponía la niña del cintillo azul en las ventanas a tomar sol o a mirar el horizonte, soñando seguramente con algún apuesto muchacho. Yo merodeaba frecuentemente cerca de la esquina de Simón Bolívar con Manuel Montt, persiguiendo esa imagen más fugitiva que fantasma introverso, que entonces gozaba de una más que saludable vida. Veía yo pasar, en los días privilegiados en que me tocaba verla, su figura alta, premonitoria de otras muchachas altas del futuro, cantantes como la francesa Françoise Hardy o actrices o modelos como Donyale Luna, espigada como un avestruz humana o como Alicia cuando se comía una dosis excesiva del hongo que hacía crecer o disminuir de tamaño. Es sorprendente comprobar lo poco que recuerdo de los rasgos de Cintillo Azul, y lo nítido que resulta su figura, como si precisamente fuese más una entelequia que una persona.

Messer Dante Alighieri nos jodió para siempre inventando a Beatrice —que era real, y por ello más inalcanzable que las estrellas, que en su tiempo estaban un poco más cercanas, ahí arriba pegoteadas en cielos más próximos a las nubes que al espacio sideral— y después Don Quijote, hombre del Renacimiento por el tiempo en el que le tocó vivir, pero todavía anclado en la Edad Media con todos sus mitos unitarios, como lo fue Colón, destruido y al mismo tiempo arrebujado como en una espantosa manta en esa Arcadia donde únicamente había respuestas sin preguntas. Sufriendo ese dolor inicuo Don Quijote inventó a Dulcinea y nos jodió doblemente: esa Dulcinea era mucho más real que Beatrice por estar ya transida de la ducha fría de la ironía, invento o proyección ectoplásmica y frankesteniana que deshace todos los rizos del cabello y que nos hace despojarnos del escrúpulo de amar en esta tierra, a la vez que nos fuerza a amar un fantasma. Pero Cintillo Azul no era, en ese mundo y ese tiempo, fantasma, fantasmita o fantasmón. Estaba dividida o empezaba a estarlo, entre mi corazón y mi cuerpo y mi alma que todavía eran un todo, pero era casi real, y yo la creía cercana, aunque la esquina de Simón Bolívar y Manuel Montt estuviese en los confines de mi mundo posible.

Un día se me ocurrió dibujarla, para hacerla por fin real, y tenerla más cerca de mí. La retraté en plano medio, medianamente idealizada, con los pómulos menos salientes y los rasgos más afinados, pero el cintillo azul estaba bien firme, como corona de reina de países mínimos, con los cabellos fluyentes, cayendo en dos columnas simétricas e inocentes. Si en el colegio y en el centro nos juntábamos con Varolio y con Benvento, en mi casa y en el barrio me juntaba con Charly, y éste llegó a mi casa en el mismo momento en que yo estaba terminando el retrato de Cintillo Azul, con acuarela y tinta china.

Charly quedó muy impresionado de la belleza de la niña, siempre remitiéndose a la figura que yo había representado, teniendo en cuenta que una representación es siempre más fiel a la propia idea que el original. Después de sentarse a contemplarla, Charly suspiró *es necesario que persiga y conquiste a esta mujer*, palabras que no me hicieron nada de gracia: siendo él rubio, de ojos azules y con una estructura todavía musculosa (después pasaría a adiposa y de allí su sobrenombre de *Schweine* que se le endilgó en la universidad) tenía una ventaja infinita, inconmensurable sobre mí.

Charly era bello y judío, dos realidades que si bien a menudo van juntas —al contrario de lo que las leyendas del mundo gentil quieren hacer creer— también a menudo entran en colisión, especialmente cuando esa belleza atrae más a los miembros de ese mundo gentil que a los propios hijos o hijas de Israel (como si todos no lo fuéramos, de uno u otro modo). Las muchachas chilenas enloquecían por su rubiedad, la azulidad de sus ojos, y lo fornido de sus hombros. El era perfectamente la antítesis de lo que yo era a la sazón, pero después las cosas cambiaron, ya que finalmente es el espíritu quien modela al cuerpo.

Las mujeres que veían la foto de Charly adolescente para su *Bar Mitzvah*, la primera comunión judaica, con su gorrito o *yarmulka* y envuelto en su *tallis*, solían dejar escapar suspiros, sin llegar al extremo que una amiga mía decía ocurrir cuando Ives Montand aparecía en **Z** de Costa Gavras y en la sala se sentía el ligero siseo provocado por los calzones de las mujeres presentes en la sala, aflojándose y cayendo. Lo más triste es que las mujeres a quienes más atraía Charly eran las chilenas bien morenas y con la cara más redonda que una tortilla de rescoldo, mujeres todas que le estaban absolutamente vedadas. Su familia lo hubiese matado antes que permitirle ninguna relación con una *goi*, y él no lo hubiera intentado tampoco.

Unos pocos años después, Charly se desvirgó como la mayoría de nosotros lo hizo —aunque yo mismo no haya estado incluido en esa mayoría— en un prostíbulo de los callejones del barrio Ricantén de Santiago. Esto demuestra que los estereotipos no son para nada funcionales. Podemos imaginar la forma y el destino de una sociedad como la de los Estados Unidos, obstinada en vivir en base a estereotipos incuestionables y monolíticos. Charly fue a echar los bofes y terminar su vida allá, unos doce años después, revalidando su título de farmacéutico de Chile, y cumpliendo jornadas de esclavo de plantación para pagarse esos estudios, en farmacias donde se vendían baratijas y *milk shakes*. El dinero era como parte de la fisiología de Charly, como una cruz o penitencia heredada, y practicada con la asiduidad y estrictez de sus padres.

Esto contrastaba absolutamente con toda nuestra praxis de chilenos, para quienes siempre el dinero ha sido un medio para vivir mejor, pero no un fin en sí, y es seguro que por esto nunca tenemos lo suficiente. Charly se privaba absolutamente de todo lo que podía darle el dinero que su familia tenía en abundancia con el tráfico de pieles que hacía su padre: vacaciones, conciertos, discos, etc. Ahorraban y atesoraban todo como si el dinero fuese algo de un valor casi místico, cosa que a nosotros los amigos gentiles nos parecía absurdo y hasta despreciable. ¿De qué le sirvió ese modo de vida, en fin de cuentas? De nada, y yo podría asegurar que Charly murió de inanición vital en el largo paso de la tutela de su madre a la de su esposa impuesta. Su mujer le fue elegida por los padres en el momento que ellos lo decidieron, porque querían tener nietos, no podían pasarse un día más sin ellos como si no les bastasen los hijos, porque de hecho no les bastaban para ejercer ese tutelaje al mismo tiempo amoroso y al mismo tiempo cruel, y esa cadena que venía anudándolos desde los años del Génesis y de los Patriarcas —si es que ahí se generó algo fuera de la ilusión perenne de la identidad— tenía que ser continuada con otros eslabones que desgarraban la carne del Schweine como si ella fuera una ristra de salchichas desmesuradamente larga, infinitamente larga, para la cual no bastaba toda la carne *kosher* proveniente de todos los seres vivos que pueden producir carne *kosher*, sean ornitorrincos, unicornios o rumiantes.

Frente al retrato de Cintillo Azul, y posiblemente frente a la propia niña, Charly era poderoso, porque su estatura, y el color de sus cabellos y sus ojos le daban un inmenso patrimonio, mucho más importante (especialmente para las muchachitas) que los billetes que atesoraban sus padres por él y no para él. Todas sus finanzas eran administradas por su madre, con más celo que el de un recolector de impuestos americano. Los días de Charly en la tierra estuvieron signados por la represión, la estrechez forzada y el trabajo incesante. Todos los acontecimientos de su vida le fueron obligados o se los obligó él. Sus verdaderos amores —porque yo sé que los tuvo aunque de ello habló muy poco— fueron no sólo platónicos, sino también sepultados en una especie de arcón o caverna secreta acondicionada en su conciencia especialmente para ellos.

Charly era hermoso como ángel antiguo, y su aspecto bíblico y wagneriano al mismo tiempo fundía todos los misterios del alma y del cuerpo en diez mil años de historia, pero su hermosura no le sirvió para nada, si es que ella deba servir para algo relacionado con ese muy vago territorio de la felicidad, lo que no está dicho ni asegurado por nadie, ni siquiera por Dios, que programa los eventos infinitos del Ordenador Universal, pero no da nada por garantizado en nuestra única o plural vida. Tampoco le sirvió en cuanto a vida amorosa o erótica, las que en nuestro tiempo eran realidades que no por semejantes eran superponibles. Mi amigo tuvo hijos que yo no conocí, acaso vi a uno de ellos en una fotografía que él me envió, lleno de un orgullo que era más ajeno que suyo porque todo, hasta sus hijos le eran ajenos. Su ropa era como prestada por otro ser que se hubiera cansado de ponérsela, y sólo su rostro era luminoso desde adentro, en una luz que él mismo se robaba cada día, asiduamente, como esos pollos de criadero, criaturas que podríamos considerar el último paradigma de la infelicidad, y que practican el canibalismo en su propio cuerpo.

Charly tenía la inteligencia más asombrosa que yo haya conocido en este mundo, era capaz de entenderlo todo, de practicarlo todo y de aprender todo lo que era posible de ser extraído de un texto escrito o imaginado, de una canción con o sin palabras, o de una visión abstracta, pero lo definitivamente trágico de su existencia es que no fue capaz de volcar nada de esa inteligencia hacia su propio ser, ni de recoger un miligramo de su luz reflejada en los otros, ni de vivir aunque fuese mínimamente alguno de los ideales que yo sé él compartía conmigo, en un nivel todavía más profundo de lo que entonces podía percibir.

Me pregunto dónde estará Charly después de todos estos años de ausencia. El mejor amigo que yo haya tenido en ese mundo donde los había tantos, se ha esfumado para siempre y lo trágico es que se fue sin haber vivido. O acaso haya vivido a su manera, y eso es lo que finalmente cuenta, pero yo no puedo percibirlo desde el otro lado del abismo de mi propia otredad. Una vibración de sus ojos azules como el zafiro que hacía pareja al topacio caído percute mis oídos en medio del silencio y ahí creo que está todo: no hay reencarnación, no hay residuos inmortales del alma, no hay nada fuera de la memoria de los otros y acaso sea yo el único que lo recuerda como realmente era, mucho más que sus hermanos de raza, sus familiares ya también desaparecidos, o cualquiera que alguna vez tuvo el privilegio de verlo o hablarle.

Entre las cosas anómalas de la vida de Charly —para nosotros los chilenos— estaba el desempeñarse como cobrador para una sociedad israelita. El primer domingo de cada mes, por la mañana, yo lo acompañaba en sus recorridos por el barrio Ñuñoa, que nos llevaban por calles y arboledas bien perdidas a bungalows donde invariablemente reinaba la modestia y generalmente tampoco faltaba el decoro y de donde emergían como escondiéndose hasta el último momento, esos judíos que llegué a considerar amigos de tanto verlos en los varios años que hicimos juntos ese menester que parecía salido de una novela de Dickens o de Julien Green. Era el propio Charly el que ironizaba sobre sus hermanos de raza, cuando salíamos a *quiobriar,* como él mismo decía, imitando la fonética de los judíos al pronunciar el castellano. La mayoría de ellos, igual que la familia de Charly, eran refugiados de la guerra escapados del Holocausto —el más conocido de todos ellos— pero a diferencia de otros refugiados de otras etnias y otros lugares, incluidos nosotros los sudamericanos en los años 70 y 80, ellos tenían pensiones del gobierno alemán, las que traducidas a la escuálida economía chilena y sudamericana y su inflación más que galopante, los convertían prácticamente en millonarios. Pero ninguno de ellos vivía como tal, porque el recuerdo de las privaciones y dolores sufridos probablemente los hacía actuar de ese modo. Uno de ellos tenía la cabeza medio hundida como si le hubiesen sacado una gran cucharada de seso: habiendo sido operado después de su tragedia, le habían colocado una lámina de platino en lugar del hueso. *Herr Finkelstein,* como lo llamaba Charly, funcionaba de lo más bien en el mundo financiero, que era el suyo por ley natural. Charly hablaba con ellos en yiddish, porque la colonia judía era estratificada al máximo y la familia de Charly sólo trataba con los de origen alemán, en una forma de sectarismo que me resultaba inexplicable.

Herr Finkelstein sacaba un enorme fajo de billetes de su desfondado bolsillo, y mascullando quedamente alguna jeremiada en yiddish, con una colilla de cigarro puro triturada entre sus dientes color del alquitrán, buscaba entre el fajo los billetes más viejos, sucios y hasta tirillentos. Evidentemente la solidaridad entre ellos sólo merecía el más degradado óbolo, un billete que casi se deshacía de tanto haber sido manoseado por los chilenos, por cuyas manos pasaba mucho más rápidamente que por su bolsillo, donde fácilmente podía empozarse hasta la próxima sesión de *quiobrianza.*

Charly tenía varios discos en yiddish y uno de ellos me gustaba mucho. Era del cómico Moshe Oysher, un Spike Jones judío que profería sus trabalenguas y galimatías a una velocidad increíble, con gritos, hipos y sollozos. El nivel melopoyético del lenguaje era la clave de su magia. Cuando uno escucha recitar al poeta —¿soviético? ¿ruso?— Evstushenko, por ejemplo, la música de sus palabras nos conmueve y de algún modo entendemos todo lo que dice. Aunque yo no comprendía nada de lo que Moshe Oysher profería cantando, su voz y sus inflexiones me hacían revolcarme de la risa:

Mutelashdeshtikalash
Deshtikalashdeshnikalash
Mutelash Destikash Mittinjñak...

Oh—oh—oho—oho—ohoo—oo—oo
Virjmipili—ir
Mutterdeshtikashmiriñak

Esta repetición anafórica era separada cada cierto tiempo por un estentóreo ***¡Bibidibabidiboibe, y Olé!*** Este **¡olé!** nos acercaba al ámbito español en su disparate linguístico, y ponía un remate lógico a todo el galimatías, al menos para mí.

Así, mientras andábamos quiobriando y luego regresábamos juntos a mi casa para almorzar empanadas de ave o pastel de choclo fragante a albahaca, en esas mañanas de domingo que no podían estar perdidas mejor que con la quiobrianza, varias veces vimos a Cintillo Azul que pasaba en bicicleta.

Charly quedó muy impresionado con la niña, no menos que delante del retrato, pero no hizo nada por hablarle o entablar amistad con ella. En realidad mi amigo estaba muy lejos de ella. Cintillo Azul era más imposible para él que para mí, si cabía este contrasentido que era perfectamente real.

Ahora pienso que de algún modo yo sí hubiera podido acercarme alguna vez a ella, romper el misterio que une y separa al hombre y la mujer, pero no Charly, con su densa otredad judía, más encarnada en él que los propios ojos azules y su piel venida de otro hemisferio. Hubo otros amigos judíos que rompieron la barrera del amor sin barreras, buscaron el entendimiento universal y se casaron con chilenas, italianas o bolivianas. Me pregunto dónde se quedó Charly enredado en los recovecos del karma, ya que su destino acaso lo hará volver al mundo a penar otra vez por su libertad y por su vida traicionada. A purgar, a purgar y a amar y ser amado sin restricción, para encontrar al fin la fuerza de botar la cruz y seguir sus sentimientos, o creárselos desde el vacío del fajo de los billetes de Herr Finkesltein hechos más polvo y ceniza que su propio cuerpo, en una quiobrianza de nuevo tipo, donde el polvo del más pringoso billete de cincuenta pesos de 1953 o del 54 le diese la clave de toda la mierda que se comía, domingo a domingo y noche tras noche.

Con Charly aprendí a asomarme a esas otredades y a considerar cuidadosamente el misterio de vidas que no obstante mezclarse con las nuestras —el resto de los chilenos dependía de esos individuos para obtener géneros, discos, comida o pieles, los que las podían comprar— igualmente eran ajenas e inmixibles con las de nosotros. El padre de Charly hacía largos viajes a Magallanes para traer cargamentos de pieles de nutria, lobo marino u otras especies en vías de extinción, cuyo derecho a la supervivencia ni siquiera se consideraba. Si ahora lo que hacía el padre de Charly sería justamente considerado un crimen ecológico —al menos por parte de los que han tomado ese tipo de conciencia— entonces él se la pasaba de lo mejor, porque las pieles eran algo a lo que tenía más derecho el peletero que los animales que venían al mundo con ellas. Es más: ellos nacían sólo para que un traficante los despojase de su patrimonio vivo y se lo llevase a Santiago donde otros seres tan ínfimos como las nutrias y las focas, esto es las operarias, irían a confeccionar las chaquetas y los abrigos para ganancia de las otras instancias de la cadena comercial.

Quiobriando con Charly íbamos por Campos de Deportes y José Domingo Cañas, pasando frente a la casa donde diez años después viviría Rosamel del Valle en el número 1550, y también por Carmen Covarrubias donde vivía mi compañero judío Bendersty, pero su casa no estaba comprendida en nuestra quiobrianza. Los judíos se concentraban en el barrio Ñuñoa, por ser pacífico y barato, y allí se chilenizaban en todo lo posible y necesario, por ejemplo adquiriendo ciertas maneras ceremoniosas indispensables para el trato comercial al detalle y a plazos, pero en el interior permanecían fieles a su idioma y sus costumbres. Ese mundo ignoto y hermético para el chileno era el que podía yo atisbar quiobriando con Charly, en esos domingos que recuerdo claros y luminosos.

Yo me vestía elegantemente para la quiobrianza, con mis ternos de Falabella o los que después traje de Buenos Aires. Charly andaba como siempre, vestido con las telas baratas y resistentes que su madre le compraba en los almacenes de San Diego, como a propósito para que duraran muchas temporadas. El no necesitaba del atuendo, pero yo sí: mis ternos eran la salvaguarda de mi flacura y fealdad, y me sentía protegido por ellos. Así, más de una de las viejitas judías elogió mi elegancia —puesto que no podía honestamente elogiar otra cosa— y ello me alegraba sobremanera.

En ese tiempo aprendí a patinar, como un intento de hacerme visible por la niña del cintillo azul, o para inconscientemente salir de mi mundo de sueños auténticos y sueños dibujados. Nunca tuve el valor ni la necesidad real de aprender a andar en bicicleta, porque caminar en dos ruedas me parecía y todavía me parece imposible. Uno no puede realizar un acto en el que no cree, así como creyendo se pueden realizar las proezas más impensables. Los patines, por su realidad de cuatro ruedas *acostumbradas a la tierra,* obtuvieron mi aprobación de entonces, ya que no la de ahora: los patines posmodernos son como dos pequeñas bicicletas, cada una en un pie, y tienen el ruido miserable del plástico, esto es del mundo al cual pertenecen. Yo crecí en el tiempo de los gordos patines de metal, que reclamaban nuestro esfuerzo y eran como un reflejo de lo que la vida nos exigía. Mis primeros patines eran sólidos y olorosos del aceite mineral de los rodamientos, y poseían ruedas de girar sensual que fácilmente tendían al movimiento perpetuo. Era muy sencillo y expedito ponérselos, pero salir patinando ya no lo era tanto. Había un momento en que debías cruzar el umbral de lo atravesable y ponerte sin más a deslizar sobre ruedas. El aprendizaje incluía una fase inevitable de machucones y porrazos. Realmente no sé qué necesidad me impulsaba a seguir adelante, yo que siempre he querido evitar toda innecesaria destrucción celular de mi cuerpo. Pasada esa etapa, como en todo proceso de esa índole, se vislumbra y luego se experimenta el placer que sólo se concede al perseverante, al que se aferra a esa realidad esquiva como a su última salvación y ella finalmente se le concede.

Mi tío Cochecho me sorprendió un día al colocarse los patines y salir rodando con ellos por la casa. Para ponérselos tuvo que alargarlos hasta una dimensión increíble, desmesurada para mis pies todavía pequeños. Ver a mi tío patinando, desde el living a la galería, como navegando las distancias del mundo, es una visión que se puede guardar como una de las más felices que yo recuerde, como si realmente él estuviera recorriendo caminos infinitos.

Los patines estuvieron completos mientras existió la llave que los complementaba y que venía en la caja original de cartón americano donde mi padre los compró en el centro. Ellos se ajustaban a la dimensión de los zapatos mediante esa llave, instrumento mágico que tenía la forma y la densidad de una joya. Las zapatas que aseguraban los zapatos —parece juego de palabras aunque no lo es— eran accionadas con la llave de boca cuadrada.

Muy poco tiempo después de haber empezado a patinar, la llave se me perdió en algún lugar de la acera entre mi casa y Manuel Montt. No recuerdo absolutamente por qué tuve que dejarla abandonada en un sitio tan recorrido como la acera donde seguramente alguien iba a recogerla y guardársela, aunque de hecho no le sirviese para nada. ¿Quién la recogió y para qué?

El hecho es que nunca los patines volvieron a ser los mismos sin la llave auxilar indispensable. Siempre tuve la esperanza de encontrarla alguna vez, en alguna oquedad de la calle que recorrí mil veces revisando cada poyo de árbol, cada montón de basura o de hojas secas entre mi casa y Manuel Montt, y aun en otras calles como si la llave tuviera el poder de reptar o por si algún gracioso la había recogido y tirado por otro lado. Sin ella había que apretárselos con un alicate o con el formidable *Vise Grip* que mi padre compró en ese tiempo y que me encantaba porque parecía un reptil prehistórico, un tiranosaurio con sus mandíbulas siempre abiertas para rugir o morder. Con *Vise Grip* o sin él, no era lo mismo que con la seguridad de la llave. También traté de fabricarme una, doblando un trozo de lata gruesa, cortándolo con la sierra de metal de mi padre, y puliéndolo en el esmeril. Pero la llave hechiza nunca funcionó, siendo muy difícil darle la forma adecuada.

Creo que la llave de patines perdida me enseñó a conocer la dimensión del despojo y la ausencia irremediable.

Patinar se convirtió en sinónimo de correr la aventura al extremo posible para mí, y era el límite al cual podía forzarse mi persona en la dimensión física, que siempre fue y ha sido la más difícil de mi existencia toda. Así me conectaba con el mundo a través de la maravilla adversa de la calle, y una vez pasado ese umbral del chambonaje, de la primera etapa del aprendizaje brutal, el acto pudo convertirse en placer puro, o casi. Era tener ruedas o sea alas en los pies, y transformarse en un Mercurio subdesarrollado por un momento mágico, acercándose a todo con una velocidad impensable, para luego alejarse, como si el espacio y el tiempo se pudieran comprimir y dilatar como un acordeón, hecho factible y demostrable con los patines. Era navegar entre estrellas que estaban en la tierra, pegadas a ella como moluscos.

Había lugares especiales de patinaje en la Plaza Ñuñoa y la pérgola del Parque Japonés, donde en pistas de cemento o baldosa se juntaban los patinadores a evolucionar y a llamar la atención de las niñas. Había muy pocas patinadoras, y las chicas más bien se reunían a mirar a los varones en los bordes de la pista. Los pantalones para las mujeres eran cosa prohibida, y con faldas ellas no podían aventurarse a patinar y caer, dando inevitables cuarteos a los varones siempre hambrientos de ver algo más arriba de las rodillas. De vez en cuando alguna chica salía patinando con las piernas muy tiesas, como trastabillando, mientras los muchachos corrían alrededor suyo dando vueltas fulmíneas, y también se costaleaban al intentar alguna proeza especial para atraer su mirada.

Llegué a ser un patinador relativamente bueno, ya que no excepcional, y daba vueltas rápidas, trompos y volteretas que podrían haberme quebrado una pierna o roto la crisma si no hubiera pasado ese umbral del primer aprendizaje. Una cosa muy importante me movía al efectuar toda proeza patinadora: quería que la niña del cintillo azul me viera y hacía todo eso cerca de su ventana donde ella se asomaba en ocasiones tan contadas como cuando brillaba el lucero en pleno día. Las mujeres nos hacen arriesgarlo todo, la muerte y también el ridículo, que es peor que la muerte.

La calle tuvo otro rostro al patinar, un rostro palpable en las pequeñas oquedades y las divisiones del pavimento, que tenía líneas de alquitrán de lado a lado y se podían contar por los saltos que daban las ruedas y el patinador. Había un grupo de los hiperactivos por excelencia, que fuera de patinar como los artistas de los *shows* que se presentaban en la pista helada del Caupolicán, gastaban una arrogancia de bandoleros en ruedas. Si tú te interponías en lo que ellos consideraban su camino, te arrojaban al suelo y te hacían el regalo de una tunda gratuita. Uno de esos forajidos sobre ruedas era el Winche y un grupo de sus amigos. El Pato Miller, el sobrino de Laurita que pasaba mucho tiempo en la casa vecina, se mezclaba a menudo con ellos, y ya en ese momento nos alejábamos el uno del otro por caminos rodados que eran también existenciales, como habría de ocurrir después en la vida. Esos grupos tenían un radio de acción muy vasto, por Simón Bolívar, Antonio Varas, Manuel Montt, y hasta Irarrázaval donde los matones tenían que evolucionar con cuidado extremo. Ahí realmente se arriesgaba la vida ya que ningún ser humano, en patines o sin ellos, tenía valor alguno delante de un chofer santiaguino de esos años.

Mi primo Jorrel sabía patinar, pero no detenerse ni darse vuelta rápida y fácilmente. Con Charly lo tomábamos de ambos brazos y lo hacíamos correr y cobrar cada vez más velocidad, sin prestar atención a sus desesperados ***don't... don't... don't...*** hasta que llegaba a Manuel Montt con sus adoquines, terreno imposible para cualquier clase de patinador. Ahí Jorrel empezaba un extraño baile saltando en ambos pies alternados, como en ésa de los Tres Chiflados donde en un gran salón le metían a un viejo un ratoncillo por el cuello y éste empezaba a saltar en cada pie dando alaridos, mientras Curly, Larry y Moe brincaban y bailaban como cosacos, así Jorrel saltaba y gritaba hasta que se venía pesadamente al suelo, pero nosotros teníamos la gentileza de levantarlo y hasta de sacudirle los fundillos. Si Jorrel era una nulidad como patinador, en cambio nos derrotaba ampliamente en todo lo que significara aproximarse a las mujeres. Su aspecto no era exactamente el de un efebo, pero disponía de nariz afilada y ojos glaucos, y sobre todo el desplante suficiente para establecer la conección que ni yo ni Charly éramos capaces de realizar.

Un día, caminando con Charly y conmigo por Campos de Deportes, y viendo a dos muchachas que iban adelante, se apuró Jorrel hasta alcanzarlas y empezó a entablar conversación, en un acto que usualmente era considerado de tenorio. El no era tan descarado como los que se acercaban a chicas que no conocían, empezando inmediatamente con requiebros amorosos y con un *mijita rica,* piropo de cavernarios dicho con los ojos desorbitados y sorbiéndose las palabras como si fueran mocos o sopa caliente. Las muchachas aceptaron la conversación, contra todo lo que yo y Charly esperábamos, por lo que nos acercamos y estuvimos con ellas charlando un rato. Vivían casi allí mismo en Campos de Deportes con Dublé Almeyda y después de unos cinco minutos de plática entraron en su casa y todo pareció morir ahí.

Unos días después, enfrente a la casa de ellas, me encontré con una de las niñas esperando la liebre Manuel Montt- Cerrillos. Me reconoció inmediatamente y fue ella quien tomó la iniciativa de acercarse a mí. A partir de ese día casi siempre hicimos el viaje juntos desde esa esquina o caminando hacia el sur, incluso hasta el Estadio Nacional para coger una de las liebres que nos llevaría hasta más allá del centro donde se bajaba ella para ir a su colegio, y yo hasta Cumming. Algunas veces, si ella no llegaba, la esperaba, dejando pasar dos o más liebres, arriesgando llegar atrasado al Liceo de Aplicación. La veía llegar corriendo, gambeteando apresurada con su uniforme azul de colegiala, y esperábamos la siguiente liebre para irnos juntos. En ese período, ella fue mi única amiga de mi edad, aunque pienso que debía tener un año más que yo, por estar repitiendo el sexto humanidades en un instituto monjil. Se llamaba Luz P. y era muy dulce y afable de carácter y en su compañía el largo viaje parecía solo un largo instante. No era excepcionalmente bonita, pero sí muy graciosa, con el pelo corto y tieso como el de un japonés y con una naricilla respingada. Le faltaba también un diente de abajo, uno de sus dientecillos desiguales. Es inusitado recordar sólo ese detalle, como si ese hueco mínimo que impertinentemente corroía una imagen perfecta, apareciera con los años en el centro de ella, subrayando que la perfección estaba hecha precisamente de imperfecciones, y también como si una imagen se construyera con lo que le falta: un diente diminuto igual a los que yo ponía debajo de mi almohada para recibir una barra de chocolate que el ratón traería durante el misterio de su noche y de la mía. Ese hueco del dientecito que le faltaba a Luz P. era importante, como si al mismo tiempo su alma escapase y a la vez entrase por él. Con él mi amor platónico descendió a tierra, y a diferencia de la niña del cintillo azul, podía hablarle y contaba con lo que yo consideraba amistad, pero que no lo era, como lo comprobé después. He podido constatar —aunque ello me ha tomado toda una vida— que no hay nada más falaz que las llamadas amistades con las mujeres, y lo que uno cree vecindad del espíritu es simplemente una circunstancia espacial como la de dos vehículos que pasan cerca por una calle, en cámara lenta o rápida, y siempre se trata de trayectorias destinadas al alejamiento irremediable. Entre mujer y hombre sólo puede durar el encuentro de cuerpo y alma al unísono, si es que por durar entendemos la permanencia de esas entidades juntas por un cierto segmento de la vida, cosa también altamente improbable. La mínima realidad indica que somos astros destinados a errar, a tocarse en sus órbitas y a repetir los ciclos de acercamiento y alejamiento en las cincuenta mil encarnaciones que nos toca vivir desde la primera nada a la segunda nada, o entre el primer embrión de alma valetudinaria hasta la disolución final en un espíritu superior, donde ya no hay más carne y alma separados, como en la coctelera de la existencia. Todo lo que no es así, o sea la permanencia, es la excepción absoluta y puede considerarse un milagro, acaso el único milagro que alumbre lo primario de nuestra existencia.

El caso es que Luz P. vino a reemplazar o sustituir por un tiempo a los otros amores. Se impuso en su cortedad y en su vastedad, en el hecho cotidiano de su encuentro en el misterio aleatorio de sus horas que coincidían con las mías dentro del otro misterio santiaguino de la movilización colectiva, más azaroso en sí que todo lo circunstante, en su camino que no era indeciso como en el "Poema Uno" de Neruda, sino que tenía la precisión de esos pequeños relojes que dan la hora y el resto de la jornada permanecen silenciosos.

A diferencia de las otras niñas o encarnaciones de amores parecidos, a Luz P. hubiera querido besarla, a pesar de su dientecillo ausente o quizás por él, puesto que era lo que la anclaba a la veleidad del mundo, y la hacía parte del sueño que yo vivía en la vigilia. Su boca pequeñita, por la que salían sus palabras simples, reconfortantes y reales, yo la hubiera besado con un sentimiento muy diferente del experimentado cuando besaba a la Rosa, acto que me enviaba un mensaje circunscrito sólo a su fisicidad, aunque es bien aventurado afirmar esto, porque realmente nada es físico ni espiritual, sino una mezcla de las dos realidades que al fin son una sola. Como que en el beso nunca ocurrido con Luz P. hubieran habido más elementos que en los otros, y quién sabe si me hubiese develado por fin el misterio total: que no hay diferencia al fin, y que la boca de la Rosa y la de las otras muchachas eran una sola en el momento mágico y desgarrador de besar.

Lo más cerca que estuve de pronunciar una frase o declaración de amor con ella fue cuando me regaló un sistema periódico de química para la clase con el terrible profesor Valencia, de quien me había ganado el respeto aprendiendo la química del sexto humanidades, adelantada en el quinto. Le dije que me traería suerte, por venir de ella. También, y esto fue una verdadera revelación, supe que a Luz P. le gustaba el jazz y así lo sugirió una vez en la liebre y luego cometí un acto insensato que podía haberme costado muy caro, porque en Chile no se devuelven las cosas prestadas: pasarle algunos de mis preciados discos 78 rpm, del Quinteto de George Shearing: *I Remember You, Yesterday* (el de Jerome Kern, puesto que el de Lennon y McCartney debía esperar unos diez años para existir), *I Didn't Know About You* de Count Basie y otros de Louis Armstrong y Duke Ellington.

Un acto semejante indicaba que ella era una preciada amiga o que mi nivel de estima era muy grande, más aun al saber que compartía un gusto de almas tan seleccionadas en todo tiempo y lugar. Indudablemente yo no significaba lo mismo para ella y tuve ocasión de saberlo directamente pues en mi presencia —aunque de seguro pensó que yo no lo había oído— otra colegiala le preguntó en la liebre *¿y ése es tu amigo?* y ella le respondió *no, es un* ***conocido,*** zanjando diferencias con precisión de numismático o de persona de mucho juicio, y esa definición me dejó muy acongojado.

Un día en que caminaba yo frente a la casa de Luz P. con mi amigo Armando Fuentealba, condiscípulo de preparatorias que resucitaba de cuando en vez, vimos a Luz P. y su prima, besándose en el jardín con sendos muchachotes. Debo reconocer que el golpe fue muy duro, como descubrir una estrella aterrizada pero al revés, una estrella apagada, estrella de mar, erizo o quimera del jardín de las Parcas transplantadas a la latitud de Santiago, donde era evidente que también podían pasar actos impuros fuera de los puros, y no me cabía a mí definir su pureza.

Tuve la presencia de ánimo para decirle a Armando *estaban en lo mejor del atraque,* expresión que él celebró con una carcajada, porque evidentemente todavía teníamos fuerzas para reírnos a gritos.

Algunos días después, discretamente, la llamé por teléfono por primera vez, cosa que no me había atrevido a hacer antes en una conversación galante, para la cual me faltaban casi la totalidad de las palabras y sobraban todos los silencios, y le pedí que me devolviera los discos que me tenía desde hacía unos dos meses. Todavía no existían las casettes para duplicarlos y preservar la música, como también para hacer modestos y ocasionalmente significativos regalos a *las amadas y olvidadas y dejadas al pasar,* porque en realidad nos faltaba no sólo la tecnología sino también aprender a ver la realidad *en desnudo de mujer,* como decía y acaso todavía dice el existencial y metafísico himno del equipo de fútbol de la Universidad de Chile.

Ella me dejó los discos con la empleada, posiblemente interpretando mi requerimiento como agresión, envueltos en un pulcro paquete hecho con papel de envolver, material que significaba una real deferencia, una atención, ya que podría bien haberlo hecho con papel de diario, el mismo que se usaba para cubrir cadáveres en las calles y para envolver la carne de vacuno, de cordero o de pollo.

Años después, no recuerdo cuántos, estando ya en la universidad, vi a Luz P.

en el troley con una niñita que era evidentemente su hija. No nos saludamos, porque no me reconoció y no quise cometer el absurdo de recordar la nada: había pasado definitivamente en su alma de conocido a desconocido.

Si con Luz P. fue tan fácil y natural acercarse y hablarle, por medio de la alcahuetería ligera de Jorrel, en cambio nunca pude acercarme a Cintillo Azul, ni mucho menos entablar alguna forma de amistad, porque en esa empresa estaba completamente solo y desamparado.

Como la vida suele ofrecernos dolientes, ventajosas, y también grotescas compensaciones, pude hacerme amigo del hermano de esa amada imposible. Su hermano no se le parecía nada: era un niño gordito unos cinco años menor que ella, que parecía un sosías del pequeño actor de la película *Adiós Mr. Chips*. Por esa extraña ley compensatoria dentro de la irrealidad o sueño del mundo, Míster Chips me buscaba cada día y era un amigo patético (siendo menor que yo) cuanto fiel. No recuerdo a qué jugábamos, si es que lo hacíamos. Yo no estaba ya en edad para eso, sino que había pasado a la edad triste en que el juego mimesis se transforma en el juego de lo factible, el de las cosas hechas a imagen y semejanza del sueño de la vigilia, por ejemplo la escenificación del marciano de *El enigma* o los mismos títeres que fabricaba y pintaba.

Parece que mi única intención al aceptar la compañía de Mr. Chips era poder sonsacarle información respecto de Cintillo Azul, y lo extraño es que esta muchacha parecía ser un misterio hasta para su propio hermano. Criatura elusiva, especie de fantasma azul en dos piernas —y qué piernas, a juzgar por lo que se veía cuando ella iba en bicicleta— Florence Nightingale sin lámpara y sin enfermos, pero sí con los rasgos intachables que pueden adoptar los sueños que en la vigilia nos asustan y nos protegen a la vez, ella podía ser vista en los momentos en que nuestra debilidad era extrema, mientras que la fuerza de los sentidos estaba potenciada por la espera, por las horas flexibles de la tarde, o por la magia subrepticia que se adhería a las casas, los objetos y los seres del barrio.

Mr. Chips venía a mi casa atraído por mis juguetes, porque las posesiones ajenas incitan el deseo y nos producen más placer que las propias, y el desvelo del misterio de la otredad pasa por el camino transitado de lo íntimo. Tenemos que soñar con cosas ajenas para hacerlas propias. Sabedores de lo escaso de nuestro tiempo en esta tierra, nos place perderlo alegremente. Desplegando nuestras posesiones terrenas ante un niño gordo y bonachón que es el hermano de una niña de quien sólo escucharla pronunciar nuestro nombre sería un privilegio como tener *un cometa amaestrado en el jardín,* nos hace establecer una conexión secreta, la única viable, entre su realidad posible en mi alma y la imposible realidad física de ella, su única aproximación a mi corazón adolescente que recién podía asomarse al abismo que eran y todavía son los otros. Con los autitos Schuco en la mano, con ese sueño realizado por unos minutos, podía establecer ese contacto absurdo e inefable con el corazón transparente de Cintillo Azul, a través de la sonrisa inocente y las palabras de Mr. Chips.

En los intervalos entre las comidas yo usaba la mesa del comedor como pista para mis autitos, y a menudo corría alrededor de ella llevando el Schuco Mercedes Benz de carrera. Algunos de esos modelos a cuerda tenían hasta cambio de velocidades y, poniéndolos en neutro, podía hacerlos correr libremente manejando el volante.

Las verdaderas competencias automovilísticas se hacían con folleques que al parecer corrían un poco más fuerte sólo por orgullo, y por haber sido pintados con sus números y con siglas de propaganda como Mejoral, Aliviol o Colgate. Cuando todavía salía con mi padre, lo que indica que se trataba de una edad verdaderamente infantil, íbamos a esos duelos de carcachas donde competían los pilotos Lorenzo Varoli, Teobaldo Díaz, Bartolomé Ortiz y Papín Jaras. Las carreras de Macul eran espectaculares sobre todo por el ruido, el humo que despedían los autos y la confusión general. Las competencias se hacían muchas veces entre Santiago y Puerto Montt, mientras los caminos continuaban abiertos al tránsito normal, y los accidentes y atropellos de perros, gallinas, ovejas y hasta burros o caballos, eran muy frecuentes, como así los de personas, aunque tal vez no eran tantos como podría haber sido: los pilotos se cuidaban mucho para poder salir vivos de la prueba.

Mi padre no me llevaba de muy buena gana a las carreras de autos, porque él no se interesaba en ningún deporte. Es más, odiaba encarnizadamente a los futbolistas, a quienes llamaba *idiotas peloteros*. Si yo detestaba los ejercicios violentos, no me hubiera nunca imaginado que alguien no compartiera mi fascinación por los autos deportivos. Conocía yo también a los verdaderos pilotos de los autos de alta velocidad que corrían en Europa y en Argentina. Los ídolos de entonces eran Alberto Ascari y Juan Manuel Fangio, quien es probablemente el más grande campeón que se haya puesto detrás de un volante. Yo sabía distinguir también los Alfetas, los Maseratis y los Mercedes. Por fotos conocía también a los detentores de marcas mundiales de velocidad, por ejemplo el capitán Campbell con su legendario Pájaro Azul, y después el *Raylton Red Lion* de John Cobb, que había alcanzado algo así como 800 kilómetros por hora en las pistas de sal de Utah.

Mis carreras de juego supuestamente ocurrían en el Valle del Ensueño. Hacía una lista de corredores y en realidad competía conmigo mismo cuantas veces fuera necesario, usando los nombres de Bichito Volador, Catucha Catita y otros que incluían al mismísimo general Palotte, que además de jefe de estado y campeón de pugilato, lucha libre, decatlón y de toda justa posible, era también el corredor más veloz de todo el Valle del Ensueño y de los otros Valles aledaños. Las carreras consistían en cronometrarme yo mismo, o con algún amigo que participaba como corredor invitado de la Ciudad de las Abejas, el Valle de Pique o el de Puangue, arrastrando alguno de mis autitos alrededor de la casa. Así yo tabulaba la velocidad, transformándola en kilómetros por hora, y establecía los récords, haciendo cálculos de promedios y proclamando los campeones con diplomas que yo mismo fabricaba. Por esto, la llegada de Mr. Chips sirvió para una tardía recreación de todas las formas de carreras de auto.

La emoción del juego no podía compararse con la de las verdaderas competencias, sobre todo el día en que supe que se montaría un circuito en Pedro de

Valdivia Norte, nada menos que con la participación del campeón mundial Juan Manuel Fangio. Pedro de Valdivia Norte era un lugar campestre con muy pocas casas, el mismo sitio que ahora es un barrio conspicuo y central al otro lado del Mapocho. Los Alfetas y los Maseratis eran pequeños, con cuerpos delgados y cilíndricos que se veían apabullados por las poderosas ruedas de neumáticos anchos. Tenían colores de esmalte brillante y en un momento hasta me fue posible acercarme para contemplarlos a mi gusto. Los pequeños coches tenían la belleza de algún animal muy poderoso y reconcentrado, como si fueran vástagos del Flecha del Sur, en su misterio mecánico de un tiempo que nosotros sabíamos no era el nuestro, desde el momento que jamás un mecanismo parecido había rodado por lugar alguno de Santiago o de Chile. No me fue posible distinguir a Fangio de los otros pilotos con sus cascos y anteojeras, pavoneándose cerca de sus maravillas mecánicas, en un improvisado lugar de *service pits* cerca de lo que ahora es la Avenida Costanera Norte. El circuito corría al pie del cerro San Cristóbal y luego seguía por la Costanera y Pedro de Valdivia Norte formando un triángulo. Las calles rodeadas de árboles no se parecían en nada a una pista de carrera, pero fue ahí donde en un momento se sintió un rugido tremendo, como de terremoto o de huracán, y pasaron los Alfetas y los Maseratis a una velocidad realmente inaudita: era imposible seguirlos con la vista desde el sitio donde se apretujaba el público en las aceras de las calles. Además había otra dimensión en el aire: el olor muy raro de la bencina quemada de esos coches, un olor voluptuoso de almizcle, que después solamente he podido sentir en los perfumes escorpiónicos de ciertas mujeres que me ha tocado encontrar y sobre todo despedir.

Como las cosas del mundo son relativas e ilusorias en las convenciones de los sentidos, nunca he visto una velocidad semejante en coche alguno, ni en los circuitos de Fórmula Uno, como tampoco Emerson Fittipaldi o Nikki Lauda podrían opacar esa primera pasada de Fangio y Ascari en la primera fila de los coches, corriendo a pocos centímetros de la tierra, como celajes o rayos jupiterianos de otro mundo. La masa de bólidos de carrera que pasaba lo hacía en un grupo compacto, y muy luego se sentía el fragor de los coches acercándose, y se repetía su fulminante paso.

Como siempre lo hacía en ocasiones semejantes, mi padre quiso irse antes de que la carrera terminara, arguyendo que era necesario para poder tomar alguna micro antes que la multitud se desbordara hacia las calles principales. Al conocerse los resultados de la carrera —que Fangio ganó con facilidad— supimos también que uno de los autos se había estrellado contra el público en uno de los recodos del circuito, matando a varias personas. Nunca volví a presenciar carreras de auto con mi padre, y pasaron muchísimos años hasta volver a hacerlo, esta vez en el circuito de Las Vizcachas, el mismo que todavía se usa en la actualidad.

Lo que yo realmente deseaba era que mis autitos de cuerda se agrandaran hasta hacer caber una persona. No quería reducirme yo al tamaño de ellos porque intuía los peligros que eso involucraba, aun sin haber visto el *Incredible Shrinking Man,* que recién aparecería en 1957. Por eso una de las últimas veces que recé en mi vida, lo hice para pedirle a Dios que hiciese crecer mis autitos, igual como hacía unos pocos años le había pedido que agrandase mis animalitos de carey, la tortuga y los pececillos. No lo hizo Dios con las figuritas aquella vez, ni con los autitos en ésta y perdí definitivamente mi fe en El. Creía que subirme a uno de esos autitos, una vez agrandados por obra del Altísimo, y manejarlos, habría sido lo más fácil del mundo, pero no tomaba en cuenta que siendo ellos de tracción a cuerda, se hubiera necesitado la fuerza de un gigante descomunal para meterles la llave y darle vueltas para cargarlos.

El rubicundo, ignaro rostro de Mr. Chips era convocado por señuelos que eran a su vez un misterio inaccesible: los autitos Schuco, el microscopio, el tren eléctrico, y también por la atracción hacia el hermano mayor que le faltaba, y aparecía por la tarde, con expresión y alma blanca, en mi puerta de rejas verdes.

A esa misma hora también Cintillo Azul solía cruzar en su bicicleta, por lo que procuraba de cualquier forma que nos quedáramos en la calle por un buen rato, y cuando su pasada luminosa ya no se prometía como posible o factible, me resignaba a que entráramos a concentrarnos en los autitos o en el tren. También solía mostrarle a Mr. Chips algunos terrores o maravillas invisibles y cuando usé la lucecita superior del microscopio que permitía observar objetos opacos, y la cabeza de una mosca mostró su horrorosa y prodigiosa máscara, los ojos de Mr. Chips se abrieron alucinados como si estuviese dopado. Era en esos momentos de quiebre psíquico o de fascinación que yo procuraba sonsacarle información sobre su hermana. Me dijo por ejemplo que ella *se llamaba Georgina pero le decían Sonia,* lo que pareció perfectamente absurdo.

Ella aparecía y desaparecía, era visible un minuto o dos, y luego entraba otra vez a la galaxia de la ausencia. Es increíble que alguien a quien se ha visto tan poco, como el cometa de 1948, o como los conciertos de algún músico especialmente amado, haya significado tanto en la existencia. Es como si esos minutos, en la relatividad einsteniana, valieran años. Cortázar dice, justamente, que *no interesa la duración sino la intensidad.*

No creo haber visto a Cintillo Azul por más de una hora en total en esta vida, y entre todas las otras horas pasadas en los cuarenta años siguientes, su proporción es abrumadoramente insignificante. Pero esa hora sola, o sus minutos individuales, interesa mucho más, y fácilmente contrapesa a muchos miles de otras horas, contradiciendo cualquier parámetro estadístico. Su imagen, que absolutamente no se ve con los ojos, ni casi puedo recrear en la visión recordatoria, es más bien una idea.

Así, al encontrar el sarcófago de Tutankamón, Howard Carter fue desempaquetando uno a uno los envoltorios de maderas preciosas, marfil y oro, y respirando el polvo y las maldiciones milenarias que yacían en él. La momia estaba contenida dentro de dos sarcófagos de oro macizo, con las máscaras de mirada serena y los oros y las turquesas que formaban palabras de un lenguaje a la vez críptico y a la vez trasparente como debe haber sido un amanecer en el Nilo hace tanto tiempo, con golondrinas, cocodrilos e hipopótamos. Cada sarcófago y su máscara contenía otra más bella, hasta que llegaron al último sarcófago donde después de ese strip-tease forzado para la momia, al fin aparecieron los pobres restos del más ínfimo faraón, al que no cortaron su virilidad como decía nuestra canción de calducho:

Cuando fueron a la tumba
Del rey Tutankamón
Le cortaron la pichula
Al pobre faraón...

porque no había pingajo para cortar: ya lo habían hecho el tiempo, los miasmas del Valle de los Reyes, los espíritus de ultratumba venidos a cualquier hora, y la potente magia de los sacerdotes de Amón.

La esmirriada momia era menos todavía que su propio esqueleto, en realidad es un despojo tan patético de la humanidad del faraón, que no podemos menos que pensar que Tutankamón no es eso, nunca fue eso, sino al contrario: lo eran los caparachos reales y las máscaras con que se le cubrió y preservó para una eternidad adecuada a un faraón, hasta que las libras esterlinas de Lord Carnarvon con su idea fija lo sacaron de su reposo, el silencio que en la mismísima antesala de la cripta funeraria, junto a los escorpiones y la maldición de Amón y también de Anubis, rey del mundo subterráneo, había detenido el pillaje de los cruzados, los soldados napoleónicos y otros bárbaros similares.

Así como Tutankamón no es otra cosa que sus símbolos y sus máscaras, y su cuerpo momificado no valía la fatiga de desenterrarlo, Georgina a la que decían Sonia en su casa, para mí no es más que su propia idea, y también trasciende el tiempo como un objeto de *oro purito, oro de ley.*

Entre esa gente diferente, habitantes de otro mundo y otro espacio que eran los extranjeros, estaban los vecinos de esa casa diminuta vista de frente pero cuyo alto muro trasero era el límite de nuestro jardín. Esa casa tenía una reja angosta e insignificante y una entrada diferente de las otras residencias de la cuadra, estando construida en un nivel más alto que el resto y para entrar a ella los ocupantes debían subir una pequeña escala. Las personas que vivían en la casa vecina eran ciudadanos suizos o de alguna república o reino nórdico. Jamás cruzaron una palabra con nosotros, y como tantos extranjeros llegados al país, nunca aprendieron bien el castellano, valiéndose de la buena voluntad al límite de lo servil del chileno. En nuestro país, uno se esfuerza por comprender los gestos y las palabras de los extranjeros, de un modo muy diferente al de otros lugares, donde si no hablas el idioma local eres considerado un tarado y también un elemento peligroso.

No recuerdo nada de la familia misma, pero sí una perrita muy civilizada a la cual sacaba a pasear la empleada, una niña de cabellos rojizos que usaba delantales muy almidonados, y que se amarraba el pelo con una cinta de moño azul. La perra tenía un nombre extraño, que la muchacha pronunciaba Yirsi y que posiblemente era *Gipsy*. La Yirsi poseía el lujo inaudito —para perro chileno— de un collar y un paseo regular para que hiciera sus necesidades a horas fijas. Se configuraba con ello una dimensión antichilena, ya que lo más común para cualquier perro de Santiago era la vagancia más o menos eterna, y en general el destino precario del que se juega la vida en cada minuto y que debe buscarse el sustento en los basurales, aunque posea la tutela formal de un dueño.

Los paseos de esa niña con la Yirsi eran muy breves, para desgracia del animal, y sin duda sus dueños eran demasiado suizos para salir a la calle después que había anochecido. Ella tenía el deber de pasearla a cualquier hora que se le encomendase, pero como éste no era su único deber, se limitaba a sacarla a dar una vuelta o dos hasta la casa del viejo Canales, donde la perra inevitablemente cagaba, como calculando que la casa era apropiada para alivianarse frente al quicio de su puerta. Luego volvía a encerrarla en el estrecho corredor detrás de la verja de calle, sitio que constituía su morada por aproximadamente 23 horas y 45 minutos de su día terrestre, perruno o sideral.

Esa niña era bonita, al menos para mí, y pronto me puse a acechar sus salidas. Me ponía en la puerta, sentado como si el cansancio me hubiese llevado a escoger el duro reposo de la piedra del portón de calle, calculando o presintiendo su aparición combinada con los otros quehaceres, degluciones y realidades provenientes de los engranajes que regían la vida en la casa de Simón Bolívar 2010.

En esos breves momentos fue que conseguí toda la información que iría a obtener de ella, ya que luego me acerqué a hablarle en pleno paseo perruno: se llamaba Angela Encina, precioso nombre que unía lo angélico con el árbol más noble de nuestra circunstancia o de nuestra raza —suponiendo que pertenezcamos a una— y tenía diecisiete años que representaba en su integridad.

Angela venía del pueblecito de Malloa, en uno de esos ramales que van hacia la costa colchagüina, región de mostos, sandiales, pantrucas, cañaverales de coligüe, calor desmesurado en verano y frío respetable en invierno, en el ramal a la costa de Pelequén a las Cabras o lo que era lo mismo, la Nada, el vacío, porque ninguno de esos pueblos era algo para Chile, eran más bien parte del misterio mayor, el Inmenso Afuera que estaba formado por todo lo que no era Santiago. La gente como Angela llegaba de repente por la capital como esas apariciones fantásticas de la Linterna Mágica de Praga en que un actor se materializa saltando de alguna parte en medio del escenario. Santiago era el milagro de la existencia en contraposición a la inactividad total, lo que constituía la creencia general. En verdad las vidas de otras ciudades y pueblos mínimos como Paine, Hospital o Champa, eran más ricas y más auténticas, pero se trataba de la autenticidad de los vegetales, las papas, las sandías, y la de los chanchos, que no tienen historia ni menos epopeya. Santiago sí que tenía historia, todos lo creíamos: la había fundado un capitán extremeño llamado Pedro de Valdivia, y se nos había hecho creer que ese puñado de valerosos españoles había vencido a los salvajes en el nombre de Dios y la Cristiandad para fundar lo que llegaría a ser nuestra Moderna República.

Así había aparecido ahora Angela, caída de Malloa como la Rosa lo había hecho de Millantú hacía casi cinco años, las dos en plena inocencia, con las mejillas rojas como melocotones o como si estuviera Angela perpetuamente asorochada, también ella era una fruta de ese Valle Central con tremendo olor a bodega planetaria. La chicha de Malloa era famosa, ese mosto de uva o jugo recién nacido y con su azúcar fructosa apenas quebrándose en las agujas del barroco alcohólico, era grandemente apreciado en las cantinas de calle Nataniel o de San Pablo abajo, sitios donde todavía no llegábamos aunque llegaríamos luego, y también el pan de Malloa era famoso, sobre todo en Malloa misma, era muy famoso en su casa, y Angela había salido de ese mundo como oveja o como pan, blanco, suave, con pocas enzimas de sudor de mujer.

Es difícil hablar de una persona como Angela sin que nuestro idioma se vuelva como el de Pablo de Rokha, que lo dijo todo en cuanto a lenguajes balbucientes y al mismo tiempo desmesurados, cataratas de palabras eructadas en un cataclismo que más parece de las tripas que del pensamiento: todo se vuelve rokhiano al hablar de Malloa, como si habláramos de Licantén —que es el lugar donde nació el patriarca— hasta llegar a Santiago —que es el lugar donde mueren los huasos licanteninos y malloínos— o de cualquiera de los ramales de los ferrocarriles de la costa donde estaba precisamente ese pueblo, líneas de trenes que, si a menudo se sabía de donde partían, en cambio no se sabía nunca dónde llegaban.

Angela salía en horas muy precisas —quiero decir, dentro de más o menos una media hora— para pasear a la Yirsi, y permitirle que hiciese su cagadita frente a la casa del viejo Canales, que tan huaso era como para nunca atreverse a protestar y mucho menos a una familia extranjera: su mujer barría y manguereaba los mojones cada mañana, en silencio, como era su regla de vida. Siempre que el viejo

Canales caminaba, su vieja lo seguía callada y de verdad creo que jamás la oí pronunciar palabra alguna.

Toda actividad, inclusive la perruna, partía del reloj suizo que estaba dentro de la casa, quiero decir dentro de sus habitantes, y que entraba en colisión con el mundo chileno que lo rodeaba: chilena era la casa, las paredes, los insectos que moraban en ella, los árboles, la calle, la Yirsi y Angela, el cielo y las estrellas cuya precisión austral era la suficiente como para transformar el reloj suizo en queso suizo. Así, un lapso que podía tener la duración de quince minutos a media hora, insignificante y hasta inadvertible para un chileno, para los suizos era de seguro una eternidad capaz de arruinarles el día, y en ese lapso de *eternidad esquiva* la Yirsi precedía por un segundo a la Angela, y yo aprovechaba ese momento para acercarme y acompañarla en su breve trayectoria de traqueteo canino, incluidas las deyecciones.

Cuando yo acompañaba a Angela —a quien la Rosa empezó a llamar la Yirsi, como la perra, en un conato de celos mal reprimidos— repetía sin quererlo y cumplía una ley del barrio, de la vida o de la mismísima mierda que nos ahogaba desde el nacimiento: los pasos del pescador con la Pancha, de los pacos con cualquiera de las muchachas o de quien entrase en contacto humano con las criadas, cuya vida ciertamente no era humana. Por esa causa, el que se les acercaba se jodía solo, ingresando a un submundo que no era tal por la pobreza —patrones y criadas eran casi igualmente pobres, más que nada de espíritu— sino por la relación instaurada entre los primeros y las segundas, ecuación sí regida por lo miserable de nuestra vida y manejada por sus parámetros, y en la cual los parásitos vivían de los mesoneros, donde lo extraño era que el pobre mesonero estuviese formado por muchachas apenas vírgenes o más bien bruscamente desfloradas, pero vírgenes igual que *la una [que] es la una, la Virgen santa que parió en Belén y que siempre está pura,* como dicen las Doce Palabras Redobladas, poderoso conjuro que Rafael transcribió en *Tierras de Pedro Ramírez*. Las criadas eran selectivamente vírgenes por su inocencia inveterada, por su ignorancia paradisiaca, por su falta de higiene civilizada que las convertía en seres limpios de cabo a rabo, y por ser el objeto de una depredación total y cotidiana, en cuerpo y alma.

Caminaba yo junto a Angela y la Yirsi y cruzaba poquísimas palabras con ella, como si el lenguaje articulado no nos importara —lo que era muy cierto— y en un momento le tomé la mano y caminamos ese trayecto hasta que la perra hizo sus necesidades, y parece que no por ser irracional dejaba de entender un poco de complicidades, puesto que en adelante cagó un poco más allá, frente a la casa del viejo Arce, que era llamado el Maestro Escalera por su estatura excepcional, y a veces llegó hasta la de Renzito el italiano, que estaba a mitad de la cuadra. En nuestro barrio los perros eran privilegiados y libres de cagar donde les viniese en gana y sin cumplir horarios del viejo continente.

Muchas veces volví a caminar de la mano de Angela. Sus manos eran muy diferentes a las de la Rosa. Eran fuertes, un poco nudosas, y Angela, con su tipo de tez y de estructura física, podría haber tenido y de seguro tenía sangre escocesa o irlandesa, y también sus huesos recios y su cabellera muy tupida, crespa y rojiza, indicaban algunos de esos ancestros que, como muchos creen, acaso sean extraterrestres, idea ambivalente que desgraciadamente tanto puede conducir al esclarecimiento de un misterio como al racismo puro.

Si tuviera que definir el sentimiento que me acercaba a Angela, diría que era algo que estaba relacionado o era parecido al amor, aunque por cierto el amor hacia la niña del cintillo azul era algo mucho más intenso y que realmente inflamaba más el espíritu que los sentidos. Aquél era como una llamita que brillaba entre los dos como a mitad de camino entre su alma y la mía, y como si nuestros cuerpos no hicieran más que estorbar, por el momento, en todo el proceso. Prácticamente no había comunicación entre nosotros fuera de esa unión desigual y precaria de las manos, y casi ninguna información se transfería de ella a mí, y viceversa.

No sabía ningún detalle de la vida o planes de Angela, si es que los tenía. Lo más probable era que otros, por ejemplo los suizos, los tuviesen por ella. Así un día no se la vió más salir a pasear a la perra. Eso significaba que, o había retornado a Malloa, o se había ido para alguna otra parte de la ciudad sin confines donde —por lo menos yo sabía eso— tenía una tía en algún lugar muy apartado y vedado a mis andanzas, allá por el barrio de Santiago Oeste donde las calles podían tener nombre pero no tenían ubicación espacial y eran como un secreto barroso y lejanísimo.

Allá cerca del Cerro Navia —donde hubo una hostería en que se juntaban los poetas santiaguinos, los *locos de invierno* en la Edad de Oro— se encaminaba Angela por la calle Salvador Gutiérrez en sus domingos libres, no teniendo nada mejor ni peor que hacer. Perdía ella sus domingos, que para la mayoría de las otras domésticas eran bien comidos, regados, bailados y también culeados. Era tan pobre que ni siquiera un novio tenía, o tal vez ella creía que yo lo era, y su tía era quien la esperaba entonces con algo más de té que sustancia, con hallullas y colizas frescas, y ella regresaría por la noche o el lunes por la mañana, virgen como siempre y con su olor a cabrita, a oveja extasiada.

Por varios meses no la vi y realmente pensé que ya nunca la volvería a ver. La Rosa, que sabía ser cáustica por talento natural, dijo *se habrá vuelto a su pueblo esa huasita pava de la Yirsi.* Su rencor provenía de los minutos que le otorgaba a Angela, y que eran los mismos que le quitaba a ella.

Nunca más nadie sacó a pasear a la perra, sólo una vez vi al suizo —que era un hombre a quien recuerdo sin cabeza como esos sujetos endomingados que aparecen en los cuadros de Magritte— sometiéndose a la traílla como si se compadeciera de la absurda y solitaria vida del animal, siempre detrás de la reja, gimoteando y sola, emperradamente sola, para siempre sola y sin cagar, porque parece que desde la partida de Angela la Yirsi no tuvo más necesidades fisiológicas.

Pero ella estaba destinada a volver y así lo hizo, apareciendo —porque de apariciones y desapariciones se trataba— en el pequeño edificio de departamentos casi enfrente de nuestra casa, el único de ese tipo en la cuadra y en varias cuadras a la redonda. Era la casa de un matrimonio que debía haber sido joven —tenían una hija pequeña— aunque a mí me parecían ya viejos: él por ser gordo y calvo, y ella por su aire sudoroso de institutriz de algún colegio infame. La ocupación favorita de ese gordo socarrón y mínimo era estarse echado en el balcón, fumando y mirando cada cosa, vehículo, pájaro o insecto que pasaba por la calle o por los jardines del vecindario. Es posible que, tiempo atrás, hubiese notado desde su observatorio la precisión de los movimientos de la niña en su faena con la perra, y la hubiese conquistado para que se viniera más tarde con ellos.

En la cuadra, casi enfrente de Jorge Campos, vivía un mariquita que se vestía con colores inauditos para un hombre en ese tiempo, rosado y celeste, colores de guagua pero no de varón, y usaba mocasines de gamuza que ningún conocido nuestro se hubiera atrevido jamás a ponerse en público. El andar del maricón era considerado especialmente provocatorio, y todos se sentían motivados a la risa y el escarnio. Caminaba con el culo muy apretado, como si estuviese aguantándose el vientre desde la mañana, y cuando iba a misa, llevando pantalones celestes o abominablemente rosados, con un suéter blanco arremangado y con su misal en la diestra, si el pelado estaba en su observatorio del balcón le dedicaba un silbido que normalmente sólo se le dirigía a una mujer de figura muy impresionante o con trasero de doble ancho. En ese ambiente mínimamente moralizador o sólo aburrido a morir, nos movíamos y vivíamos, cuando Angela volvió sin anunciarse. Fue la Rosa quien me lo comunicó, como si la cosa me concerniera especialmente, diciendo *¿sabe Nachito que volvió la Yirsi?*

Un día me encontré a boca de jarro con Angela, al salir de mi casa. Ella iba de compras o a algún menester, nunca salía para otra cosa y nosotros éramos tan pobres de espíritu que no se nos ocurría citarnos, es decir que ella saliera sólo para encontrarse conmigo, cuando fuera posible. Se quedó alelada al verme, con sus pies un poco grandes separados y las manos caídas a ambos costados, la imagen misma de la pavería. Había vuelto a ponerse sus delantales a cuadros, rosados o celestes, muy almidonados, tersos, como si viniese recién saliendo de una fábrica de empleaditas.

Para encontrar a Angela, faltando la precisión de la cagada de la perra suiza, debía ocurrir una verdadera coincidencia sideral o llamada de amor indio, si es que había amor y había llamada, porque indios ciertamente no había ninguno en el vecindario. A lo mejor no era más que una reiteración de ciertos ciclos del tiempo, en los cuales nos veíamos empujados hacia la puerta para salir a la noche amiga que era nuestra verdadera vida. Al aparecer ella frente a mí, después de unos meses de ausencia, era como si un gran pedazo de la vida se hubiese desprendido y recobrado al mismo tiempo, y pude retomar el movimiento que había iniciado entonces y que su desaparición había interrumpido. Le cogí la mano y la estreché cerrando los dedos, entrelazándolos por un instante, y luego ella inmediatamente entró a su nueva casa.

Por algunos días hicimos lo mismo, un brevísimo paseo y contacto de las manos, veinte metros a lo sumo, hasta que una vez la acompañé un poco más adentro, por una entrada de autos que nunca estaba ocupada, puesto que nadie en ese barrio tenía vehículo. De nuestros conocidos sólo Darío Miranda lo tenía, un amigo de Coquimbo que se dedicaba a la importación de artículos eléctricos y bicicletas Peugeot, y que ha sido el único hombre rico que ha entrado alguna vez a mi casa.

Hablo de una vida que era genuinamente más pobre que la de cualquiera de las ciudades o países en que después nos ha tocado vivir, pero había allí una conformidad y una ignorancia de la necesidad que volvía buena a esa vida, y nada en realidad nos faltaba porque nada deseábamos imperiosamente, en especial el dinero. Ese era el único paraíso posible, todos los demás son artificiales, y están teñidos de metafísica o locura. Mi paraíso es humilde y palpable como un pedazo de pan, no tiene ojos que espían el pecado, porque el pecado no existe ni puede existir, y por último en él todos somos pecadores que viven sanamente, gastando sus pecados hasta el último de ellos, si cabe, como muchos años después cantaría Silvio Rodríguez. Era el paraíso de compartirlo todo, la pobreza en primer lugar, desde el pan a los funerales, y es todavía más verdadero al corresponder exactamente a la ilusión infinita que se obtiene al encender la memoria. El *árbol cargado de pájaros que es la memoria* se ilumina con estos datos mínimos, su luz es música para los sentidos, muy en especial para los sentidos de los que pueden oirla. Es una música de fuegos apagados, sonrisas esfumadas. Busco el paraíso como lo hizo Colón hundiendo la mano en el Mar de los Sargazos y esperando cosechar seres fabulosos, y todo lo que obtengo es el olor de ese pan y esa fruta donde es el buen Dios en persona quien nos dice *heme aquí, mi buen amiguito, no les creas a los que esparcen la cizaña de las palabras negras, porque la cosa es bien diferente...*

Caminar por ese pasillo oscuro era bueno, allí se combaba el dosel de algunas lilas y buganvilias, para que se nos concediera esa riqueza de un momento de intimidad a nosotros los niños y las empleaditas que no teníamos por supuesto ese derecho fundamental de otros mundos y otros tiempos. Así caminábamos lentamente por ese pasaje para autos ausentes, aunque el mismo gordo después se compró uno, desvirgando la entera calle, y bajo sus ruedas murió nuestro gato Quintín, el de entonces. En ese pasillo nos detuvimos y abracé a Angela, la atraje hacia mí y la besé en la boca por primera vez. Tenía la boca muy distinta a la de la Rosa, con los dientes más grandes, y si bien no olía mal, absolutamente, olía y sabía a boca grande, y éste era un sabor desconocido, era el sabor de la otredad. De la Rosa a Angela había un mundo de contrastes: eran diferentes en la piel, la estatura, el olor y sabor de la boca, las mejillas y los cabellos, las palabras dichas y las calladas, que eran las más, en el modo de caminar en los pasos dados y aquellos por darse; diferían en la medida de las caderas y los senos, que Angela casi no tenía como comprobé al buscárselos después, esperando sentir la pesada redondez de los melones de las Hespérides de la Rosa; también en el número y estilo de los zapatos, porque la Rosa se ponía sólo zapatitos marca Joya de princesa criolla, los que gastaba hasta que ya no tenían suela, y Angela usaba sandalias de franciscano; sus ojos no podían ser más diferentes: la Rosa los tenía grandes y separados y con pestañas largas y curvadas, y Angela los tenía más juntos y las pestañas muy rectas como pequeñas espinas o cardas. De los ojos interesa la mirada, esto es lo trascendente. La Rosa tenía un mirar hondo y desolado que traspasaba las paredes sin horadarlas ni violentarlas, mientras que Angela parecía estar mirándose a sí misma, con un eterno vacío delante de ella, como si su camino tuviera que invariablemente atravesar una niebla arrastrada. Todo era diferente en ellas, y a la vez las unía ese dominio de hembras ancestrales y entrecerradas, encapsuladas en esa realidad de Chile que nos hacía ser a todos como dinosaurios redivivos o visitantes de un tiempo futuro.

Los besos que nos dábamos con Angela también eran diversos, como si entre dos personas sólo hubiese una ecuación posible, una combinación secreta e inoperante para todo otro representante del género humano. No había esa entrega de labios y lengua en su totalidad, ese lamerse e internarse en la boca del otro como si estuviésemos buscando el más hondo de los secretos. Con Angela nos besábamos con la boca abierta, por supuesto, pero eran besos más castos, como si ella no supiese hacerlo, y de hecho seguramente no lo sabía. A lo mejor yo era el primer hombre o muchacho que la besaba, y ella necesitaba a alguien que le enseñase. Me hacía falta con ella el inigualable magisterio amatorio de la Rosa, pero al mismo tiempo le valía grandemente esa inocencia, y era un camino que hubiéramos podido explorar, si no hubiese estado todo dispuesto por el destino que jamás sucedería otra cosa que esos instantes que parecían terminarse inmediatamente, y acaso antes de empezar ya estaban terminados. Siempre besaba a Angela como en el último minuto de algo, como si los minúsculos ciclos de encuentro / desencuentro se agotasen en la sola impalpable sustancia del beso. Besarse en aquel pasadizo era, por lo demás, como hacerlo en medio de la calle, éramos besadores callejeros a la sombra de paredes, buganvilias y bajo algunas de las lunas de 1953, que se traían a Urano centrado en mi signo natal del Cangrejo y con una conjunción cercanísima de Júpiter con Marte reforzando ese pobre amor en mi quinta casa, la de los encuentros amorosos previos al matrimonio.

La única referencia que tengo sobre esa fecha, esa vida, ese período que sale de las tinieblas, es la de una visión de la calle, un fantasma en una calle, una delicada estampa dibujada por mí en la cual Angela aparecía más bien estilizada, transformada en lo que no era y ni siquiera se trataba de que mis ojos la vieran así, o mi alma la veía como la que buscaba y ella no era. El dato es exacto porque ese dibujo fue hecho en el grandísimo, pesado archivador que usaba en mi nuevo Liceo de Aplicación, en una de esas páginas tracé esa figura ideal y el Negro Ayacauaca me preguntó por *esa Angélica*, si era realmente tan angelical, y no tuve el valor de mentirle o de idealizarla por partida doble o al cuadrado, y le dije que era *una cabra del barrio* bien sabiendo que sólo era una empleadita y por lo tanto ni siquiera cabra era.

Angela se asomaba al balcón del departamento del pelado y su institutriz, que se abría hacia nuestro jardín. Ella me hacía un gesto casi imperceptible de venir con la mano, y se tocaba los labios. Era su modo pobrísmo cuanto indeleble para decirme que fuera a encontrarme con ella en la entrada de autos para abrazarnos y besarnos, porque no se trataba de otra cosa.

Siempre que yo estaba con Angela había una extraña, maldita coincidencia con la llegada a casa del gordo: éste tenía que venir a comer a una hora que era adecuada para los besos, por ser la única posible. Llegaba arrastrando sus trancos más por gordura que por cansancio, desde Irarrázaval con Antonio Varas, donde hacía poco había dejado una mugrosa micro —ya que aún no tenía el Studebaker 46— viniendo de su todavía más mugroso empleo de amanuense o cobrador de seguros. Llegaba de noche entrada, a la hora en que tornaban los varones de las familias, y como en una corazonada sincrónica que anulaba nuestros corazones, nos separábamos Angela y yo, apenas a tiempo para evitar al plantígrado que doblaba por Antonio Varas, y más de una vez me lo encontré en el pasillo, pero nunca me saludó. Un muchacho era demasiado insignificante para ser saludado, y sobre todo, en Chile nunca saludamos a nadie que no pertenezca a nuestro círculo de íntimos, y menos en la calle.

Un día descubrimos que la entrada al segundo piso donde estaba el departamento del plantígrado y su mujer institutriz, era un pasadizo lo suficientemente oscuro como para ser invitante y lo suficientemente claro como para no caerse al subir las escaleras que terminaban en la misma puerta del departamento. Era como una trampa dispuesta para nosotros —la función es creada por las circunstancias fortuitas o aleatorias que la preceden— y de hecho, al no poder sentir la presencia del gordo que alrededor de las ocho se había bajado de una Ñuñoa-Vivaceta o una Catedral, y no pudiendo escuchar sus trancos aplastándose al pavimento entre Antonio Varas y la cercanía de la casa, tarde o temprano nos sorprendería en el pasadizo.

Pero la intimidad, el estar entre cuatro paredes o algo que se les parezca, es una necesidad absoluta para quien se da a los negocios del amor, suponiendo que estemos hablando de ello. En la escalera esa vez me apercibí de que Angela se parecía a alguien y mirándola y mirándola —en la oscuridad se ve mejor que a la luz porque vemos con otros ojos— me di cuenta de que ella era igualita al Flaco Stan Laurel en esos papeles de mujer como cuando se viste de empleadita en un episodio de *A Chump in Oxford* y en *Twice Two,* donde interpreta a la hermana de Stan, casada con el Gordo, mientras el Flaco está casado con el Gordo disfrazado de mujer. Este descubrimiento no me produjo horror como podría pensarse, no era la ocurrencia de que estuviese besando a Stan Laurel y hubiera sentido ganas de vomitar ahí mismo, sino algo muy distinto: era como si Angela tuviese la cara de Stan sin dejar de ser mujer y sin dejar de ser **ella**. Cuando la besaba no me acordaba del Flaco, sino que me concentraba en su cuerpo presente y fue ahí en el quicio o rellano umbrío de la escalera que me acerqué verdaderamente a ella y entonces sí estallaron los besos como nunca había ocurrido antes, saltando esa especie de umbral que con la Rosa había sido tan gradual de volverse imperceptible. Con Angela reventó de improviso, como si nos hubiéramos decidido sin saberlo a entrar en nosotros mismos, las bocas se abrieron, las lenguas se entrelazaron y todo fue sabiduría: ya sabíamos besarnos y esa maravilla superaba toda maravilla anterior: era el presente y su infinito hecho de microsegundos. Imprevisible era todo, por gracia de Dios: un segundo antes de ese primer beso real, no podíamos saber que lo consumaríamos.

El cuerpo de Angela era fuerte y apenas anguloso, como si sus huesos fuesen mucho más potentes que los de la Rosa. Yo percibía esa fortaleza, al empezar a tocarla por todas partes, los hombros, la cintura, las nalgas. Angela casi no tenía senos, y lo podía apreciar al deslizar mis manos por su pecho, aunque tampoco era plano como podía serlo el mío. Tenía ondulaciones, pequeñas colinas en cuya punta dos botones crecían a mi tacto. Ella llevaba una blusa sin mangas y le levanté los brazos, porque quería lamerle las axilas como lo hacía con la Rosa, y al hacerlo aparecieron dos matas de pelo rojo cobrizo. Al hundir en ellas mi boca sentí que estaban empapadas de sudor, con un olor que no era el de la Rosa. Era también otro el sabor, más fuerte, como de vino comparado con la Bilz. Ese momento me catapultó hacia el sueño despierto del encuentro o desencuentro que podía ser definitivo, y si hubiéramos estado solos en una pieza, en menos de un minuto ya habríamos estado desnudos y yo entrándoselo con torpeza y sabiduría extremas, con terror y delirio.

Pero no estábamos solos ni tampoco acompañados, estábamos encerrados en un corredor o rellano de escala donde se apersonaban todos los seres despreciables del mundo, apostados y mirándonos, sin vernos y mirándonos, empezando por el Doctor cuyo hermano putativo mayor estaba en Berlín convertido en estofado de lombrices carbonizadas con requesón, según la opinión general del mundo bien sintetizada por el *Reader's Digest,* pero que según otros igualmente autorizados por convicción y doctrina, todavía está vivo, entre las aguas confortables de un oasis antártico parecido a las jacuzzis en que se remojan los platudos de los años 90, flotando como bagre, *Green Dolphin* o como esos cadáveres que bajan los ríos sagrados de la India y que los buitres picotean con delicia.

Todo ese mundo estaba junto a nosotros separándonos, querida Angela, y aun así, barruntando oscuramente lo que sólo vería claramente cuarenta años más tarde, sus axilas me hundieron instantáneamente en todo el misterio de ella, diáfano, electrizante. Me lo develaron sin mostrarlo y recorrí su cuerpo, adosándome a él y luego, siguiendo la comba de sus caderas por encima de su vestido y de su delantal que olía a aceite de maravilla —por lo maravilloso y por el aceite de girasol que lo impregnaba— me fui agachando, arrodillando, sintiendo la dureza de sus muslos con las mejillas. Ella casi no hacía movimiento alguno, se estaba allí parada como alelada (en una actitud muy característica suya) pero sus manos me cogieron la cabeza por la nuca y la apretaron contra su vientre. Al llegar a sus piernas, debajo del *delantal de la china,* se las cogí por detrás de las rodillas y luego subí por los muslos. Eran extraordinariamente prietos y blanquísimos, como los de las gringas o de las muertas. Pegué mis labios a esa piel tan distinta, de una suavidad extrema como de vidrio y que también tenía una densidad de la cual la Rosa carecía. Tenía también bastante vello en los muslos, de color dorado y que yo sentía con los labios como una pelusilla. Hacia la comisura de las ingles el vello se hacía más tupido y grueso, y ese descubrimiento me empezó a excitar terriblemente. Le subí las faldas hasta la cintura y aparecieron sus calzones de algodón pobre y pretérito. Aferrado a su humanidad, y sintiendo la ligera comba de su vientre, se los bajé muy despacio. Apareció un ombligo grande, como una castaña al revés, y el vientre un poco corrugado, como piel de coliflor. Entonces se los fui bajando y poco abajo del ombligo ya surgió un vellón inmenso, que estaba como oprimido, aplastado por el calzón. El pelo era largo y suavísimo, lacio, de un color rojizo y olía precisamente a fronda. Hundí mi rostro en esa foresta mansa, que aparecía más enorme al compararla inevitablemente con los cuatro pelillos de la Rosa, buscando la comisura entre los muslos con la lengua. Como la Rosa aquella vez, Angela tenía toda esa parte de los pelos empapados de miel seca, y estaban como almidonados. Poco me duró esa visión y su contacto. Se sintieron en la calle desierta unos pasos demasiado bien conocidos. Ella se subió los calzones como un celaje y escapó hacia ese departamento de cuyo olor desconocido me llegó una efímera vaharada, mientras se sentían los pasos y el resoplar del gordo acercándose a la escalera. Salí escapando y él pasó como lo había hecho otras veces sin mirarme, con solemnidad de obispo o de verdugo. Esa sería en realidad la última vez que me acercaría a ella, como si se hubiese completado un ciclo sexual, en esas relaciones en las cuales después de un encuentro de pasión exaltante, una mujer y un hombre no tienen ya nada más que hacer juntos.

Pero el nuestro no fue un alejamiento absurdo o tácito como aquéllos. La mujer del pelado se presentó al día siguiente en mi casa, exigiendo hablarme. La Rosa fue a avisarme. Nada bueno tendría que decirme esa señora, es más, ella jamás me hubiera hablado para nada bueno ni normal: sólo lo malo y lo anormal era posible.

El tono de esa mujer era como pudiera haberlo sido el de cualquier anciana, bruja o cabrona de Santiago de Nuevo Extremo. Yo no tenía nombre para ella, y tampoco se había molestado en averiguarlo. Su alegato no pudo ser más directo: *mire niño, vengo a una cosa muy simple y muy breve. Escuche bien: vengo a exigirle que deje de molestar a nuestra empleada. Ella tiene mucho quehacer a la hora en que a usted se le ocurre hacerla salir para besuquearse con ella. A esa hora ella debe tenerle lista la comida a mi marido que viene rendido el pobre y quiere comerse su bistec caliente como es su derecho. A ella se le paga para que esté en la cocina y no con usted en la calle, ni mucho menos en nuestro domicilio. Yo no puedo estar preparándole la comida a mi marido porque con atender a mi hija tengo suficiente, y no faltaba más puesto que la muchacha está para eso. Si usted quiere juntársele, pues salga con ella, llévela al cine y besuquéese con ella todo lo que quiera allá, pero hágalo bien lejos de esta casa. Ella tiene salida domingo por medio como es lo normal. Así que no lo quiero ver más rondando mi puerta, y si lo veo otra vez voy a llamar a los carabineros...*

Y la mujer esa se dio media vuelta y se fue sin oír que le replicaba con mi habitual vehemencia *señora yo no soy ningún ladrón para que usted me eche los pacos* de lo cual no estaba seguro, porque no podía saber si estaba metido en propiedad privada allí donde me encontraba con Angela. No se habría rebajado a replicarme y se fue como se van esas viejas chilenas, con la nariz arriscada, jóvenes o ancianas que sean, porque —igual que la abuela de Eréndira— no tienen edad personal, sólo la edad de la miseria humana. De lo que estoy segurísimo es de que al presentarse ella donde los carabitates, se le hubieran reído en la cara al decirles que un chiquillo de la vecindad andaba rondando su casa para atracarse a su empleadita. Ellos le hubieran dicho, si el oficial de turno estaba de buen humor, *señora ¿quiere que le mandemos a uno del cuerpo de carabineros para hacerse personalmente cargo de la niña?* y en caso de que estuviera de mala, simplemente le habría dicho *señora, nosotros no nos metemos en esos pasos, bastante ocupados estamos con cogoteros y ladrones, si el muchacho le llega a robar algo o si usted lo sorprende en medio del pastel con su empleada* adentro *de la casa, en el living por dar un ejemplo, bueno eso es otra cosa, pero es evidente que se trata de asuntos de hombre y mujer y en eso no nos metemos, no somos alcahuetes ni cuidadores del* sepso *ajeno...* No era que los pacos no defendieran la propiedad privada de la burguesía o de la clase dominante chilena, no: ellos lo hacían con eficiencia y celo, porque estaban allí para eso y lo demostrarían plenamente veinte años más tarde, lo que pasa es que ellos la defendían como institución de clase y respecto de los individuos ya no les importaba tanto a menos que fuese un peligro muy real y presente.

En verdad, lo que esa mujer decía exigirme era virtualmente imposible. Que un muchacho *de familia* saliese con una empleada era algo tan irrealizable que habría puesto a su vez otro abismo entre yo y mi gente, con el desquiciamiento de la evidencia. Era una situación por demás absurda, impensable, inoperante y desconectada de toda la vida de un muchacho en mi circunstancia. Entre los hombres no había *señoritos* como en España, aquí el sustantivo se entendía como maricón y estaba fuera del léxico. Había varones, como categoría única, pero las relaciones amorosas también estaban estipuladas rígidamente. Entre las hembras sí que había señoritas y también de las otras. Con las primeras se tenían relaciones amorosas, con las segundas, sólo sexuales. La división se hacía en una dimensión moral condicionada por la gazmoñería católica, pero la última palabra la daba la clase social. Sonia, la vecina de enfrente, era una señorita: había ido hasta sexta preparatoria porque para más no le dio su seso de perdiz, y aunque fuese la más corrida de todas las que vivían en muchos kilómetros a la redonda, no se salvaba de su filiación zoológica. En los cortos años de su niñez y adolescencia, un desfile de novios y pretendientes se presentó en la puerta de su casa. Desde Sabelle, un hijo de italianos que tenía el patrimonio indudable de una cabeza rizada, y a quien la Sonia le pasó un día un papelito en el colegio de preparatorias diciendo *Sabeye te kero*, hasta el Nene, el Bradomín de cuadras marchitas que fue su novio por otros meses más adelantados en plenilunios y pubertades: sin importar cuántos hombres la hubieran conocido, ella siempre fue una señorita. Eso dijeron un día que sorprendí a mi madre y a mi tía hablando de mí, años después, cuando mi relación con la Rosa tiene que haber sido una realidad no por callada menos evidente, *siquiera se hubiera metido con la Sonia* —oí decir a mi tía— *al menos habría sido con una niña de familia,* como si las pobres Desiderias no tuvieran también una familia y se criaran por generación espontánea como se creía sucedía antes que el fraile italiano Lázaro Spallanzani demostrara que todo ser viviente tiene progenitores. Lo que pasaba es que ellas venían de familias pobres de Malloa, Rarinco, Melipilla, Trehue, Pocoa, Catapilco, Majadillas, Ibacache, Perquilauquén, Empedrado, Topocalma, Granizo, Tutuquén, Buchupureo, Curepto, Pupunahue, Contulmo o San Rosendo (pueblo fatalizado en la *Pérgola de las flores*) o cualquier villorrio sonoro o perfumado a heno y a boñiga donde la vida era menos que ínfima y con ella las familias.

Como si se nos hubiese apagado una estrella, caído una mano al suelo, cortados sus dedos menos uno o desarmado parte del cuerpo empezando desde el centro o de la médula, no volvimos nunca ni a hablar, ni a mirarnos, ni menos a besarnos con Angela.

En una de las tardes de salida de domingo, tan especiales para las empleadas, vi que la Rosa con su sutil e indiscutible liderazgo en el estamento doméstico del barrio, había juntado a un grupo de muchachas, con más cansancio que entusiasmo, pero de todos modos con deseos de ver una de Jorge Negrete, de vaqueros o de Tarzán con Johnny Weissmüller, cuyo nombre ninguna de ellas podía pronunciar. Vi a ese grupo de faldas que tiraban a multicolor, alegrías que querían ser alegres, y entre ellas descollaba la presencia autoritaria y gentil de la Rosa, y el moño cobrizo de Angela, su llama apagada en el milagro monótono de la chilenidad.

Si las vi irse, no las vi volver, y el resto es como la parte invisible de la película.

A Angela, sin embargo, el destino le tenía reservado un novio de verdad, y éste fue el ayudante del Nene, un arrendajo ínfimo, zaparrastroso, que en el escalafón de los bofes y las guatitas, sesos y criadillas estaba al final, ahora que la carnicería de doña Estrella estaba abasteciendo a más cuadras a la redonda de las que el Nene podía cubrir repartiendo en su bicicleta, y el otro transportaba los últimos paquetes hechos con papel de periódico sanguinolento, como *vicesubayudante del capitán suplente.*

El arrendajo se llamaba Remigio y sólo disponía de sus pies para la repartija de chunchules y cuartos de lomo. Cuando el Nene dejaba por alguna razón su bicicleta inactiva, Remigio la ocupaba y así llegó un día a la cercanía de Angela y la cameló, aunque nadie estuviera cierto si podía hilvanar alguna frase inteligible. Pero en la comunicación entre hombre y mujer las frases son el último eslabón en una cadena muy misteriosa de otros pasos más sutiles, y de algún modo se comunicaron, se dijeron o no se dijeron lo que tenían que decirse o callarse, y allí se le vio al Remigio muy a menudo, rondando el balcón donde nunca se asomaba nadie, como no fuese el pelado para chiflar al marica acudiendo a misa, y luego se le vio acercarse e introducirse por el callejón de los autos futuros, del mismo modo que lo hiciera yo hasta un par de meses antes, sin fortuna para cerrar el ciclo y obtener al final lo que él obtuvo porque **era para él.**

Así lo que sería para mí de Angela fue un roce epidérmico o salival, y el choque único de las esferillas del billar chino de nuestro destino, porque mi función real fue prepararle el terreno, despertar su piel, hacerle fluir los jugos y los pensamientos que los mueven y dejársela lista a su sanguinolento amigo. Y no es a ella lo último que recuerdo de esos momentos, sino la figura lamentable de Remigio, como un pájaro en profunda desnutrición de carne y de plumaje, en las ropas agotadas y mustias de los pobres de Chile, parado cerca de ese edificio blancuzco, en actitud de zopilote o buzón incendiado (se acostumbraba incendiar buzones por diversión vespertina o nocturna). Lo recuerdo sin rostro ni presencia, mucho más que a ella en ese momento, como si ese destino hecho de pompas que estallan y se alejan, hubiese arrancado a Angela de raíz de toda mi existencia presente y futura.

Un día Angela se quedó toda la noche del domingo afuera con Remigio, y los vimos llegar muy de mañana, tomados de la mano, sin amor, sin nada que decirse, pero contentos y realizados en su mínima felicidad que estaba gratificada por el rictus de lo posible y sus alas de vuelo gallináceo. Se miraban sin pasión, con la satisfacción de haber hecho algo, de habérsele reído en la cara un instante a los otros monstruos, al pelado, a la arpía, al vecindario y a mí.

La Rosa los vio: ella lo veía todo, y muy especialmente lo que ocasionalmente le convenía, como esa estampa matutina que le permitió decirme: *La Yirsi y su piojento se quedaron toda la noche afuera: ¡se la pescó, Nachito, se la pescó!*

Cuando Monzo se cayó muerto fulminado, estaba a pleno sol y en el sitio eriazo que bordeaba la casa de la tía Mafalda, en el preciso lugar donde estrellábamos los sapos.

En ese erial terminó su vida el Pampino, que había recorrido toda América y el norte de Chile, viviendo en las montañas como minero y buscador de vetas y derroteros auríferos, como también manejando toda clase de locomotoras. Esta última profesión ejercía para mí una fascinación irresistible y pasamos muchas horas charlando de las locomotoras que él manejaba. Monzo se expresaba con ademanes de viril melancolía, mientras pausadamente apuraba vaso tras vaso de chicha en el restaurant Corcolén, en Manuel Montt casi esquina de Simón Bolívar, y yo apuraba con él alguna de mis Bilzes cotidianas.

el sol era un pozo de oro

Arriba, para el Pampino, seco para el Pampino, secándose en plena espalda para el Pampino. Mientras el convoy se movía bajo un sol infinitamente ardiente y frío, el Pampino pensaba en su vida allá lejos, primero en el valle del Copayapu, junto a nuestra familia materna: todos vivían cerca de la huerta con papayos, chirimoyos y olivos que don Filemón Díaz cultivaba.

Cayó Monzo como un bólido seco de charqui más que de carne, pellejo y hueserío: su corazón generoso se hizo pedazos como si fuese una jarra de vino repentinamente estallada de puro repleta, ese día de la primavera de 1950, lo que equivale a decir que hace más de cuarenta años que se hizo polvo el Pampino, retornó al polvo que tantas veces pisaron sus calamorros atacameños.

Ya no tuve a nadie con quien conversar a fondo sobre convoyes y locomotoras, de experto a experto, y así perdí todo interés profesional en los trenes. Máquinas como moscones en celo, máquinas eléctricas y Diesel, cerca de su oído o de sus canillas extremeciéndose en el *Crazy Bones Rag,* a la una de la tarde, hora precisa en que no hubo más trenes ni horarios para el Pampino, y se bajó definitivamente de toda locomotora, a pie pelado.

por calle Ahumada

No había cómo escapar a la calle Ahumada, que estaba situada al norte de todo el mundo por nosotros padecido hasta las tres de la tarde y después, cuando salíamos del colegio, estaba al norte de nuestra humanidad enclenque, de nuestros pasos dados y los que estaban por darse.

Ahí estaba siempre como embudo en el centro de la ley de gravedad, a cualquier hora estaba, al norte del Instituto y al sur del mundo de los baratillos, del mercado y de la Vega Central, paraísos cuchilleros donde raramente nos aventurábamos.

Por la calle Ahumada se podía llegar a cualquier sitio o lugar del universo, era como la entrada al infierno dantesco que según el vate mayor estaba situada en Jerusalén, en el centro polarizador de un mundo que era del todo ideal y obedecía a leyes teologales más que geográficas o físicas. También la calle Ahumada obedecía a las leyes de la mente: las ciudades de Latinoamérica —como bien lo puntualizó Angel Rama en *La ciudad letrada*— conforman una maldita idea central, idea de godos y de gerifaltes de antaño, que se impuso al vacío planetario del Sur, donde ese vacío era la ley natural. Los conquistadores llegaron con su propia idea citadina que era la plaza donde estaban la corte, la catedral y el patíbulo, los tres pilares de la conquista, y desde ese núcleo empezamos a tener nociones vitales, empezamos a tener aceras, calzadas, casas, edificios y tiendas, tiendas como Gath & Chávez, que estaba no en Ahumada sino en Estado, la Calle del Estado, concepto que siempre nos ha resultado algo jactancioso.

Por calle Ahumada se salía hacia el dolor y hacia el terror y el tedio (por ejemplo el de las clases particulares de matemáticas con el Chato Latorre) pero sobre todo era la libertad, noción novísima y resplandeciente, beso de hada que buscaríamos besar después, durante el resto de nuestra vida, con el gesto con que Espartaco habrá recibido a la muerte en su cruz, tan compenetrado en su papel histórico que ya entonces hasta se habrá parecido a Kirk Douglas en la película de Stanley Kubrick: por calle Ahumada se llegaba a todas partes.

Su espacio era el mismo que recorrimos esa tarde Varolio, Benvento y yo, internándonos en la tierra mágica de la segunda cuadra, justo en la esquina norponiente de Moneda en diagonal con la confitería Serrano, un lugar a la vez amado y evitado porque los caramelos allí vendidos tenían un algo de sabor corrosivo y eran demasiado grandes para las bocas de aquel tiempo. De pronto nos detuvimos los tres en el mismo segundo de la eternidad, como si nos hubieran colocado una inyección paralizante al unísono. No podíamos creer lo que estábamos viendo: en la esquina había una mujer con los muslos descubiertos en la calle. En ese momento preciso ella pasó a ser lo más importante, el centro del mundo y lo siguió siendo durante varias semanas siguientes. Ella estaba vestida con lentejuelas y traje de ecuyere, como tenía que ser para poder pasearse con los muslos desnudos en plena calle sin ser atacada por una legión de machos vueltos locos por el deseo. En el edificio de la mera esquina de Moneda y Ahumada, habían puesto una guirnalda de ampolletas rojas, y se oía una música oriental muy poco definible, al menos para nosotros. La mujer tenía una bocina o megáfono en la mano y de vez en cuando se lo llevaba a la boca proclamando

CHASAMAN DESAFIA A LA MUEEEERTEEEE...
CHASAMAN DESAFIA A LA MUEEEERTEEEE...
CHASAMAN DESAFIA A LA MUEEEERTEEEE...

y luego volvía a pararse, con el altavoz a su lado.

Cuando la vimos por primera vez Varolio, Benvento y yo nos quedamos paralogizados: la visión de muslos desnudos no era precisamente la más común y mucho menos en plena calle. Nos acercamos con cautela infinita, como si se tratase de un espejismo que se desvanecería por cualquier movimiento brusco, pero no se esfumó sino al contrario, se fue volviendo cada vez más real al aproximarnos, tremendamente real y presente.

Nos detuvimos los tres a mirarla boquiabiertos hasta que ella dijo (sin usar el megáfono) *¿y qué me miran tanto los mocosos de mierda?* y era la pura verdad que le estábamos mirando demasiado los muslos, fijándonos en la parte más gruesa que era casi cadera, donde la celulitis (concepto futuro que aún no existía) le formaba en la piel pequeños bajorrelieves de una textura parecida a la coliflor y también la zona en que su traje de lentejuelas se incrustaba en ambas ingles. Como siempre buscábamos vislumbrar algo, atisbar en esa rendija entre pantaleta, calzón o traje de ecuyere, que remedaba o suplantaba la puerta del paraíso, dardanélico espacio entre género, plástico, lana, corduroy, y la carne de la ingle, tratábamos de encontrar la confirmación de algún pelillo, crecido y escapado, o siquiera trunco por la hojita gillette, como para confirmar que ella los poseía, no obstante ser la amazona de Chasamán. Por muchos años practicamos esa obsesión con un entusiasmo al que el mismísimo cansancio no mermaba espacio, hasta que el misterio de ese pedacito del cosmos inalcanzable se estabilizó, pasó el dolor inefable de la adolescencia y llegó la conformidad y también la muerte de la adultez, la chatura y la ineficacia de las ecuaciones resueltas.

Así cada día nos deteníamos en seco, curarizados por el deseo, junto a la mujer de los muslos descubiertos en el paraíso pleno de la calle Ahumada, e inevitablemente ella nos corría cuando ya nuestra mirada pasaba de insistente a impertinente y luego a intolerable, y hasta nos tiraba un mandoble o megafonazo. Más de alguna vez se lo asestó a Benvento, que era el más osado en la aproximación, levantándole un chichón respetable en la mollera.

Si la visión y la cercanía de esa mujer sin nombre ni rostro —sólo con muslos y piel— era mucho más excitante que el espectáculo que se ofrecía adentro, éste no era menos ineludible, salvo que para entrar había que pasar por la boletería y cancelar cinco pesos, la mitad de lo que se me daba para el día, cantidad que debía pagar Bilzes, cuchuflíes y toda regalía extra, excluyendo el almuerzo en el Instituto, cuya fama de incomible le aseguraba el pago mensual propio.

En una pieza muy grande, con techos y paredes grises, y con algunas ampolletas bien visitadas por las moscas, estaba la urna de Chasamán, más de vidrio que de cristal y más deplorable que fastuosa.

Se suponía que Chasamán debía batir el récord mundial de ayuno, y los carteles que decoraban la entrada y los muros, junto a fotografías amarillas del fakir en otras proezas como caminar por el fuego (aunque no se distinguía si lo hacía sobre brasas o piedras) y acostarse en el lecho de clavos propio de todo fakir digno de ponerse turbante y taparrabos. Se decía que Chasamán en su ayuno quebraría un record detentado por el Mahatma Gandhi, como si a éste le hubiera motivado establecer semejantes marcas.

Los primeros días tuvimos que hacer una larga cola de cerca de dos cuadras para poder entrar a ver al ayunador, porque nada es más fascinante para nosotros que las inauguraciones, de cualquier tipo que sean. Nadie puede faltar a ellas sin ser considerado un pobre hombre o uno que no es del ambiente, y nada puede ser peor en Chile que no serlo, porque en tal caso sí que no eres nadie o menos que nadie. Ni siquiera un fantasma eres, puesto que los fantasmas llegan a materializarse en algún momento, en alguna parte y en alguna forma. En cambio el que no es del ambiente es más transparente que una medusa al sol y más insignificante que un recuerdo olvidado.

La fama de Chasamán se había extendido por Santiago y mucha gente se presentó a la inauguración oficial de su ayuno, que debía prolongarse por más de 60 días para romper el supuesto record del Mahatma Gandhi. La muslona estaba presente como en la semana preparatoria, durante la cual ella había sido todo el espectáculo, y había fotografías y carteles en la entrada, todos los elementos necesarios para acicatear el interés de una población que estaba anhelante de ellos. Cualquier acontecimiento mínimo, aunque fuese un fakir más falsificado que el hombre de Piltdown, era una necesidad apremiante en un mundo donde no pasaba nada.

Entrar a ver a Chasamán, *the real thing,* fue desilusionante en grado sumo, desde el momento que nunca los comienzos de un ayuno pueden ser tan emocionantes como los finales, cuando el sujeto llega a su estado requerido de espectro pertinaz o esqueleto ambulante. También ocurrió un hecho fortuito que, preparado por la maquinaria del ordenador universal, estaba por acontecer en el preciso momento en que entrábamos los tres: Chasamán estaba bebiendo algo de una gorda jarra, empinándosela a coleto.

Para nosotros —ignorantes del sistema homeostático y del equilibrio de los fluidos en todo cuerpo viviente, hasta en el de un fakir— un ayuno debía ser completo y total para ser considerado verdadero, y ese acto bebedor del fakir deterioró instantáneamente su imagen. Es más: nos dio ahí mismo un ataque de risa, y muchos otros compañeros del Instituto que habían acudido, algunos con abierto escepticismo, pronto se contagiaron y el auditorio se sacudió de la risa, como en una oleada de esas que años después se darían en los partidos de fútbol.

Poco duró la risotada, sin embargo: lo tétrico del ambiente y la figura de Chasamán no movían precisamente a la alegría, y para entrar era preciso levantar o abrirse paso en lucha con una cortina pesada de terciopelo que olía como un megaterio empapado de sudor y vejez, como si hubiese estado macerada por siglos en la república de las polillas. Había algo de indecente en ese individuo con turbante y barba larguísima, siendo rarísimas las barbas, sólo un vagabundo perdido o un loco de entonces podía usarlas, pero Chasamán venía de ese mundo semiperdido de los fakires, supuestamente de alguno de los países legendarios de *Las mil y una noches* o de *En un bosque de la China* y el derecho a usar barba se lo tenía ganado, aunque no el respeto. Es muy posible que Chasamán fuese más chileno que Poblete o que Chacharra, copias mapochinas de lo germano o de lo galo sin más que un tenue reflejo o eco del original, sobre todo porque ser chileno es en el fondo tener como un resabio del mundo entero, del cual somos la última orilla.

Chasamán se irguió esa vez, y también en todos los días que seguirían y en los cuales nosotros iríamos a visitarlo. De visita se trataba, peregrinaje mínimo que nos costaba más caro que la visitación de los enfermos prescrita entre las virtudes del catecismo. Después, como suele suceder, llegaron a conocernos los boleteros — que eran los mismos del vecino rotativo Principal— y nos hicieron pasar más de una vez sin pagar.

Chasamán se irguió dentro de su cubículo o recámara vidriosa, aposentadero de moscas y poluciones santiaguinas, y caminó en su flacura más intrínseca que adquirida por disciplina. Parecía menos arábigo que mapochino o argentino, sus rasgos eran más bien semitas o itálicos, y su perfil aquilino tenía algo del Nazareno en el Santo Sudario de Turín, dicho esto no con ánimo de blasfemia sino de celebración de las maravillas del universo. Lo que sucedía era que Chasamán se levantaba de cuando en cuando para estirar las piernas y nunca realmente le vimos hacer otra cosa fuera de dar esos pasos con el ceño fruncido y como despertando cada vez de un sopor constante. Muy extraño acto para un yoga, como se suponía que era, estirar las piernas como si fuese un amanuense esclavizado de los que había cientos en las cercanías.

Parecía que el aburrimiento era la constante de toda su vida artística o profesional y esa náusea mapochina se concentraba en la urna del ayuno como si todos los rayos de sol huyeran del sitio donde el fakir se ganaba el sustento con la inanición, juntando su dinerillo para después atracarse de comida en las fondas de San Pablo abajo, o en el Chancho con Chaleco, que ha existido desde siempre en ese camino cercano a la Rinconada de Maipú, y donde la comida parece caer del cielo, o sea del cielo raso.

Como estamos hablando de tiempos en que el mito sobrepasaba a la realidad ampliamante, y también la suplantaba, Chasamán ayunaba para mejor comer en tiempos de adviento, y si ello no ocurría en Santiago, lo sería en Lima, en las chifas del barrio chino por ejemplo, donde cualquier *delicatessen* de la cocina cantonesa o sechuán se podía encontrar multiplicada por mil, como si una China más grande y más auténtica existiese en las antípodas de la tierra, o en alguno de los millares de restaurantes y parrilladas de Buenos Aires, para empezar en el legendario Palacio de las Papas Fritas. Ahí Chasamán dispondría de toneladas de alimento para desquitarse, rebasar y contrarrestar su ayuno, si es que era auténtico. Muchos, inclusive en los diarios, aducían que nadie podía sobrevivir más de dos semanas (y Chasamán se proponía llegar a las seis) sin probar alimento, como si todo el país y Santiago en especial no estuvieran llenos de ayunadores vitalicios, estadística que volvía casi insignificante el acto de Chasamán, como no fuese por el detalle de practicarlo adentro de una urna de vidrio mugroso. Otros se permitían dudar de su honradez y no faltaban esos mínimos petulantes santiaguinos que ofrecían sus teorías que probaban hasta la extenuación la malversación del alma o mejor dicho del cuerpo del mago. Circulaban también chascarros como el que me espetó un día el Coño, con la idea anticipada de golpearme: *sabís Mono que a Chasamán le pillaron comida en la urna?... ¿y qué clase de comida?... Pues un plátano y dos huevos... ¿y se los estaba comiendo?... Eran el pico y las huevas, tonto güevon...* gritó Parro sin poderse contener y me asestó un puñetazo en la boca, que me cortó el labio y me hizo escupir sangre.

Lo más tétrico e insólito en ese show no era el ayunador mismo, de por sí extraño pero también extrañamente familiar, como si fuese un tío lejano o cercano de todos nosotros: lo más raro, y también lo más chocante, eran dos enormes serpientes pitón y varias otras lampalaguas de medio tamaño, que ocupaban la mayor parte del piso de la urna.

¿Por qué tenía Chasamán que pernoctar y convivir en su ayuno con los ofidios?

¿Era un acto de valor, pensando que las boas podían confundirlo con un cebú o lemur desnutrido, y en consecuencia tratar de ingurgitarlo y deglutirlo?

Así lo hacían en esas películas del tipo *Infierno verde* o en una versión cinematográfica no bien especificada de *La vorágine,* vista por mi padre en su juventud, donde aparecía un cocodrilo atorado con un negro devorado vivo delante de las cámaras.

Pero esas serpientes nunca pensarían en engullirse a Chasamán, puesto que una vez a la semana, considerando su lenta digestión, les echaban una remesa de ratones vivos. Los roedores se apretujaban en los rincones de la urna, buscando su solidaridad de víctimas, tiritando erizados como pequeñas bolas de peluche, mientras una o las dos serpientes se movían lentamente hacia uno de ellos, que por fin se entregaba a la muerte tieso como si le hubieran inyectado estricnina. La serpiente lo engullía ahí mismo, delante de los ojos míos o los de Pabuelo, Varolio o Benvento y algunos otros compañeros que se aparecían ocasionalmente, y todos sentíamos el mismo disgusto, la misma clara sensación de subirse al piano junto con los ratones, abusando largamente de su confianza. Pocos años después iríamos a experimentar la misma sensación durante los experimentos que llamaban científicos, en los que se nos imponía a descuartizar, torturar y eliminar a otros representantes inermes de la fauna no antropomórfica, para la mayor gloria de Dios, de los laboratorios químicos y del pequeño y doblemente insignificante *establishment* de los profesores de las escuelas de medicina y farmacia, todos los que medraban vendiéndonos la pomada de la causa y el efecto, de la abscisa y la ordenada, de la **x** y la **y**, y la verdad de lo evidente por tocable o creíble por los individuos con menor imaginación en el mundo.

Era trágico ser bueno en ese mundo, casi tanto como en éste, y se pagaba caro aunque no lo supiéramos. El ayunador nos estaba develando esa verdad, también él sin quererlo ni saberlo, al transportarnos a un mundo de serpientes y ratones que devoraban y eran devorados vivos y donde nada se podía hacer para invertir el orden o cambiar la situación y hacer, por ejemplo, que los ratones devoraran a las serpientes en un acto de justicia insana, como si la justicia fuese de este mundo. Así, la situación entera por algunos minutos nos nivelaba a Pabuelo, Varolio, Benvento y a mí, con el Coño, el Caballo y los otros hijos de la puta que los parió, en el momento en que el ratón desaparecía adentro de las fauces del pitón, y del mismo modo que los muslos de la anunciadora nos nivelaban en el un-dos-tres-momia de la líbido.

Ocasionalmente los organizadores les echaban sapos en vez de ratones y las serpientes los devoraban sin hacer pucheros ni tampoco relamerse demasiado. Los sapos eran más flemáticos y no hacían los aspavientos de los ratones, que posiblemente estaban más evolucionados en la Cadena de la Vida y ya conocían algo del significado de comerse la mierda. Los sapos entraban en las serpientes sin inmutarse casi, conscientes de la ilusión de toda realidad posible, como sabios de la relatividad más allá de Einstein y del Supercuchepo Steve Hawkins, porque todo no era más que una película al revés, de donde muy luego volverían a salir para retornar al ignoto pantano santiaguino, painino o del otro lado, la morada acuática de donde los ayudantes de Chasamán los habían ido a sacar sin consulta previa. En cambio los ratones, que saben de emociones más de lo que corrientemente se imagina, se cagaban ante la proximidad terrorífica de las serpientes, y dejaban miríadas de globulillos, sustancias que después también conoceríamos muy bien en los laboratorios donde nos tocó pasar tantos y tantos años de purgatorio. Así, esas cagarrutas tenues y obstinadas expelidas en sus momentos de pavor supremo, como también la humedad empalagosa de los sapos, su vibración antediluviana y algún residuo de la mismísima orina de Chasamán —que tenía un cubículo de cartón piedra para sus necesidades— todo eso producía un vago espectro de miasmas voladoras, una vibración que se filtraba y que nosotros percibíamos sin llegar al asco pero sí con inquietud, algo así como cuando al pasar cerca de una bella mujer (o de un hermoso macho, para la hembra que oficiara de testigo en vez de nosotros) percibimos —como dice Cortázar en *Rayuela*— los últimos efluvios de un pedo silencioso.

No obstante todas esas sensaciones poco agradables, allí nos quedábamos viendo a Chasamán, día tras día, semana tras semana.

Cuando se paraba el fakir y sentíamos su presencia, su ceño se fruncía en lejanos paisajes o dimensiones, como también su piel emitía vibraciones extrañas. Su pachorra de engendro legañoso se nos contagiaba, y era doblemente fascinante sentir su piel saturada de sí misma, de ratón, cagarruta, sudor o perspiración de sapo-escuerzo, y también del exudado dulzaíno de las escamas de las serpientes, que muy poco se movían para reptar y mucho más para yacer, del mismo modo que aconteció en el antro de la Medusa, donde Perseo se introdujo para cobrarse lo suyo y para llevarse esa cabeza matacanallas que ahora nos sería tan necesaria.

El propio alcalde de Santiago había sellado la urna de Chasamán con un candado cuya única llave guardaba él en su oficina de la Plaza de Armas, de la cual posiblemente existían uno o más duplicados, de lo contrario no se entiende cómo podía ese curcuncho, que también fungía de boletero, entrar a recoger las cagarrutas con la palita que siempre tenía en la mano como si alguien se la fuese a robar y también a darle los toquecillos de escoba que entre nosotros constituyen o sustituyen al barrido y hasta recambiarle el agua de su cantimplora, aunque esto lo hacía frecuente y aparatosamente el propio ayunador bajando una canasta por encima de las paredes de vidrio de su urna.

Había, por último, ese olor a la muy fatídica creolina, un líquido lechoso a base de creosota, formalina y otros sujetos innombrables del lumpen de la química, que dejaba una sensación irritante en las pituitarias. Parecía que esa creolina era una cuasi leche urbana y chilenísima, un agua bautismal para todo desgraciado lavapisos del centro y también de más allá, en la pensión, la fonda y el prostíbulo.

Detrás de todos esos olores, efluvios y vibraciones, en una semipenumbra que se rompía por unos focos teatrales medio exhaustos, reinaba Chasamán en su consabida pero imponente flacura, y cuando se alzaba a estirar las piernas como renegando o haciendo befa de toda disciplina yoga, bajo su capa de terciopelo escarlata y con el turbante que llevaba una pluma de pavo real que no tenía más remedio que ser auténtica y una enorme gema azul con iguales o más posibilidades de ser falsa, todos nos quedábamos fascinados, y no importaba si ya lo habíamos visto treinta veces.

El público de Chasamán era imprevisible y aleatorio. Iba desde lo conspicuo y arriscado, fauna de ese Barrio Alto de muy limitada altura, estratos mapochinos, veguinos y matarifescos, con olores varios desplazados hacia lo caprílico y valeriánico, oficinistas aplastados por gogoliana miseria a la par que por el peso portaliano de la noche —metáfora indispensable para los que citan de memoria, ya que a Portales hay que citarlo de memoria: pertenece a la tradición oral— y borrachines especialmente, cientos de ellos, movidos por esa suerte de estupefacción o preludio del nirvana que los hacía ver a Chasamán en la mitad de otro sueño.

Nosotros ya seguíamos un cierto ritual: acercarnos a la anunciadora, que había terminado por aceptar nuestra libidinosa y también inocente pleitesía, y aproximarnos como hasta rozar sin tocar la eléctrica suavidad y al mismo tiempo aspereza de sus muslos. Era como acercarse a una parrilla ardiendo que no ardiera de temperatura sino de otro tipo de energía que ciertamente no estaba entre las que podía enseñarnos el Perro Guzmán. Era un tipo de energía que estaba por descubrirse y nosotros lo habíamos hecho, intuición mediante, al quedarnos junto a ella otro poquito cada vez y luego de agotar esa parte del ritual, nos íbamos para adentro, generalmente los tres con una erección a medias o declaradamente férrea. Esa vez, el día 25 del ayuno, en el que el fakir se veía ya verdaderamente famélico, me apercibí de que Benvento se quedaba como petrificado y su expresión se había asimilado extrañamente a la de los ratones frente a las boas, y empezaba a tirarme de la manga de la chaqueta, como para que no siguiera avanzando hacia el sitio al que quería llegar, desde donde podía observar a Chasamán a mis anchas.

Nada menos que Poblete estaba allí, a dos pasos, entre un oficinista con el color de la hepatitis viral y una vieja gordísima, que parecía la antítesis del ayunador, y que seguramente había acudido para darse ánimos con alguna dieta de todos modos imposible: la dietas eran desconocidas y los ayunos sólo los practicaban individuos muy lejanos como el Mahatma Gandhi y los fakires de profesión. El Doctor se veía extraordinariamente concentrado, con los ojos bajos y fijos más en los ratones que en el mismo Chasamán. A menudo lo veíamos así, reconcentrado hacia una dimensión que estaba por debajo de sus ojos y arriba del suelo o de la tierra, con la mano derecha bajo el mentón, en algún lugar del meridiano terrestre que pasaba por el patio del medio pupilaje, como meditando hondamente acerca de ese erial y de sus posibilidades agrícolas futuras. Como recibiendo inspiración o sintiéndose respaldada por alguien tan autorizado, una de las serpientes pitones se lanzó en ese mismo instante sobre el ratón más cercano y se lo engulló.

Poblete era el vértice de un triángulo que iba desde su mentón cobijado en su mano encallecida de tanto cacheteo, la serpiente atragantada con el ratón ya pasando el Leteo del gaznate, y la cara más que flemática de Chasamán, quien, a medida que se internaba en el ayuno se volvía un poco como catatónico y ya no se erguía como antes a dar sus zancadas, sino más bien iba buscando una suerte de *samadhi,* el trance yoga que se logra después de muchísimos años de práctica iniciática, y que en su caso era alcanzado mediante su inmersión total en la baba mapochina.

Poblete lo miraba todo como sólo él sabía hacerlo: mirar para sacar fuego como el eslabón en la yesca, y para helar a su vez todos los fuegos, hasta los más inmemoriales, ésos que nos abrigaban las vidas, los días y las noches a Benvento, Varolio y a mí, en el meridiano de Santiago que pasaba por la calle Ahumada, y en el paralelo que era sólo un poco menos que el trópico de Capricornio, esto es la calle Moneda, insignificante y color de pericote.

No seguimos avanzando hacia la urna, para evitar encontrarnos con el Doctor, pero de todos modos, como si éste tuviese un sexto sentido que olfateaba a los alumnos, porque de hecho lo tenía, se dio vuelta suavemente como también el Füehrer debe haberlo hecho en momentos mejores para él, y se vino despacio hacia nosotros. Como era ya un reflejo condicionado, esperamos el bofetón. Pero el Doctor no tenía intenciones de cachetearnos, y ese lugar no era el Instituto, había otras reglas que imaginábamos diferentes y si bien él se integraba perfectamente al triángulo de serpientes, ayunador y víctimas, el instinto natural nos colocaba entre estas últimas. Poblete era también allí un espectador del mundo, uno más, así que de repente sonrió hasta con amabilidad y nos dijo *¿Qué les parece el viejito?* y Benvento que siempre era el más osado le respondió *Muy bien doctor Poblete...*

—Y cómo que bien si está en los puros huesos...

—Sí, doctor Poblete...

—¿Y eso les parece bien?..

—No, doctor Poblete...

—¿Entonces no está bien el atorrante de la barba? ..

—No, doctor Poblete...

—¿Y para qué se vienen a gastar la plata diaria en ver a este atado de huesos los jetones?

Silencio de nuestra parte.

Poblete se sacó una brizna de carne pútrida de una muela y la arrojó hacia un rincón donde se aposentaban añosos utensilios de aseo, en alianza con detritus y telarañas. De repente, se marchó sin despedirse, con una vuelta y taloneo militaroide, cosa que de cierto no lamentamos y que nos dio la oportunidad de permanecer más tiempo con el ayunador, en vez de escapar a un descuido visual suyo como hacíamos en el colegio.

Ido Poblete, dejaba una ausencia ancha y vasta, difícil de llenar: era como si debiéramos continuamente vivir con el pavor y éste se nos había vuelto palatable y necesario, igual que los productos químicos que les dan a ciertas bacterias a manera de cebo para que se envicien con ellos, y ¡zas! de pronto se les quita el maná y los microbios mueren su muerte anunciada.

En mitad de la tarde la ausencia suya nos jodía pero también nos preparaba para vivir el resto de ese día, y hasta valía para el siguiente. Nos daba aire para respirar otro poco, sabiendo que su presencia era como la de un cierto dios agazapado en las iglesias, presencia ubicua e indiscernible como la de esa madre ciclópica de Woody Allen en *Oedipus Wrecks,* que es un juego de palabras casi tan bueno como *Jean Emar.*

Poblete nos tenía, como solían decir las abuelitas, cortitos, aunque no lo quisiéramos ni tampoco lo rechazáramos en rebelión imposible, porque el secreto de todo nuestro tiempo estaba en la aceptación. Estoy convencido de que nuestra generación es la última que aceptó las cosas como nos eran presentadas. Después cada vez el mundo ha derivado hacia otras dimensiones, otros parámetros, y como la otredad separará para siempre a todos y a cada uno de los que no aceptan nada ni nadie, el rostro de Benvento, Varolio o el mío podrían haber sido los últimos donde se viera una forma de identidad, de continuidad. Esa continuidad, no obstante, se daba a costa de un precio definido en el lado de más acá de la muerte, y El Doctor estaba allí para signarla, para sellarla y para darnos una fisonomía.

Entre la mucha gente que encontramos en el antro de Chasamán estaba una vieja que de cuando en cuando aparecía en los lugares más impensables de Santiago, en los tranvías 36 o en las micros Ñuñoa-Vivaceta, o en las calles cercanas a las estaciones Mapocho o Central, vestida siempre al límite de la indigencia, cosa nada rara ni excepcional, sin mendigar ni arrastrarse demasiado en el submundo. Siempre estaba mascullando *imbécil, imbécil,* y si alguien se le cruzaba en el camino o se le acercaba más de lo que ella estimaba aceptable, daba un respingo y profería una rápida serie de *imbécil, imbécil, imbécil, imbécil, imbécil, imbécil, imbécil, imbécil* como en un tableteo de máquina atascada o de disco rayado. Ni siquiera era indispensable que alguno en carne, hueso o fantasma se le pusiera por delante, y cuando iba vagando por las calles de Santiago sin que nadie la interfiriera o molestara, iba diciendo su mantra en un ritmo ligeramente más espaciado, interpelando a esos *imbéciles* que hacían enjambre, y que estaban por todas partes como moscas imposibles de matar.

Nosotros la llamábamos la Viejita-Imbécil, porque el epíteto tenía que devolvérsele sin apelación, como esa otra viejita que pasaba cayéndose por extrañas disfunciones de los oídos y de las rodillas, que aparece en *La sangre y la esperanza* de Nicomedes Guzmán, y que se llamaba Ña Paremé.

La Viejita-Imbécil estaba esa tarde mirando a Chasamán, a las serpientes, los ratones y sapos, y les musitaba suavemente su letanía. Chasamán obtuvo como tres imbéciles, otros tantos las serpientes y hubo al menos uno para cada ratón o sapo. Nosotros, al violar su distancia de fuga, fuimos también premiados con una serie de imbéciles cada uno. Benvento —que no dejaba escapar una ocasión como ésa— le ladró *imbécil será tu abuela vieja chuchetumadre* y ella retrocedió asustada y luego se encaminó hacia la salida sin contestar y profiriendo su mantra con un poco más de énfasis.

La Viejita-Imbécil se fue marchando con los acordes de la música oficial del show, que era de tipo oriental, como es lógico y hasta majadero decirlo, pero oriental a la manera mapochina o del Cono Sur: melodías del tipo de *Bájame la jaula Falaja, bajamelá, bajamelá... Bájame la jaula Falaja, bajamelá, bajamelá...* connotando encantadores de serpientes, odaliscas y cúpulas doradas de mezquitas como las que aparecían en *El ladroncito de Bagdad,* como también alfombras mágicas, lámparas maravillosas y caballos volantes de Kamaralakmares del otro lado del Mapocho, y eso era lo que generalmente se oía durante gran parte del show, si puede llamarse show el pasarse ahí echado con un taparrabos de lana.

También, cambiando de exotismo, se trasmitían canciones del misterioso Kettelbey, procurando infundirnos incomodidad o angustia, en discos chicharrosos que apenas dejaban adivinar su melodía, y se trataba del muy familiar *En un Mercado Persa*. Otras orientalidades que no venían al caso eran trasmitidas ocasionalmente, como una música aspirante a china que después sería utilizada por los restaurantes para dar ambiente y ayudar a los comensales a ensalivar y deglutir una comida para la cual no estábamos preparados. Eso de mezclar lo dulce con lo salado es un acto que nos ha tomado el tiempo de varias generaciones para aceptarlo, y en realidad se ha necesitado el exilio de un millón de chilenos para entrenar un paladar que sólo sabía del sabor prístino del choclo en la cazuela, el crujido del apio y de la carne cocida, todo muy ecuménico, intercostal, casi sagrado por lo bobalicón y casi bobalicón por lo sagrado. ¡Quién pudiera volver a esos sabores! Cuando siento el dolor y la delicia de probarlos al cabo de tantos años, me parece que estuviese devorándome a mí mismo, encontrando el misterio del pasado infinito con sus voces apagadas, descrito en el sabor, por ejemplo, de la cazuela de gallina soltera o del arroz graneado. Como en esos sabores y texturas estoy viviendo desde hace más de medio siglo, y saltuariamente en los últimos años del exilio y la lejanía, y como es lo único de mí que sobrevive, mejor es comernos y volver a saborearnos en ese acto caníbal y angélico, resucitar en dos o tres pedacitos de poroto verde cortados en forma romboidal, en el choclo mascado en la humedad del caldo y en el perejil y el cilantro agudo que te destapa las narices y el cerebro: su olor es una bala que siempre alcanzará tu cerebro desde la frente, en un acto regenerador.

La música orientaloide de Chasamán hacía un *break,* necesario para su negocio, y se trasmitía la canción que estaba más de moda en ese entonces, un momento transicional del bolero al mambo que fue llenado durante unos pocos meses por el mundo de la zamba brasilera, la zamba original, anterior a la bossa-nova. En esa especie de interludio musical de la zamba, donde todos los chilenos tuvimos la oportunidad de volvernos un poco cariocas, al menos por las orejas, se hizo muy famoso el conjunto de Fafa Lemos, que tocaba las zambas con un violín líder que daba el tono. Otro sonido especial lo lograba silbando el famoso Elmo Tanner con la orquesta de Ted Weems con su *Heart Aches*, que era una zamba híbrida perteneciente a ese mundo limítrofe, bastardeado a la manera de Xavier Cugat o de los tangos reconstituidos en estilo hollywoodense, en una operación adaptativa que —a los ojos de los que la efectuaban— mejoraba o hacía digeribles los productos de la subcultura latina. Esto ocurrió por muchos años hasta que la fuerza de nuestra música, unida al talento visionario de unos pocos americanos como Dizzy Gillespie o Charlie Byrd, diera como resultado un verdadero lenguaje nuevo que vigorizaba y dignificaba por igual a ambas culturas.

Esta *Heart Aches* mereció inclusive la fatiga de una traducción al castellano, cosa que ocurría cuando el interés por una canción superaba lo normal y se deseaba llegar al corazón de los verdaderos parias que de inglés no sabían nada ni siquiera de oídas. Así el acto de traducir *Heart Aches* no era en sí abominable, aunque lo fuese el resultado: *Penas del corazón*, donde un cantante amariconado plañía

Cómo sufres
Corazoncito por tu dueña
Que te ha dejado
Abandona—ado
Con la amargura del que sueña
En va—a—ano...

Todas estas zambas y americanadas se trasmitían en algún momento del día en el show de Chasamán, mezcladas a la otra música que daba la tónica, o sea la oriental, la china por atribución, o mañosamente nipona, la danza árabe del Cascanueces, el empalagoso Kettelbey y algunos ejemplos de auténtica música árabe de los cuales debían tener un repertorio de discos en 78 rpm, porque no existían las grabadoras magnetofónicas y siempre había que disponer de un cuchitril o repostero donde poner los discos y cambiar las púas para no arruinarlos.

Chasamán no parecía enflaquecer en modo apreciable, lo que acrecentaba los rumores de que secretamente se alimentaba con algo más que un plátano y dos huevos y poco a poco todo el espectáculo se nos volvió casi insoportable. También la mujer que estaba en la puerta dejó de interesarnos a pesar de que hasta llegó a dejarnos pasarle la mano un poco por los muslos antes de descargarnos un megafonazo, y empezamos a ir menos seguido donde Chasamán, prefiriendo vagar por otros sitios más interesantes como la tienda de Gath & Chávez. Para ir allí no había que pasar por Ahumada sino más bien subir por Estado, desde el lado del externado del Instituto, hasta llegar a la esquina de Huérfanos, donde estuvo el negocio hasta que lo demolieron en la mitad de los años 50. Cuando existió, Gath & Chávez era un sitio encantado, y representaba el reservorio de las maravillas últimas, porque evidentemente nos contentábamos con poco. Era como un pozo de los deseos construido alrededor de la gran abertura en el centro donde podían verse los pisos inferiores, y ello me producía el deleite morboso del vértigo. Era el único lugar de Santiago donde, en diciembre, el empleado más veterano se vestía de viejo pascuero, montándose cada año una escenografía diferente como habitat de San Nicolás, un lujo inaudito para la ciudad. Debemos pensar que crecimos en un lugar del planeta tan pobre que ni siquiera brotaban callampas después del aguacero, y cuando ello ocurría, era casi un milagro. Para los que todavía creían en el viejo pascuero, llegar ahí era un momento absolutamente grandioso, como lo era entrar a la basílica de San Pedro en Roma y ver al Papa, para los católicos fervientes.

Al parecer, la edad de oro de Gath & Chávez fueron los años 30 y ese esplendor se prolongó hasta los 40, mientras que los 50 marcaron la decadencia y el fin, al entrar otros negocios a hacerle competencia desde el ángulo desleal de la baratija, un mundo de pacotilla que iba desplazando a la vieja decadencia burguesa en la cual crecimos y fuimos nutridos. Gath & Chávez representaba al dedillo ese mundo hecho con una forma de dignidad condenada a muerte, y así cayó demolido para ser reemplazado por otro edificio anodino con oficinas y baratillos, señalando el paso hacia nuestra modernidad de cuatro chauchas, etapa en la que todavía vivimos cuarenta años más tarde.

Hablar de cosas de cuarenta años atrás es saltar el doble katún con canillas flojas. La nada de Carlos Gardel se vuelve un todo respetable, y ese abismo ladra como unas fauces torturadas por un dentista más bien desconsiderado, como ése que interpreta Steve Martin en *Little Shop of Horrors*. Cuando fui llevado a ver al Viejo Pascual de Gath & Chávez, se le había ambientado en un enorme zapato donde varias muchachas, también empleadas de la tienda, estaban disfrazadas de ratita. Era evidente que San Nicolás o Santa Claus vivía en una cueva ratonil, pero a mí todo me pareció fascinante, un mundo de absoluto ensueño. El viejito pascuero me hizo las preguntas de rigor *¿se come el niño toda su papita?* y *¿obedece siempre al papá y a la mamá?* y ni siquiera pestañeó cuando le entregué mi carta en la que solicitaba nada menos que un tren eléctrico: no era él sino mi padre quien tendría que pagarlo. Unos ocho años habían pasado desde entonces, hasta el momento en que con Varolio y Benvento nos dirigíamos todas las tardes después de pasar frente a Chasamán y la gloria de los muslos de su anunciadora, a perder nuestro tiempo en ese también glorioso laberinto. En Gath & Chávez había otro tren eléctrico, muy grande y poderoso, hecho en una escala mucho mayor que la de los trenes Doggenweiler como el mío, o de los americanos Lionel o American Flyer que muy rara vez aparecían en los negocios y en muy contadas casas de amigos quienes, sólo por eso, ya entraban en la categoría sobrehumana. Las locomotoras de los trenes Lionel —los hacían en una pequeña fábrica en un suburbio elegante de Detroit que pude visitar treinta años más tarde— también echaban humo producido por cápsulas que se introducían por la chimenea, lo que les daba un apabullante sentido de realismo. El enorme tren eléctrico de Gath & Chávez aparecía y desaparecía en túneles de cartón piedra, y recorría todo el piso de los juguetes, durante la temporada febril y llena de expectativas que precedía a la Navidad, cuando el nefasto ciclo escolar se había cerrado y nos aprestábamos a gozar nuestras bien o mal ganadas vacaciones.

La Pascua luminosa de sol y su Nochebuena cálida, en medio del perfume del verano austral siempre han contrastado con los absurdos árboles de Pascua con nieve falsa impuestos por el colonialismo cultural en que siempre hemos vivido. Sólo mucho más tarde, llegados a Detroit en 1981, conoceríamos la nieve en Navidad, en la situación más cercana a la desolación y la miseria existencial absoluta que pudiéramos haber experimentado en esta vida. Era la archifamosa *White Christmas* del viejito Irving Berlin, muerto hace poco, casi tan centenario como su canción. La Navidad blanca es muy diferente de la Navidad dorada del Sur, la cual nunca conocerá la desolación del encierro, la otredad separando a las almas para siempre, como sucede en el Hemisferio Norte. Los símbolos nórdicos como el de Santa Claus llegaban al Polo Sur cambiados de onda y revitalizados por la fuerza que entre nosotros otorga lo exótico, y no nos parecía extraño ver al viejito con su grueso traje de pieles y lana roja. Nos parecía que estaba allí, por el contrario, para redondear un mito que desde ya era ajeno, lejano, y sin embargo esencial.

El espíritu de la navidad es universal, es cierto, pero hay una navidad que es más chilena que las otras, hay una dimensión de la pobreza que recibe cualquier don como riqueza. Todo brillaba así en la noche doblemente buena, la fiesta de los juguetes mejores, los que sólo en esa ocasión se podían dar cuando era posible darlos, y también esa noche comeríamos muchos platos especiales, como el pavo asado en el horno de la panadería, y hasta beberíamos el Cola de Mono, cocktail explosivo y pateador del hígado, hecho de aguardiente y café con leche.

En ese ambiente festivo de Gath & Chávez, cargado con la felicidad de haber cumplido con una fracción de nuestros deseos, pasábamos mucho más tiempo que en cualquier otro sitio del centro de Santiago. De todo podía hallarse en sus cuatro pisos, desde las colonias importadas de Francia e Inglaterra que mi familia prefería y atesoraba, como la lavanda Yardley o los polvos faciales Coty para mi madre y abuela, que venían en unas enormes cajas como para galletas con estampados de umbelas, dientes de león o pompones que volaban, hasta los géneros y *tweeds* para hacer los ternos a medida que mi padre prefería. Después todo eso se perdió y algunos lo lamentamos, ya que era nada menos que todo un mundo el que desaparecía. Es más que evidente que Chile como sociedad tenía cosas más importantes que comprar, antes que perfumes o sedas importadas. Gastar el producto de nuestro país en artículos suntuarios era un crimen, cuando a la mayoría le faltaba lo más elemental. Pero lo que se perdió para nosotros al desaparecer Gath & Chávez también era importante: la posibilidad de revelar un tipo de vida que parecía de otro mundo y lo era, y eso no dependía de que los artículos fuesen importados o nacionales, sino de una concepción unitaria del universo, que desgraciadamente no era trasmisible, ni podía repetirse en otro espacio - tiempo, y mucho menos en el que nos tocó crecer.

Para qué decir que el departamento de Gath & Chávez que más frecuentábamos era el de los juguetes. Era muy especial y todo estaba expuesto al alcance del cliente, siguiendo el concepto de las supertiendas del futuro. Hasta podían ser robados, si era de seguir nuestro instinto. Benvento tenía en la mano una hallulla de Bamsam —como llamábamos a un juguete como un *kazoo* redondo de plástico donde al soplar cantando una melodía, se podía imitar el sonido de una trompeta — y estaba por birlársela, porque nos habíamos propuesto apropiarnos de los juguetes que eran robables, así por deporte y no por necesidad. Bamsam se había lucido con una de esas hallullas en el último calducho con el Peludo San Martín, tocando todo un repertorio de obviedades que empezaba con *Río, río* y terminaba con la Canción Nacional, pero sin duda era mejor oirlo soplando la hallulla que sobando su violín rascatripas.

Recuerdo la cara radiante de Benvento con una hallulla roja en la mano, lista para echársela al bolsillo, cuando llegó uno de los dependientes, gris y pálido como un tuberculoso y le preguntó o más bien masculló entre dientes algo que podría haber sido *¿qué se le ofrece?*, como hacían todos los vendedores de Santiago, siempre mirando para otro lado, hacia el horizonte o el vacío, nunca mirándote a los ojos, sin ningún deseo de que compraras nada sino todo lo contrario, que te mandaras cambiar por donde viniste habría sido lo más oportuno o si no, te decían *no tenemos eso* y tú que estabas viendo el artículo en un anaquel o en el escaparate le replicabas *¿y eso qué es?* y el vendedor en el mejor de los casos te contestaba *no está para la venta* dándose media vuelta. Ni siquiera atacándolo físicamente habrías podido hacerlo reaccionar o alivianarle el peso de su noche.

Benvento, hallulla de Bamsam en la mano, miró al mínimo ratón en terno oficinesco y corbata como palo ensebado, le alargó su tesoro que estaba listo para ser sepultado en su bolsillo y el vendedor no llevó las cosas más allá, porque la situación era ambigua —todavía el robo no se había producido aunque él preveía claramente su circunstancia— y no deseaba verse metido en confrontaciones embarazosas.

Hubiera sido muy difícil para mí robar lo que más deseaba tener: se trataba de trenes eléctricos o de una estación de servicio donde los autitos subían por las cremalleras y bajaban por los toboganes y pasarelas que caían a medida que rodaban hacia abajo. Era una torre de latón pintado y creo que —como nunca pude tenerla— quedó como el ejemplo más esencial del juguete que nunca más se volverá a ver y que se busca hasta cuando la adultez nos hace arrastrar las rodillas y otras partes del cuerpo. Era ésa una torre tronadora y deslumbrante, cuya lata esmaltada perfumaba como si hubiera albergado té o fragancias venusianas en ella, y emitía suaves estallidos de latón y tañidos como de marimba al rodar los autitos en su trayectoria descendente, mientras que al subir lo hacían con un mecanismo de cuerda. Esa torre no fue el único objeto que nunca pude obtener, a pesar de que mis padres siempre eran todo lo generosos que podían, y ahora me resulta evidente que hicieron muchos sacrificios para comprar lo que yo solicitaba, en dos ocasiones en el año, la Navidad y mi cumpleaños.

Había juguetes que eran simplemente imposibles de obtener, porque su precio estaba más allá de cualquier presupuesto normal. Los que más deseaba en aquel tiempo eran modelos de barcos y aviones, artefactos en el límite de lo infantil y la diversión del adulto. No sabemos por qué extraña razón dentro del mundo comercial santiaguino, en la muy exclusiva perfumería y sastrería Flaño de calle Huérfanos pusieron a la venta un gran velero de una belleza nunca vista, al menos por mis ojos. Tenía todos los detalles de velas, cables, cabrestantes y las cabinas lucían ventanas con vidrios de colores. Hasta poseía una ruedecita de timón perfectamente operante. Todo el modelo estaba hecho a escala y su casco estaba barnizado con pintura verde en la obra viva, que se veía como calafateada con esmeraldas. Ese velero era perfectamente capaz de navegar, teniendo quilla con lastre, pero hubiera sido un desacato poner esa maravilla en cualquiera pileta de Santiago, como no fuera en una piscina o alberca de azulejos o de mármol construida para él, porque tal cosa se merecía.

Todos los días pasaba a verlo, y pude hacerlo por mucho tiempo todavía puesto que su esplendor no era para ser comprado fácilmente, ni siquiera por alguno de los nuevos millonarios que habían aparecido con la política de rapiña oficial instaurada por el Loco Zambero. Una día ya no me resistí o más bien dicho superé el intimidatorio portal de Flaño —donde parecía que ya antes de entrar te estaban juzgando la clase y la solvencia— y pasé a preguntar el precio del velero. Un hierático y calvo dependiente con todas las trazas de ser un veterano del negocio me dijo el importe, que ya no recuerdo pero que era altísimo, algo así como varios miles de dólares traducido al presente, o lo que podría haber costado un auto. Recuerdo esa cifra casi con inocencia, como si no fuera más que mi dinero para el bolsillo de cada día. Sin inmutarme le pregunté *¿y pueden dar facilidades de pago?* y el pelado me respondió *claro... nos firma las letras no más...* Le dije que *no las firmaría yo sino mi padre, que es el contador con Luis Castellano Veas* pensando que así pondría en su lugar al despachero con ínfulas de vendedor de clase, sin saber que para impresionarlo se requería mucho más que el nombre de un contador. Como todo vendedor que se preciaba, él ya se había marchado sin un ademán ni saludo, por lo que ese contacto comercial mío en el mundo naviero se mostró realmente humillante.

No era éste el único barco que había sido exhibido en el centro. En la primera cuadra de Ahumada había una ferretería donde tenían una gran nave de pasajeros que ocupaba una vitrina entera, un transatlántico de unos tres metros de largo, con sus puentes, cabinas, ojos de buey, chimeneas, botes salvavidas y su gran casco negro con la obra viva pintada de bermellón. Este es un recuerdo muy lejano, que se remonta a nuestro primeros años en Santiago, cuando todavía iba a todas partes con mi padre o acompañado de otro miembro de la familia. Yo le pedía insistentemente a mi padre que me comprara el barco gigantesco, y él cada vez se hacía el sordo.

Cuando recorría diariamente el centro y especialmente esas primeras cuadras de Ahumada, con Varolio, Benvento, Cholimbo o Pabuelo, el gran barco ya no estaba en la ferretería pero sí, en otra muy cercana, vendían aeromodelos. Dos de ellos me gustaban especialmente, uno inmenso de casi dos metros de envergadura, con motor a explosión y otro con motor de elástico, un poco más pequeño. Allí compré en lo sucesivo materiales para los aeromodelos mucho más modestos que yo armaba. También los compraba listos para volar, como un planeador que lanzaba con una honda de elástico y que se llamaba American Glider. Este planeador hacía preciosas acrobacias y tenía excelentes condiciones voladoras.

Yo compartía esas aventuras de aeromodelista con Alexis, mi amigo y antiguo condiscípulo del United States Academy, quien era un niño muy especial, circunspecto y ordenado desde la infancia, lo que se reflejó después en su elección de la carrera militar. De ello se deduce que teníamos poquísimo en común, y sólo nos acercaba el amor por los aviones. Alexis era meticuloso hasta la manía en el cuidado de sus aeromodelos. No dejaba de tener razón porque cada avioncito, por el solo hecho de volar, parecía estar destinado a ser perdido o destruido como los volantines que se iban cortados porque alguno por ahí maniobraba el suyo con hilo curado, que no se preparaba exactamente como había hecho un muchacho en una tira cómica de *El Cabrito* (sumergió el hilo en un vaso lleno de vino y después de un rato dijo *ya debe estar curado*) sino que era necesario recubrir el hilo con vidrio molido y cola para poder cortar el de los otros, ya que el placer de alguna gente no estaba tanto en encumbrar sus propios volantines como en echar cortados a los de los demás. Recuerdo la primera vez que encumbré un volantín: fue con mi tío Cochecho, quien sabía más de volantines que el resto de la familia. La impresión de verlo subir guiado por su mano experta, fue algo increíblemente bello. La sensación de poner distancia entre nosotros y el aparato volador y su subsecuente empequeñecimiento era un misterio que todavía me atrae. No habíamos terminado de elevarlo cuando se cruzó encima del mío el hilo curado de otro volantín manipulado por un pequeño hijo de puta, con la precisión de un practicante que mueve la lima con que descabeza la ampolleta de inyección. Mi volantín prestamente se fue cortado y lo vi evolucionar dándose vueltas como un pez loco, antes de desaparecer en la lejanía.

El American Glider era catapultado con una honda de elástico que lo lanzaba a unos cincuenta metros de altura desde donde descendía haciendo vueltas y *loop-in-the-loops,* como si estuviese programado misteriosamente para hacer esas acrobacias, hasta caer, si es que teníamos suerte, en el prado de la cancha de Campos de Deportes donde lo íbamos a hacer volar con Alexis, o mucho más lejos, más allá de las casas del este de la avenida Campos de Deportes, donde finalmente se perdió el mío, no pudiendo ubicar dónde había caído.

Alexis no hacía volar su planeador, con esa astucia armenia que estaba tatuada en su sangre, prefiriendo que yo arriesgase y eventualmente perdiese el mío. En cambio él guardaba el suyo en la caja original, envuelto en su papel de seda, cuidadosamente plegadas las alas hacia atrás, como las de una gran cigarra durmiendo, y también el elástico hecho un manojo alrededor del bastoncillo de lanzamiento.

Ninguno de mis amigos del Instituto pudo acompañarme en mi pasión por esas maquinillas voladoras, cuyo origen último se remontaba al genio multiforme de Leonardo da Vinci, quien tanto podía tocar lo sublime como lo infernal. Benvento, Varolio o Pabuelo eran demasiado pobres de cuerpo y de espíritu para ello. Pero siempre yo encontré quién me acompañara en cualquiera de mis fulminantes y totales pasiones: los aeromodelos, los trenes, los microscopios y después los telescopios.

Un día me atreví a preguntarle el precio de uno de los aeromodelos a un dependiente de la ferretería. Como el del barco, tampoco recuerdo cuánto valía el avión, pero sí que era una suma estratosférica y no es de extrañarse que nunca ninguno de ellos se vendiera. Más que el de motor a explosión, cuya tecnología me resultaba intimidatoria, me interesaba el de motor a elástico: había algo de espectacular, inaudito y espeluznante en el retorcerse y retorcerse del elástico del avión, formando un nudo como de serpientes o masa de gusanos, un fenómeno extraordinario. Los aviones chicos, como los que yo tenía, llevaban su elástico descubierto, como quien dice en cueros vivos. Cuando uno los preparaba para volar girando la hélice, la madeja de elástico se contorsionaba como en dolor, y los nudos formaban un diseño a la vez fascinante y horrendo. En los aviones grandes con fuselaje cerrado, como el de la ferretería, ese elástico era más que una madejita de hilos finos como los que sostenían las pretinas de calzoncillos y calcetines. Eran dos grandes madejas que se retorcían como intestinos o salchichas torturadas, para luego desenrollarse con fuerza de verdaderos motores haciendo girar la hélice de madera balsa, muy liviana y tan dura como la de los aviones reales.

El gran avión de la ferretería tenía todas esas características, y su hélice estaba provista de un dispositivo que le permitía ponerse en bandera: cuando la carga del elástico se agotaba y el avión había alcanzado su máxima altura, el elástico se descargaba. Para evitar que siguiera dando vuelta y rotando en sentido contrario, el mecanismo de puesta en bandera desconectaba la hélice con un ingenioso resorte, ésta seguía girando al viento y el avión bajaba planeando.

Aprovechando su benevolencia circunstancial, también le pregunté al vendedor cuánto podía volar el avión grande. *Vuela media hora,* me dijo, en un derroche de cortesía y elocuencia, tal vez considerando que ya le había comprado varios avioncillos en la ferretería, incluyendo los dos planeadores americanos, cemento duco y otros elementos para el hobby del aeromodelismo. Ahora bien, si un avión como ése podía volar media hora ¿lo hacía en línea recta, de manera que seguramente iría a perderse en una apreciable distancia, o volaba en círculos para por fin volver a las manos del dueño como un halcón domesticado? Este dato de la media hora de vuelo parecía ser una referencia profesional, y en la revista *Hobby,* que venía de Argentina, aparecían muy diversos tipos de aeromodelos. Uno se parecía muchísmo al de la ferretería y se llamaba Jorge Newbery, quien había sido un famoso aviador argentino. En la sección donde se hacía una descripción con fotos de los aviones terminados, se afirmaba que el Jorge Newbery volaba fácilmente media hora.

Es extraño, pero no inexplicable, que en vez de irnos de Gath & Chávez por Estado lo hiciéramos por Ahumada, e invariablemente volvíamos a pasar frente a la entrada del show de Chasamán, donde los parlantes y también la viva voz de la mujer seguían proclamando

CHASAMAN DESAFIA A LA MUERTE...

CHASAMAN DESAFIA A LA MUERTE...

Cuando estaba contenta, la chocluda nos hacía un gesto de saludo, nos acercábamos y hasta avanzábamos la mano para tocar el choclo y sentir la descarga de deseo que venía de inmediato, hecho que parecía invocar el castigo de alguien puesto que estábamos en plena calle y en pleno día, con los tendones de las piernas bien dispuestos para saltar cuando ella nos aventaba el bocinazo en el cuesco o el rodillazo a los cocos.

Ella era muy casta estando parada en medio del tráfico de calle Ahumada y nos hacía ese saludo *de cuates* entre las micros que subían desde Arturo Prat hacia Independencia, al otro lado del río Mapocho, al cual no sabíamos entonces que el poeta dedicaba odas de invierno.

C

sueños transandinos

En julio de 1952 mi curso viajó a Buenos Aires, cumpliendo una tradición de los quintos años del Instituto. La administración del colegio tenía una bien aceitada maquinaria de conexiones hoteleras en un tiempo donde las agencias de turismo eran muy raras, al menos en Santiago. Un inspector con pasaje pagado a prorrateo viajaba a cargo del grupo cada año y a veces el mismo Poblete lo hacía, horrenda perspectiva que podía arruinar hasta un viaje al mismo Paraíso Terrenal. Esta vez fuimos afortunados y viajó con nosotros Leiva, un señor gentil y moderado de talante que durante el viaje hizo de administrador, consejero, guía, padre y madre. Lo que menos necesitábamos era un administrador rabioso de horas y de vestimentas, por lo que la elección de Leiva fue realmente afortunada.

El grupo habitual de amigos se quedó en Santiago. Varela y Cholimbo eran demasiado pobres para permitirse ese lujo y Pabuelo no manifestó interés aunque podría haber afrontado los gastos, ya que cada italiano en Santiago tenía un almacén de comestibles y su familia no era la excepción. Fue una delicia que no viajaran los matones, el Caballo y el Coño por ejemplo, demasiado brutos para gastar dinero en una gira de estudio. Mis amigos durante esos días fueron Charlita, el Chico Bendersty, el Chino Morán, Luis Felipe Radrigán y el Polaco Wisniak, que siempre se comportaron como hermanos mayores hasta solícitos, lo que no dejó de sorprenderme y que demuestra que el ser humano es imprevisible y también insondable.

Buenos Aires era un mundo saturado de cultura, y desde Chile sólo podíamos vislumbrar lo más evidente y periférico, pero había aspectos que considerábamos de importancia vital. Uno de ellos era los teatros de revistas, y muy especialmente el Teatro Maipo, cuya fama había llegado al colegio por los relatos de otros alumnos de quintos años precedentes, que hablaban de docenas de mujeres con las tetas al aire en el escenario, cómicos fabulosos, orquestas indescriptibles.

Además de visitar ese centro sagrado donde se podía ver tetas desnudas, yo tenía una razón muy concreta para ir a Buenos Aires: llegar por fin a El Aguilucho, el negocio de aeromodelismo que por sus avisos en la revista *Hobby* significaba para mí una atracción mayor que lo descubrible en los teatros, porque al parecer mi parte de soñador impenitente a veces prevalecía dentro del cuerpo y el alma sometidos a la angustia del crecimiento. Yo conocía todos los modelos que vendían en El Aguilucho, con propulsión a elástico y con motor a explosión. El Jorge Newbery era casi idéntico en tamaño y estilo al avión que nunca pude comprar en la ferretería de calle Ahumada. Tenía reservados los nacionales necesarios para adquirir el juego completo del aeromodelo, y habría renunciado a comer antes que dejar de comprarlo.

Era la primera vez que me subía a un avión, grande o pequeño, y una cosa era jugar con avioncitos y otra subirse a uno de verdad, trepidante y rugiente. Viajamos en Aerolíneas Argentinas, que tenía una flota de DC-6, aviones gigantescos para esa época y lugar. El nuestro era blanco y celeste, los colores del emblema argentino, y se llamaba Niña como la tercera nave de Colón, porque se suponía que esos aviones descubrían nuevos y extraños mundos. Encaramarse con el aeroplano debajo de las nubes, buscando el camino por entre los desfiladeros nevados de los Andes fue una experiencia pavorosa de la cual creo se origina mi miedo posterior a volar, desarrollado con los años como si ese pavor fuera un tumor plantado en la conciencia por un acontecimiento demasiado fuerte y que luego se desarrolla muy lentamente, como los cánceres más letales. También de ese tiempo debe datar un sueño recurrente, en el cual aparezco viajando en un avión que vuela entre rascacielos que parecen torres de Gaudí multiplicadas por diez, como en la Gotham City del odioso Batman. El avión va sorteando estrechamente esas torres en el vuelo y de pronto vemos que en una de ellas hay un esqueleto esperando que el aeroplano se acerque para saltar sobre el ala, maniobra que ejecuta a la perfección, haciendo bambolear peligrosamente al avión. No llegamos a caer, y el esqueleto se queda aferrado en el ala, haciendo señas desesperadas hacia la cabina para que lo dejen entrar.

Los aviones a hélice como el DC-6 debían ascender mientras los motores rugían y rechinaban como una yunta de caballos reventados por el esfuerzo, enfilándose por los cajones cordilleranos hasta alcanzar la altitud de crucero. Esta no era mucha, porque no había cabinas altimática y estaban lejos de alcanzar los treinta o cuarenta mil pies a los que viajarían los jets de las generaciones posteriores. De no haber ido siguiendo los cañones y los espacios abiertos, los aeroplanos se habrían estrellado invariablemente en las montañas que flanquean Santiago por el oriente. Se veían los picachos acercándose pavorosamente y el paisaje era veteado de blanco y negro como el cuero de un animal lleno de grietas y protuberancias. El viaje en línea horizontal del avión se veía interrumpido a cada momento por los bolsones de vacío que llenan el aire a semejanza de burbujas invisibles dentro de la atmósfera, como si ésta fuera en realidad un inmenso queso gruyere de gases y vacío. El avión, cada vez que encontraba esos hiatos de la atmósfera, caía bruscamente una decena o más de metros y la sensación era horripilante. Me mantenía sentado, amarrado al asiento con mi cinturón de seguridad, mientras otros andaban paseándose nerviosamente, lo que era muy peligroso por las caídas. El Chico Bendersty y algunos más incluso andaban fumando, porque Leiva hacía desde ya la vista gorda en todo y también porque en ese tiempo se permitía fumar en todas partes: cualquiera se tomaba la libertad de ensuciar el aire que tú respirabas y no había cómo evitarlo.

El Chico Bendersty me dijo *¿creís Mono que saldremos de ésta, y que llegaremos vivos?* y le dije *eso espero Lolito* y en ese mismo momento el avión cayó en un vacío como de cincuenta metros y el Chico y los otros se fueron de espaldas como conejos. Las azafatas llegaron corriendo a hacerlos sentarse y amarrarse los cinturones.

Llegó un momento en que el avión pareció despegar otra vez y elevarse por encima de esos cañones donde todavía los cerros y los riscos nevados pasaban a la misma altura que el aeroplano. Alcanzamos una región de relativa serenidad atmosférica o lo que fuese la dimensión en la que el aparato se movía, mientras cruzábamos la pampa, como si el aparato siguiese una línea paralela a la chatura del terreno, y no hubo sobresaltos ni hundimientos. Pensábamos que se iba a aterrizar en el mismísimo Buenos Aires, pero realmente lo hicimos en el pueblo de Ezeiza, bastante lejos de la capital. Cuando llegamos a Ezeiza era casi de noche y habíamos salido poco después del mediodía. Un bus contratado para la gira nos dejó en la capital después de una hora de viaje.

Nos instalamos en el hotel Londres de calle Lavalle, en pleno distrito comercial, y entramos al centro por el lado de la Estación del Retiro con una visión espectacular de los edificios del centro, que eran mucho más altos que los de Santiago: el llamado Cavanagh con sus treinta o cuarenta pisos era casi tres veces más alto que el modestísimo Hotel Carrera. Estábamos deslumbrados por las luces, los avisos luminosos animados y la cantidad de gente divirtiéndose por todas partes, a la misma hora en que nuestra calle Ahumada era un callejón tenebroso.

Las piezas del viejo hotel Londres eran muy espaciosas y cuatro a seis muchachos ocupaban cada una, como parte del precio especial. Nuestra primera cena argentina fue pantagruélica, como si el hotel nos quisiera dar una bienvenida más que suntuosa. El desayuno y la cena estaban pagados de antemano en el arreglo que teníamos con la organización de nuestro viaje. Todo era interesante y diferente en las comidas, pero lo más notable eran los desayunos con jugo de frutas y muchos alfajores de estilo argentino, o sea tortitas rellenas de dulce de leche. Había alfajores por todas partes y los vendían también en la calle, como una institución nacional. Eran diferentes de los alfajores que conocíamos: los argentinos eran más duros y también estaban recubiertos de una capa de azúcar cristalizada. Nos hartábamos de ellos y yo siempre andaba con alguno en el bolsillo. Las bebidas también eran diferentes, salvo la Coca-Cola que ya empezaba a ejercer el matonaje gaseoso, y había algunas exquisitas como el Pomelo Neuss, que se parecía a la Papaya chilena, hermana pobre de la Bilz. Años después mi amigo y editor Armando Menedín me dijo que también en Buenos Aires existía la Bilz, una variedad argentina, pero nunca la vi esa vez. El Pomelo Neuss tenía un sabor muy especial que lo volvía delicioso después de las largas caminatas por la ciudad. También estaba la cerveza de Quilmes, que mis compañeros más grandes apetecían y que se podía obtener con completa liberalidad en el hotel durante la cena. Yo no estaba preparado todavía para beber alcohol aunque fuese en el muy módico grado de la cerveza. Prefería las bebidas gaseosas como el Pomelo Neuss o las otras de la inmensa variedad de nombres y botellas desconocidas que había en el hotel y en los bares y cafés. Haber pasado de Santiago a Buenos Aires era como haberse trasladado de Paine a Santiago, sin que la comparación fuese para nada disparatada.

Después de esa primera cena no resistimos la tentación de salir a merodear por los alrededores. El hotel Londres estaba en el extremo oriental de la calle Lavalle que marcaba el comienzo de las muchas cuadras de cines, donde los había uno al lado de otro, docenas de ellos. En Buenos Aires había una población noctámbula que evidentemente dormía de día y se levantaba al anochecer como los vampiros, pero éstos eran vampiros sedientos de café italiano, cerveza y vino, y glotones de parrilladas, pizzas y chinchulines. Con Radrigán, el Chino y Bendersty salimos esa noche a caminar por Lavalle y llegamos hasta la inmensa avenida

Nueve de Julio desde donde se veía el obelisco que estaba un poco más al sur, en el cruce de la avenida Corrientes y otras avenidas diagonales. La calle Lavalle seguía con sus cines y teatros al oeste de Nueve de Julio, pero nosotros decidimos no seguir más allá y volver al hotel porque el cansancio ya se hacía sentir.

Fuera de las bebidas y las comidas, entre las que se incluían las pizzas —que eran desconocidas en Santiago puesto que la pizzería Ravera abrió algunos años después— nuestra ingenuidad provinciana se vio sorprendida por la presencia de máquinas que expendían condones en los baños del hotel y de los restaurantes. Como en mi país eran material prohibido para la vista y el tacto de los que más lo necesitaban, cuando el Chino llegó con la noticia que *huevones en el baño hay una máquina que vende condones,* al principio no podíamos creerlo. Sólo yendo al farmacéutico se podía obtener en Santiago un preservativo, y el acto de pedirlo era tan embarazoso que mejor resultaba no intentarlo: el boticario te miraba como si hubieras pedido cianuro con el propósito declarado de envenenar a tu propia madre. Nunca en mi vida había visto uno de esos adminículos hasta que esa noche también yo saqué uno de la máquina. En poquísimo tiempo la expendedora quedó vacía y el empleado de servicio debe haber pensado que había llegado una manada de angurrientos sexuales que iba a entregarse a una orgía. Ninguno de nosotros iba a usarlos para lo que eran destinados, si bien algunos de los más grandes fueron esa misma noche a una casa de putas que funcionaba en combinación con una tanguería. Los del quilombo tenían un agente, un tipo lenguaraz parecido a Luis Sandrini, que andaba repartiendo tarjetas con el nombre de la casa en el mismo hotel. Como todavía no me interesaba en tangos, no hice intento de ir, pero un grupo de los mayores ciertamente fue donde las yiras. Lo que hicimos los más chicos fue inflar los condones con agua y hacer una gran batalla en los dormitorios antes de acostarnos. Volaban ellos como bastones blandos o culebras volteando enloquecidas, y si nos daban fuerte en la cabeza, estallaban y nos mojaban. Saber que se trataba de verdaderos condones era lo que hacía el juego tan excitante.

Con el griterío, se levantó Leiva y vino a hacernos callar. Nos dio una moderada filípica aduciendo el buen nombre del Instituto y la necesidad de dejar una buena impresión en el hotel y en la ciudad en general. Los chilenos, dijo, tenían una creciente mala fama en Sudamérica: estábamos catalogados de ladrones, atorrantes y pendencieros y había que hacer todo lo posible por borrar esa imagen. Leiva hablaba pausadamente, como un padre mesurado y calmo de talante. Mientras peroraba sentado en una de las camas, un condón vacío estaba a su lado, desmesuradamente largo y estirado. El Chico Bendersty estaba rojo, atragantado de la risa. Por muchos días se comentó el hecho y recuerdo que Bendersty le decía al Chino, que era uno de los que había ido a putas *huevón el manso condón que estaba al lado de Leiva: era así de largo* y ponía ambas manos a medio metro de distancia. Esos eran condones para burros, a menos que la dimensión hubiese sido dictada por la célebre desmesura transandina.

En la delegación había dos estudiantes que no pertenecían al Instituto y que viajaban aprovechando las condiciones de precio. Uno de ellos era primo de Castrito y el otro de Bendersty, estaban ya en la universidad y se les notaba la diferencia de edad y actitud. Su interés mayor era poder andar libremente de juerga en una ciudad donde eran turistas desconocidos y podían permitirse todo lo que era prohibido o prohibitivo en Santiago. Ambos eran estudiantes de medicina, y se enfrascaban en discusiones clínicas vociferadas en los dormitorios, en las que participábamos los que nos considerábamos a su altura científica. Los primos de Castrito y de Bendersty se instalaban en su dormitorio con tremendos libracos de medicina que se habían llevado para estudiar, aunque les tomaban mucho espacio y peso útil en las maletas. Tenían un volumen repleto de fotografías horrorosas: deformidades embrionarias, fetos con cráneo de gigante y cuerpo de lagartija, y gemelos siameses apelotonados como revoltijos de cabezas, torsos y miembros que para su bien nunca llegaron a vivir. Esas imágenes despertaban vivamente mi antiguo horror por las láminas anatómicas y lo relacionado con el interior del cuerpo humano, sobre todo el temido esqueleto.

Escasamente podía soportar la vista de esas monstruosidades, pero me obligaba a mirar los libros del primo de Castrito porque sinceramente lo creía mi deber como futuro médico. El primo de Bendersty era bastante más relajado como persona y ni siquiera sé si terminó sus estudios médicos o si quedó en el camino, como era por lo demás el destino de la gran mayoría de quienes entraban en cualquier carrera universitaria.

Esa noche el Lolo le había hecho sábanas cortas a su primo, sabiendo que de seguro llegaría borracho después de haber ido a putas con los otros. Las sábanas cortas consistían en doblar la sábana de abajo por la mitad hacia la cabecera de la cama y disponerla sobre las frazadas como si fuera el borde de la sábana de arriba. El que se acostaba en esa cama se veía atrapado en una dimensión desesperante y para salir de ella lo más fácil era arrastrar toda la ropa de cama y tirarse al suelo.

Estábamos ya durmiendo un buen par de horas después de habernos acostado muy tarde comentando lo que para nosotros eran eventos extraordinarios, cuando de pronto nos despertó un canto estentóreo y gangoso y el rumor de gente que abría puertas en el pasillo y gritaba para hacer callar al impertinente. Era el primo de Bendersty que llegaba, mamado como el lirón de la tetera, cantando *Yira, yira*. Entró a la pieza tambaleándose y trató de subirse a varias camas porque no encontró el interruptor de la luz, disculpándose cada vez, *perdona viejito,* con voz traposa. Lo corrían insultándolo y Radrigán le dijo *oye conchetumadre, ¿que se te dio vuelta el paraguas con la tranca?* y él *perdona viejito, claramente no fue mi intención* hasta que encontró la propia y se subió trabajosamente en las tinieblas. Sólo esperábamos ese momento, aguantando la risa.

El primo se introdujo en la cama con las sábanas cortas, y aferró la sábana de arriba como uno siempre hace al entrar al lecho, sin poder meter más que la mitad de su cuerpo. Se le sintió revolverse y forcejear, pero cada movimiento le reforzaba el cepo hasta que profirió un *¿qué pasa?* con una voz tan acongojada como si estuviera en un trance terrible. Siguió debatiéndose y quejándose por un rato hasta que se cayó al suelo con toda la ropa de su cama encima y allí se durmió hecho un lío.

A la mañana siguiente Leiva vino a darnos un sermón: hubo quejas de la administración, y cuando se sentó en la cama de Rajigrán ya alguno había puesto a su lado un larguísimo condón extendido: nos gustaba desde ya saborear las simetrías y los anacronismos, aunque ninguno soñaba todavía con leer a Borges.

Por la tarde yo estaba listo para ir a El Aguilucho. No podía ni quería esperar más. Tenía mis nacionales preparados, y eran bastantes puesto que mi padre había tenido la precaución de obtenerlos en Santiago antes de mi partida. Algunos no fueron tan precavidos y quisieron cambiar pesos por nacionales en Buenos Aires. El resultado fue que los esquilmaron en las casas de cambio, donde aplicaban una tarifa totalmente arbitraria y desfavorable como si el dinero chileno no tuviese valor alguno afuera de la Copia Feliz del Edén, lo que no estaba muy lejos de la realidad. Otros llevaban dólares y esos fueron los que más plata argentina obtuvieron con los traficantes que se aparecían por el hotel: ya el dólar era la llave mágica que imponía respeto en todas partes, como la Voz del Amo. Mi padre me había dado un billete de diez dólares antes de salir, por lo que yo también aproveché del artilugio y obtuve casi el doble de los nacionales que habría conseguido por la vía corriente, y con ellos pude comprar todo lo que quería en El Aguilucho.

Me había traído de Santiago el último ejemplar de la revista *Hobby* donde salía la dirección de la tienda, que estaba en la avenida Corrientes. Salí a ella por Florida y luego caminé subiendo por Corrientes, buscando la dirección. Debí caminar varias cuadras por Corrientes y también cruzar la ancha avenida Nueve de Julio donde estaba el obelisco que recientemente Perón había hecho modificar, cubriéndolo hasta una altura considerable con una especie de cajón lleno de estatuas y frisos del más puro estilo fascista, que yo no sabía reconocer como tal, pero sí podía decir que eran impresionantes por su fealdad. Tengo entendido que ese agregado al obelisco fue destruido tres años más tarde cuando una revolución militar terminó con la dictadura de Juan Domingo Perón.

Yo nada sabía de revoluciones ni de dictaduras y mis pensamientos estaban todos en El Aguilucho y mis aeromodelos. No resultó difícil ubicar la tienda, aunque sí fue sorprendente comprobar lo pequeña que era, más chica que la ferretería de Santiago donde compraba mis materiales de aeromodelismo. Si ella era pequeña, en cambio el surtido y la variedad eran inmensos. No sólo aeromodelos volantes y fijos había allí, sino autitos con motor a explosión, máscaras, disfraces, equipos científicos de juguete, microscopios, telescopios, materiales para los radio aficionados con aparatos a galena —que eran muy populares antes de los transistores— y muchas otras maravillas. No se habían inventado los modelos de autos y aviones radiocomandados e imagino que si El Aguilucho todavía existe deberá tener el surtido más maravilloso del mundo. En 1970, dieciocho años más tarde, cuando volví a Buenos Aires fui a ver si estaba El Aguilucho como antes, y estaba igual, sólo que me pareció todavía más pequeño y también había perdido la magia de esos momentos únicos de mi primera visita.

Me quedé por un par de horas en El Aguilucho y los dependientes estaban muy sorprendidos de tener un cliente que venía de tan lejos y también al comprobar que yo conocía muchos de sus artículos y dominaba la jerga técnica del aeromodelismo, que era considerado más una actividad de adultos que de niños. Les dije que leía regularmente la revista *Hobby* y por eso tenía toda esa información. Después de mucho pesar y sopesar las características de diseño y vuelo de muchos modelos me decidí a comprar el muy respetable juego de armar del Jorge Newbery, cuya foto había visto en la revista.

También compré un avioncito ya armado, con motor a elástico y los vendedores inclusive me regalaron algunos productos como cemento duco y trozos de madera de balsa. Así pude salir cargado de los tesoros que más apreciaba y se puede decir que ese día fue uno de aquellos rarísimos días completamente felices de mi vida. En El Aguilucho inclusive se ofrecieron a venderme por correspondencia en el futuro, posibilidad que en Argentina a lo mejor era factible, pero que en Chile era impracticable. A mi regreso de Buenos Aires encargué madera balsa por vía postal a El Aguilucho, pero nunca llegó: en el correo santiaguino desaparecía todo lo que no era correspondencia simple, hasta la madera balsa para aeromodelos que nunca volarían. Esa tarde volví al hotel radiante de felicidad e hice volar el avión pequeño en el dormitorio y los compañeros se vieron en aprietos para esquivarlo mientras pasaba a velocidad fulminante.

Habíamos empezado a descubrir el inmenso comercio bonaerense y mis compañeros empezaron a hablar de la cadena de perfumerías *Ivonne,* donde las vendedoras eran muchachas despampanantes vestidas de uniforme y maquilladas como actrices, que engatusaban a los clientes con una charla incesante y aduladora. Eran capaces de venderte todo el negocio, porque nosotros estábamos desarmados, hipnotizados por un tipo de vendedor que contrastaba diametralmente con el laconismo y hasta la grosería de los de Santiago. Estas dependientas de *Ivonne* eran zalameras hasta lo empalagoso y sabían halagar nuestro ego de machos imberbes. No te soltaban sin haberte primero cargado de gominas, perfumes, peinetas de colores y formas bizarras, y muchos regalos para hermanas, tías, madres, abuelas y cualquier pariente, amigo o conocido. Cuando fui por la primera vez, acompañado de Bendersty, en realidad me parecía estar viviendo una forma de pesadilla, aunque fuese muy agradable por la belleza de la vendedora que desde la entrada se pegó a nosotros como una mezcla de buitre con ave del paraíso. En esa ocasión sólo buscaba un tipo de gomina que se encontraba en Argentina, pero salí cargado de todos los cosméticos y jabones que podía necesitar para una larga vida, incluyendo talco Yardley y otras exquisiteces inhallables en Santiago. Me cuidé mucho de volver a entrar a una perfumería *Ivonne* por el resto del viaje.

Como es fácil imaginar, no eran los cosméticos o los productos de tocador lo que más me interesaba comprar en Buenos Aires, sino la ropa, de la cual había una inmensa variedad y la calidad era muy superior a la de Chile, con excepción de muy pocas tiendas santiaguinas de lujo. Los precios, por esos misterios de la economía, eran muchísimo más bajos en Buenos Aires, y lo fueron todavía por varios años. Los suéteres de cachemira y de otras lanas preciadas eran una maravilla para nuestros ojos que no se apartaban todavía de lo simple, lo elemental, como también los ternos de confección ya que el uniforme del bluejean como signo de los tiempos no se conocía y todavía estábamos anclados en la vieja elegancia de terno, camisa y corbata.

Me compré dos ternos en Buenos Aires, uno café y otro azul discretamente brillante, con suéteres, camisas y zapatos que les hacían juego, todo por un precio que no habría alcanzado para comprar uno solo en Santiago. Los ambos combinados de chaqueta deportiva y pantalón diferente eran todavía cosa del futuro. Hacia fines de los años 50 se inició la revolución del vestir con la apertura santiaguina de tiendas como Juvens y otras, desarrollándose un cambio total del gusto y las convenciones, en un lapso de quince a veinte años. La variedad de colores era también mucho mayor en Buenos Aires, como si el gusto cambiara antes en los sitios que tienen alguno o mucho contacto con Italia, que parece haber sido desde siempre el árbitro de la elegancia o el lugar donde la elegancia misma nació, en un proceso que involucra siglos de depuración y creatividad.

Los vendedores de la tienda donde adquirí los ternos, bastante sorprendidos de que un chileno de quince años apareciera solo y de sopetón comprando dos trajes con sus accesorios, se prodigaron en atenderme y el mismo dueño en persona tomó todas las medidas e hizo las marcas para ajustarlos y dejarlos perfectos como en una sastrería de medida, y todo con un trato de una gentileza exquisita. Luego el mismo me aconsejó sobre las combinaciones de camisas, suéteres y zapatos, tomándose todo el tiempo necesario.

Los días en que no teníamos excursión, los pasábamos vagando por el centro. Un día fuimos con Bendersty, el Chino y Radrigán al Palacio de las Papas Fritas, que habría sido un restaurante prohibitivo para los standards de Santiago. Sin embargo éste era un sitio popular donde familias enteras se solazaban comiendo los leoninos *bifes chorizo* y asados a la parrilla que cubrían toda la mesa. Por un par de dólares por cabeza obtuvimos una enorme parrillada que trajeron a la mesa con los carbones encendidos en el brasero, con toda clase de carnes asadas, choricitos y chinchulines, y el mozo nos preparó allí mismo una ensalada al estilo italiano, batiendo el aliño de aceite de oliva con jugo de limón en un gran cucharón de plaqué, operaciones todas que nos dejaban estupefactos. El mozo ése parecía salido de una escuela de estudios de hotelería. Su trato era digno de un paje de corte medicea, y uno se preguntaba viéndolo —aunque eso en el momento de ocurrir era un vago sentimiento visceral más que una idea— cuál era el secreto de nuestro subdesarrollo (palabra todavía ignota) y por qué lo que era tan natural en Buenos Aires era imposible en Santiago.

Hasta ahora no tenemos la respuesta, si la hay, aunque una salida fácil sería afirmar que todo proviene de la competencia comercial en una fase mucho más avanzada que ya estaba por alcanzar la fase de la llamada sociedad de consumo. Lo que parecía educación no era tal, sino la necesidad del comerciante de ganarse al cliente, acto que al parecer no era obligatorio en Chile donde la demanda superaba siempre a la oferta, pero no estoy seguro de que este esquema cubra toda posible respuesta.

También el mozo nos ofreció cerveza de Quilmes sin preguntarnos la edad y el Chino y Radrigán la bebieron pero yo la encontré muy amarga porque mi paladar estaba todavía virgen, y preferí mi favorito Pomelo Neuss. Por la agradable sorpresa de su trato y del servicio en general de primera, fuimos muy generosos con la propina y el mozo estaba tan contento que nos acompañó hasta la calle Lavalle deseándonos una feliz estadía y regreso.

Cuando íbamos caminando al hotel se le ocurrió al Chino pasar a comprar cigarrillos en una tabaquería al estilo italiano que había en Lavalle, y le pidió al vendedor *una cajetilla de Pall Malls*. El vendedor se le rió en la cara y le dijo *pibe, si querés cajeta andá donde las yiras que aquí solo vendemos cigarrillos, pipas, puros ¿viste?...* Y cómo le preguntáramos dónde estaban las yiras y quiénes eran dijo *pero pibes de dónde vienen ustedes que no conocen a las grelas, las percantas, las minas buenas para lo que ustedes, por purretes, no deben hacer todavía che...* Así entendimos que en Buenos Aires cajeta o cajetilla era lo mismo que decir zorra en Santiago, y nos fuimos bromeando y profiriendo a toda boca *cajeta—cajeta— ¡cajetilla!... cajeta—cajeta— ¡cajetilla!...*

Al llegar al hotel me esperaban dos buenas noticias: un giro de mi padre por veinte dólares a cobrar en la agencia del mismo hotel y una carta de la Rosa. Esta última realmente no la esperaba aunque debería haber pensado que ella me escribiría pronto. El sobre de la Rosa era muy fino y seguramente lo había comprado en la paquetería de Laszlo Toth y contenía la fotografía de ella con el gallo blanco Kiki, un dibujo de dos flores con los nombres Rosita / Nachito y una breve carta que decía entre otras cosas *yo estoy esperándolo y cada día miro y beso su fotito, yo lo quiero tanto mijito y cuento los días que le quedan para regresar, y son como catorce todavía...*

Aún estaba yo sorprendido por esa carta, con la foto y los dibujos en la mano, cuando Radrigán se acercó para preguntarme quién me había escrito. Al parecer nadie allí recibía cartas, ni mucho menos de la empleada de su casa. Ellos sabían algo de nuestra relación, por alguna confidencia mía que en ningún caso contenía elementos desconsiderados de hociconeo, y siendo más bien ellos los que pedían detalles que yo daba con mucha parsimonia. Rajigrán quedó muy asombrado y creo que desde ese momento me respetó considerablemente más: uno que recibía cartas de amor de una mujer diez años mayor era alguien decididamente respetable.

En cambio mi pensamiento estaba colmado por la imagen de la niña del cintillo azul. Me había comprado los ternos, los zapatos y las camisas para poder vestirlos y tratar la imposible tarea de que ella me viera y distinguiera de la tierra, los árboles o los ladrillos de las casas. Nunca pensé en la Rosa en esos momentos, en la trágica circunstancia del que obtiene el amor pero no de quien más lo desea.

Siempre cenábamos en el hotel para luego salir otra vez a vagabundear hasta muy tarde. La camarera que servía a nuestra mesa era una gordita simpática, con mejillas como duraznos, muy atenta. No hablaba con el marcado acento porteño de Buenos Aires, lo que indicaba que era del interior, posiblemente de Santa Fe o de alguna otra ciudad del río o la montaña. Lo más curioso respecto de ella ocurrió a mi regreso. Un día en que fui a comprar mantecados a la panadería Niza de Manuel Montt cerca de Irarrázaval, vi a una niña nueva que atendía el mostrador y que parecía hermana gemela de la camarera del hotel Londres de Buenos Aires. Como consideré imposible que fuese la misma muchacha no le dije nada y ella era tan tímida y reservada a pesar de sus buenos modales o justamente por eso, que no me dirigió la palabra, si era ella y se acordaba de mí. La Rosa, curiosa e indagadora respecto de cualquier mujer mencionada por mí, le habló y le preguntó sobre su origen: ¡era precisamente la niña del hotel Londres!

Cuando mi compañero de estudios de Farmacia Ptahor Cuevas decía que la vida es un sueño que uno puede modificar a medida que lo vamos soñando, se basaba en este tipo de hechos. Ahora creo que estaba en lo cierto pero ¿cómo es posible modificar un sueño?

Nos estábamos acostumbrando a Buenos Aires, a su hechizo y también a nuestra vida de haraganes de lujo. La próxima excursión fue a la Federación de Estudiantes de Buenos Aires, que era directamente controlada por el partido peronista, y que había alhajado a ese lugar de un lujo inaudito. La sala de sesiones del gobierno estudiantil era una réplica del despacho presidencial de la Casa Rosada, con un esplendor barroco que nos dejó boquiabiertos con tanta moldura dorada, espejos venecianos, escritorios y sillones de terciopelo escarlata. Había en esa ostentación algo extraño y maloliente, casi monstruoso, que no podía pasar desapercibido a muchachos como nosotros, iletrados en lo conceptual, pero acostumbrados a juzgar la *Realpolitik* desde pequeños. Contrastaba ese boato con la espartana condición de nuestra Federación de Estudiantes en la Alameda cerca de San Isidro, de donde tantas veces los dirigentes salieron esposados por los esbirros de gobiernos corruptos como los del Loco Zambero, el Caballo o el Paleta, y que fue tantas veces asaltada y saqueada por la policía y por las bandas derechistas, desde los años 20 en adelante.

Allá en Argentina esos estudiantes-sibaritas, protegidos, halagados y mantenidos en un paraíso poco creíble por su contubernio con el dictador, no nos hacían ninguna impresión favorable, a pesar de que se prodigaron en atenciones durante la visita.

Cuando volvíamos en el bus, todavía en un clima de efervescencia y de opiniones contradictorias, Perieco, que iba sentado en el último asiento atrás en el bus, empezó a repetir la letanía *¡me cago en Perón!... ¡me cago en Perón!... ¡me cago en Perón!... ¡me cago en Perón!...* hasta que Leiva lo hizo callar. Perieco se estuvo tranquilo por un rato pero luego de improviso gritó a todo pulmón *¡carta abierta para limpiarse el poto!* porque desde nuestra llegada había por todo el centro de Buenos Aires unos tipos que repartían y voceaban una misteriosa *Carta abierta a Monseñor de Andrea*.

Pocos días después, a nuestra llegada al hotel tuvimos una sorpresa: a cada uno de nosotros le había llegado un paquete con su nombre impreso, lleno de propaganda peronista, incluyendo el libro de Evita *La razón de mi vida* en la edición Peuser encuadernada de 1951, muchos panfletos variopintos y también dos grandes retratos a todo color de Eva y del general Perón. No sabíamos qué hacer con semejante envío, a la vez inquietante e incómodo. Ignorábamos por qué, pero rechazábamos visceralmente ese despilfarro, incluido el lujo de las ediciones que el mismo pueblo argentino había pagado con su fervor. Algunos pusieron el enorme retrato de Evita sobre la cabecera de sus lechos, por si las moscas, como precaución más que pachotada. Acaso también allí, en la libertad de ese paraíso temporal medido con cuentagotas, ellos sentían la necesidad de una madre que los velara de algún modo, y el enorme rostro de una Eva sonriente y anacrónica se vio duplicado en los dormitorios.

En realidad Eva Perón estaba agonizando en esos precisos días y horas, y todo lo que hacíamos se volvió una broma más de la postulada inocencia del que nació socarrón, y una expresión más del propio subdesarrollo. Ni siquiera sabíamos de la enfermedad de Evita, y la noticia de su muerte, ocurrida precisamente el día de nuestra partida, el 26 de julio de 1952, la supimos en Santiago al día siguiente porque había ocurrido en la noche, cuando ya habíamos llegado a Chile hacía varias horas. Fuimos afortunados de poder despegar con nuestro avión de Ezeiza: muy luego Buenos Aires cayó en una parálisis total, como si la muerte de la cabeza decretara la muerte de vísceras, miembros, articulaciones y sus raíces proliferantes en ese gran cuerpo dentro de la nación, que era el peronismo.

Cuando llegó el último día dejamos los libros y el resto de la propaganda, incluidos los carteles, en un closet del pasillo donde se guardaban los utensilios de limpieza. Ahora lamento haberlo hecho, especialmente por el libro de Eva Perón, ya que habría sido un documento único por el significado de haberlo recibido en ese momento.

Una noche Charlita llegó con una foto que hasta ahora es un misterio, seguramente muy fácil de explicar como un truco o un retoque, pero nos resultó muy pertinente creer lo que el vendedor decía. Se trataba de una foto de Perón y un grupo de sus generales caminando en un sitio público no identificado con la actriz Gina Lollobrigida en medio. Ellos iban vestidos con sus uniformes de parada con charreteras y cargados de condecoraciones, pero ella iba completamente desnuda a excepción de sus zapatos de taco alto. El vendedor, que mercaba con discreción la foto en calle Florida, le había explicado a Charlita que cuando la actriz había sido invitada a una recepción oficial, Perón le había regalado una tenida de una fibra sintética especial que había sido inventada y desarrollada por químicos argentinos en un cierto laboratorio secreto del gran Buenos Aires. Al tomar la foto con una película especial también desarrollada por otro genio local, la persona aparecía totalmente desnuda, si estaba vestida con prendas de ese material. A la Lollobrigida le habían regalado una tenida completa confeccionada con la fibra mágica, desde la ropa interior al vestido, y ella había tenido la ingenua deferencia de ponerse todo eso, para su mala suerte pues el fotógrafo la había enfocado prestamente con la película ultrasensible y había obtenido la obra maestra que ese porteño vendía con su mezcla inigualable de elocuencia y jactancia.

Debo decir que el resultado era perfecto y no se podía distinguir truco alguno. La espléndida figura de la Lollobrigida con su gran triángulo negro en el pubis y las inmensas tetas, caminando tranquilamente entre los uniformados, me produjo una impresión terrible: quedé atravesado del deseo y antes de acostarme le pedí la foto a Charlita *para mirarla otro poco* pero en realidad fui al baño y me masturbé con desesperación mirándola.

Al día siguiente conocimos a tres muchachas de Resistencia, capital del Territorio Nacional del Chaco, lugar que nos parecía selvático y evocador de la jungla de Sandokán, aunque debiera haber sido de la de Eustasio Rivera o mejor la de Horacio Quiroga, a quienes no conocíamos. Nos sorprendió la naturalidad y la inocencia de esas chicas que inmediatamente aceptaron nuestra amistad y no tuvieron inconveniente en salir a caminar por el centro y a tomar helados con el Chino, Radrigán y yo. Todo anduvo bien hasta que el Chino, malinterpretando su franqueza y apertura, les propuso ir a encontrarnos en nuestro dormitorio por la noche. Ellas se hospedaban en el mismo hotel con sus padres y otros familiares en un grupo grande.

Su ocurrencia provocó en ellas una reacción más bien de tristeza y la mayor nos dijo *por quién nos tomas, amigo chileno, nosotras hemos estado tan contentas en vuestra compañía ¿por qué tenías que hacer o decir esto?* Ellas no nos hablaron más y allí acabó esa historia, comenzada en tono simpático y terminada con el color gris de lo mediocre.

Después de cenar en el hotel, que tenía algunos días de menú especial en que rivalizaba con el Palacio de las Papas Fritas, nos fuimos caminando por Florida hacia el norte, cortando camino hacia un lugar que deseábamos visitar desde cuando llegamos: el parque de diversiones de El Retiro, situado al frente de la Torre de los Ingleses, al lado de la estación principal de Buenos Aires. También el Cavanagh estaba cerca, y su altura que lo despachaba como el Empire State Building de Sudamérica, era impresionante y algo atemorizadora. El parque de El Retiro no era demasiado grande, pero sí mucho más que cualquiera de los que habíamos visto en Santiago. En nuestra ciudad el parque de diversiones más vasto apenas tenía un carrusel, un tren fantasma y algunos puestos de juegos de lotería y tiro al blanco. Aquí había toda clase de trenes, platillos voladores, carruseles con música, teatros de títeres, de perros y loros amaestrados, botes y carros locos, e infinidad de chirímbolos y juegos mecánicos, como también la enorme montaña rusa, que había sido fabulada como algo increíble y que se demostró en verdad pavorosa, pues al subir a ella todo andaba bien en las vueltas poco marcadas, pero en la gran caída yo sentía que se me paralizaba de verdad el corazón, y es uno de los momentos en que me he sentido más cerca de la muerte aunque realmente no lo estuviera. En otras ocasiones, como cuando en 1973 dijeron que iban a fusilar al grupo de detenidos en que yo había sido incluido, durante las tropelías de los militares, no sentí la misma sensación mortal.

Había una de las salas de espejos o Palacio de la Risa más extensos que nunca haya visto. Ahí pasamos largo rato el Chino, Charlita, Radrigán, Bendersty y yo viendo nuestras imágenes alargarse o ensancharse en dimensiones de pesadilla.

La sorpresa mayor fue cuando descubrimos un teatro o tablado donde se anunciaba que nada menos que una mujer desnuda bailaría en la función. No podíamos creer lo que estábamos viendo escrito en el cartel de la entrada. El anunciador se presentaba como *El Segundo Gardel* y era un minusválido en silla de ruedas con un gran vozarrón porteño. Ese show estaba muy necesitado de espectadores y la llegada de un grupo de cinco fue un regalo del cielo para el anunciador con voz tanguera. Con nosotros y dos trasnochadores más hicieron el espectáculo. El Segundo Gardel prácticamente nos arrinconó con su silla de ruedas manejada como una tanqueta, y una vez adentro, con nosotros más sorprendidos que halagados, empezó a cantar tangos con un acompañamiento instrumental de discos carrasposos. El Segundo Gardel parecía una gran cabeza en un cuerpo pequeño como el de un pato y su voz le salía más de la garganta que de los pulmones, que parecía no tener. Seguramente su número habría sido interesante, fuera de patético, si hubiéramos sabido algo de tangos. Los esfuerzos vocales del pobre Segundo Gardel —que cantó el repertorio del primero con una voz poderosa que parecía llegarle de ultratumba— no podían tener otra recepción por nuestra parte que la frialdad polar, pero de todos modos fuimos bien educados para la ocasión y no lo interrumpimos con abucheos o pedorretas. Tampoco aplaudimos, y el Chino estaba enterrado en su asiento, como abrumado, como si le lloviese encima una lluvia negra y seca de plumas de tango y melancolías barrocas que nos eran tan inaccesibles como lo habrá sido la Segunda Guerra Mundial a un pollo todavía dentro del cascarón.

Al terminar sus tres o cuatro tangos aplaudimos con cortesía rayana en el escarnio y al Segundo Gardel no le quedó más que dar paso a Corina la Tigresa, que se dedicó a bailar una serie de mambos, en sostén y taparrabos de bataclana. Era una mujer muy alta y maciza sin ser gorda, con pelo rojo teñido, evidentemente italiana como la mayoría de los argentinos de Buenos Aires, crecida en la indulgencia o la miseria del lado de acá, con más abundancia de carbohidratos que de proteínas, por raro que esto parezca en Argentina, tierra originaria del bife leonino. Tenía ella muslos poderosos de corredora de maratón y un inmenso trasero que se sacudía como una masa de gelatina. En otra circunstancia todo eso nos hubiera tenido con sendas erecciones prontas a descargarse a la primera defección del autocontrol macarrónico del macho latino, pero en esta ocasión su figura imponente más bien nos abrumaba y nos revolvíamos incómodos, deseando que todo terminase luego. Ella cumplió estrictamente con su palabra según las leyes del hampa felliniana de los Zampanós y Gelsominas, y unos segundos antes de correrse el apolillado telón de cretona, después de terminar con el más que majadero *Mambo número ocho* de Pérez Prado, se dio vuelta y soltándose como un relámpago en un truco de su oficio las dos prendas del bikini nos regaló su desnudez, pero de espaldas. Como violín de Ingres y Discépolo, su trasero nos lo dio por dos segundos en vez de uno, promesa cumplida. Ni tetas ni ombligo ni vientre ni colchón de oveja ultranegra nos dio, porque de seguro no lo merecíamos, aunque esa noche le habíamos pagado la *pastasciutta*.

Regresamos caminando silenciosos, casi sin querer mirarnos a la cara, como si hubiésemos sido partícipes de algo secreto y vergonzoso. De pronto el Chino exclamó sin mucho entusiamo ni convicción *pero se movía bien la huevona ¿no les parece?*

El Cavanagh ahora se veía hermoso en la oscuridad, porque también los rascacielos son gigantes petrificados antes de nacer y esperan de nosotros un gesto de ternura. En ese momento quienes más necesitábamos ese bálsamo de la ternura, éramos el Chino, Charlita, Radrigán, Bendersty y yo. El edificio iluminado la daba y la recibía. Se iban agotando los rituales de ciudad grande que estaban a nuestro alcance, aunque todavía algunos de mis compañeros fueron a ver obras de teatro *serio* y hasta óperas en el Colón. Preferí reservar el dinero que me quedaba para intentar entrar al teatro de revistas Maipo. Podría decir que esta visita a Buenos Aires coincidió con el límite extremo de esa primera vida en plena inocencia (la que se da en la ausencia total de conocimiento) ya que apenas un año más tarde mi existencia habría cambiado lo suficiente como para que entraran en ella el jazz y la ópera italiana. El tango llegaría mucho después. Se necesitarían varios años y muchos golpes de los Heraldos Negros, para comprender la profundidad del mundo del tango, y poder reconocer que no existe canción o texto alguno en nuestra cultura —quiero decir la que se formó después de la llegada del Almirante del Mar Océano buscando el Paraíso que no encontró, pero igualmente esa tierra fue transformada en infierno— que se acerque remotamente a un "Sur", "Uno" o cualquiera de las creaciones de Carlos Gardel como "Volver" o "Volvió una noche", sólo por mencionar las más sobresalientes. Lo que más deseaba yo era ver una revista de verdad en el legendario teatro Maipo, y su leyenda para nosotros tenía una raíz erótica, puesto que nacía de la fama de esos senos desnudos que aparecerían en el escenario, largas piernas de mujeres fabulosas, matronas itálicas y gallegas con buenas proteínas y estatura mayor que la corriente. Ignorábamos la larga historia tanguera y teatral del teatro, y que había sido, por ejemplo, el lugar donde se cantó por primera vez "Cambalache". La edad mínima para entrar al Maipo era dieciocho años, que algunos de nuestros compañeros bien representaban y que los primos de Bendersty y Castrito ya tenían. Los que sin duda éramos y también parecíamos más jóvenes, Bendersty y yo, fuimos ayudados por los otros a disfrazar nuestro aspecto, pero el Lolo a última hora decidió no hacerlo así que todos sus esfuerzos se centraron en mí. Para empezar, el primo de Bendersty —que tenía cierto complejo de chico— me prestó unos botines con plantillas alzantes, como las que usaba Mussolini, y que en general se calzaban los petisos con delirio de grandeza. El había encontrado esos zapatos en una tienda del Barrio Once de Buenos Aires. Era un poco difícil caminar con ellos, como si uno anduviese con zapatos de taco alto, que entonces sólo podían usar las mujeres. Con ellos gané más de una pulgada de altura. Después me puse un abrigo del Chino, quien era bastante más alto que yo aunque no demasiado macizo y también estrecho de hombros, así que el sobretodo me llegaba más abajo de las rodillas. Con el lápiz graso que había comprado para marcar las maderas de los aeromodelos, me pinté unos bigotes buscando crear en lo posible una impresión de pelos crecidos, y para completar mi tenida me encasqueté un sombrero impermeable del primo de Castrito.

Tan estrafalaria figura parecía pedir a gritos una inspección general, exhibición de documentos u otra acción oficial, pero yo pensaba que me ayudaría a representar los dieciocho años mínimos u ofrecer un aspecto de homúnculo de edad indefinida, uno de esos engendros que trascienden las leyes del espacio y del tiempo y se mimetizan fácilmente con el resto. Vestido y transfigurado yo, nos encaminamos hacia la calle Esmeralda donde estaba y todavía está el Maipo.

Esa operación, si bien reconfortante, no habría sido necesaria: a nadie se le pidió documento alguno a la entrada y pasamos por lo demás anónimamente entre la gran multitud de espectadores que entraba a último minuto.

El espectáculo no fue lo que esperábamos. No aparecieron las bailarinas con los senos desnudos aunque en un momento la figura principal, la famosa vedette Nélida Roca, salió con sólo dos estrellitas cubriéndole los pezones. Sin embargo el espectáculo no fue una frustración, al menos para mí, sino todo lo contrario. El Chino refunfuñó algo a la salida, sintiéndose estafado en sus aspiraciones, pero creo que también quedó fascinado por la música, la variedad del programa y la precisión del cuerpo de baile.

El *Adán y Eva* del Masaccio en la capilla Brancacci de la iglesia del Carmen en Florencia es el ejemplo más notable y trágico de aquella visión en la que el hombre y la mujer salen llorando a gritos del paraíso, cubriéndose el rostro con las manos él, y ella con la boca abierta en un gesto desesperado. Van camino de encontrar sus *vacaciones pagas,* como dice Cortázar, esto es un futuro incierto donde a Adán se le viste para ser seductor y útil, y a ella se la desviste para ser esclava y poder apreciar bien su carne. Nunca volvimos al paraíso original, sólo a sus sustitutos, en especial aquéllos inventados por la tecnología.

Todas esas revistas —y había dos en ese momento que se presentaban en días alternados— tenían un tema central y la que nos tocó ver se llamaba "Turistas en Buenos Aires". En el teatro Maipo reconocíamos por primera vez un mundo ajeno a lo familiar chileno y su representación musical. La revista presentaba muchos tangos, como también toda clase de música latinoamericana. Se trataba de presentar el Buenos Aires cosmopolita, crisol de todas las razas y las culturas. Si lo visual se me ha borrado casi de la memoria, se me ha quedado grabada la imagen de la música del *No tabuleiro da baiana* de Ari Barroso girando en un círculo de bailarines y bailarinas, un cuerpo de baile muy italiano en su estilo, como así los coros, las canciones, etc. Viendo muchos años después en Italia las comedias musicales con música de Armando Trovajoli, como el célebre *Rugantino,* pude reconocer en ellas el espíritu y el estilo de lo que había visto en Buenos Aires veinte años atrás.

Esa fue nuestra despedida de Buenos Aires.

Al regreso, yo estaba muy temeroso de que me quitaran mis preciados aeromodelos, por las historias que corrían mis compañeros sobre la ferocidad de los oficiales aduaneros en Santiago. En realidad no pasó nada de lo que el Chino y otros vaticinaban: revisión total en calzoncillos, multas exhorbitantes por cada jabón Palmolive que se llevaba, y otros latrocinios parecidos. Recuerdo sí un funcionario que distraídamente me preguntó qué contenía la larga caja que yo había aferrado conmigo durante todo el viaje de regreso. *Un aeromodelo ¿ah?... qué bien...* dijo y me señaló la puerta donde mis padres ya esperaban ansiosamente con buenos sentimientos pero también con la noticia del recibo de la papeleta que comunicaba las notas *deficiente* que plagaban mi vida escolar y que ellos no sabían ni podían explicarse.

Al día siguiente de mi llegada me vestí con todas mis galas compradas en Buenos Aires: el terno marrón, la camisa gris perla con el suéter de cachemira haciéndole juego, una corbata de seda italiana verdosa con rayas finas burdeo y mis flamantes mocasines negros, de los cuales todavía se veían pocos en Santiago. Caminé por Simón Bolivar hasta Manuel Montt esperando ver a la niña del cintillo azul y me detuve por unos minutos en la vecindad del sitio eriazo de la esquina y hube de esperar poco: al cabo de un momento salió ella, no vestida de uniforme sino de calle y llegó hasta la esquina como también esperando a alguien, que de seguro no era yo.

C con el Jorge Newbery

***El** gallo, el gallo*
El gallo y la gallina
Se fueron, se fueron
Se fueron a pasear
El gallito le decía
Te quiero gallina mía
La gallina le contestó
No es a ti al que quiero yo
Oh - oh - oh - oh

El gallo negro murió allá por el 45, el año en que fui por primera vez al colegio, y muchos otros nacieron después. Mi padre, que todavía era contador de la Sociedad de Avicultores de Chile, traía esos huevos azules de los que salían gallos y gallinas con plumaje de muy lustroso color negro, generalmente enormes. Yo era capaz de distinguir los machos de las hembras por su forma en el estado de bolitas plumosas a los pocos días de nacidos los pollitos. Los gallos eran más redondos, y las gallinas más ahusadas, un poco en la silueta que sería la de su forma adulta. Las gallinas empezaban mucho más luego a echar plumas de las alas y de la colita, mientras que en los gallos era más distinguible su conato de cresta en la mollera. Como yo los tomaba todos los días, los pollos crecían muy mansos y confiados. Los machos fueron los gallos de las diversas generaciones de Cherches, negros con reflejos verdes y tornasol en las plumas de las alas y la cola. El más grande, un gallo del tamaño de un pavo, fue el incomparable Cherchito I, que sufrió una muerte violenta. Mi tío Cochecho había traído del Sur una pareja de aves de raza de pelea, en la cual la gallina era blanca y ahusada como un injerto de paloma con aguilucho, y el gallo era como un faisán, con plumas tornasoladas, negras, blancas y rojas. No permitían acercarse a nadie, a diferencia de los otros, que eran mansos y se dejaban acariciar y tomar, manteniéndose aparte llenos de una altivez serena y orgullosa. Cherchito provocó al gallo de pelea desde el principio porque él era el jefe del gallinero, el animal Alfa, según los escalafones dictados por la ley del ciruelo y la estrella modesta, y debía retarlo sin cortedad ni tardanza. El de pelea, sabedor del poder mortífero de sus espolones y como todo experto genuino en artes marciales, no lo enfrentó de inmediato y por eso el gallo negro levantaba su mole, abría sus alas, graznaba y criaba esas agallas fatales que, de no crecer, podrían haberle salvado la vida. Pero no fue así, y su orgullo de macho o la ley inexorable de su rol de patriarca en un modestísimo gallinero de familia coquimbana trasplantada a Santiago, le costó la vida: el otro de pronto se aprestó a enfrentarlo, lo empezó a fijar con sus ojos ambarinos, engrifó las plumas del cuello como un minúsculo paraguas que brillaba en todos los colores del espectro y empezó a girar, hipnotizando al gigante. Entonces le lanzó un solo golpe fulmíneo y su espolón, con la precisión de un karateca con cinturón negro entrenado por miles de años en gallineros y estepas de quizá qué planeta pelón de los avechuchos, alcanzó a Cherchito I con una muerte más que instantánea, quedando el gallo negro sobre las piedras amadas de mi suelo y de mi patio yaciendo irremediablemente y para siempre de costado, con el cerebro atravesado como por un dardo, laser o proyectil venido de otro tiempo, clavado en su oído que era como un suavísimo cojín de color lila.

Las gallinas tenían la vida asegurada, al convertirse en ponedoras, mientras que los pobres machos debían necesariamente integrar la cazuela en el domingo final de sus vidas. De lo contrario, el huevo de donde nacieron, los cloqueos de la gallina madre, su plumón y su piar transformado en un gorgoreo, sus plumas y sus crestas nacientes y crecientes no tenían razón de existir, como sí tenía razón de ser la carne de sus muslos y pechuga adentro de la olla, junto a torrejas de choclo, papas, zanahorias, zapallo y porotos verdes, además del ají y del cilantro flotante. Ofrecer su sustancia al caldo tenía sentido para que nosotros comiéramos el domingo, que era un día sagrado nada más que por eso: alguno de los gallos o una de las gallinas más viejas caía en el agua hirviente y la glorificaba, haciéndonos un poco más felices dentro de la pobreza elemental en que vivíamos.

A medida que yo crecía, pero antes de sucumbir a la adolescencia y la primera juventud, mi relación con las aves se hizo más estrecha. Aprendí que cada uno de esos seres era un individuo completo, por gallináceo que fuese y si bien entre su otredad y la mía había un pequeño abismo, éste no era imposible de franquear, en la dimensión en que sus almas de pollo y mi alma de niño se tocaban mucho más allá de las palabras, de los lenguajes y los signos. Había un lenguaje sí, y éste era absolutamente recóndito o inclasificable, pero no incomprensible. Aprendí a descifrarlo desde la primera parvada llegada como pollitos de un día en una caja de cartón con agujeros, y que creció bajo las alas de la Blanquita maridada con un grueso gallo castellano que había reemplazado a los Cherchitos negros, grandes como pavos.

Empecé a tomar cada día a los pollitos de la última nidada, a distinguir sus pitíos, que en cada uno eran diferentes, y también a sentir su olor, que era suave y meritorio como el de una flor con vida muy especial. Así aprendí a reconocer a uno de los pollitos como el más manso, uno que se echaba sin problemas en mi mano a descansar, como si ella fuera su cascarón perdido. Este se llamó Cogoyo Cherche en recuerdo del otro Cogoyo que había tenido siete años antes en Victoria, en el Sur, y que hubiera deseado traerme a Santiago. Nadie lo permitió aunque hubiera sido perfectamente posible, porque la tristísima verdad es que había un abismo más grande entre los adultos y yo, que entre yo y mi pollo. Cogoyo era mi hermano, y por lo tanto se puede decir que los tíos no habían tenido problema alguno en manducarse la carne de mi hermano.

Cuando tenía ganas de divertirme en la vena sádica de la inocencia, llevaba a uno de los pollitos de cualquier parvada hacia un lado apartado, por ejemplo al otro lado de la casa —como decir en las antípodas de la tierra para el polluelo— y lo arrancaba de la compañía de sus hermanos mientras la gallina se enojaba por lo que yo estaba haciendo, siguiendo su instinto maternal, pero luego me dejaba hacer porque en Simón Bolívar 1998 las cosas tenían que desvirtuarse fatalmente, y no valiendo ninguna regla física, biológica ni matemática, todo terminaba por encauzarse en parámetros locos. Yo me ponía esa bolita de pelusilla en la mano para llevármela al otro lado del mundo, en el jardín que era lóbrego y solitario para el pollito, un mundo desesperante y remoto.

Sentía la soledad del pollito como si fuese la mía y lo veía mirar hacia un lado, el norte por ejemplo, y luego hacia el lado opuesto, y el otro y el otro, como una brújula que conociese perfectamente los puntos cardinales. El pollo siempre estiraba mucho el cogotito hacia cada punto cardinal, como si fuese miope de nacimiento, y quisiese acercarse a las cosas que le estaban irremediablemente lejanas. Repetía varias veces el procedimiento de otear a los cuatro vientos, y luego se quedaba quietecito por un momento, cavilando sobre su triste suerte. Entonces emitía un largo **píííííííía**, como un verdadero lamento, saturado de tristeza. Como su mundo, o sea la gallina y los otros polluelos, parecía haber desaparecido en la eternidad que tiene que ser cada instante para un pollo, se abandonaba a la desesperación, reconcentrada en tan poca materia plumosa, y empezaba su llanto *pía, pía, pía, pía, pía, pía, pía, pía...* cada vez más rápido y más fuerte, hasta que la gallina llegaba a oírlo y empezaba a correr hacia donde sentía el pitío, y como había una puerta de rejillas entre el patio y el jardín, ella se desesperaba también, tratando de buscar una brecha.

Cuando yo estimaba que ya era suficiente sufrimiento, le abría una rendija y la madre corría hacia su hijo perdido, y él también la veía en la distancia inconmensurable de ese jardín hecho a la medida del hombre y sus miserias, corriendo a su encuentro. Se metía debajo de ella y empezaba a gorjear una serie de píos quedos e iguales, como los que todos los polluelos emiten debajo de la gallina al recogerse a dormir y que eran la forma suya para expresar la felicidad, porque también la conocieron, en su insignificancia avícola, y todos tenían su tajada de beatitud a la sombra del ciruelo.

Cogoyo Cherche llegaría a ser el macropollo o símbolo eugenético de todos los que vendrían y posiblemente vendrán, si alguna otra vez logro alcanzar ese nirvana en vida que permite tener un patio y criar gallinas. Cogoyo Cherche era manso como una flor en dos patas y mi abuelita argüía que por tomarlo y acariciarlo cotidianamente le hacía daño, lo *pasmaba,* retardando su desarrollo gonadal de pollo sometido al introito evangelizador al revés de mis manos. Si crecer poco era un problema para uno demasiado manso o amansado, también lo era llegar a viejo en demasía, porque la conseja decía que al convertirse en un Matusalén aviar, el gallo ponía un único huevo de la desdicha en el rincón más apartado de la casa o del patio, y de él nacía un colocolo, un ratoncillo que entonaba extrañas melodías o trinos, del cual se creía que era el mensajero o portador de problemas e inevitables desgracias a la casa donde se anidaba. Mi madre me dice haber sentido cantar a los colocolos, como campanitas de un pianillo fantástico en las casonas del valle de Elqui, en el Molle o Peralillo, donde pasaba sus veranos de niña, con absoluta conciencia de que lo mágico y lo real se funden y superponen en una tierra de higueras, chirimoyas y uvas poderosas, donde Gabriela Mistral nació y vivió, ella misma como una higuera maltratada.

Hacia 1950 nuestro gallinero había perdido las razas puras como las que aparecían en fotos de la revista *Chile Avícola,* que mi padre traía de su empleo y que yo leía con igual dedicación que *El Peneca* o *El Cabrito.* Se habían mezclado con las gallinas de raza indefinida llegadas después, mercadas por mi abuela a un gordinflón que circulaba por Santiago con una gran jaula y un carretón con ropa usada. Así los Australorpe, Orpington, Leghorn y Plymouth Rock Barreados daban paso a gallinas sin otra alcurnia que la del huevo diario, con el cogote pelado, copetonas, con cresta de rosa, y también una que otra *trintre,* las que tenían plumas rizadas como si les hubieran hecho la permanente en una peluquería de gallinas y pollonas. Luego esas hembras, odaliscas ignotas del harém de los Cherchitos y después de Cogoyo Cherche, iban a su vez desapareciendo de nuestro patio, cuando los domingos mi abuelita o la Rosa cogían una y le estiraban con firmeza y sin alevosía el cogote, con un movimiento rotatorio que las desnucaba y las dejaba aleteando locamente por unos minutos, con los ojos cerrados por el trauma o bendición de la muerte, preguntándose por qué morían, qué habían hecho para que les quitaran su pobre vida, si es que una pregunta tan desmesurada como ésa cabe en el cerebro de una gallina.

Todo era comestible en las aves, hasta los huesitos que los gatos devoraban, menos las plumas y las zampas que se iban a la basura como zapatos muy poco usados. Yo había descubierto que jalando unos tendones individualizables en la articulación cercenada, la pata se abría y cerraba como en un mecanismo titiritero. Mi abuelita se horrorizaba con ese acto, viendo en él una una familiaridad reprobable con la muerte, y me quitaba sin más las zampas que yo había hecho abrir y cerrar como en un gesto de despedida.

Pero cuando comíamos del ave, su entidad transfigurada en músculo o sustancia pura bien nos llenaba el estómago y la vida, y comiéndola me parecía devorar el espíritu del ave, su vecindad gloriosa de un momento, y pasaba inconscientemente a actuar como un hombre primitivo en su respeto a lo ingerido, cuando ello comporta la muerte de un ser viviente. Para realmente concientizar aquella situación deberían pasar varias décadas en mi vida.

Yo presenciaba todo el procesamiento de esa carne desde la muerte misma, la ejecución somera del ave, hasta el desplumado, que se hacía empapándola en agua hirviendo y tirándole las plumas que así salían fácilmente a puñados. Luego se sollamaba el cuerpo en la cocina para quitarle el resto de cañones de plumas más gruesas y se procedía a abrir el vientre de la gallina por detrás sacando toda la bolsa del peritoneo con las tripas, que eran siempre verdes o moradas, inquietantes y malolientes, y el buche que era una bolsa donde se juntaba el grano que la infeliz había almacenado inútilmente para ese último día suyo en esta vida y seguramente en todas sus vidas.

Cuando el cuerpo estaba bien limpio se lo lavaba por dentro con agua hirviendo de la tetera —como cuando los Tres Chiflados preparaban caldo en su restaurante— y se ponía a cocer con los demás integrantes vegetales de la cazuela, guardándose la molleja o contri, un músculo pertinaz que muy rara vez alguien se atrevía a comer y que junto con el corazón y el hígado se hacía picadillo para los gatos. Cuando se sacaban las vísceras había que tener cuidado de no romper la vesícula biliar que era como una gran esmeralda oscura junto a la pana, porque si esto ocurría y se vaciaba su líquido verde, la carne quedaba incomible por lo amarga. Luego el olor a víscera y a muerte, frontera última de la integridad gallinácea, desaparecía para incorporarse a la fragancia a yerba, a maíz cocido y al vigor del caldo inconfundible de la cazuela. Todo vestigio de la gallina viva desaparecía transmutándose en ese olor a caldo, una entidad más bien metafísica. Era nuestra comunión dominical, para los que no íbamos a la iglesia, y que se convertía en un ritual alternado de muerte y sustancia viva otra vez. También la carne de gallina se usaba en la preparación de empanadas de ave, las más especiales de todas.

Si la rutina operacional de la cocina era exclusivamente femenina, la preparación de las empanadas era cosa de varón, esto es, de algunos de ellos: mi tío Onías y el tío Cochecho se preciaban de preparar las mejores. Mi padre jamás entró a la cocina, como no fuese para arreglar alguna llave rota u otro menester parecido. Pienso que debe haber sido un lugar tan ignoto como la pieza de la Rosa o la de mis tías viejas, donde tampoco lo vi jamás entrar. Nunca mi padre se preparó nada comestible con sus propias manos en los casi cuarenta años que me tocó vivir junto a él. Siempre llegaba puntualmente a las horas de desayuno, almuerzo, onces (los sábados y domingos) y comida, a sentarse a la mesa ya dispuesta, donde los platos eran servidos con eficiencia casi mágica, como si todo fuese un oficio de hadas que trabajaban como enanas sin remordimiento ni dolor y a quienes jamás se les hubiera ocurrido cuestionar su cometido.

Cuando llegaba el momento o día fausto de hacer las empanadas, mi tío llegaba temprano el domingo —a las diez de la mañana— con mi prima y mi tía y vestía un largo sayal de cocinero para de inmediato iniciar la preparación de la masa con agua, harina, sal y manteca, tactando su consistencia y volumen, sobre una gran tabla o mesa de amasar que tenía harina y grasa incrustada o sea que estaba fragante de empanadas inmemoriales. Cuando la enorme bola de masa estaba suficientemente domeñada y su consistencia satisfacía el ojo y los dedos de mi tío, procedía a dividirla en bolas más pequeñas y, uslero en mano, las convertía en delgados círculos donde se iba colocando la porción de pino, verbigracia carne molida y frita con cebolla y comino, a la cual se le agregaba uvas pasas, aceitunas y rajas de huevo duro.

Las empanadas destinadas a ser freídas se cerraban con el repulgador, cuya ruedecilla ondulada me encantaba pasar en los recortes de masa que caían sueltos. Estas empanadas fritas de carne se comían con azúcar flor espolvoreada encima, lo que les daba un sabor inconfundible. Se podían hacer también empanadas fritas de queso, pero éstas mi tío no se rebajaba a prepararlas: él se especializaba en las empanadas de gran clase y tamaño, esto es las que se horneaban y se cerraban a mano con varios dobleces maestros en los bordes. Antes de ponerlas al horno el tío les pasaba a cada una un batido de huevo, con una brochita de pintor, para que luego adquirieran su tono dorado y un brillo como si fueran de laca o madera barnizada. Cuando estaba más pequeño exigía mis recortes de masa para adelgazarlos con un uslerito y también confeccionar algunas empanadas liliputienses que eran horneadas con las otras. Después me servía también estas empanaditas, que sabían más bien a masa: sólo tenían una brizna de carne adentro y nada de cebolla, que yo no comía. Durante muchos años detesté el sabor de la cebolla y me hacían empanadas especiales de pino sin cebolla, sólo con carne, pasas, aceituna y huevo. Pero sin la cebolla estas empanadas realmente no eran tales, sino simplemente pasteles de carne, puesto que el gusto de la empanada está dado por todos los ingredientes juntos, que forman el sabor inconfundible del jugo que las impregna por dentro al cocerse. El aprendizaje del ser humano respecto al sentido del gusto es lento, y participa de nuestro conocimiento de la muerte, como si después creciéramos no sólo en madurez y experiencia, sino también en la capacidad de asimilar los sabores que nos proyectan al cosmos.

Las empanadas de horno podían tener relleno de pino de carne de vacuno, de ave o incluso de marisco, pero las fritas sólo eran de carne de res o de queso. La empanada de horno era solemne, esperaba en el domingo como una inigualable entidad barrigona, y en el misterio de ese día perfecto de alba a ocaso, era la clave y a la vez el misterio mismo. Los mayores siempre las comían con cuchillo y tenedor, bien provistos de inmaculadas servilletas y copas de vino, mientras yo tenía mi vaso largo lleno de Bilz chispeante de burbujas, que no habría cambiado ni por el mosto de cosecha más preciada, y recibía la dispensa de comer las empanadas con la mano. El chileno se obliga en la mesa a una etiqueta de la que casi siempre se excluye fuera de ella, como si el mantel contuviera un mandato más fuerte que cualquier otra circunstancia. Resulta sorprendente pensar con qué cuidado troza un caballero chileno su carne o pela su manzana sin tocarla con los dedos, y es el mismo individuo que salido a la calle puede empujar a una vieja haciéndole romperse la crisma o caer bajo las ruedas de un tranvía, y guiando un vehículo puede llevarse cuanto cae por delante, desde cuadrúpedos a bípedos de pelo o pluma incluyendo a los humanos.

La empanada domeñaba el talante, si éste era vitriólico o propenso al Amok, esto es la embestida toruna o paquidérmica, y las copas de cristal purpurino reflejaban rostros mejores de lo que eran realmente, aunque fuesen de mi propia familia o de cualquier otra en el mundo ideal del domingo, que era extrañamente el único día donde no se descansaba en el vecindario.

Si la carne de gallina transformada en cazuela o excepcionalmente en empanada era vitualla de domingos, los pavos eran el manjar de mis cumpleaños. Hacia la mitad de mayo se compraba un pavo y se lo engordaba hasta mi aniversario a fines de junio. En fechas aleatorias pero infaltables, pasaban los vendedores de pavos llevando una gran manada por las calles, anunciada por el trompeteo y la baraúnda de graznidos de ese gran rebaño viandante de condenados a muerte. De cómo sobrevivían al tráfico de Santiago con su ilegalidad brutal, era para mí un misterio, aunque probablemente el pavero o pastor de pavos y pavuncios los guiaba por las calles menos frecuentadas, mientras fue posible hacerlo. Cuando el pavero pasaba en una fecha conveniente, desde abril en adelante, se elegía uno de los más gruesos pajarracos, que eran negros con alas bordeadas de blanco como los pavos nativos de América que los americanos han inmortalizado devorándolos por millones en su *Thanksgiving Day*. Nosotros comíamos ese pavo de mi cumpleaños sin agradecérselo a nadie, salvo a mi padre, como era justo, y en el momento en que pasaba el pavero, era elegido el condenado por ser grueso y de aspecto sano, entraba en capilla y empezaba a ser sobrealimentado con maíz, *mashfood* y otras delicadezas aviares. Yo frecuentemente mezclaba el *mashfood* con agua, preparando la bazofia —que olía a harina tostada con pescado— para servírsela a las gallinas. Como me parecía hasta apetitosa, llegué a probarla, para luego escupirla con asco, precisamente porque no sabía a nada.

El pavo engordaba a ojos vistas, imponiendo su mole al resto de las gallinas y patos. Para evitar que su voracidad le llevase a engullir también la ración de las otras aves, se le amarraba un largo cordón en la pata atándolo al árbol chueco del fondo del patio para que tuviese un espacio donde caminar, en el que permanecía casi continuamente engrifado y con el largo moco arrebolado colgándole varios centímetros, haciendo un curioso chasquido intermitente con las alas, que en una historieta americana vi transcrito como ¡ZAMP!... ¡ZAMP!... ¡ZAMP! Así se lo pasaba el pavo en su temporada de engorde, afortunadamente sin saber que cada día era uno menos que vería el sol ingrato de Santiago y que cada *plu - glu - glu - glu - glú* que emitía sería también uno menos en su vida destinada al horno. Ninguna gallina o gallo se le acercaba ya que el pavo volvía a erizar las plumas y a emitir el amenazador ¡ZAMP!... ¡ZAMP!

El 28 de junio era su día fatal, en el que no cabían aplazamientos ni apelaciones, como es habitual para los condenados a muerte en los países socialmente retrasados donde todavía se aplica esta pena. El pavo no era reo de ningún crimen, sólo de su condición, pero hay que recordar que tal es precisamente la realidad de practicamente todos los condenados a muerte, porque los verdaderos criminales nunca han sido llevados a tribunal alguno, ni menos condenados. Lo que ahora veo como un acto truculento al extremo de relacionarlo con la ley troglodítica de la pena de muerte, era un acto natural y parte de un devenir inexorable como las estaciones o las otras fiestas de guardar, pero mi cumpleaños era el día más fausto de todos para la inocencia de mi gente.

Entre mi abuelita y la Rosa cogían a la enorme ave, que lanzaba terribles cuanto vanos trompeteos, lo ataban por las patas y lo colgaban de un árbol, generalmente del mismo tronco torcido del hilán-hilán a cuyo pie se ponía una palangana destinada a recibir su sangre. El pavo no era desnucado sino degollado y lentamente se desangraba lanzando aletazos furiosos que se iban aquietando poco a poco. Con esa bíblica muerte, drenaba su sangre de ave gigante, y entregaba su montaña de carne a las mismas manipulaciones a las que se sometían las gallinas muertas, sólo que en una escala mucho mayor.

Toda la operación de muerte, faenado y limpieza del pavo tomaba buena parte del día de la víspera de mi cumpleaños. Muy temprano en la mañana del 29, mientras la casa resonaba con los compases de las Mañanitas tocadas en el piano por mi tía, ya en el horno estaba asándose el pobre ser a quien el destino le había deparado ese honor dudoso y anónimo por el cual yo me convertía en su deudor en karma, y que acaso establezca para otra vida que su espíritu de pavo transfigurado por la prueba y el mío, degradado por la comilona, se inviertan de funciones y sea yo el comido hasta ascender otra vez en los milenios y ya no seamos más hombre ni pavo sino puro espíritu o su reflejo.

Si la preparación inicial del cumpleaños empezaba en mayo con esa especie de ritual que comenzaba con la engorda del pavo, la fiesta misma distaba mucho de ser sólo el pavo y nada más. Había todo un menú de exquisiteces que representaban y todavía representan para mí lo mejor de la pastelería, aun después de haber probado las excelencias de los dulces vieneses, parisinos y las maravillas de la *pasticceria* italiana. Había dos tortas que generalmente se hacían para mi cumpleaños, la torta catalana y la de chocolate. La catalana tenía la misma forma de la chilena de mil hojas con manjar blanco y pisco, pero hecha con un relleno a base de chancaca, que le daba su sabor único. Nunca he vuelto a probar este relleno, porque es irrepetible e inimitable, y la receta de esa torta, mi madre se la llevó a la tumba. Ella sólo tenía unas vagas notas de sus recetas, que realmente eran parte de su memoria personal, eran secretos guardados no por egoísmo sino por ese misterio cerrado y casi bíblico de su misma alma. Ninguna de esas recetas se ha podido tampoco reproducir, como si fueran cuerpos vivos de ese espacio tiempo.

La torta catalana era húmeda y sólida al mismo tiempo, con la chancaca adhiriéndose y saturando las hojillas de masa, y era una delicia comerla separando esas hojas, poquito a poco, como si fuese un libro de un texto desconocido que cada vez se repetía y cada vez renacía diversamente. La torta catalana duraba muchos días después del cumpleaños, y yo atesoraba sus últimos pedacitos con un sentimiento que se parecía al de la angustia que nos produce el conocimiento de nuestro tiempo finito, pero en signo contrario, puesto que era todo alegría. A veces, en la Navidad u otra fiesta, mi madre hacía esta torta, mientra que la de chocolate era sólo para mi cumpleaños. Podría parecerse a la llamada torta Selva Negra, sólo que era muchísimo más densa, con cantidades increíbles de chocolate y mantequilla. Mi padre hacia el 20 de junio llegaba con un paquete o dos de chocolate molido que compraba en La Bandera Azul, una gran rotisería española que todavía existe en calle Estado. Tenía que ser chocolate de la mejor calidad, traído de España donde no se produce chocolate pero donde tal vez lo mejoran con algún intangible cultural, un ejemplo del manoseado retorno de las carabelas de Colón, en la forma y dimensión del alimento. La torta de chocolate era íntegra de este producto, desde la masa al relleno y el betún, pero no sabía a chocolate solo y relajante, sino todo lo contrario, porque la mezcla misteriosa de mantequilla y huevos y las esencias con que mi madre la embebía, le daban una delicadeza y una consistencia que es muy difícil de describir y menos de igualar. La torta de chocolate, como se puede fácilmente imaginar, era pesadísima, densa como si fuera hecha de piedra venida del espacio, blanda al mismo tiempo y suave como si tuviera almas colombinas metidas entre la pasta. También esta torta se ponía más exquisita con los días que pasaban, y se saturaba de su propia entropía hasta la última miga que desaparecía en mi estómago. Había que tener un perfecto funcionamiento digestivo, especialmente de su componente hepático, para comerse esas tortas, porque la cantidad de huevo, cacao, mantequilla y azúcar violaban todos los principios dietéticos antiguos y modernos.

También se hacía una gran torta de bizcochuelo, manjar y embetunado blanco, para el consumo de los invitados de la fiesta. Había algunos parientes, como la tía Ernestina, que exigían su parte de la torta de chocolate, conociendo de sobra su exquisitez. Yo no veía con buenos ojos ninguna merma a mi torta, pero debía aceptarlas, ya que en el fondo no decidía nada, ni siquiera respecto de ésta, que era un regalo de cumpleaños y como tal la defendía celosamente.

Mi cumpleaños cae en el día de San Pedro y San Pablo, que fue feriado por lo menos durante toda mi infancia, y por lo tanto yo podía gozar además de ese día libre.

En la mañana empezaba la ceremonia inicial y definitiva de mi existencia en este mundo, junto con los que me trajeron a él. La mañana del cumpleaños reventaba como una flor en medio del desierto, y yo sabía que mi cumpleaños estaba comenzando porque sentía el sonido de las manos de mi tía haciendo algunos acordes y arpegios con el piano ensordinado, para inmediatamente atacar con las Mañanitas. Cantaba ella *Despierta mi bien despierta, despierta que amaneció, ya los pajaritos cantan, la luna ya se escondió. Estrellita de los cielos, si me haces el favor de apagar los luceros para que brille mi amor...* y al cabo de algunos coros de la canción la familia se aparecía por mi dormitorio llevando sus regalos. Todos me ofrecían algo en ese día, hasta la Rosa en su pobreza: un chocolate, un par de calcetines o una colonia cuando entré a la edad de la afeitada, e incluso los gatos llevaban un presente cada uno, escogido por mi madre, porque ellos eran tan personas como los humanos o tal vez más. También el gallo Cogoyo era persona y me ofrecía el regalo que era escogido por la Rosa, teniendo ella jurisdicción indisputada sobre las gallinas. Mi madre llevaba a los gatos con sus ofrendas de paquete o simplemente de pelo y cuerpo gatuno, y así recuerdo uno de los últimos cumpleaños redondos, en plena felicidad primordial, cuando ella, con sus gestos suaves y siempre dolorosos, como si estuviera pidiendo perdón a alguien, esto es a mí por haberme traído a este mundo, me llevaba al Chico Tuno, que ya estaba inválido.

Todo ha desaparecido al perderse aquellos cumpleaños pretéritos, porque con cada año crecía el dolor y la ausencia se incorporaba a ellos como cayendo desde un árbol altísimo cuyas hojas tuvieran los rostros de mis tías abuelas, de mis padres, de mi hermana nonata de 1939, y de Nancy, la misteriosa hermana de leche que tuve en Coquimbo, a cuya madre me llevaban para que no muriera porque la mía no tenía leche, o la burra con el asnito, mi segunda madre que me dio leche, todos llegaban en cada cumpleaños con el son de las Mañanitas. Nada ni nadie podía faltar en la fiesta, porque en realidad toda la vida giraba en torno de ese nodo central del devenir del tiempo y de los planetas. Mi cumpleaños era la verdadera Natividad, la verdadera Epifanía de mi familia, donde yo, mísero rey sin trono ni corona pero sí con un reino sin confines en el espacio y en el tiempo, reinaba sin gobernar, sólo teniendo su sangre para abrigarse, y su imaginación y su memoria para celebrarse jugando los juegos interminables de la vida de entonces, esperando los regalos y los misterios de cada año. He permanecido en la vida como un árbol viejo plantado por esas semillas tan especiales de amor y cuidado, donde cada uno tiene su ecuación intransferible: sin los cumpleaños tampoco hubieran existido mis años. Ellos sólo existieron para cumplirlos, especialmente en la mañana, cuando mi tía tocaba sus canciones y el tiempo se detenía.

Si los pavos se iban, desangrados junto al naranjo o el hilán-hilán, las otras aves se quedaban, y con Cogoyo Cherche nació y creció la última generación de gallinas de nuestra casa. Tres gallos nacieron en la nidada de Cogoyo Cherche y mostraban diverso grado de mansedumbre hacia mí, que no se reflejaba exactamente en la relación entre ellos mismos. Cogoyo Cherche siempre se dejó tomar fácilmente y se echaba en mi mano, piando muy quedo como hacía cuando estaba bajo las alas de la Huacha Negra. Para reflejar su mansedumbre y mi cariño, le inventé estos versos, que solía declamar en alta voz cuando entraba en la casa con mi gallo en los brazos:

Este es el grande
Este es el mío
Este es el Pollo
Del Montepío

A pesar de su suave continente para conmigo, por ser tan grande y fuerte Cogoyo Cherche se impuso como el mandamás del gallinero. También los otros gallos tenían su individualidad y su figura. Había dos blancos de pura raza Wyandotte que provenían de los huevos de la Blanquita Gorda, cuya cresta de rosa ambos heredaron. Uno de ellos era muy grande y buchón, con hechuras de gangster aviar, por lo que lo llamé Matón, con el agregado de *gordo y potón,* que podría haber sido el jefe del gallinero si Cogoyo Cherche no se hubiese impuesto por razones más sutiles de su intelecto gallináceo. También nació otro gallo rojo amarillo que tenía enormes patas como una zancuda palustre, y que era muy huidizo. Por esto fue llamado Tontoncete. Yo trataba de no encariñarme con ellos, aunque de hecho los acariciaba a todos de vez en cuando. Matón era altivo y mollejón, como corresponde a un gallo de raza. El tercero era Kiki, llamado así porque al tomarlo emitía un gritito como *Prí-Príií.* Por eso también lo llamaba Pripri o Uriuríuri. Mis amigos conocían todos estos nombres y recuerdo perfectamente a Charly que dijo viéndome un día sentado en el jardín junto a Kiki: *Uriuríuri.* Kiki era también blanco, muy cuadrado y era mi favorito después de Cogoyo Cherche.

Pronto se vio que era imposible y absurdo tener tantos gallos en un solo gallinero. Cuando Matón, Kiki o el pobre Tontoncete trataban de pisar a una gallina los otros se le iban encima en orden inverso, habiéndose establecido finalmente la jerarquía de Cogoyo a Matón a Kiki y a Tontoncete, que no veía una. Las grescas eran fenomenales, donde naturalmente volaban muchas plumas, y en última instancia las dirimía Cogoyo Cherche. Así fue que en una de ellas le sacaron un ojo al mísero Tontoncete, por lo que se decidió sacrificarlo. Ese mismo domingo se le estiró el gañote y creo que fue la suya la última carne de esas aves que yo comí, porque una cosa es comer la carne anónima de un pobre animal destinado a ello en este vida, y otra es engullirse el que ya tiene una identidad que lo relaciona contigo.

Al domingo siguiente se sacrificó a Matón.

También mi tío Cochecho tenía gallinas en su casa del barrio los Guindos. Un día vi en su casa una parvada de pollitos y en la siguiente visita, un par de meses después, los pollos estaban ya convertidos en gallos porque extrañamente se trataba de un grupo de puros machos y estaban dedicados a un diálogo muy especial. Mientras caminaban por el espacio del gallinero, uno empezaba haciendo *yib—yib—yib—yib—yib—yib—yib,* siete veces precisas *yib* e inmediatamente otro contestaba en un tono ligeramente diferente ***yib—yib—yib—yib—yib—yib—yib*** y así otro seguía *yib—yib—yib—yib—yib—yib—yib* mientras los demás se callaban pero todos repetían el *yib—yib—yib—yib—yib—yib—yib* a su turno y volvían a hacerlo cuando estimaban que les tocaba de nuevo. Nunca había visto algo semejante ni lo vería después.

¿Aprenderían esos pollos juntos a imitarse?

¿Era un lenguaje secreto de ese gallinero y de ningún otro?

Nunca lo sabré. Los tíos no se gastaban ninguna familiaridad con las aves, y pollo que nacía en su casa o llegaba a sus manos era pollo comido. Cuánto es mejor la vida de aquellas almas simples que se contentan con vivir en la superficie de las cosas y en la cárcel invisible de los hechos. Estoy seguro de que ninguno de ellos se apercibió jamás del coro tan especial de los *yib yib yíes.*

Ahora estoy escribiendo con ramalazos de aquel paraíso inexacto, dudoso como las piedras, párrafos de lo que fue, donde me miran ojos para que yo también los mire y saque las conclusiones pertinentes. La visión de esos pollos haciendo el *yib—yib—yib—yib—yib—yib—yib* hace cuarenta y cuatro años cabales es tan clara como si acabara de suceder hace apenas un minuto.

En algún momento se me ocurrió fabricar un grupo de títeres con cabeza de pollo, de distintos colores y con plumas pegadas que alguna vez habían pertenecido a las gallinas. Con Charly y con la Rosa operábamos seis de ellos haciendo el coro del *yib—yib—yib.* Era un número muy simple que gustaba sobre todo a los niños más pequeños que ocasionalmente veían mis representaciones, y terminaban coreándolo con nosotros. Había que hacerlo siempre con voces diferentes, más roncas y más claras, exactamente como había ocurrido en el gallinero de mi tío en esa tarde mágica que nunca se repitió ni nunca se repetirá.

Las gallinas de la parvada de Cogoyo Cherche eran la Princesita y la Pricrocrita, blancas como grandes copos de nieve, y la Coluda y la Deslavada que eran rojoamarillas, pero esta última era de plumas tan claras, que le pusimos este nombre. La Princesita era la gallina más bella de todas las que pasaron por nuestro gallinero, esponjosa e inmaculada, y tenía una cresta de rosa pequeña y pálida. La Pricrocrita era patoja y con una cresta bermeja de gallo parecida a la de Kiki. Era la más mansa y por eso todas le pegaban. Tanto las pollas nuevas como las gallinas más viejas sobrevivientes, eran muy buenas ponedoras. Siempre disponíamos de huevos para el consumo de la casa, para hacer las tortas, queques y postres de mi madre y hasta para regalar a los vecinos, que más de alguna vez llegaban a pedirlos. Mi abuelita —que disponía de todo en la casa, mientras mi madre vivía en su mundo semi infantil de libros y revistas— nunca se hubiera rebajado a venderlos, como lo hacían algunas familias en la misma cuadra. Vender huevos: jamás, eso era cosa de pobres y de desgraciados, y nosotros, que éramos las dos cosas no vendíamos uno solo, porque eso hubiera sido reconocerlo. Parece que la Rosa mercaba algunos por su cuenta, con espíritu más práctico y apremiada por la necesidad, puesto que muchas veces la teníamos dos, tres o más meses sin sueldo, movidos a la vez por nuestra propia estrechez, cuando a mi padre no le pagaban, en una cadena de estitiquez monetaria cuyo origen se remontaba a algún cliente o empresa por su parte acogotada, mientras el viejo transcribía esos números sin fin en sus libros contables, números que de improviso tendían al cero, como si los anulase una entropía más feroz que cualquier ley termodinámica del universo.

En cambio yo anotaba escrupulosamente en mis cuadernos todo acontecimiento en la vida de mis pollos, empezando por los nacimientos y las iniciaciones de canto o huevo. Cogoyo fue el último en cantar y en hacerse gallo varón. Luego el canto se hacía nítido y el habitual quiquiriquí se oía transformado en diferentes secuencias y tonos. Matón y Kiki cantaban en tono argentino, alto, como tiples o tenores, mientras que Tontoncete profería un horroroso graznido afónico y bajo, tan ridículo como su figura de fracasado de los gallineros del mundo. Cogoyo Cherche hizo varias tentativas ahogadas de cantar, hasta que emitió un *Cru - cru - cruuuu* que fue su saludo característico en la mañana y en la tarde, porque en la noche los gallos no cantan salvo para anunciar terremotos o catástrofes y él afortunadamente no tuvo ocasión de ponerse a prueba. También cantar era peligroso para los de jerarquía más baja según la ley del gallinero. Apenas Tontoncete hacía amago de alzar el cogote y ensayar el canto, los otros se le tiraban encima y su quiquiriquí se transformaba en graznido de dolor por el picotazo.

Con la muerte de Tontoncete y Matón sólo Kiki y Cogoyo quedaron en el gallinero. Mala elección fue dejarlo vivo al pobre Kiki, puesto que Cogoyo lo castigaba diariamente, y a veces también lo pisaba para humillarlo, subiéndosele encima como si fuese gallo maricón y abriéndole en el lomo heridas que parecían el trabajo anticipado del cuchillo de cocina. Kiki vivió ese martirio por unos dos años, más que nada por mi culpa: a menudo el cariño es más dañino que el odio, en la ley darwiniana de la existencia animal, de la cual los hombres también somos partícipes. Al dejarlo vivo al pobre Kiki, yo lo condenaba a una existencia de constante tortura. Sólo volando podría haber escapado, pero su corpachón de avutarda no había sido hecho para despegar el vuelo y así Kiki estaba condenado a recibir el ataque incesante de Cogoyo. Yo, que le permití o mejor dicho lo obligué a vivir, lo condené también a su muerte diaria.

Charles Darwin fue el profeta o el niño que gritó *el rey va calato,* señalando la ley fatal de un mundo como el nuestro. El mismo viejo Darwin que llegó hasta nuestras costas, caminó por Quillota comiendo chirimoyas y hasta pasó por Coquimbo un siglo antes de que yo naciera, llevándose consigo a unos indios de Tierra del Fuego a los que el capitán Fitzroy había llamado *Jemmy Button* y *Fueguia Basket.* Se fue tranquilamente después de haber mirado con detención cada bichejo y cada reptil de esta parte del planeta, determinando que cada bestia sublime o rastrera tenía un lugar en este mundo y que estábamos íntimamente conectados con toda especie llamada inferior, pero se progresaba sólo con dientes y uñas, compitiendo, luchando y venciendo o siendo derrotados, como si esta etapa de la carne y del hueso estuviese signada por la tragedia minúscula y muy difícil de cantar con cualquier voz audible. Pareciera que este planeta fuese el lazareto del sufrimiento universal, como si las criaturas en este estado de la cadena de los seres y de las existencias no pudiesen vivir otra cosa que la más desgraciada temporada en el infierno y el más bajo punto de la evolución dentro del universo. Ojalá, en *los miles de mundos que Dios Padre mece sin ruido* haya otros con menos violencia y horror, pero sólo en los sueños de los poetas y los inconscientes —como yo lo era entonces— puede realizarse esta utopía generosa, durante el instante lúcido y volátil de la creación.

Kiki quedó reducido a un estado lastimoso al cabo de tanta paliza sin palos pero sí con picos y estacas fieras. Un día le vimos una horrenda herida infecta en el lomo, que llegaba hasta el hueso de sus costillas, y mi abuelita decidió sacrificarlo. Mi pelea desigual y quijanesca contra los gigantoides darwinianos que residían en los molinos de viento de cada cuerpo vivo con estómago, cuello y patas, estaba perdida.

Kiki fue cocinado y comido, pero ni la Rosa ni yo probamos de su carne. Muy bien recuerdo a Kiki muerto, a su realidad desaparecida en ese cuerpo presente, carcasa en la que su alma de gallo se había evaporado, si es que ella había existido. Todo lo que ya nunca haría, por ejemplo su grito de *a - priii,* cuando lo tomaba, estaba allí, en su ausencia, como todos los vivos del mundo lo saben y los muertos lo saben mejor. Comer era una graciosa actividad a la que uno se debía entregar cada día de la existencia so pena de no existir y lo que ellos comían de Kiki era su carne pero no era él, pese a que la mascaban, deglutían, digerían y después cagaban. Las aves comían el trigo y los gusanos, y nosotros comíamos trigo y gusano transfigurado y multiplicado en el buche de las gallinas donde tenían infinidad de piedrecitas vallejianas que nada ofendían ni codiciaban, pero igual todo lo molían hasta hacerlo cantar.

Rechazando comer de Kiki, la Rosa y yo volvíamos a transgredir la ley universal y nos poníamos cada uno de nuestro lado, pasando a integrar el ejército de los solitarios, los que nacen, crecen y viven solos en medio del caldo y las proteínas digeridas por el resto. Sin embargo, deberíamos haber probado una cucharada siquiera del consomé en el cual Kiki se disolvió, caldo antropofágico mejor que el de un misionero hervido en la gran olla de una tribu de negros en el Congo de las historietas y de la coleccción *Pequeños Grandes Libros* .

Muerto Kiki, Cogoyo Cherche reinó sin competencia entre las gallinas. Nunca más otro gallo ingresó al gallinero, para su suerte y también la del potencial vencedor o vencido. Es curioso constatar cómo un ser tan delicado en su misma dimensión animal, y que me manifestaba tanto afecto, podía ser tan feroz con otro macho de su propia especie. Es que el otro macho le estaba royendo las bases de su mundo, ni más ni menos que los de un competidor comercial o profesional. Cogoyo Cherche me reconocía y venía inmediatamente a mi encuentro, al aparecer yo por el patio a la vuelta del colegio. Ya no hacía más *uhu - uhu - uhu - tutututuuu* como cuando pequeño sino una especie de *ja - ca - co - coooc* al verme, al tomarlo y dejarlo yo en el suelo. Si le mesaba las mollejas, se sentía humillado y para desquitarse me hacía la rueda, se acercaba a mí y daba un giro alrededor de mis pies, arrastrando un ala por el suelo en un movimiento parecido a un pase de toreo, dicho esto sin intención de ofender al gallo.

¿Es que yo también representaba para él una gallina ciclópica?

¿Era ése su modo mejor de demostrarme afecto?

Si la puerta de la galería estaba abierta, Cogoyo entraba sin vacilar a la casa. Cuando yo estaba enfermo, el pobre animal me buscaba incesantemente hasta que se le permitía entrar. Yo sentía de repente, en la mitad exacta de la tarde, los pasos del gallo en el comedor que resonaban como pequeños latigazos, como si anduviera con zapatos con los cordones desabrochados. El gallo se iba hasta mi pieza, profiriendo *jacacooocs* de contento como anunciando de lejos su visita.

Luego, una vez en mi dormitorio, Cogoyo saltaba a los pies de mi cama y se quedaba allí echado, muy quieto, como si ésa fuese la percha del gallinero donde pasaba sus noches blancas o negras. Cuando el gallo se quedaba allí, cerraba los ojos y dormía, y otras veces se comunicaba conmigo con un muy suave *jacacoooooc* que quizás significaba algo gentil en su lenguaje más allá de las palabras.

La presencia del ave de corral ahí en mi dormitorio hacía necesario poner unas hojas de diario abiertas estratégicamente debajo de su cola, puesto que si el gallo era tan evolucionado como para esas manifestaciones de afecto, no lo era para controlar su intestino y podía cagarse en cualquier momento, como un pequeño Buey Tapanca con plumas, necesitando la protección de un *Mercurio* viejo que para esa función se demostraba a su altura.

Así esas aves vivieron lo que podría definirse como una vida feliz, las que escaparon a la olla del domingo, y Cogoyo Cherche fue el único gallo que sobrevivió a sus propias acciones.

Cogoyo Cherche era un macho cabal aunque más de alguna vez pisara a un pato y su único pecado, si cabe, fue envejecer. Este proceso volvió a hacer aflorar en la casa los antiguos temores sobre la ancianidad del gallo y su inminente postura del huevo fatalicio que incubaría el colocolo. Quien lanzaba esta idea con más persistencia era mi tía abuela Nenita, habiendo ella conocido desde adentro aquel mundo donde lo sobrenatural tenía un lugar preeminente en la vida de todos. Ellas —las mujeres— no atacaban frontalmente al gallo pidiendo su ejecución, sabedoras de lo que significaba para mí, pero sí lanzaban indirectas como *no es bueno que un gallo se ponga tan viejo en una casa* o *¿no crees que este gallo está demasiado viejo, hijo?* y lo expresaban más bien calladamente, en su fabla de mujeres que nunca emergía del segundo plano. Los suyos eran ecos que precedían a las voces, porque la creencia de que un gallo viejo atrae desgracias estaba muy arraigada en ellas. Pero las desgracias llegaban y también se iban, con gallo longevo o sin él, y sin evidente relación con la presencia de volátiles en la casa y en el patio.

El gallo envejecía y la ecuación de su vida parecía estar extrañamente ligada a la de la Rosa. A medida que ella se agotaba entre nosotros, y yo no iba más a su pieza ni por ratos cortos ni largos, y nos alejábamos como los planetas en sus órbitas demarcadas por leyes más allá de nuestra comprensión y esfuerzo, las gallinas parecían vivir también su tiempo de descuento, se agostaban sus plumas y se iban relegando a los terrenos cada vez más distantes del patio, como retrocediendo hacia el gallinero de sus noches.

Cuando entré a la universidad en 1955, ya muy poco tiempo podía pasar entre las gallinas, pero todavía y siempre Cogoyo Cherche me reconocía y profería su *jacacooooc* al verme. Si me quedaba por más tiempo en el patio, lo hacía en un estado de ensoñación diferente al de todos los años pasados. Todo ese mundo se estaba deshaciendo en mí como un gran copo de nieve y gestos perdidos, aunque el gallo siempre se me acercaba y hasta hacía me tristemente la rueda como cuando él era menos viejo y yo también.

Poco antes de irse definitivamente de nuestra casa en 1957, la Rosa tuvo una ocurrencia fatal: llamó a uno de esos individuos que andaban cambiando ropas o diarios viejos por diversos artículos que incluían aves de corral vivas, y que eran los precursores antediluvianos de los recicladores motorizados de hoy, y le ofreció un montón indiscriminado de desechos por un par de gallinas que entraron a competir con las ya muy ancianas Princesita, Pricrocrita, Coluda y Deslavada.

Esas gallinas venían infectadas de una peste o moquillo aviar y murieron a los pocos días. Lo mismo les sucedió a las cuatro gallinas viejas. Cogoyo fue el que más resistió pero luego también cayó, y lo vi morir moqueando serenamente un hilillo de aguaíja en el que se le iba la vida, sobre la silla de paja en que se echaba al sol cerca de la puerta de la galería.

Cuando llegué al patio, avisado por la Rosa de que mi gallo se estaba muriendo, apenas pude hacerlo a tiempo para presenciar su último suspiro en la silla de paja, porque efectivamente el pobre, ya en sus últimos segundos de vida emitió suavemente el *jacacoooc* con el que siempre se dirigió a mí desde su tiempo de gallo joven hasta su decrepitud que no le impedía esa lucidez, como un viejo patriarca. Inmediatamente después su cabeza pálida se asimiló a la de las otras gallinas muertas por mano nuestra o por la avidez viral, y dejó este mundo verdaderamente en santidad.

Todas las gallinas enfermas fueron a la basura, pero a Cogoyo Cherche yo mismo lo enterré en un gran hoyo hecho en el patio, debajo del hilán-hilán como también habíamos hecho con los gatos Quintín, Lolito, Marciano y la gata de tres colores en 1948, todos muertos atropellados.

Lo curioso es que, al morir, Cogoyo tampoco parecía enfrentar la muerte, sino sólo sentir un ligero entorpecimiento en los ojos, una nube un poco cativa que le estaba dando un fastidio, y a lo mejor creía que iba a salir caminando a mi encuentro para hacerme otra vez la rueda.

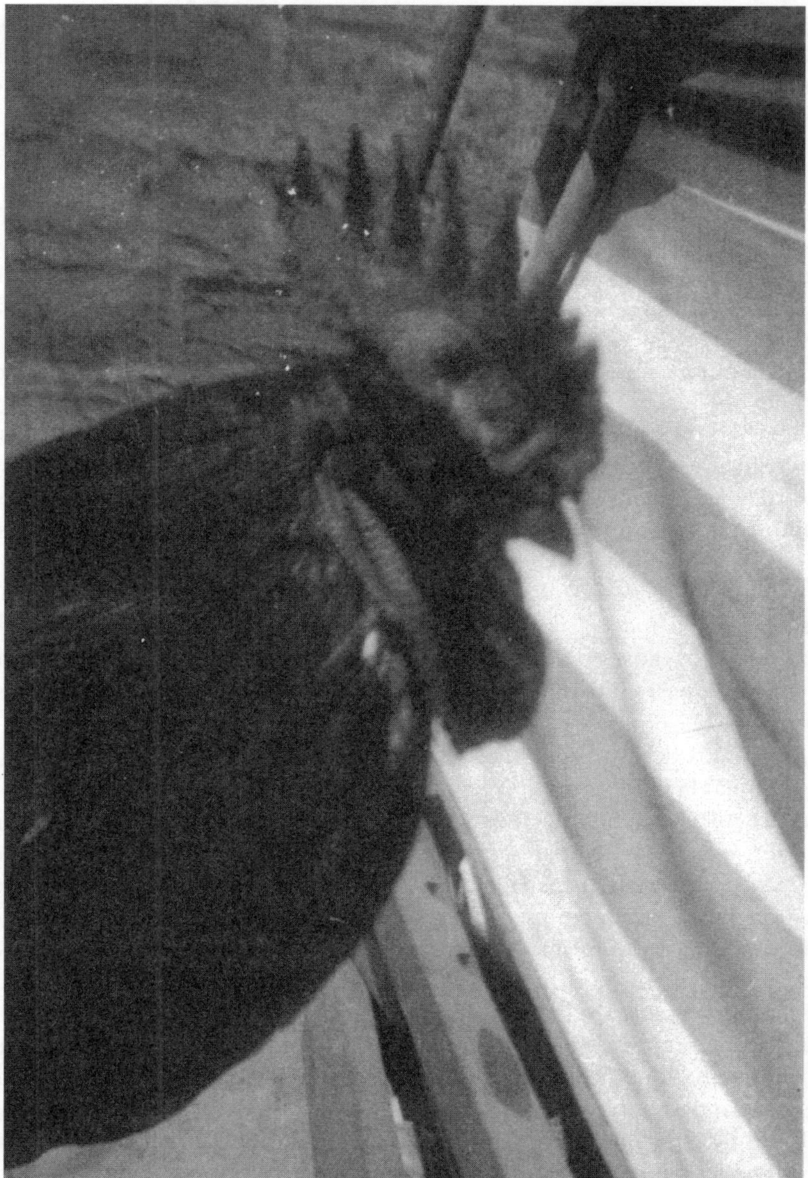

Capeando se llegaba al oeste, se llegaba al centro y también uno se iba a la mierda en bote, a pie, sonriendo y sin saberlo, como que cada clase faltada significaba **ceros**, significaba **unos** (pésimo), o sea notas de color rojo en la libreta que cada bimestre mi padre-apoderado debía firmar.

Las notas **dos** (deficiente) estaban rojas de tinta sanguínea que provenía de lejanas venas, no de las mías, cabe decirlo. Estaban escritas con la sangre con la cual debíamos firmar para ingresar a la Sociedad de la Calavera, y que fluía ahora en los guarismos que yo debía camuflar, arreglar de algún modo para evitar el castigo, que de seguro no sería violento en mi casa, sino más bien moral: la ley del hielo, el aislamiento, si cabía mayor aislamiento para quien, como yo, pasaba su vida solo.

Era la mutua vergüenza la que se debía evitar dentro de un esquema donde yo funcionaba —para mi familia al menos— cumpliendo un rol de buen alumno que me atañía y provenía de los años precedentes. Traicionar esa figura era más difícil que modificar los propios rasgos faciales, o sea los que los otros veían en lugar de mi rostro. Para tratar de ocultar mi fracaso escolar se me ocurrió otra cosa tan censurable aunque inevitable como la cimarra, y que consistió en cambiar las notas recibidas, sustituyendo la página donde las calificaciones estaban estampadas de puño y letra del Profesor Jefe, fuese éste Chacharra o la Yegua, por otras páginas vacías que había más al centro de la libreta de notas, mamotreto o revelación inapelable de los dioses o demiurgos escolares, y premio a las fatigas de los buenos estudiantes y cuasi ciudadanos que nunca habían visto o conocido el rojo de la reprobación.

Así, en los desastrosos bimestres finales de 1952 se me convirtió en rutina el descuajeringar la libreta de calificaciones, sacar de sus corchetes la página infamante con las notas deficientes, reemplazarla por una de las centrales en blanco, y escribir en ella notas regulares o buenas que eran revisadas y juzgadas por mis padres. Luego mi padre firmaba la página de la izquierda, que yo dejaba en su sitio. Operación de relojería complicada y sórdida, que hasta merecería un pequeño premio escolástico del mismo modo que lo merecerían esos torpedos, cilindros o *torahs* —como el mismo Charly los llamaba— diminutos de papelillo, en los que uno escribía y recopiaba con paciencia de monje benedictino las materias para consultarlos subrepticiamente durante pruebas y exámenes, lo que finalmente resultaba innecesario, porque haciéndolos yo aprendía todo mejor que con cualquier recurso pedagógico.

El caso es que mis padres tampoco estaban satisfechos con esas notas fabricadas y estimadas hasta con demasiada modestia, como en aquel aforismo de Rimbaud acerca de perder la vida por cortesía: de regulares a buenas, considerando lo que yo creía merecer. Si mi falsificación de notas era descabellada —sin tomar en cuenta lo inmoral del acto, aspecto que yo ni siquiera consideraba— mi pretensión de un promedio de notas *posibles* era menos absurdo que el de mis padres, que no se contentaban con menos de la nota máxima **en todo**. Ellos ignoraban o querían ignorar que muchos maestros teorizaban y practicaban la siguiente escala de notas: el siete corresponde a Dios, el seis al profesor, el cinco al mejor alumno de la clase y así todo el curso podía repartirse notas desde cuatro para abajo.

¿Creía yo que iba concretamente a engañar, quebrarle la mano a esa cremallera escolar, la máquina de moler carne del Instituto, y que la mágica precesión de los equinoccios me daría al fin razón, cuando las notas estampadas con mi caligrafía de agonizante prematuro fueran a sustituir a las verdaderas? No, por cierto. Sin aceptarlo, sabía que la verdad algún día iba a salir a flote, y más temprano que tarde se iba a imponer en su lamentable evidencia, pero me interesaba también el aplazamiento, la prórroga que era equivalente a la vida, buscaba dormir una noche más bajo estrellas o coordenadas conocidas y amigables, y pernoctar todavía una vez más en el páramo de mis cosas identificables como el libro de Julio Verne que estaba leyendo, *La isla misteriosa* abierta en la parte en que los náufragos encuentran a Ayrton y con el mapa que yo había trazado leyendo minuciosamente todas las direcciones y usando toda la información posible del texto, buscando las coincidencias entre la periferia virtual y la real de la isla. Después, en otra edición que tenía un mapa verdadero, el mío se mostró perfecto en todos sus detalles, hasta en los islotes, etc.

Quería sumergirme en esa nada cotidiana que tanto me gustaba, o deslizarme junto a los gatitos en la pieza pobre de la Rosa, yacer allí estaba bien, era parte de mis ceremonias de invierno y de verano. Y para que ello ocurriese necesitaba del *status quo* y éste me lo proveía la mentira de las notas que respaldaban la imagen mía consagrada sin premio y fermentada sin proceso, habiendo ya comprobado hasta la saciedad que vivíamos en el mundo de lo que debía ser y no de lo que realmente era.

Mi pequeña debacle ocurrió o se inició el día en que regresé de Buenos Aires en mi primera salida del país, el primer viaje de aventura y de experiencia total. Si no hubiera puesto en práctica la falsificación de las notas, no se me hubiera permitido ir a Buenos Aires, como castigo. Un desgraciado que falla en sus estudios es cien por ciento culpable a los ojos de cualquier familia tradicional —y la mía ciertamente lo era aunque a veces no lo pareciera— y eso me hubiera despojado de un momento fundamental de mi vida, por lo que hasta ahora no me arrepiento de haber hecho lo que hice.

Toda la alegría del regreso, esa idea física y metafísica que Carlos Gardel dejó estampada para la eternidad en *Volver*, se vio opacada por la maldita papeleta que las autoridades del colegio habían mandado por correo a mi casa durante mi ausencia, en una operación astuta y también descontada. En realidad debo decir que fue **algo** y no toda la alegría del regreso lo que se rompió, en ellos y en mí, porque la dicha de verme volver sano y salvo prevaleció sobre toda miseria escolar.

Mi explicación para esa papeleta lapidaria donde fulguraban todas las notas rojas que durante los meses anteriores debían haber aparecido en la libreta, fue tan absurda como absurdas e increíbles parecían esas calificaciones a mis padres. Era como si ellos descubrieran un monstruo en el lugar del hijo acostumbrado. No sabían que ese descubrimiento espantable es una faena rutinaria y también inevitable en el conocimiento humano. Les dije que era un error, que tenía que ser un error. ¿No habían ellos visto y firmado la libreta con esas notas *decentes*, que no eran las que ellos esperarían de mí, pero que eran calificaciones relativamente normales?

Increíblemente ellos no investigaron más, sino que aceptaron mi teoría del error, tal vez por negligencia, o debido a que ellos me consideraban incapaz de mentir, o también por temor de descubrir todavía más amargas verdades.

Seguí capeando nutridamente en los meses de la primavera de 1952, después del regreso de Buenos Aires. En ese período mi pensamiento estaba continuamente ocupado por la niña del cintillo azul y solía vagar por los lugares habituales del centro, el zoológico o la Quinta Normal, siempre con la esperanza de encontrarla, verla por allí. Era una cosa totalmente sin sentido: ella sólo se movía dentro del barrio, y nunca la vi en otros sitios, como si fuera una aparición ligada a los lugares más familiares como la calle Simón Bolívar, o la esquina de su casa, en Simón Bolívar con Manuel Montt.

Pero mi persistencia en capear no se debía del todo a mi arrastrado mal de amor. Era mi odio al colegio, mi desesperación por las largas horas de encierro y la tortura del trato autoritario y desquiciado de los maestros, lo que me impulsaba a seguir capeando. Se diría que la niña del cintillo azul era una forma de luz, de compañía excelsa, algo que se integraba a mi soledad —que de todos modos yo no rechazaba ni maldecía— y que estaba destinada a permanecer así. Nunca me hubiera atrevido a hablarle, ni mucho menos hacerle partícipe de mis sentimientos que estaba seguro ella no podía compartir. Con esa nubecilla de ternura imaginada que caminaba junto a mí sin que la verdadera persona lo supiera ni menos aprobara, iba yo por las calles del capeo, y cada capeo necesitaba un falsificativo que yo mismo invariablemente escribía y firmaba y parece que en la vicerrectoría estaban ya oliéndolos y analizándolos. Poblete me había puesto en el camino ineludible de los falsificativos, y no digo esto absolutamente como una justificación descabellada, sino como *una señal de astros,* una serie de eventos cuya línea de encadenamiento no puede ser vista sino mucho después de ocurrida. Si fuese de otro modo, si la ecuación de la vida fuera perfectamente legible desde el momento en que se plasman los eventos ¿qué gracia sería o tendría vivir? Seríamos como los buenos alumnos de *Corazón* de Edmundo de Amicis, o como el *Robocop,* programado antes de existir.

La cachetada de Poblete era la semilla original en el caos, era el Sésamo Abrete que, al revés, cerraba todas las piedras de todas las cavernas que ocultan los tesoros que nos son vedados por recalcitrantes, a los que eran y son como yo o aquellos reputados medio bobitos, como Varolio, o pajeros como Pabuelo, y era muy diferente el sopapo para nosotros que para Cholimbo, a quien le hacía poner en movimiento perpetuo o diferencial todos los mecanismos de su naturaleza casi perfectamente hecha para ese tipo de estímulos, lo que le facilitaría mucho el saber darlas cuando le llegara su hora de hacerlo.

En ese aspecto el Doctor era el educador supremo sin que lo supiera o sólo sospechándolo en los momentos de iluminación que ocurren en el estado de duermevela, como cuando uno configura o visualiza sus mejores creaciones y pensamientos, los que nunca serán escritos, nunca serán texto vivo. Nos sacudía el limo chilensis pero también lo purificaba y ello ocurría, mejor que con nadie, con aquellos que no lo teníamos demasiado pegado al alma, cuando era sólo una pátina y no una incrustación, una caperuza y no un cáncer, una perla de la corbata y no un ombligo.

Nada de esto lo sabía entonces y no lo supe sino hasta ahora, en el momento de escribirlo, que es cuando la realidad se hace visible. En ese ya lejano día de 1949 en que Poblete nos dijo que nos veríamos alguna vez las caras, y al apostrofarle yo por lo bajo *apotíncate en mi pico* haciendo alarde de esa virilidad tan especial del chileno que ofrece pico indiscriminadamente (apotincarlo o apotincarse, verbo transitivo o reflexivo que significa sentarlo o sentarse como un rey o como un saco de papas) no sospechaba tampoco que los desplantes suyos sí que eran realidades. El Doctor cumplía lo que decía, era una fuerza histórica que actuaba desde las bambalinas y nos regulaba desde adentro como el hígado —*víscera submarina*— lo hace todo sin alardes pero sin tregua.

El momento del arreglo de cuentas había llegado, había sido preparado lentamente en cada una de mis ausencias del colegio, había reconstituido, fichado, reorganizado mi imagen dentro de los archivos microcósmicos y ratoniles del Instituto, partiendo de mi etapa como alumno que sacaba segundos puestos en 1949, siempre detrás del imbatible Marmoleda, que era una criatura perfecta del sistema, como Derosi en *Corazón*, y parecía haber sido parido o secretado por *los muros de gruesos adobones de ésta, nuestra casona nutricia*, como él mismo lo había puntualizado en una de sus composiciones leída frente a la clase de Clarindo JaJá, quien al oírlas entraba en una forma patética de orgasmo senil.

En la semipenumbra de los actos humanos, en su justicia aparente o real generada en un proceso acumulatorio en el tiempo, la vida me cobró los capeos convirtiéndome en estudiante eterno: mis últimos días como alumno los viví al filo de los cincuenta años. Por otra parte, mi rebelión en contra de los malos maestros me fue cobrada haciendo que el único modo de ganarme el pan fuese precisamente la docencia. Su ejemplo, sin embargo, funcionó en modo negativo, y he tratado de ser exactamente lo contrario de lo que ellos fueron, en especial en lo que se refiere a las prácticas represivas, a la actitud intransigente e implacable del huevón vaca, sin ser tampoco y en modo alguno blando, y ocasionalmente conservando las iluminaciones y el delirio expositivo de Chacharra.

Poblete grafólogo tenía el falsificativo en la mano cuando entré, llamado en mi clase por el estudiante-bedel de turno. Semejante suceso se traía un diagnóstico muy malo, y su prognosis era peor: quien era llamado a la vicerrectoría de ese modo sólo podía esperar como mínimo una suspensión y muy probablemente la expulsión, castigo mayor que valía para los desalmados, como aquellos legendarios autores de un *Rififí* institutano de hacía cinco años, en el cual un grupo de osados se había quedado escondido en los baños y se había robado los libros de clases de todo el segundo ciclo de humanidades, para despistar. Se los habían llevado hasta el río Mapocho para arrojarlos no sin antes manipular cuanta perilla, superficie o espacio había allí por tocar, olvidando que ya para el quinto año de Humanidades todos estábamos fichados en el gabinete de identificaciones, al salir de Chile para el viaje anual a Buenos Aires. Para la policía fue muy fácil dar con los culpables, habiendo el Doctor omnisciente reducido el número de sospechosos a aquéllos realmente posibles, con su intuición, talento y olfato de esbirro.

Tratándose de falsificativos, el castigo probablemente no llegaría a la expulsión a menos que fuesen hechos reiterados. Y reiterados eran los míos: el rosario de ellos se remontaba a inicios del año escolar y aún antes. Todo indicaba que yo tenía mucho que temer. Poblete estaba vuelto hacia la ventana, y ésta era la posición peor, la que presagiaba muchas cachetadas y una extensa anotación en el Libro de Vida. Tenía el falsificativo en la mano, y cuando se dio vuelta primero me abofeteó, luego dijo:

—¿Reconoce esta porquería, señor Castellano?

—Sí, señor Poblete.

—Bueno, ¿y qué es?

—Es el justificativo de mi ausencia de anteayer.

—Sí, eso parece, pero ¿no le encuentra nada raro?

—No, nada raro, señor Poblete.

—Mire mejor, señor Castellano, **¡MIRE MEJOR!** —gritó Poblete y me golpeó por segunda vez.

—No, señor Poblete, no le noto nada raro.

—¿Quién firmó este papelucho, señor Castellano?

—Mi papá, señor Poblete.

Tercera cachetada.

—¿Qué profesión tiene su papá, señor Castellano?

—Es contador, señor Poblete. Tiene su oficina aquí en el centro.

—Dígame el número de teléfono, vamos a llamarlo de inmediato. Dígamelo.

Anotó el número, pero no llamó inmediatamente.

—Bueno, dígame señor Castellano ¿quién escribió esta porquería? ¿Cree que puedo perder toda la tarde con un imbécil como usted? Porque si su papá es contador como dice, no pudo haber escrito con esta letra de analfabestia o de cretino. Esta porquería, se lo voy a decir de una vez por todas, no puede haberla escrito nadie más que usted, porque es la obra de un idiota y quiero que me lo confiese ahora mismo.

Yo no tenía miedo a los golpes, ni tampoco a que Poblete llamara a mi padre, aunque supiera que las consecuencias para mí podían ser muy graves. En realidad no tenía idea de las repercusiones de mis actos y lo que ocurrió después demostró que conocía bien poco a mi padre, así como él, seguramente me conocía a mí todavía menos. Eso, habiendo nacido de su sangre, y habiendo crecido ya por quince años lo más cerca de ellos en cuanto es posible, si es que hay cercanía alguna en las almas humanas y si somos algo más que fantasmas errantes por un páramo donde ninguna vecindad jamás será factible. Así, no por ahorrarme los sopapos, sino por ese sentido innato que he tenido de evitar las situaciones de mal gusto, que unas contadas veces ha servido para mi bien, y pensando además que mi padre no iría a respaldarme, le dije:

—Sí, yo escribí el justificativo, señor Poblete.

Me miró con infinito desprecio, como si esperara cualquier cosa menos esa confesión un tanto apresurada, que por lo mismo negaba gran parte del sentido a toda la escena. Después de eso, Poblete cambió de talante como si ya su misión principal hubiera terminado cabiéndole sólo mandarme a la instancia superior, que no era otra sino la oficina de Clarindo JaJá, que como vicerrector del mediopupilaje decidiría mi castigo.

Llegué a la oficina de Clarindo JaJá. Desde afuera, su cabeza blanquísima, como de algodón en rama, brillaba en un rayo de sol pomeridiano, suerte de privilegio suyo, porque el sol no acostumbraba entrar en las salas del Instituto, por muchos impedimentos estructurales y hasta ideológicos, y aunque lo hubiese hecho, era como si algo dentro de las salas neutralizara esa luz y sólo recuerdo un estado como de limbo, donde no hay ni luz ni sombra como en la Gruta Azul de Capri pero, en este caso, de un colorcillo como el de los gordos ratones de las alcantarillas.

Clarindo JaJá estaba sonriente, cual era su costumbre, invitándome a soltar las carcajadas que en la clase lo hacían quedarse inmóvil, con la sonrisa pegada a sus labios momificados, escleróticos, como una extraña mariposa de otro tiempo.

—Siéntese, siéntese señor Castellano —dijo Clarindo JaJá— supongo que después de estar sentado todo el día en clase tiene muchas ganas de volver a sentarse... Terminó la frase con su Jijí que era la risita con la que señalaba que lo dicho debía ser considerado un chiste. La risita era necesaria, de lo contrario no hubiéramos entendido que se trataba de un chascarro. Cada frase suya, por lo demás, era un chiste y su concepto del humor era flexible y amplio como fundillo de payaso. Clarindo JaJá se reía de todo, todo era una risa perpetua que lo acercaba a la muerte y al mismo tiempo la exorcizaba. Con cada jijí, el más senil de nuestros maestros parecía querer acercarse a nosotros, hacerse el Gracioso. En efecto, el apodo de Clarindo lo sacamos del personaje bufonesco de *La vida es sueño,* que nos hacía leer en clase y nos pasábamos meses en ello, por las innumerables interrupciones de sus jijíes.

Clarindo tenía el poder de petrificar los textos del Siglo de Oro, volverlos como bolas de miseria adecuadas a su espacio tiempo y hacérnoslas tragar penosamente, sin deglutirlas, entre pocos estertores del intelecto y más de las tripas, provocando una tensión tan insoportable que las risotadas eran la escapatoria donde todo se volvía diáfano, y donde el espíritu contraído se expandía, como si fuésemos los cilindros de un increado motor a explosión en el cual la risa era la chispa de las bujías.

En cada risotada Clarindo JaJá pensaba comprarnos, comprarse nuestra simpatía sin saber que era exactamente lo contrario: riéndonos a gritos, abrazándonos y revolcándonos le hacíamos el juego para alejar siempre más todo posible entendimiento. Clarindo ignoraba nuestros recursos para controlar el lúcido delirio que se podía desencadenar con sus jijíes. Por ejemplo un día decidimos hacerle creer que estaba sordo, empezando por contestar sin voz *presente señor,* disciplinadamente, desde mafiosos a mateos, y luego pronunciando nuestras respuestas, moviendo solamente los labios. Al balbucear Clarindo su primer chascarro empezamos a hacer una mímica de risotadas abriendo mucho las fauces y carcajeándonos, abrazándonos y cayendo en convulsiones como en una película muda o súbitamente enmudecida. Por la mitad de la clase y después de varios tumultos silentes, Clarindo cogió el libro y se fue. Debe haber creído que algo muy raro pasaba, porque no volvió ni tampoco llegó Poblete a castigarnos.

—¿Así que ha practicado mucho la escritura últimamente, señor Castellano? —preguntó Clarindo JaJá. Luego añadió el jijí y yo me retorcí riéndome.

Después de un par de risotadas, Clarindo me hizo sentar en un sillón mullido, de los que la vicerrectoría tenía un par, y se enfrascó en una lectura o rumia de papeletas, y también de uno de los angustiados libracos que se acumulaban en las paredes, y donde también se destacaba una reproducción del retrato de O'Higgins pintado por el Mulato Riquelme.

No me tocó esperar mucho, pues a poco se abrió la puerta. Era Poblete, haciendo pasar a mi padre, cuya faz de desconcierto era penosa.

En ese pequeño reino ya que no imperio, piramidal y egipcíaco a la manera mapochina, del Instituto, Poblete tenía el poder de gobernar el mediopupilaje. Como en las monarquías constitucionales, Clarindo JaJá reinaba pero no gobernaba, únicamente administraba sacramentos de orden escolar y parasitario, mientras su estatura y su figura de carcamal se desplazaban sin ruido.

Por alguno de esos misterios cuya probable solución está en la vida entendida como sueño modificable, el falsificativo estaba encima del escritorio de Clarindo JaJá. Al entrar mi padre, Clarindo el Gracioso se puso de pie y yo también, porque después de todo, éramos gente bien educada. Buena educación nos sobra a los chilenos, quiero decir la de ese nivel y calidad, de los gestos exteriores, ya que de la otra, la compasión y la gentileza auténticas, bueno, de ésa nos falta casi tanto como en aquel tiempo nos faltaban las proteínas. Realmente lo que nos faltaba era comida y también contacto de buena leche con otras culturas del planeta, problema subsanado drástica pero muy parcialmente con el exilio, veinte años más tarde.

—Buenas tardes, señor Castellano —dijo Clarindo JaJá— aquí lo esperábamos para mostrarle una linda gracia de su hijo. Su hijo es talentoso pero no lo suficiente Jijí... Jijí.

Yo pegué una tremenda risotada: ésa era la orden con Clarindo cada vez que sacaba su risita. Mi padre me miró estupefacto, como si le pareciese estar viviendo una pesadilla.

—Yo sé que mi hijo tiene muchas gracias, señor Vicerrector —le respondió mi padre— pero a lo mejor aquí no aprende lo suficiente. ¿De qué se trata?

—¿Reconoce esto, señor Castellano? —dijo Poblete tomando el falsificativo y poniéndoselo en la mano, con un ademán adecuado a su drama de moverse entre dos realidades incompatibles, la del colegio y la de afuera, representada por mi padre.

Mi viejo cogió el documento, que estaba escrito en sus hojas con membrete de las que yo había hecho un buen acopio, lo miró por delante y por detrás, como si estuviese escrito por ambos lados, y lo leyó muy despacio, como descifrando, más que la caligrafía —que era perfectamente legible y que trataba, precisamente, de imitar la suya— su contenido paradigmático, la razón o circunstancia que podía haberme impulsado a un acto que se mostraba como la insensatez más redomada.

Repitió mi padre un par de veces el acto de leer los dos lados del falsificativo, el escrito y el en blanco, deteniéndose más en el lado en blanco que en el otro. Poblete se adelantó y le preguntó:

—¿Y qué nos dice señor Castellano? ¿Qué le parece su hijo?

—Bueno, aquí me parece que dice que estuvo enfermo el lunes 13 de octubre.

—Sí, señor Castellano, respecto de eso no tenemos problemas: aquí nos desempeñamos más o menos bien en la lectura, lo que queremos saber es si reconoce su propia caligrafía en esta misiva.

— Sí, claro que la reconozco —dijo mi padre para mi gran sorpresa— fui yo quien escribió este justificativo. Efectivamente en esa fecha Hernán estuvo enfermo.

—Estaba enfermito con claros síntomas de mala caligrafía Jijí Jijí —dijo Clarindo y yo solté la necesaria carcajada. Mi padre me miró furioso esta vez.

Poblete le dedicó una de esas sonrisas que le conocíamos tan bien y que significaban su victoria: él como el otro, cuyo nombre Adolfo también se parecía al suyo, Arnolfo, sólo sonreía en la victoria puesto que en la derrota se escondía. En el tono de su respuesta se percibía con claridad que mi padre no le merecía ningún respeto, al revés de lo que habría ocurrido frente al padre de Hirmas o de Labán, personajes que por su dinero estaban más allá del bien y del mal.

—Señor Castellano, debo darle la triste noticia que su hijo ya confesó haber escrito la notita.

Mi padre dio un respingo, me miró como diciendo *buena la has hecho, idiota,* pero no se achicó ante Poblete y le replicó de un modo inesperado para mí:

—Señor Poblete, si le dije que yo escribí la nota es porque así fue. Seguramente mi hijo estaba demasiado intimidado en su presencia.

—Nadie en este colegio intimida a los alumnos, señor Castellano. Usted nos ofende.

—No es mi ánimo ofender, señor Poblete.

—Para ser justos con él, su hijo no le tiene miedo a la pluma ¿no será un futuro escritor? Jijí... Jijí — dijo Clarindo. Me reí muy fuerte, como era de rigor, pero esta vez mi padre no pudo contenerse y se volvió hacia mí diciendo por lo bajo *¿es que todavía puedes reirte, sinvergüenza?*

Me callé de improviso y ya no volví a reirme, aunque Clarindo JaJá se manifestó repetidas veces con su risita, sabiendo que de algún modo mi suerte estaba echada con ellos y en el colegio en general.

—Para terminar este desagradable episodio...

—Sí, muy desagradable... —lo interrumpió mi padre.

—... y puesto que usted reconoce ésta como su firma —Poblete le dio una pequeña, microscópica cachetada al papel— tenemos que aceptarlo. Pero no se olviden ustedes —y ahí nos ponía a ambos en el mismo nivel, por la complicidad con que mi padre le había desarreglado el bigote y despeinado la frente— que ésta es una falta gravísima que se castiga con la expulsión, y que un expulsado debe olvidarse de encontrar lugar en ningún otro colegio.

—No creo que sea el caso, caballeros. Buenas tardes, señor Vicerrector, buenas tardes señor Poblete —dijo mi padre, conduciéndome del brazo con un ademán que tampoco presagiaba nada bueno.

Mi padre salió conmigo a Arturo Prat por esa puerta que sólo era usada en condiciones extraordinarias, siempre negativas, como la expulsión, la suspensión o la enfermedad.

El episodio de la firma me había salvado de la última clase con el Perro, y por eso salimos directamente a la calle, aunque yo no había sido castigado por la decidida intervención de mi padre. El caminó un poco adelante de mí, hasta llegar a ese lugar cercano a la estatua de Andrés Bello, donde se detenían los microbuses Bernardo O'Higgins, que nos servían para llegar a nuestro barrio de Ñuñoa. Luego se volvió y me dijo:

—Váyase inmediatamente para la casa, que allá hablaremos.

Me dio encima dinero para la micro, como para asegurarse de que tenía lo suficiente para volver.

Naturalmente, me fui a casa en el primer microbús. Era un momento de absoluta derrota para mí, aunque mi padre lo hubiera camuflado de victoria con Poblete. Era una victoria a lo Pirro, y para ambos traía mucha más vergüenza que gloria.

El caso es que mi padre tampoco en casa me dirigió la palabra. Más bien todo lo contrario: como en la ocasión aquella de las historietas *porno,* él no me habló, y esta vez por mucho tiempo. Como parecía que los únicos casos en que hacía valer su autoridad en la casa era para la disciplina paterna, dispuso que nadie en la casa me hablase y que fuese relegado a mi pieza. En efecto, allí llegaba después del colegio y comía, hacía mis tareas y permanecía solo, sin radio, sin la Rosa, que me llevaba la comida y por supuesto me hablaba pero debía salir inmediatamente, urgida por algún menester.

No recuerdo cuánto tiempo estuve allí segregado, probablemente unas dos semanas. Los compañeros me preguntaron qué había pasado, asombrados de verme volver, sin suspensión o expulsión. Les dije la verdad, que mi padre me había respaldado en el colegio, para luego castigarme en casa. No sé si entendieron la situación, pero todos se manifestaron muy extrañados con la actitud del viejo, porque sin duda sus apoderados, tíos o parientes tutores, como en el caso de Varela, no hubieran hecho nada semejante. ¿Por qué el castigo entonces? Naturalmente, porque mi padre no podía aprobar un desaguisado como la falsificación de su firma, pero quiso evitarme el castigo institutano público y sus consecuencias.

Después de unos días la tía Nenita vino a verme y a hablarme. Ella estaba más allá de las jurisdicciones paternas, y su amor hacia mí era muy grande. Siempre fui para ella el hijo que no tuvo, en su primero empecinada y luego melancólica soltería de toda la vida. La Nene trató de reestablecer, de retomar un diálogo que había sido tan rico hasta hacía apenas unos años atrás, los mismos que al caer en mí ponían ya una barrera insalvable entre el que había sido y el que era. Como un adolescente es un individuo a medias, todo lo que tiene para vivir es esa sombra de la infancia perdida, que se le disuelve como una nieve oscura que trata de retener en las manos. Esos momentos en que la Nene trataba de consolarme con sus historias de gatos parlantes y de mis bolitas de cristal que se animaban y hablaban como una gran familia, eran momentos doblemente dolorosos para mí. Mucho más triste que el castigo experimentado fue ese encuentro final con la Nene, sin duda la compañía más fiel de mis años de infancia, cuando nada podía reemplazar su asiduidad, su disponibilidad absoluta.

Ahora me parece tristísimo comprobar que prácticamente no crucé palabra con la tía Nene en los diez años que le restaban por vivir, y que vivió generalmente encerrada en su piececita del fondo de la casa, contigua a la galería, ya completamente sola, habiendo muerto su hermana Roselia (Telita) en el 53. No asistí a los funerales de Telita, ya que todavía se me quería alejar de la muerte y me hacían vivir donde mi tío Cochecho, durante trances de esos, como había ocurrido con mi abuelo. Respecto de la tía Nene, estuve muy cerca de ella en su muerte, y ha sido el único familiar y la única persona a quien he ayudado a cargar el ataúd.

Poco a poco volvieron a hablarme, como si el castigo se diluyese más que se levantase, y en realidad ya no era castigo, sino sólo resentimiento por haber frustrado sus expectativas de tener un hijo modelo, con todo lo vago que era el concepto. Acaso también decir esto de ellos es injusto. Nunca sabré qué pensaron realmente mis padres y los demás miembros de la familia durante ese tan penoso como crucial episodio de mi vida.

La opinión de la Rosa, para nada técnica, era simple: *si ha hecho mal, mijito, debe pagarlo, y si no lo paga ahora, será después, pero siempre se paga...*

(Seguiré, así, haciendo la firma de mi padre, empezando como él con una línea vertical inclinada y después con la extrañísima comba de la ele de Luis y luego la escritura del apellido en forma de rúbrica estilizada que terminaba en esa vuelta final totalmente misteriosa:

y llegará un momento en que seré el único en poder hacerla y repetirla en el infinito de nuestra finitud) .

No sería ese el peor momento del colegio, sino el que llegaría muy luego, en los exámenes de diciembre, donde por mis faltas y mis calificaciones estaba sentenciado sin apelación por tres profesores: el Perro en física, Vega en matemáticas —un profesor nuevo que llegó al año siguiente de la muerte de Pajarito— y por supuesto Santander en química. En biología y ciencias naturales, curiosamente, no estaba tan mal, porque todavía persistía en mi idea de estudiar medicina, pero le tocó al propio Puchito Castro la triste tarea de darme el golpe de gracia, habiendo reprobado los dos primeros exámenes.

Siempre fui buen alumno de ciencias naturales con Puchito, porque antes de mi disparatada vocación médica me consideraba un naturalista, y tuve dos microscopios con los que experimentaba terrores y fascinaciones visuales, una forma desolada y aberrante de operación estética, aunque de insectos y protozoarios yo sabía más que cualquiera de mis condiscípulos. En calle Ahumada cerca de la confitería Waldorf había una juguetería donde se vendían juguetes muy seleccionados. Al ver el gran gabinete verde donde estaba el microscopio, los tubos de ensayo, los frasquitos de solventes y de resina para montar las preparaciones, los portaobjetos y cubreobjetos y todos los utensilios como pinzas, lancetas, mechero de alcohol que traía el juego, decidí rápidamente que ése era el regalo deseado para la Navidad próxima.

El Waldorf: mundo ignoto donde el ahora famoso Valentín Trujillo tocaba imitando a George Shearing, ahí podíamos acercarnos pero no colarnos como en otros sitios hechos a nuestra medida, ahí fue donde Johnny Ray se presentó un solo día: el pérfido cantó en esa ocasión única *La pequeña nube blanca que lloraba,* y también su ya legendario *Cry* siempre gritando al final *ipe—yopo—apa—epe—ipi—yopoooo... and your blues keep getting bluer with each song...* mientras nuestra humanidad de Monos, Varolios, Benventos y Pabuelos pasaba por fuera de todas las confiterías, y muy especialmente del Waldorf, donde éramos rechazados por una forma de campo antigravitacional de energía como ésos que se forman en el interior de los platillos voladores, porque así trataba el Waldorf a los estudiantes con los bolsillos llenos de miguitas de pan duro.

Era mejor concentrarse en los microscopios, buscar el interior infinitesimal del mundo, en vez de entrar a las confiterías con sus manjares y sus espectáculos imposibles de pagar. Todo ese interés, que yo consideraba científico en su momento, era en realidad estético o visionario, si hay que definirlo. Era una forma de ver lo que estaba todavía oculto por el estuche de las maravillas, la caja de Pandora al revés, el ojo del globo de cristal de los cuentos de *Las mil y una noches,* cualquier cosa menos ciencia. Yo tenía una forma de ver y conocer el mundo que era la mía, y ése era mi verdadero aprendizaje, mi verdadera escolástica en la cual yo asumía el rol de ser mi propio maestro, ayudado por los genios que habían realmente descubierto cosas en el mundo, rompiendo la barrera de la visión y de las formas.

En realidad tuve dos gabinetes con sus correspondientes microscopios que me fueron regalados en las dos Navidades seguidas de 1950 y 1951, y el segundo era mucho más potente. Yo no me conformaba con los 200 o 300 aumentos del primero, y quería llegar a mil si hubiera sido posible, ignorando que las visiones más espectaculares, por ejemplo de cabezas de mosca y de polilla, o de plumas y hojas, se conseguían con lupas de menos de 100 diámetros. El segundo tenía además una lamparita de luz incidente, con la cual se podían ver los objetos opacos como las moscas y las hormigas con o sin alas, que se transformaban así en monstruos de pesadilla. Los ojos de la mosca reverberaban desde su muerte que no era tal para efectos de mi experiencia, y su luz tornasolada siempre me inducía un escalofrío sin fiebre. Las plumas parecían tejados de una construcción fantástica, mientras que lo más extraordinario de todo era ver animarse cualquier gota de agua recogida en el patio con la fauna bizarra de los protozoos. Puchito Castro nos había hecho observar una vez los microorganismos que pululaban en el agua de uno de los acuarios del laboratorio de ciencias.

El manual del equipo estaba escrito en inglés lo que no fue un problema para mí porque lo traduje íntegro, copiándolo en un cuadernillo. Había ahí instrucciones para hacer preparaciones, montarlas en aceite de cedro, y efectuar observaciones del natural. Respecto de lo que más me interesaba ver, esto es los protozoos, el manual se demostraba maquiavélico. Decía, por ejemplo *find a Paramecium* o *find an Amoeba,* sin especificar nada acerca de **cómo** hallarlos. Se indicaba una preparación de una especie de brebaje o decocto de heno para criar protozoarios en cantidades masivas, pero nunca pude conseguir el heno, de modo que me tuve que atener a las aguas que se encontraban en las cercanías de la casa, acequias o pozas, y que se demostraron ricas en toda clase de animalúculos. Las *Euglena viridis* que pululaban en el acuario de Puchito eran muy difíciles de hallar en otra parte, como si fueran una fauna propia de lugares verdosos como el Instituto Nacional.

Un día vi por el microscopio un extraordinario animalito que parecía un martinete igual por los dos lados y que caminaba posándose alternativamente en ambos extremos. Era un cuerpo con dos pies, y cada pie era a la vez y alternativamente la cabeza, en el momento de estar erguido, y estaba como hecho sólo para caminar eternamente en esta vida, como uno de esos bicharracos locos que aparecen en *El submarino amarillo,* y demostraba que el arte siempre está detrás y por debajo de la naturaleza.

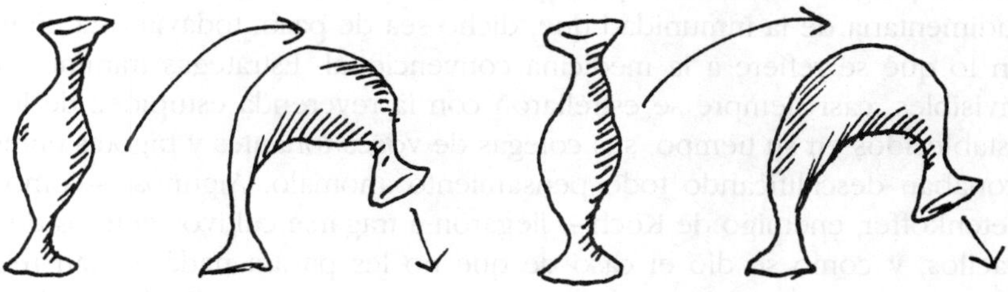

Ahora pienso que el factor más importante en esa fascinación mía —que yo creía vocación— por la ciencia, fue la lectura de *Los cazadores de microbios* del doctor Paul de Kruif, libro que en la práctica ha demostrado ser uno de los más influyentes e importantes de toda mi vida, como que sus efectos duraron por lo menos treinta años y han condicionado mi existencia hasta el presente. Acabo de terminar su relectura, la primera en más de cuarenta años, y ella fue algo desagradable, a veces risible. Ahora comprendo que ese caballero no era más que un positivista decimonónico que tenía una fe inigualada en el progreso científico, sobre todo cuando era el producto de la raza anglosajona. No tuve paciencia para terminar algunos capítulos que describían los experimentos —en su mayor parte fallidos— que muchos cazadores microbianos se empecinaban en completar, porque deseaban más bien probar una idea que descubrir los hechos en sí mismos. Sin embargo, lo leí también con cariño, con el suave dolor de lo que se descubre en un huerto perdido y cerrado por una vida entera, aunque tuviese el olor y el aspecto de un desván clausurado por todos esos largos años.

Sobre todo me ha sido importante constatar algo, después de tanto tiempo: que los verdaderos descubridores eran los soñadores, los poetas de la ciencia, si cabe. Siempre me resulta emocionante recordar a Leuweenhoek y a Lázaro Spallanzani —cuya casa en Scandiano y museo en Reggio Emilia tuve la oportunidad de visitar en 1974— porque ellos fueron verdaderos descubridores en medio de un mundo en tinieblas, en el cual ninguna de las verdades o epistemas —ni el científico ni el clásico ni el religioso— tenía asidero en la realidad. Ambos usaban imágenes poéticas para describir el submundo cuya existencia estaban tratando de probar al género humano. Algunas frases y trozos de ese libro han quedado frescos en la memoria de cuarenta años. La imagen de Leuweenhoek, *revolviéndose como sacacorchos enloquecidos*, describiendo a las espiroquetas, y la de Spallanzani, refiriéndose a un cultivo de los animalúculos como a un mar *donde nadaban desde ballenas hasta brecas*, nunca se me olvidaron y al leer el libro de Paul de Kruif, después de todos estos años, las busqué para revivir el instante en que ellas me descubrieron un mundo de maravillas que lo eran sólo en mi imaginación.

Los cazadores de microbios eran soñadores que buscaban la eliminación de la enfermedad con parámetros equivocados, como si el mal fuera siempre la acción provocada por un agente externo, porque todo se centraba para ellos en ese acto de agresión, y no en las defensas del cuerpo vivo que recibía el ataque y que sucumbía cuando ellas fallaban. Algunos llegaron a percibir esta última verdad, y usaron pragmáticamente el principio de la vacuna, llegando a descubrir una idea rudimentaria de la inmunidad que, dicho sea de paso, todavía está en ese estado, en lo que se refiere a la medicina convencional. Estrategas mínimos de batallas invisibles, casi siempre se estrellaron con la reverenda estupidez de los médicos establecidos en su tiempo, sus colegas de voces tonantes y bigotes enhiestos, que tronaban descalificando todo pensamiento anómalo. Algunos —como el doctor Petenkoffer, enemigo de Koch— llegaron a tragarse cultivos enteros de virulentos bacilos, y como se dio el caso de que no les pasara nada, creían rebatir a sus oponentes porque ni para unos ni para otros existía la individualidad de los organismos, realidad inmediata, ni el misterio, realidad última de la vida y la muerte, al cual no se le puede sistematizar pero sí integrarlo a nuestra vida, confundirnos con él. Algunos investigadores murieron en cambio, fácil y rápidamente, por contagio de los mismos organismos que andaban cazando, como el joven doctor Thuillier, ayudante de Pasteur.

Queda en pie el quijotismo, el coraje de esos buscadores de una fracción de la verdad que ellos tomaban por el todo, entre millones de animales sacrificados, una montaña de cadáveres como para llegar a Marte, ofrenda hecha al antropocentrismo que dictaminó que el hombre reinaría sobre las demás criaturas que deberían servirlo en la vida y en la muerte. En la época del doctorcete de Kruif esa supremacía no se cuestionaba, porque todos ellos venían como saliendo de una buena misa luterana y cuando él se ponía a escribir, despedía ese olor valeriánico a trastienda que tiene el pensamiento obsoleto. Sobre la conciencia de todos sus contemporáneos y seguidores futuros pesa el juicio cósmico de los millones de cuyes, ratones, conejos, perros, gatos, monos y también de los que para algunos de los microbiólogos y para el doctor de Kruif, no eran más que una forma animal de experimentación, esto es negros (que él llama *darkies* en su libro) y españoles, a quienes parecía despreciar especialmente. Alguna vez se reclamará justicia por este biocidio que no está inscrito en ningún monumento, y que se ha continuado por las décadas posteriores a la era seudorromántica de los cazadores de Paul de Kruif, hasta el presente, para probar por ejemplo los cosméticos que usan las princesas y las putas.

Para Dios la eliminación de un tripanosoma o un bacilo no es más beneficiosa o nociva que la eliminación de un hombre por los mismos bacilos en la lucha incesante por existir, porque Dios no puede tomar partido y para él son tan sagrados los microbios como los ratones muertos por la grandeza o la miseria de la ciencia, y los hombres muriendo de la enfermedad del sueño o las vacas que morían de la *nagana*, las moscas que las picaban, las malezas y las orquídeas, los frutos ácidos y los dulces, cuentan y pesan lo mismo porque Dios, o vela por todas sus criaturas o no vela por ninguna.

El libro del doctor de Kruif me dio la llave de un mundo encantado, pero era la llave equivocada, porque todo lo que yo buscaba dentro de la lente de un microscopio era la belleza del *underworld,* en un larguísimo malentendido conmigo mismo y con el mundo. Parte de ese mundo de maravillas eran los acuarios, la fascinación del agua como *speculum mundi,* que muy luego yo cambiaría por el de las estrellas, virando el sentido de la mirada hacia arriba y hacia afuera en lugar de hacia abajo y hacia adentro. En un cuadro que pinté cuarenta años después, llamado *El acuario del cielo* se presenta una visión submarina, donde los peces van transformándose lentamente en estrellas y galaxias. En esa fracción del camino que yo viví dentro de los lentes de mis microscopios, estaba el germen de las ideas que podrían cuajar sólo tres o cuatro décadas más tarde.

Nunca pude ver realmente a muchos de los microbios, porque eran muy difíciles de hallar, o no existían en las aguas o los légamos donde yo los buscaba, y entonces los representaba en el aire mimando con las manos, copiando o imaginando los fagocitos o las amebas. Un día que estaba haciendo esas extrañas musarañas en la acera, frente a la casa de Laurita, Rafael me vio y me preguntó qué significaban esos gestos. *Son movimientos ameboídeos,* le dije, y Rafael se fue para adentro muy intrigado, meneando la cabeza, porque él me respetaba demasiado como para pensar que estaba loco.

Desgraciadamente, la mía era una sapiencia que no contaba en el colegio, donde sólo valía el conocimiento embalsamado y fosilizado.

Y eso fue lo que hizo Puchito Costra: sentenciarme después que Sintandear me había revolcado como costal con locos en ceniza por un buen rato y me pasó al otro maestro como si todavía abrigase una esperanza, en un gesto que podría considerar benévolo.

Puchito empezó a preguntarme fórmulas químicas de sales, que debíamos saber de memoria:

¿Cuál es la fórmula del hipofosfito de sodio, señor Castellano?

... ...

¿Cuál es la fórmula del pirofosfato de manganeso, señor Castellano?

... ...

¿Cuál es la fórmula del arseniato de estroncio, señor Castellano?

... ...

¿Cuál es la fórmula del permanganato de aluminio, señor Castellano?

… …

¿Cuál es la fórmula del perborato de berilio, señor Castellano?

… …

Frente a tanto silencio, sólo cabía ser reprobado, y así fue que terminó mi vida en el Instituto: un tercer examen fracasado me aseguraba del todo la papeleta amarilla, que llegó entre Pascua y Año Nuevo, y en la cual se leía la frase lapidaria:

En
consecuencia
debe
repetir
curso.

C *un chiste de Clarindo*

Clarindo interrumpía su discurso —que una y otra vez volvía al Siglo de Oro como a un hoyo negro de índole más bien pedestre— y nos contaba alguna historia, relativa o no al tópico central, diciendo por ejemplo *si a un ladrón lo pillan robando ¿cómo decimos?: pues que lo pillaron con las manos en la masa, pero no vayan a creer por eso que el ladrón era un panadero... Ji Jí... Ji Jí...* y ese *Ji Jí* daba paso a las risotadas más atronadoras, las que atravesaban la tarde institutana como otros tantos cañonazos de las doce, rituales, oficiales a su modo, porque él en sí mismo era otra institución.

Y seguía Clarindo con su ejemplo del buen ladrón y proclamaba *¿cómo se dice cuando un ladrón roba algo y le pillan el botín?: el* **cuerpo** *del delito. Pero ¿qué pasa si se ha robado un cerdo? ¿se dice el cuerpo del delito?... no, en tal caso se tiene que decir el* **puerco** *del delito... Ji Jí... Ji Jí...* y como este chiste no era tan malo realmente nos desatamos riendo y corriendo, abrazándonos y dejándonos caer al suelo.

Nos deleitamos revolcándonos por muchos minutos preciosos.

Yo hasta apoyé la cabeza en el suelo, me di una vuelta de carnero y al hacerlo se me salió un peo.

el pasado era el presente

Vi a Poblete por última vez un año después de mi expulsión blanca del Instituto.

Por alguna razón misteriosa como todas las razones imperativas se me ocurrió pasar a ver al Cholo que era el único amigo que allí resistía, puesto que los otros también se habían ido, pateados en el trasero por la vida: la paja había acabado con Pabuelo, y Varela por su parte había sido expulsado por idiota, pero se rehizo con ventaja en el Liceo Lastarria, que era como un reservorio o anexo infernal para los institutanos descarriados. Con Benvento había ocurrido algo parecido y se preparaba para dar el gran salto de su vida: terminar sus estudios para largarse a Puerto Rico. Todos habíamos encontrado otro alero, menos el Cholo que se había quedado brillando en su negra estrella institutana, y allá fui a visitarlo un día de 1953. Algunos de los otros me reconocieron y rodearon, con curiosidad no exenta de envidia y a la vez de compasión: el privilegio de estudiar ahí era algo difícil de borrar de nuestra facha.

Vélez o Véliz o Vilches o Venegas me preguntó *¿estai trabajando, Mono?* porque yo andaba con un grueso archivador que era mi cuaderno múltiple en mi nueva vida de estudiante y me hacía parecer un miembro de esas ínfimas raleas donde iban a parar los brutos sin remedio ni mejor cuña política: cobrador de la luz, del gas o de corretajes de seguros. No era el caso mío y le dije *no, este es mi cuaderno de apuntes de clase: estoy bien contento, repitiendo quinto en el Aplicación,* pero de repente los vi a todos que rajaban y me quedé solo.

Poblete estaba a mi lado. Casi instintivamente me preparé para la cachetada. Me miró escrutando fijamente, como lo solía hacer para disolver las últimas defensas de la víctima de ese minuto. El gran cuadernote-archivador de tapas recias como la cubierta de un féretro me podía servir para escudarme. Poblete de repente sonrió, cambió instantáneamente la expresión, como una forma de sentar definitivamente su dominio de la situación, ya que ahora no poseía ningún derecho fiscal o humano para cachetearme —como si antes lo hubiera tenido— y me dijo:

—¿Y cómo se te frunce, cabrito?

—Bastante bien, doctor Poblete.

—¿Y la química? Repitiendo te será más fácil.

—Bueno, sí. Ya me sé bien todo el quinto y estoy estudiando por adelantado el sexto.

—No lo digo yo... A todos nos sienta bien un cambio de aire.

Me dio la mano y se fue con su paso rápido hacia la puerta del nunca jamás.

Las salas de clase se iban haciendo silenciosas a su paso, como si los tacos gastados de Poblete fueran concentrando el silencio en la marejada del mundo. Pero una carcajada estruendosa proveniente de alguna clase de Clarindo Jajá, que todavía soplaba, me devolvió por un instante mágico y brutal el sabor de los años pasados.

Para no echar a perder el gusto con toda esa mierda catapultada de improviso sobre mí desde el pasado que también era el presente —porque seguiría siéndolo durante el resto de mi vida— fui a comprarle un cuchuflí a Oteyza en su negocito del patio del fondo, y salí por primera y última vez sin aprensión ni cuidado, por la puerta de Arturo Prat.

Mientras estaba repitiéndome el plato del quinto año de humanidades en 1953 se cambió el sistema de los sextos años. La idea base estaba en especializar a los estudiantes y en este proceso lo más importante era —de acuerdo con las ideas importadas desde el Norte— preservar la virginidad mental de los futuros ciudadanos útiles, en especial los doctores e ingenieros, porque toda otra carrera era de algún modo subalterna. Los mecánicos del cuerpo y de las cosas iban a crear el Chile del porvenir, y la educación debía permitirles obtener más conocimiento considerado útil y menos conocimiento inútil.

Para ello se crearon dos especializaciones científicas, el sexto matemático y el de los biólogos, que debían poner la semilla de los ingenieros y los médicos, siendo el sexto de letras para todo el resto. Lo inútil —aunque se evitaba calificarlo de este modo— era lo humanístico: literatura, arte, idiomas (el inglés tenía una posición incómoda y se le privilegiaba por ser, según dijo la ministra de educación doña Clarisa Monardes, *el lenguaje quintaesencial de la ciencia*). La mayoría prefería tener una especialidad científica, y una minoría la humanística, donde se suponía estaban los individuos de cerebro menos desarrollado y con menores posibilidades de éxito en la vida. Dentro de esta última había una sola especialidad respetable: la abogacía, que nosotros llamábamos simplemente leyes y de cuya escuela salían —con mayor frecuencia que la deseable— los tribunos que defenderían invariablemente las injusticias y tropelías del sistema. Recuérdese que Salvador Allende no era abogado sino médico, y que Pedro Aguirre Cerda era profesor normalista. Si un muchacho no elegía las carreras estelares de medicina o ingeniería, le quedaba la opción o salida honrosa de las leyes.

Por otra parte, medicina tenía dos carreras consideradas satélites: dentística y farmacia, que eran sustitutos respetables, pero cargaban un cierto estigma de tono menor: eran carreras de consuelo, como así veterinaria —entonces exclusivamente para varones— absolutamente secundaria en lo social al no haber ningún brillo palaciego en curar a los pobres animales. Tampoco lo había en curar llagas humanas, pero el éxito económico que se asociaba a la medicina le prestaba ese brillo.

Arquitectura estaba en el límite: si bien era considerada una actividad loable cuando se trataba de diseñar grandes mansiones, no dejaba de tener sus riesgos: *estaba muy cerca del arte,* y de hecho muchos la desertaban, como ángeles caídos, para convertirse en pintores o escultores. La carrera de arquitecto fue de mucho prestigio en la generación de nuestros abuelos, cuando coincidió con la construcción de las mansiones de las familias ricas antes que la vanguardia artística viniera a corroerle su respetabilidad. Pedro Prado es un ejemplo de arquitecto artista, en el límite entre el frenesí constructor de palacios de la burguesía, y el soñador impenitente que los deshabita.

Agronomía era respetable cuando se trataba de estudiarla para administrar el propio fundo, pero aun así se adquiría el estigma de huaso, con su olor pegadizo a heno y caballada, y por eso tampoco era una carrera ideal.

Por último, entre las familias más religiosas, tener un hijo en el Seminario era la culminación de la felicidad siempre que otro estuviera en la Facultad de Medicina.

Así nuestro sexto biólogo de 1954 estaba lleno de esos jóvenes embriagados del espíritu de la ciencia experimental, ansiosos de resultados cien por ciento reproducibles y estadísticamente representativos, entre los que yo me incluía con entusiasmo, ayudado por mi laboratorio casero que ya presagiaba el mundo donde me iría a desenvolver en los próximos años.

Sólo dos de mis compañeros del Liceo de Aplicación alcanzaron el privilegiado status de médico, Agar y Merello, pero es posible que uno de los dos hermanos Ibarra también haya completado estudios de medicina. Ramón Ibarra se demostraba más bien como un humanista, un orador nato. Durante el sexto año, el profesor de biología Ferrer falleció repentinamente y fue Ramón quien pronunció su discurso fúnebre, que no por ser convencional nos impresionó menos, siendo él capaz de improvisarlo en cualquier momento sin traerlo en un malacatoso papel de cuaderno. Era éste un talento afiliado a la tradición humanista librepensante que se remonta a José Victorino Lastarria, José Miguel Infante y otros padres fundadores de nuestra nebulosa y que después tuve ocasión de admirar en compañeros universitarios como Anselmo Sule, Alcides Leal o Julio Luna. En realidad, dicha oratoria tribunicia es talento común en todo el estamento político latinoamericano, sea progresista o reaccionario. Es una labia florida que a menudo no dice nada, como la de Cantinflas, pero que se despliega en un discurso muy coherente, lleno de fiorituras y escarceos retóricos. El discurso marxista de Ramón Ibarra era muy iluminado, no transparentaba órdenes ni consignas de comités centrales o células de partido, y reflejaba sus lecturas de los clásicos del pensamiento político y social, como también de la historia local y reciente. Ramón era un injerto, híbrido o tránsfuga, como yo, aunque su figura era mucho más pública que la mía y ningún compañero de liceo me hubiera calificado como artista o humanista —si cabía esa filiación— ni siquiera observando y hasta admirando los dibujos y caricaturas que siempre hacía en todos mis cuadernos o en el pizarrón, porque esta habilidad era vista como *una gracia* un poco marginal, un adorno y no un rasgo o carácter.

Después de la repentina muerte del profesor Ferrer, lo reemplazó un maestro joven y tan dinámico que parecía medio loco, de apellido Yassael. Tenía un mentón muy pronunciado, como el de Popeye, y lo apodamos *Popeyael.* El profesor Yassael a veces nos llamaba en clase por nuestros sobrenombres, y así una vez que me llamó diciendo *a ver, salga el Mono adelante,* yo le contesté *sí, Popeyael...* mientras los otros se retorcían con esa risa nerviosa que tanto puede conducir a la diarrea como al éxtasis.

Yo, como futuro médico, era muy buen alumno en biología. La realidad era para mí una muralla invisible que se visualizaba a pedazos, a fragmentos como de un collage desgarrado por mano de mayor o sargento, y por desgracia los pedazos de umbral o de camino que veía entonces estaban muy lejos de conducirme a la ciudad esplendente.

Popeyael era una delicia por lo delirante. Al enseñar el óvulo y el espermatozoide se le ocurrió que podríamos observar estos últimos al microscopio, y para ello pidió un voluntario. Como ninguno tenía el coraje de vencer esa primera barrera de vergüenza que precisamente era la estupidez solemne de la clase, nadie se manifestaba. Entonces se nos ocurrió que el más pajero de todos, llamado Senén Vera Palacios, sacara su manoseado y trajinado ejemplar de *Las memorias de una princesa rusa,* que se llevaba todos los días a clase —otros libros podían quedársele en casa pero ése no— para ver si sucedía algo y nos pusimos a leerlo como se hacía en corrillo durante los recreos, siempre volviendo al episodio en que el mujik contempla a la princesa desnuda. Cuando llegamos al momento en que se describe que *el pelo largo y abundante que cubría su cosa estaba dividido por una línea roja y palpitante,* entonces sentimos un movimiento espasmódico detrás de nosotros, porque siempre en el corrillo se formaba una montaña de estudiantes que no querían perderse una letra y entonces los que estaban más afuera aprovechaban para corrérsela en impunidad. Ahora el que provocaba el movimiento —mientras Popeyael miraba por la ventana a las palomas, esperando el resultado de su experimento— era naturalmente Senén Vera Palacios, a quién llamamos desde entonces *Semén,* y que estaba ya recogiendo su muestra en un tubo de ensayos proveído por el maestro. Al cabo de unos minutos estábamos en el microscopio, viendo como los espermios azotaban sus latiguillos, diminutos Senenes que andaban por ahí buscando esparcir su progenie.

La masturbación podía ser pedagógica o simplemente hedonística, voluntaria o involuntaria y fatalicia. Los cines fueron una vez más el sitio de ambas eclosiones del cuerpo y del alma y precisamente en ese tiempo de mi cambio de liceo se proyectó una película que nos cambió la vida. *Arroz amargo* se presentaba como una entre tantas que por venir de Europa y de Italia en especial, llegaban precedidas por frases como *un ejemplo del oficio de uno de los maestros del neorrealismo... una obra más del recio arte europeo... otra notable muestra de realismo cinematográfico...*

Resultaba evidente que las películas europeas eran muy diversas de las que estábamos acostumbrados a ver. En *Arroz amargo* las protagonistas eran muchachas humildes y nos sorprendía que se hicieran películas con gente que no se ponía corbata y menos corbata de papillon y frac como Fred Astaire. También las películas aquellas no parecían tener una historia tan simple y predecible como en las películas hollywoodenses, donde todo parecía ir obedeciendo a un mecanismo preconcebido, una lógica interna donde no había deslices, ni vacilaciones, ni tampoco la gente se veía por un solo momento ni siquiera despeinada, aunque viniera recién saliendo de un cataclismo. Por el contrario, en *Arroz amargo* había casas como las que todos habitábamos, había campos de arroz donde las mujeres se metían al agua con medias y ligas que les apretaban los muslos, había ropa lavada y puesta a secar en las ventanas, gente desaliñada y corriente.

Sobre todo, esas mujeres tenían algo de carnal, de verdadero, que nos hacía observar esa película como nunca lo habíamos hecho antes y sentíamos al que te dije irguiéndosenos debajo de los pantalones cuando las mirábamos. Había caminos y lugares polvorientos, y bailes donde ellas se adosaban a sus hombres con un realismo nunca visto en la pantalla, sólo en las quintas de recreo y también en los hoteles Bolívar y Bulgaria, o sea que allí se espejeaba la vida como una forma de arte y esa sí que era una respetable enseñanza. Había además un ambiente de desesperación sexual, con su correspondiente y adecuada satisfacción.

Una de las mujeres de *Arroz amargo* —en realidad más bien horrible para los standards peliculeros, comparada con una Ann Blyth o con Kathryn Grayson, quienes no se les movía un bucle de los peinados— era muy bocona, y al reírse parecía que el cráneo se le partía horizontalmente. Ella decía *acabo de ver a un muchacho de mi pueblo: esta noche me lo serviré* porque así de fácil era para esa gente acercarse a alguno del sexo opuesto e inmediatamente poner en acción ese instituto primordial: era algo así como recobrar el paraíso sin el pecado original.

Lo que estaba arriba, también estaba abajo. La realidad a veces se transformaba en su propia pantalla, no menos irreal que la del cine. Por ejemplo en los taxibuses o *liebres* que aparecieron en 1953 había algunas con la carrocería de furgones DKW, y que tenían dos filas de asientos que se enfrentaban en el compartimento trasero. Estos asientos eran bajos e incómodos y si una mujer se sentaba era difícil colocar las piernas de modo que no se le destapasen los muslos por la parte de abajo. Debía ella abrazarse la falda por debajo, como si estuviera espantada o aterida, para evitar exhibir la vedada pierna y su más allá, esto es, medias, ligas y ropa interior. Cualquier joven o viejo miraba con descaro y fijeza toda superficie de piel o de pierna descubierta en violación del límite acostumbrado, como ejercitando un derecho propio. Por ello existe un verbo especial para la desaforada práctica, nacido de la jerga adolescencial, pero que cualquier chileno conoce: el cuarteo, con su verbo correspondiente, cuartearse, conjugado en modo reflexivo con sus respectivos pronombres: *yo me cuarteo, tú te cuarteas, él se cuartea*... Cuartearse era exactamente atisbar y ver algo más allá de lo permitido en público, de pierna o escote femenino. Era un verbo al principio exclusivamente masculino, pero que también tuvo uso por parte de las mujeres, después de la liberación de los años 60, en una forma menos brutal o directa que una visión truculenta o gonadal asomada en la piscina, porque la mujer daba al cuarteo un sentido más general, como la vista completa de un cuerpo masculino atrayente, o el bulto de la verga revelado por bluyines y pantalones apretados, lo que esas formidables hembras de las películas de Pedro Almodóvar llaman *el paquete*.

En esos largos viajes en liebre entre Ñuñoa y el Liceo de Aplicación me tocó muchas veces asomarme a visiones que atraían como imán al fierro, muy incómodas por las erecciones que provocaban y que de verdad eran penosas cuando la visión se prolongaba, como en una ocasión en que subió en Manuel Montt una mujer joven y bonita, muy blanca de piel y de cabellos negrísimos de árabe o judía. Nunca la había visto antes y nunca la vi después. Iba vestida con uniforme de azafata y medias oscuras. Para mi mala suerte, se sentó precisamente delante mío. Todavía faltaban muchos años para la aparición de la minifalda, pero esos trajes se usaban justo por encima de la rodilla y al sentarse ella en el chato banquillo improvisado en la liebre DKW el vestido se le subió hasta los muslos y el espacio por debajo le descubrió la blancura de la piel más arriba de las medias, y en el centro el brillo fatal de los calzones. Tuve una erección terrible, dolorosa, y aunque trataba de no mirar, era imposible desentenderse. Ella iba enfrascada en la lectura de una revista francesa de modas y alguna otra información pertinente y absorbente, por lo que nunca pareció apercibirse de mi mirada, tan furtiva como evidente y desesperada. El bolsón de libros me oprimía el miembro erguido y como los minutos pasaban la cosa tomó mal cariz. A cada momento sentía que iba a eyacular, miraba para otro lado, la tensión bajaba un poco, y luego no podía dejar de mirar otra vez. Para su desgracia pero mucho más para la mía, esa muchacha que acaso era una extranjera ignorante de los cuarteos como también de las evoluciones locas de las liebres, por estar más acostumbrada a las de los aviones, al llegar al centro se bajó y al levantarse tuvo que abrir las piernas lo suficiente como para que le viera el albo calzón ciñendo una fronda de vello en las ingles. Esa visión duró menos de un segundo pero fue tan nítida que me hizo eyacular sin vuelta y me crispé en el asiento mientras me saltaban los chorros de semen debajo de la ropa. Menos mal que el chileno entonces era poco observador y sobre todo le importaba un carajo lo que le pasara a su vecino de viaje, así estuviera agonizando. Tuve que seguir ahí sentado por las cuadras que me quedaban hasta Cumming mientras sentía que se me iba empapando el vientre. Me bajé corriendo para ir a baño del colegio porque el líquido frío ya me corría por las piernas. Traté de limpiarme todo lo que pude y llegué atrasado a clase, pero el olor del semen me siguió todo el día como un extraño perfume venido de otro mundo, ese otro mundo que era mi propio cuerpo.

En *Arroz amargo* vimos por primera vez mujeres con las axilas velludas en una película, sin saber que esa era una tradición mediterránea. Por ejemplo la bocona en el baile andaba con un vestido sin mangas y debajo de los brazos mostraba tal velludez, que parecía tener un hisopo negro en cada axila. Esos pelos, que tienen una característica eminentemente sexual, son exhibidos con naturalidad por las mujeres: españolas, francesas meridionales, italianas, sardas y griegas, como también de otras partes de Europa. En 1953 el baile de la Mangano en la película era una danza que se hacía en homenaje a los númenes del Sur del planeta, y el Sur del planeta estaba allí bien al Norte de Italia, en los arrozales de la Val Padana, que muy especialmente significa niebla y melancolía, y sonido de acordeones. Hay ahí una ciudad, Stradella, donde se hacen o se hacían acordeones para exportar a todo el mundo. También allí, en reemplazo de la melancolía o para acrecentarla, estaban esas mujeres como Dios las echó al mundo y no quiero decir con esto que estaban en cueros, sino que aparecían todas en su elemental bondad y majestad femeninas, con cabellos, sudor y pelos, porque hasta cada pelo tiene su lugarcito nada despreciable en el universo de los seres vivos.

Riso amaro: ese baile se hacía realidad y presencia en la pantalla del Victoria, y ahora había nuevos amigos junto a mí, pero el centro de Santiago era el mismo hervidero de sudor y sorpresas, como lo era ver a esas mujeres en la pantalla. En la película también aparecía un vago de profesión interpretado por Vittorio Gassman, tan joven aún de parecer angelical aunque era más malo que el Matoco, y ahí mismo se puso a bailar con la Silvana Mangano, hembra de rostro liso como de guagua sempiterna, y con unos muslos inmensos, que emanaban verdaderos torrentes de sexualidad. Ya antes de ver la película el Negro Estrada del Liceo de Aplicación me decía *mira Mono, bastaría que esa mina se empelotara delante mío, y yo acabo, yo me voy cortado, no necesito más*. En la pantalla pasaba algo menos drástico pero semejante: bastaba la presencia de la Mangano, y ya Vittorio Gassman la cercaba con su mirada ladeada y sus modales de chulo rudo y entrador, mientras que Raf Vallone era el bueno de la película, el que la quería *pa' casarse,* y como buen muchacho tenía bien pocas esperanzas, los muslos de la Mangano se agitaban para el malo, porque los chulos, mientras más malos eran, entonces y ahora, más fácilmente se lo ponían entre las piernas a las minas.

Así Vittorio Gassman daba sus pasos de torero balanceado en la cuerda floja, y la Mangano se ondulaba en el momento de llegar a la escena crucial: hete aquí que de pronto alza ella los brazos y al hacerlo, debajo de los brazos se abren dos flores oscuras, como nunca había visto en película alguna y apenas en la vida real, que contaba menos, y ella seguía exhibiéndolas y todos los que me rodeaban, los nuevos compañeros y amigos, el Negro Estrada, el judío Remba y el Siete Viejas, las mirábamos como alucinados mientras ella seguía bailando, y esa mujer sí que era de fuego, de un fuego líquido, tranquilo como su sudor que se olía desde la pantalla, porque ésas eran películas con olor inolfateable aunque perceptible por todos los sentidos menos el de la nariz y muy especialmente por los sentidos extrasensoriales o ESP de los cojones, y ellos comenzaban a estallarnos de puro hirvientes, como así los de Vittorio Gassman de quien el Negro Estrada se preciaba de tener un parecido y estaba siempre poniéndose de perfil, diciendo *yo me parezco a ese gallo Victorino Gasmán ¿no es verdad que me parezco? Tengo las facciones tan finas...* Era verdad que eran finas, pero como la vida lo ajusta todo, quitando lo que inmerecidamente dio, diez años después encontré al Negro y en realidad había perdido todo parecido con *Il mattatore:* su perfil se había deformado de modo tal que la nariz gassmaniana casi se le enterraba en el mentón. La nariz no se le había alargado, sino que el mentón se había levantado con todo su cuello prieto como el de un jamón ahumado. Realmente, cuello ya no tenía y su cara parecía más la de un atún o albacora que la de una persona.

Así el Negro y Remba y el Siete Viejas y el que les habla por consiguiente íbamos creciendo en excitación y el clímax llegaba precisamente al alzar los brazos la Mangano y abrirse las flores negras de sus axilas, y al mirar yo a la izquierda ya estaba el Negro con la cañaña afuera haciéndose la macaca, y al otro lado Remba, por lo consiguiente, y el Siete Viejas era apenas un bulto en la oscuridad cuya agitación espasmódica evidenciaba que hacía lo mismo, como también el mío estaba afuera como actuando independientemente del cuerpo.

En esa circunstancia también improbable e inconmensurable de la Silvana Mangano, su fantasma o ectoplasma vivo se nos daba en el Victoria, que tenía una platea alta donde era fácil apoyar los pies para corrérsela tranquilamente en las semanas sucesivas de proyección de *Arroz amargo,* era lo único posible o real: volvimos una y otra vez a esa sala y a otras donde se proyectó después y siempre sucedió lo mismo: en el campo donde ella pasaba con sus muslos empapados del limo del arrozal, las vergas se erguían y cuando iniciaba el baile ya estaban afuera y al alzarse los brazos de la Mangano y aparecer las axilas velludas, la paja se hacía frenética y las chuñadas saltaban como en una batería antiaérea y, como se escogía la primera fila de platea alta para poner los pies sobre la barandilla, más de algún pesado goterón habrá caído sobre las cabelleras, los sombreros o las calvas de los espectadores de la platea baja.

Eros dejaba perdido a Tanatos, las más veces, pero en el golpe de la resaca de la muerte —que era todo menos advertible para nosotros— los médicos en potencia, los verdaderos y los falsos como yo, empezamos a presionar a los hermanos Ibarra para obtener algo que se presentaba como una necesidad inaplazable: la visita al Instituto Médico Legal. La gestión se hizo a través de ellos, puesto que su padre era el médico director de la morgue, y después la misma Dirección del necrocomio se contactó con la Rectoría y se nos liberó de clases desde las diez de la mañana, en un día apacible de septiembre muy adecuado para semejante ceremonia, alegoría y triunfo de la muerte, atravesando la puerta del Instituto Médico Legal, mientras que afuera de ella pacía la misma irreverencia del chileno, el candor de esos barrios mínimos y marcados por la presencia de la muerte.

Toda esa hoya entre el Cerro San Cristóbal y el Cerro Blanco, el barrio colonial de la Chimba, donde había habitaciones humanas que parecían colonias paleolíticas, era el territorio de los muertos y los que les estaban muy cerca: el manicomio, los hospitales de niños y de tuberculosos, junto con los únicos cementerios capitalinos de ese tiempo, el General y el Católico.

Creo que todos sin excepción temíamos esa visita, inclusive los médicos en potencia, aunque seguramente nuestros temores eran diferentes. En lo más recóndito, éramos iguales, pero en la superficie, en lo que se puede confesar en voz alta, ellos temían no ver lo suficiente o que ese día no hubiera algún muertito notable.

El doctor Ibarra en persona nos recibió, al entrar todos como un grupo de papagayos repentinamente privados de lengua y garganta. En un gran vestíbulo donde ya se sentía un airecillo como el que debe haber tenido la Casa de la Muerte de los sacerdotes de Amón en Tebas, el doctor nos dirigió un discurso que no por lo extemporáneo era menos inevitable. El chileno discursea cuando puede, y no siempre puede hacerlo un alma atada a su silencio, pero cuando la ocasión se da, lo hace y logra con ese discurso una coherencia tal que sólo al silencio puede parecerse: *pocas veces he visto un grupo de estudiantes más empeñoso en su proyecto de ingresar al dominio de la ciencia, que este grupo de alumnos de mi viejo liceo donde ahora también se educan mis hijos, vuestros compañeros aquí presentes. Nada más loable que este impulso irresistible del saber, que nos lleva tanto a profundizar en las simas de la muerte y los misterios de las estructuras del cuerpo humano, como el que lleva a las mentes jóvenes a explorar las alturas del pensamiento científico humano. Ambos vectores son la síntesis del conocimiento, el que profundiza en la muerte y el que se alza en aventura prometeica y transforma la realidad en pensamiento científico, filosófico o artístico.*

El pensamiento proviene de la carne y se origina en la muerte. Aquí verán ustedes cómo todo lo que es cuerpo humano se desintegra, al comenzar éste su verdadero regreso a la nada, al polvo, y les puedo asegurar que estos preparativos no son para nada agradables de presenciar.

El sistema disociado de cuerpo y alma no se recompondrá jamás para ningún organismo que sea objeto de estudio detrás de estas paredes. Es el mecanismo más complejo y el más frágil del universo. Una vez roto, todo ha terminado para siempre en el ser que existió un momento en esta tierra. Sólo estudiando los secretos de su funcionamiento, sus recovecos intersticiales, como en su tiempo lo hicieron los grandes pioneros de la anatomía y la fisiología, Vesalio, Morgagni, Fracastoro o Harvey, ustedes podrán develar otro milímetro del misterio, sacarlo otro poquito a la luz, y lo que haremos hoy no será más que un pequeñísimo paso, pero ciertamente el más importante para ustedes, por ser el primero.

La muerte contiene todos los secretos, de los cuales acaso podremos vislumbrar alguno aquí. Así ustedes establecerán conexiones, para que al salir hoy de este lugar, impregnados del olor a eternidad y a fugacidad de la muerte, sean capaces de decidir sobre cuál viaje habrán de emprender, aquél hacia el centro de la muerte o el otro, más delicado y difícil, la aventura de preservar la salud y el equilibrio interrumpido en alguna parte del mecanismo fisiológico o bioquímico. Ahora les tocará atisbar en el primero, donde nosotros, médicos legistas, auxiliares de autopsia, oficiales de archivo y todos los que nos desempeñamos en el Instituto, somos los humildes expurgadores de alguna certeza que podría esclarecer un crimen, una causa de muerte desconocida o bien simplemente corroborar ciertas evidencias y completar el ciclo de una historia humana que empieza en el parto y termina, si tal es su destino, en estas losas.

Aquí la sangre entregará alguno de sus secretos o una que otra verdad, siempre devolviéndonos al misterio sin nombre de la existencia, lo que también ocurre durante el así llamado el viaje de la vida. Encarando a la muerte con entereza podrán ustedes entender mejor cómo funciona el misterio supremo de la vida ¡Síganme!

Una vez adentro, como en los Estudios Universal de Los Angeles, no había cómo echarse atrás y de hecho nadie lo habría intentado ni lo intentó. Inmediatamente nos dirigimos al gran ascensor montacargas que conectaba los tres pisos del Instituto Médico Legal, incluido el vasto subterráneo adonde nos dirigimos primero. El ascensor se movió muy lentamente, como procediendo a iniciar un ritual, y realmente aquel sótano parecía estar situado en las entrañas de la tierra. Bajaba el montacargas, que tenía un extraño olor en su metal como si los goterones de sangre, los corpúsculos de grasa y en general la pátina y la exhalación de los miles de muertos transportados en él, lo hubieran saturado. Había también allí un olor a carne fresca, primero, como si el montacargas tuviese algo que ver con las carnicerías de Santiago donde, claro está, no se expende carne humana sino su pariente cercana proteínica albuminoide y colágena, de vacuno, ovino o caballar. Todavía carecíamos de los refinamientos de las grandes urbes modernas donde se la come de escualo, reptil, quelonio, cetáceo y en general de todas las especies en peligro de extinción, que parecen acicatear el apetito de los magnates.

A medida que descendíamos, se iba percibiendo primero un olorcillo inquietante que a cada centímetro iba acrecentándose: el olor alevoso, descarado y tumbador de la descomposición. Los últimos tramos del descenso en el montacargas fueron como sumergirse en una piscina de ese olor planetario: no había allí oxígeno ni los otros componentes gaseosos del aire, sino un solo enorme cadáver líquido que lo llenaba todo, desde afuera hacia adentro, un agua pesada hecha de azufre y mercaptanes, ptomaínas y tejidos licuados, el estado presente de lo que había sido carne y grasa en otro tiempo apenas pasado. Cuando por fin se abrió la puerta enrejada del montacargas salimos a un corredor iluminado por ampolletas con pantallas blancas. Allí empezaron a verse los primeros muertos, desnudos como arenques, depositados simplemente en la losa del pasadizo. Ese pasadizo, que dividía longitudinalmente al subterráneo, tenía unas bifurcaciones laterales ciegas, donde había más cuerpos tendidos.

Nosotros pasamos rápidamente por ese sitio, y no porque nos aterrorizara la vista de los cadáveres, sino porque el doctor Ibarra tenía prisa por conducirnos hasta el final de ese largo corredor, donde había urnas refrigeradas que contenían casos especiales o carroñas ilustres. El doctor Ibarra nos abrió una de ellas, casi al final del pasadizo que hacía allí un recodo, y nos mostró una especie de tronco de árbol quemado que era todo cuanto quedaba de la víctima de un crimen muy famoso ocurrido pocos meses atrás.

El hedor de ese sitio era horrendo, aniquilador y también hacía mucho frío, pero la temperatura no aminoraba la pestilencia sino que la hacía más penetrante y pegadiza. Como médicos en potencia mostrábamos entereza, no se nos arrugaba ni la pituitaria ni la epidermis del alma, aunque varios compañeros se apretaban el pañuelo contra la nariz en un gesto recalcitrante. El montacargas llegó con un grupo de rezagados cuando ya nos dirigíamos de vuelta hacia la entrada del depósito.

Antes de salir eché una cautelosa mirada a los cadáveres del pasadizo lateral. Había algunos ahí yaciendo en espera de que los autopsiaran o se los llevaran a su destino final. El cadáver de una muchacha muy bella reposaba en la entrada, con una vejiga muy roja emergiéndole del sexo, como un globo lleno de sangre. Otro era un desgraciado que había sido prácticamente descuartizado a puñaladas, y un enorme tajo le había abierto el vientre en diagonal, por el cual escapaba un remolino de intestinos y excrementos. Había otro cuerpo, ceniciento, el de una vieja con larga cabellera blanquinegra suelta que me resultaba especialmente escalofriante, sin saber exactamente por qué. Otro cadáver era el de un hombre atropellado por el tren, que lo había dividido en dos y luego también las piernas le habían sido sucesivamente cercenadas y vueltas a mutilar. El torso y la cabeza estaban intactos, pero lo más impresionante era el gesto final de ese hombre, aniquilado posiblemente en pocos segundos por el convoy: su rostro había quedado detenido como en la instantánea de una carcajada, había muerto riéndose a carcajadas como dentro de pocos meses moriría Charlie Parker mirando el Show de Jimmy Dorsey en la TV, como si la brutalidad de haber sido hecho picadillo no le hubiera producido más que aquella extrema risotada.

Un par de desertores se aprestó a solicitar tregua y una vez en el primer piso se marcharon de prisa, achunchados, probablemente aterrados y sin ganas de seguir la visita. Ellos fueron a sumarse a los que se habían corrido inmediatamente después que el rector nos dio el permiso para cancelar las clases del resto del día.

Volvimos a subir al montacargas deteniéndonos en el primer piso donde se retiró el grupo de almas y estómagos delicados. Los médicos potenciales, posando de viejos duros, sentíamos profunda compasión por esos compañeros de poca máquina. A medida que subíamos, emergíamos del hedor total, y ya se respiraba un poco mejor, pero algo se nos había pegado no sólo en las pituitarias, sino en las dendritas cerebrales, y ese residuo fétidamente memorioso quedó almacenado ahí para siempre, por cuarenta años y por todos los que sigan.

En el segundo piso estaba la amplia sala de autopsias. Allí volvía a sentirse olor a carne fresca, a matadero marciano y terrestre, y dos ayudantes esperaban al doctor Ibarra con el cadáver cuya autopsia íbamos a presenciar de inmediato. Este había sido un hombronazo de unos cuarenta y cinco a cincuenta años, viejísimo para nosotros, pero que parecía muy vigoroso al momento de su muerte. Era semicalvo y el resto de su cabello gris era muy rizado, como Chacharra, y todavía tenía alrededor de su cuello una deshilachada soga de cáñamo porque el infeliz era un suicida que se había ahorcado. Tenía un aspecto eslavo o eurasiano y quizás qué tragedia de desarraigo o miseria humana lo había llevado a ese fin.

—*Un ahorcado...* —dijo el doctor Ibarra, como si fuera necesario explicarlo, o tal vez lo era puesto que en los liceos solía haber algunos tan brutos que podrían haber tomado la cuerda por una corbata de tipo folklórico. El grupo entero miraba con belfo caído la escena de ese cuerpo poderoso yaciendo más que inerme en la losa.

Si yo hubiera conocido entonces la idea básica de Lautréamont acerca del encuentro fortuito entre una máquina de coser y un paraguas sobre una mesa de disección, acaso se me hubiera hecho la luz, pero no tenía esas armas todavía, no sabía que el mundo podía y debía tener esas visiones para poder existir en su totalidad. Deberían pasar unos diez años para descubrir a Lautréamont, y otros cinco para que la máquina de coser y el paraguas aterrizaran en la losa donde se hacía lección de anatomía a falta de algo mejor. Sólo podíamos abrirnos un poco los ojos a la realidad primaria —o sea la que nos circunda— mediante ese corpachón de un hombre con apellido eslavo como Kusmanic o algo así, que ahí yacía para que nosotros viéramos lo que debíamos ver.

Es como para pensar algo, aferrar un instante logopoyético, y reflexionar en que ese hombre vivió una entera vida hasta encontrarse con nosotros en la mesa de disección en su último acto integral, puesto que media hora después no sería más que un mecanismo atomizado y era inevitable pensar que todo ese proceso estaba rígida, inconmensurable y fatalmente ligado a todos sus actos, los nuestros y los de los padres y antepasados de cada uno por separado en la diáspora multitudinaria de las vidas, hasta llegar a reunirnos mediante ese edicto o programa de precisión matemática, en la sala de autopsias del Instituto Médico Legal como si el mismísimo Dios fuese un determinista del carajo.

Largos senderos de semen seco marcaban las piernas del cadáver. El sexo azulenco y tumefacto, aplastado hacia un lado guiaba esos trazos como los de un caracol en su propio jardín. Como otros allá abajo en el hoyo del dolor terrícola, quién sabe si éste había peleado en Serbia o en Bosnia mucho antes de que otros llegaran a definir a modo suyo quiénes eran los malos y los buenos, y había logrado huir de todo menos de la persistente sombra que lo había hecho ahorcarse. Su último instante fue signado por un orgasmo, porque la suya pareciera haber sido una vida determinada más por el efecto que por la causa. La causa era la autopsia como su vida el efecto, y así la autopsia le permitió transformar ese final macabro en una imagen perdurable, origen de todas sus causas confundidas a las nuestras.

Después del orgasmo provocado por la cuerda apretándole el cuello, el eslavo gigantesco se tendió en el lecho de la autopsia, sin paraguas ni máquina de coser a su lado, porque se bastaba a sí mismo. Yo tenía los ojos muy abiertos, y absorbía más que nada las imágenes, imágenes que nunca más se borrarían del reservorio donde están sin que sepamos cómo ni dónde. Los otros, cada uno en su conciencia y su otredad, evaluaban, pesaban, discernían los recovecos de las vísceras que el doctor Ibarra empezó a sacar desplegando un muestrario de colores, después que su ayudante tajeaba, carneaba y hacía chasquear las costillas con una tenaza de mangos largos como palancas. También — y realmente empezó por esto, en un acto simbólico oscuramente relacionado con las huellas del semen— el doctor Ibarra tijereteó los testículos mencionando *el escroto* y los hizo objeto de castración postmortem sacando las huevas que parecían almendras abrillantadas y continuó con el miembro abriéndolo como una salchicha desde la base a la cabeza. No podía dejar de recordar esa lámina anatómica aparecida en *El Cabrito* hacía unos diez años atrás, y que me había producido tanto temor en su momento: los colores de las entrañas del eslavo eran también como esos cromos brillantes y la sangre empozada que el corazón ya no movía caía como jarabe para la tos, oscurecido por ese sol negro que los muertos se encienden cuando se les apaga el otro.

Mientras el cuerpo del ahorcado estaba del todo abierto como tremenda flor con todos los colores del espectro y los estudiantes permanecíamos en un silencio y quietud tan completos como desacostumbrados, llegó el montacargas con uno de los ayudantes de autopsia trayendo el cadáver de la vieja de cabellera cenicienta.

El doctor Ibarra seguía disertando sobre enfermedades ocultas y evidentes, historias pasadas de disfunciones y otros particulares de la lectura entregada por su ojo clínico o mejor dicho forense, y que se traducía en infinidad de detalles, para todos los cuales era demasiado tarde toda rectificación o remedio. Nos mostró sus pulmones ennegrecidos y castigados de fumador consuetudinario, como esponja de un resumidero donde alguien había botado una tortilla quemada. En un tiempo más reciente eso habría servido o serviría para una admonición chejoviana sobre el daño que hace el tabaco, pero en los años 50 el fumar era algo casi obligatorio, un elemento calificador de hombría social, y nadie veía ni vio el estado desastroso de los pulmones del autopsiado como otra cosa que el resultado de un proceso tan natural como el envejecimiento o el crecimiento de la barba que le había despuntado un poco desde la muerte, si es que el desgraciado se había afeitado antes de ponerse el dogal al cuello.

De pronto nos despertó de nuestro estupor el zumbido de una máquina eléctrica. El ayudante estaba rapando el cráneo de la vieja con una trasquiladora. Las muy largas guedejas caían al suelo y se veían allí doblemente muertas, en un montón alto como de malezas cenicientas. Nuestra atención se volvió a concentrar en el ahorcado o lo que de él quedaba mientras el doctor Ibarra seguía dándonos informaciones necrofílicas y los futuros médicos estaban casi enterrados en el cadáver, en una actitud que tenía un no sé qué de canibalismo. Debo decir que yo, como fementido doctor de un futuro indefinido, no participaba en absoluto de ese entusiasmo. La operación entera me abrumaba, como si el triunfo de la muerte que allí veía en cuerpo presente, y no en los cuadros de Bosch, Brueghel y otros de su época —que ya podía reconocer— me estuviera triturando con su realidad. De hecho, no tenía miedo ni horror ni asco. Era otra sensación mucho más compleja e importante: la de la verdad, la de la desubicación, la lección que definitivamente me estaba dando el cuerpo del suicida.

El Huaso Díaz estaba frente a mí por el otro lado del muerto. Se veía extraordinariamente pálido, con la vista fija en un punto del infinito delante, más allá del Instituto, del cerro San Cristóbal y hasta de la cordillera de los Andes. El doctor estaba refiriéndose ahora a las modificaciones o cicatrices internas que podían detectarse en el cadáver, producto de enfermedades o intervenciones quirúrgicas durante su vida. El muerto esparcía un olor denso a faena carnicera, a entrañas frescas sin ponzoña ni putrefacción perceptible. Luego otro ruido, esta vez escalofriante y chillón, nos hizo caer de la estupefacción en que el muerto nos mantenía. El ayudante de autopsia estaba rajando el cráneo de la vieja, con una sierra de arco parecida a la que teníamos en casa, pero más grande y arqueada. Con una rapidez increíble fue rodeando la cabeza con su aserrar que producía un chirrido agudísimo como cuando la tiza tropieza con el pizarrón. Después, con un crujido de muela del juicio castigada, el ayudante separó la calota del cráneo usando un corto cincel y prestamente desprendió el cerebro que depositó en una palangana, todo con una precisión y seguridad que denotaba su práctica en la macabra tarea.

Ahí precisamente se sintió otro ruido, como el de un saco de papas dejado caer al piso. El Negro gritó *¡El Huaso Díaz se fue de espaldas el loro!* Todos se volvieron hacia allá y efectivamente el Huaso estaba yaciendo de espaldas, pálido como nunca lo había estado, como si fuera otro candidato a la autopsia. Los ayudantes se lo llevaron a una dependencia cercana, para reanimarlo: al parecer había una sección o dispensario de reanimaciones, porque nunca la esperanza se pierde. De ahí lo vimos volver tambaleándose al cabo de un rato, mientras se ultimaba la autopsia, reponiendo los órganos en el sitio donde correspondía y procediendo a la sutura de la enorme herida longitudinal, con grandes puntadas como si el cuerpo fuese un costal de harina. El ahorcado quedó por fin tranquilo, pasando a esperar el tiempo legal de reclamación por sus deudos, si los tenía, cosido desde la garganta al bajo vientre, como saliendo de una tremenda intervención quirúrgica que no pudo devolverle la vida.

Los futuros médicos Merello y Agar parecían más enteros que antes, estaban como bendecidos por la luz autopsial. De Ramón Ibarra no sé decir nada, ni tengo recuerdo de su actitud a partir de aquel momento. Es un hecho innegable que todos salimos profundamente cambiados de esa experiencia, con nuestros ternos viejos, nuestras camisas y zapatos de otra época con los que nos barajábamos en la vida. A mí me vacunó el ahorcado con el suero de la verdad, desplomando en esas dos o tres horas mi decisión incongruente de estudiar medicina, que prácticamente había correspondido a mis primeros quince años de vida. No es que mi estómago no fuese lo suficientemente fuerte —lo he tenido entero para soportar cosas bien peores, ascos extremos donde muchos miserables se sienten como en su salsa— ni que los muertos en sí tuviesen un hedor tan terrible que no pudiera ser tolerado, puesto que el acostumbramiento modera toda sensación, desmantela las sinestesias y las anula en el balance de las percepciones, sino porque al fin tuve la certeza de que ése no era mi camino y no iba a descubrir verdad alguna en las vísceras de los muertos, como tampoco en las de los vivos.

Lo que realmente me interesaba era otra cosa, la historia del difunto, su expresión crispada en el traspaso de dimensión, el hecho abrumador de su fin, las consecuencias que producían las causas. Pero esa apertura de la luz iría a ser muy larga en encenderse, proyectarse y demostrar un resultado apreciable en mi vida.

Tres largos años —larguísimos en la relatividad del tiempo en la vida— habrían de pasar antes de empezar a vislumbrar otro camino que no fuera el de la profesionalidad tradicional de las carreras consagradas por el uso y el abuso. Si bien desistí de estudiar medicina desde ese mismo día de nuestra visita al Instituto Médico Legal, siempre el espectro o súcubo diurno de la ciencia me impedía ver mi propio rostro y mi propia identidad.

A eso contribuyó mi tendencia natural a centrarme en el juego, que es la actividad principal de la infancia, y vivir de acuerdo con esa premisa, esa actitud y esa noción en la totalidad de la vida. Mi laboratorio químico era y había sido ese centro durante los últimos dos años, aunque poco a poco derivaba hacia la astronomía, el estudio de las constelaciones y aun la fabricación de telescopios.

Tres años más tarde, siguiendo un impulso natural e imperioso, escribí un cuento —ambientado en el colegio, como lo que escribiría treinta años después— relatando un episodio ocurrido durante 1953 en el Liceo de Aplicación, donde unos estudiantes pusieron en un bolsón una enorme teja de greda caída del edificio vecino, y lo instalaron en el borde superior de la puerta entreabierta esperando que le cayese en la cabeza al profesor de la hora siguiente. "La teja" ganó el primer premio en un concurso estudiantil en 1957, cuando estudiaba el tercer año de Farmacia. Fue un pequeñísimo logro donde tanto el hecho narrado como el estilo son significativos, puesto que ya entonces como ahora buscaba develar, plasmar y recrear los hechos mínimos del absurdo viviente dentro de una línea proyectada hacia la totalidad del mundo.

Ese cuento fue como una estrella caída de un cielo negro, donde tardarían muchos años en encenderse las otras, y todavía mucho más en verse las constelaciones.

C Farewell Cholimbo

El Cholo Figueroa partió a los Estados Unidos poco después de aprobar su bachillerato en el que obtuvo treinta puntos, que después de todo no eran tantos: el máximo de treinticinco estaba reservado para los individuos genialoides como Egon Márquez o Melchor Saavedra, pero tampoco reflejaban la medianía de los veinticinco de los buenos alumnos a secas. El Cholo logró cumplir, con su partida a los Estados Unidos, una meta de estudio y de vida que era muy ambicionada pero totalmente inalcanzable para la mayoría. Su padre americano o colombiano americanizado había producido ese milagro, que sólo muchísimos millones de moneda nativa acumulada podían hacer realidad, como ocurría con los hijos de las familias muy ricas. Esta partida prematura suya, producto de la elección de no continuar sus estudios universitarios en Chile, puso para siempre un abismo entre él y nosotros, los que seguimos estudiando en el país. La diferencia estaba entre educación universitaria e información útil. Habiendo estudiado en Chile, en su más bien dura disciplina de ascendencia escolástica europea, nos hicimos hombres muy diferentes de los que pueden egresar de una universidad americana de entonces y de ahora. Nosotros teníamos una idea global del mundo y de las cosas, que provenía de la base escolar dada en el liceo, por deschavetados que fuesen los profesores, o tal vez por ello mismo. No era la educación ideal, en absoluto, pero sin duda era exhaustiva y cualquier cosa se podía decir de nosotros egresados, menos que fuésemos los poseedores de una parcela minúscula de información, fuera de la cual éramos ignorantes totales. Pero el Cholo fue derecho a asimilarse a lo que siempre había idolatrado, y que había deseado toda su vida, seguramente por la educación dada en su familia.

El Cholo pasó bastante tiempo en mi casa en las últimas semanas de su vida en el país en 1954, cuando yo estaba en el Liceo de Aplicación cursando el sexto año y preparándome a mi vez para el bachillerato. Habiendo aprobado el bachillerato con un buen puntaje, él estaba ya en una etapa que lo separaba netamente de mí: había pasado la raya, estaba al otro lado. Esto lo había humanizado en apariencia, había destruido un tanto su chaleco antibalas que debía usar día y noche en la palestra escolar, y se veía un poco tranquilo, reposado, con una actitud que no llegaba a ser paternalista ni tampoco era la misma del compañero de perrerías, en las cuales él andaba junto pero no revuelto.

Cholimbo excepcionalmente se daba a confidencias sentimentales y eróticas, como cuando me mostró fotos de una novia reciente, muy elegante y hasta bonita, con la falda desplegada en abanico. Le insté a contarme hasta cuáles extremos habían llegado en su intimidad, y me dijo que *la había acariciado mucho, llegando hasta tocársela por encima de los calzones.* Le rebatí que *eso no era realmente tocársela* y el dijo, un poco molesto, *si se la hubiera tocado por debajo me la habría pescado después* para probar que él sabía lo que era *the real thing,* y desde ya trataba de expresarse lo más posible en inglés, estando en víspera de partir para su tierra de promisión. Luego declaró —poniéndose en la actitud declamatoria que lo caracterizaba al recitar "Rín Rín Renacuajo"en el calducho de Don Rude— *pero sí en una tarde perdida en la noche de los tiempos me ayunté con una muchacha.*

Con Charly empezamos a huevearlo con la Bertita, una sobrina de la Pancha, de unos quince años, que había llegado a casa de Laurita durante los últimos meses que ésta vivió en la casa vecina a la nuestra. La Bertita era muy tímida, muy morena y olía a musgo o a barro, pero su carita fina y su simpatía eran notables. A ella no le hizo gracia el Cholo con sus anteojos de leguleyo y sus modos afectados, dándose perfecta cuenta de que nosotros nos estábamos riendo de ambos al picarle la guía con él. Un día Cholimbo empezó a declamarle versos de su cosecha tan tropical como mapochina, y abriendo los brazos exclamaba *¡Berta! ¡Berta!,* como si la sólida y alta Bertita fuese la heroína de alguna de esas óperas donde se cuenta la historia de los incas o de los guaraníes en términos europeos (que las hay varias y todas han caído en el olvido, para beneficio de la humanidad) y ella se le escurrió asustada.

Otro día —mal día para ambos— besé a la Bertita, siguiendo mi costumbre de atracar a cuanta niña anduviese por ahí, quiero decir las que estaban a mi alcance, que siempre eran las pobres 4054. Ella tenía un poco de bigote suave, curvilíneo y de color azabache, y esa sensación levemente áspera me dejó anonadado: pese a mi experiencia con la Rosa, yo era un novato absoluto en materia de besar. Después, cuando la Bertita y yo nos encontrábamos solos, se me tiraba encima pidiendo *otro besito... otro besito...* pero yo la rehuía porque en realidad no me gustaba para nada, por prejuicios de macho bisoño. Lo que ella no le dio a Cholimbo me lo habría dado a mí gustosa, pero los desencuentros priman en esta vida sobre los encuentros. Estos últimos son un milagro y deberían ser preservados como tales, pero esta verdad es una de las últimas en ser asimilada, cuando ya prácticamente se han quemado todas las buenas circunstancias, junto con el tiempo de la vida.

Figueroa se fue una tarde calurosa a fines de marzo, y recuerdo muy bien su traje veraniego de palmbeach, porque últimamente se había comprado alguna ropa que cuidaba meticulosamente. Sus clases en la Universidad de Florida comenzarían en septiembre, pero estaba acordado que viajaría a Nueva York para encontrarse con su padre y luego continuar su vida a la manera americana, rascándose con las propias uñas, trabajando durante el verano entrante, pidiendo préstamos con intereses para pagar la matrícula y sudando muy duro para costear sus estudios. Su partida fue súbita e inmisericorde como lo había sido su amistad, signada aquí con la distancia de su puritanismo canuto, como también con la vecindad de su sangre colombiana, de su cholimbez tan vilipendiada que era en realidad la parte más humana de su carácter y de su vida.

Allá sería completamente diferente.

Pasamos la última tarde juntos jugando al futbolín, escuchando los discos de Benny Goodman, de Glenn Miller y de Fats Waller que me prestaba mi tío, como también el de la maldición chacharresca con su propia voz grabada, y chivateando con la Bertita y la Rosa, que se reían viéndolo posar de dandy con su palmbeach. Para ellas, que un compañero mío se fuese a los Estados Unidos era como si viajara a la vuelta de la esquina, volviéndose invisible.

Todo estaba dispuesto para recibir a Figueroa en los Estados Unidos. Era una noche luminosa del Santiago pretérito, cuando se fue, tomando la misma Ñuñoa Vivaceta de siempre, que lo dejaba relativamente cerca de su casa de Santiago Concha pasado la Avenida Matta. Fuimos a despedirlo con la Rosa, y el Cholo desapareció en su tremenda ausencia arriba de la micro, como si fuese en el jet más veloz de los que todavía estaban por llegar. Ni siquiera se me ocurrió ir a dejarlo a Los Cerrillos, porque no se tenían semejantes ideas: cada uno de nosotros era como un pedazo de alcornoque con dos piernas y una cabeza para sostener los hombros, y además Los Cerrillos estaba tan lejos, a medio camino entre Santiago y la luna llena. El tardío armatoste se fue tosiendo y tronando a salva, y yo y la Rosa nos quedamos con una curiosa sensación de alegría, como si lo que el Cholo nos dejara con su ausencia fuera en realidad más grande que su presencia, hasta ahora dada sin reservas. Nos volvimos lentamente, poco después de medianoche, con las manos tomadas puesto que no había nadie y ni siquiera nuestras almas nos vigilaban en ese páramo delicioso y manso que era la avenida Antonio Varas. También nos abrazamos y besamos varias veces en la calle solitaria.

Cholimbo cobró una dimensión inusitada en su ausencia, por la serie de inapreciables conexiones que yo podía establecer con el mundo que desde ese momento empezaba a ser el más importante para mí, la música y también la astronomía, aunque en este campo él no pudo hacer mucho: yo quería nada menos que me consiguiera un objetivo de telescopio refractor con el cual poder por fin construirme un anteojo muy potente. El pobre Cholo tiene que haber pasado incontables horas buscando y cotizando precios en las ópticas de Manhattan. Habitaba ahora en el lugar donde lo estaba todo y donde todo podía conseguirse. El fue un nexo con ese mundo y me hizo llegar algunos de los discos más importantes de mi vida, lo cual visto en la perspectiva del tiempo, señala una inmensa deuda mía en su respecto. La juventud no ve nada en perspectiva, sino dentro de la brutalidad de la inmanencia, desde la inmediatez de lo presente. Y ocurrió que después de haber recibido tanto bien del Cholo, lo dejé a un lado como se deja lo que no presta servicio. Ahora me avergüenzo profundamente de haber actuado así, como lo fue con Charly y con los otros compañeros de ese momento al mismo tiempo trágico y radiante. Precisaríase un verdadero cielo para el Cholo, otro para Charly y otro para los que no fueron a dejar a nadie a ningún aeropuerto, como yo, aunque tampoco fue nadie a dejarnos cuando a nuestro turno nos fuimos. Tal vez un mismo cielo para los tres en vez de uno para cada uno, donde yo pueda ser Charly, y Charly Cholimbo, y Cholimbo pueda ser yo y también el otro yo de cada uno, el que no se ve pero se escucha en cada latido y cada paso en la tierra que es el cielo. Por cielo quiero decir claridad y luz, ampolleta encendida en el cerebro y en la bombita sanguínea de la caja torácica, quiero decir razón y sentimiento aunados, jamás separados ni corriendo con colores propios, como sucede cuando uno se despide de otro en Antonio Varas con Irarrázaval y la Ñuñoa Vivaceta se aleja hasta detenerse en barrios prostibularios donde será otro y no tú el que se baje: no, la cosa debe ser que **tú mismo** también te bajes, cruces la parte milagrosa de la calle Lira hasta llegar a la tristeza de tu casa pequeña y apercancada, con un patio no de lirios, retamas y buganvilias, sino de cemento, no la casa de Simón Bolívar sino la de Santiago Concha, donde no es tu madre sino la de él quien te idolatrará en tu ausencia, como después otros muchos te amaron en la tuya que era la ausencia de todos.

Como reescribiendo el dramón *Cuando los hijos se van,* que pasaban en el Santiago y plagiaban en las radios lacrimosas, la madre de Cholimbo —doña María García de Figueroa— era el objeto peligrosamente cercano de una visita mía: había que aparecerse por su casa para que llorara y lo recordara de un modo que no podría haberlo hecho estando sola. Echó su previsible lagrimón, porque la ausencia de su hijo era para ella su único patrimonio y se resolvía llorando, pero como él estaba ahora bajo el alero del Tío Sam, la ausencia se le hacía más llevadera y ella lo hacía notar a cada momento. El Cholo era buen corresponsal, siempre lo fue, y le escribía a su madre semanalmente y a mí muy frecuentemente. Parece que entró en la tierra del dólar con el pie derecho: desde el principio le fue excelentemente bien y siempre sus cartas fueron positivas, porque era natural y casi descontado que así fuera.

Figueroa no tenía contradicciones visibles o demostrables, su alma era como un camino que siempre miraba hacia adelante y seguía los semáforos, los recodos y también las paradas obligadas, como un chofer concienzudo y disciplinado del propio vehículo de la existencia. Para los que tienen el pelaje como el suyo, el mundo siempre estará bien así como está: ha sido hecho por los que no sueñan ni deliran, y aceptan el mal como algo necesario o hasta más necesario que el bien, al cual se llega mediante un liofilizado de los diez mandamientos adaptados y también tergiversados cuando es necesario. Como los cruzados en sus siglos atroces, los Cholimbos y sus hermanos putativos echaban y echan para adelante hacia una Jerusalén fantasmagórica o de cartón, que lo mismo da. Muy por el contrario, para nosotros barones rampantes de un árbol de hielo, el mundo y la existencia serán siempre un drama, primero, y luego una comedia, cuando ocurre suavizarlo o neutralizarlo con la ironía, una contradicción en la cual no sabemos a ciencia cierta cuál tamborcillo tocamos.

Doña María, al verme tan correctamente vestido como su hijo, me concedió de inmediato su favor y simpatía. Es más: parece que el Cholo le había encargado de entregarme un muy preciado tesoro suyo: una colección completa del *Reader's Digest.* Yo barruntaba ya algo respecto a que ese pasquín era la misma quintaesencia de la mierda producida en la muy abusada invención de Gutemberg. Sin embargo, hasta ahora veo su regalo con la gratitud del que recibe lo que se merece en un momento y lugar dado, ya que no somos más que nuestra humilde circunstancia.

Por la misma razón las *Selecciones del Reader's Digest* publicadas en español habían sido un momento importante en mis lecturas, en la colección que mi padre mantenía y que yo leía durante los años de la Segunda Guerra Mundial. En ese tiempo el *Reader's Digest* tenía un nivel todavía tolerable y me gustó mucho un relato intitulado *Kabloona*, publicado en la sección llamada "El libro del mes", y que era el resumen del libro del viajero Gontrand de Montaigne, Vizconde de

Poncins. En esas páginas se transcribían trozos de diálogo en la lengua de los esquimales que vivían en 1938 cerca del Polo Magnético.

Me encantaba leer esos parlamentos, por ejemplo cuando los esquimales hacían trueques con el comerciante blanco. El esquimal traía sus zorras polares para cambiar por artículos y chucherías, decía *Ot-chor -lo* (la traducción estaba en paréntesis: *aceite de carbón*) y el usurero preguntaba *Ta-mar-mik?* (*¿Por valor de una zorra entera?*) y el esquimal respondía *Hi-Hi* para decir que sí. Luego pedía el esquimal otros artículos y siempre el mercachifle le trataba de esquilmar el valor de una zorra entera hasta que el otro vacilaba y decía *Na-pi-dlu-go* (*¡córtala en dos!*).

En mi relectura de *Kabloona* de cincuenta años más tarde, todavía recordaba exactamente estas palabras y párrafos, como si recién los hubiera leído. Mi lectura presente lo ha establecido como un libro fascinante al máximo, un texto cuya profundidad no era capaz de penetrar como niño, porque debía vivir toda la odisea de mi existencia hasta llegar a percibir y tocar una realidad alucinante: la fábula de los hielos que Edgar Allan Poe definió en *La aventura de Arthur Gordon Pym,* y que no era otro que el mundo de la otredad absoluta en medio de la oscuridad, no de la noche de los Polos, sino la de la propia alma humana.

Me tomó cincuenta años para entender que todos somos Kabloonas entre otros Kabloonas (la palabra esquimal para el extranjero, el hombre blanco): el exilio total y también el reino dentro del paraíso en que cada cual creció y con el agua que bebió —agua mineral embotellada o nieve derretida— y la carne que comió —parrillada con chinchulines o carne de foca congelada— y sobre todo entender que el concepto de civilización es una gran palabrota, puesto que no hay tal, el hombre es el mismo troglodita aunque haya crecido en Talca, París o Londres, y este libro lo prueba más allá de toda discusión inútil.

Para saberlo hay que atravesar siquiera una vez esa tierra sin aire, sin nada, anterior a las auroras y los ocasos que llenan nuestras vidas torturadas por el tiempo, visitar una tierra sin dinero pero ya vacunada por el dolor de las cosas: los cuchillos de acero que reemplazaban a los de hueso, los anafes Primus (que eran tan chilenos como las moscas) y todos los tesoros del mundo desarrollado, que son los molinos de viento para los quijotes de otros mundos, como que todo puede morir para la mayoría de los hombres, si le faltan las cosas. En ese universo nietzcheano más allá del bien y del mal *los peces pasaban bajo el hielo como en un sueño* y yo pude leer las claves finales de nuestra existencia, una especie de llave para quedar en paz conmigo y con el mundo. Mi lectura primaria de hace medio siglo fue la que me señaló las palabras que se irían a proyectar por cincuenta años, vegetando y acechando en la memoria, como la sonoridad que se despierta al proferirlas y el misterio que se abre con cada idea encerrada en ellas como en una caja de Pandora con miles de pajarillos verdes en vez de monstruos: *napidlugo... tamarmik... otchorlo*, todavía son como esa frase misteriosa que aparecía en una tira cómica del *Billiken* (nombre que también suena a esquimal) donde un reyecito estaba siempre pidiendo que lo llevaran, en un desolado camino, con su dedo extendido y con un letrero al lado:

NOV SCHMOZ KA POP

Aquella primera lectura fue la fundamental, cuando yo era un niño de siete u ocho años, y ahora he sabido el resto, lo que los esquimales entonces no podían contarme por ser yo mismo un esquimal en el hielo de Simón Bolívar 1998, y todos los demás en mi casa, esquimales construyéndose igloos sin hielo, y yo fabricándome otro igloo con mis cuadernos de cuentos y mis películas dibujadas en papel de estraza. La primera lectura original no podía ofrecernos más porque tampoco el *Reader's Digest* podía suministrar otra visión que la suya, restringida y depurada de toda posible profundidad, como la cultura americana lo exige. *Kabloona* me dice ahora que el esquimal tiene de algún modo la clave de algo que se ha perdido y que sólo en el desierto de los hielos se puede recobrar, pero en el desierto de los hielos del alma, alma de hombre, gato, caracol o chanchito de tierra.

La pila de *Selecciones* en sus tiempos tenía como un metro de alto, dividida en varias columnas, y estoy seguro de haberlos leído integralmente durante más de una década. De todas esas lecturas no quedó ni una sola idea perdurable, a lo más unos cuantos títulos para recordar, como *Pollo todos los domingos* o el mismo *Kabloona,* como si los miles y miles de páginas se hubieran esfumado o disgregado en el poderoso hálito de la nada. Recuerdo sí claramente algunos avisos de propaganda, especialmente las páginas pagadas por la gelatina Jell-O, que yo pronunciaba *Jeyo - Oh*. Había un postre de gelatina verde como una gran esmeralda, que yo nunca había visto porque esos productos no llegaban más abajo del Trópico de Cáncer, y yo creía que no podía haber en el mundo nada más exquisito. Consideraba que la gente que podía comer semejante maravilla verde tenía que ser la más afortunada del planeta.

Confusamente se me aparecen trozos del *Reader's Digest* que no representan ni el uno por mil de todo lo leído o visto, como una sección titulada *Mi personaje inolvidable,* que se repetía en cada número con una historia diferente, muy edificante siempre porque no podía ser de otro modo. Uno de esos capítulos del Personaje Inolvidable relataba la historia de otro esquimal que nada tenía que ver con el de *Kabloona* y que en la ilustración correspondiente parecía más bien un chino. Mi madre me dijo *no es chino, es esquimal* así que yo me lo pasaba repitiendo esta letanía: *mi personaje inolvidable: el chino... mi personaje inolvidable: el esquimal... mi personaje inolvidable: el chino... mi personaje inolvidable: el esquimal... mi personaje inolvidable: el chino... mi personaje inolvidable: el esquimal...* por media hora o más, hasta quedarme dormido.

También había una sección donde se relataban escalofriantes homicidios, en el contexto de lo que ha sido siempre una obsesión americana, hasta el punto tal que en los Estados Unidos el crimen parece existir solamente para justificar el castigo: es tan grande la falta de compasión y hasta el sadismo demostrados por los buenos ciudadanos cuando se trata de castigar al transgresor y al caído, que superan con mucho a la maldad de todos los criminales juntos, porque se trata de una enorme masa ignara y vociferante, que llena todos los resquicios con su energía negativa. Recuerdo especialmente un relato sobre un asesino nocturno titulado "Prisionero de la noche", donde la ilustración mostraba una silueta de momia o de estatua con los brazos abiertos en una semipenumbra gris. Esa figura me asustaba mucho, y sólo tenía que evocarla para no poder conciliar el sueño.

En la sección de biografías aparecía una intitulada "Pasteur, vencedor de prejuicios y bacilos" cuya ilustración mostraba figuras de cocos, bacilos y también amebas. Yo leía así el título: *Pasteur, vencedor de* perjuicios *y bacilos*. Tenía una idea aproximada sobre los bacilos, pero de los prejuicios no sabía nada y creía que los protozoos o amebas tenían que ser los *perjuicios*. Habría querido recobrar esos ejemplares que ya entonces pertenecían a un remoto pasado, pero no recuerdo haberlos vuelto a ver en la colección del Cholo, compuesta de números más recientes.

Ese día doña María, entre lágrimas y recurrencias al pañuelo, me reveló algo que jamás había sabido ni imaginado de su hijo: que había actuado en su niñez con el cómico Lucho Córdoba. Como era casi su signo de vida, había ganado un cierto concurso para niños actores y había aparecido en uno de los filmes del viejo Lucho y su esposa Olvido Leguía. Ello había ocurrido unos diez años atrás, por lo menos, siendo todas las películas de Lucho Córdoba antiguallas de museo, y de seguro también la imagen de Cholimbo había caído en la masiva transformación de celuloide en baquelita de peinetas ocurrida en la primera gran catástrofe o quiebra de Chile Films. Como la masiva extinción de los trilóbites, el desastre afectó a toda la producción del cine chileno y sólo *El húsar de la muerte* de Pedro Sienna se salvó para la posteridad. La señora García me mostró unas fotos de estudio de la película donde aparecía, pequeñísimo, debatiéndose con Don Lucho y otros personajes. Parecía un macaco vestido de persona, como esos monitos de organillo, y esa imagen me produjo una impresión más bien dolorosa y también incómoda. Era 1955, había aprobado ya mi bachillerato, esperando darme unas merecidas vacaciones en la playa y le comuniqué a doña María que luego iría al campamento de la Guay o sea la Y.M.C.A. en el balneario de El Tabo. Ciertamente fue un gran gusto para ella el saberlo, y se quedó radiante. No lo pude comprender sino después, al recordar que el Cholo era protestante o canuto, y asociarlo con el hecho de ser la Guay un engendro más canuteado que Martín Lutero. La verdad es que nunca fui a la Guay, sino al campamento de Vida Sana en Quintero donde tuvimos muchas aventuras en un mundo luminoso como una turquesa, las primeras aventuras de mi juventud, ya que no de mi niñez. Cuando me despedí ese día de la señora, llevándome un incómodo paquete de *Reader's,* ella siguió repitiéndome *qué maravilloso, hijo, que vayas a la Guay, no puedes darme una mejor noticia*. Como tenía que llevarme las revistas en micro, para acarrearlas hasta mi casa tuve que hacer algunos viajes posteriores, y nunca llegué a retirar la colección completa.

Un día domingo que pasé a saludarla y a retirar otro paquete de *Selecciones,* estaba en la casa un viejito pato muy circunspecto y amable. Cuando todos nos fuimos juntos caminando hacia Avenida Matta, el viejito pato llevaba tomada del brazo a la mamá del Cholo. Como en ese tiempo tomar a alguien del brazo era señal de un compromiso muy serio, inmediatamente pensé en algo de doble sentido, algo pecaminoso y que de algún modo violaba las reglas de las madres solitarias y siempre anegadas en lágrimas. El viejito pato era tan pequeño que apenas le llegaba a la cintura a doña María, pero seguramente su pequeña estatura se compensaba con otros valores como la hombría, la sinceridad, la bonhomía, etc.

Al llegar a la casa le conté a la Rosa sobre la mamá del Cholo y el viejito pato. Ella agarró al vuelo mi mal pensamiento, que no era malo sino bueno según ella, porque dijo: *muy bien hecho que la señora* se arregle *con un amigo y poco importa que el caballero sea pachachito, ya que no es la estatura lo que cuenta al fin, sino que el hombre sea bien hombre.*

El primer domicilio de Cholimbo fue en Nueva York, donde pudo volver a ver después de mucho tiempo a su padre. También desde allí me mandó los discos más importantes, aquellos que no olvidaré mientras viva, en primer lugar mi disco de iniciación, *I Like Jazz,* que era una antología donde se presentaba un intérprete para cada estilo del jazz, del más antiguo al más moderno. Después me envió *Gene Krupa's Sidekicks,* con el que se puede decir que posteriormente aprendí a tocar la batería, siguiendo cada redoble, cada baquetazo del incomparable Krupa.

Mi correspondencia con Figueroa iba y venía frecuentemente. Nunca antes me había escrito tan seguido con persona alguna. Había en ella mi deseo —que empezaba a tornarse frenético— de evadirme de cuanto Chile ofrecía en términos de arte, literatura y música. Una de las primeras cosas que se me ocurrió preguntarle —pareciéndome algo extremadamente difícil o imposible— fue si ya se podía expresar en inglés. Le pregunté específicamente cómo estaba para el *shakespereo.* Me respondió diciendo que ya a los dos meses de llegado *shakespereaba de lo más bien.* También quise saber de sus visitas al Planetario Hayden de Nueva York, donde yo hubiera querido estar en primer lugar en el mundo, antes que en el Taj Mahal o en la Torre Eiffel. Tendrían que pasar casi cuarenta años para que pudiera cumplir ese deseo, en 1991. Desde Nueva York me envió un mapa estelar construido como una ventana giratoria, donde se ponía fecha y hora y se podía ver las constelaciones en posición para el hemisferio Sur. No sólo esta carta astronómica me envió, sino también el estupendo Atlas Estelar Norton que mandó por correo marítimo, con meses eternos de viaje y que rescaté de la aduana de Santiago después de otros inexplicables meses de retención en sus almacenes.

Para los discos, yo esperaba con ansia todo ese tiempo hasta volver con las papeletas fechadas por los cagatintas, pero me aguardaba una sorpresa peor: los derechos que cobraban por un disco eran aproximadamente diez veces el importe original y sólo la generosidad y también el sacrificio de mi padre hizo que yo me permitiera hacer dos veces semejante operación. En realidad, el valor inapreciable de esos discos ahora supera cualquier cifra establecida por los aduaneros, pero esto ya tiene que ver con otras escalas de valores.

Yo le reembolsaba a Cholimbo estas compras a medida que podía, enviándole dólares escondidos en las cartas y cuando también se fue su hermano menor Alfonso, pude enviarle más, aunque no sé si éstos llegaron alguna vez a sus manos. Debo decir que el Cholo se portó siempre como un caballero hispano, mandándome lo que podía sin cobrar y esperando pacientemente que pudiese reembolsarle. En el Chile de ese tiempo prácticamente no había nada que pudiera equiparar el inmenso poder adquisitivo de los Estados Unidos, por lo que a mi vez muy poco podía yo enviarle que le interesara a mi amigo. Pero había algo: varias veces le mandé paquetes de cigarrillos, porque según él los Cabañas Especiales de Chile tenían un sabor que ni los Camel ni los Philip Morris americanos podrían jamás igualar. Seguramente se trataba del sabor de la tierruca. Cuando le llegaban las remesas de los petardos chilenos, se deshacía en agradecimientos como *Ahhh, exquisitos, inigualables Cabañas... con su aroma se deleita mi alma hedonista...* y otras perlas de su repertorio.

Poco después le llegó a Alfonso el turno y la señora María quedó sola en Chile, el cual yo no sé si ella consideraba como su patria. El día en que Alfonso llegó a despedirse, en la única vez que fue a mi casa, lo hizo acompañado de una muchacha a quien presentó como su novia. Al entrar ellos en la sala, el menor de nuestros gatos, el Chico Chancho, tuvo un súbito ataque de terror del cual nunca se recuperó totalmente, y se fue quedando paulatinamente inválido. El misterio del universo se manifiesta hasta en detalles como aquél. ¿Qué vería el Chico en ese patán que llegó a despaturrarse en nuestro salón, con modales muy diferentes de los de su hermano? ¿Sería que el Chico, con la fina percepción que proviene de los otros mundos de donde los gatos llegaron, sintió algo que nosotros no percibíamos en el hermano del Cholo? El caso es que Alfonso se marchó también a los Estados Unidos, me mandó otro disco de Gene Krupa y al mismo tiempo empezó a escribirme carta tras carta conminándome a pagarle de inmediato, lo que no me era posible, puesto que los dólares tenía que comprarlos después de juntar lenta y penosamente su importe.

Con el tiempo y sus responsabilidades, las cartas de Cholimbo se fueron espaciando, pero debo reconocer que fui yo quien no le escribí más. Había algo odioso en su idolatría por Eisenhower, que capitalizaba el sentimiento prevalitariamente reaccionario del país y de la época.

Cholimbo había sido un buen ejemplo de la otredad americana en Chile, que se transformó en identidad plena una vez que llegó a su tierra prometida. Terminaba sus cartas con el epíteto **¡VIVA IKE!** y ello me olía como lo que era: que se había encontrado allá una autoridad parecida a la de Poblete o Santander a quien respetar por miedo declarado o subcutáneo, en lugar de su padre ausente o presente e igualmente inoperante, y se había mirado muchas veces al espejo llorando como Poblete le prescribiera hacía unos cuatro años, el día en que los señoritos de la clase le quemaron los zapatos. El nexo entre él y yo se desarrollaba en otra dimensión, nuestra comunicación era personal y no política, por raro que me parezca ahora. Ello todavía era posible, así como lo fue otra vez muchísimos años después cuando pasamos las Termópilas de las ideologías y los catecismos, y un entero mundo fue arrasado para mejor renacer.

Con el mapa estelar Norton pude dedicar muchas horas a aprender las constelaciones, actividad que nos permite comprender mejor a nuestro rincón del universo y con él nuestra propia existencia, aunque ello suele ocurrir más bien tarde en la vida. También fui al observatorio astronómico de la Universidad de Chile, que todavía estaba en Lo Espejo, con un grupo de compañeros del Liceo de Aplicación, los mismos que habíamos asistido a la autopsia del ahorcado pocas semanas antes. El observatorio ofrecía días de visita al público, y se podía mirar las estrellas con el enorme telescopio refractor Hyde, con el cual vi por primera vez los cráteres lunares en detalle, fulgurantes como collares de perlas o diamantes en un mar de hielo o cristal. Un par de años más tarde, en 1956, observamos los casquetes polares de Marte durante su gran aproximación a la Tierra, que no se ha vuelto a repetir y que no se repetirá en varios siglos. Estábamos mirando por el telescopio cuando llegaron unos reporteros y nos tomaron varias fotos. Al día siguiente salió una foto en *Las últimas noticias,* mostrándome desde atrás junto a otros estudiantes, entre ellos Agar, en segundo plano. Le mandé un recorte del diario a Cholimbo, quien dijo que la foto era prácticamente indescifrable para alguien que no los conociera. *Agar se ve más negro que las tinieblas,* me escribió. Esto da idea de que nuestro diálogo era nutrido y muy detallado.

En los primeros años de la década del 60 todavía Figueroa me escribía de vez en cuando. En su última carta, sabiendo lo importante que era el piano para mí, me envió una tarjeta que mostraba a Santa Claus tocando en un piano de cola y cantando

May the seasons' good cheer
Like a favorite song
Remain in your heart
All the new year long

y el pobre clamaba *why don't you drop me a letter once in a while?* Todo indicaba que ya se le había olvidado el español o estaba tratando de hacerlo para mimetizarse mejor en un mundo donde los que hablaban nuestra lengua eran todavía peor mirados que ahora.

Tuve la mala entraña de no responder a su fineza, porque nuestros caminos ya diferían de tal manera que me parecía un diálogo de sordos. Algunas de sus cartas poníanse filosóficas, a su manera cholímbica, y sin duda yo había empezado a comunicarle mis jeremiadas existenciales, puesto que la carrera de farmacia era tan buena y justa para mí como la de inspector tributario o la de verdugo a comisión por ahorcado. Así el Cholo, que en aquellos años americanos había saldado cuentas con todas las miserias y las restricciones propias del que ingresa al *American Dream* sin poder ya despertar de él, terminó sesudamente diciendo que todo lo que yo le contaba no era más que *las inevitables vicisitudes y los pasos que se dan en el camino que nos conduce a la tumba,* macabro fin que evidentemente él ya había aceptado y asimilado, y que yo ni siquiera vislumbraba, porque sobre todo quería rechazar la muerte en vida que se me ofrecía en bandeja.

En mis últimas cartas le hablaba ya de mi deseo de escribir en serio, de convertirme en escritor. Recuerdo que Cholimbo cogió la idea al vuelo a modo suyo, y se explayó acerca de las ventajas de hacerlo profesionalmente en los Estados Unidos, donde dijo que había infinitas posibilidades para los que escribían con miras de llenarse las faltriqueras. En realidad, yo no tenía nada en contra de llenármelas, pero desde ya tenía muy claro que eso no podía hacerse escribiendo con los trucos y los clichés imprescindibles para entrar en la maquinaria de la literatura americana, táctica que valía y todavía vale para cualquiera actividad creativa. También me puse pedante y a más de diez años de distancia, decantados y sibilinos, en una carta le explicaba mi modo de entender los calduchos. Le exponía mi teoría de la grosería de los ágapes santanderianos, que el Cholo sólo veía como demostraciones de nuestro espíritu mapochino y plebeyo, como hecho a medida para la coprolalia. Pero yo, en mi literatosa exposición claramente derivada de la chacharrada semisepulta en la conciencia, la explicaba así:

Hubo un momento en que no había consecuencias ni causas, antecedentes ni consecuentes, postulados ni desarrollos, y todo era como un huevo pronto a entregar el pollo, un vaso siempre colmo hasta el borde. El Negro Santander era todo uno con la canción que —lo pensamos ahora— lo escarnecía haciéndolo desternillarse de risa, hipar, sollozar como copulando con una puta amiga que le conociera sus puntos débiles y duros, y la boca de Varela, de Chanta o de Burgos era también una sola cosa con la cancioncita y el período de silencio entre risa y risa, entre queque y queque, entre migaja o migaja o burbuja y burbuja de Bilz o de Papaya, era un espacio-tiempo también indivisible.

Si se rompía una burbuja, si se mascaba la migaja crujidora, la carcajada de Sintandear resonaba con la de Chanta y la de nosotros —menos tú, creo que no puedo meterte en la chanfaina sin hacerte al mismo tiempo un desaire y un favor— coreando todos en una armonía mejor que la de los Four Brothers de Woody Herman, el ejemplo más exquisito del afiatamiento total.

Posiblemente, el rostro informe o multiforme de nuestro dolor sólo era perceptible cuando, en la increíble pelotera, uno se detuvo a cavilar y allí— como al rey en calzoncillos — un grito nos sorprendió empelotados, un grito de advertencia cuya sinceridad era la sinceridad de las excepciones.

Ese beso de puta vieja nos rodeaba y nosotros lo transformábamos en un beso de virgen. La realidad era la ramera, la virgen era lo que yacía adentro, como perla en la ostra, en su zorra que chorreaba moco de sapo.

Chanta era inocente, yo era inocente, Varela era inocente y también Sintandear ***pero sólo en el momento de proferir, entre gallos e hipos, la cancioncita desvergonzada.***

Si callaba la cancioncita, era el rostro pasado o presente del general Tiráñez el que aparecía entre las constelaciones del cielo, cantando la Canción Nacional, himno oscurecedor de todas las películas, agonizante y agonizador.

O cantábamos la cancioncilla ripiosa, inmunda y gratuita, o el disco rayado de la Majestuosa Blanca Montaña que nos dio por baluarte el Señor nos atornillaba el pedo al culo, nos deslizaba suavemente esa prieta en el poto, y todo por último se volvía mortadela, carne de Chancho Chino de Pekín —que ya mi tía abuela Nenita ponía, junto al jamón de oso, entre las mayores exquisiteces para las cuales vale la pena haber nacido— una especie de Gran Preludio Catatónico murmurado entre fauces arrepentidas y atravesado de presagios tremebundos, porque de los males sólo uno valía un pucho, y éste era nada menos que ***la conciencia****.*

Llegó un momento en que nuestro diálogo fue imposible, y sinceramente ahora no puedo culpar al Cholo de ello.

Fue así que, antes de escribir la última carta que recibiría de mí, me vino a la mente una canción disparatada como otras muchas que inventábamos cambiándole la letra a canciones conocidas. Era el *Cholimbus Parade,* con música de la famosa *Easter Parade* del ya casi centenario Irving Berlin.

Cholimbus Parade: imaginaba yo una parada o desfile al estilo americano donde sólo había Cholimbos desfilando: miles de ellos, con anteojos de marco de metal y chaqueta triste pero jamás sebienta, con actitud doctoral y los pectorales inflados por el método de Charles Atlas, frecuentemente mirándose al espejo y llorando inmediatamente después y todos, absolutamente todos marchando al son de Easter Parade cambiada a Cholimbus Parade para esa fecha inefable como ella sola:

All the world's on fire
And all the world's on wire
And all the world's denier
To Cholimbus Parade...

Lectura colgada en la forma de un cartel amarillento y mascado, al cuello del esqueleto del gabinete de Biología, cuya calavera cotidianamente se fumaba un trozo de tiza:

FUI LO QUE ERES

SERAS LO QUE SOY

¡RESPETAME!

Cuando un día de 1952 pasamos por El Naturista de calle Ahumada para beber un jugo de tuna, pero antes que nada para leer *El Quebrantahuesos*,[1] donde aparecían frases que nos encantaban, como

CIENTOS DE FAMILIAS CONTRAEN ALMORRANAS EN LA UNION SOVIETICA

INCENDIO: 8 BOMBEROS PARTIERON EN BICICLETA, SIGUIERON EN MOTO Y LLEGARON A PIE

TRIPULANTES OPERARON A CACHAZOS A PACIENTE EN ALTA MAR.

INTENTARON DESCARRILAR UN TREN:
ATENTADO CRIMINAL PERPETRADO POR DOS HUEVOS FRESCOS

yo no sospechaba que ese número traería algo especial: la frase

Voló tren en Paine!

Esta referencia al tren volado me llevó por un momento al mundo que había vivido hacía apenas la eternidad de tres años, en Paine y sus mañanitas perdidas para siempre. Hacía poco había ocurrido el estallido que repletó las páginas de todos los diarios y también del *Vea,* y que nunca pude comentar con mis tíos ni con los primos. Carlitos tenía ya siete años para esa fecha.

El maquinista y el carbonero de uno de los trenes cargueros que se detenían en Paine habían dejado encendida la caldera, luchando fuego a fuego y burbuja a burbuja para subirle la presión y así poder partir cuanto antes hacia Lautaro que estaba a un día de jornada, perdido allá en el Sur, donde quizá cuántas otras damajuanas de vino los esperaban bajo un cielo de zafiro: subir la presión poco a poco y sin tregua mientras ellos se iban balanceando en sus calamorros, hasta entrar en el eterno y fabuloso restaurante El Ferroviario de Paine, donde se comían los platos más rotundos y la chicha devanaba sus misterios sensuales: un Dionisio amansado por muchos cientos de años de soledad que se juntaba ahí con los fantasmas calenturientos de varias generaciones de carrilanos y de agricultores de la provincia.

1. El diario mural que animaron durante los años 50, Nicanor Parra, Enrique Lihn, Alejandro Jodorowsky y otros colaboradores, de cuyos facsímiles sobrevivientes citamos estos trozos textuales (N. del a.).

El maquinista y el carbonero de esa solitaria locomotora Mikado se fueron a tomar a El Ferroviario, así sin razón alguna, por pura substancialidad en la borrachera, y se quedaron bebiendo caña tras caña y potrillo tras potrillo a medida que la presión subía y subía en la caldera de la locomotora —que el maquinista se había obstinado en movilizar pese a haber sido advertido de que tenía una válvula defectuosa— a unos doscientos metros de distancia y el cielo se ponía todavía más azul, de chicha y vino pipeño, arriba y abajo, todos licores ambarinos y puros, cielo azul como el ojo de un camaleón polaco o una viuda alegre de otros lados, y precisamente mientras el Tren Mixto se encaminaba o mejor dicho se encarrilaba por el lado de nuestra parcela, la abandonada máquina resoplaba cada vez más fuerte al otro confín del pueblo, muy cerca de la fábrica de calugas, orgullo painino.

La explosión sobrevino a los pocos instantes de volver los bien cocidos operadores del tren, sobrios en ese momento supremo, como si hubieran querido parar en el último segundo la fuerza imbatible del vapor. El estallido los mató en un instante más breve que la eternidad de contarlo, quedando los tripales y los bofes de ambos colgando de los alambres de alta tensión, lo que produjo otros estallidos y todo el pueblo se llenó de polvo y de fuegos artificiales en pleno día, en una catástrofe semejante al impacto del gran meteoro de hace setenta millones de años que se echó a la conciencia la extinción de los dinosaurios: se levantó la caldera hacia el cielo painino en esa tarde estiva, despegando de un mínimo Cabo Cañaveral anticipado en algunos años mientras el pueblo entero se sacudía como si hubiera aterrizado un disco volador o un corpúsculo celestial de golpe y porrazo en cada una de las calles, en la aldea disciplinada por el calor del verano, o como si hubiera sobrevenido un tornado importado de Oklahoma y una cierta dosis de Apocalipsis se asentara entre los huasos y sus pingos filosóficos hechos a su imagen y semejanza —ya Pedro Prado en *Un juez rural* asoció los jamelgos a la filosofía— y el vapor con el polvo formaron un aerosol venido de la ciencia ficción y no del mundo concreto de choclos y sandías, mientras la tierra parecía literalmente rajarse en dos con el bombazo.

Los tiznados murieron junto a un gran lagarto que se asoleaba cerca de los rieles, soñando con lo que estaba por inscribirse en su vida, unas cuantas docenas de chanchitos de tierra, quemados por el resuello de la caldera desfondada, y unos cuantos miles de hormigas escaldadas por el agua hirviente derramada a todos los vientos.

De la locomotora sólo quedó la carbonera, y la caldera o mejor dicho su cáscara al rojo vivo voló y en su primera caída sobre un rancho, le cortó las piernas a una mujer que estaba durmiendo la siesta con sus niñas pequeñas, con las cuales pereció bajo el impacto, y con ellas, toda la cadena de la vida hacia abajo: escolopendras, lombrices reducidas a cintas planas en el cráter abierto por el meteoro en su caída, huevos, larvas, moscas, nemátodos, rotíferos, paramecios, proteos, amebas y millones de bacilos para quienes la vida o la muerte estaban siempre demasiado cercanas, ni más ni menos que como el promedio de los chilenos.

A Robe y a Carlitos, que allí estaban en el patio martirizando como de costumbre a un sapo, el terror los paralizó, pero luego, al ver ese misil flamboyante y criollo ascendiendo como los voladores de Pascua —que eran nuestro límite tecnológico— y yendo a caer después de describir gran parábola, en el rancho, luego de rebotar en la fábrica de calugas, al susto como siempre lo reemplazó la maravilla y poco después llegaron corriendo, junto con todos los habitantes del pueblo, ahí donde la caldera se había enterrado de nariz hasta más de un metro dentro del suelo y se había quedado abierta de vientre y cañerías incandescentes hasta mucho tiempo del futuro painino, que es adecuado y sutil, cubierta por matas de galega y yuyos, como un monumento no sabemos a qué, si a la magia del vino o a la profundidad insondable de otros seres iguales a nosotros.

Todos estos detalles me los confirmó Carlitos más de cuarenta años después: el viento macondiano no había borrado sino confirmado a Paine en su existencia en medio del paisaje, a partir del pasado que se transformaba en presente cuando Monzo, la tía Mafalda y el tío Dagoberto estaban ya muertos por muchos años, y el mismo Carlitos no se hablaba con Robe porque terminaron por no tragarse mutuamente al alcanzar una edad provecta.

En el tiempo que vino después me quedaba con la Rosa en la noche al menos dos o tres veces por semana, porque estando en la universidad tenía mayor libertad, la que venía de mi obligación de estudiar hasta tarde. Tuve que inventar todo un procedimiento, una estrategia más que una táctica para poder hacerlo. Decía yo que iba a estudiar con mi compañero Moisés en la Plaza Ñuñoa, donde en realidad nos juntábamos con cierta frecuencia, pero poco estudiábamos y más hueveábamos con una ralea nocturna que se aparecía en esos sitios, tratando de pescar los peces largos y grises que había en la pila de la Municipalidad.

En las noches en que iba a la pieza de la Rosa, debía actuar como un profesional de efectos de sonido, primero cerrando la puerta de calle por dentro, y haciéndola cliquear ostensiblemente, dándome la vuelta lo más sigilosamente posible por el jardín hasta llegar al patio y allí a su pieza.

Ahí esperaba acostado y no podía menos que imaginar lo que haríamos dentro de poco. Muy luego ya estaba medio loco de deseo, y me revolcaba en el camastro de la Rosa, con la verga erguida, compacta de sangre. Cuando hacía calor me desnudaba para esperarla, ya que siempre tenía que pasar unas dos horas ahí, el tiempo de mi salida de señorito estudiante y su término de jornada de empleada. A menudo el deseo era tal que eyaculaba, soltando chorros de semen que se perdían en la oscuridad de la pieza. Tenía tiempo más que suficiente para reponer mi energía y mis ganas, hasta el momento en que por fin la Rosa podía llegar a su pieza y así incluso era mejor, porque ya no estaba tan apremiado y lo hacíamos muy despacio y muy profundamente, estirando los movimientos y los tiempos, agonizando de placer. Ella no estaba acostumbrada a hacer el amor desnuda, como si ése fuera un refinamiento de ricos y no de pobres, porque tales habían sido sus amantes, sus amores y sus noches en el Bolívar y el Bulgaria, tanto es así que la primera vez que entré a su pieza de noche y le pedí que se desnudara, se sorprendió un poco y dijo *¿en pelota?* pero descubrir el regalo mutuo de la desnudez fue como una etapa mayor en el aprendizaje de ambos, ella diez años mayor que yo e igualmente una niña.

Consciente de que a esa hora sólo podían verla los gatos de la noche en los tejados circundantes o las estrellas más buenas que el pan cocido debajo de las cenizas del brasero en invierno, ella se iba desnudando desde la cocina. Llegaba corriendo ya en pelota a su puerta y se arrojaba sobre mí, besándome y dándome los senos y yo la recibía como si fuese la primera y la última vez en la vida. Entonces era ella que se ponía a horcajadas y le entraba muy dulcemente, muy suavemente y nos quedábamos ahí por esas horas que de verdad se le restaban a su descanso.

Mientras la esperaba, los gatos que dormían con ella, la Pinocha o el Monito, buscaban mi compañía. Ellos también comprendían la felicidad de los otros, apretándose a mí ronroneando, buscando el calor que los gatos anhelan desde que bajaron del espacio sideral y tuvieron ahí un gigantesco enfriamento que les iba a durar por todas las vidas venideras, en este planeta de expiación de culpas más allá de todos los pecados. Los gatos en nuestras noches cruzaban por encima y por debajo de nosotros, testigos en inocencia de lo que era inocente en aquellos momentos, o sea todo, y no puedo recordar en la vida casi nada tan dulce como sentir esos cuerpecitos peludos y mansos, ligeros como plumas, porque ellos como los santos comían sólo lo necesario para sobrevivir y eso ya era mucha largueza en el espacio y el tiempo en que les tocó vivir. Los gatos la acompañaron siempre y ella los llevaba en los brazos al acostarse junto con su botella de agua hervida tapada con un corcho para calentar la cama cuando yo no estaba, pero también cuando estaba y era invierno porque ella pensaba en todo y en todos. Sabiendo que yo estaba acostado esperándola, los gatos llegaban antes que la Rosa, colándose con levedad de espíritus por la puerta entrejunta, e inmediatamente encendían sus motores suavemente cerca mío, como si quisieran compartir todo lo que ellos tenían, esto es, nada, pero esa nada era más preciosa que todas las talegas de oro de Rockefeller o de Onassis. En el último agujero del mundo, hecho de nieve y estrellas rutilantes, los gatos y la Rosa juntos me daban lecciones de amor imperecedero, hasta que todo se volvió como una foto no fijada que va desapareciendo, desvaneciéndose como fantasma diurno.

El dolor de la Rosa como parte de nuestras cosas era un dolor lejano e indescifrable, aunque hubiera sido tan fácil dilucidarlo, sólo que faltaban treinta años para hacerlo visible y otros tantos para volverlo inteligible, en las quince mil noches de ausencia transcurridas, las mismas que nos separan, pero sobre todo nos unen.

Cuando se apagó su estrella fue también mucho antes, por ejemplo a raíz del dolor de tener que esperar la próxima regla: cuando se hacían las cosas como las hacíamos nosotros, lo más seguro era que yo la dejaría esperando un hijo, yo que no era padre sino apenas hijo también, hijo y también hermano, y el apagón de su estrella era saber que ese hijo no podía nacer ni en ése ni en ninguno de los mundos, siendo los actos que lo originaron naturales y preciosos en sí, pero no las consecuencias, desde el momento que somos mucho más que un sistema que procrea, la pasión y el deseo se autoconsuman y autoalimentan, y tampoco estamos preparados para su corolario, el dolor, a menos de aceptar que debemos regir la vida por un decálogo inmundo de inquisición más ruin que todos los pecados juntos.

Antes la Rosa había repetido muchas veces la espera, y cuando ésta se agotaba había que echar mano de las hierbas del yerbatero Efrén para que hicieran el milagro de la aparición de las gotitas de sangre salvadoras de su vida y de la vida de otros, en la toallita que la Rosa se ponía como si fuese un manto de esperanza. Los atrasos de antes se debían a sus noches en el Bolívar y en el Bulgaria, con Arias y después con Máster Baina, y ella explicaba lo ineluctable de sus embarazos diciendo *es que son hombres muy calientes, y dejan a la mujer lista a la primera...* Por lo tanto, espaciada pero regularmente partía con destino a sitios ignotos, más allá de todo alcance o posibilidad de conocimiento mío, y volvía pálida por la pérdida de sangre. A veces se quedaba en cama y me asomaba yo para ver su miseria y también su belleza acostada a horas en que era impensable hacerlo estando buena y sana, aunque ella dormía la siesta cada día como es lícito y hasta obligatorio en los mundos perdidos.

Recuerdo que cuando la Rosa estaba incapacitada en cama, y un plato de sopa o lo que fuere había que llevarle, la mujer de la casa a quien le tocaba este penoso y al parecer vergonzante menester, lo hacía rezongando o lamentándose como si fuera un trabajo agobiador y sobre todo indebido, indecoroso, porque siempre las sentí decir *aquí estoy sirviéndole a la empleada que tendría que estar sirviéndonos a nosotros, es el colmo de los colmos...*

Me sentaba a su lado en la cama donde convalecía de su pérdida más clandestina que timba de crapito en colegio de monjas, y no supe sino hasta mucho más tarde que dos veces la Rosa había expulsado en la misma casa los despojos del raspaje, y la macabra sonda de permanganato era lo que se había introducido para cocerse las entrañas, saliendo entero el pericote que era hijo de la Rosa con Arias una vez, y otra con Máster Baina. La sonda había hecho salir el pobre cuerpecillo que todavía no era cuerpo, para caer en la bacinica que usaba la Rosa para sus noches blancas y como mi abuelita no sabía qué hacer con esos pedazos del ser que no fue, los enterraba en el patio de Simón Bolívar 1998, globulillos de carne y de sangre que no iban a vivir, porque para ser en este mundo se necesita algo más que nuestra alma humana, la cual puede volverse en cualquier momento por donde vino y donde volverá algún día.

Allí, en esa tierra sagrada por las estrellas que la miraban y con los tesoros de un topacio y un zafiro sobrevivientes de mi madre encerrados en mi caja de lápices Faber, y los gatos muertos como la Capulita y el Marcianito, todo está enterrado en el patio de Simón Bolívar 1998 aunque haya sido también desenterrado muchas veces, como el tesoro, hasta perderlo definitivamente. Los hijos nonatos de la Rosa con sus hombres humildes y un poco anónimos —ellos tenían un nombre, sí, pero les faltaba un rostro, una mano, un pie, algo junto con su alma más sola que calamar en el desierto— los embriones o sus pedacitos de manos, cabezas y corazones disgregados por la sonda están hechos polvo y materia divina adentro de la tierra y del légamo que los llevó a otro lado, tal vez por los canales subterráneos, y uno o dos de ellos pasaron debajo de la cama del Vinko Chico antes de irse hacia la barra de Llolleo y también más allá: a varar en la Isla de la Sirena frente a Matanzas, por ejemplo.

Yo sí era el más pobre amante de la tierra, el que no tenía ni su propio cuerpo consigo y estaba condenado a estar como en el corralito donde se dan los primeros pasos, siempre dando primeros pasos en el mundo. Mi pecado original era no saber nada de nada, y cómo se podría saber algo si las cosas que importaba saber no las enseñaban en ninguna parte, salvo en la pieza de la Rosa, y no había maestro o guía o gurú sino el de su cuerpo, y los otros que podían enseñar algo eran los gatos, porque ni en el colegio ni en la universidad enseñaban nada que intrísecamente valiera más que la ceniza del último Baracoa de Puchito Castro, de eso ya estuve seguro a poco de dar el gran salto en la vida que uno cree ocurre al pasar a la universidad.

Lo que importaba era saber cómo pintar tus visiones, cómo escribir lo que creaba tu imaginación y tu corazón filtrando las esencias del mundo y eso los maestros no podían enseñarlo. A lo más podían guiarte —como en la Parábola de los Ciegos de Brueghel, que no sin razón está en el museo de Capodimonte de Nápoles— a cómo destruir tu capacidad de crear todo aquello, pero nada más. Y en ciertos casos excepcionales, guiarte para sacar esos demonios de la carne y de la mente, porque lo importante es la pasión y la inteligencia, juntas y nunca separadas.

También empezó a apagarse lentamente su estrella —así como en el eclipse total de sol apenas dura un minuto el milagro de ver las estrellas del verano en el invierno— cuando empezamos a tratar de evitar la sonda con su infame permanganato, e intentamos que aprendiera a cuidarse con la temperatura. Para ello sacábamos cada día el termómetro clínico que mi madre guardaba en el botiquín, no sin que mi abuelita inquiriera el por qué de tanto termometraje si no había epidemia de fiebre tifoidea o algo parecido.

En el libro del doctor Solórzano Ambipoides se hablaba algo de eso, sobre la temperatura que sube en la mujer en las horas que preceden a la ovulación, en términos muy vagos. En el fondo fue una pura intuición nuestra la de tomarse la temperatura y la Rosa corroboró ese desvarío cartesiano con su conocimiento nacido a la sombra del puente de Malleco, y me dijo *aunque ese doctorcito del libro me parece más chueco que muela del juicio, creo que debe tener razón en eso de la temperatura, porque hay unos días en el mes en que la mujer está más caliente que de costumbre y yo misma por ejemplo no veo la hora que nos vayamos para la pieza en la noche, apenas lo pienso se me empapan los calzones, mijito, aprieto las piernas y siento que me voy a desmayar de ganas y por supuesto que si me ponen el termómetro en ese día, mi temperatura estará más alta que de costumbre* y así tratamos de hacer la medida diariamente, y resultó una empresa casi irrealizable, por lo difícil de rescatar el termómetro.

Todo el proceso era como medir una consecuencia y no una causa: la temperatura a la Rosa parecía subirle y bajarle un poco sin ningún orden ni concierto, varias veces durante el mes. Tampoco considerábamos otra circunstancia por ignorarla completamente: lo que los amigos médicos después me definieron en su lunfardo como *coito orgástico,* esto es que no hay termómetro que valga cuando las entrañas se crispan en el orgasmo y el ovario sin fallar dispara su óvulo al encuentro de los espermios que se abalanzan, como en esa de Woody Allen donde hay una estampida de ellos disfrazados de canguritos blancos.

Luego también supimos de la espera angustiosa de la regla que no llegaba, y cuando finalmente aparecía la sangrita la Rosa me besaba con alivio y ternura centuplicadas, comprendiendo que tanto ella como yo estábamos subidos al tranvía llamado deseo sin posibilidad de bajarse en la próxima cuadra ni tampoco en las siguientes. Y cuando la regla rotundamente no llegaba había que resignarse a buscar el dinero para pagar a las matronas con las sondas de permanganato, había que volver al ciclo y era la Rosa la que lo pagaba con su sangre y en su carne, yendo sola como cuando se nace o se muere, saliendo en una micro tartajeante a encontrarse con su destino en galpones o en garages, ya que al parecer la mayoría de los abortos clandestinos de pobres se practican en garages desprovistos de coche, en toda la redondez del planeta.

Después ella llegaba libre del embrión o de parte de él pero con eso no terminaba su sufrimiento: de repente le subía la fiebre puerperal y tenía que irse a uno de los hospitales donde las monjitas la reconvenían por su pecado y la daban ya por pensionista segura del infierno, pero igual la atendían todos a su medida, médicos, enfermeras y monjas, después de hacerle el imprescindible raspaje. Nuestra vida entraba de lleno en el dominio de la tristeza: ya éramos adultos, ella no estaba en la casa y yo no tenía con quién hablar: la Nene ya no era mi hada madrina, no nos comunicábamos siendo sus cuentos demasiado tristes y demasiado pobres para mí, porque de verdad ya no me contaban cuentos. En mi casa y mi familia todo era demasiado inexplicable —aunque habría sido tan simple de explicar— porque *¿cómo podía ahora la Rosa quedar encinta, si había sentado cabeza y ya no perdía el tiempo con hombres?*

Las razones que ella daba a la gente de la casa eran de índole hepática, dolencia más que normal para todo chileno porque todos nacemos con el hígado chanfleado como la luna salida después de medianoche, o aducía la necesidad de otro chequeo más bien equívoco y absurdo para una empleada doméstica.

Nunca fui a verla al hospital porque yo era hijito de familia y tenía mis días y mis horas y mis minutos más marcados que los de Neruda cuando se fue para la Argentina en tiempos de la Ley Maldita, y eran marcas blancas del amor absoluto e inconsecuente de *la familia chilena* —la radial junto a la verdadera— o sea el mito suave donde nos establecíamos sin esperanza de movernos en vida, y no estoy cayendo en la muy barata tentación de justificar lo que era injustificable por ser más natural que la vida de las malezas y los caracoles del jardín o los gatos en los tejados.

No hay que caer tampoco en la tentación del acto sadomasoquista del castigo posmortem y la réplica anticipada a los espantos que salen al paso de los amantes desesperados por un abrazo, puesto que al volver ella nos besábamos con ternura de náufragos al llegar a un islote habitado por caníbales; sí, éramos los amantes más desgraciados de la tierra al no poder serlo en ninguna circunstancia real fuera de la protección indolora de las paredes de su pieza o de la cocina, lugares donde he dejado acumulado y grabado a fuego todo lo que fui y aun lo que soy ahora.

Qué fácil habría sido hacerlo teniendo condones, que no son lo ideal puesto que embotan el placer y el acto aunque sea con la tripa de cabrón bendecido por el dios Marduk de algunos condones posmodernos, siempre es como acariciar una mejilla con guantes de box, pero al menos se ahorran martirios mutuos.

El problema era que los condones eran más difíciles de comprar que una electrola importada de Alemania: había que ser mayor de edad, igual que para votar. Además, para usarlos y tenerlos escondidos en alguna parte había que *saber* y ésta no era una palabra fácilmente accesible o disponible para nosotros: el saber estaba en las estrellas o al otro lado de la montaña dada por el Señor como baluarte de todas las pequeñeces junto con las grandezas, y sobre todo era algo que no se otorgaba ni en casa ni en la escuela. Podía darse en la calle: creo que todo lo que importaba nos fue dado allí por seres ínfimos y marginales como el yerbatero Efrén, el mago Chasamán o los fenómenos callejeros, los cuchepos y los Lilos que se daban vuelta como trompos en las calles. El conocimiento nos fue dado también por nuestra madre en sus entrañas o su líquido amniótico, donde flotamos una vez junto a las constelaciones elementales, el cielo en la tierra y donde pudimos permanecer porque ése era nuestro destino por el momento, y otros hijos nuestros no pudieron llegar a vivir porque no era su momento ni lugar.

La píldora del doctor Pinkus apareció más de diez años después y se presentó como una solución milagrosa, pero también tuvieron que pasar muchos años para descubrir su lado asesino, porque todo lo químico es siniestro, aunque nuestro cuerpo funcione químicamente. Además la Rosa probablemente no hubiera tenido cómo comprar la pildorilla o pildorazo, ni cómo conseguírsela, a menos de haberlo hecho en el Consultorio de Renca, atendido por un médico loco y comprensivo de las caídas humanas, con apellido de aristócrata pero que se expresaba solamente con chuchadas, pero ella de seguro se hubiera olvidado de tomársela alguna noche provocando así otro embarazo con infalibilidad planetaria o acaso se hubiera muerto con un trombo asesino acechando en su sangre, como ocurrió con tantas mujeres después. Hablar de lo que todavía no existe, es como limpiarse los orificios corporales antes de los actos que los ensucian, arriba o abajo, puesto que entonces sólo teníamos la alternativa medio absurda de *la retirada* (término ambipoideano como los otros) imposible en la práctica: una vez que yo se lo entraba nos enlazábamos desesperadamente y el acto de retirarse era como detener a uno que se ha lanzado de un edificio y depositarlo suavemente en tierra. Eso podrían haberlo hecho los extraterrestres, pero ellos no habían aparecido todavía en Chile ni menos en mi casa. Las salidas eran pocas para nuestro caso y menos todavía lo era la castidad: para ello tendríamos que haber nacido con el alma y el cuerpo entontecidos por siglos o milenios de represión y ser capaces de matar impune y limpiamente el deseo como si fuese cucaracha, indio o sudamericano.

También se apagó la estrella de la Rosa el día en que yo traje a una compañera de Farmacia para estudiar en casa y ella tuvo que servirle onces, cosa que estimó humillante, porque se trataba de una niña y ella siempre sospechaba algo más. Realmente era sólo una compañera de curso en trámites estudiantiles y además judía, lo que hacía muy poco probable una relación amorosa entre nosotros, no por mi parte —que sin ser boy-scout siempre estaba listo a la orden— sino por ella y por su familia. La Rosa luego me dijo que tuvo que contenerse para no volcarle el té hirviendo en la falda como una equivocación más deliberada que truco de prestidigitador del Gran Circo Waithe, y yo me puse furioso de sólo pensarlo.

Tanto por mi parte como por la de ella había muy poca capacidad de maniobra, había que vivir en los resquicios de esa colonia madrepórica que era la familia, el barrio, la ciudad y Chile en última instancia, esa *larga y angosta faja de tierra* que para nosotros limitaba al norte con la casa de los Escríbar, al sur con la reja de la calle Simón Bolívar, al este con la muralla blanca de los suizos y el huerto donde el cojo Víctor dormía sus siestas de veinte horas, y al oeste con los ladridos del Rapel. En el centro geográfico y espiritual, la familia vivía en apariencia feliz pero con tensiones y dolores reptantes que sólo se manifestarían veinte años más tarde, cuando a nuestra vez la vida nos dispersara a todos *como una blanca tempestad de arena*.

Por lo tanto su estrella se apagó defintivamente —aunque brille todavía después de desaparecer, igual como sucede con las estrellas del cielo— cuando las fuerzas que nos mantenían juntos fueron demasiado débiles para su cometido de borrar un país de nuestro rostro, junto con la ley darwiniana decretada por los coyotes humanos y por los ángeles negros de la muerte —que velan nuestros días tanto como los blancos— y la Rosa, como antes la Nenita, formó cada vez menos parte de mis días y todavía menos de mis noches, preparándose así gradualmente para partir.

Este era un hecho que antes me habría sido inconcebible, por ejemplo cuando ella **sí** estuvo por irse de la casa después de que mi padre la tuvo sin sueldo por meses y meses hasta agotar su casi infinita paciencia y resistencia, récord difícil de romper para cualquier patrón. Ello ocurrió justo antes de la Navidad de 1950, y como proferida para la ocasión, en la radio se cantaba la letanía

pensar que en esta noche de Navidad
tú no estás junto a mí
y al dar las campanadas con su din don
no estarás junto a mí
[...]
sentir la eterna angustia de recordar
que jamás volverá...

y sinceramente yo sentía un dolor inaudito, creo que en ese momento aprendí de golpe lo que significaba la ausencia, realidad de hombre y no de niño.

Tal vez era entonces que la amaba o la amé: siempre yo lo hacía fuera de tiempo, de lugar y hasta de persona. Cuando mi abuelo había fallecido dos años antes, por la misma fecha previa a la Navidad, no sentí nada parecido como con la inminente partida de la Rosa, no porque él no fuera un ser querido sino porque a ella la quería de otro modo: llenaba mis días y mis noches, primero de niño y luego de hombre, de manera que cuando realmente se alejaba, cuando realmente se iba, yo había caído en la otra inconsciencia que nos separa en un momento de todo y de todos, y viene un interludio como de veinte años en los que hacemos cosas serias y notables, escribimos libros, procreamos y educamos en lo que es posible a nuestros hijos, obtenemos títulos magistrales y doctorales, hasta que otra vez nos quedamos solos, en la plenitud de la ausencia sin vuelta que todos somos por definición.

Es entonces cuando quisiéramos salvar lo salvable, abrazar lo que todavía se puede abrazar, mirar los ojos que no se han cerrado por la ceguera, la demencia senil o la muerte, y es ahí cuando se lloran de verdad lágrimas cocodriláceas, porque el festín se ha terminado y ya no queda nadie en la mesa, las copas se han vaciado y quebrado, los licores se han evaporado y hasta la sangre se ha detenido. Por eso es ahora cuando más me duele la Rosa: ahora que su ausencia es la única realidad posible.

Agotada como pila vieja, la Rosa se alejó de nuestro lado de a poco, como si buscase algo mejor que hacer con su vida, lo que era una muy buena idea para todos y cada uno de los que vivíamos en ese tiempo y lugar.

Hacia fines de 1956 empezó a hacer unas salidas misteriosas a Rengo, unas salidas que ella no efectuaba desde los tiempos del Bolívar y del Bulgaria, aquellos hoteles trajinados donde todos sentían la crujidera de los catres vecinos como si la maquinaria de los cielos y de la tierra estuviera operando para molerlo y crearlo todo, incluido el *crescendo* de gemidos, sollozos y alaridos cuando la cosa era en serio y no simplemente negocio de putas. Empezó otra vez la Rosa a quedarse afuera hasta que un día le confidenció a mi abuelita, antes que a mí, que había encontrado un caballero con quien pensaba irse a vivir en Rosario, porque el hombre era solvente de medios y *la quería verdaderamente en serio*. No sé qué quería decir ella con eso de en serio, y preferí no entenderlo aunque me tocaba tan de cerca.

Llegado el momento me habló desde su corazón, el que para tales circunstancias adquiría la dimensión inescrutable pero también infinita que siempre había tenido en el silencio, y me confesó que *anoche mismo había dormido con el caballero pero no habían hecho nada* como si la pobre tuviera todavía que rendirme cuentas y me dijo *es que con usted mijito ¿qué futuro tengo?* pregunta terrible y que era la más pura y definitiva verdad: nuestros días se habían agotado porque ése es el único futuro que podía agotarse para nosotros, el presente.

Le dije *Rosa me parece muy bien, y ojalá tengas un hijo, y lo quieras tanto como me has querido a mí* puesto que estaba consciente del carácter absolutamente edipiano de nuestro acercamiento. También le aseguré que siempre tendría entre nosotros su casa, aunque realmente no sé por qué me tomaba la libertad de hablar por los otros, y en verdad no me equivocaba: cada vez que ella vino a Santiago se la recibía como a una de la familia y ya no ocupaba la casucha de nuestros pobrísimos amores, sino que dormía en la pieza de mi abuelita, con mi tía.

El caballero de Rosario que en ella había encontrado su dama era un agricultor mediano poseedor de viñas de las cuales todo indicaba que se bebía gran parte del producto, y en sus lagares, pipas y bodegas había suficiente mosto como para embriagar al regimiento Buin con todos sus hombres. La Rosa lo supo desde el principio y ella fue a la parada como era su marca de nacimiento, y puede que haya tenido intenciones regeneratorias, expiatorias y fundacionales, pero no lo proclamaba y todo se le quedaba adentro como una enfermedad nunca curada, imposible por demás de curar, una terciana que afloraba no calentándola con la temperatura que en ella medía su ciclo siempre fértil, sino bajándole la guardia de su escepticismo campechano de mujer, que tanto enarbolaba su inocencia primigenia como se demostraba veterana incólume de grandes batallas de la frente y la saliva.

Y la Rosa desapareció, se esfumó como si nunca hubiera existido, y si el momento en que ella llegó y entró a la casa diciendo *permiso mi hijito permiso* será imborrable para mí mientras viva, no recuerdo ni su despedida ni las palabras que le dije en el momento en que dejara nuestra casa para no volver jamás, ni cómo estaba vestida ni cómo fue la última mirada que me dieran sus ojos, como **nuestra** Rosa al menos, en ese adiós tan largo de volverse imperceptible.

Yo no me daba cuenta de ello: cuando se es joven se ve solamente con un ojo, y decir eso ya es mucho porque es un ojo que tiene cataratas de clara de huevo que se van disipando muy lentamente: es la luz del nacimiento la que nos tiene todavía cegados, estamos como desperezándonos, y la diferencia está en que las cosas se ven con un detalle alegórico inigualable, que a veces sirve para alimentar nuestros reservorios durante toda la vida y otras no sirve absolutamente para nada.

Cuando la memoria resplandece en el rescate de lo que es rescatable, lanzamos una muy real aunque invariablemente corta carcajada, que resuena en el vacío y luego éste se llena otra vez de vida.

Es entonces que la Rosa otra vez baja del cielo, y por desdentada que sea su boca, la besamos de nuevo en lo profundo del sueño, en la duermevela y luego en el túnel donde dicen que hay una luz muy intensa y donde nos esperan los que nos amaron y se han ido antes.

El escarnecerla en 1956 por sus dientes caídos, me desencadenó el muy benévolo castigo karmático de besar su boca despojada, en los sueños, por cuarenta años seguidos, besarla otra vez dormido o despierto, hasta que mi propia boca se vea también monda de carne y hasta del maxilar de la calavera, y no seamos más que una vibración del éter como el fantasma de una estrella muerta.

Mi tía Zamira enseñó música en el Liceo de Rengo en la mitad de los años 60 y allí encontró a la Rosa una vez. Llegó muy contenta por haberla visto y *porque tenía un hijito ya grande.*

El nubarrón negro apareció sobre el cielo del centro de Santiago, lo que indicaba que algo grande se estaba quemando, algo que daba mucho humo, y cualquier inmueble o edificio de Ahumada en realidad tenía muchísimo material con qué producirlo, considerando las toneladas de papeles, las maderas carcomidas y los insectos mínimos que habían horadado la madera, el aceite de cocinar y el de máquina, los papeles, diarios y revistas acumuladas, los combustibles, barnices y pinturas, el carbón, la cera de pisos, el alcohol de beber y de friegas, los ratones que también son combustibles llegado el caso y arden con el olor acre de los asados involuntarios, los pisos, las paredes de tabique y los techos de vigas, todo podía arder magníficamente y de hecho ardía, sólo que al principio no sabíamos dónde, pero el parasol negro oscureció el cielo y como no había ningún eclipse anunciado —evento que hubiera justificado un asueto de clases, por ser imposible retenernos adentro— y no habiendo meteoros o plagas bíblicas en programa para ese día, tenía que ser solamente un incendio monstruo lo que estaba ocurriendo, como ocurría, y el cielo de Santiago —que conocía poco el smog aunque lo estábamos creando minuto a minuto concienzudamente— se colmó de esa humareda fantasmagórica cuya negrura indicaba una llama rica de combustible, pesada de carbón y sustancias oleaginosas, como el aceite y la carne humana.

Siempre los huevones saben las noticias antes que nadie, poseen una irritante clarividencia garantizada por la inercia y la socarronería, así que ya alguien trajo la idea o la incubó en las cuatro paredes (o el múltiplo correspondiente de cuatro) del Instituto Nacional. Así alguien dijo, primero, *se está quemando todo el centro* y luego otro precisó *se está quemando el edificio de Chasamán.*

Sí, todo se sabía desde adentro de las paredes de adobe centenario de un metro de espesor del Instituto, menos lo que debíamos aprender en clase o en los libros, lo demás se comunicaba instantáneamente en la telegrafía sin hilos de las bobinas de los cerebros incapacitados para todo menos para el garabato y la emisión material de lo pronunciable con palabras necias o abrasivas. Enterados o no de la condición del desastre, se nos obligó a aguantarnos hasta la campana de salida de la hora de estudio, porque los jueves no había clases por la tarde.

Había todavía mucho que quemar en ese incendio y a medida que nos acercábamos se hacía cada vez más notorio que se trataba de la manzana donde había dos centros de nuestra peregrinación escolar, dos lugares más que sagrados: el rotativo Principal y el show de Chasamán.

Como siguiendo un impulso natural de juntarse para los actos extremos, Pabuelo, Varolio, Benvento y yo nos reunimos y nos internamos por la primera cuadra de Ahumada sin presentimientos agoreros ni el dolor del que ve quemados sus sitios de diversión favoritos. Por el contrario, íbamos riéndonos entre el caos de la gente, el barro y también los bomberos: si ocurría un incendio, era un espectáculo al natural y ninguna autoridad pensaba en cerrar el paso al respetable público.

El dominio del remordimiento, del dolor de lo perdido, la lamentación y la conciencia terrible y también gloriosa de la ausencia, eran cosas que estaban todas por venir, porque en ese momento daba lo mismo verlas perderse y arder delante de nuestros ojos. Un hecho valía el otro, una circunstancia la otra. Cada hecho o circunstancia aparecía, llegaba y se iba, y llenaba ese movimiento de la existencia como si no hubiese nunca sitio para nada más, al revés de lo que pasa ahora, en que todos los hechos, aun los más significativos, nadan aislados y languideciendo como boyas en el Mar Muerto.

Cuando llegamos a Ahumada con Moneda, entre la gente que iba y venía como si estuviera en el paseo o fiesta de la orgía del fuego y el humo color de luto, vimos a Chasamán. Estaba en la puerta del local donde tantas veces habíamos entrado, pero con muy diversa investidura, habiendo desertado su urna y su papel, porque había sido sacado del lugar mágico con cierta violencia o descalabro, tenía algunos cortes en las manos y estaba sentado en una silla de paja, como perro viejo o abuelita, con una bata de levantarse de género de toalla, cuya humedad y vejez lo despojaba de toda su esquelética majestad.

En un momento, como haciendo una jugada, el viento dio una violenta dribleada de futbolista ansioso por el gol, y el humo en vez de subir bajó, llenando la calle Ahumada. Nos ahogábamos en esa especie de callejón del diablo repentinamente en tinieblas. Para nuestra fortuna, pronto cambió el viento porque posiblemente Eolo —o quien quiera que fuese el dios del viento austral— no proyectaba hacernos morir asfixiados sin antes mostrarnos algunas claras visiones de ratas, serpientes y del mismo mago Chasamán.

El penacho de humo al subir proponía y resolvía texturas copiosas y lentas, y podíamos ver en él rostros, caballos, formaciones globulares, riñones con arroz, copos de sangre y vellones de la oveja más negra, y que eran el producto de una conexión directa entre el cerebro de Varolio, Benvento, Pabuelo o el mío, con ese otro fenómeno inexplicable tendido allí como a secar en las cuerdas del aire de Santiago. Esas figuras del humo del incendio de Chasamán eran como los magmas oscuros que apenas unos pocos años antes yo veía antes de dormirme.

El edificio se incendiaba, no ya por los cuatro costados sino por los dos que tenía y también más allá, hacia Agustinas, donde se quemaba el viejo palacio de nuestras fantasías brutales, tiernas o desoladas. El Principal ardía con todas sus películas adentro, lo que daba al humo un olor nauseabundo, asfixiante, de cosa o ser de otro mundo incinerado. No sabemos cómo se originó ese fuego, ni si precisamente comenzó en el show de Chasamán o, lo que parece más probable, en el Principal y después se extendió hacia ambas esquinas de Moneda y Agustinas. En realidad no se quemó una manzana entera, ya que el incendio habría así alcanzado hasta calle Bandera, sino que fue contenido en la mitad oriental de la manzana, que era la más vieja. Los bomberos, trabajando en la pequeña calle Unión Central, que hendía como tajo o muesca la manzana desde Bandera, salvaron al Metro donde se proyectaban las películas de la Metro Goldwyn Meyer y que era probablemente el más lujoso de Santiago. No escaparía al tiempo, puesto que en los últimos años fue desmantelado y ahora se ve un gran hoyo terremoteado al cielo donde estaba la pantalla del león con los rugidos más chuecos de la historia.

Apenas hacía una semana habíamos visto en el Principal otra de los Tres Chiflados, que se llamaba *Hot Scots,* con muchos enredos de fantasmas, gritos y espantos. Muy luego después del incendio, el Principal iría a instalarse en una sala de un pasaje nuevo de la calle Huérfanos.

Lo más extraordinario no fue ver a Chasamán descalificado, despojado de su ayunada identidad, relegado al estado de un damnificado más en la bata de levantarse que muy poco tenía de mágico sino más bien de enfermizo. Lo más extraordinario eran las serpientes que, al contrario del mago, en vez de disminuir de estatura física y moral al salir de la urna despedazada, acrecentaban su naturaleza en modo notable.

Si un ayunador sin urna no es más que un pobre diablo aterido, una serpiente puesta en libertad es una entidad poderosa y temible, y así creímos comprenderlo todos —con dos mil años de mistificación judeocristiana serpentaria encima— y también las serpientes lo comprendieron, viéndoselas pasar a otra dimensión mientras lentamente iban saliendo del edificio en llamas, hacia la calle Ahumada.

La verdad es que en este mundo estos reptiles son entes mágicos y justicieros, sobre cuyos hombros virtuales pesan responsabilidades mayores, de génesis o profecía, como en las culebras Tren-Tren y Caicavilú de los mapuches o en el nunca demasiado ponderado Quetzalcoatl de los aztecas. Ellas encontraron vía expedita hacia la calle y se movieron con rapidez impensable entre las llamas que ya hacían estallar los vidrios de las ventanas, devoraban cortinajes espesos de terciopelo y alcanfor, transformando ese sitio tantas veces visitado por nosotros en un gigantesco brasero, hogar de tizones grandes como piernas de un elefante incandescente y que los bomberos no podían ni intentaban apagar.

El humo serpentario cubría el cielo, y no era de ofidio sino de rata, de roedores que hubieran soñado comer a las serpientes, y por ello era arratonado también, silencioso, como aceite disolviéndose en algún potente licor alquímico: era el humo de nuestras pausas en el colegio, porque cada vez que nos encerraban allí, nuestros relojes se detenían, había una pausa en el cielo y otra en la tierra. Ese aerosol de hollín y cascarrias muchas coloreó el cielo de Santiago aquel día: las mangas negras que cubrían los brazos de muchos amanuenses, cagatintas, suches, escribas y otros seres de esa índole tan mansa como perversa, habían ardido como yesca; vapor pestilente, venenoso al máximo debido a que el ácido cianhídrico producido por los muchos rollos y tambores de las películas que ardieron en el Principal, se desarrollaba y medraba en esos gases de combustión, de modo que por un momento el centro de Santiago, su cúpula de aire embolsada por designios ecológico-geográficos, fue como una inmensa cámara de gases, y si no murieron los humanos como moscas fue porque no volaban como los ángeles sino más bien reptaban como las serpientes de calle Ahumada lo hacían en ese preciso momento, bien aceitadas por su destino.

Como en el tango *callé mi amargura y tuve piedad,* los ojos azules de Varolio *muy grandes se abrieron,* como también los míos, que no eran azules sino verdegrises —un poco más abajo en el escalafón del Banco de Ojos— y los de Pabuelo y Benvento que eran negros como los de las serpientes y de los ratones comidos por ellas, mientras en el Principal ardían los Tres Chiflados, junto con *El chimpancé, El buque fantasma* y *Oliver Octavo* del Gordo y el Flaco, y lado a lado con *La calle de la paz* y *Carlitos presidiario*..

Según los datos del ordenador universal en el gran incendio del Principal —como se le llamó en adelante— no murió ningún ser humano pero sí un perro paralítico dentro de un pequeño negocio de una mujer que tomaba puntos a las medias, justo arriba del sitio donde ayunaba Chasamán y que nadie se acordó de rescatar, 976 ratones de diferentes orígenes, pero sólo cinco en el recinto del mago y el resto en las diferentes dependencias quemadas, especialmente en el cine, cinco sapos en la urna, y un pez de color en una pecera del salón de permanentes Madame Zoraida, tesoro inaudito para Santiago pero igualmente abandonado a su suerte.

A nivel de insectos y artrópodos el holocausto fue mucho mayor. Murió todo un enjambre de avispas que nadie había notado ni notaría, en el entretecho del Principal, compuesto de 58 insectos adultos, y también 2. 386 arañas de rincón con sus telas fundidas y volatilizadas por el calor, 1. 544 diminutas arañas rayo, 2. 785 pececillos de plata, 15.822 comejenes y un saltamontes extraviado de la campiña, que pereció agarrado sobre la pantalla que ardía.

A ras de tierra el incendio produjo bajas masivas debido al agua de los bomberos, pereciendo ahogadas 236 millones 232 mil y 733 hormigas, comprendidas sus larvas, reinas y guerreros, como así un número tan alto de protozoos, amebas y nemátodos de los cimientos y del humus proteico de los subsuelos, que hasta el mismo Ordenador Universal se atora con su cifra al llegar y superar el nivel de los trillones.

Dichas cifras contrastan agudamente con el escaso número de moscas, sólo 124, perecidas dentro de habitaciones cerradas, siendo los bichos semovientes y reptantes los que no escaparon de ese incendio que para ellos debe haber asumido dimensiones galácticas, como la gigantesca explosión en la constelación de la Lira, que nos dejó el legado de la Nebulosa del Anillo (*Messier #* M57) donde dicen tuvo su origen la humanidad, que en diversas migraciones y aclimataciones estelares y planetarias habría llegado a habitar el asteroide llamado Tierra, entendido primero como colonia penal, es decir donde se traía a los individuos más deleznables, los incorregibles, la canalla espacial sin perdón de ningún dios antiguo ni moderno, y de donde surgimos nosotros, en cruce morganático pero legítimo con el homínido pretérito evolucionado en las sabanas y desiertos de Africa.

La hoguera final de la manzana de Moneda-Ahumada-Agustinas dio nacimiento a otro mundo, como si sólo el fuego pudiese purificar a Chile. Allí surgieron otros centros de jolgorio, otro gran establecimiento de billares y de billarines, varios cafés y los cines York y City, sobre los muros quemados del Principal. Todo renació muy rápido y al cabo de pocos meses los edificios y locales viejos no fueron sino *un fantasma del viejo pasado que ya no se puede resucitar.*

Las serpientes orillaron el edificio o lo que quedaba de él, pero muy luego, al llegar a Agustinas, se trasladaron a la cuneta y al medio de la calle. Primero salieron las humildes lampalaguas, culebras chilenas más bien tiradas a la negrura, la mediana longitud y la estrechez, y que eran huéspedes infaltables del terrario del zoológico, y luego las boas, en toda su longitud, lentitud y majestad. Siguiéndolas pasamos frente al Naturista, sin detenernos, porque todavía no había ningún Quebrantahuesos exhibido en él, ni tampoco nos detuvimos frente al sitio donde casi 25 años después habría un hombre caído con los sesos vaciados durante una asonada militar que precedió en poco más de dos meses al 11 de septiembre, en Agustinas con Ahumada, en el exiguo espacio donde un par de edificios forman un portal parecido a los del Norte de Italia, el mismo lugar que yo, en 1966, medio rayado por el síndrome del regreso a la Copia Feliz del Edén, confundía con la Via XX Settembre de Génova donde había vivido por más de un año, y me ponía a buscar, en Santiago y en plena calle Ahumada, la casa de discos *Ricordi* del puerto italiano.

Colegimos que las serpientes conocían el futuro o al menos lo olfateaban: se detuvieron largamente en esos dos sitios, como para remover escombros de ese tiempo increado o para armarlo pacientemente desde su presencia.

Por raro que parezca, nadie intentó hacerles daño. En Santiago, donde cualquier ser vivo era perpetuamente candidato a difunto, y donde morían más perros en las calles que moscas en el aire, las serpientes, acaso removiendo antiguos temores bíblicos o reverencias todavía más antiguas, fueron dejadas pasar. Todavía más: se les hizo camino mientras reptaban, casi soñolientas, con sus escamas lustradas por la holganza plena que les había concedido Chasamán, brillantes de tanto sapo y ratón deglutido en el ocio de esos dos meses precedentes al incendio y la ruina. No hubo ruina para ellas, sólo cambio de cautiverio y por supuesto una dieta más frugal en la seguridad funcionaria de un verdadero palacio, cual era el serpentario del jardín zoológico de Santiago, en parte desierto y en parte laguna, y que era el lugar adecuado donde podían refocilarse las culebras y la boas acuáticas.

Mientras los bomberos corrían no se sabe para qué, puesto que todo estaba ya consumado, los boquiabiertos experimentaban un trance paradisíaco, los transeúntes normales seguían como si tal cosa, y el humo formaba un microclima de pequeña noche en el centro y sus alrededores, las serpientes siguieron avanzando hacia la Plaza de Armas, donde llegaron en poco menos de dos horas, en su maratón serpentaria. Las seguimos en su paso y trayectoria Pabuelo, Varolio, Benvento y yo, atraídos por su naturaleza reptante de por sí misteriosa, adecuada al cemento trajinado y ahora embarrado. Yo miraba a los ofidios deslizar su presencia hipnótica desde mi flacura y mi insignificancia. En esa última parte del trayecto se nos juntó Marmoleda, muy rara compañía para nuestro grupo, puesto que de no haber ocurrido el incendio él ya habría estado en casa hacía rato dedicado a sus deberes escolares. La verdad es que Mermelada estaba allí en lo que podríamos definir *comisión de servicio*: el incendio, entendido como evento reportable y traducible a la miseria del lenguaje escolar. Las pavesas que caían como nieve o maná negro nos forzaban a ponernos el pañuelo como bozal, pero el pañuelo del Taro estaba muy bien planchado en un cuadradito, y todo fabulaba ya en su visión la composición que deleitaría a Clarindo, y que iría a hablar de

L*os peligros de la falta de higiene y seguridad en los edificios vetustos y de los siniestros que se producen con la consecuente pérdida de bienes muebles e inmuebles, ya que esta vez el ígneo elemento res-*

petó a las vidas humanas, pero ¡cuán peligroso es dejar que bestias salvajes como las serpientes vayan libres por las ciudades que han alcanzado el estado privilegiado de la civilización!

***T**odo ha terminado felizmente, sin embargo. Los ancianos y los niños se han librado del abrazo mortal de las boas constrictoras, gracias a los abnegados funcionarios del Jardín Zooológico que se llevaron a los ofidios al sitio que les correspondía: el terrario del Jardín Zoológico capitalino, donde las multitudes dominicales podrán instruirse, desde ahora en adelante, sobre las dimensiones, color y costumbres de estos exóticos habitantes de las tierras del Trópico salvaje*.

Varolio las miraba más agachado y gibado de lo que le era habitual, con su nariz proyectándose hacia las serpientes como si quisiera olfatearlas de cerca.

Ellas llegarían hasta la mismísima catedral ante la indiferencia de los chilenos. En ese sitio donde años después iba a predicar a diario, siempre saltando, saltando, saltando, un curicano parecido a un Van Gogh trasplantado o perdido de continente y de tiempo, el mismo que ha sido conocido durante más de tres décadas por su apodo de *El-que-no-salta-es-momio,* las lampalaguas ganaron la maratón y fueron prestamente capturadas por los emisarios del jardín zoológico. Ellas reptaban con celeridad mientras que las boas, por estar en país extranjero, lo hacían con pachorra, zigzagueando en modo errático como si el llamado de la selva o en este caso de la catedral les llegara en intermitencias. Los grandes ofidios fueron capturados después, como si los loqueros del zoo los esperaran en la plaza para dejarlas cumplir su itinerario.

¿Qué iban buscando y por qué se dirigieron allí, pudiendo tomar otras calles, puesto que muy luego todo el centro fue acordonado para facilitar la evacuación y, además, el espectáculo?

Se trataba, sin duda, de símbolos.

Es bueno ver los símbolos, tratar de descifrarlos hace bien para las articulaciones, símbolos del carajo que sólo existen al pasar revista a los acontecimientos vividos o inventados después de vivirlos, y donde creemos ver generalidades, historias prístinas y edificantes.

Es fácil asociar las serpientes con otras sierpes futuras: la tentación es grande, pero la caída también. El caso es que sólo unos pocos se apartaban de ellas con más o menos susto, asco y un módico terror, y la mayoría miraba como miramos los chilenos: como si no viéramos nada, como si tuviéramos ojos pero no retina, o como si hubiera una interrupción más o menos grave en los circuitos mentales. Sólo nosotros tres, como perfectos iluminados de una verdad inexistente, las seguimos sin reverencia ni temor, con inocencia y con el respeto que merecían los ofidios en ese intervalo de libertad.

¿Se organizaron *tours* del evento con el alcalde a la cabeza danzando alegóricamente como en una de Glauber Rocha o de Littin?

No, para nada.

¿Se transformaron la ceniza y el humo denso en una lluvia de mariposas negras, como en la creación de algún imitador barato de García Márquez?

No, tampoco eso ocurrió, pero la misma escena era más barroca que cualquiera de esas páginas salidas más de la astucia que del delirio: el incendio, la calle, nosotros, las culebras, y para más remate, como para cerrar el círculo de los símbolos de la decadencia spengleriana o mapochina de occidente, apareció Poblete con esa maravillosa precisión espacial y temporal tan suya.

El se materializaba en todo lugar donde era necesaria una represioncilla, por imperativo superior de fuerzas que no son comandadas por Belcebú o por los ángeles de las tinieblas como usualmente se cree, sino como embajada de las verdaderas potencias maléficas que, por ejemplo, gobiernan actualmente el mundo y otorgan a la perversidad un nivel planetario, pero que entonces eran más bien focos locales. El Doctor era como el jefe secreto o el espíritu tutelar de esas tinieblas adecuadas en la provincia capitalina, pero las serpientes lo ignoraron, desligándose de ese tutelaje, porque ellas no pertenecían a su reino, eran sólo míseros exiliados para siempre de su selva o chaparral.

Con ese maravilloso sentido de la desubicación y la inoportunidad que nos caracterizaba en nuestros ciclos de encuentros y desencuentros, vimos que Poblete también estaba ahí. Donde nada teníamos que hacer, allí estábamos, como también El estaba, cerca de la esquina de Los Gobelinos, mirando en diagonal a las serpientes, en chanfle, como si estuviese tratando de pillarlas en algún desaguisado de culebras. En realidad los ofidios sí estaban perpetrando un formidable desacato, andando sueltos por ahí cuando su cometido era edificarnos o culturizarnos acerca de las faunas del desierto o de la jungla, o simplemente hacernos caer la mandíbula inferior desde el interior de una urna o jaula.

El Doctor no se nos acercó, ni tampoco hicimos amago de buscarlo, pero muy luego descubrí que ya nos había ubicado y nos miraba desde el otro lado de la calle, sonriendo imperceptiblemente, como eran casi todas sus sonrisas.

Descubrí también algo que no por inesperado y aberrante era menos incómodo, porque volvía a arruinarnos el día, volvía a dejarnos sin los recursos defensivos que el paso de todos esos años nos había acumulado como las nueces de los animalillos del campo: Poblete nos miraba casi con cariño.

INDICE POR INSTANCIA

Calducho fue escrito en San Luis Obispo, California, entre el 7 de noviembre de 1986 y el 28 de marzo de 1996.
Los dibujos son del autor y las fotos, originales de la época.

El cometa Hyakutake estaba en los cielos en el momento de terminar las últimas páginas, y volverá dentro de 20.000 años.